DIE RETTUNG VON MARY

Die Rettung von Mary (Die Delta Force Heroes, Buch Zehn)

SUSAN STOKER

EBENFALLS VON SUSAN STOKER

SUSAN STOKER

Schutz für die Zukunft (Demnächst erhältlich!)

Ace Security Reihe:
Anspruch auf Grace
Anspruch auf Alexis
Anspruch auf Bailey (Demnächst erhältlich!)

Besuchen Sie Susan im Netz!
www.stokeraces.com
facebook.com/authorsusanstoker
twitter.com/Susan_Stoker
bookbub.com/authors/susan-stoker
instagram.com/authorsusanstoker
Email: Susan@StokerAces.com

PROLOG

Fünfundzwanzig Jahre zuvor, im Alter von fünf Jahren

»Hör mir gut zu, Mary. Männer sind Schweine. Sie sind zu nichts nutze und alle sind Lügner. Sie wollen dich nur ins Bett bekommen. Egal was sie dir sagen, sie sind nicht dazu in der Lage zu lieben. Verstehst du mich?«

Mary wusste nicht, was sie im Bett eines Jungen sollte, aber sie wusste, dass sie ihrer Mama nicht widersprechen durfte, also sagte sie gehorsam: »Ja, Mama.«

»Und was machst du, wenn sie sagen, dass sie dir helfen wollen?«

»Ich glaube ihnen nicht.«

»Genau. Und warum?«

»Weil sie immer Hintergedanken haben.« Mary hatte keine Ahnung, was das bedeutete. Einmal hatte sie nachgefragt und Mama hatte angefangen, sie anzuschreien, und ihr gesagt, sie sollte ihre Autorität nicht anzweifeln. Was auch immer das bedeuten mochte. Also beantwortete sie jetzt einfach die Frage, so wie es ihr beigebracht worden war.

»Genau. Sie haben immer Hintergedanken. Sie tun nie etwas umsonst. Vergiss das nicht. Und wenn sie dir sagen, dass sie dich lieben, was machst du dann?«

»Nicken und zustimmen. Du nimmst, was sie dir geben wollen, bis sie dich verlassen.«

»Genau. Und wenn du die Beine breitmachen musst, um in diesem Leben zu bekommen, was du haben möchtest, dann tust du das. Egal ob für Geld, Drogen oder eine Unterkunft ... das spielt keine Rolle ... Aber du lässt dich nie gefühlsmäßig auf sie ein, verstanden?«

Mary nickte sofort. Sie war wieder einmal verwirrt, hielt aber den Mund. Sie wusste nicht, warum das Spreizen ihrer Beine einen Jungen dazu bringen würde, ihr Geld zu geben, aber sie wusste, es war besser, ihre Mama das nicht zu fragen.

Ihre Mutter lehnte sich auf der Couch zurück und kippte sich die klare Flüssigkeit in dem Glas, das sie in der Hand hielt, hinunter.

Mary biss sich auf ihre kleine Lippe und betrachtete ihre Mama. Sie trug die gleichen Kleider, die sie am Vortag und am Tag davor getragen hatte. Sie stank irgendwie und schien nicht zu bemerken, dass sie seit anderthalb Tagen nichts gegessen hatte ... und dass sie auch ihrer Tochter nichts zu essen gemacht hatte. Sie hatte zwei Tage lang das klare, übel riechende Zeug getrunken. Und Mary hatte auch Onkel Brad seit zwei Tagen nicht mehr gesehen.

Mary war keine Närrin. Sie wusste, dass Onkel Brad nicht wirklich ihr Onkel war, aber da Mama sie bat, ihn so zu nennen, tat sie es. Brad war eigentlich einer der netteren Männer, die bei ihnen gewohnt hatten. Er schlug sie nicht und manchmal lächelte er sie sogar an. Alan hatte Mama geschlagen und sie zum Weinen gebracht. Harry hatte sich auf die Couch gesetzt und die ganze Zeit die klare Flüssigkeit getrunken. Und ... Mary konnte sich nicht an den Namen des Mannes vor Harry erinnern, aber er hatte einen riesigen Bauch gehabt und rülpste und furzte die ganze Zeit. Es war eklig.

»Mama ist jetzt müde«, erklärt ihre Mutter. »Geh in dein Zimmer zum Spielen, okay?«

Mary nickte. Sie war es leid, in ihrem Zimmer zu sein, und sie war hungrig, aber sie stimmte trotzdem zu. Mama war im Moment irgendwie nett und sie wollte nichts tun, was das ändern könnte.

Vielleicht würde Mama daran denken, heute Abend zu kochen. Gestern Abend hatte sie die klare Flüssigkeit getrunken, bis sie auf dem Sofa einschlief, und Mary hatte Angst, in die Küche zu gehen, um etwas zu essen zu suchen.

Einundzwanzig Jahre zuvor, im Alter von neun Jahren

»Verschwinde!«

»Fick dich!«

»Das hast du schon gemacht. Und jetzt verschwinde!«

»Du warst noch nicht mal besonders gut. Nur zu deiner Information, Schlampe, Männer mögen es nicht, wenn man ihre Schwänze mit den Zähnen bearbeitet!«

Mary hörte, wie ihre Mutter mit Onkel Ron stritt, und glitt sofort von ihrer dünnen Matratze auf den Boden und versteckte sich unter dem Bett. Sie hielt sich die Ohren zu, konnte die beiden aber immer noch schreien hören.

»Du bist doch eh nur Abschaum!«, schrie Onkel Ron und dann hörte Mary, wie Glas zerbrach.

»Das ist auf jeden Fall besser, als ein geiziges Arschloch zu sein!«, schrie ihre Mama zurück.

»Geizig? Seit ich hier eingezogen bin, tue ich nichts anderes, als dir Geld zu geben«, entgegnete Onkel Ron. »Ich habe dir Alkohol gekauft. Und außerdem jede Woche Lebensmittel, damit du überhaupt etwas zu essen hast. Und du hast dich noch kein einziges Mal bedankt. Nicht ein Mal! Ich habe mich sogar um dein Balg gekümmert, was man von dir nicht gerade behaupten kann.«

»Wusste ich doch gleich, dass du ein Auge auf sie geworfen hast! Du solltest dich schämen, auf eine Neunjährige scharf zu sein. Glaubst du, sie bläst deinen Schwanz besser, als ich es kann?«

»Du meine Güte! Ich bin doch nicht scharf auf deine Tochter. Bist du krank oder was?«

»Verarsch mich nicht«, erklärte Mama ihm. »Als ich sie dir vorgestellt habe, wusste ich sofort, dass du scharf auf sie bist.«

»Du tust mir leid. Nein – deine arme Tochter tut mir leid. Es muss wirklich schlimm für sie sein, dich als Mutter zu haben.«

»Fick dich! Ich bin das Beste, was dir jemals passiert ist.«

»Das ist doch ein Witz«, entgegnete Onkel Ron und lachte dann.

»Ich bin kein Witz!«, kreischte Mama. »Du bist ein Witz. Das sind alle Männer! Du warst nur allzu froh, hier einzuziehen, weil du wusstest, dass du jederzeit Sex haben konntest, wenn du es wolltest. Aber in der Sekunde, in der ich dich um Hilfe bitte, stellst du Bedingungen. ›Ich kaufe dir Schnaps, wenn du mir einen bläst, Baby. Ich kaufe dir Lebensmittel, wenn ich dich in den Arsch ficken darf.‹ Ihr seid doch alle gleich! Ich bin euch scheißegal, selbstsüchtiger Mistkerl!«

»Wenn du deine verdammten Augen aufmachst, würdest du vielleicht sehen, was los ist. Du wirst dieses süße kleine Kind ruinieren. Merk dir meine Worte. Sie wird genauso enden wie du.«

»Natürlich wird sie so enden. Ich bin ihre Mama!«

»Ich werde von hier verschwinden«, erklärte Onkel Ron. »Ich bin mir sicher, dass du innerhalb einer Woche einen anderen Idioten gefunden hast, der meinen Platz einnimmt. Und vergiss nicht, deiner Tochter etwas zu essen zu geben. Mit Alkohol und Drogen kann sie nicht überleben, so wie du es tust.«

»Nur gut, dass du abhaust!«, schrie Mama.

Mary hörte eine Tür zuschlagen und hielt den Atem an. Diese Worte waren nichts, was sie nicht schon vorher gehört hätte, wenn Mama sich mit den Onkeln gestritten hatte, aber sie war irgendwie überrascht, dass Onkel Ron sie in den Streit mit hineingezogen hatte. Die meisten Männer kümmerten sich nicht um sie und Mary hatte gelernt, still zu sein und aus dem Weg zu gehen.

Sie wartete darauf, dass ihre Mama hereinkam und ihr die Rede hielt, die sie jetzt auswendig gelernt hatte. Sie hielt ihr schon die gleiche langweilige Rede, seit sie sich erinnern konnte.

»Mary?«, rief ihre Mama. »Komm heraus!«

Mary seufzte und rollte sich unter dem Bett hervor. Dann ging sie zur Tür. Sie wusste, dass ihre Mama in ihr Zimmer kommen, sie suchen und sie herauszerren würde, wenn sie nicht freiwillig ging.

»Männer sind scheiße! Hast du das verstanden?«, fragte Mama, als Mary im kleinen Wohnbereich ihres Wohnwagens vor ihr stand.

»Ja, Mama.«

»Sie wollen dich nur ins Bett bekommen. Und sie tun nichts weiter, als zu nehmen, nehmen, nehmen und nochmals nehmen. Ihnen ist völlig egal, was du willst.«

»Ja, Mama.«

»Wenn ein Junge dir sagt, dass er dich liebt, was heißt das dann in Wirklichkeit?«, wollte sie wissen.

»Dass er mit dir schlafen möchte.« Mary war mittlerweile groß genug, um zu wissen, dass es nicht wirklich ums Schlafen ging, wenn ein Junge mit einem Mädchen schlief. Sie hatten Sex. Damit kannte sie sich mittlerweile auch schon aus. Vor ungefähr zwei Jahren hatte Mama ihr das alles bis ins kleinste Detail erklärt. Für sie hörte es sich eklig an, aber ihrer Mama schien es ganz gut zu gefallen.

»Und wenn er dann mit dir geschlafen hat?«, wollte Mama wissen.

»Dann haut er ab.«

»Genau. Und jetzt verschwinde. Ich habe Kopfschmerzen.«

Ohne ein weiteres Wort ging Mary zurück in ihr Zimmer. Ohne auf ihren knurrenden Magen zu achten, griff sie nach ihrer dünnen Bettdecke, die Onkel Thomas für sie besorgt hatte, und nach ihrem Kissen und kroch wieder unter ihr Bett. Darunter konnte sie so tun, als wäre sie jemand anderes. Dass sie in einem großen Haus lebte, eine Mama und einen Papa hatte, die sie liebten und nette Dinge zu ihr sagten. Dass sie sich jeden Abend an einen großen Tisch setzten, auf dem reichlich zu essen stand. Sie tat auch so, als würde nicht jeden Monat ein anderer Onkel bei ihnen leben.

Irgendwann in den letzten vier Jahren hatte Mary erkannt, dass ihre Mama nicht normal war. Andere Kinder hatten

Eltern, die für sie kochten, ihre Wäsche wuschen und nicht den ganzen Tag im Haus saßen und Wodka tranken.

Sie verstand allerdings einfach nicht, warum ihre Mama die Männer immer wieder einlud, mit ihnen in den Wohnwagen zu ziehen, wenn sie gar keine Männer mochte.

Fünfzehn Jahre zuvor, im Alter von fünfzehn Jahren

Mary machte die Tür so leise wie möglich hinter sich zu, als sie in den Wohnwagen trat. Sie drehte sich um und wollte in ihr Zimmer gehen, blieb dann jedoch wie angewurzelt stehen.

Mama stand vor ihr. Ihre Augen waren blutunterlaufen und sie wankte.

Sie war betrunken. Schon wieder.

Das war nun wirklich keine große Überraschung, aber Mary hatte gehofft, dass sie schon so betrunken war, dass sie das Bewusstsein verloren hatte, als sie nach Hause kam.

»Schläfst du mit ihm?«, fragte Mama unhöflich.

»Nein.«

»Wer hätte das gedacht. Du siehst wie eine Nutte aus mit all dem Make-up im Gesicht. Dein Kleid ist echt kurz. Was? Hat er dir etwa gesagt, dass er dich liebt, und dann hast du ihm gegeben, was er wollte? Nach allem, was ich dir beigebracht habe.«

»Nein, Mama. Wir waren tanzen, haben ein wenig Zeit mit Freunden verbracht und dann hat er mich direkt nach Hause gebracht.«

Mary wich zurück, als ihre Mama auf sie zukam.

Sie holte aus und schlug Mary ins Gesicht.

Mary hielt sich die Wange und sah ihre Mutter schockiert an.

»Lüg mich nicht an! Du fickst in der Gegend herum, das weiß ich. Männer sind scheiße. Warum will dir das nicht in deinen dummen Kopf gehen? Du darfst ihnen nicht glauben, wenn sie dir sagen, dass sie dich mögen. Du darfst ihnen nicht glauben, wenn sie dir sagen, dass sie dir helfen möchten. Das tun sie nämlich nicht. Sie wollen einfach nur ihren Schwanz in dich stecken und zum Orgasmus kommen.«

»Brian ist aber anders«, entgegnete Mary leise. »Er mag mich. Und er ist nett zu mir.«

»Ja, natürlich«, entgegnete ihre Mama spöttisch. »So sind sie alle am Anfang. Denk an meine Worte. Am Ende wird er dir wehtun und dann brauchst du gar nicht erst bei mir anzukommen. Ich habe dich immer wieder gewarnt, dass du Männern nicht vertrauen kannst. Dass sie dich jedes einzelne Mal betrügen werden. Wenn du mit ihm schlafen willst, na gut, aber mach dir keine Illusionen darüber, dass es etwas anderes bedeutet als mittelmäßigen Sex. Er wird dich verlassen. Das tun sie immer. Und jetzt geh mir aus den Augen.«

Mary ging um ihre Mutter herum in ihr Zimmer. Sie hatte auf dem Schulball Spaß gehabt und jetzt hatte ihre Mutter es ihr verdorben.

Brian war im dritten Jahr auf der Highschool und zwei Jahre älter als sie, aber bis jetzt hatten sie sich nur geküsst und er hatte noch nichts weiter versucht. Er behauptete, sie zu mögen und dass es ihm gefiel, mit ihr zusammen zu sein. Er brachte Mary zum Lachen, und was sogar noch besser war, mit ihm fühlte sie sich sicher. Sie musste sich keine Sorgen um andere Jungs machen, die versuchten, sie zu begrapschen oder zu tyrannisieren. Brian hatte sie nicht begrapscht, als sie sich geküsst hatten, und hatte auch nicht mehr gefordert. Ihre Mutter hatte unrecht, was ihn betraf. Das wusste sie einfach.

Vierzehn Jahre zuvor, im Alter von sechzehn Jahren

»Es tut mir leid, Mary, aber ich mache Schluss«, erklärte Brian mit kalter Stimme, die sie bei ihm noch nie gehört hatte.

Sie standen in der Mitte des Korridors in der Schule. Mary hatte sich vor dem Mittagessen an ihrem üblichen Platz mit ihm getroffen. Sie hatte sich auf die Zehenspitzen gestellt, um ihn zu begrüßen, aber er war zurückgetreten und hatte das Letzte gesagt, was sie zu hören erwartet hatte.

Vor allem, da sie ihm am Abend zuvor ihre Jungfräulichkeit geschenkt hatte.

Sie hatte Mama gesagt, dass sie zum Basketballspiel gehen würden, und stattdessen hatte er ein Zimmer in dem heruntergekommenen Motel am anderen Ende der Stadt gemietet. Er hatte sich entschuldigt und gesagt, er wünschte sich, dass ihr erstes Mal romantischer wäre, aber er wollte nicht, dass jemand sie erkennt und in Schwierigkeiten bringt.

Der eigentliche Akt des Geschlechtsverkehrs tat weh, aber Mary hatte so getan, als würde sie das, was sie getan hatten, genießen. Brian hatte zerstreut gewirkt, aber Mary hatte sich nichts dabei gedacht. Er hatte sie danach fest an sich gedrückt und schließlich waren sie zur Turnhalle zurückgegangen. Er hatte gesagt, er wollte sichergehen, dass die Leute sie bei der Veranstaltung zusammen sahen, damit sie keinen Ärger bekommt.

Mary hatte es gefallen, dass er sich Gedanken um sie machte. Er wollte sichergehen, dass ihr Ruf nicht leidet. Deshalb ergaben seine Worte jetzt keinen Sinn.

Verwirrt zog sie die Augenbrauen hoch. »Wie bitte?«

»Du und ich. Das passt einfach nicht.«

»Aber ... du hast mir letzten Monat noch gesagt, dass du mich liebst«, sagte sie.

Er lachte verächtlich. »Ich dachte, dass ich es täte, aber ich habe mich geirrt.«

»Aber das verstehe ich nicht«, entgegnete Mary und hätte ihn am liebsten angefleht, sie zurückzunehmen, aber das ließ ihre Würde nicht zu.

»Wir sind einfach zu unterschiedlich«, erklärte Brian. »Du bist arm und lebst in diesem Scheißwohnwagen. Meine Eltern würden einer Beziehung zwischen uns nie zustimmen.«

»Aber du hast mir doch gesagt, dass sie mich mögen. Dass sie sich darüber freuen, dass du mit mir zusammen bist.«

»Ich habe gelogen. Sie wären auf keinen Fall mit dir einverstanden. Dazu bist du viel zu großer Abschaum. Sie hatten nichts dagegen, dass ich mit dir Erfahrung sammle, aber um mehr ging es dabei nie.«

Mary spürte, wie ihr das Herz brach. Er meinte doch nicht

wirklich, was er da sagte, oder? Er war so nett zu ihr gewesen. So zärtlich und liebevoll. Er hatte sich für sie eingesetzt, wenn die anderen Jungen in der Schule sich über sie lustig machten.

Sie war davon überzeugt gewesen, dass er sie liebte. Dass sie heiraten würden, sobald sie ihren Abschluss gemacht hatten.

»Du bist sowieso zu jung für mich«, fuhr Brian harsch fort. »Wenn ich aufs College gehe, bleibst du weiterhin hier. Du kannst es dir nicht leisten, die Uni zu bezahlen, und lebst weiterhin in dem Wohnwagen mit deiner Hure von Mutter. Alle in der Stadt machen sich über euch lustig. Niemand wird die Tochter der Stadthure heiraten. Dachtest du etwa, ich würde auf dich warten? Dass wir heiraten würden?«

»Du hast gesagt, dass du mich liebst«, wiederholte Mary, zu verletzt, um überhaupt auf die Bemerkung mit der Hure einzugehen.

»Das habe ich nur gesagt, weil du sonst nicht mit mir geschlafen hättest.«

»Mit dir geschlafen«, wiederholte Mary und starrte Brian an.

Brian lehnte sich vor und tippte ihr auf die Nase, bevor er sich wieder aufrichtete. »Ja. Es hat länger gedauert, als ich gedacht hätte. Die Jungs haben alle behauptet, wegen deiner Mutter seist du leicht zu haben, wer hätte also gedacht, dass es so schwer ist, dich ins Bett zu bekommen. Aber ich muss schon sagen, als du dann endlich die Beine breitgemacht hast, warst du ein ziemlich heißer Fick.«

Schließlich fiel bei Mary der Groschen und sie biss die Zähne zusammen, bevor sie sagte: »Also hast du mir nur gesagt, dass du mich liebst, damit ich mit dir schlafe?«

»Ja, Einstein. Viel länger hätte ich es nicht mehr mit dir ausgehalten. Ich wurde der ganzen Sache langsam müde und es gibt einen Haufen neuer Cheerleader aus der neunten Klasse, mit denen ich mich vor meinem Abschluss noch amüsieren möchte.«

»Fick dich«, erwiderte Mary mit leiser, kontrollierter Stimme.

Alle Warnungen ihrer Mama hallten in ihrem Kopf wider.

Ihr ganzes Leben lang hatte sie ihre Mama für eine betrunkene, verbitterte alte Frau gehalten. Aber sie hatte eine harte Lektion gelernt – Mama hatte recht. Männer waren scheiße. Alle waren scheiße. Der Junge, von dem sie dachte, dass er sie liebte, und den sie heiraten und mit dem sie Kinder haben wollte, hatte sie nur benutzt.

Gott sei Dank hatte sie ihn dazu gebracht, ein Kondom zu benutzen, auch wenn er sich darüber beklagt hatte, dass es sein Vergnügen trübte.

»Nein danke«, erwiderte Brian leichthin. »Von dir habe ich jetzt genug. Du warst eine nette Abwechslung, aber viel zu viel Arbeit. Ich muss jetzt los. Andi wartet in der Kantine auf mich. Ich weiß aus sicherer Quelle, dass sie auf mich steht, und wer bin ich, einer Schlampe meinen Schwanz zu verwehren?«

Und mit diesem Abschiedsschuss machte er auf dem Absatz kehrt und ging weg. Er ließ Mary mitten im Korridor stehen.

Mary starrte ihm nach, ihr Herz wurde langsam hart.

Trotz allem, was ihre Mutter ihr gesagt hatte. Obwohl sie sah, wie ein Mann nach dem anderen sich in ihrem Wohnwagen die Klinke in die Hand gab, hatte sie immer noch an Märchen geglaubt. Sie hatte viele Nächte unter ihrem Bett gelegen und von ihrem eigenen Märchenprinzen geträumt. Sie träumte von einem Mann, der ihr sagte und ihr ohne Worte zeigte, wie sehr er sie liebte und sich um sie sorgte.

Doch in diesem Moment, als sie sah, wie Brian an dem Tag, nachdem er sie entjungfert hatte, wegging, nachdem er zugegeben hatte, dass er es nur getan hatte, um zu sehen, ob er es konnte, fühlte Mary, wie ihr Herz schrumpfte. Sie würde nie wieder zärtliche Worte der Liebe glauben.

Mama hatte recht. Sie würde nie wieder einem anderen Mann vertrauen, solange sie lebte. Niemals.

Acht Jahre zuvor, im Alter von zweiundzwanzig Jahren

»Männer sind scheiße.«

Mary drehte sich um und sah die Frau an, die gesprochen hatte.

Sie war erst kürzlich nach ihrem College-Abschluss nach Dallas gezogen und hatte es satt, allein in ihrer Wohnung zu sitzen. Sie hatte die kleine Kneipe gefunden und beschlossen, auf ein oder zwei Drinks auszugehen. Es war ihr egal, dass sie niemanden hatte, mit dem sie hingehen konnte.

Sie hatte dort etwa zwanzig Minuten gesessen, bevor die andere Frau sich auf den Barhocker neben ihrem niedergelassen hatte. Sie hatte einen Midori-Martini bestellt, bevor sie seufzte und ihren Kommentar über Männer abgab.

Mary grinste. Hier war nun jemand ganz nach ihrem Geschmack. »Da stimme ich dir zu.«

»Ich schwöre, ich weiß nicht, warum ich es überhaupt immer wieder versuche.«

»Weil sie dir immerhin im Bett Freude bereiten?«, meinte Mary.

Die andere Frau lachte. »Ja, das ist ein Grund.« Sie wandte sich zu Mary um und streckte ihr die Hand hin. »Ich bin Rayne. Rayne Jackson.«

Mary schüttelte ihre Hand und erwiderte: »Mary Weston.«

»Ich glaube, du gefällst mir, Mary Weston«, entgegnete Rayne.

»Das gebe ich gern zurück.«

Sie grinsten einander an und Mary hielt ihre Bierflasche zum Anstoßen hoch. »Wir trinken darauf, dass Männer scheiße sind.«

»Hört, hört«, erklärte Rayne und stieß mit ihrem Glas gegen Marys Flasche.

Vier Jahre zuvor, im Alter von sechsundzwanzig Jahren

Mary schloss die Augen, als Übelkeit sie überkam. Sie spürte Raynes Hand auf ihrem Rücken, als sie sich über die Toilette beugte und würgte.

»Ganz ruhig, Mary«, entgegnete Rayne in dem Versuch, sie

zu besänftigen. »Wenn du bereit bist, sag mir Bescheid, und ich helfe dir wieder ins Bett.«

Es dauerte weitere zehn Minuten, bevor Mary das Gefühl hatte, aufstehen zu können. Rayne half ihr, zum Bett zurückzuhumpeln, und sie ließ sich mit einem Seufzen darauf fallen. »Ich hasse ihn«, erklärte Mary.

»Ich weiß«, pflichtete Rayne ihr bei.

»Nicht den Krebs«, erwiderte Mary. »Sondern das Arschloch, das versprochen hat, heute Abend hier zu sein.«

»Männer sind scheiße«, murmelte Rayne.

»Ich weiß. Unglaublich, dass ich auf seinen Blödsinn hereingefallen bin. Warum hast du mir nicht in den Hintern getreten, Rayne?«

»Weil ich ihn wirklich für den Richtigen gehalten habe«, entgegnete Rayne und tupfte Mary mit einem feuchten Lappen die Stirn.

»Meine Mutter hat mir schon vor langer Zeit gesagt, dass es nichts bedeutet, wenn ein Mann dir sagt, dass er dich liebt. Dass ich mich nie gefühlsmäßig auf jemanden einlassen und ihn nur so lange wie möglich ausnutzen solle.«

»Das ist nicht wahr«, protestierte Rayne. »Ich meine, klar, es stimmt, manche Männer sind scheiße, aber dort draußen muss es doch auch irgendwo gute geben.«

»Das glaube ich nicht. Ich meine, was für ein Mann sagt einer Frau, die an Krebs stirbt, schon, dass er den ganzen Weg über bei ihr bleiben wird, und verschwindet dann beim ersten Anzeichen von Problemen?«

»Reggie Milsap«, entgegnete Rayne trocken.

Mary lachte leise, obwohl dadurch ihr Kopf noch mehr wehtat. »Ja, der.«

»Erinnerst du dich noch an das Versprechen, das wir einander vor ein paar Jahren gegeben haben?«, fragte Rayne.

»Welches Versprechen?«

»Dass wir damit warten würden zu heiraten, bis unsere Männer bewiesen hätten, dass sie zuverlässig sind, uns wirklich lieben und dass wir es dann zusammen tun?«

»Natürlich.«

»Ich meine das ernst«, erklärte Rayne und sah ihr fest in die Augen.

»Ich weiß.«

»Und ich lasse auch nicht zu, dass du den Krebs als Entschuldigung benutzt, um aus unserer Abmachung herauszukommen.«

Mary lachte erneut, protestierte aber. »Eigentlich ist das ein bisschen albern, Rayne. Ich meine, ich werde wahrscheinlich niemals heiraten. Ich kann niemandem genug trauen, um es so weit kommen zu lassen, und ich würde dich nur ungern davon abhalten, jemanden zu heiraten, den du liebst.«

»Ja, okay, ich würde dich auch nur ungern aufhalten, aber du darfst nicht aufgeben, nach dem Richtigen zu suchen. Ich weiß, dass Männer scheiße sind, aber ich möchte die Hoffnung nicht aufgeben, dass irgendwo da draußen ein Held ist.«

Mary verdrehte die Augen. »*I need a Hero* – du und dieses Lied.«

Rayne grinste. »Wie wäre es damit ... Wenn eine von uns jemanden findet, den sie wirklich richtig mag, sich für die andere aber noch nichts Ähnliches am Horizont abzeichnet, können wir auch einzeln heiraten. Aber wenn die andere ebenfalls in einer ernsten Beziehung ist, dann warten wir ab.«

»Abgemacht«, erwiderte Mary sofort. Sie wusste, dass sie sich niemals verlieben würde. Diese Möglichkeit gab es einfach nicht. Es war ihr immer wieder bewiesen worden, dass sie recht hatte. Reggie Milsap war einfach der Letzte, der ihre lächerliche Hoffnung zunichtemachte, dass ihre Mama doch irgendwie falschlag.

Mary wusste, dass Rayne irgendwann jemanden finden würde, daran hatte sie keinen Zweifel. Rayne war innerlich und äußerlich ein guter Mensch. Sie war abenteuerlustig, mutig, witzig ... Mary konnte Bände über ihre beste Freundin erzählen. Wie könnte sich ein Mann nicht in Rayne verlieben?

Aber in sie? Sie wusste tief in ihrem Inneren, dass kein Mann an den Schutzschilden, die sie um ihr Herz gebaut hatte, vorbeikommen würde, selbst wenn sie diesen Kampf mit Brustkrebs überlebte. Sie war zu schnippisch und wirkte auf andere wie eine totale Schlampe. Sie konnte nicht anders. Es war einfacher, Menschen auf Distanz zu halten, als zu riskieren, dass sie ihr wehtaten. Weil sie ihr immer wehtaten. *Immer.*

Also benutzte sie Sarkasmus und Hochnäsigkeit als Schutzschild. Mary wusste, dass der Tag, an dem sie heiratete, der Tag war, an dem sie wieder an Märchen glaubte. Und Schweine können fliegen, bevor *das* geschah.

KAPITEL EINS

»Mary! Kassie bekommt ihr Kind! Du musst sofort ins Krankenhaus fahren!« Die Panik in Wendys Stimme war nicht zu überhören. Kassie war mindestens eine Woche überfällig und mehr als bereit, ihr Kind zu bekommen.

Mary war sich nicht sicher gewesen, ob überhaupt jemand anrufen würde, um ihr mitzuteilen, wann die Wehen einsetzen, aber Wendy und Casey hatten in ihrem aktuellen Drama nicht Partei ergriffen und sie über Kassies Fortschritte auf dem Laufenden gehalten.

Sie hatte einige beschissene Dinge in ihrem Leben getan, aber ihre beste Freundin wegzustoßen und hinter ihrem Rücken zu heiraten – und das monatelang geheim zu halten – war selbst für Mary ziemlich fies.

»Ich werde sobald wie möglich da sein. Ich weiß nicht, ob ich früher mit der Arbeit Schluss machen kann«, erklärte Mary Wendy. Sie wusste, dass Frustration in ihre Stimme drang, konnte aber nicht anders. Sie hatte ihre gesamte Kranken- und Urlaubszeit bei der Bank erst vor Kurzem während ihres zweiten Brustkrebsanfalls verbraucht und sie konnte es sich nicht leisten, noch mehr unbezahlte Urlaubstage zu nehmen. Dank des Gesetzes für Abwesenheit aus familiären und medizinischen Gründen konnte ihr nicht gekündigt werden, aber ihre Chefin war nicht gerade begeistert. Sie würde es auf keinen Fall gutheißen, wenn Mary eine Stunde früher ging.

»Sieh zu, dass du deinen Hintern dorthin bewegst!«, schrie Wendy sie geradezu an. »Ich bin davon überzeugt, dass das Kind schon bald kommt. Das willst du nicht verpassen!«

Und das tat Mary auch nicht. Denn obwohl sie wusste, dass die meisten Frauen in ihrer Clique wütend auf sie waren, liebte sie sie alle.

Rayne war schon seit Jahren ihre beste Freundin. Und durch sie hatte sie Emily, Harley, Kassie, Bryn, Sadie, Wendy und Casey kennen und lieben gelernt. Sie konnte sich nicht vorstellen, sie nicht alle in ihrem Leben zu haben ... also waren die letzten Monate eine Qual gewesen. Mary wusste, dass alles ihre Schuld war, weil sie Truck geheiratet und es niemandem erzählt hatte, vor allem nicht Rayne. Aber auf keinen Fall wollte sie ihren Freundinnen gegenüber zugeben, dass sie den Mann nur für seine Krankenversicherung benutzte.

Okay, das war eine Lüge. Sie hätte nie jemanden des Geldes wegen geheiratet. Nie im Leben. Die Versicherung war der Grund, an dem sie sich festhielt, aber die Wahrheit war, dass Truck ihr verdammt viel bedeutete.

Scheiße, wem wollte sie etwas vormachen? Sie liebte den Mann. Sie war praktisch in seine Wohnung gezogen. Jetzt, wo der Krebs weg war, hätte sie wieder nach Hause ziehen können. Sie hätte Abstand zwischen sich und ihn bringen können. Sie hätte ihm sagen können, dass sie die Scheidung will, um Himmels willen.

Aber die Wahrheit war, dass Mary gern in Trucks Armen schlief. Es gefiel ihr, mit seinem zerzausten Haar und seiner mürrischen Morgenstimmung aufzuwachen. Es gefiel ihr, von der Arbeit nach Hause zu kommen und ihn dort zu haben. Sie kochte gern für ihn und ließ ihn auch gern für sie kochen. Sie mochte so ziemlich alles an ihm.

Tatsächlich war es nämlich so, dass Ford »Truck« Laughlin ein guter Mann war.

Viel zu gut für eine wie sie.

Schließlich war sie Ann Westons Tochter. Die Brut einer Stadthure. Sie wurde als Abschaum geboren und würde immer

Abschaum sein. Zu dreist. Zu hochnäsig. Wenn sie mit Rayne und den anderen Frauen herumhing, fühlte sie sich weniger wertlos, aber wenn es hart auf hart kam, war sie genau wie ihre Mama. Sie benutzte Truck für das, was er ihr geben konnte.

Aber sie konnte sich nicht ganz dazu durchringen, ihn aus ihrem Leben zu verdrängen. Sie konnte sich nicht vorstellen, dass er nicht da war. Und das jagte ihr eine Höllenangst ein.

Wenn sie jetzt so für ihn empfinden würde, wo sie im Grunde als Mitbewohner und nicht als Paar lebten, nicht so, wie ein echter Mann und eine echte Frau leben würden, wie würde sie sich dann fühlen, sollte sie alle ihre Barrieren überwinden?

Mary wollte nicht einmal auf die unbedeutende Tatsache eingehen, dass der Gedanke, mit Truck intim zu sein, sie erschreckte. Nicht seinetwegen; sie könnte niemals Angst vor ihm haben. Sondern wegen dem, was der Krebs ihr genommen hatte. Nämlich ihre Brüste. Es war dumm. Es war nicht so, dass zwei Hügel Fleisch aus einer Frau eine Frau machten, aber der Gedanke, sich vor Truck zu entblößen, jetzt, da sie nicht krank war, und ihn genau sehen zu lassen, wie entstellt sie war, machte sie körperlich krank.

Es war ja nicht so, dass Truck es nicht wusste ... er wusste es natürlich. Er wusste genau, dass sie eine doppelte Mastektomie hinter sich hatte, er wusste, was die Bestrahlung dort mit ihrer Haut und ihren Nerven angerichtet hatte. Er hatte sie gesehen, wenn das Tragen von Kleidung wegen der Strahlungsverbrennungen auf ihrer Haut zu schmerzhaft gewesen war. Aber es war eine ganz andere Sache, sich vor ihm oder irgendjemand anderem freiwillig zu entblößen ... jetzt, wo sie nicht mehr »krank« war.

»Mary?«, fragte Wendy.

Mary wurde wieder in die Gegenwart zurückgerissen. »Ich werde da sein, sobald ich kann. Falls Kassie ihre Tochter bekommt, bevor ich da bin, bitte gratuliere ihr von mir.«

»Das werde ich. Bis später.«

Mary legte den Hörer auf und ignorierte den bösen Blick ihrer Chefin. Es war ihr nicht erlaubt, während der Arbeitszeit persönliche Telefonate zu führen, aber scheiß drauf. Kassie war im Krankenhaus und bekam ihr Baby. Und es war nicht so, dass sie stundenlang am Telefon gewesen wäre.

Mary atmete tief durch und gestikulierte dem nächsten Kunden in der Schlange.

Eineinhalb Stunden später eilte Mary ins Krankenhaus und lief auf die Dame hinter dem Empfangstisch zu.

»Ich suche Kassie Caverly. Sie bekommt ein Baby. Vielleicht hat sie es schon bekommen. Könnten Sie mir bitte sagen, in welchem Zimmer sie ist?«

Die Dame lächelte, da sie im Laufe der Jahre wahrscheinlich schon oft mit Leuten zu tun gehabt hatte, die wie sie in Panik verfallen waren. »Der Wartebereich für den Kreißsaal ist im zweiten Stock. Den Aufzug finden Sie hinter sich auf der rechten Seite.«

»Vielen Dank«, sagte Mary und eilte zum Aufzug. Sie drückte den Knopf und drehte sich um. Und da sah sie plötzlich aus dem Augenwinkel jemanden – und erstarrte.

Es war Ghost. Seitdem sie Truck geheiratet hatte, war sie nicht mehr mit ihm alleine gewesen.

Ihr war klar, dass Ghost sauer war. Rayne hatte sich geweigert, ihn zu heiraten, bis sie gemeinsam mit Mary zum Altar schreiten konnte.

Ghost ließ sie nicht aus den Augen. Er sah nicht sauer aus, nicht wirklich, aber es machte sie trotzdem nervös, dass er sie so anschaute.

Da sie sich unwohl fühlte, tat Mary das, was sie am besten konnte ... sie ging in den Angriff über. Das war nämlich ihr Verteidigungsmechanismus und ihr war beigebracht worden, so mit großen Emotionen umzugehen. »Mach doch ein Foto, davon hast du länger was«, erklärte sie ihm, doch innerlich schämte sie sich für ihr kindisches Benehmen.

Aber ihre Worte schienen den Delta Force-Soldaten nicht zu irritieren. Er lehnte sich lediglich an die Wand, verschränkte die Arme über seiner breiten Brust und starrte sie weiter an.

Mary zappelte und betete, dass der Aufzug sich verdammt noch mal beeilen würde. Wenn er ankam, musste sie natürlich mit Ghost zusammen einsteigen. Das wäre noch schlimmer. Sie begann zu beten, dass jemand anderes eintreffen und mit ihnen in den Fahrstuhl steigen würde. Auf diese Weise konnte er nichts sagen, was sie in Fetzen reißen würde.

Nicht dass sie ihm einen Vorwurf machen würde. Es war ihre Schuld, dass Rayne ihn nicht heiraten wollte. Nun, das und der dumme Pakt, den sie eines Nachts betrunken geschlossen hatten. Sie hatte versucht, Rayne zu überreden, Ghost zu heiraten, aber sie hatte sich geweigert. Jetzt war alles ein Riesenchaos und Mary war mittendrin.

Der Aufzug läutete bei seiner Ankunft und Mary stieg tapfer ein, Ghost war ihr dicht auf den Fersen. In der Sekunde, in der die Tür sich hinter ihnen schloss, sprach er.

»Wie geht es dir, Mary?«

»Gut.«

»Keine Nebenwirkungen mehr vom Krebs?«

Mary verstand nicht, warum er so nett zu ihr war. Sie wünschte sich fast, er würde sie endlich rügen und es hinter sich bringen. »Meine Finger schlafen oft ein und manchmal kann ich sie überhaupt nicht spüren, aber sonst geht es mir ganz gut.«

»Das ist schön.«

Sie wartete, dass er weitersprach. Doch als er das nicht tat, atmete sie tief durch und sah zu ihm hoch. »Jetzt mach schon, sag es endlich.«

»Was soll ich sagen?«, fragte Ghost und sah völlig unbeeindruckt aus.

»Schrei mich an. Sag mir, was für eine Schlampe ich bin. Sag mir, dass du sauer auf mich bist, weil ich Rayne wehgetan habe.«

»Ob du es glaubst oder nicht, ich verstehe, warum du Truck geheiratet und es niemandem erzählt hast.«

Mary sah den großen Mann mit offenem Mund an. »Wirklich?«

Er nickte, führte das aber nicht weiter aus.

Verdammt, *Mary* verstand kaum, warum sie ihre Hochzeit geheim gehalten hatte. Nun, ein Grund dafür war, dass sie Rayne einfach nicht enttäuschen wollte, indem sie diese Doppelhochzeit, die ihr am Herzen lag, nicht bekommen hatte. Ein weiterer Grund war, dass sie Angst hatte. Rayne hatte ihr ganzes Leben auf Eis gelegt, als Mary zum ersten Mal gegen den Krebs gekämpft hatte. Sie hatte jeden Moment damit verbracht, Mary zu helfen, es durchzustehen. Die Schuldgefühle, die Mary empfand, dass ihre Freundin so viel für sie getan hatte, waren fast überwältigend. Sie hätte Rayne das nicht noch einmal durchmachen lassen können.

Aber vor allem wollte Mary nicht, dass Rayne ihr beim Sterben zusah.

Mary hatte entschieden, dass sie die Behandlungen nicht noch einmal durchmachen würde. Und ohne die Chemo würde der Krebs sie schließlich umbringen. Und sie hatte nicht gewollt, dass ihre beste Freundin zusehen musste, wie sie dahinsiechte.

Sie hatte den Krebs um Raynes willen vor ihrer besten Freundin geheim gehalten.

Mary hatte Frieden mit ihrem Leben geschlossen und war bereit zu sterben, aber dann war Truck dazwischengekommen. Er blieb an ihr dran und hörte nicht auf. Er brachte sie im Grunde genommen aus Scham dazu, ein zweites Mal zu kämpfen. Als er erfuhr, dass sie nicht das Geld für die Behandlungen hatte, bot er ihr an, sie zu heiraten, damit sie unter seiner Krankenversicherung der Armee versichert sein konnte.

Mary wollte ablehnen, aber am Ende hatte sie sein Angebot angenommen. Sie war keine Närrin, sie hatte gewusst, dass der Mann Gefühle für sie hatte, aber sie hatte das in den Hintergrund gedrängt und ihre ganze Kraft darein gesteckt, die Qualen zu überleben, die die Chemo- und Strahlenbehandlung ein zweites Mal mit sich brachten ... und ihre beste Freundin auf Distanz zu halten, damit sie es nicht herausfand.

Es war lächerlich, dass Ghost behauptete, er wüsste, warum sie getan hatte, was sie getan hatte. Er hatte keine Ahnung, warum sie das getan hatte.

»Du kennst mich doch gar nicht«, flüsterte Mary. »Und deswegen kennst du auch meine Motive nicht.«

Ghost machte daraufhin einen Schritt auf sie zu und bevor sie sich davon abhalten konnte, trat Mary einen Schritt zurück. Als ihr klar wurde, was sie getan hatte, straffte sie die Schultern, verschränkte die Arme vor der Brust und starrte Ghost böse an.

»Ich weiß, dass du Rayne liebst. Ich weiß, du würdest alles in deiner Macht Stehende tun, um auf sie aufzupassen. Um sie zu beschützen. Du hast es getan, als ich sie unfair behandelt habe, und du hast es getan, als du ihr nicht erzählt hast, dass dein Krebs zurückgekehrt ist. Ich kenne deine Vergangenheit nicht, ich glaube, nicht einmal Rayne weiß alles, aber ich kann mir gut vorstellen, dass du wahrscheinlich wie Scheiße behandelt worden bist. Du liebst zutiefst, hast aber keine Ahnung, wie du das ausdrücken sollst. Deine Art, das deiner besten Freundin gegenüber auszudrücken, war, sie aus deinem Leben zu verdrängen, als es zu hart wurde, und zwar zu ihrem eigenen Schutz. Ich verstehe das. Das tue ich wirklich. Und zu einem kleinen Teil bin ich dankbar, denn Rayne hätte alles in ihrer Macht Stehende getan, um dafür zu sorgen, dass du wieder gesund wirst. Sie hätte alles und jeden beiseitegelegt, mich eingeschlossen.

Aber du hast auch recht damit, dass ich sauer bin. Du hast Rayne die Chance verwehrt, für dich da zu sein. Du hast im Grunde ihre Liebe verleugnet. Ich habe dir bereits verziehen, Mary, aber du musst dich dafür einsetzen, dass Rayne dir verzeiht. Du hast ihr wehgetan. Sehr weh. Ich habe sie noch nie so am Boden zerstört gesehen. Sie hat die ganze Nacht geweint, nachdem sie das mit dir und Truck erfahren hatte. Über deinen Krebs. Nicht wegen einer verdammten Hochzeitszeremonie. Sondern weil du nicht wolltest, dass sie für dich da ist. *Darüber* ist sie bestürzt. Wer immer dir beigebracht hat, so egoistisch zu sein, sollte erschossen werden. Frei gegebene Liebe ist die beste Medizin, die es gibt.«

Mary starrte Ghost bestürzt an. Seine Worte prasselten auf sie ein und schmerzten schlimmer als die letzten Strahlenbehandlungen, als ihre Haut bereits wund und verbrannt war.

Der Aufzug klingelte und die Türen öffneten sich im zweiten Stock. Ohne auf eine Antwort zu warten, verließ Ghost die kleine Kabine und ging den Flur hinunter.

Mary verließ den Aufzug wie betäubt. Er hatte natürlich recht. Jedes einzelne Wort aus seinem Mund traf den Nagel auf den Kopf. Sie hatte Rayne weggestoßen, um sie zu beschützen. Und ihre Mama hatte ihr beigebracht, egoistisch zu sein. Aber Mary hatte nicht gedacht, dass sie selbstsüchtig war, als sie ihre beste Freundin über das, was mit ihr geschah, im Unklaren gelassen hatte. Mary hatte gedacht, dass sie das Richtige tat. Im Ernst, wer würde seine Freundin sterben sehen wollen?

Aber je mehr sie darüber nachdachte, und weil sie Rayne kannte, wusste sie ohne Zweifel, dass Ghost recht hatte. Es ging nicht um die Hochzeit. Sie hatte ihrer besten Freundin wehgetan, der Frau, die immer für sie da gewesen war, die nie eine Gegenleistung verlangt hatte, die aus Solidarität gegenüber Mary ihren eigenen Körper tätowiert hatte.

Mary wollte sich am liebsten einfach auf den Boden fallen lassen und heulen, aber sie konnte es nicht. Sie musste stark sein. Sie musste Rayne und all den anderen Frauen gegenübertreten. Frauen, von denen sie zweifellos wusste, dass sie auch an ihrer Seite gestanden und ihr geholfen hätten, wenn sie ihnen nur eine Chance gegeben hätte.

Sie war so lange allein gewesen und hatte zugelassen, dass der zynische Sarkasmus ihrer Mama in Bezug auf Männer und Menschen im Allgemeinen ihre Liebe zu ihrer besten Freundin überlagert hatte.

Mary hörte Stimmen, die aufgeregt durch den Flur hallten, und sie blieb ruhig. Alle waren glücklich und aufgeregt. Kassie hatte wahrscheinlich schon ihre Tochter bekommen. Wenn Mary den Raum betrat, würden sich alle unwohl und unruhig fühlen. Sie würde den glücklichen Moment ruinieren.

Mary musste reparieren, was sie zerbrochen hatte, aber im Moment wusste sie nicht wie. Sie wollte ihre beste Freundin zurück. Sie wollte auf Annie aufpassen und über die Ausgelassenheit des kleinen Mädchens lachen. Sie wollte Kassie umarmen und ihr sagen, wie sehr sie sich für sie freute. Wollte, dass sie alle zusammensitzen und Wein trinken und lachen und tratschen konnten.

Sie vermisste ihre Freundinnen. Tränen schossen ihr in die Augen, als ihr klar wurde, dass jede Einzelne von ihnen alles getan hätte, um sie fröhlich und positiv zu stimmen. Sie hätten kein Mitleid mit ihr gehabt. Sie hätten ihr nicht das Gefühl gegeben, eine Last zu sein. Sie hatte es vermasselt. Und zwar gewaltig.

Mary fühlte sich, als läge das Gewicht der Welt auf ihren Schultern, und sie drehte sich um und ging den Flur entlang in Richtung Treppenhaus. Sie musste da raus. Sie brauchte etwas frische Luft. Sie würde die Dinge in Ordnung bringen, aber nicht jetzt. Nicht, wenn alle die Geburt von Kassies und Hollywoods kleinem Mädchen feierten. Sie würde Kassie und ihrem Baby ein Geschenk schicken. Auf keinen Fall wollte sie allen die gute Laune verderben.

Ohne auf die fröhliche Gruppe im Wartezimmer zurückzublicken, drückte Mary die Tür zum Treppenhaus auf und verschwand.

Truck lehnte an der Wand und grinste seine Freunde an. Hollywood verteilte Zigarren, als wäre er ein Mafiaboss. Er hatte sogar eine Kaugummizigarre für die kleine Annie. Alle lachten und lächelten und waren absolut begeistert von Kassie und Hollywood. Sogar Karina, Kassies Schwester, war da. Sie war mit Jim und Donna, Kassies Eltern, angekommen.

Hollywood war in den Warteraum gekommen und hatte allen erzählt, dass es Kassie gut ginge und dass ihr kleines Mädchen, Katherine Lauren, vollkommen gesund wäre. Das hatte eine weitere Runde von Jubel und allgemeiner Freude ausgelöst.

Es fehlte nur noch Mary.

Truck hatte die Bank angerufen und herausgefunden, dass sie vor einer Viertelstunde gegangen war. Sie sollte schon längst eingetroffen sein. Er wusste, dass Wendy sie angerufen und ihr mitgeteilt hatte, dass Kassie im Krankenhaus lag und jede Minute das Baby kommen konnte.

Er warf einen Blick auf die Uhr und beschloss, weitere fünf Minuten zu warten, bevor er sich auf den Weg machte, um nach ihr zu suchen. Er erinnerte sich daran, wie Harley nach einem Autounfall verschwunden und fast gestorben war, bevor sie nach Tagen im Wrack ihres Wagens gefunden worden war. Das hatte ihn paranoid gemacht.

»Ich bin mit ihr im Aufzug hochgefahren«, sagte Ghost leise neben ihm.

Truck sah seinen Freund an, nicht im Geringsten davon überrascht, dass Ghost wusste, warum er auf die Uhr sah. »War sie ... okay?«

Ghost nickte, presste die Lippen aufeinander und seufzte. »Ich habe mit ihr geschimpft. Das hatte ich eigentlich nicht vor«, fügte er schnell hinzu, als er sah, wie aufgebracht Truck aussah. »Sie benahm sich defensiv und erwartete anscheinend, dass ich sie in der Luft zerreißen würde. Ich habe ihr gesagt, dass ich ihr vergeben habe, aber wahrscheinlich habe ich ihr ein wenig zu hart vermittelt, wie verletzt Rayne ist.«

Truck seufzte und fuhr sich abwesend mit der Hand durchs Haar. Er und Ghost hatten die ganze Situation besprochen und waren zu dem Schluss gekommen, dass Mary versucht hatte, ihre Freundin zu beschützen, und deswegen hatte sie die Hochzeit und den Krebs vor Rayne geheim gehalten.

»Sie war genau hinter mir. Doch als ich mich umgedreht habe, um sie vor mir ins Wartezimmer gehen zu lassen, habe ich gesehen, wie sie auf die Treppe zuging.«

»Danke, dass du mir Bescheid gesagt hast«, sagte Truck zu seinem Freund. »Ich mache mich dann auf den Weg. Würdest du Kassie von mir gratulieren?«

»Natürlich. Alles in Ordnung, Truck?«, wollte Ghost wissen.

Truck sah einen seiner besten Freunde an und drehte sich dann um, um die anderen im Raum anzuschauen. Rayne stand neben Emily, den Arm um ihre Taille gelegt. Emily würde innerhalb der nächsten zwei Monate ihr eigenes Baby bekommen. Annie lief von einem Erwachsenen zum anderen, kaute an der Kaugummizigarre, die sie bekommen hatte, und lächelte bis über beide Ohren. Beatle und Casey standen an der Seite und hielten sich an den Händen. Wendy lehnte sich mit dem Rücken gegen Blade. Sogar Sadie und Chase waren da. Chase hatte seinen Arm in einer bequemen Umarmung um Sadies Taille gelegt.

Truck wollte, was seine Freunde hatten. Er wollte, dass

Mary sich an ihn wandte, wenn sie sich unwohl fühlte. Er wollte, dass sie seine Hand hielt und ihn so ansah, wie die Frauen seiner Freunde es mit *ihnen* taten.

Aber es war an der Zeit zuzugeben, dass dies vielleicht nie geschehen würde.

Er hatte gehofft, dass Mary zu ihm kommen würde, solange er ihr nur genügend Zeit gäbe. Dass sie sehen würde, wie sehr er sie liebte und dass er sie nie im Stich lassen würde. Aber selbst nach allem, was sie durchgemacht hatten, hielt sie ihn immer noch auf Armeslänge. Sie schliefen jede Nacht nebeneinander und sie hatten sich sogar ein paarmal geküsst, aber sie hatte ihm gegenüber immer noch nicht angedeutet, dass sie ihre Beziehung von der merkwürdigen Freundschaftszone, in der sie sich befanden, zu mehr verlagern wollte.

Truck wollte mehr.

Er verdiente mehr.

Er liebte Mary. Er wusste, er würde nie eine andere Frau finden, die sein Herz jedes Mal höher schlagen ließ, wenn er sie ansah. Sie war kratzig und hatte Schutzschilde, die mindestens einen Kilometer hoch waren, und Truck hoffte, dass er diese Mauern erklimmen konnte und dass sie dadurch unzertrennlich werden würden. Aber schließlich gestand er sich selbst ein, dass er das, was passiert war, um sie so misstrauisch zu machen, vielleicht nicht überwinden konnte.

»Es geht mir gut«, sagte Truck zu Ghost.

Es war offensichtlich, dass sein Freund ihm nicht glaubte, doch es gereichte ihm zur Ehre, dass Ghost es nicht ansprach.

»Haust du am Ende der Woche tatsächlich wieder ab?«, fragte Truck.

Ghost runzelte die Stirn, ließ aber zu, dass er das Thema wechselte. »Ja. Hollywood bleibt hier, aber wir werden mit dem anderen Delta-Team aufbrechen.«

»Mit Trigger und seinen Jungs, richtig?«, fragte Truck.

Ghost nickte.

»Das ist ein gutes Team. Haben wir irgendwelche Informationen über das Gebiet?«

»Noch nicht. Kommandant Robinson arbeitet daran. Du kennst ihn ja ... Er weigert sich, uns irgendwohin zu schicken, solange er nicht genügend Informationen hat, um sicher zu sein, was auf uns zukommt. Die Aufständischen waren äußerst aktiv und er ist nicht glücklich über die Situation, wie sie jetzt ist. Er will auf jeden Fall vermeiden, dass wir in einen Hinterhalt tappen.«

Truck nickte. »Gut.« Er klopfte Ghost auf den Rücken. »Wir sehen uns morgen beim Training.«

»Ja, bis dann.«

»Bis dann.«

Truck bahnte sich seinen Weg durchs Zimmer, nickte seinen Freunden zu und umarmte die Frauen. Annie lief auf ihn zu, als er gehen wollte. Er kniete sich hin, sodass er mit dem fast achtjährigen Mädchen auf Augenhöhe war.

»Du gehst schon?«, fragte sie.

»Ja.«

»Wo ist eigentlich Mary?«

»Ihr ist etwas dazwischengekommen, sodass sie heute nicht hier sein konnte.« Truck hasste es zu lügen, aber er wollte Annie nicht sagen, worin das Problem bestand.

»Sie fehlt mir. Ich habe sie schon EWIG nicht mehr gesehen. Sagst du ihr, dass ich ein paar neue Zeichen aus der Zeichensprache gelernt habe? Frankie hat sie mir beigebracht und ich wollte eigentlich mit ihr üben.«

Truck zwinkerte überrascht. Er wusste, dass Annie in Kalifornien einen kleinen Freund hatte und dass Frankie taub war. Sie »sprachen« über ein spezielles Programm auf ihren Tablets miteinander. Allerdings wusste er nicht, dass Mary mit dem kleinen Mädchen Zeichensprache übte. »Das mache ich natürlich gern. Wann hast du das letzte Mal mit ihr geübt?«

»Letzte Woche«, erwiderte Annie sofort. »Sie hat sich das gleiche Programm heruntergeladen, das auch Frankie und ich benutzen, und sie ruft mich an, um herauszufinden, was Frankie mir beigebracht hat. Wir lernen gemeinsam.«

Truck war sprachlos. Er hatte nicht gewusst, dass Mary das machte.

In letzter Zeit schien jeder seine Frau besser zu kennen als er selbst.

»Mary hat mir gesagt, Frankie könne glücklich sein, mich als Freundin zu haben«, erklärte Annie stolz.

»Da hat sie recht«, erklärte Truck.

»Einmal war ich traurig, weil sich ein Mädchen aus meiner Klasse darüber lustig gemacht hat, dass ich einen Freund habe, der so weit weg wohnt. Sie sagte mir, ich solle Carrie sagen, sie solle den Mund halten. Dass einen Freund zu haben, der in einem anderen Staat lebt, zwar hart, aber nicht unmöglich ist. Und dass ich, wenn ich Frankie wirklich mögen würde, alles tun sollte, damit er sich gut fühlt. Und er sollte dasselbe für mich tun. Ich werde Frankie heiraten, also möchte ich sicher sein, dass ich ihn wirklich sehr gut behandle.«

Truck war verblüfft. Mary hatte Annie gesagt, sie sollte tun, was sie könnte, damit es Frankie gut ginge. Das war überraschend. Er wusste, dass Mary nicht gerade eine gute Erfolgsbilanz hatte, wenn es um Männer ging, und sie hatte mehr als ein Mal gesagt, dass Männer im Allgemeinen Hintergedanken haben, wenn es um Beziehungen geht. Das war einer der Gründe, warum er bei Mary so langsam vorging. Er wollte nicht, dass sie dachte, er hätte sie geheiratet und sie im Austausch gegen Sex in seine Versicherung aufgenommen.

»Tja, da hat sie recht«, erklärte Truck Annie.

»Ich weiß«, erklärte Annie achselzuckend. »Sie fehlt mir. Sie soll mich anrufen, damit wir die neuen Zeichen üben können, die ich gelernt habe.«

»Das werde ich ihr ausrichten.«

Annie beugte sich nach vorne und küsste Truck auf die Wange, direkt über seine Narbe. Dann drehte sie sich und ging zurück in den Raum, um einen anderen Erwachsenen zu finden, mit dem sie sich unterhalten konnte.

Truck wischte den klebrigen Kaugummikuss mit dem Handrücken von seinem Gesicht ab. Er liebte Annie, als wäre sie seine eigene Tochter. Sie hatte ihn nie, nicht ein einziges Mal, wegen der fiesen Narbe in seinem Gesicht gescheut. Als er sie zum ersten Mal traf, hatte sie ihre Hand auf seine Wange gelegt und gefragt, ob das wehgetan hätte.

Truck stand auf, ging aus dem Wartezimmer und dachte an Mary. Er wusste nicht, was er tun sollte. Auf der einen Seite liebte er es, sie bei sich zu haben. Er liebte es, jeden Abend mit ihr reden zu können, und besonders liebte er es, wenn sie sich an ihn kuschelte, wenn sie schliefen.

Aber auf der anderen Seite brauchte er mehr. Er wollte Mary so lieben, wie sie geliebt werden sollte. Er wollte mit ihr schlafen, mit ihr duschen, mit ihr lachen. Er wollte nicht nur dem Namen nach ihr Mann sein.

Er hatte gedacht, dass ihre Beziehung sich in mehr verwandeln würde, sobald es ihr besser ginge. Aber das war nicht der Fall gewesen.

Truck presste die Lippen zusammen, als er auf den Aufzug wartete, und wusste, dass er eine Entscheidung treffen musste. Er fuhr fort, wie er es getan hatte, in der Hoffnung, dass Mary ihn irgendwann lieben würde, oder er würde sie gehen lassen.

KAPITEL ZWEI

Zwei Tage später beobachtete Mary, wie Rayne, Emily und Casey in die Bank kamen. Sie hatte überlegt, wie sie sich Rayne nähern sollte, aber bisher hatte sie jedes Mal gekniffen.

Nicht nur das, auch die Dinge mit Truck waren seltsam gewesen. Er war anders, seit ihre Freunde herausgefunden hatten, dass sie und Truck verheiratet waren, aber in letzter Zeit wirkte er distanziert. Wenn er morgens zum Sport ging, weckte er sie nicht auf, um ihr zu sagen, dass er ging, und er setzte sich abends auch nicht neben sie auf die Couch. Tatsächlich schien er sich sogar Mühe zu geben, sich ganz von ihr zu distanzieren.

Mary machte sich Sorgen, dass sie nicht nur ihre Freunde verloren hatte, sondern es sah so aus, als hätte Truck endlich genug von ihrer Zickigkeit und Wischiwascherei und bereitete sich darauf vor, sie auch abzuservieren.

Es half nicht, dass er und der Rest des Teams an diesem Wochenende für einen Einsatz die Stadt verlassen mussten. Sie hasste es, wenn er ging. Jedes einzelne Mal machte sie sich Sorgen, dass er nie wieder zurückkommen würde. Dass er in Übersee getötet werden würde. Sie wusste, dass er und die anderen gut waren in dem, was sie taten, aber es konnte immer etwas Schlimmes passieren. Immer.

Ihr Leben lief aus dem Ruder und Mary wollte nichts mehr,

als sich in Trucks Arme zu werfen und ihn anzuflehen, sie für immer zu lieben, ganz gleich, was sie tat oder sagte, um die Sache zu versauen. Sie wollte sich auch vor Rayne niederwerfen und sie bitten, ihr zu verzeihen.

Mary sah die Frauen an, als sie eintraten, und entschied, dass es so weit war. Sie musste sich zusammenreißen und Rayne fragen, ob sie zur Bank gekommen war, damit sie sich unterhalten konnten. Es war Zeit. Es war sogar längst überfällig. Sie hatte früher nie ein Problem damit gehabt, ihre Meinung zu sagen; es war an der Zeit, dass sie wieder zu dieser Mary wurde.

Sie hatte Pause und wusste, dass sie noch etwa fünfzehn Minuten Zeit hatte, bevor ihre Chefin ihr den bösen Blick zuwarf, was darauf hindeutete, dass es Zeit für sie war, wieder an die Arbeit zu gehen. Die Bank war voll, als die Mittagspause nahte. Mary atmete tief durch und ging auf Rayne und Emily zu. Sie standen an der Seite und warteten darauf, dass Casey ihre Geschäfte abschloss.

»Hi«, sagte Mary unsicher. Sie hasste das Gefühl.

»Hi«, entgegnete Rayne ohne die Freundlichkeit in der Stimme, mit der sie ihr normalerweise begegnete.

»Mary«, sagte Emily und nickte ihr zu.

»Hast du kurz Zeit?«, fragte Mary Rayne.

Der Blick ihrer besten Freundin ging erst zu Emily, dann zu Casey, die zu ihnen herübergekommen war, bevor sie wieder zu Mary blickte. »Eigentlich nicht.«

»Bitte«, flüsterte Mary. »Es gibt so viel, das ich dir sagen möchte, obwohl ich jetzt schon weiß, dass meine Pause nicht dafür ausreicht, aber lass mich dir wenigstens sagen, wie leid es mir tut.«

Mary sah Rayne an, die anscheinend genau wie sie selbst mit ihren Gefühlen zu kämpfen hatte. Am liebsten hätte sie die Arme um Rayne geschlungen und sie fest gedrückt, aber sie wusste, dass sie sie zurückweisen würde ... und zwar zu Recht.

Rayne blickte sich um und sagte dann: »Können wir irgendwo hingehen, damit wir hier nicht mitten in der Bank stehen und uns alle anschauen?«

Mary sah das als positives Zeichen und nickte sofort. »Ja.

Wir können hinten in den Pausenraum gehen. Normalerweise dürfen dort nur Angestellte hin, aber ich habe gesehen, dass meine Chefin auch schon Freundinnen dort mit hingenommen hat. Ich weiß, dass sie nichts sagen wird.«

»Na gut. Kommt mit, Em, Casey«, sagte Rayne zu den anderen beiden Frauen.

Mary nickte. Sie war nicht überrascht, dass Rayne die anderen zur moralischen Unterstützung dabeihaben wollte. Das hätte sie auch getan. Schade, dass es sich so anfühlen würde, als wären es drei gegen einen, aber Mary sah ein, dass man so lag, wie man sich bettete.

Sie führte sie ins Hinterzimmer. Sie gingen an zwei Tresoren vorbei – dem Geldtresor und dem mit all den Schließfächern. Die Tür zu letzteren war offen. Sie blieb während des Tages offen, außer wenn ein Kunde auf sein Fach zugreifen wollte. Dann wurde er von einem Angestellten nach drinnen begleitet und die Tür wurde geschlossen, sodass der Kunde seine Privatsphäre wahren konnte. Es gab einen dicken Teppich auf dem Boden und einen Tisch in der Mitte des Raumes. Mary hasste dieses Gewölbe. Mit all den aufgereihten Tresorfächern und der gedämpften Beleuchtung im Inneren erinnerte er sie immer an ein Leichenschauhaus, aber in kleinerem Maßstab. Die Schubladen waren bei Weitem nicht groß genug für einen Menschen, aber sie hatte eines Nachts einen Albtraum gehabt, als sie eines der Fächer öffnete und eine Minileiche sich darin aufsetzte.

Schaudernd konzentrierte Mary sich auf den Pausenraum vor ihr. Die Tür stand offen und als sie drinnen war, drehte sie sich zu Rayne um.

»Es tut mir leid. Es tut mir so verdammt leid, dass ich dir nicht gesagt habe, dass ich Truck geheiratet habe. Das war wirklich scheiße von mir.«

»Du glaubst, ich bin *deswegen* sauer?«, fragte Rayne ungläubig. Sie hatte die Augenbrauen zusammengezogen und runzelte die Stirn.

»Nein«, entgegnete Mary und blickte zu Boden. »Ich weiß, warum du sauer auf mich bist.«

Als hätte sie gar nichts gesagt, sprach Rayne weiter: »Es ist mir völlig egal, dass du hinter meinem Rücken geheiratet hast. Ich finde es nur schlimm, dass du Truck falsche Hoffnungen machst. Er ist einer der nettesten Kerle, die ich jemals kennengelernt habe, und verdient es, geliebt zu werden, mehr als jeder sonst. Ich weiß, dass er dir etwas bedeutet, aber aus irgendeinem Grund hältst du dich zurück, und das hat er nicht verdient. Es macht mich allerdings richtig wütend, dass du mir nicht gesagt hast, dass der Krebs erneut ausgebrochen ist.«

Mary war sich nicht sicher, was sie sagen sollte. Ihre Kehle war wie zugeschnürt und sie fühlte sich, als würde sie jede Sekunde in Tränen ausbrechen. Dass Rayne sie ansah, als könnte sie es nicht ertragen, im selben Raum zu sein, war das Schmerzhafteste, was sie je erlebt hatte.

Noch schmerzhafter als damals, als sie sechzehn Jahre alt war und erfuhr, dass ihre Mama die ganze Zeit die Wahrheit über Männer gesagt hatte. Noch schmerzhafter als der Tag, an dem sie achtzehn Jahre alt geworden war und Mama sie aus dem Haus geworfen hatte, obwohl sie noch nicht die Highschool abgeschlossen hatte. Noch schmerzhafter als der Tag, an dem sie erfahren hatte, dass der Krebs zurückgekehrt war.

»Ich verstehe nicht, warum du mich ausgeschlossen hast«, sprach Rayne weiter. »Habe ich etwas falsch gemacht? Etwas Falsches *gesagt*? Ich weiß, dass du Schwierigkeiten damit hast, Menschen zu vertrauen, aber ich hätte in einer Million Jahren nicht gedacht, dass du *mir* nicht vertraust.«

»Ich vertraue dir«, entgegnete Mary nach einer kurzen Pause.

»Nein, das tust du nicht. Sonst hättest du es mir gleich gesagt, als du die Diagnose bekommen hast. Du hättest mich rüberkommen und deine Hand halten lassen, während wir uns darum gekümmert hätten. Du hättest mir gesagt, dass du dir die Behandlungen nicht leisten kannst, und wir hätten etwas Geld sammeln können, um sie zu bezahlen. Stattdessen hast du mich weggestoßen und Truck wegen seines Geldes geheiratet. Hättest du mir jemals etwas davon erzählt? Von deiner Ehe? Von dem Krebs? Oder wolltest du dich weiter darüber lustig machen, als ich dir sagte, dass ich damit warte, Ghost zu heiraten, bis du dich zusammenreißt und zugibst, dass du Truck so sehr liebst, wie er dich liebt?«

Mary öffnete den Mund, um zu antworten und um Raynes harte Worte zu leugnen – aber ein seltsames Geräusch aus der Eingangshalle lenkte sie ab. Die anderen Frauen drehten sich nicht einmal um, vielleicht weil sie mit den alltäglichen Geräuschen in der Bank nicht so vertraut waren. Sie hielt ihre Hand zu den anderen Frauen hoch, streckte ihren Kopf aus dem Pausenraum heraus und schaute über die Köpfe der Kassiererinnen hinweg zu den Fenstern.

Was sie sah, veranlasste Mary, sich zu bewegen, bevor sie wirklich darüber nachgedacht hatte. Sie ergriff Raynes Hand und bedeutete Emily und Casey, ihr zu folgen.

»Verhaltet euch still«, flüsterte sie mit Nachdruck. »Folgt mir.«

Ohne auf ihre Antwort zu warten, zerrte sie Rayne aus der Tür und begab sich zum Tresorraum. Dort war der sicherste Ort für sie. Obwohl Mary den Raum hasste, war er absolut uneinnehmbar.

Und nicht nur das: Sollten die beiden bewaffneten Männer in der Eingangshalle beschließen, mehr Geld zu wollen, als in den Schubladen der Kassiererinnen lag, würden sie darum bitten, in den Geldtresor und nicht in den Tresor mit den Schließfächern gelassen zu werden.

»Verdammte Scheiße«, rief Rayne leise aus, als Mary sie in den Tresorraum zog. »Passiert das gerade wirklich?«

Ohne zu antworten, deutete Mary Emily und Casey an, dass sie sich beeilen sollten, und in dem Moment, in dem sie durch die Tür gingen, schloss sie sie so leise wie möglich, obwohl sie nicht glaubte, dass die Räuber es hörten, angesichts des Weinens und der Schreie, die jetzt aus der überfüllten Eingangshalle kamen.

Mary tat das, wofür sie in einer Situation wie dieser ausgebildet worden war. Sie sicherte die Tür und versuchte, nicht zu erschaudern, weil es sich anfühlte, als würde sich der Deckel eines Sarges schließen, und ging direkt zum Telefon an der Wand. Aus Sicherheitsgründen war es eine vom Rest der Bank getrennte Leitung. Niemand würde das rote Licht an den

Schreibtischtelefonen sehen, das anzeigte, dass jemand es benutzte. Sie wählte den Notruf und erklärte der Telefonistin schnell die Situation.

Sie hatte nicht viele Details, aber sie sagte der Dame, wo sie war, mit wem sie zusammen war, wie viele Kunden sich ihres Wissens ungefähr in der Eingangshalle aufhielten, wie viele Räuber sie gesehen hatte und wie viele Bankangestellte dort waren. Die Telefonistin wollte, dass sie in der Leitung blieb, aber Mary legte auf und wählte sofort eine andere Nummer.

Rayne, Emily und Casey murmelten hinter ihr, aber Mary ignorierte sie vorerst.

»Mach schon, mach schon«, sang sie ins Telefon, als es klingelte.

»Hallo?«

Der Klang von Trucks Stimme beruhigte sie sofort. »Truck, ich bin es, Mary. Ich brauche deine Hilfe.«

»Was ist denn los?« Seine Stimme war hart, aber beherrscht. Es hielt sie davon ab, verrückt zu werden.

»Ich bin in der Bank und es findet gerade ein Überfall statt. Rayne, Emily und Casey sind auch hier und ich habe uns in dem Tresor mit den Schließfächern eingeschlossen. Wir können nicht hören, was da draußen los ist, aber die Typen sind bewaffnet.«

»Geht es dir gut?«

Auf seine Frage hin füllten sich Marys Augen mit Tränen. Es war wieder typisch für Truck, zuerst an sie zu denken und sich Sorgen zu machen. »Ja.«

»Und wie geht es den anderen?«

Mary wandte sich zu ihren Freundinnen um. Sie standen nahe beisammen und sahen völlig verängstigt aus. »Es geht ihnen gut. Es geht uns allen gut«, log sie Truck an. Sie hielt es für besser, ihm nicht zu sagen, dass sie am Rande eines Nervenzusammenbruchs standen.

»Okay. Ich bin auf dem Weg. Die Jungs sind alle hier ... und ich bringe noch ein weiteres Delta-Team mit. Wir kümmern uns darum, verstanden?«

»Ja. Ich habe den Notruf verständigt.«

»Gut. Und Mary ... *wir kümmern uns darum*«, erklärte

Truck erneut mit Nachdruck. »Ihr müsst nur dafür sorgen, dass ihr in Sicherheit seid. Können sie zu euch reinkommen?«

»Vielleicht. Ich habe vom Tresorraum aus auf den Panik-knopf gedrückt, der ihn verriegelt, aber meine Chefin hat den Freischaltcode. Ich hoffe, wenn sie Geld wollen, werden sie sich nicht um diesen Tresor kümmern, sondern um den mit dem Geld. Meine Chefin sollte sie zu diesem Tresor lenken.«

»Bleibt von der Tür weg«, befahl Truck. Sie konnte hören, wie er sich im Hintergrund bewegte, und hoffte wie verrückt, dass er tatsächlich in dieser Sekunde bereits auf dem Weg zu ihr war. »Könnt ihr euch irgendwie verbarrikadieren?«

»Nein. Hier drin gibt es zwar einen Tisch, doch der ist am Boden festgeschraubt, und selbst wenn er das nicht wäre, wäre er zu schwer für uns.«

»Verdammt. Okay, kein Problem. Wahrscheinlich sind diese Typen bereits wieder verschwunden. Sie haben sich so viel Geld wie möglich genommen und sind dann so schnell wie möglich abgehauen. Wir kommen euch holen, Mare. Sag auch den anderen Bescheid, dass ihre Männer unterwegs sind, um sie zu holen, okay?«

»Ja.«

»Und überstürzt nichts«, warnte Truck sie. »Ich liebe dich.«

Bei seinen Worten machte Marys Magen einen Satz. Das hatte er ihr noch nie gesagt. Oh, ihr war durchaus klar, dass er sie liebte, doch sie hatte die Worte selbst noch nie gehört. Sie jetzt zu hören war fast schmerzlich. »Sei vorsichtig«, flüsterte sie und hätte seine Worte gern erwidert, konnte sich jedoch nicht dazu durchringen.

»Natürlich. Ruf mich bitte jederzeit an, wenn du mich brauchst.«

»Das werde ich tun.«

»Das hast du gut gemacht, Mare. Ich muss jetzt los. In zehn Minuten sind wir da.«

»Okay.«

»Bis gleich.«

Mary legte auf, atmete tief durch und sah dann ihre Freun-dinnen an. »Wir müssen von der Tür weggehen.«

»Sie kommen, stimmt's?«, fragte Emily mit zitternder Stimme.

Mary wurde plötzlich klar, wie schwanger die Frau war und was alles schiefgehen konnte, und sie sagte: »Natürlich kommen sie. Und sie bringen noch ein weiteres Delta-Team mit, mit dem sie trainiert haben. Diese Arschlöcher von Bankräuber werden nicht wissen, wie ihnen geschieht, wenn sie so dumm sind, noch hier zu sein, sobald unsere Männer eintreffen. Und jetzt kommt, wir gehen von der Tür weg. Setzt euch hin. Du wirst doch wohl nicht das Baby jetzt hier drin bekommen, oder? Denn sonst wirst du ihn Hank nennen müssen.«

»Hank?«, fragte Emily und watete zu der Stelle, die Mary ihr gezeigt hatte, wobei Rayne und Casey neben ihr her gingen.

»Ja. Du weißt schon, wie Bank aber mit einem H«, scherzte Mary.

Emily schüttelte den Kopf und verdrehte die Augen, grinste dabei aber. Rayne und Casey halfen Emily dabei, sich auf den Boden zu setzen, und sahen zu ihr hoch.

»Und was jetzt?«, wollte Casey wissen.

Mary sah sich im Raum um und schüttelte den Kopf. »Der Tisch ist festgeschraubt und lässt sich nicht bewegen. Es gibt auch keine Stühle oder sonst etwas. Uns bleibt also nichts anderes übrig, als einfach nur abzuwarten.«

»Meinst du, dass die Typen hier reinkommen werden?«, fragte Emily.

Mary sah ihr in die Augen. »Wie ich auch schon Truck gesagt habe, glaube ich das nicht. Schließlich sind die Schließfächer fest verschlossen und jedes einzelne benötigt einen Extraschlüssel, um es zu öffnen. Der Kunde hat den einen Schlüssel und die Bank den anderen. Ja, hier drin befinden sich wahrscheinlich Wertsachen im Wert von mehreren hunderttausend Dollar, aber man kommt nicht so leicht an sie ran. Wenn ich ein Bankräuber wäre, wäre mein Ziel der Geldtresor, wo ich mir haufenweise Geld schnappen und dann einfach verschwinden kann.«

»Und das sagst du jetzt nicht nur, damit wir uns besser fühlen, oder?«, fragte Rayne misstrauisch.

Mary seufzte und setzte sich ungefähr einen Meter von den

anderen Frauen entfernt hin, wobei sie darauf achtete, sich zwischen den Frauen und der Eingangstür zu befinden. Sie blickte Rayne an und entgegnete: »Ich würde alles sagen, damit du dich sicher fühlst, Rayne. Und ich würde alles dafür tun, um dich zu beschützen. Als du in Ägypten verschwunden warst, hätte ich fast den Verstand verloren. Also ja, natürlich würde ich lügen, wenn es dich glücklich, sicher und zufrieden macht. Aber jetzt gerade lüge ich nicht.«

Die beiden Frauen starrten sich an, ohne ein Wort zu sagen.

»Und du meinst damit nicht nur, dass du uns hier drinnen unterbringst, um von den Bankräubern weg zu sein, nicht wahr?«, fragte Casey.

Ohne Rayne aus den Augen zu lassen, entgegnete Mary einfach nur: »Ja.« Dies war zwar weder die Zeit noch der Ort, den sie sich für ein Gespräch mit ihrer besten Freundin gewünscht hatte, aber es war nun einmal, wie es war.

»Darum habe ich dich nie gebeten«, flüsterte Rayne.

»Ich weiß. Aber du bist das Beste, was mir jemals passiert ist«, erklärte Mary ihr. »Meine Kindheit war scheiße. Bei uns gingen so viele ›Onkel‹ ein und aus, dass ich mir nach einer Weile nicht mal mehr die Mühe gemacht habe, mir ihre Namen zu merken. Sie und meine eigene Mutter haben mir beigebracht, mich niemals auf irgendjemanden zu verlassen, weil sie einen am Ende immer enttäuschen. Und es war ja nicht nur so, als hätte sie es mir jeden einzelnen Tag gesagt ... Nein, ich konnte mich auch mit eigenen Augen davon überzeugen. Jeder einzelne dieser sogenannten Onkel versprach meiner Mutter ein besseres Leben. Sie versprachen ihr, auf sie und mich aufzupassen. Und jeder Einzelne von ihnen hat sie verlassen. Ich kann ihnen eigentlich keinen Vorwurf daraus machen, denn meine Mama hat sich ihnen gegenüber wirklich schlimm verhalten, aber trotzdem.

Die Lehrer enttäuschten mich, weil keiner von ihnen bemerkte, wie hungrig ich war oder dass ich seit Tagen nicht mehr geduscht hatte. Und auch die Sozialarbeiter haben mich enttäuscht. Gelegentlich kam mal einer vorbei, nachdem einer der Onkel meine Mama angezeigt hatte, aber sie waren so überarbeitet und beschäftigt, dass sie sich nicht die Mühe machten, sich eingehender mit mir zu befassen. Selbst der Schulleiter hat mich enttäuscht, denn nachdem meine Mama mich im Abschlussjahr von zu Hause rausgeschmissen hatte, bewies er mir, dass es ihm scheißegal war, und er drohte mir sogar damit, mich von der Schule zu schmeißen, wenn ich noch mehr Schultage verpasste. Ich habe ihm gesagt, dass die Fehltage daher stammten, dass ich eine Wohnung suchen musste, doch das war ihm egal.

Und dann habe ich *dich* kennengelernt, Rayne. Eigentlich wollte ich dich auf Abstand halten, doch du hast die Mauern, die ich um mein Herz aufgebaut hatte, im Sturm erobert. Ich wusste nicht, was Liebe ist, bis ich dich kennengelernt habe.« Mary wusste, dass ihr die Tränen in den Augen standen, doch sie sprach trotzdem weiter. »Du hast mich verstanden. Dir war es egal, dass ich versucht habe, mich durch Sarkasmus zu schützen. Es war dir egal, dass ich gemeine Bemerkungen machte und mich oft wie eine Schlampe verhielt. Du hast mich trotzdem geliebt. Und als ich Krebs bekommen habe, warst du ständig an meiner Seite. Du hast jeden Termin mit mir wahrgenommen. Und du warst auch für mich da, als ich zu krank war, um aufzustehen. Du hast mich zum Essen gezwungen und dafür gesorgt, dass ich den Mut nicht verliere, und letztendlich dafür gesorgt, dass ich *lebe*. Und das Merkwürdigste daran ist, dass du nichts als Gegenleistung wolltest.«

»Du hast versucht, mir Geld anzubieten«, erinnerte sich Rayne, der ebenfalls Tränen übers Gesicht strömten. »Als würde ich dein Scheißgeld nehmen.«

»Ich wusste nicht, wie ich damit umgehen sollte. Mir ist noch nie in meinem ganzen Leben etwas geschenkt worden. Besonders nicht, ohne dass daran Bedingungen geknüpft waren. Bis du gekommen bist. Du hast sogar weniger Stunden gearbeitet, damit du bei mir sein konntest. Und als ich krank war, hast du dich monatelang nicht mit Männern verabredet. Stattdessen bist du für uns beide einkaufen gegangen, hast all meine Wäsche erledigt, meine Wohnung geputzt und bist quasi eingezogen. Für mich war das der Wahnsinn, doch so sehr ich auch protestierte und so gemein ich mich dir gegenüber auch verhielt, du bist nicht von meiner Seite gewichen.«

»Keine zehn Pferde hätten mich dazu bringen können, dich allein zu lassen, wenn du krank bist, Mary«, erklärte Rayne.

»Ich weiß. Dann ging es mir besser und du hast Ghost kennengelernt. Ich habe mich so für dich gefreut, obwohl ich mich ihm gegenüber wirklich gemein verhalten habe, nachdem er verletzt worden war. Ich konnte es einfach nicht ertragen, dich unglücklich zu sehen, Raynie. Ich vertraute ihm nicht und ich wollte nicht, dass du all das durchmachen musstest, was ich durchgemacht habe. Ich hoffte, dass er der Mann war, der er zu sein schien, aber ich wusste auch, dass die Möglichkeit bestand, dass er dich einfach verließ, sobald die erste Verliebtheit abgeklungen war.«

»Und warum hast du mir nicht gesagt, dass der Krebs zurückgekehrt war? Dachtest du, ich würde dir nicht noch einmal helfen?«, wollte Rayne wissen.

»Nein. Ich *wusste* mit Sicherheit, dass du mir helfen würdest. Aber das konnte ich nicht noch einmal durchstehen«, erwiderte Mary leise. »Das konnte ich *dir* nicht noch einmal antun. Es war für uns beide die Hölle. Und es wäre unfair von mir gewesen, dich das zweimal durchmachen zu lassen. Nicht, wenn dein Leben so war, wie du es dir immer erträumt hattest. Du hattest endlich einen Mann, der dich abgöttisch liebte und der dir die Welt zu Füßen gelegt hätte, wenn du ihn darum gebeten hättest.«

»Es war allerdings nicht fair von dir, dass du mir nicht die Wahl gelassen hast«, erklärte Rayne aufgebracht.

»Du verstehst es nicht«, protestierte Mary.

»Dann erkläre es mir«, schrie Rayne sie geradezu an. »Ich wäre für dich da gewesen, Mary, genau wie beim ersten Mal. Ich hätte *alles* für dich getan, aber du hast mir keine Wahl gelassen.«

Mary ballte die Hände zu Fäusten und kniff die Augen fest zusammen, während Rayne weiterschimpfte.

»Du redest immer wieder davon, dass Menschen egoistisch und selbstsüchtig sind und Dinge nur tun, weil sie etwas als Gegenleistung wollen. Aber du wusstest, dass ich nicht so bin.

Ich hatte es bereits bewiesen. Warum also, Mary? Warum hast du mich weggestoßen? Hab wenigstens den Mumm, es mir ins Gesicht zu sagen. Öffne die Augen und schau mir ins Gesicht!«

Mary machte die Augen auf und starrte in Raynes Richtung. Sie konnte sie nicht sehen, weil die Tränen ihre Sicht verschleierten, sie konnte nur ihre verschwommenen Umrisse erkennen. All der Schmerz, den sie gefühlt hatte, als sie die Diagnose erhielt, dass ihr Krebs wieder da war, sprudelte an die Oberfläche.

»Ich wollte einfach nicht, dass du mir beim Sterben zusiehst«, rief sie.

Die Worte hallten durch den Raum, bevor sie weitersprach.

»Ich wollte nicht, dass meine beste Freundin, eine Frau, die ich mehr als alles andere auf der Welt liebe, zusehen muss, wie ich dahinsieche, und weiß, dass sie nichts dagegen tun kann. Ich wollte, dass du gute Erinnerungen an mich hast.« Mary machte die Augen erneut zu und schniefte. »Ich wollte einfach nicht, dass du das mitmachen musst, Rayne. Das hätte ich nicht ausgehalten. Und ich *wusste* ohne jeden Zweifel, dass du für mich da sein würdest. Du hättest nie zugelassen, dass ich dich auf Distanz halte, wenn du gewusst hättest, dass der Krebs zurückgekehrt ist. Du wärst bis zum bitteren Ende an meiner Seite geblieben – und es hätte mich umgebracht, dich traurig und aufgebracht zu sehen.«

Nach Marys Äußerung herrschte Stille im Tresorraum. Der schalldichte Raum gab keinen Hinweis darauf, was draußen in der Eingangshalle geschah. Mary hatte keine Ahnung, ob die Räuber noch da waren, ob es eine riesige Schießerei gab oder ob der Raub noch im Gange war. Sie hörte nur ihren eigenen Herzschlag und ihr gelegentliches Schniefen. Aber sie wagte es nicht, ihre Augen wieder zu öffnen.

Sie hatte sich gerade ihrer besten Freundin offenbart und sie hatte Angst, Rayne würde sie für immer zurückweisen. Dass dies für alle Zeiten das Ende ihrer Freundschaft wäre. Sie wusste nicht, was sie ohne Rayne in ihrem Leben tun würde. Die letzten paar Monate waren die Hölle gewesen. Die absolute Hölle.

Mary zuckte, als sie fühlte, dass eine Hand sich auf ihren

Arm legte, und sie öffnete die Augen. Sie drehte sich um und sah, dass Rayne sich neben sie gehockt hatte.

»Danke«, sagte Rayne.

»Was?«

»Ich habe die ganze Zeit über gedacht, ich hätte etwas falsch gemacht. Vielleicht, dass du sauer auf mich bist, weil ich mit Ghost zusammengezogen bin und ihn liebe. Schließlich weiß ich ja, was du von Männern hältst. Aber ich habe das alles falsch verstanden, du wolltest mich nur schützen.«

Mary nickte.

Daraufhin rutschte Rayne neben Mary und legte die Arme um ihre Freundin. Mary legte ihren Kopf an Raynes Schulter und hielt sie fest. Sie nahm den vertrauten Duft von Raynes Lieblingsseife wahr und fühlte sich sofort zu Hause.

»Es tut mir leid«, murmelte Mary an ihrer Schulter. »Es tut mir so leid.«

»Ist schon okay«, entgegnete Rayne. »Ich verstehe es und ich vergebe dir.«

Mary wich ein wenig zurück. »Einfach so?«

»Ja, einfach so. Ich liebe dich, Mary.«

Sie ließ Rayne nicht aus den Augen, als sie weitersprach.

»Aber mach so einen Scheiß nie wieder. Wenn du auch nur eine winzige Erkältung hast, will ich darüber Bescheid wissen. Ich finde es toll, dass du mich beschützen wolltest, aber tu es nie wieder, verstanden?«

»Ja, Raynie. Verstanden. *Bitte* heirate Ghost. Ihr beide seid perfekt füreinander und ich weiß mit Sicherheit, dass er dich nicht verlassen wird. Niemals.«

»Ich weiß.«

»Also werdet ihr heiraten?«

»Ja – unter einer Bedingung.«

Mary verdrehte die Augen und wischte sich das Gesicht ab. »Und die wäre?«

»Du und Truck erneuert euer Ehegelübde mit uns zusammen.«

Mary erstarrte und das Verlangen, das sie überkam, war so stark, dass es fast wehtat. »Ich bin mir nicht sicher –«

»Unser Pakt war Blödsinn, das wissen wir doch beide.

Natürlich hätte ich nie damit gewartet, Ghost zu heiraten, nur weil es keinen Mann in deinem Leben gibt. Aber du hast einen Mann in deinem Leben ... Truck. Und ich weiß, wie du ihn ansiehst, wenn er nicht hinschaut, und wie er dich ansieht. Ich dachte, wenn ich lange genug warten würde, würdest du vielleicht erkennen, was du direkt vor der Nase hast, und dann könnten wir unsere Doppelhochzeit doch noch haben.«

»Es tut mir leid, dass ich dir nichts von meiner Hochzeit erzählt habe.«

Rayne winkte ab. »Das ist mir egal. Ich bin sogar froh, dass du es getan hast. Es hat dir das Leben gerettet, also werde ich deswegen nicht wütend sein. Aber ... jetzt, da du verheiratet *bist*, kannst du dein Ehegelübde mit Ghost und mir erneuern. Dagegen kannst du nichts einwenden. Und dann ist es genau so, wie wir es vor Jahren geplant haben.«

»Aber Truck und ich benehmen uns nicht gerade wie Ehemann und Ehefrau.«

»Ehemann und Ehefrau?«, fragte Casey.

Mary nickte. »Ja. Ich meine ... wir haben bisher nicht ...«

»Oh verdammt, du hast noch nicht mit ihm geschlafen?«, entgegnete Rayne schockiert.

»Also, geschlafen schon, aber sonst nichts.«

»Verdammt noch mal«, keuchte Emily. »Unglaublich. Truck sieht dich mit solchem Verlangen an, dass wir uns sicher waren, dass ihr miteinander schlaft.«

Mary zuckte zusammen. »Ja, aber es war ja nicht so, als hätten wir es tun können, als ich noch krank war. Und jetzt sind die Dinge einfach ... merkwürdig.«

»Willst du ihn?«, fragte Rayne und fügte dann hinzu: »Und lüg jetzt ja nicht.«

Mary nickte.

»Liebst du ihn?«, fragte sie weiter.

»Ich weiß es nicht, Rayne. Vielleicht weiß ich nicht mal, was Liebe ist.«

»Blödsinn. Schließlich liebst du *mich*.«

»Das ist etwas anderes.«

»Nein, ist es nicht. Sieh mal, ich verstehe dich. Vom ersten Moment an, da wir uns kennengelernt haben, waren wir uns einig, dass Männer scheiße sind. Und mir war von Anfang an klar, dass es bei dir nicht nur etwas ist, das du sagst, weil gerade jemand mit dir Schluss gemacht hat. Du glaubst wirklich daran. Deine blöde Schlampe von einer Mutter hat dir das seit frühester Jugend an eingeredet. Aber Truck ist *nicht* einer dieser Typen aus deiner Vergangenheit. Er ist keiner dieser *Onkel* aus deiner Kindheit. Ich denke, er hat hinreichend bewiesen, dass er mit dir zusammen ist, weil er dich liebt, und nicht, weil er etwas von dir will.«

»Ich weiß.«

»Und warum hältst du dich dann zurück?«

Mary biss sich auf die Lippe und betrachtete ihre beste Freundin. »Ich traue mich nicht, mich vor ihm auszuziehen. Du weißt schon ... ohne meine ...« Sie zeigte auf ihre Brust. »Aber es ist nicht nur das. Ich meine, ich weiß, dass er seine eigenen Leiden hat, und wenn es überhaupt jemand versteht, dann er. Aber als ich das letzte Mal einem Mann gesagt habe, dass ich ihn liebe, hat er am Tag darauf mit mir Schluss gemacht. Und ich habe wirklich eine riesige Angst, dass genau das Gleiche noch mal passiert, wenn ich es wieder sage.«

»Da unterschätzt du Truck ganz schön, und das ist ihm gegenüber nicht fair«, erklärte Rayne voller Überzeugung. »Ich verstehe dich. Es kann ziemlich nervenaufreibend sein, sich jemandem zu öffnen, sowohl körperlich als auch emotional. Aber Truck ist nicht wie der Typ, den du da beschreibst. Ich denke, es würde euer beider Leben verändern, wenn du ihm sagen würdest, dass du ihn liebst. Und zwar positiv. Gib ihm eine Chance, Mary.«

»Ich werde es versuchen.«

»Ooh ...«, stöhnte Emily neben ihnen und Mary und Rayne drehten beide den Kopf und starrten die Schwangere an.

»Was? Was ist los?«, fragte Rayne hektisch.

»Ich bin mir nicht sicher«, erklärte Emily und man konnte ihr die Besorgnis an der Stimme anhören.

»Leg dich hin«, befahl Casey ihr und half der anderen Frau, sich auf den Boden zu legen.

Rayne und Mary gingen ebenfalls zu ihr. Mary nahm eine

ihrer Hände und Rayne griff nach Emilys Beinen. »Atme tief durch«, wies Rayne sie an. »Versuche, dich zu entspannen.«

»Ich glaube, es geht mir wieder gut«, erwiderte Emily. »Es war nur ein kurzer Schmerz. Es dauert noch zwei Monate, bevor das Baby kommt. Das sind keine Wehen.«

»Das möchte ich dir auch geraten haben«, erklärte Mary. »Ich werde Annies Bruder auf *keinen Fall* während eines Banküberfalls in dieser Höhle zur Welt bringen.«

»Du weißt doch gar nicht, ob es ein Junge ist«, erwiderte Emily.

»Doch, das ist es. Annie möchte ein Brüderchen, also wird es ein Junge.«

Emily verdrehte die Augen, sah aber dann schnell zu Mary hoch. »Danke, dass du dich nicht von Annie distanziert hast. Sie liebt dich sehr und sie hätte es nicht verstanden.«

Mary nickte. »Annie ist wie eine Seelenverwandte für mich. Sie ist wunderbar und genau wie ich manchmal ziemlich schnippisch. Vergibst du ... bist du bereit, mir zu vergeben?« Mary war in ihrem ganzen Leben noch nie so unsicher gewesen. Normalerweise war ihr wirklich vollkommen egal, was andere Leute von ihr dachten, aber das hier war viel zu wichtig, um es auf die leichte Schulter zu nehmen.

»Natürlich vergebe ich dir«, erwiderte Emily sofort. »Ich war nur sauer, weil du Rayne verletzt hast. Aber ich habe dich nie gehasst.«

»Vielen Dank«, erwiderte Mary leise.

»Und ich bin noch nicht lange genug dabei, um überhaupt zu wissen, worum es bei der ganzen Sache ging«, meldete sich Casey zu Wort. »Also vergebe ich dir auch.«

Rayne lachte. »Du hast nie Partei ergriffen. Du hast mich sogar dazu gedrängt, mit Mary zu sprechen und alles wieder einzurenken.«

»Das stimmt«, sagte Casey fröhlich. »Und das hast du jetzt getan. Ich kann es kaum erwarten, Wendy, Kassie und Harley davon zu berichten, dass alles wieder in Ordnung ist.«

Mary verzog das Gesicht. »Mit ihnen muss ich auch reden, um ihnen alles zu erklären.«

Rayne legte Mary eine Hand auf den Arm. »Das erledige ich für dich.«

»Danke, aber das wäre falsch. Vielleicht können wir es zusammen machen? Mit ihnen zum Mittagessen gehen oder so was?«

»Das hört sich toll an. Und wir könnten auch Bryn gemeinsam anrufen.«

Mary erschauderte. »Oh, Bryn. Ich liebe sie wirklich, aber verdammt, du weißt, sie wird die ganze Situation bis ins kleinste Detail analysieren und sich dann vom Thema ablenken lassen und alles über meinen Krebs erfahren wollen, wie es sich anfühlt, keinen Busen mehr zu haben, und was die Ärzte gesagt haben ... und zwar ganz genau.«

Alle lachten leise, denn sie alle kannten Bryn und ihnen war klar, dass sie genau das tun würde. Ihre Neugierde war unersättlich und typischerweise verliefen ihre Telefongespräche aufgrund der Art und Weise, wie Bryns Verstand arbeitete, immer auf einer seltsamen Bahn. Aber sie war einfach erfrischend und herzensgut.

»Wie lange sind wir jetzt schon hier drin?«, fragte Emily, die sich schützend eine Hand auf ihren runden Bauch gelegt hatte. »Was glaubt ihr, ist da draußen los?«

Mary sah auf die Uhr. »Es sind rund fünfzehn Minuten vergangen. Ich werde Truck erneut anrufen.« Sie stand auf und ging zu dem Telefon an der Wand hinüber. Sie wusste, dass es ein Risiko war. Wenn er mitten in seiner Delta Force-Sache war, konnte er nicht antworten, und sie konnte sogar seine Aufmerksamkeit von dem ablenken, was er gerade tat, aber sie musste wissen, was auf der anderen Seite der Mauer geschah.

Außerdem machte sie sich Sorgen um Emily. Selbst wenn die andere Frau dachte, es ginge ihr gut, musste sie einen Arzt aufsuchen, um sicherzugehen. Mary hatte nicht gescherzt, als sie sagte, dass sie kein Baby auf die Welt bringen wollte.

Sie wählte Trucks Nummer und er ging beim zweiten Klingeln ran.

»Mary?«

»Ja, was ist da draußen los?«

»Geht es euch gut?«

»Ja, aber wir bekommen hier gar nichts mit. Und Emily hat ein Stechen im Bauch.«

»Mist. Die Polizei räumt gerade die Bank. Wir sollten in rund fünf Minuten bei euch sein. Hält sie es so lange aus?«

»Ja, ich glaube schon. Im Moment scheint es ihr gut zu gehen. Sie liegt jetzt. Die Bank wird geräumt? Also sind alle in Sicherheit?«

Truck sprach noch leiser und seine Stimme beruhigte sie, genau wie sie es auch schon zuvor getan hatte. »Ja. Wir sind zur gleichen Zeit wie die Polizei eingetroffen und zum Glück kannten wir die Polizisten. Und sie haben uns mitmachen lassen. Triggers Team ist durch die Hintertür gekommen und wir sind vorne rein. Diese Arschlöcher haben sich nicht einmal gewehrt, sondern einfach ihre Waffen fallen gelassen, als ihnen klar wurde, dass sie umzingelt waren.«

»Und was ist mit den Kunden?«

»Es geht allen gut. Sie sind mit dem Schrecken davongekommen. Die Arschlöcher haben versucht, die Bankdirektorin dazu zu bringen, den Tresorraum zu öffnen, genau wie du es vorausgesagt hast. Sie war gerade dabei, als wir reingekommen sind. Niemand wurde verletzt.«

»Gott sei Dank.«

»Ja. Okay, in vier Minuten sind wir bei euch. Ich lasse mir von der Bankdirektorin den Code geben. Ihr solltet aber von der Tür wegbleiben. Wir kommen zu euch. Sag Em, sie soll durchhalten, okay?«

»Natürlich.«

»Mare?«

»Ja, Truck?«

»Geht es dir gut? Ich meine, Rayne und du habt euch in letzter Zeit ja nicht so gut verstanden. Ist alles okay?«

»So erstaunlich das auch ist, ja.«

Sie hörte, wie Truck erleichtert aufatmete. »Sehr gut. Bis gleich, Baby.«

»Bis gleich.«

Der Kosename war überraschend, aber willkommen. Truck nannte sie normalerweise Mare, wenn er sie liebevoll ansprach, aber in letzter Zeit hatte sie nicht einmal mehr das oft gehört. Als sie hörte, wie er sie *Baby* nannte, schwoll ihr Herz an.

Sie hätte ihre Beziehung zu ihrer besten Freundin vielleicht wieder in Ordnung bringen können, aber mit Truck war sie noch längst nicht so weit.

Sie würde es schaffen. Sie musste es tun; die Alternative war undenkbar.

Sie wandte sich an die anderen.

»Truck und die Jungs sind auf dem Weg zu uns. Sie haben mit diesem anderen Delta-Team zusammengearbeitet und die Bankräuber umstellt. Und die haben aufgegeben, ohne dass es zu einem Schusswechsel kam.«

»Juhu!«, rief Casey und alle lachten.

»Emily, ich weiß, du hast gehört, wie ich ihm erzählt habe, dass du ein Stechen gespürt hast, also kannst du dich schon mal darauf vorbereiten, ins Krankenhaus zu kommen«, erklärte Mary.

»Ich wünschte, ich hätte nichts gesagt«, murmelte die andere Frau. »Es geht mir gut.«

»Ja, klar«, erwiderte Mary und verdrehte die Augen. »Du kommst ins Krankenhaus und fertig. Schließlich will ich nicht, dass Hank in einer Bank zur Welt kommt.«

Aufgrund des absichtlichen Reimes brachen alle in Gelächter aus.

Mary hatte sich seit Monaten nicht mehr so gut gefühlt wie in diesem Moment. Sie war nicht mehr krank, sie hatte ihre beste Freundin zurück und sie hatte eine neue Mission ... Truck zu sagen, dass sie die Art ihrer Beziehung ändern wollte.

Viereinhalb Minuten später drehten sich alle vier Frauen um und sahen die Tür an, die sich langsam öffnete. Bevor Mary blinzeln konnte, war Truck da. Er zog sie vom Boden hoch, auf dem sie gesessen und Emilys Hand gehalten hatte, und umarmte sie.

Er vergrub sein Gesicht in ihrem Haar und wich vor Fletch, Ghost und Beatle zurück, als diese nach ihren eigenen Frauen griffen.

Marys Füße berührten nicht den Boden, aber das Einzige, worauf sie sich konzentrieren konnte, war Truck und die Art, wie er sich anfühlte und roch. Seine Arme waren wie Stahl-bänder um ihren Rücken gelegt. Mit einem Geistesblitz erkannte Mary, dass sie sich nirgendwo auf der Welt sicherer fühlte als hier in Trucks Umarmung. Als er sie hielt, fühlte sie sich, als könnte ihr nichts und niemand etwas anhaben. Die Erleuchtung kam etwas spät, wenn man bedachte, wie lange sie schon bei ihm gelebt hatte, aber sie war nicht weniger ergreifend.

Er roch auch erstaunlich. Das Duschgel, das er benutzte, war nichts Ausgefallenes, aber es durchdrang jeden Zentimeter seiner Wohnung, sogar seine Bettwäsche. Mary tauschte häufig sein Kissen mit ihrem aus, kurz bevor er ins Bett kam, damit sie seinen Duft in der Nase hatte, wenn sie einschlief.

»Bist du sicher, dass es dir gut geht?«, flüsterte Truck ihr ins Ohr.

Mary nickte. »In dem Moment, in dem mir klar wurde, dass etwas nicht stimmt, habe ich uns alle hier eingesperrt und die Tür verriegelt.«

Er setzte sie ab und wich ein wenig vor ihr zurück. Mary fand es nicht schön, dass er sie losließ, doch stattdessen nahm er ihre Hände und hielt sie in seinen, während sie miteinander sprachen, sodass sie sich ein wenig besser fühlte. »Wie bist du auf die Idee gekommen, euch hier zu verstecken?«

»Training«, erwiderte Mary sofort. »Wir haben einige Sicherheitsexperten kommen lassen, die uns beigebracht haben, was im Falle eines Raubüberfalls am besten zu tun ist und was nicht. Das Unternehmen hat diesen Tresorraum mit einer externen Telefonleitung ausstatten lassen. Der Experte sagte, es sei ein fast perfekter Ort, um sich dort zu verstecken, da er über eine eigene Klimaanlage, Schalldämmung und Tele-fonleitung verfügt.«

»Vielen Dank«, entgegnete Ghost neben ihnen, da er anscheinend ihre Erklärung gehört hatte. »Ich wüsste nicht, was ich ohne Rayne tun sollte.« Er blickte zu ihr hinab und drückte liebevoll ihre Taille.

»Ich möchte mich auch bedanken«, meldete Beatle sich neben Casey zu Wort. »Du hast schnell reagiert und dafür bin ich dir dankbar.«

Mary war beschämt, weil sie nicht daran gewöhnt war, gelobt zu werden, besonders in letzter Zeit, also nickte sie einfach nur.

»Ich habe dir doch gesagt, dass es mir gut geht«, beschwerte Emily sich auf dem Boden hinter ihnen. Alle drehten sich rechtzeitig um, um zu sehen, wie Fletch sie hochhob, als wöge sie weniger als ein Kind, und als wäre sie keine Frau, die im siebenten Monat schwanger war.

»Das habe ich gehört, ich bringe dich aber trotzdem ins Krankenhaus«, erwiderte Fletch.

Emily verdrehte die Augen, beschwerte sich aber nicht, als ihr Mann sie aus der Stahlkammer hinaus in die Bank und dann weiter zum Krankenwagen trug.

»Möchtest du das andere Delta-Team kennenlernen?«, fragte Truck Mary.

»Auf jeden Fall«, rief sie sofort. Mary war fasziniert von der Dynamik der Spezialeinheit. Die Männer waren die Besten der Besten, und sie waren äußerst loyal. Untereinander und gegenüber der Armee. Sie würde nie die Chance ungenutzt lassen, mehr Männer wie Truck kennenzulernen.

Sie gingen Hand in Hand durch die Eingangshalle der Bank, die bemerkenswert normal aussah. Es lagen nur ein paar Papiere auf dem Boden und einige Handtaschen, aber sonst war alles wie sonst. Mary sah weder ihre Mitarbeiter noch ihre Chefin.

Als er ihren verwirrten Blick bemerkte, informierte Truck sie: »Die meisten Mitarbeiter und einige der Kunden wurden ins Krankenhaus gebracht. Es scheint ihnen gut zu gehen, aber einige hatten einen erhöhten Blutdruck, und die Sanitäter wollten nur sichergehen, dass ihnen sonst nichts weiter fehlte.«

»Und meine Chefin?«

»Ist auch im Krankenhaus.«

»Oh. Okay. Ich denke, dann sollte ich besser hierbleiben und alles zusperren«, erklärte Mary.

Truck küsste sie auf die Schläfe. »Nein, die Bankdirektorin hat jemanden aus der Zentrale hinzugezogen. Ich glaube, das da drüben ist er.« Er zeigte auf einen Mann in einem teuren dreiteiligen Anzug, der neben einer Gruppe Polizisten stand.

»Jetzt schon? Das ging ja schnell«, bemerkte Mary.

»Ich vermute, wenn eine Bank von bewaffneten Räubern überfallen wird, wird sofort Schadensbegrenzung betrieben«, erklärte Truck trocken.

Mary zuckte mit den Achseln. »Anscheinend.«

»Komm, die anderen sind dort drüben.«

Mary ließ sich von Truck über den Parkplatz zu einer Gruppe von Männern führen, die am Rand stand. Als sie näher kamen, schnaubte sie ungläubig.

»Was ist?«, fragte Truck.

»Im Ernst?«

»Was denn?«, wiederholte er geduldig.

»Die sehen alle toll aus. Ich meine, wirklich *wahnsinnig* toll. Was hat es nur mit der Spezialeinheit auf sich? Sehen die etwa *alle* gut aus?«

Truck lachte leise. »Keine Ahnung, aber wir sind eben alle gut in Form. Das müssen wir auch sein, wenn man bedenkt, womit wir unseren Lebensunterhalt verdienen.«

»Aber es sind nicht nur eure Muskeln«, protestierte Mary. »Es ist alles. Sie sind alle groß, gut aussehend und haben eine tolle Figur. Verdammt, jeder Einzelne von ihnen könnte ein Filmstar sein.«

»Anwesende ausgeschlossen«, entgegnete Truck und zeigte auf sein Gesicht.

Mary machte abrupt halt und stemmte die Hände in die Hüften, als sie mit ihm schimpfte: »Tu das nicht. Die Narbe, die du hast, macht dich nur noch heißer, Ford Laughlin.«

Anstatt sie skeptisch anzusehen, lächelte Truck ihr gutmütig zu.

»Und lach mich nicht aus«, fügte Mary ein bisschen eingeschnappt hinzu.

»Ich kann nichts dafür. Du bist einfach so verdammt süß«, erklärte Truck ihr.

»So ein Blödsinn. Das stimmt doch gar nicht.«

»Stimmt. Du bist nicht süß. Du bist heiß. Wunderschön. Atemberaubend.«

Jetzt wusste Mary, dass sie rot wurde. »Sag doch so was

nicht. Und außerdem dachte ich, du wolltest mich den anderen vorstellen.«

»Das hatte ich eigentlich vor. Aber jetzt mache ich es wahrscheinlich doch nicht, weil du sie alle so unglaublich toll findest«, erwiderte Truck und drehte sich um, um in die Richtung davonzugehen, aus der sie gekommen waren.

Mary nahm ihn beim Arm und sah zu ihm hoch, wobei sie damit rechnete, dass er sie anlächeln würde.

Aber er lächelte überhaupt nicht. Stattdessen sah er wirklich ernst aus.

Mary sprach, ohne nachzudenken, weil sie ihn beruhigen wollte. »Ich habe nur Augen für dich, Truck. Als ich dich zum ersten Mal gesehen habe, wusste ich, dass du mir gefährlich werden könntest. Dass du der Mann sein könntest, der mir das Herz bricht.«

»Ich will dir nicht das Herz brechen, Mary«, entgegnete Truck leise.

»Ich weiß.« Sie hob ihre Hand und strich ihm über die vernarbte Wange. »Ich will nur dich«, sagte sie leise und öffnete sich zum allerersten Mal, wenn auch nur ein kleines bisschen.

Und er wusste ganz genau, wie viel diese Worte von ihr bedeuteten, denn seine Lider wurden schwer und er hob eine Hand und legte sie ihr in den Nacken. »Tatsächlich?«

Mary nickte. »Aber ich habe Angst.«

»Vor mir?«

»Ja.« Als er die Stirn runzelte, entgegnete sie schnell: »Aber nicht so, wie du jetzt denkst. Ich habe es bis jetzt niemandem außer Rayne erzählt, aber ich habe seit meinem sechzehnten Lebensjahr niemanden mehr geliebt. Und glaub mir, damals ist es *nicht* gut ausgegangen. Es fällt mir sehr schwer ... aber ich versuche es.«

Truck machte die Augen zu und lehnte seine Stirn an ihre. »Vielen Dank, Baby. Du weißt ja nicht, wie viel mir das bedeutet.«

Sie blieben einen Moment lang so stehen, bevor Truck sich aufrichtete und erneut ihre Hand nahm. »Komm, ich stelle dir jetzt die anderen vor und dann bringe ich dich nach Hause.«

»Musst du nicht auf den Stützpunkt zurückkehren und einen Bericht abliefern oder so was?«

»Doch, aber das kann warten, bis ich dich nach Hause gebracht und mich davon überzeugt habe, dass es dir gut geht.«

»Es geht mir gut.«

»Lass es einfach zu, Mare. Ich möchte mich gern um dich kümmern. Zu hören, dass du in der Bank warst, während ein bewaffneter Raubüberfall stattfand, hat mich aus der Bahn geworfen. Ich will dafür sorgen, dass du zu Hause und in Sicherheit bist, bevor ich wieder zur Arbeit gehe.«

Sie konnte nichts anderes tun, als zu nicken.

Und daraufhin gingen sie erneut auf die Gruppe von Männern zu. Als sie sich näherten, wandten die anderen sich ihnen zu.

»Hey, Jungs. Ich möchte euch meine Frau Mary vorstellen.«

Das überraschte sie. Es war das erste Mal, dass Truck sie auf diese Weise jemandem vorstellte. Sie hatten es so lange geheim gehalten, dass sie nicht daran gedacht hatte, dass sie jetzt, da es alle wussten, ihre Beziehung nicht länger verheimlichen mussten.

Nacheinander schüttelte sie den sieben Männern die Hände. Sie waren alle groß, wie sie beobachtet hatte, und sahen gut aus. Sie bemerkte, dass sie muskulös waren, obwohl sie ihre langärmeligen Kampfuniformen trugen.

Ihre Spitznamen waren genauso verrückt wie die in Trucks Gruppe, aber sie äußerte sich nicht dazu. Trigger, Lefty, Oz, Grover, Lucky, Brain und Doc. Sie begrüßten sie herzlich, und Mary drehte sich der Kopf, als sie versuchte, sich alles zu merken.

»Also brecht ihr Jungs am Ende der Woche auch auf, was?«, fragte sie in dem Versuch, höfliche Konversation zu betreiben.

»Ja«, erwiderte Trigger mit einem Zwinkern. »Truck und sein Team haben beschlossen, dass sie uns brauchen, damit wir ihnen zeigen, wie's richtig geht.«

Mary verdrehte die Augen. Sie wusste, dass der andere Mann nur Spaß machte, konnte aber nicht umhin, ihn ebenfalls aufzuziehen. »Ja, das hat Truck auch erwähnt. Er hat gesagt, sie bräuchten jemanden, der die Verbrecher

aufschreckt. Du weißt schon, so wie Jagdhunde, die die Beute-
tiere aufschrecken, damit die Jäger sie erschießen können.«

Lefty und Oz – zumindest glaubte sie, dass das ihre Namen
waren – warfen den Kopf zurück und lachten, während die
anderen sie einfach nur anlächelten.

Mary fühlte sich unbehaglich, weil sie sich vielleicht nicht
gleich nach der Begegnung mit den anderen Männern von
ihrer höhnischen Seite hätte zeigen sollen, und tat ihr Bestes,
um sie wieder fröhlich anzulächeln. Truck zog sie gegen sich
und küsste sie noch einmal auf die Schläfe.

»Ein kleiner Rat, Trigger. Leg dich lieber nicht mit meiner
Frau an, wenn es darum geht, sich geistig zu duellieren. Sie
wird jedes Mal gewinnen.«

»Sie hält *uns* für Hunde«, entgegnete Lefty lachend. »Dabei
bist du der hässlichste Hund von uns allen.«

Und damit verschwand bei Mary jede Spur von Humor. Sie
trat aus Trucks leichter Umarmung und marschierte auf den
anderen Mann zu. Sie stieß ihm mit dem Zeigefinger in die
Brust und betonte damit jedes einzelne ihrer Worte. »Das ist
nicht witzig.«

»Hey«, entgegnete Lefty, hob abwehrend die Hände und
machte einen Schritt von der wütenden Frau zurück. »Ich hab
das doch nicht so gemeint.«

»Und warum hast du es dann gesagt? Truck hat einen
Namen. Es ist nicht in Ordnung, sich darüber lustig zu
machen. Wenn Brain dort drüben sein Bein verlieren würde,
würdet ihr dann anfangen, ihn Crip zu nennen? Nein. Ihr
würdet ihn respektieren und alles, was er durchgemacht hat.
Macht euch nicht darüber lustig, wie Truck aussieht. Dadurch
bist du nicht cool, sondern es macht dich zum Arschloch.«

Alle waren eine Sekunde lang still, bevor Mary hörte, wie
überall um sie herum ein Glucksen ausbrach, was sie noch
mehr verärgerte. Sie drehte sich um, bereit, die anderen anzu-
gehen, aber Truck war da. Er schlang die Arme um sie und zog
sie an seine Brust. Er umarmte sie fest und senkte den Kopf,
sodass er ihr direkt ins Ohr flüstern konnte. »Ganz ruhig, Mare.
Er wollte mich wirklich nicht beleidigen und ich fühle mich
auch nicht angegriffen.«

»Das solltest du aber«, protestierte Mary und wand sich in seinen Armen. »Das ist nicht in Ordnung. Du wurdest verletzt, weil du deinem Vaterland gedient hast, und dafür sollten sie dich respektieren und sich nicht über dich lustig machen.«

»Wir *respektieren* ihn doch«, warf Trigger ein. »Und außerdem respektieren wir *dich*, weil du ihn so verteidigst.«

Mary blinzelte und hörte auf zu versuchen, von Truck wegzukommen. Sie starrte Trigger an und begegnete dann den Blicken der anderen Männer. Sie sahen sie alle mit einem Ausdruck an, der von Humor bis Bewunderung reichte.

Plötzlich errötete sie. Scheiße, sie hatte es schon wieder getan, gesprochen, ohne nachzudenken. Es wäre ein Wunder, wenn die Männer sie nicht für eine Zicke hielten.

Sie zwang sich zu einem Lächeln, griff nach Trucks Unterarm und grub ihre Fingernägel in seine Haut in dem Versuch, sich zu erden. »Na gut, nun, da *das* geklärt ist, vielen Dank, dass ihr gekommen seid und geholfen habt.«

Sie nickten ihr alle zu und murmelten verschiedene Versionen von »Aber natürlich« und »Das ist doch selbstverständlich«.

Truck küsste sie auf die Schläfe und kam an ihre Seite, als eine Sanitäterin auf sie zuging. Sie war groß und schlank und hatte langes braunes Haar, das sie zum Pferdeschwanz gebunden trug.

Mary lächelte, weil sie dachte, die Frau käme auf sie zu, um sich davon zu überzeugen, dass es ihr gut ging – stattdessen wandte sich die Frau jedoch an Truck und lächelte in flirtend an.

»Ich heiße Ruth und wollte mich nur davon überzeugen, dass mit dir alles in Ordnung ist. Den Berichten zufolge wurden Schüsse abgegeben. Wurdest du getroffen?«

Mary sah die Frau blinzelnd an. Es hatte Schüsse gegeben? Sie hatte nichts gehört, andererseits war sie natürlich in der Stahlkammer eingesperrt gewesen. Die Sanitäterin sah keinen der anderen Männer an, die herumstanden, und ganz sicher würdigte sie Mary keines Blickes. Sie hatte nur Augen für Truck.

»Mir ist nichts passiert«, erklärte Truck an Mary gewandt,

als er sah, wie besorgt sie war. »Ein Stück der Tür, die wir aufgebrochen haben, um ins Gebäude zu kommen, ist heruntergefallen.«

»Bist du sicher?«, fragte Ruth, ohne darauf einzugehen, dass Truck gar nicht mit ihr redete. »Du hast getrocknetes Blut am Kopf.« Und mit dieser Feststellung hob Ruth die Hand und berührte ihn an der Schläfe.

Truck reagierte sofort. Er zuckte weg und starrte sie mit einem Blick an, der so intensiv war, dass sogar *Mary* zurückgewichen wäre, hätte sie Truck nicht so gut gekannt, wie sie es tat. Er sah aus, als wäre er etwa zwei Sekunden davon entfernt, auszuholen und die hübsche Sanitäterin zu schlagen.

Mary entschied, dass sie Schadensbegrenzung betreiben musste, und zwar schnell, also trat sie neben Truck, legte einen Arm um seine Taille und sah Ruth an. »Es geht ihm gut. Ich werde ihn genau untersuchen, wenn wir nach Hause kommen.«

Ausnahmsweise kamen die Worte einmal nicht schnippisch heraus. Es war offensichtlich, dass sich die andere Frau zu Truck hingezogen fühlte, aber aus irgendeinem Grund ließ Mary sich von ihr nicht einschüchtern. Sie tat ihr irgendwie leid. Truck war heiß und sie konnte es der anderen Frau nicht verübeln, dass sie mit ihm flirtete. Aber Truck gehörte *ihr*. Das hatte er ihr immer wieder mehr als deutlich gemacht.

»Er sollte sich von jemandem untersuchen lassen, der medizinisch geschult ist«, beharrte Ruth. Sie sah Truck unter ihren langen Wimpern hervor an. »Es wird auch nicht lange dauern. Wir gehen einfach da rüber zum Krankenwagen und dann kümmere ich mich um dich.«

Mary spürte, wie Truck sich verspannte, und bevor sie sich erneut einmischen konnte, sprach er. »Hast du sie noch alle?«

Ruth blinzelte. »Was?«

»Hast. Du. Sie. Noch. Alle? Ich stehe hier mit meiner Frau, die sich in der Bank aufhielt, als diese Arschlöcher angefangen haben, mit ihren Waffen herumzuwedeln, und du besitzt die Frechheit, auf mich zuzukommen und mich *anzumachen*?«

»Truck, es ist schon okay«, versuchte Mary, ihn zu beruhigen.

»Es ist *überhaupt nicht* okay«, widersprach er. »Wir sind ganz offensichtlich zusammen. Ich halte dich im *Arm* und sie besitzt die Frechheit, sich an mich ranzumachen?«

»Sie hat sich sicher nichts dabei gedacht. Schließlich siehst du ausgesprochen gut aus und ich kann ihr nicht verübeln, es zu probieren.«

Truck wandte den Blick nicht von Mary ab und beachtete die Sanitäterin gar nicht. »Mary, ich bin mit dir zusammen. Ich werde *immer* mit dir zusammen sein. Und niemand hat das Recht, mich anzumachen, und schon *gar nicht* in deiner Gegenwart.«

Mary wandte sich an Truck, sah zu ihm hoch und tätschelte ihm beruhigend die Brust. »Okay, Truck.«

»Ich dachte nur –«, begann Ruth, doch Truck fiel ihr ins Wort.

»Das ist das Problem. Du hast ganz offensichtlich *nicht* nachgedacht. Du bist nicht gerade hässlich, aber es ist verdammt anmaßend von dir zu glauben, dass jeder Mann, den du willst, dich der Frau vorzieht, mit der er bereits zusammen ist. Ich möchte das klarstellen. Ich will dich nicht. Ich will Mary. Ich bin mit Mary zusammen und ich werde immer mit Mary zusammen sein.«

»Äh ... okay ... Entschuldigung ... mein Fehler.« Ruth sah sich verzweifelt um. »Ich muss jetzt auch gehen. Aber stell dich bitte bei deinem Hausarzt vor, falls du Kopfschmerzen bekommst, dir schwindelig wird oder sonst irgendetwas.« Und damit machte sie auf dem Absatz kehrt und ging auf einen der Krankenwagen zu.

»Verdammt«, bemerkte Truck, machte einen Moment lang die Augen zu und man konnte ihm am Gesicht ansehen, wie frustriert er war. »Du warst genau neben mir. Unglaublich, dass sie sich das getraut hat. Mal ehrlich, es ist ja wohl mehr als offensichtlich, dass ich verrückt nach dir bin. Was für eine blöde Kuh.«

Mary lächelte zu Truck hoch. Sie fand es nicht toll, dass die andere Frau ihn angemacht hatte, aber sie wäre gefühlstot, wenn sie nicht froh darüber gewesen wäre, dass er sie sofort hatte abblitzen lassen. »Geht es dir gut?«, fragte sie leise. Er hob eine Hand und versuchte, das Blut an der Seite seines Kopfes abzuwischen, was sie nicht wirklich bemerkt hatte, bevor die Sanitäterin sie darauf aufmerksam gemacht hatte.

Truck nahm ihre Hand in seine und führte sie zu seinem Mund. Er küsste ihre Handfläche und nickte. »Es geht mir gut.«

»Er hatte schon immer einen Holzkopf«, neckte Trigger ihn.

»Allerdings«, entgegnete Truck.

Mary nickte und wandte sich an das andere Team der Delta Force. »Wenn es euch Jungs nichts ausmacht, würde ich mich jetzt gern von Truck nach Hause bringen lassen. Es war schön, euch kennenzulernen. Passt am Wochenende gut auf meinen Mann auf, ja?«

Sie lächelten sie jetzt alle an, als wäre sie eine Komikerin auf der Bühne, und nicht wie jemanden, der versuchte, seine Würde wiederzuerlangen.

»Natürlich machen wir das«, entgegnete Doc. »Das ist doch selbstverständlich.«

Nachdem sie noch ein letztes Mal jedem versichert hatte, wie schön es war, sie alle kennenzulernen, nahm Truck Mary bei der Hand und führte sie weg.

»Oh mein Gott, ich würde am liebsten im Erdboden versinken«, murmelte Mary.

Truck legte ihr einen Arm um den Nacken und zog sie an sich. Sie legte ihm einen Arm um die Taille, um das Gleichgewicht zu wahren, und lehnte sich an ihn. »Du bist großartig«, erklärte Truck ihr, während sie zu seinem Wagen gingen.

Er machte die Beifahrertür für sie auf und half ihr in den Wagen, bevor er um den Wagen herumging und auf der Fahrerseite einstieg. Nachdem er die Tür geschlossen und den Motor angelassen hatte, wandte Truck sich an Mary. »Warte nur, bis ich den anderen Jungs erzähle, dass du Trigger befohlen hast, auf mich aufzupassen, als wäre ich ein Kind, das nicht hört.«

»Das machst du besser nicht«, warnte Mary ihn so drohend sie konnte.

»Sonst was?«

»Das weiß ich noch nicht, aber ich überlege mir etwas«, erwiderte sie und versuchte angestrengt, sich eine angemessene Drohung einfallen zu lassen, hatte aber nicht die leiseste Idee.

Truck legte ihr erneut die Hand in den Nacken und zog sie zu sich. »Ich kann es kaum erwarten«, sagte Truck ganz nahe an ihren Lippen, bevor er sie sich ganz in die Arme zog und sie besinnungslos küsste.

Als Mary schwer atmete und sich daran zu erinnern versuchte, dass sie sich auf einem öffentlichen Parkplatz befanden, ließ Truck sie schließlich los. Sie fand es beruhigend, dass er genauso atemlos war wie sie.

»Danke, dass du gekommen bist, um mich zu retten«, sagte Mary leise.

»Ich werde immer kommen, um dich zu retten«, entgegnete Truck.

»Es tut mir leid, dass ich so eine Nervensäge war«, sprach sie weiter. »Allerdings tut es mir nicht leid, dass ich dich geheiratet habe, und ich will, dass unsere Ehe funktioniert.« Es fiel ihr unheimlich schwer, diese Worte auszusprechen, doch die Art, wie Trucks Gesicht leuchtete, machte es das wert.

»Du hast ja keine Ahnung, was das bedeutet«, erklärte er ihr, bevor er sie auf die Stirn küsste und sich dann wieder in seinen Sitz zurücklehnte. »Leider muss ich zum Stützpunkt zurückkehren. Es gibt nichts, was ich lieber täte, als mit dir zu Hause zu bleiben, aber das geht nicht. Wir befinden uns mitten in den Vorbereitungen für die Mission und die Zeit wird knapp, ehe wir aufbrechen müssen.«

»Das verstehe ich.«

»Aber hör zu, Mary. Sobald ich zurückkomme, werde ich alles tun, um dir zu beweisen, wie viel du mir bedeutest. Und zwar auch im Schlafzimmer. Ist dir das recht?«

»Ja, Truck, das ist mir mehr als nur recht«, entgegnete Mary, obwohl sie noch gemischte Gefühle hatte, wenn sie daran dachte, sich ihm nackt zu zeigen.

Sie fuhren in behaglicher Stille händchenhaltend nach Hause. Mary hatte schreckliche Angst, alles falsch zu machen, aber zum ersten Mal in ihrem Leben hatte sie das Gefühl, die richtige Entscheidung zu treffen.

Truck liebte sie. Das machte die Dinge irgendwie leichter.

Er würde ihr leichter verzeihen, wenn sie in ihrer Beziehung einige Fehler machte. Verdammt, er war schon verständnisvoller, als er hätte sein sollen. Das wusste sie.

Truck wusste von ihrer doppelten Mastektomie. Er wusste, dass sie den meisten Menschen gegenüber distanziert war. Er wusste, dass sie Sarkasmus als Schutzschild benutzte. Sie hatte keine Ahnung, wie er sich überhaupt in sie verliebt hatte, war aber sehr dankbar, dass er es getan hatte. Er hatte all die harte Arbeit in ihrer Beziehung geleistet und alle ersten Schritte unternommen.

Mary wusste, dass sie kläglich gescheitert wäre, wenn er sie nicht bereits geliebt hätte, und sie musste ihr Bestes geben, um zu versuchen, ihn zu umwerben. Sie war noch nie in ihrem Leben einem Mann hinterhergejagt und wüsste nicht, wo sie bei Truck anfangen sollte, wenn sie alles noch einmal machen müsste. Sie hatte Glück gehabt, als es um Truck ging. Und zwar im großen Stil.

Mary legte den Kopf gegen die Rückenlehne des Sitzes und drehte sich Truck zu, um ihn fahren zu sehen, und genoss es einfach, neben ihm zu sein. Sie fühlte sich sicher und geschützt. Sie wusste nicht, was sie ohne ihn getan hätte.

KAPITEL DREI

Am Tag nach der Abreise der Männer in eine unbekannte Gegend für einen ungewissen Zeitraum lud Emily alle in ihr neues Haus ein. Sie und Fletch waren umgezogen, nachdem die Bauarbeiten an ihrem alten Haus abgeschlossen waren. Es war dort zu viel passiert, als dass einer von ihnen sich dort noch wohlfühlen könnte.

Sie hatten ein Haus im Ranch-Stil gekauft. Fletch weigerte sich, in etwas zu wohnen, das mehr als ein Stockwerk hoch war, nachdem er gehört hatte, wie Annie und Sadie aus dem Fenster des Kinderzimmers seiner Tochter im ersten Stock klettern mussten, nachdem das Haus von einer Raketengranate getroffen worden war. Das neue Haus war von vier Hektar Land umgeben, das Fletch mit genügend Kameras und Spionageausrüstung ausgestattet hatte, um den Präsidenten der Vereinigten Staaten in Sicherheit zu bringen, falls er den Drang verspürte, sie zu besuchen.

Es war groß, fast vierhundertfünfzig Quadratmeter. Es hatte fünf Schlafzimmer und eine Gourmetküche. Der Garten war groß und Fletch hatte Pläne, irgendwann ein Schwimmbecken anzulegen. Emily sagte, dass es sich zu groß anfühlte, als sie eingezogen waren, aber jetzt liebte sie den zusätzlichen Platz und konnte es kaum erwarten, ihn mit weiteren Kindern zu füllen.

Mary saß mit übereinander gekreuzten Beinen auf dem Boden, Annie auf ihrem Schoß. Rayne saß mit Wendy und Sadie auf der Couch. Emily saß in einem der extrem bequemen Sessel, und Harley und Casey hatten sich auf einem riesigen Sitzsack in der Ecke zusammengequetscht. Alle außer Emily und Annie tranken ein Glas Wein, und alle waren entspannt und locker.

»Wie geht es Kassie und der kleinen Kate?«, fragte Casey an niemand Bestimmtes gewandt.

»Wir haben heute Morgen mit ihr gesprochen«, entgegnete Harley. »Es geht beiden gut. Sie sind gestern nach Hause gekommen und Kassie und Hollywood gewöhnen sich an das Leben mit einem Baby.«

»Es ist schön, dass Hollywood nicht auf den Einsatz gehen muss«, entgegnete Emily ein bisschen wehmütig.

»Unseren Männern geht es gut«, erwiderte Sadie sanft. »Du weißt, dass nichts und niemand Fletch davon abhalten kann, zu dir und eurem Baby zurückzukehren.« Sie zeigte mit einem Kopfnicken auf Emilys Bauch.

»Ich weiß. Es ist nur ... Ich vermisse ihn so, wenn er nicht da ist.«

Alle nickten zustimmend. Sie alle wussten genau, wie Emily sich fühlte.

Mary nahm Annie fester in die Arme. Es war fast seltsam, in einer Zeit wie dieser bei der Gruppe zu sein. Sie war in der Vergangenheit eingeladen worden, wenn die Männer auf einer Mission waren, aber wegen ihrer Gesundheit und der Tatsache, dass sie ihre Krankheit vor ihnen verbarg, hatte sie immer abgelehnt, wenn die Freundinnen und Ehefrauen zu einer Selbstmitleidsparty zusammenkamen. Sie veranstalteten das nur, wenn die Männer auf Mission gingen. Danach setzten sie ihre tapferen Gesichter auf und lebten ihr Leben ohne ihre Männer an ihrer Seite weiter.

Nun, da es Mary besser ging und das Geheimnis ihrer Ehe mit Truck gelüftet war, sagte Rayne ihr, dass sie rüberkommen und sie eigenhändig zu dem Treffen schleifen würde, sollte sie sich nicht zu ihnen gesellen. Es war nicht sehr schwer, dem zuzustimmen. Mary mochte diese Frauen. Und zwar sehr. Sie hatte sie schrecklich vermisst, als sie von ihr und Truck erfahren und eine Zeit lang nicht mehr mit ihr gesprochen hatten.

Mary nahm noch einen Schluck von ihrem Wein, stützte ihr Kinn auf Annies Kopf und lauschte dem Geplauder, das um sie herum stattfand.

Während einer Gesprächspause ließ Annie eine Bombe platzen.

»Und was machen wir, wenn Daddy nicht nach Hause kommt?«

Emily drehte sich mit großen Augen zu ihrer Tochter um. »Wie bitte?«

»Was machen wir, wenn die bösen Männer ihn töten? Müssen wir dann wieder in unsere Wohnung ziehen? Können wir uns dann was zu essen leisten? Werde ich meinen Armeemann verkaufen müssen?«

»Komm mal her, mein Schatz«, erklärte Emily und streckte die Hand aus.

Mary half Annie beim Aufstehen und versuchte, dem Alkohol die Schuld an ihren Tränen zu geben.

Annie watete zu ihrer Mutter rüber und kletterte mit ihr in den Sessel. Es war ziemlich eng, da Emilys Bauch den meisten Platz einnahm, aber es gelang ihnen trotzdem irgendwie, es sich zusammen gemütlich zu machen. Annie legte den Kopf an die Schulter ihrer Mutter und eine Hand auf deren Bauch. Abwesend strich sie mit dem Daumen immer wieder dort über den Bauch, wo sich ihr kleines Geschwisterchen befand.

»Dein Daddy ist viel schlauer als die bösen Jungs«, erklärte sie ihrer Tochter. »Und nicht nur das, er hat auch all die anderen Männer um sich, die ihm helfen.«

»Aber manchmal passieren auch guten Menschen böse Sachen«, entgegnete Annie traurig. »Ambers Daddy wurde in AfneyStan getötet und jetzt muss sie umziehen.«

Amber war ein Mädchen aus Annies Schulklasse. Mary hätte gern gelächelt, weil Annie Afghanistan falsch ausgesprochen hatte, doch an diesem Gespräch war wirklich nichts Lustiges. Überhaupt nichts.

Emily sah die anderen mit gequältem Blick an. Es war

offensichtlich, dass ihr die Worte fehlten und sie nicht wusste, wie sie ihre Tochter beruhigen und trösten sollte, ohne Versprechen zu machen, die sie eventuell nicht halten konnte.

»Erinnerst du dich noch, als Harley verschwunden war und wir alle dafür gesorgt haben, dass Coach etwas isst?«, fragte Rayne Annie.

Das kleine Mädchen nickte.

»Und als Kassie und ihre Schwester plötzlich verschwunden waren und dein Daddy und die anderen alles getan haben, um sie zu finden?«

Annie nickte erneut.

»Und als Casey in Schwierigkeiten steckte? Was ist da passiert?«

»Ich habe mich im Panikraum versteckt und Daddy und der Käfermann haben sie gerettet.«

»Genau«, stimmte Rayne ihr zu. »Und als Chase verletzt wurde, weil der böse Mann unser früheres Haus in die Luft gejagt hat?«

Mary schrak zusammen. Sie hielt es nicht unbedingt für eine gute Idee, dass Rayne Annie an diesen Tag erinnerte, aber dem kleinen Mädchen schien es nichts auszumachen.

»Ich und Mommy haben ganz viel zu essen gemacht und es rübergebracht, damit Sadie nicht kochen musste.«

»Und als die bösen Jungs dich und deine Mommy aus eurem Auto geholt und in die Metallkiste gesteckt haben? Du erinnerst dich doch, dass *alle* Jungs kamen und dich rausgeholt haben, oder? Sie arbeiteten zusammen und sorgten dafür, dass alle in Sicherheit waren und alle wohlbehalten nach Hause gingen.«

Annie nickte erneut, diesmal ein wenig energischer.

»Was auch passieren mag, du und deine Mommy, ihr seid nicht mehr auf euch allein gestellt«, erklärte Rayne und rückte an den Rand der Couch. »Dein Daddy und Ghost und Coach, Beatle, Truck und Blade und alle anderen werden alles in ihrer Macht Stehende tun, um zu uns nach Hause zu kommen. Aber wenn etwas passiert und sie nicht zu uns kommen können, dann kannst du dir sicher sein, dass Truck and Chase und Hollywood immer noch für dich da sein werden. Du und deine Mutter werden nie Hunger leiden. Ihr werdet nie einsam sein. Und du wirst uns immer als Freunde haben, verstanden?«

Annie nickte, blickte aber zu ihrer Mutter hoch. »Ich vermisse Daddy.«

»Oh, Baby, ich auch.«

»Aber er beschützt die Welt vor den Bösen.«

»Das tut er«, stimmte Emily zu.

»Und das ist wichtig.«

»Ja.«

»Glaubst du ...« Sie beendete den Satz nicht.

»Was ist, Annie?«

»Glaubst du, dass er zurückkommt, bevor mein Brüderchen gebohrt wird?«

»Ich bin mir sicher, dass er alles tun wird, um dabei zu sein«, versicherte Emily ihrer Tochter. »Aber, Annie, du weißt doch noch gar nicht, ob es ein Brüderchen wird«, sagte sie sanft. »Vielleicht bekommst du ein Schwesterchen.«

»Nein, bekomme ich nicht«, erwiderte Annie trotzig. »Es wird ein Junge.«

Emily seufzte und blickte verzweifelt an die Decke. Mary wusste, dass sie in der Vergangenheit mehr als ein Mal dasselbe Gespräch mit Annie geführt hatte. Annie wollte unbedingt einen kleinen Bruder haben, und nichts, was jemand sagte, konnte ihre Meinung ändern.

Mary hielt sie für verrückt, weil sie das Geschlecht des Babys bis zu seiner Geburt geheim hielten, aber sie hatten als Familie beschlossen zu warten, und Emily war entschlossen, genau das zu tun.

»Ich habe gehört, dass dein Vater den Motor in deinem Spielzeugpanzer ausgetauscht hat und du jetzt einen stärkeren hast. Willst du ihn mir zeigen?«, fragte Sadie Annie, um das Thema zu wechseln.

Und als hätte sie nicht gerade gefragt, ob ihr Vater sterben und nie wieder nach Hause kommen würde, nickte Annie und kletterte schnell aus dem Sessel. Sie lief zu Sadie hinüber, packte ihre Hand und zog sie von der Couch hoch. »Au ja! Komm mit!«

»Danke«, flüsterte Emily der anderen Frau zu, als sie an ihr vorbeikamen.

Sadie blies ihr einen Kuss zu und dann waren sie verschwunden, sodass die anderen Frauen über Dinge reden konnten, die die kleine Annie nicht unbedingt mitbekommen sollte.

»Wie fühlst du dich?«, fragte Casey Emily. »Was hat der Arzt nach dem Banküberfall gesagt?«

»Es geht mir gut«, entgegnete Emily. »Er hat mir erklärt, dass der Schmerz vielleicht von Stress verursacht wurde. Er hat mir gesagt, ich solle nach Hause fahren, die Füße hochlegen und mich entspannen.«

Alle lachten leise. »Als wäre das möglich«, stellte Rayne fest.

»Allerdings«, stimmte Emily lächelnd zu. Doch ihr Lächeln erstarb schnell wieder. »Weiß jemand, wo sie stecken?«

Natürlich wussten alle, über wen sie sprach.

»Du weißt doch, dass sie uns das nicht sagen«, erwiderte Harley sanft. »Die Jungs achten sorgfältig darauf, uns nichts zu erzählen, damit wir nicht irgendetwas in den Nachrichten sehen und uns vor Sorgen verrückt machen.«

»Ich weiß. Es ist nur ... Diesmal fühlt es sich aus irgendeinem Grund anders an.« Emily legte sich eine Hand auf den Bauch.

Mary wusste nicht, wie sich das für die anderen in der Vergangenheit angefühlt hatte, denn sie hatte sich immer allein damit auseinandergesetzt, dass Truck auf Mission ging. Aber sie musste Emily zustimmen. Dieses Mal fühlte es sich *wirklich* anders an. Aus irgendeinem Grund noch bedenklicher.

Sie schüttelte den Kopf. Sie verhielt sich albern. Das war schließlich das, was ihre Männer taten. Sie gingen in die Welt hinaus, traten ihr in den Hintern, kamen zurück und waren wieder wie gewohnt die beschützenden Alphakerle. Diesmal würde es nicht anders sein.

Sie stand auf. »Wer möchte noch etwas trinken?«

Alle hoben die Hände.

Mary holte zwei Flaschen Wein und füllte die Gläser auf.

Als sie alles nachgefüllt hatte, hob sie das Glas zu einem

schnellen Toast. »Auf unsere Deltas. Dass sie den Terroristen in den Arsch treten und dann möglichst schnell nach Hause kommen.«

»Und zwar heil«, fügte Harley hinzu.

»Unverletzt und in einem Stück«, meldete sich auch Rayne zu Wort.

»Darauf trinke ich«, stimmte Wendy zu.

Alle nahmen einen Schluck Wein und schwiegen, während sie an die Männer dachten, die sie mehr als das Leben selbst liebten.

Schließlich räusperte Casey sich und sagte: »Also ... Beatle und ich haben über das Heiraten geredet.«

Alle kreischten erfreut auf und Casey hielt eine Hand hoch, um sie alle zum Schweigen zu bringen. »Okay, okay, immer mit der Ruhe.« Sie lachte leise und wandte sich an Wendy. »Ich wollte wissen, ob ich dich und Blade nicht für eine Doppelhochzeit interessieren könnte.«

Sie erkundigte sich vorsichtig, doch Wendy zögerte nicht, sie zu bestärken. Sie sprang von der Couch auf und eilte zu ihrer Freundin. Harley lachte und versuchte, aus dem Weg zu gehen, aber da sie zusammen mit Casey auf einem riesigen Sitzsack saß, war das unmöglich. Wendy landete schließlich zusammen mit Casey und Harley auf dem Sitzsack und umarmte Casey ungestüm.

»Ja, tausendmal ja. Das fände ich wahnsinnig schön!«

»Solltest du nicht erst mal Blade fragen?«, entgegnete Casey trocken.

»Nein. Er geht mir schon die ganze Zeit damit auf die Nerven, dass wir endlich heiraten sollen, aber die Planung einer Hochzeit macht mich wahnsinnig nervös. Das ist mir zu viel. Bei einer Doppelhochzeit kannst *du* alles planen und ich komme dann einfach zur Zeremonie und lächle.«

Die beiden Frauen grinsten einander an. »Es wäre mir eine Ehre«, entgegnete Casey. »Und dann wären wir wirklich Schwestern.«

»Oh, verdammt«, sagte Wendy schniefend. »Du bringst mich noch zum Weinen, du blöde Kuh.«

Mary sah dem Ganzen mit einem riesigen Grinsen zu. Sie

war sich im Klaren, dass sie wahrscheinlich dämlich aussah, doch das war ihr egal.

Wendy wandte sich an Rayne. »Und was ist mit dir, Rayne? Willst du auch mitmachen?«

Rayne sah einen Moment lang verdutzt aus. »Wobei mitmachen?«

»Willst du auch mit uns heiraten?«

Marys Augen wurden fast so groß wie Raynes.

»Im Ernst?«

»Ja. Wenn wir schon heiraten, können wir auch eine riesige Feier daraus machen«, entgegnete Casey strahlend.

Rayne stellte ihr Glas auf den Tisch und sagte: »Okay. Aber ...« Sie sprach nicht weiter.

»Was ist?«, wollte Casey wissen.

Rayne wandte sich an Mary. »Mary muss auch mit uns heiraten.«

Mary starrte ihre beste Freundin an.

»Du hast doch gesagt, dass du dein Ehegelübde mit Truck während einer Doppelhochzeit erneuern würdest. Was spricht gegen eine Vierfachhochzeit?«

Mary schluckte und blickte von Rayne zu Wendy und Casey, und dann sah sie die anderen an. Alle lächelten und nickten ermutigend.

»Nach allem, was ich getan habe, wollt ihr das trotzdem?«

Rayne stand auf und ging zu Mary. Sie setzte sich auf den Boden und nahm die andere Frau in den Arm. »Aber natürlich. Schließlich sind wir beste Freundinnen, Mary. Ich war wütend auf dich, aber ich weiß genau, dass du irgendwann in Zukunft wütend auf mich sein wirst. So ist das eben bei Freundschaften. Aber ich will auf jeden Fall, dass du dabei bist, wenn ich Ghost heirate. Schließlich warst du von Anfang an dabei. Erinnerst du dich noch daran, dass ich dir alle Einzelheiten per SMS geschrieben habe, als ich mich dazu entschlossen habe, einen One-Night-Stand mit ihm in London zu haben? Sag bitte Ja.«

Mary wandte sich an Wendy und Casey. »Und seid *ihr* euch auch sicher? Vielleicht haben Blade und Beatle etwas dagegen, wenn ich bei eurem großen Tag dabei bin.«

»Wahrscheinlich sollte ich das jetzt nicht sagen«, meldete Harley sich zu Wort, »aber Coach hat sich verplappert und zugegeben, dass die Jungs alle beschlossen haben, eine riesige Vierfachhochzeit abzuhalten, nachdem dieses Arschloch angefangen hat, auf der Feier auf dem Stützpunkt herumzuschießen.«

»Tatsächlich?«, fragte Rayne überrascht.

»Ja.«

»Im Ernst?«, wollte Mary wissen.

»Ja. Frag mich nicht, wie ich es in Erfahrung gebracht habe, denn es könnte sein, dass ich sexuelle Folter dazu verwandt habe, es aus Coach herauszukitzeln.«

Die Frauen lachten alle leise. »Also? Mary, was meinst du?«

Mary nickte langsam. »Wenn Truck dafür ist, bin ich gern dabei.«

»Verdammt noch mal«, erklärte Rayne leise, »wir heiraten doch noch zusammen, Mary.«

Mary wusste, dass die Dinge nicht ganz so einfach waren, aber sie nickte trotzdem. Sie hätte wahrscheinlich nicht so einfach zugestimmt, wenn sie nicht vier Gläser Wein getrunken hätte, aber sie wusste, dass sie tief im Inneren nichts anderes wollte, als Truck aus den richtigen Gründen zu heiraten. Vielleicht war sie nicht bereit, ihm ins Gesicht zu sagen, dass sie ihn liebte, vielleicht wäre sie niemals bereit, aber sie war mehr als bereit, den Rest ihres Lebens mit ihm zu verbringen. Sie konnte sich nicht vorstellen, ihn *nicht* an ihrer Seite zu haben.

Alle Gedanken an eine Scheidung waren längst verschwunden. Wenn sie ehrlich zu sich selbst war, war sie schon in dem Moment verloren gewesen, in dem er ihr auf dem Standesamt gegenübergestanden und gesagt hatte: »Ich will.« Und obwohl sie gewusst hatte, dass sie vielleicht nicht lange genug lebt, um mitzubekommen, wie aus ihrer Scheinehe eine echte Ehe wurde, hatte sie sich beschwert und rumgemeckert, war aber trotzdem überglücklich, dass Truck darauf bestanden hatte, sie zu heiraten.

»Sobald sie zurückkommen, erzähle ich Beatle, was los ist«, erklärte Casey glücklich. »Er wird sich wahnsinnig freuen. Er nervt mich schon wochenlang damit, mich endlich für ein Datum zu entscheiden.«

»Ich glaube, dass Blade mit Beatle gesprochen hat, denn er hat mich aus dem gleichen Grund genervt«, pflichtete Wendy ihr bei.

»Kann ich euch um einen Gefallen bitten?«, meldete Emily sich zu Wort.

»Was denn?«, fragten alle.

»Können wir bitte warten, bis mein Baby da ist? Ich will auf unserer riesigen Hochzeitsfeier nicht wie ein gestrandeter Wal aussehen.«

»Aber selbstverständlich«, erklärte Casey ihr.

»Wir können sowieso keine Vierfachhochzeit in nur zwei Monaten planen«, entgegnete Wendy.

»Darauf würde ich nicht wetten«, meinte Rayne. »Es könnte durchaus sein, dass Ghost alles innerhalb von vierundzwanzig Stunden fertig hat, wenn ich ihm sage, dass ich endlich dazu bereit bin, ihn zu heiraten.«

Alle lachten. Mary stimmte Rayne zu, aber sie schwieg. Sie war sich nicht sicher, was Truck über die ganze Situation denken würde, aber sie hoffte, dass er glücklich wäre. Sie wollte ihr Eheleben noch mal ganz von vorn beginnen. Sie wollte die alten Ausreden für die Heirat hinter sich lassen und es tun, weil sie beide ihr Leben zusammen verbringen wollten.

Der Rest des Abends verlief ruhig. Sadie und Annie kamen wieder herein, es wurde noch mehr Wein getrunken, Annie erfuhr von der bevorstehenden Vierfachhochzeitszeremonie und dass sie Brautjungfer werden würde, und sie alle aßen viel zu viel Zucker und Junkfood.

Spät in der Nacht kuschelte Mary sich unter die Decke in einem von Emilys Gästezimmern mit Rayne auf dem Doppelbett gegenüber von ihr.

»Ist dir das auch wirklich recht?«, fragte Rayne leise.

»Es überrascht mich selbst, aber ja«, erwiderte Mary.

»Ich würde es auch verstehen, wenn es dir nicht recht ist.«

Mary drehte sich auf die Seite und sah ihre beste Freundin an. »Ich mache mir eher Sorgen darüber, was Truck denken wird. In letzter Zeit war er ja alles andere als glücklich.«

»Wirklich?«

»Ja, wirklich. Nach dieser Sache in der Bank dachte ich, dass die Dinge zwischen uns in Ordnung wären, sind sie aber nicht.«

»Er liebt dich, Mary.«

»Ich weiß. Aber ich habe Angst, dass er es leid wird, auf mich zu warten. Was, wenn er zurückkommt und feststellt, dass er mich nicht mehr will?«

»Das wird er nicht tun«, erklärte Rayne im Brustton der Überzeugung.

»Ich würde es nicht überleben, wenn er mich verlässt«, flüsterte Mary.

Rayne stützte sich auf einem Ellbogen auf. »Ich dachte, ihr hättet euch unterhalten. Ich habe gesehen, wie ihr euch in der Bank verhalten habt. Es sah nicht so aus, als hätte er vor, dich zu verlassen.«

»Das haben wir. Aber ... er hält mich jetzt nachts nicht mehr im Arm.« Mary war es peinlich, das zuzugeben. Aber hier handelte es sich um Rayne, ihrer besten Freundin auf der ganzen Welt. Wenn sie nicht mit *ihr* darüber reden konnte, was mit ihr und Truck los war, mit wem dann?

»Was meinst du damit?«

Mary seufzte. »Er hat meine nackte Brust gesehen. Als ich krank war, hat er mich immer in den Arm genommen und die ganze Nacht festgehalten. Selbst als ich mich beschissen fühlte und ihm sagte, er solle verschwinden, wollte er nicht. Wenn es nach der Strahlenbehandlung so schlimm war, dass ich es nicht einmal ertragen konnte, dass mich ein Trägerhemd oder ein Laken berührte, schlang er seinen Arm um meinen Bauch und ließ seine Füße über das Bettende ragen, nur damit er neben mir liegen konnte. Es schien ihm nie etwas auszumachen, dass meine Brust so flach war wie die eines Kindes. Morgens küsste er mich immer auf die Stirn und er berührte mich ständig. Am Arm. An der Hand. Am Kreuz. Früher hat mich das verrückt gemacht ... aber jetzt ist es, als hätte ich die Pest. Er ist direkt neben mir, aber er könnte genauso gut kilometerweit entfernt sein.«

»Hast du ihn mal gefragt, warum das so ist?«

»Nein. Wie soll ich ihn um etwas bitten, von dem ich immer so getan habe, als würde ich es hassen? Er fehlt mir, Raynie. Ich meine, natürlich vermisse ich ihn, jetzt, da er auf Mission ist, aber ich habe ihn auch schon davor vermisst, als er noch direkt neben mir war. Ich weiß, dass er glücklich darüber war, dass ich in der Bank nicht verletzt worden bin, aber dann hat er sich gewundert, dass ich mich ihm nicht direkt im Anschluss geöffnet habe. Ich habe Angst, dass er darüber nachdenkt, wie er mir am besten sagen soll, dass er mich nicht mehr sehen will.«

Rayne richtete sich auf und schlug die Decke zurück. Sie stapfte die wenigen Schritte zu Marys Bett und schubste Mary rüber. Ohne ein Wort zu sagen, kletterte sie unter die Decke und umarmte Mary ganz fest. So lagen sie, die Arme umeinandergeschlungen, in dem kleinen Doppelbett, und Mary tat ihr Bestes, um zu verhindern, dass ihr die Tränen über die Wangen liefen.

Nach einigen Minuten sagte Rayne leise: »Der Mann liebt dich, Mary, da bin ich mir hundertprozentig sicher. Du musst dich ihm öffnen. Rede mit ihm. Erzähl ihm all die Dinge, die du nicht mal *mir* über deine Kindheit erzählt hast, ganz egal, wie schwer es dir fällt. Erkläre ihm, wie schrecklich deine Mutter war. Erzähl ihm von all den Onkeln.«

»Und dann?«

»Und dann verführst du ihn.«

Mary verschluckte sich und musste husten, und sie brauchte etwas Zeit, um sich wieder zu fangen. »Im Ernst, das ist es, was du mir rätst?«

»Bei Ghost und mir hat es funktioniert.«

»Das ist etwas anderes.«

»Eigentlich nicht.«

»Aber mir fehlt einfach die Ausrüstung, um ihn zu verführen, Rayne«, erklärte Mary trocken und war sich ihrer absolut flachen Brust wieder einmal sehr bewusst.

»Ihm ist es völlig egal, dass du keinen Busen hast«, erwiderte Rayne.

»Aber mir nicht.«

»Und was hat dein Arzt zu einer Brustrekonstruktion gesagt?«

Mary wurde plötzlich klar, dass sie wegen ihres Zerwürfnisses mit Rayne noch nicht über dieses Thema gesprochen hatten. »Das wäre möglich. Aber der gesamte Prozess dauert etwa eineinhalb Jahre. Sie würden mir Fett aus den Schenkeln und aus dem Bauch absaugen und dann in meine Brust injizieren, um erst mal die Haut zu dehnen. Das würde mehrere Sitzungen und Monate in Anspruch nehmen. Dann würde er Dehnungsimplantate einsetzen und ich müsste jede Woche hingehen, um sie füllen zu lassen. Das mache ich so lange, bis ich entweder die gewünschte Größe erreicht habe oder die Haut anfängt, sich zu verschlechtern, und der Arzt sagt, wir müssen aufhören. Nach einigen Monaten hätten die Dehnungsimplantate eine Aussparung erzeugt, in die die endgültigen Implantate eingesetzt werden können, und ich kann *diese* Operation durchführen lassen.«

»Und?«

Rayne kannte sie zu gut. »Ich hasse es, wie ich im Moment aussehe. Ich kann nicht einmal in den Spiegel schauen. Ich kann mir nicht vorstellen, mich Trucks Blicken so auszusetzen. Ich meine, er hat mich gesehen, aber ich fühlte mich damals so schrecklich, dass es mir eigentlich egal war. Ich habe dir gesagt, dass ich es beim ersten Mal nicht ertragen konnte, etwas auf der Haut zu haben, wenn die Verbrennungen durch die Bestrahlung so schlimm waren, aber das hier ist anders. Und bei dem Gedanken, falsche Brüste zu bekommen, fühle ich mich wie eine Heuchlerin. Du kennst mich doch. Du weißt, wie ich mich immer über Frauen mit Implantaten lustig gemacht habe.«

»Das ist etwas anderes.«

Mary machte die Augen zu. »Es ist Karma, Rayne.«

»Wie meinst du das?«

»Meine Mama hat sich die Brüste machen lassen, damit sie Männer abschleppen konnte. Wir hatten nicht genügend Geld für Lebensmittel, aber irgendwie hat sie einen ihrer Freunde überredet, für die Operation zu bezahlen. Sie sagte immer, dass Männer für ein Paar gute Titten alles tun würden. Ich schätze, sie hatte nicht unrecht. Als ich alt genug war, um es zu verstehen, sagte ich ihr, sie sei erbärmlich. Dass nur Huren Brustimplantate haben. Sie ohrfeigte mich und sagte mir, dass ich eine dumme Schlampe sei und dass ich es niemals zu etwas bringen würde, wenn ich inzwischen nicht verstanden hätte, dass Männer sich nur für Titten und Muschis interessieren.«

»Sie hatte unrecht«, erklärte Rayne sofort, lehnte sich ein wenig zurück und legte Mary die Hände an die Wangen. »Mary, deine Mutter hatte *keine Ahnung*.«

Mary konnte die Tränen nicht mehr unterdrücken. »Ich stecke wirklich in einer Zwickmühle, Raynie. Ich möchte, dass Truck mich liebt, aber ich weiß, dass Titten Männern wichtig sind. Ich will nicht wie ein zehnjähriges Kind aussehen, wenn ich nackt bin, aber gleichzeitig habe ich das Gefühl, dass ich nicht besser bin als meine Mutter, wenn ich mir Implantate einsetzen lasse.«

»Deine Mutter war eine Schlampe. Es tut mir leid, aber sie war auch eine Hure. Sie hat Männer benutzt, schlicht und einfach. Die Männer, mit denen sie ausging, waren nur mit ihr zusammen, weil sie so aussah, und wahrscheinlich, weil sie gut Schwänze lutschen konnte. Aber Truck ist nicht so. Ich glaube, er hat immer und immer wieder bewiesen, dass er *deinetwegen* mit dir zusammen ist. Aber weißt du was? Vergiss ihn für eine Sekunde. Das hat *nichts* mit ihm oder irgendeinem anderen Typen zu tun.«

»Wie kannst du so was sagen?«, fragte Mary.

Rayne ließ die Hände sinken und zog Marys Kopf an ihre Brust. »Es geht hier um dich, Mary. Wie *du* dich fühlst. Es spielt keine Rolle, was ich davon halte. Es spielt keine Rolle, was Truck davon hält. Es spielt nicht mal eine Rolle, was der Arzt denkt. Es geht nur darum, was *du* davon hältst. Wenn du dich durch den Wiederaufbau wohler oder schöner fühlst, dann solltest du es tun. Wenn du wegen der Frauenbewegung oder was auch immer genau so bleiben willst, wie du jetzt bist, dann tu das. Du kannst in deinem BH Brusteinlagen tragen oder auch nicht und auf alle scheißen, die dich vielleicht komisch ansehen. Der Mary, die ich kenne, wäre es scheißegal, was andere über sie denken. Wenn du dir jeden Zentimeter deiner Brust tätowieren lassen und nackt herumlaufen willst, dann solltest du es tun. Wenn du dir Implantate in Dolly-Parton-Größe machen lassen willst, dann tu *das*. Scheiß drauf, was alle anderen denken.«

Mary lächelte. »Also würdest du dich weigern, mir zu antworten, wenn ich dich frage, was *du* für das Richtige hältst, oder?«

»Richtig«, entgegnete Rayne sofort. »Ich liebe dich, ganz egal, wie groß deine Titten sind, Mary. Egal ob du flach wie ein Brett bist oder ob du Wassermelonen hast, für mich macht es keinen Unterschied. Und es macht auch keinen Unterschied für all die Menschen, die dich lieben, und dazu zählt auch Truck. Nur die Menschen, die dich nicht kennen, werden dich vielleicht komisch ansehen ... Und auf die ist sowieso geschissen. Ihre Meinung zählt nicht.«

»Zitierst du mich da etwa gerade, du blöde Kuh?«, fragte Mary, ihre Worte gedämpft, da sie an Raynes Brust gedrückt dalag.

»Auf jeden Fall, verdammt. Du hast mir das Gleiche gesagt, als ich mir Gedanken darüber gemacht habe, die Leute könnten von meinem One-Night-Stand mit Ghost erfahren.«

»Du weißt, dass ich dich liebe, stimmt's?«, fragte Mary nach mehreren Minuten.

»Ja. Oder glaubst du, ich würde zusammen mit dir in diesem winzigen Bett liegen, wenn ich dich nicht ebenfalls lieben würde?«, entgegnete Rayne.

»Du bleibst?«, wollte Mary wissen.

»Natürlich.«

»Morgen früh geht es mir wieder gut.« Mary hatte das Bedürfnis, sich zu erklären. »Mir fehlt Truck einfach so sehr und –«

»Du musst es mir nicht erklären«, sagte Rayne und nahm ihre Freundin fester in den Arm.

»Wenn Truck zurückkommt, sage ich ihm, dass ich eine echte Beziehung haben will«, beschloss Mary. »Hoffentlich fallen mir diesmal die richtigen Worte ein, damit er mir auch wirklich glaubt. Ich weiß nicht, wie das mit dem Sex laufen soll, aber ich bin bereit, es zu versuchen.«

»Das ist die Mary, die ich kenne und liebe. Schön, dass du wieder da bist«, erklärte Rayne ihr.

»Ich versuche wirklich, meinen Sarkasmus unter Kontrolle zu halten«, entgegnete Mary. »Es ist nicht einfach, aber wenn ich im letzten Jahr überhaupt etwas gelernt habe, dann, dass das Leben kurz ist. Und ich möchte versuchen, in Zukunft nicht mehr so wütend und gemein zu sein.«

»Aber du solltest dabei die Mary bleiben, die wir alle kennen und lieben«, sagte Rayne. »Ich meine, sicher, es gibt Zeiten, da könntest du ein bisschen taktvoller sein, aber wir lieben dich trotzdem genau so, wie du bist. Es ist schön, jemanden zu haben, der keine Angst davor hat zu sagen, was er denkt.«

»Abgemacht«, erwiderte Mary lächelnd. »Wissen wir diesmal ungefähr, wann die Jungs zurück sind?«, wollte Mary wissen.

Rayne schüttelte den Kopf. »Leider nicht.«

»Ich verstehe ja, warum alles so geheim ist, aber blöd ist es trotzdem«, grummelte Mary.

»Willkommen im Leben einer Ehefrau eines Delta Force-Soldaten«, entgegnete Rayne trocken.

Lange nachdem Rayne eingeschlafen war, blieb Mary noch wach. Sie war mehr als froh darüber, ihre beste Freundin wiederzuhaben, aber trotz der Art, wie Truck sich ihr gegenüber nach dem Überfall verhalten hatte, hatte er zu Hause immer noch einen Abstand zwischen ihnen gehalten. Das war verwirrend und frustrierend und machte sie unsicher darüber, wo sie und Truck standen. Sie freute sich über den Rat von Rayne bezüglich der rekonstruktiven Operation, auch wenn sie noch nicht wusste, wie ihre Entscheidung ausfallen würde. Aber sie konnte nicht umhin, das Schlimmste zu denken, was Truck betraf.

Sie war schrecklich zu ihm gewesen. Furchtbar. Wenn ein Mann ihr das angetan hätte, was sie Truck angetan hatte, würde sie ihm nie verzeihen. Aber wie durch ein Wunder hatte Truck sie nicht aufgegeben ... noch nicht. Er liebte sie. Er hatte es schon in dieser Woche gesagt, aber Mary wusste, dass die

Liebe zu jemandem nicht bedeutete, dass sich die Dinge am Ende automatisch zum Guten wenden würden.

Seufzend beschloss sie, sich bei Truck zu entschuldigen und ihm zu zeigen, dass es kein Fehler war, sie zu heiraten. Um ihn wissen zu lassen, dass sie mehr sein konnte als das gemeine Miststück, für das die Leute sie hielten.

KAPITEL VIER

Truck hob das Fernglas an und schaute auf die Lichtung unter ihnen. Er wusste, dass sein Team in der Nähe war, ebenso wie das andere Delta Force-Team. Sie waren ausgeschwärmt und hatten das Gebiet umstellt. Zusammen mit den akribischen Nachforschungen des Kommandanten betrieben sie seit einigen Tagen Aufklärung, und sie kannten die Routine der Männer, die die über siebzig Mädchen als Geiseln hielten, so gut, wie es möglich war.

Sie waren in dieses extrem heiße Land in Afrika geschickt worden, weil die Tochter eines französischen Diplomaten entführt worden war, zusammen mit etwa siebzig anderen Mädchen. Rebellen hatten mitten am Nachmittag die internationale Schule gestürmt und gedroht, alle zu töten, falls sich jemand einmischte. Ausgerechnet an diesem Tag hatte der Diplomat zufällig die Schule besucht. Und er hatte seine zehnjährige Tochter auf diese Reise mitgenommen, um ihr zu zeigen, wie Menschen auf der ganzen Welt leben.

Die Rebellen hatten die Französin zusammen mit den anderen mitgenommen. Viele der Schülerinnen und Schüler kamen aus den umliegenden Dörfern, aber es gab auch etwa zehn Mädchen, die zu den internationalen Entwicklungshelfern gehörten, die in der Gegend tätig waren. Die Kinder waren über einen Monat lang als Geiseln gehalten worden, bevor die Deltas herbeigerufen wurden.

Die Rebellen hatten von der Regierung die Freilassung mehrerer Geiseln im Tausch gegen die sichere Rückkehr der Mädchen gefordert, aber bisher waren die Verhandlungen gescheitert, um die festgefahrene Situation zu beenden. Die französische Spezialeinheit befand sich derzeit auf der anderen Seite des Landes und überprüfte einen weiteren Hinweis, aber es hatte sich herausgestellt, dass die Deltas doch auf dem richtigen Weg waren.

Truck starrte einen Rebellen durch die Linse an. Er hatte gerade ein Mädchen geschlagen – um die zwölf Jahre alt, wie Truck vermutete – und lachte über ihre Tränen. Während der letzten Tage hatten sie einige schreckliche Dinge gesehen und alle waren begierig darauf, etwas zu unternehmen. Truck dachte daran, dass Annie sich in dieser Situation befinden könnte, und das brachte sein Blut zum Kochen. Niemand hatte das kleine französische Mädchen gesehen, aber es gab keinen Zweifel, dass es dort war.

Ungefähr vierzig Rebellen bewachten das Lager. Jeweils zehn bewachten die Zelte mit den Mädchen. Es gab drei Zelte, in denen die Geiseln festgehalten wurden – und die Wachen wechselten sich ab, schleppten die Mädchen eines nach dem anderen heraus und brachten sie in ein kleineres Zelt in der Nähe.

Alle Deltas wussten, was vor sich ging, aber sie konnten nichts unternehmen, um den Missbrauch zu stoppen, bis sie sicher waren, dass sie die Rebellen ohne Vergeltungsmaßnahmen gegen die Geiseln ausschalten konnten.

Truck konnte es kaum erwarten, die Männer zu töten. Normalerweise war er nicht blutrünstig, aber in dieser Situation konnte er nicht anders. Jeder, der kleine Mädchen verletzte, verdiente einen langsamen und schmerzhaften Tod. Er hatte Gewalt gegen Frauen und Kinder immer gehasst, aber nachdem er Annie und die Frauen seiner besten Freunde und die Liebe seines Lebens kennengelernt und geheiratet hatte, verabscheute er sie noch mehr.

Sollte jemand es wagen, Mary falsch anzusehen, würde er

nicht zögern, denjenigen in die Schranken zu weisen. Mary konnte auf sich selbst aufpassen, aber sie sollte es nicht müssen. Es war nicht cool, dass Männer dachten, es wäre in Ordnung, einer Frau wegen ihrer Kleidung auf den Hintern zu schlagen. Es war nicht in Ordnung, dass sie anzügliche Bemerkungen machten oder ihr sagten, dass sie auf den Knien vor ihnen besser aussehen würde.

Truck war nicht immer ein Engel gewesen. Bevor seine Freunde anfingen, sich mit ihren Frauen zu treffen, waren sie in Stripklubs gegangen und hatten Frauen in Kneipen aufgegabelt. Er hatte seinen Arm um die Taille einer Frau gelegt, ohne vorher zu fragen, ob das in Ordnung war. Er hatte Ärsche betatscht, Küsse gestohlen und Frauen auf seinen Schoß gezogen, selbst wenn er wusste, dass sie seinen Steifen unter sich spüren würden. Aber jetzt, wo Mary in seinem Leben war, wie auch all die anderen, würde er nie wieder so respektlos gegenüber einer Frau sein.

Zu sehen, wie die Rebellen den Kindern, die sie als Geiseln hielten, wehtaten, war unerträglich. Er wollte sofort handeln und es verhindern. Wenn sie auch nur ein Mädchen vor schrecklichen Erinnerungen bewahren könnten, die es für den Rest seines Lebens mit sich herumschleppen würde, wäre es das wert. Aber er musste warten. Sie mussten sicherstellen, dass sie ihren Plan im Griff hatten. Wenn sie das nicht taten, könnten die Kinder, die er retten wollte, sterben.

Neben seinem Hass auf die Rebellen trug auch seine Frustration über seine Beziehung zu Mary nicht gerade positiv zu seinen Emotionen bei. Obwohl er sich für Hollywood und Kassie und ihre neugeborene Tochter wahnsinnig freute, konnte er nicht anders, als auch gleichzeitig auf seinen Freund eifersüchtig zu sein.

Das wollte er auch haben. Er wollte in der Lage sein, Marys Hand in der Öffentlichkeit zu halten, und sich keine Sorgen machen müssen, ob sie sich dabei wohlfühlte oder nicht. Er wollte eine Familie mit ihr gründen. Wegen ihres Krebses hatte er keine Ahnung, ob sie auf natürliche Weise Kinder bekommen könnte, aber das spielte keine Rolle. Sie könnten adoptieren. Oder wenn sie keine Kinder wollte, konnten sie ins

Tierheim gehen und einige Katzen und Hunde holen, die ein Zuhause brauchten. Es war egal, was für eine Familie sie hatten, solange sie eine hatten.

Er hatte gedacht, dass Mary nach dem Raubüberfall ihm gegenüber lockerer werden würde, aber die Dinge zwischen ihnen blieben schwierig. Er merkte, dass sie sich immer noch zurückhielt – und er wollte mehr von ihr. Er wollte, dass sie aufhörte, gegen ihre Gefühle für ihn anzukämpfen.

»Alles in Ordnung?«, fragte Beatle, der neben ihn gekrochen kam.

»Ja.«

»Du siehst aber gar nicht so aus.«

»Es. Geht. Mir. Gut«, presste Truck zwischen zusammengebissenen Zähnen hervor.

»Wie laufen die Dinge mit Mary?«

Truck atmete frustriert aus und wandte sich an Beatle. »Glaubst du wirklich, dies ist der richtige Zeitpunkt, um darüber zu reden? In ungefähr zehn Minuten stürmen wir die Anlage.«

Beatle zuckte mit den Achseln. »Wir kennen den Plan. Wir warten nur darauf, dass es endlich Zeit ist, diese Arschlöcher zu töten. Und ich will wissen, wie es meinem Freund geht. Neulich in der Bank schienen die Dinge zwischen dir und Mary ganz gut zu laufen.«

Truck wusste, dass Beatle nach Informationen fischte, aber da er ohnehin jemanden brauchte, mit dem er reden konnte, ließ er ihn nicht abblitzen, wie er es vielleicht andernfalls getan hätte. »Das dachte ich auch. Aber irgendetwas stimmt nicht. Ich weiß nicht, was es ist.«

»Bei dir oder bei ihr?«

Und das war die Frage. Mary war ihm gegenüber auf jeden Fall weicher geworden, aber er war sich nicht sicher, ob das reichte. »Bei mir.«

»Bereust du es, sie geheiratet zu haben?«

»Nein.« Er zögerte keinen Moment mit der Antwort. Truck bereute kein bisschen, was er getan hatte. Mary war heute noch am Leben, weil sie die Behandlung bekommen hatte, die sie brauchte.

»Aber was ist es dann?«, fragte Beatle.

»Ich will keine Frau aus Mitleid. Ich will eine richtige Frau. Ich will, was *du* hast, Beatle. Eine Frau, die mich ansieht, als wäre ich die Welt für sie. Eine Frau, die froh ist, mich zu sehen, wenn ich abends nach Hause komme. Die vielleicht sogar manchmal schon das Essen auf dem Tisch stehen hat und der es nichts ausmacht, wenn ich mich nach einem harten Einsatz nicht unterhalten möchte. Ich möchte jemanden, der keine Angst davor hat, mich anzufassen, und der sich von mir anfassen lässt.«

»Also willst du die Disney-Version einer Beziehung«, entgegnete Beatle.

»Könnte schon sein«, murmelte Truck.

»Dann kannst du dich genauso gut von Mary scheiden lassen, sobald wir nach Hause kommen«, entgegnete Beatle. »Denn so etwas wie eine Disney-Beziehung gibt es nicht.«

Truck sah seinen Freund überrascht an. »Sag mir jetzt nicht, dass Casey dich nicht über alles in der Welt liebt.«

»Oh doch, das tut sie. Aber es gibt viele Momente, in denen sie nicht froh darüber ist, mich abends zu sehen. Sie ist müde und launisch vom Unterrichten und dem Weg von Baylor nach Hause. Ich würde sofort umziehen, damit sie näher an der Arbeit sein kann, aber du weißt so gut wie ich, dass ich das nicht kann. Ich muss in der Nähe des Stützpunktes sein, falls wir für einen kurzfristigen Einsatz einberufen werden. Und es gibt viele Abende, an denen ich ins Bett gehe, bereit, meine Frau zu lieben, und sie ist bereits eingeschlafen oder sagt mir, dass sie einfach nicht in der Stimmung ist. Beziehungen sind chaotisch, Truck. Man sieht Casey und mich vielleicht in der Öffentlichkeit händchenhaltend und einander anlächelnd, aber man sieht nicht die Zeiten, in denen wir uns streiten, oder wenn sie sich weigert, auch nur in meine Nähe zu kommen. Wenn ich von der Arbeit erschöpft bin, möchte ich nur noch vor dem Fernseher sitzen und Fußball schauen, und sie versucht, mit mir zu reden, und ich schnauze sie an, sie solle mich in Ruhe lassen.«

Truck starrte Beatle mit großen Augen an. »Habt ihr Schwierigkeiten?«, fragte er.

Beatle seufzte frustriert. »Nein. Und du verstehst nicht, was ich dir zu sagen versuche.«

»Dann drück dich klarer aus, du Arschloch«, entgegnete Truck eingeschnappt.

»Wenn man mit jemandem zusammen ist, den man liebt, gibt es nicht nur gute Zeiten, sondern auch schlechte.«

»Ich habe das Gefühl, dass ich schon ziemlich viel von Marys schlechten Zeiten mitgemacht habe«, erklärte Truck seinem Freund.

»Ja, es ist scheiße, dass Mary Krebs hatte, aber nur weil es ihr besser geht, heißt das nicht, dass von nun an alles rosig wird. Wie denkt sie über ihre Diagnose? Hat sie Angst, dass die Krankheit wiederkommen könnte? Leidet sie noch unter anderen Nebenwirkungen oder nimmt sie Medikamente, die sie reizbar machen? Sie hatte eine Mastektomie, richtig? Wie fühlst du dich dabei? Wie fühlt sie sich dabei? Muss sie jetzt andere Kleidung tragen?«

Truck schwieg einen Moment lang und gab dann zu: »Ich weiß es nicht. Über solche Sachen reden wir eigentlich nicht.«

»Kommunikation ist der Schlüssel zu jeder Beziehung«, erklärte Beatle. »Ich habe damals versagt, als Casey eingezogen ist. Oft habe ich sie gar nicht gefragt, wie sie sich bei vielen Dingen fühlte. Zum Beispiel ihrer neuen Arbeit, der Tatsache, dass sie aus Florida weggezogen war, ob sie nach dem LSD-Trip immer noch manchmal Angst hatte ... Ich bin einfach davon ausgegangen, dass sie mit mir über die Dinge redet, die sie beschäftigen. Aber tatsächlich war es so, dass sie davon ausgegangen ist, dass ich sie nicht gefragt habe, weil es mir egal war.«

»Mir ist es nicht egal«, entgegnete Truck sofort. »Ich will alles über Mary wissen. Über ihre Kindheit – von der ich schon weiß, dass sie scheiße war –, über ihren Job, darüber, wie sie sich fühlt. Ich liebe sie.«

Beatle lehnte sich näher zu ihm und zischte: »Dann rede mit ihr, verdammt. Wenn sie dich nicht anfassen will, sprich sie darauf an. Sag ihr, wie sehr du sie und wie sehr du das Gefühl ihrer Hände in deinen liebst. Sag ihr, wenn du dich aufgrund deiner Narbe verletzlich fühlst. Erkläre ihr noch einmal, dass du dich unter allen Frauen für *sie* entschieden hast und niemanden sonst.«

Truck dachte lange über Beatles Worte nach und erkannte, dass er recht hatte. Er hatte Angst davor gehabt, mit Mary zu reden, wirklich *richtig* mit ihr zu reden, weil er nicht hören wollte, dass sie die Scheidung verlangte. Dass sie, da es ihr besser ginge, nicht mehr mit ihm verheiratet sein müsste. Aber vielleicht wartete sie darauf, dass *er* den ersten Schritt tat. Das machte mehr Sinn. So forsch und frech sie auch war, so wenig selbstbewusst war sie doch, wenn es um Beziehungen ging. Er wusste, dass es daran lag, wie sie erzogen worden war, aber er hatte sich nie getraut, sie ganz direkt danach zu fragen.

Sie brauchte genauso viel Bestätigung wie er. Und in der Sekunde, in der er nach Texas zurückkam, wollte er für sie ein anderer Mensch werden. Er würde sie nicht zwingen, mit ihm zu reden, aber er wollte dafür sorgen, dass sie wusste, wie sehr er sie liebte, und dass er da war, um mit ihr zu reden, wann immer sie es brauchte. Er würde sich ihr gegenüber öffnen, über sein eigenes Leben und seine eigenen Gefühle reden. Nicht über sie – obwohl er dafür sorgen würde, dass nie ein Tag verging, an dem er ihr nicht sagte, wie wichtig sie ihm war –, sondern darüber, wie er über die Arbeit, seine Familie, seine Freunde ... über alles dachte.

»Danke«, sagte Truck leise.

»Gern geschehen«, erwiderte Beatle, hob dann wieder das Fernglas und blickte hinab ins Lager der Rebellen.

»Wir legen in sechzig Sekunden los«, ertönte Ghosts Stimme in ihren Ohrhörern.

»Bereit, ein paar Leuten ordentlich den Hintern zu versohlen?«, fragte Beatle und grinste Truck an.

»Ich kann es kaum erwarten«, antwortete Truck. »Diese Arschlöcher sind so gut wie tot.«

»Da hast du recht«, entgegnete Beatle.

Die beiden Männer setzten sich in Bewegung und gingen in Position. Ihre Aufgabe war es, von der Rückseite des Proviantzeltes aus anzugreifen. Etwa zwanzig der Rebellen waren drinnen und aßen zu Mittag. Wenn sie sie ausschalten konnten, würde sich die Zahl der Rebellen halbieren, sodass der

Rest sich weniger gegen die Mädchen wenden und eher um ihr Leben laufen würde.

Beatle und Truck hörten Ghost in ihren Ohren von zehn herunterzählen, und auf das Wort *Los* hin brach die Hölle los.

Mitten in der Schlacht hatte Zeit keine Bedeutung. Wenn man Truck fragte, konnte er nur schwer sagen, ob Minuten oder Sekunden vergingen. Er konzentrierte sich ganz auf die anstehende Aufgabe und alles andere trat in den Hintergrund. Er konzentrierte sich darauf, seine Teamkollegen zu decken und die Arbeit zu erledigen. Truck wusste nicht, wie viele Rebellen er ausgeschaltet hatte, als die Schießerei begann, aber letztlich spielte das keine Rolle. Er verlor Beatle im Chaos der Schlacht aus den Augen, wusste aber, dass der Mann irgendwo zu seiner Rechten war. Die Luft war voller Rauch und Pulverdampf, und er konnte Schreie außerhalb des Zeltes hören, aber er ließ sich nicht von den Männern ablenken, die sich hinter umgestürzten Tischen versteckten. Jedes Mal wenn ein Kopf hinter einem Tisch auftauchte und jemand versuchte, auf sie zu schießen, feuerte Truck.

Er hörte einen Schrei zu seiner Linken und drehte sich um, um in diese Richtung zu zielen, dann zögerte er für den Bruchteil einer Sekunde, weil er nicht erwartete, das zu sehen, was er sah.

Einer der Rebellen war nicht einfach hinter einem Tisch aufgetaucht, um auf ihn zu schießen. Nein. Er war darüber gesprungen und lief auf ihn zu, so schnell er konnte.

Truck drückte den Abzug seiner Waffe, wodurch der Mann zu Boden ging, aber erst, nachdem er ihm viel zu nahe gekommen war.

Der Mann ging in die Knie und wankte. Sein hasserfüllter Blick traf kurz auf den von Truck, und dann grinste er. Ein böses, fieses Grinsen, bei dem sich Truck die Haare im Nacken aufstellten. Er hob seine Waffe, um wieder zu schießen ... und bemerkte zu spät, was der Mann in seinen Händen hielt.

Granaten. Zwei davon. Und die Zündstifte waren nirgends zu sehen.

Truck konnte gerade noch »Gra-«, rufen, aber bevor er seine Warnung beenden konnte, explodierte das ganze Proviantzelt in einem Regen aus Körperteilen, Holzstücken und Metall.

»Lagebericht! Lagebericht!«, schrie Ghost in die Ohrhörer der Männer der Delta Force.

Trigger und sein Team hatten die Mädchen in Sicherheit gebracht und sie alle im größten der drei Zelte, in denen sie untergebracht worden waren, versammelt. Drei von ihnen waren bei dem Überfall getötet worden, aber Lefty, Doc und Brain hatten die Männer, die sie bewachten, ausgeschaltet, bevor sie weiter schießen konnten. Brain wurde damit beauftragt, mit den Mädchen zu sprechen, da er der Einzige war, der mit ihnen kommunizieren konnte. Er war ein Sprachgenie und beherrschte mehr als dreißig verschiedene Sprachen, daher sein Spitzname.

Doc kümmerte sich um die verletzten Mädchen und schien sein Bestes zu tun, um sein Temperament unter Kontrolle zu halten. Die Mädchen waren mehr als verstört. Sie waren emotional gezeichnet, und es war mehr als offensichtlich, welche von ihnen missbraucht worden waren, denn sie schreckten vor den Deltas zurück, sobald sie sich ihnen näherten. Sie fanden auch das kleine französische Mädchen, das sich unter ihnen versteckte. Sie waren sich noch nicht sicher, ob sie angegriffen worden war. Während der kurzen Zeit, in der die Teams das Rebellenlager beobachtet hatten, schienen die Entführer nicht zwischen den einheimischen Mädchen und den internationalen Mädchen unterschieden zu haben.

Oz und Grover standen vor dem Zelt Wache, in dem die früheren Geiseln festgehalten worden waren, und Lucky und Lefty taten ihr Bestes, um die LKWs in Gang zu bringen, damit sie von dort verschwinden konnten.

Coach und Blade waren zwischen den umliegenden Bäumen verschwunden und jagten den Rebellen hinterher, die beschlossen hatten, abzuhauen und zu fliehen, anstatt zu bleiben und zu kämpfen.

»Verdammt, Beatle. Truck. Lagebericht!«, bellte Ghost

SUSAN STOKER

scharf, selbst wenn er wusste, dass sie wahrscheinlich nicht antworten würden. Er blickte zu Fletch hinüber, der auf das schwelende Zelt starrte, das bis vor Kurzem etwa zehn Meter von ihnen entfernt gestanden hatte, jetzt aber nichts weiter als ein qualmendes Chaos war.

»Coach und Blade, bewegt euren Hintern wieder hierher, und zwar schnell«, befahl Ghost, als er und Fletch sich vorsichtig dorthin begaben, wo früher das Zelt gestanden hatte.

»Brauchst du uns?«, fragte Trigger.

»Wartet ab«, sagte Ghost, während er nach seinen Teammitgliedern Ausschau hielt. Er hatte die Schüsse aus dem Inneren des Zeltes gehört, aber er war damit beschäftigt gewesen, einige der Rebellen auszuschalten. Beatle und Truck wussten, was sie taten, und er hatte sich keine Sorgen gemacht. Während der ganzen Zeit der Überwachung hatten sie außer den Gewehren, die die Rebellen ständig in der Hand hielten, keine anderen Waffen gesehen. Keine Granatwerfer, kein Sprengstoff. Die Rebellen waren vorbereitet, aber sie waren nicht gerade eine gut geölte Armeemaschine. Ihre Kleidung war abgetragen und zerrissen, und der Höhepunkt der meisten ihrer Tage schien die Essenszeit zu sein.

Ghost gestikulierte Fletch, nach rechts zu gehen, und er selbst ging nach links, wobei er ständig nach jeder Art von Bewegung Ausschau hielt. Er stieß auf einige Rebellen, die noch am Leben waren, und schickte sie ohne Gnade ins Jenseits. Er hatte mit eigenen Augen den Schreck in den Gesichtern der kleinen Mädchen gesehen. Er hatte kein Mitleid mit den Männern, die sie entführt und misshandelt hatten. Kein bisschen.

An einer Ecke der schwelenden Trümmer sah er ein Bein, das in einer schwarzen Hose steckte.

Ghost kniete sich hin und riss die Bretter und Trümmer von dem Mann herunter. Er seufzte erleichtert auf, als er ein Paar vertrauter Augen sah, die ihn anblinzelten.

»Beatle? Alles in Ordnung?«

Beatle nickte und setzte sich mit Ghosts Hilfe langsam auf.

Er schüttelte verhalten den Kopf und sagte: »Verdammt noch mal.«

»Wo ist Truck?«, fragte Ghost, der wahnsinnig erleichtert war, dass es Beatle gut zu gehen schien. Ein kleines Rinnsal Blut lief ihm seitlich den Kopf hinunter, doch er schien noch all seine Gliedmaßen zu besitzen und wurde sich seiner Umgebung langsam wieder bewusst.

»Als ich ihn das letzte Mal gesehen habe, war er dort drüben«, erklärte Beatle und zeigte an eine Stelle, wo Fletch bereits vorsichtig die Trümmer durchsuchte. »Wir waren gerade dabei, die Rebellen einen nach dem anderen zu erschießen, als einer plötzlich direkt auf ihn zulief. Truck hat auf ihn geschossen und der Typ ist in die Knie gegangen. Truck hat etwas gerufen und dann *bumm*.«

Ghost half Beatle hoch und hielt eine Hand am Ellbogen seines Kollegen und die andere am Abzug seiner Waffe. Sie brauchten jetzt auf keinen Fall einen der Rebellen, der auftauchte und sie erschoss. Sie machten sich auf den Weg zu Fletch, mit den Augen ständig auf der Suche nach Bösewichten oder Truck.

Als sie bei Fletch ankamen, ging Beatle fast normal weiter. Er hatte sein Gleichgewicht wiedergefunden und trat während des Gehens gegen Holzbretter, die früher Tische waren.

»Wo genau hast du Truck das letzte Mal gesehen?«, fragte Ghost, dem durchaus klar war, dass ihnen langsam die Zeit ausging. Sie hatten genügend Lärm verursacht, sodass jeder Rebell im Umkreis von fünf Kilometern sie wahrscheinlich gehört hatte, und sie wollten auf jeden Fall schon verschwunden sein, bevor die Verstärkung anrückte.

»Da«, rief Beatle und zeigte auf eine Stelle rund drei Meter vor ihnen. Ohne ein Wort verteilten sich die drei Männer und begannen damit, jedes Stück Holz aus dem Weg zu räumen, auf das sie stießen.

»Oh, verdammt. Ich hab ihn gefunden!«, rief Fletch aufgeregt. »Helft mir!«

Ghost spürte, wie sich ihm der Magen umdrehte, als er Fletchs Stimme hörte, aber er zögerte keine Sekunde, um zu ihm zu gehen. Mit Beatles Hilfe gelang es ihnen, ein großes

Stück Holz, zwei Arme, ein Bein und ein paar Gedärme von irgendjemandem wegzuräumen, bevor sie auf Truck stießen.

Er lag auf dem Rücken, die Arme ausgestreckt, seine Waffe war nirgends zu sehen. Er sah aus, als würde er schlafen, aber alle drei Deltas wussten, dass das nicht der Fall war.

Ghost beugte sich hinunter, legte seine Finger an Trucks Halsschlagader und hielt den Atem an.

Sofort atmete er erleichtert auf, als er den starken Puls fühlte. »Er lebt«, erklärte Ghost den anderen.

»Verletzungen?«, fragte Fletch.

»Ich bin mir nicht sicher«, entgegnete Ghost. Er drehte sich um und sah neben ihm einen Metallkasten liegen. Wahrscheinlich hatte sich einmal Munition darin befunden, doch nun war er leer. Der Kasten hatte eine große Delle ... ungefähr von der Größe eines Kopfes. »Helft mir, ihn umzudrehen, damit ich seinen Rücken untersuchen kann. Aber seid vorsichtig und haltet seine Wirbelsäule gerade.«

Aber mit der Hilfe von Fletch und Beatle gelang es Ghost, zügig eine Felduntersuchung seines Freundes durchzuführen. Seine Wirbelsäule schien in Ordnung zu sein, das Rückenmark anscheinend nicht verletzt, und außerdem fand Ghost unter ihm auch keine Blutlache. Als er seine Arme und Beine betrachtete, fielen ihm keine offensichtlichen Brüche auf.

Aber da er unter diesen ganzen Trümmern gelegen hatte, hatte er wahrscheinlich doch irgendwelche Verletzungen.

»Truck?«, sagte Ghost laut und drückte die Schulter seines Freundes.

Truck stöhnte, kam jedoch nicht zu Bewusstsein.

»Jetzt komm schon, du musst aufwachen. Du bist riesengroß und wir bräuchten einen Haufen Leute, um dich hier rauszuschleppen.«

Keine Antwort.

Beatle beugte sich vor und verpasste Truck eine leichte Ohrfeige. »Hör jetzt auf mit dem Blödsinn, Truck. Wir haben ungefähr siebzig Mädchen hier, die völlig durch den Wind sind und die wir fortschaffen müssen. Das ist jetzt wirklich nicht der richtige Zeitpunkt, während der Arbeit zu schlafen.«

Erstaunlicherweise öffnete Truck vorsichtig die Augen und stöhnte erneut, wobei er gleichzeitig den Kopf schüttelte.

»Langsam«, sagte Fletch beruhigend. »Mach die Augen auf.«

Sie sahen alle dabei zu, wie Truck die Augen öffnete und sie sofort wieder zumachte. »Verdaaaaammt«, fluchte er. »Mein Kopf tut ganz schön weh.«

Ghost atmete erleichtert auf. Wenn Truck genug bei Sinnen war, um zu stöhnen und sich zu beschweren, käme er bald wieder auf die Beine. »Tja, das liegt eben daran, dass das Zelt, in dem du dich aufgehalten hast, um dich herum explodiert ist.«

»Großartig«, murmelte Truck. »Lagebericht?«

»Den Mädchen geht es gut. Die Rebellen sind entweder tot oder geflohen«, klärte ihn Fletch über die Situation auf.

Truck öffnete die Augen einen Spaltbreit und sah seinen Freund an. »Mädchen?«

»Ja, es geht ihnen gut«, wiederholte Fletch. »Du siehst ein bisschen mitgenommen aus, aber deiner Wirbelsäule geht es gut. Du hast keine gebrochenen Arme oder Beine, obwohl du uns natürlich sagen musst, ob du sonst noch irgendwo Schmerzen hast.«

Sie sahen dabei zu, wie Truck erst jedes seiner Beine und dann seine Arme bewegte. Dann versuchte er, sich aufzusetzen, stöhnte vor Schmerz auf und ließ sich wieder fallen. »Meine Arme und Beine sind okay, aber anscheinend habe ich ein paar gebrochene Rippen. Sie sind zumindest angebrochen.«

»Tut dir sonst noch etwas weh? Glaubst du, dass du innere Verletzungen hast?«, wollte Ghost wissen.

Truck drückte mit einer seiner großen Hände gegen seinen Bauch. Einen Moment später sagte er: »Ich glaube nicht. Aber mein Kopf tut verdammt weh, ich kann kaum die Augen öffnen, weil mir das Licht so wehtut.«

»Gehirnerschütterung«, sagte Beatle. »Ist dir schwindelig oder schlecht?«

»Beides«, erklärte Truck ihnen.

»Kannst du laufen?«, fragte Ghost.

Truck atmete tief durch und nickte. »Wenn das die einzige

Möglichkeit ist, aus diesem Loch hinaus und wieder in die Zivilisation zu gelangen, dann kann ich definitiv laufen.«

»Das kannst du auf jeden Fall«, erklärte Fletch leise. »Komm, wir helfen dir beim Aufstehen.«

Alle drei stützten Truck, als dieser aufstand, und hielten ihn fest, als er in ihrem Griff schwankte. Es dauerte etwas länger als eine Minute, bis sie das Gefühl hatten, dass er fest genug auf den Beinen stand, um ihn loszulassen.

Und in der Sekunde, in der sie das taten, wandte Truck den Kopf und übergab sich.

Er wischte sich den Mund ab und fluchte. »Verdammt, ich hasse es, mich übergeben zu müssen.«

»Komm schon, verschwinden wir so schnell wie möglich von hier«, entschied Fletch.

Ghost ging voran, Truck folgte ihm und den Abschluss bildeten Beatle und Fletch. Truck war nicht in der Verfassung, sich gegen Rebellen zu wehren, die sich vielleicht noch irgendwo versteckten. Sie gingen auf die Lastwagen zu und als sie sich näherten, tauchten plötzlich wie aus dem Nichts Coach und Blade aus dem Unterholz auf.

»Wir wissen schon Bescheid«, erklärte Blade und zeigte auf seinen Ohrhörer. Die Gruppe hatte eine offene Kommunikation und anscheinend hatten sie der gesamten Unterhaltung zwischen Beatle und Truck gelauscht. »Nur gut, dass du so einen harten Kopf hast«, witzelte Blade.

»Das hat sie auch gesagt«, entgegnete Truck.

Alle lachten und machten sich weiter auf den Weg zu den Fahrzeugen mit den Mädchen und dem Delta Force-Team von Trigger.

Lefty stieg aus einem der beiden Fahrzeuge aus, als die Gruppe sich näherte – und alle sahen ungläubig zu, wie Truck sich plötzlich schneller bewegte, als man es für einen Mann mit seinen Verletzungen für möglich gehalten hätte.

Er schnappte sich die Pistole aus dem Halfter an Ghosts Gürtel und bevor er auch nur den Mund aufmachen konnte, hatte er sie auf Lefty gerichtet.

»Keine Bewegung, Arschloch«, knurrte Truck.

»Was zum Teufel soll das?«, fragte Lefty, hob aber gleichzeitig gehorsam die Hände in die Luft.

Innerhalb von Sekunden tauchten auch Trigger, Oz, Grover und Lucky auf und zogen ebenfalls schnell ihre Pistolen, woraufhin natürlich auch Coach, Beatle und Blade *ihrerseits* ihre Waffen zogen.

»Jetzt beruhigen wir uns alle, verdammt noch mal«, befahl Ghost und stellte sich Truck zugewandt vor Lefty. »Nimm die Waffe runter, Truck.«

»Wer zum Teufel ist das?«, fragte Truck, ohne die Waffe zu senken.

»Was meinst du damit?«, wollte Ghost wissen.

»Ich meine, wer zum Teufel ist das? Als wir hergekommen sind, waren wir nur zu sechst. Und da wir gerade davon sprechen, wo ist Hollywood? Habt ihr Arschlöcher ihn?«

Ghost starrte Truck ungläubig an. »Truck ... Hollywood ist diesmal nicht dabei. Er ist zu Hause geblieben.«

»Nein, ist er nicht. Wir haben gerade noch miteinander gesprochen, bevor wir nach Unterstützung aus der Luft gerufen haben, um diese verdammten Terroristen zu töten.«

Ghost schluckte schwer. Verdammt. Verdammt, verdammt, *verdammt.* »Worüber habt ihr denn gesprochen?«, fragte er.

»Über heute Abend. Dass wir endlich mal freihaben, uns ein paar Frauen aufreißen und endlich mal wieder ein bisschen poppen.«

»Oh, scheiße«, sagte Fletch und Ghost sah, wie er die Waffe runternahm.

»Truck, lass die Waffe sinken«, befahl Ghost erneut und machte einen Schritt auf seinen Freund zu. »Ich befehle es dir.«

Truck sah Ghost an und man konnte ihm die Verwirrung leicht am Gesicht ablesen. Genau wie den Schmerz. »Hat es Hollywood etwa erwischt? Was verheimlicht ihr mir?«

Gerade in diesem Moment schluchzte eines der Mädchen im Fahrzeug laut genug, um von ihnen gehört zu werden. Truck drehte sich in Richtung des Geräusches, die Stirn vor Verwirrung gerunzelt.

Ghost zögerte nicht. Er sprang auf seinen Freund zu und knallte seine Hand auf Trucks Unterarm, sodass dieser vor

Schmerzen grunzte und, was noch wichtiger war, die Pistole, die er in der Hand hielt, fallen ließ. Ghost fegte Truck die Beine weg.

Der große Mann fiel wie ein Stein in den Dreck und grunzte beim Aufkommen erneut vor Schmerzen. Ghost ging sofort zu seinem Kopf und hielt ihn fest, während Beatle, Coach und Trigger auf ihn sprangen, um ihn am Boden zu halten.

»Passt auf seine Rippen auf«, rief Ghost. Sie mussten ihn zwar unter Kontrolle bringen, aber dazu mussten sie ihm nicht noch mehr Schmerzen zufügen, als er ohnehin schon hatte.

Aber Truck setzte sich nicht zur Wehr. Stattdessen blickte er Ghost verwirrt an. »Was ist denn hier los?«

»Du wurdest verletzt. Es geht um deinen Kopf.«

»Ja, der tut weh«, stimmte Truck ihm zu.

»Wo sind wir?«

»Wie bitte?«

»Wo sind wir, Truck?«

»Im Irak.«

»Verdammt«, hörte Ghost jemanden über ihnen fluchen, doch er wandte den Blick nicht von seinem Freund ab. »Wie alt bist du?«

»Warum?«

»Tu mir einfach den Gefallen und beantworte die Frage.«

»Fünfunddreißig.«

Ghost schloss für eine Sekunde verzweifelt die Augen und öffnete sie dann wieder.

Truck war achtunddreißig. Vor drei Jahren waren sie im Irak gewesen. Sie waren auf einer Mission wie dieser, bei der es Komplikationen gab, und sie mussten die Luftwaffe anfordern, um einige Bomben abzuwerfen, um ihnen Deckung zu geben und bei der Beseitigung der Terroristen zu helfen, die sie umzingelt hatten.

»Sagt dir der Name Rayne etwas?«

Truck zog erneut die Augenbrauen zusammen. »Wie der Regen, der vom Himmel fällt? Eigentlich nur, dass wir schon viel zu lange in diesem Land sind und ich ganz vergessen habe, wie Regen aussieht.«

»Und wie ist es mit Emily? Kassie? Annie?«

»Sind das die Mädchen, die du uns besorgt hast, wenn wir mit der Mission fertig sind und in Kuwait Urlaub machen?«, wollte Truck wissen.

»Nein. Denk nach, Truck. Und was ist mit Mary?«

»Ich *kenne* niemanden namens Mary. Was zum Teufel ist denn los?«

Doch anstatt zu antworten, tätschelte Ghost Truck die Schulter. »Das sind unsere Freunde«, erklärte er ihm und zeigte auf Lefty und die anderen. »Sie helfen uns. Erschieß sie nicht, okay?«

»Und wo ist Hollywood?«

»Ich schwöre dir, dass es ihm gut geht. Er ist schon vorgereist, um sich davon zu überzeugen, dass uns niemand auflauert.«

Truck schien einen Moment lang über die Information nachzudenken, bevor er nickte.

»Bist du bereit, von hier zu verschwinden?«, wollte Ghost wissen.

Truck nickte erneut. »Kannst du mir ein Schmerzmittel geben? Mein Kopf tut wirklich weh. Ich kann kaum geradeaus schauen.«

»Natürlich.« Und dann halfen seine Teamkollegen Truck zum zweiten Mal auf die Füße. Doch diesmal wechselten sie alle besorgte Blicke. Sie halfen Truck in ein ramponiertes Fahrzeug in der Nähe, in dem keine Mädchen saßen, und platzierten ihn auf dem Rücksitz.

Ghost sah schweigend zu und drehte sich dann um, als er eine Hand auf seinem Arm spürte.

»Gedächtnisverlust?«, fragte Trigger leise.

»Sieht fast so aus. Wahrscheinlich hat er den Metallkasten an den Kopf gekriegt, den wir hinter ihm gefunden haben.« Ghost schüttelte den Kopf. »Das hat ihn ganz schön durcheinandergebracht. Verdammt. Das sieht böse aus.«

»Ich bin mir sicher, es ist nur vorübergehend. Wenn sein ramponiertes Gehirn wieder gesund ist, wird er sich erinnern«, sagte Trigger vorsichtig.

»Das hoffe ich«, entgegnete Ghost. »Das hoffe ich wirklich.«

KAPITEL FÜNF

Mary saß auf der Couch und sah sich die erste Staffel von *Stranger Things* auf Netflix an. Sie konnte es kaum erwarten, dass Truck nach Hause kam, damit sie es zusammen tun konnten. Natürlich würde sie nicht mit dem Ansehen der Serie warten, bis er nach Hause kam. Aber es würde ihr rein gar nichts ausmachen, das Ganze noch einmal mit ihm anzuschauen, damit ihr all die Dinge auffielen, die sie beim ersten Mal verpasst hatte.

Sie war noch mitten in ihrem Fernsehmarathon, als es plötzlich an der Tür klopfte.

Überrascht drückte Mary auf Pause und ging zur Tür. Mittlerweile fühlte sich Trucks Wohnung schon fast wie ihre eigene an. Natürlich fühlte sie sich ohne Truck auch ziemlich leer an ... genau wie ihre eigene Wohnung.

Sie blickte durch den Spion und sah, dass Hollywood vor der Tür stand.

Mary wurde plötzlich innerlich ganz unsicher, also entriegelte sie die Tür und riss sie auf. Bevor Hollywood etwas sagen konnte, platzte sie heraus: »Ist Kassie okay? Kate?«

Hollywood nickte und sagte: »Ja, den beiden geht es gut.«

»Gott sei Dank«, erklärte Mary und legte sich erleichtert eine Hand auf die Brust. Dann machte sie die Tür ein wenig weiter auf und bedeutete ihm einzutreten. »Komm doch rein.«

»Vielen Dank.«

Mary folgte Hollywood und sperrte die Tür hinter sich zu, genau wie Truck es ihr beigebracht hatte. Normalerweise machte sie sich nie Gedanken darüber, die Tür abzuschließen, wenn sie zu Hause war, aber seit sie mit Truck zusammenlebte und er sich ständig Sorgen um ihre Sicherheit machte, hatte sie es sich zur Gewohnheit gemacht.

Hollywood machte im Wohnzimmer halt und drehte sich zu ihr um. »Ich bringe schlechte Nachrichten.«

Marys Knie drohten unter ihr nachzugeben. Sie machte große Augen und in ihren Ohren begann es zu dröhnen. »Truck?«, fragte sie.

Hollywood nickte.

Der Raum begann, sich zu drehen, und Mary schwankte.

Nicht Truck. Nein. Nicht jetzt, wo sie endlich dazu bereit war, sich ihm zu öffnen, ihm zu sagen, dass sie ihn liebte und dass sie auch in echt seine Frau sein wollte.

Als Hollywood sah, wie unsicher sie auf den Beinen war, fluchte er leise und legte ihr eine Hand unter den Ellbogen, bevor er sie zur Couch führte. Kaum hatte sie sich darauf niedergelassen, zog er den Wohnzimmertisch näher heran und setzte sich darauf. Er streckte die Hand aus, ergriff ihre kalten Hände, hielt sie in seinen großen, warmen Händen und drückte sie. »Ich wollte dir keine Angst einjagen. Truck ist am Leben. Er ist okay.«

Als Mary nicht antwortete, sondern ihn immer noch mit großen Augen ansah, fragte er: »Hast du gehört, was ich gesagt habe, Mary? Truck ist okay. Er wurde verletzt, aber er lebt.«

Mary atmete aus. Sie hatte solche Angst gehabt, dass Truck während des Einsatzes getötet worden war, dass sie an nichts anderes hatte denken können. Bei Hollywoods Worten entspannte sie sich ein wenig. »Wo ist er? Können wir ihn besuchen?«

Der Mann vor ihr schüttelte den Kopf. »So einfach ist das nicht.«

Mary runzelte die Stirn. »Wie meinst du das? Er ist doch schließlich im Krankenhaus, nicht wahr? Ist er in Deutschland? Ich weiß, dass viele Soldaten dorthin geschickt werden, wenn sie in Übersee verletzt wurden.«

»Ja, momentan ist er in Deutschland.«

Mary versuchte aufzustehen. »Na, dann los. Ich packe schnell noch ein paar Sachen.«

Hollywood drückte ihre Hand erneut und hielt sie vom Aufstehen ab. »Es tut mir wirklich leid, Mary, aber du kannst ihn nicht besuchen.«

»Und wieso nicht? Ich bin seine Frau. Die Armee kann mich nicht daran hindern.« Ihr war klar, dass sie hysterisch klang, aber sie fühlte sich extrem durch den Wind und angeschlagen. Es bestand immer die Möglichkeit, dass Truck oder einer der anderen Männer im Einsatz verletzt wurden, das wusste sie, aber es am eigenen Leib zu erfahren war hundertmal schlimmer, als sie es sich je vorgestellt hätte. »Wurde er schlimmer verletzt, als du zugibst? Liegt er im Sterben? Verdammt, Hollywood, sag mir, was los ist!«

»Er leidet unter Gedächtnisverlust«, berichtete Hollywood traurig, ohne lange um den heißen Brei herumzureden. »Er erinnert sich nicht daran, wer du bist ... und schon gar nicht daran, dass er verheiratet ist.«

Mary starrte den attraktiven Soldaten schockiert an. »Gedächtnisverlust?«

»Ja. Sein Kopf hat bei diesem Einsatz einiges abbekommen und sein Gehirn ist ziemlich mitgenommen.«

Mary spürte, wie ihr die Tränen in die Augen stiegen, doch sie blinzelte sie weg. »Und woran *erinnert* er sich?«

»Genau genommen fehlen ihm die letzten drei Jahre seines Lebens. Er weiß, dass er beim Militär ist. Er weiß alles bis zu unserem Einsatz im Irak vor etwa drei Jahren. Als er aufwachte, dachte er, dass er dort wäre.«

»Aber sonst geht es ihm gut?«

»Ja, Mary. Der Arzt in Deutschland hat ihn untersucht und gesagt, dass es ihm abgesehen von einer Gehirnerschütterung, ein paar angebrochenen Rippen und natürlich der Amnesie gut geht.«

»Vielleicht erinnert er sich wieder an mich, wenn er mich sieht«, sagte sie ohne große Überzeugung.

Das Mitleid in Hollywoods Blick erschütterte sie zutiefst.

»Ich habe heute mit Ghost gesprochen. Er und die anderen bleiben mit Truck in Deutschland, bis er entlassen wird ... Und er hat gesagt, Truck hätte sich ziemlich aufgeregt, als Fletch ihm erzählte, er sei verheiratet. Er weigerte sich, ihm zu glauben, und war überzeugt davon, dass die Jungs sich einen Spaß mit ihm erlaubten. Der Arzt empfiehlt, ihn zwar nach Hause zu bringen, aber Kontakte zu anderen vorläufig streng zu unterbinden. Die Ärzte wollen erst mal sehen, ob die Tatsache, dass er in seine Wohnung zurückkommt, sein Gedächtnis auf natürliche Art anregt. Es kann für jemanden in seiner Situation extrem stressig sein, mit Leuten in Kontakt zu kommen, die ihn kennen, an die er sich aber nicht erinnert.«

»Aber irgendwann *wird* er sich wieder erinnern, stimmt's?«, flüsterte Mary.

Hollywood presste die Lippen zusammen, bevor er antwortete: »Sie wissen es einfach nicht, Mary. Manchmal kommen bei Patienten wie ihm mit einem Mal alle Erinnerungen zurück. Bei anderen nur ein paar bruchstückhafte Erinnerungen, aber nicht alles. Und dann gibt es noch Fälle, bei denen die Person sich nie wieder daran erinnert, was sie verloren hat. Sie beginnen einfach ein neues Leben von dem Moment an, in dem sie verletzt wurden.«

Mary riss ihre Hände aus Hollywoods Griff, um sie sich schockiert vor den Mund zu schlagen. »Es könnte also sein, dass er sich *niemals* an mich erinnert? An alles, was wir gemeinsam durchgestanden haben?«

»Es tut mir wirklich leid ... aber es kann tatsächlich sein, dass er sich niemals daran erinnert.«

»Oh Gott.«

Mary fühlte Hollywoods Hand auf ihrer Schulter, aber sie konnte das Geschehen nicht verarbeiten. Sie war davon ausgegangen, dass Truck nach Hause kommen würde, dass sie ihm sagen würde, dass sie ihre Ehe zum Funktionieren bringen wollte, und dass sie glücklich bis ans Ende ihrer Tage leben würden. Aber wenn er sie nicht erkannte, nichts von ihrem Kampf gegen den Krebs wusste, nichts von ihrer Ehe oder dass er geschworen hatte, sie für immer zu lieben … wie zum Teufel sollten sie dann für immer glücklich zusammenleben?

Sie hatte keine Ahnung, was sie getan hatte, damit er sie überhaupt liebte. Sie hatte keine Ahnung, wie sie ihn dazu bringen konnte, es ein zweites Mal zu tun.

»Ich habe ihn für immer verloren«, sagte Mary, ihre Stimme kaum mehr als ein Flüstern. »Ich bin ihm überhaupt nur wegen Rayne aufgefallen. Wenn er sich an keine von uns erinnert, wie soll ich dann dafür sorgen, dass er sich erneut in mich verliebt?«

Hollywood setzte sich neben Mary auf die Couch und nahm sie in die Arme. Zum ersten Mal seit dem Zeitpunkt, an dem sie zum zweiten Mal die Diagnose Krebs erhalten hatte, war Mary völlig mutlos.

»Er hat dich vom ersten Moment, in dem er dich gesehen hat, geliebt«, versicherte Hollywood ihr. »Und ich bin ausgesprochen zuversichtlich, dass er das Ganze durchstehen wird. Und dann wird er sich erinnern.«

»Aber dessen kannst du dir nicht sicher sein«, entgegnete Mary.

»Das bin ich aber. Truck ist wahnsinnig stur, genau wie du. Und wie der Rest des Teams.«

»Aber wenn er nicht mit Leuten zusammentreffen darf, die ihn aufregen könnten, wie soll ich ihn dann dazu bringen, sich an mich zu erinnern?«

»Ich weiß es auch nicht. Diese Nachricht hat uns genauso sehr schockiert wie dich, Mary. Aber ich schwöre dir, dass wir eine Lösung finden.«

Dann wurde ihr plötzlich etwas anderes bewusst, das Hollywood gesagt hatte. »Wenn er wieder hierher zurück in seine Wohnung kommen soll, muss ich ausziehen, oder?«

Hollywood seufzte. »Es tut mir wahnsinnig leid, aber … ja. Wenn auch nur für einen kurzen Zeitraum. Wir hoffen alle, dass er sich im Unterbewusstsein daran erinnert, wie viel Zeit er hier mit dir verbracht hat, wenn er wieder hierherzieht, und dass dann auch seine restlichen Erinnerungen zurückkehren.«

Mary sah sich um und zuckte zusammen. Während der letzten Monate hatte sie langsam die meisten ihrer Sachen hierhergebracht. Es hingen Bilder von ihr und Rayne an den Wänden. Ihre Lieblingsbücher standen in den Regalen. Ihr gemeinsames Bett war mit ihrer Bettwäsche bezogen. Ihre Sachen für die Haare waren in der Dusche. Sogar ihre Lieblingslebensmittel waren in den Schränken. Der Gedanke daran, jedes einzelne ihrer Dinge aus Trucks Wohnung zu entfernen, war extrem schmerzhaft. Schon das Entfernen ihrer Präsenz fühlte sich irreversibel an. Und war äußerst qualvoll.

Hollywood sprach weiter, ohne sich bewusst zu sein, wie tief er sie getroffen hatte.

»Die Mädchen werden im Laufe des Tages herkommen und uns helfen. Wir wissen nicht, wann Truck und die anderen zurückkehren werden, aber wir dachten, es wäre besser, vorbereitet zu sein. Emily hat gesagt, du kannst bei ihr übernachten, wenn du willst.«

Mary schüttelte wie betäubt den Kopf. »Nein danke, ich habe immer noch meine Wohnung.«

Sie erzählte Hollywood nicht, dass sie vorgehabt hatte, ihren Vermieter anzurufen und ihren Mietvertrag zu beenden, nachdem sie nach seiner Rückkehr mit Truck gesprochen hatte. Schließlich machte es keinen Sinn, die Wohnung zu behalten, wenn sie tatsächlich mit Truck zusammenlebte.

Diese Notwendigkeit bestand nun nicht mehr.

Hollywoods Handy vibrierte in seiner Tasche und Mary lehnte sich zurück, um ihm genügend Platz zu lassen, sein Handy herauszuziehen. Er las die SMS und verzog das Gesicht. »Ich muss wieder gehen, Mary. Das war Kassie. Sie dreht durch, weil sie das Gefühl hat, Kate würde merkwürdige Geräusche machen.«

Mary nickte. »Geh ruhig. Ist schon in Ordnung.«

»Ich möchte dich nur ungern alleine lassen. Komm mit.«

Sie schüttelte den Kopf. Mary wollte jetzt niemanden sehen. Und ganz besonders nicht Kassie, die unglaublich glücklich mit ihrem neuen Töchterchen war. Sie liebte die Frau, konnte damit jedoch im Moment nicht umgehen. Nicht, wenn ihre Welt um sie herum zusammenbrach. »Ich komme schon klar.«

»Mary«, schalt Hollywood sie.

Mary gefiel der Unterton des Mitleids in seiner Stimme nicht und sie straffte die Schultern und holte die alte Mary, die sie tief in ihrem Inneren vergraben hatte, wieder hervor. »Es geht mir gut. Wirklich. Geh nur. Du hast andere Dinge als mich, um die du dir Sorgen machen musst. Du hast deine Schuldigkeit getan und mir gesagt, was du sagen musstest. Es tut mir leid, dass es dich erwischt hat, Hollywood. Ist schon dumm, dass du hier bist und nicht in Deutschland mit den anderen Jungs. Ich packe jetzt nur schnell meine Sachen und verschwinde von hier. Wir wussten doch beide, dass es sowieso viel zu gut war, um wahr zu sein. Truck verdient eh jemand Besseres als mich.«

Sie war unvorbereitet auf die Art und Weise, wie Hollywood ihre Schultern umklammerte und sie zu ihm drehte. Oder für den Ausdruck der Frustration auf seinem Gesicht. »*Tu das nicht*. Mach hier nicht auf blöde Kuh. Truck liebt dich und ich bin mir durchaus darüber im Klaren, dass ich dir einiges aufgetischt habe und du versuchst, das jetzt irgendwie zu verarbeiten. Ich schwöre bei Gott, dass ich und die anderen alles Menschenmögliche dafür tun werden, dass er sein Gedächtnis wiedererlangt. Wir brauchen deine Hilfe. Gib ihn nicht so einfach auf. Du weißt doch genau, dass er dich im umgekehrten Fall *niemals* aufgeben würde.«

»Er hat mich nur geheiratet, damit ich seine Versicherung benutzen kann«, protestierte Mary schwach und wusste noch, während sie es sagte, dass sie eigentlich nicht daran glaubte. »Vielleicht ist es besser, wenn er sich nicht daran erinnert.«

»Blödsinn. Ich weiß, dass das deine Art ist, damit umzugehen, aber das brauchst du bei mir nicht zu versuchen. Ich kenne dich.«

Mary stand auf und löste sich aus Hollywoods Griff. Sie wich vor ihm zurück, bis der kleine Küchentisch zwischen ihnen war. »Glaub mir, wenn ich dir sage, er muss sich nicht an all die Nächte erinnern, in denen er neben mir gekniet hat, während ich mich in die Toilette übergeben habe. Oder daran, wie mir die Haare ausgefallen sind. Wusstest du eigentlich, dass man während der Chemotherapie *alle* Haare verlieren kann? Nicht nur die Haare auf dem Kopf. Meine Achselhaare und Schamhaare sind mir eigentlich egal, aber es war wirklich nervig, meine Augenbrauen und meine Nasenhaare zu verlieren. Man ist sich gar nicht darüber bewusst, was für eine großartige Arbeit diese kleinen Dinger leisten, bis man sie nicht mehr hat. Ich musste die ganze Zeit niesen, weil ich ständig irgendetwas in der Nase hatte, und ich musste so viel schniefen, dass viele sich wahrscheinlich gefragt haben, ob ich Drogen nehme. Und wie oft ich Nasenbluten hatte, möchte ich gar nicht erwähnen.«

Hollywood sah schockiert aus, doch Mary sprach weiter. »Ich habe Truck nichts weiter als Ärger bereitet. Ich bin eigentlich nicht die richtige Art von Frau, um mit einem Soldaten verheiratet zu sein. Irgendwann sage ich bestimmt etwas Falsches zu einer falschen Person und dann schade ich seiner Karriere. Das ist seine Chance, noch mal neu anzufangen. Sich eine nette, schüchterne Frau zu suchen, die ihn sanft behandelt und ihm nicht auf die Nerven geht. Wenn er sich dann doch noch erinnert, ist er wahrscheinlich erleichtert, dass er so problemlos aus dieser Ehe herausgekommen ist.«

Hollywood schüttelte enttäuscht den Kopf. »Wir hatten gehofft, dass du anders empfinden würdest.«

Mary konnte *kaum* etwas anderes empfinden als niederschmetternde Verzweiflung. Sie hörte seine Worte kaum. Sie wollte einfach nur, dass er *verschwindet*. Als Antwort zuckte sie einfach nur.

»Ich rufe trotzdem die anderen an. Sie werden in ein paar Stunden hier sein, um dir dabei zu helfen, zu packen und wieder in deine Wohnung zurückzuziehen. Ich bin mir durchaus bewusst, dass du versuchst, mich wegzustoßen, aber das werde ich nicht zulassen. Du hörst jetzt auf, dich wie eine blöde Kuh zu verhalten, und fängst an, für deinen Mann zu kämpfen, Mary. Er braucht dich.« Und damit begab Hollywood sich zur Tür. Er sperrte sie auf und drehte sich noch einmal um, bevor er ging. »Vergiss nicht, hinter mir zuzuschließen«, befahl er sanft und dann ging er.

Das Klicken der Tür, die ins Schloss fiel, war schließlich,

was dafür sorgte, dass Mary die Beherrschung verlor. Sie brach auf dem Boden zusammen, auch wenn sie nicht weinte. Sie hatte es verdient, dass Hollywood von ihr so gereizt war. Er hatte jedes Recht dazu, enttäuscht zu sein, aber er war noch ziemlich sanft mit ihr umgesprungen. Er hatte ihr einfach nur gesagt, dass sie sich wie eine blöde Kuh verhielt, aber das musste sie tun, um sich selbst zu schützen. Sie konnte nicht mit seinem Mitleid umgehen.

Sie wollte Truck. Wollte, dass er seine Arme um sie legte und ihr versicherte, dass alles wieder gut werden würde. Aber das würde sie nicht bekommen. Vielleicht sogar nie wieder.

Sie hatte keine Ahnung, wie sie Truck dazu bringen sollte, sich noch mal in sie zu verlieben. Sie war nicht so wie andere Frauen. Sie zog sich nicht hübsch an, lächelte nicht künstlich und war ganz sicher keine Jungfrau in Not.

Mary rollte sich zusammen und zermarterte sich das Gehirn darüber, wie sie zu Truck durchdringen könnte. Wie sie dafür sorgen könnte, dass er sich wieder an sie erinnerte.

Sie wusste nicht mehr, wie lange sie dort schon lag, aber als es vorsichtig an der Tür klopfte, konnte sie sich nicht aufraffen, sie zu öffnen.

»Mary?«, hörte sie Rayne rufen.

Sie machte sich nicht die Mühe zu antworten.

»Mary?«, sagte ihre beste Freundin erneut und diesmal war sie näher an ihr. Sie hatte die unverschlossene Tür geöffnet und war in die Wohnung gekommen. Als sie sah, dass Mary zusammengekauert auf dem Boden des Esszimmers saß, eilte sie zu ihr.

»Oh mein Gott, Mary, ist alles in Ordnung?«

Mary sah zu ihrer besten Freundin hoch und nun flossen schließlich doch noch die Tränen. »Was soll ich jetzt nur tun?« Und damit brachen alle Dämme. Mary weinte, wie sie nicht mehr geweint hatte, seit sie fünf Jahre alt gewesen und einer der netteren Onkel abgehauen war.

Vier Stunden später saß Mary auf der Couch in ihrer eigenen

Wohnung auf der anderen Seite der Stadt. Rayne hatte die anderen angerufen und innerhalb von dreißig Minuten waren Harley, Casey, Sadie und Wendy in Trucks Wohnung angekommen, um ihr zu helfen.

Emily war zu Hause geblieben, weil sie sich nicht so gut fühlte und Annie in der Schule war, aber die anderen fünf Frauen waren systematisch durch Trucks Wohnung gegangen und hatten alle Sachen von Mary eingepackt und sogar die Bettwäsche gewechselt und zusammen mit den schmutzigen Handtüchern in die Waschmaschine getan.

Mary war dankbar, denn sie war der Meinung, dass sie das nicht geschafft hätte. Sie wäre nicht in der Lage gewesen, alle Sachen, die sie während der letzten Monate mitgebracht hatte, zu finden und einzupacken. Definitiv nicht so schnell wie ihre Freundinnen.

Aber ein kleiner Teil von ihr war verärgert. *Sie* mussten nicht aus ihren Häusern ausziehen. *Sie* mussten nicht so tun, als würden sie ihre Männer nicht kennen. *Ihnen* wurde nicht das Herz aus der Brust gerissen. *Ihre* Männer würden nach Hause kommen und ihr Leben würde ganz normal weitergehen.

Aber sie hatte versucht, nett zu sein. Sie wollte sich auf keinen Fall von den besten Freundinnen entfremden, die sie je gehabt hatte, aber sie war am Ende ihrer Kräfte und wollte allein sein. Sich in ihrem Elend suhlen.

Als Mary vor ihrer Abfahrt noch ein letztes Mal durch Trucks Wohnung gegangen war, war sie erneut zusammengebrochen. Es war, als hätte sie dort nie existiert. Als hätte sie nicht die besten und schlimmsten Zeiten ihres Lebens in dieser Wohnung verbracht. Sie fühlte sich genauso am Boden zerstört wie mit sechzehn Jahren, als Brian zugegeben hatte, dass er nur vorgegeben hatte, sie zu lieben, um sie ins Bett zu bekommen.

»Ich bleibe hier«, erklärte Rayne, nachdem die anderen gegangen waren.

Mary schüttelte den Kopf. »Nein, es geht mir gut.«

»Es geht dir *nicht* gut«, entgegnete Rayne. »Und es ist egal, was du sagst, ich werde nicht gehen.«

Mary knirschte frustriert mit den Zähnen. Sie wollte allein

sein. Sie musste am nächsten Tag zur Arbeit gehen und brauchte Zeit, um alles zu verdrängen, was passiert war. Aber sie wusste, dass Rayne ihr das nicht erlauben würde. Egal wie gemein sie zu der anderen Frau war oder was sie sagte.

Anstatt um sich zu schlagen und ein Miststück zu sein – sie versuchte *wirklich*, sich zu ändern –, seufzte Mary und legte den Kopf zurück auf die Couch. Sie schloss die Augen und sagte nach einem langen Moment leise: »Danke.«

Rayne nahm die Hand ihrer Freundin und umschlang sie mit den Fingern. »Gern geschehen. Ich weiß, dass du nicht darüber reden willst, aber das ist mir egal. Wir brauchen einen Plan.«

Mary schüttelte den Kopf, ohne die Augen zu öffnen. »Es gibt nichts, was wir tun können. Der Arzt hat gesagt, Truck braucht Zeit und dass es nichts bringen würde, ihn dazu zu zwingen, sich zu erinnern.«

»Das verstehe ich. Aber das heißt noch längst nicht, dass wir nicht *subtil* versuchen könnten, sein Erinnerungsvermögen anzustoßen.«

Mary öffnete die Augen und sah ihre beste Freundin an. »Wie meinst du das?«

»Es heißt, wir beginnen mit der Mission *Bring Truck dazu, sich zu erinnern.*«

»Ich möchte aber nichts tun, was ihn verletzen könnte«, erklärte Mary nachdrücklich.

»Ich auch nicht. Mir ist auch klar, dass wir nicht einfach auf ihn zugehen, dich ihm als seine Frau vorstellen und ihm sagen können, dass er dich liebt. Da müssen wir schon geschickter vorgehen.«

Trotz ihrer Niedergeschlagenheit war Mary interessiert. »Was hast du im Sinn?«

»Ich habe heute Morgen mit Ghost über die Situation gesprochen und er hat mir gesagt, dass es okay wäre, Truck an einige seiner gewohnten Plätze zu bringen. Die Orte, an die er mit den Jungs die ganze Zeit geht. Restaurants, das Fitness-studio und der Strand, an dem sie trainieren, Kneipen, solche Sachen eben. Und wenn sie das tun, sind wir eben zufällig auch dort. Wir müssen ja nicht einmal unbedingt mit ihm reden, aber vielleicht reicht es schon, wenn er dich sieht, und irgendwas macht klick und er erinnert sich.«

»Und wenn er das nicht tut?«

»Dann bist du nicht schlechter dran, als du es jetzt bist. Schau, ich kann mir nicht vorstellen, was du durchmachst, und was ich jetzt sagen werde, verleugnet in keiner Weise deine Gefühle, aber ich habe ihn auch verloren, Mary. Wir alle haben ihn verloren. Wir können uns nicht mit den Jungs treffen, weil er nicht weiß, dass sie verheiratet sind, und niemand wird ihn aus den Dingen heraushalten. Truck kann Baby Kate nicht kennenlernen. Er kann nicht dabei sein, wenn Emily ihr Baby bekommt. Und die arme Annie, sie wird nicht verstehen, warum sie Truck nicht mehr sieht. Wir alle wollen, dass er sein Gedächtnis wiedererlangt, weil er uns allen etwas bedeutet.«

Mary nickte. Sie verstand es. Das tat sie wirklich. Truck war in ihrem Kreis sehr beliebt. Aber sie hatte mehr zu verlieren. Die anderen konnten schließlich seine Freunde werden, auch wenn er sich nie an sie erinnerte. Sie konnten ihn zurückbekommen. Aber ihr war klar, dass sie keine Chance hatte, ihn dazu zu bringen, sie wieder zu lieben und wirklich seine Frau zu sein, wenn er sich nicht an sie erinnerte und an das, was sie zusammen durchgemacht hatten.

»Ich weiß, Raynie.«

»Also machst du mit? Wir starten mit der Mission *Bring Truck dazu, sich zu erinnern*?«

Mary nickte. »Ja, ich bin dabei. Ich würde alles aufgeben, um ihn zurückzubekommen.«

»Und du sollst ihn zurückbekommen, wenn es nach mir geht.« Rayne hielt zwei Finger hoch. »Großes Indianerehrenwort.«

Mary sah ihre beste Freundin an und verdrehte die Augen, trotzdem hob sie ebenfalls drei Finger hoch: »Großes Indianerehrenwort.«

»Ich liebe dich, Mary.«

»Ich liebe dich auch, Raynie.«

»Wir überstehen diese ganze Sache und dann machen wir unsere Vierfachheirat.«

»Mittlerweile mache ich mir kaum noch Gedanken um die

Hochzeit. Ich hoffe nur, dass Truck mich nicht sofort hasst, wenn er mich sieht.«

»Das wird er nicht.«

Mary wünschte sich, genauso zuversichtlich zu sein wie ihre beste Freundin.

KAPITEL SECHS

Truck zückte seinen Schlüssel, öffnete die Wohnungstür und trat ein. Ghost war direkt hinter ihm. Die letzte Woche war eine wilde Mischung aus Flügen, Arztbesuchen, Blutabnahmen und Psychologenterminen gewesen. Er hatte sich nach seiner Wohnung gesehnt und danach, eine ganze Woche lang zu schlafen, und zwar in seinem eigenen Bett.

Sein Kopf pochte immer noch, aber lange nicht mehr so schlimm wie vorher.

Der Arzt hatte ihm gesagt, dass er einen Teil seines Gedächtnisses verloren hätte, was Truck nicht allzu viel Sorge bereitete. Wenn er sein ganzes Gedächtnis verloren hätte, wäre es schlimm gewesen. Aber nur einige Jahre zu verlieren war kein großes Problem für ihn. Es war ein bisschen komisch gewesen, als er erfahren hatte, dass er plötzlich drei Jahre älter war, als er dachte. Dennoch war es eine Erleichterung, Ghost, Fletch und die anderen bei sich zu haben. Truck erinnerte sich an alles mit ihnen. Dass Ghost eine Schwäche für Brünette hatte, Fletch ein Ordnungsfreak war und Coach eine Denksportaufgabe schneller lösen konnte als irgendjemand sonst. Dass Hollywood jedes Mal, wenn sie ausgingen, die Telefonnummer von mindestens zehn verschiedenen Frauen bekam, dass Beatle Insekten hasste und wie Blade zu seinem Spitznamen gekommen war. Es war auch ausgesprochen merkwürdig gewesen, in einem Krankenhaus in Deutschland zu erfahren, dass das Team nach ihrem Einsatz gar nicht vorhatte, Urlaub zu machen, um Frauen aufzureißen. Stattdessen waren sie in Afrika auf einer vollkommen anderen Mission gewesen, drei Jahre in der Zukunft. Er hatte es damals verkraftet und er würde es auch jetzt verkraften. Truck kratzte geistesabwesend die Narbe auf seinem Gesicht und sah sich in seiner Wohnung um. Es war nicht mehr alles so, wie er es in Erinnerung hatte, aber das war wohl normal, denn immerhin waren ein paar Jahre vergangen.

Als er erfahren hatte, dass er unter Gedächtnisverlust litt und ihm drei Jahre seines Lebens fehlten, hatte er zuerst gelacht und seine Freunde beschuldigt, ihn zu verarschen. Als aber keiner von ihnen gelächelt hatte, war ihm klar geworden, dass sie es ernst meinten. Weitere Beweise dafür waren auch die anwesenden Ärzte und das Pochen und Klopfen in seinem Kopf. Das Frustrierendste an der Geschichte war jedoch, dass Truck spürte, dass seine Freunde etwas vor ihm verheimlichten. Beatle und Blade standen einander jetzt näher, als er es in Erinnerung hatte, und sie flüsterten konstant miteinander, doch sie standen zu weit weg, als dass Truck sie verstehen konnte. Ghost war ununterbrochen am Telefon und hatte ihm noch keine gute Erklärung dafür geliefert, warum Hollywood nicht mit ihnen auf der Mission gewesen war. Truck mochte das andere Delta Team. Trigger und seine Männer waren kompetent und hatten es übernommen, die Mädchen mit ihren Familien zusammenzuführen und wenn nötig außer Landes zu schaffen, während er in das Militärkrankenhaus nach Deutschland geflogen worden war. Ghost hatte ihm gesagt, dass die anderen auch in Fort Hood stationiert waren und dass sie sie wiedersehen würden, sobald sie zurückkamen. Es war eine lange Woche gewesen und Truck war mehr als glücklich, raus aus dem Krankenhaus und wieder zu Hause zu sein.

»Willkommen zu Hause, Mann«, sagte Ghost. Als Truck sich zu ihm drehte, schaute sein Freund sich in der Wohnung um, als hätte er sie noch nie zuvor gesehen.

»Du warst schon öfter hier«, bemerkte Truck. »Warum

siehst du dich in meiner Wohnung um, als wären Terroristen hinter meinen Möbeln versteckt?«, fragte Truck.

Ghost lachte nervös und antwortete nicht auf die Frage. »Ich habe dafür gesorgt, dass deine Vorratsschränke und dein Kühlschrank voll sind. Das sollte für eine Weile reichen.«

Truck nickte. »Danke. Gibt es eine Chance, dass der Kommandant die Anordnung des Arztes, mich für einen Monat vom Team freizustellen, nicht beachtet?«

Ghost schüttelte den Kopf. »Nie im Leben. Du musst dich ausruhen, Truck. Dein Gehirn hat einen ganz schönen Schlag abbekommen. Du fühlst dich vielleicht so gut wie neu, aber du solltest es jetzt nicht übertreiben. Nimm dir eine Auszeit und fertig. Es ist lange her, seit du das letzte Mal Urlaub hattest.«

Truck seufzte. »Dass ich ausfalle, bedeutet für das Team, dass es keine Missionen gibt, richtig?«

Ghost nickte. »Ja, aber das ist in Ordnung. Wir sind froh darüber, eine Weile zu Hause zu bleiben.«

»Warum?«

Ghost wandte den Blick ab und ließ ihn durch den Raum gleiten.

Truck brodelte innerlich. Er war sich jetzt sogar noch sicherer, dass sein Freund etwas vor ihm verheimlichte, als dieser das Thema wechselte, was allerdings keine große Überraschung war.

»Ich komme morgen vorbei. Wir können einen Film schauen oder so.«

Er beschloss, dass es weder der richtige Zeitpunkt noch der richtige Ort war, um das Thema anzuschneiden, da sein Kopf wirklich anfing zu schmerzen. Stattdessen fragte Truck: »Ist in den letzten Jahren irgendein Film rausgekommen, den ich unbedingt sehen muss?«

Ghost schaute ihn überrascht an und sagte dann: »Oh Mann, es ist irgendwie cool, dass du die älteren Filme zum ersten Mal schauen kannst. *Deadpool*, ein paar neue *Star Wars* Filme, *American Sniper*, *Hidden Figures – Unerkannte Heldinnen*, *Logan – The Wolverine, Sully* ... und natürlich *The Lego Movie*.«

»Verarschst du mich?«, fragte Truck.

»Jupp«, sagte Ghost mit einem Grinsen. »Aber nur, was den

blöden Lego Film betrifft. Die anderen Filme sind alle toll. Bis morgen, Truck. Schlaf dich aus. Ruf mich an, wenn du irgendwas brauchst oder wenn dein Kopf noch mehr wehtut als jetzt.«

»Woher weißt du, dass mein Kopf wehtut?«, fragte Truck.

»Weil wir beste Freunde sind und du die Augen zusammenkneifst und den Kopf nach rechts neigst.«

»Scheiße, na gut, ja. Mein Kopf tut wirklich weh. Ich nehme ein oder zwei Tabletten und dann haue ich mich hin. Danke für alles. Ich bin dir was schuldig.«

»Du bist mir gar nichts schuldig«, erwiderte Ghost. »Hörst du mich? Ich würde für dich durch die Hölle gehen und *habe* es getan. Genauso wie du es für mich getan hast.«

Das stimmte. Truck war erneut dankbar, dass er die Erinnerung an seine Teamkollegen nicht verloren hatte. Er streckte die Hand aus und Ghost umschloss sie fest. Als er sie loslassen wollte, hielt Truck ihn fest. »Ich weiß, dass du Dinge vor mir verheimlichst, und es gefällt mir kein bisschen. Ich verstehe, warum du es machst. Der Arzt hat mir gesagt, sollte ich mich überstürzt an große Teile meines Lebens erinnern, die ich vergessen habe, könnte das gefährlich sein – trotzdem musst du mir versprechen, dass du es mir sagst, falls es etwas gibt, das ich wirklich wissen sollte. Oder falls ich etwas sage oder tue, das nicht in Ordnung ist, aufgrund von irgendetwas, das während der letzten drei Jahre passiert ist.«

Ghost seufzte. »Dir fehlt einiges an Erinnerung, Truck.«

»Denkst du, ich wüsste das nicht?«, fragte Truck. Er ließ die Hand seines Freundes los und seufzte vor lauter Frust. »Ein Teil von mir möchte am liebsten, dass du mir einfach alles sagst, damit ich anfangen kann, es zu verarbeiten. Der andere Teil weiß nicht, ob ich schon bereit dazu bin. Ich mag einfach das Gefühl nicht, dass etwas nicht stimmt. Dass ich etwas Großes verpasse.«

Ghost legte seinem Freund die Hand auf die Schulter. »Du wirst dich erinnern«, versprach er. »Allein schon die Tatsache, dass du spürst, dass etwas fehlt, ist toll.«

»Du hast wahrscheinlich recht.«

»Allerdings. Ich habe gehört, was der Arzt gesagt hat. Dein

Gehirn ist angeschwollen. Wenn die Schwellung abklingt, gibt es zwei Möglichkeiten. Entweder du erinnerst dich oder du erinnerst dich nicht. Aber scheiss drauf. Du wirst dich erinnern, Truck!

Der Arzt kennt dich nicht so, wie ich dich kenne. Er weiß nicht, was du alles durchgestanden hast. Du bist ein verdammter Delta. Wir sind nicht wie andere Männer. Wir sind schlauer, schneller, stärker und härter. Du musst dich aber nicht *heute* erinnern. Schlaf ein wenig. Es war eine verdammt lange Woche. Ich komme morgen mit ein paar Jungs zum Abhängen vorbei.«

»Ich würde gern Hollywood sehen«, entgegnete Truck.

Ghost kniff die Lippen zusammen. »Mal sehen, ob er sich loseisen kann.«

Truck wollte fragen, von wo oder was Hollywood sich loseisen musste, aber er schwieg. Er kannte seinen Freund gut genug, um zu wissen, dass es ihm extrem wichtig sein musste, da er dafür nicht einmal mit auf dem Einsatz in Afrika gewesen war. Hollywood war der Einzige, den er weder getroffen noch gesprochen hatte, nachdem er sich den Kopf angestoßen hatte und aus dem Koma erwacht war. Truck war immer noch etwas ängstlich, ob seine Freunde ihn wohl belogen haben könnten, als sie sagten, Hollywood wäre wohlauf.

»Das hört sich gut an. Bis morgen.«

Ghost nickte und ging. Truck sperrte die Tür hinter ihm zu und seufzte vor Erleichterung. Zum ersten Mal war er alleine nach dieser verdammt langen Woche. Früher war er immer gern allein gewesen. Zumindest war das vor drei Jahren so gewesen. Als er sich allerdings umschaute, hatte er ein nagendes Gefühl in seinem Hinterkopf. Irgendetwas war da, doch als er versuchte, sich zu konzentrieren, durchdrang ein stechender Schmerz seinen Schädel.

Truck machte sich nicht die Mühe nachzusehen, was Ghost zum Essen besorgt hatte. Stattdessen ging er direkt in sein Schlafzimmer, warf zwei Schmerztabletten ein und ließ sich auf seine Matratze fallen. Die Bettwäsche roch frisch und er genoss die Tatsache, dass sie sauber war. Er war froh darüber, dass er sich vor dem Einsatz anscheinend die Mühe gemacht hatte, das Bettlaken zu wechseln.

Truck zog ein Kissen an sich, rollte sich auf die Seite und hoffte, dass dadurch die Schmerzen in seinem Kopf nachlassen würden. Er atmete tief ein, versuchte, sich zu entspannen – und erstarrte. Der Kissenbezug roch nach Waschmittel ... doch da war noch etwas anderes, etwas, das er nicht zuordnen konnte. Truck setzte sich auf und entfernte den Bezug, dann hielt er sich das Kissen ans Gesicht. Er hatte keine Ahnung warum, aber der Duft machte ihn traurig und erregte ihn zugleich. Hatte er etwa eine Frau mit hierhergebracht und mit ihr geschlafen, bevor er zum Einsatz aufbrechen musste, und jetzt roch das Kissen noch immer nach ihr? Das ergab keinen Sinn. Und je mehr er zu verstehen versuchte, warum der Duft sich für ihn wie ein Nachhausekommen anfühlte, desto stärker schmerzte sein Kopf.

Truck ergab sich dem Schmerz und legte sich wieder hin, wobei er das Kissen fest an seine Brust drückte. Er vergrub seine Nase in dem Stoff und schlief schließlich mit dem tröstenden Duft in der Nase ein.

KAPITEL SIEBEN

»Ich weiß nicht so recht, ob das so eine gute Idee ist, Rayne«, erklärte Mary ihrer besten Freundin, als sie sich an einem Tisch in der Ecke in Trucks Lieblingssteakhaus niederließen. Es handelte sich nicht um eine Restaurantkette, sondern vielmehr um einen Familienbetrieb, und Rayne hatte ihr erzählt, dass Ghost und Hollywood heute mit Truck dort zu Mittag essen würden.

»Du hast doch gesagt, du wärst bereit für die Mission *Bring Truck dazu, sich zu erinnern*«, rief Rayne ihr ins Gedächtnis.

»Das bin ich auch. Aber ... was, wenn er mich sieht und dann zusammenbricht und ihm Blut aus den Ohren kommt oder so was?«, fragte Mary am Rande des Nervenzusammenbruchs.

»So funktioniert Gedächtnisverlust nicht«, erklärte Rayne ihr.

Mary wusste das, aber sie war so nervös, Truck zum ersten Mal wiederzusehen. Es war zwei Tage her, dass er nach Hause zurückgekehrt war, und abgesehen von den Informationen, die sie von Rayne und den anderen Frauen erhalten hatte, hatte sie keine Ahnung, wie es ihm ging.

Alle anderen Frauen taten alles, was sie konnten, um Informationen über Truck weiterzugeben. Die Benachrichtigungen auf Marys Telefon waren außer Kontrolle. Sie hatte während der letzten zwei Tage mehr Nachrichten erhalten als jemals zuvor in ihrem Leben. Alle Frauen fragten ihre Männer aus, sobald sie nach Hause kamen, und berichteten dann Mary über alles, was Truck gesagt oder getan hatte.

Sie wusste alles darüber, wie sehr ihm der Film *Deadpool* gefallen hatte, anscheinend besonders die Sexszenen. Er war ins Fitnessstudio gegangen, um mit den Jungs zu trainieren, und war irritiert, weil der Arzt gesagt hatte, er müsste sich schonen, und Fletch sagte ihm immer wieder, er sollte es langsam angehen. Casey hatte ihr erzählt, dass Beatle *ihr* gesagt hatte, dass Trucks Kopf ihn immer noch quälte, abwechselnd mit stechenden Schmerzen und einem Klingeln in den Ohren.

Mary liebte und hasste die Neuigkeiten und wollte sich selbst davon überzeugen, dass es ihm gut ging, aber sie brachten sie um. Sie hatte Todesangst vor dem, was passieren könnte, wenn Truck sie sah, aber ihr Wunsch, ihn leibhaftig zu sehen, überwog alle Befürchtungen.

»Vergiss nicht zu atmen, Mary«, sagte Rayne leise, als sie sich an ihrem Tisch niedergelassen hatten.

»Was, wenn es ihn verletzt, mich zu sehen?«, fragte Mary.

»Dann rufen wir den Arzt und fertig.«

Das war nicht die Art von Verletzung, die Mary meinte, aber sie widersprach Rayne nicht.

Ihre beste Freundin griff über den Tisch und packte Marys Hand. »Es wird dir wehtun, wenn er dich nicht erkennt«, warnte Rayne sie.

»Ich weiß.«

»Nein, im Ernst, ich kenne dich. Du tust dann so, als würde es dir nichts ausmachen. Dass es keine große Sache ist. Doch das ist es. Ich habe ihn gestern im Supermarkt getroffen und es war, als wäre ich Luft für ihn. Und dabei hat mich dieser Mann blutend und zu Tode verängstigt aus diesem Gebäude in Ägypten herausgeschleppt, doch als er an mir vorbeiging, war da nicht ein Funke des Erkennens. Das war schon schlimm für *mich* und deswegen weiß ich auch, dass es für dich umso schmerzhafter sein wird.«

»Verdammt noch mal, warum stichst du mir nicht gleich

ein Messer ins Herz und drehst es dann noch mal um?«, scherzte Mary.

Rayne drückte ihre Hand noch fester. »Ich will dir damit doch nur sagen, dass es okay ist, wenn du einen Zusammenbruch hast. Ich werde dich nicht verurteilen. Das hier ist eine verurteilungsfreie Zone.« Rayne wirbelte ihre freie Hand in einem kleinen Kreis herum und deutete auf den Tisch, an dem sie saßen.

Mary knirschte mit den Zähnen. »Ich weiß. Glaubst du etwa, dass es mir nicht jetzt schon wehtut, Raynie? Alleine in einem Bett zu schlafen, das mir viel zu leer vorkommt? Aufzuwachen und mich umzudrehen und zu erwarten, dass er neben mir liegt? Es vergeht nicht eine Sekunde, in der ich nicht bereue, wie ich ihn behandelt habe, dass ich nie die Gelegenheit wahrgenommen habe, ihm zu danken oder ihm zu sagen, wie viel er mir bedeutet.«

»Willst du etwa tatsächlich behaupten, dass du schlafen kannst?«, erwiderte Rayne.

Mary schüttelte belustigt über ihre Freundin den Kopf. Rayne kannte sie einfach zu gut. Oder vielleicht verrieten sie auch die dunklen Ringe unter ihren Augen. *Natürlich* fand sie keinen Schlaf. Zumindest nicht besonders viel. Und sie hatte schlimme Albträume. In einigen davon sah sie Truck blutend auf dem Boden liegen, in anderen sagte ihr ihre Mutter immer wieder, dass Männer schlecht wären und die Liebe nicht existierte. In anderen hörte sie nur merkwürdige Geräusche und sah furchterregende Gestalten, sodass sie voller Schreck aufwachte und dachte, jemand wäre in ihre Wohnung eingebrochen.

Aber das sagte sie Rayne natürlich nicht. Sie nickte einfach nur und versuchte, ehrlich auszusehen, als sie sagte: »Aber natürlich kann ich schlafen.«

»Du bist wirklich eine ausgesprochen schlechte Lügnerin«, erklärte Rayne ihr.

»Also, wie lautet der Plan?«, fragte Mary in dem Versuch, einer neuen Belehrung zu entkommen.

»Du gehst ein paarmal an ihrem Tisch vorbei.«

»Und das war's?«

»Ja«, versicherte Rayne ihr. »Ich meine, schließlich kannst du dich ja nur schlecht auf seinen Schoß setzen und ihm erzählen, dass du seine Frau bist und mit ihm nach Hause ins Bett gehen möchtest.«

»Aber das ist schon ein verführerischer Gedanke«, erklärte Mary leise.

Rayne lächelte. »Das habe ich gehört.«

»Ich weiß. Soll ich vielleicht an ihrem Tisch haltmachen und mit ihnen reden? Vielleicht könnte ich so tun, als würde ich Ghost kennen oder so, und einfach nur mit *ihm* reden.«

»Hmmm, keine schlechte Idee, aber ich glaube, jetzt beim ersten Mal ist es am besten, wenn du einfach nur am Tisch vorbeigehst. Lass es uns langsam angehen. Seine Reaktion abschätzen.«

Mary wusste, dass das wahrscheinlich das Beste war, aber es würde ihr richtig schwerfallen, keine Dummheiten zu machen, wie zum Beispiel auf die Knie zu fallen und ihn anzuflehen, sich an sie zu erinnern.

Rayne hielt ihre Kellnerin an und bestellte für beide Eistee und außerdem einen Teller mit Käsefritten zum Knabbern.

Mary wusste, dass die Pommes mehr für Rayne als für sie waren. Sie konnte nichts essen und sie hatte das Gefühl, Rayne wusste es, aber sie schätzte es, dass ihre Freundin versuchte, die Dinge so normal wie möglich erscheinen zu lassen.

Zehn Minuten später öffnete sich die Tür zum Restaurant und Ghost, Hollywood und Truck kamen herein.

Mary atmete tief durch. Truck überragte seine Freunde bei Weitem. Sein Mund war wegen der Narbe im Gesicht in seinem üblichen finsteren Gesichtsausdruck nach unten gezogen. Er trug ein schwarzes T-Shirt und sein Bizeps spannte sich gegen den Stoff. Mary bemerkte sofort, dass er die Stirn runzelte, als kämpfte er gegen Kopfschmerzen an.

»Oh, verdammt«, flüsterte Mary. »Ich halte das nicht aus.« Es war schmerzhaft, ihn leibhaftig zu sehen, groß und genau so, wie er ausgesehen hatte, als sie ihn zuletzt gesehen hatte. Er sah in ihren Augen genauso gut aus, sah genauso aus wie der Truck, der versprochen hatte, dass sie ihre Beziehung auf die nächste Ebene bringen würden.

Er ließ den Blick durch das Restaurant gleiten und Mary hielt den Atem an, als sein Blick den ihren für den Bruchteil einer Sekunde traf, bevor er weiterzog.

Ohne nachzudenken, legte sie sich eine Hand aufs Herz. Die Leere in seinem Blick war ein herber Schlag. Rayne hatte sie davor gewarnt, aber nichts hätte Mary auf das schreckliche Gefühl vorbereiten können, als sie in seinen Augen sah, dass er sie nicht wiedererkannte.

Während der ganzen Zeit, in der sie ihn gekannt hatte, hatte Truck sie mit intensiven Gefühlen angeschaut, sogar bei ihrer allerersten Begegnung mit ihm. Fürsorge, Sorge, Belustigung, Liebe, Zärtlichkeit ... die Liste ging immer weiter. Aber die Tatsache, dass sein Blick sie einfach nur streifte, als hätte er keine Ahnung, wer sie war, hätte ihr beinahe das Herz gebrochen. Natürlich hatte er *tatsächlich* keine Ahnung, wer sie war. Es war nicht so, als wollte er sie absichtlich verletzen.

In diesem Moment wusste Mary, dass sie zwei Möglichkeiten hatte. Die erste Möglichkeit war, Truck loszulassen. Wenn sie ihn gehen ließe, würde sie das zerstören. Sie würde wahrscheinlich wieder zu der zynischen Frau werden, die sie gewesen war, bevor er entschieden hatten, dass sie die Mühe wert war.

Oder sie könnte für das kämpfen, was sie wollte.

Es war eine leichte Entscheidung.

Sie wollte Truck.

Sie wäre vielleicht nie in der Lage, ihre Gefühle in Worte zu packen, aber sie könnte ihm jeden Tag zeigen, wie viel er ihr bedeutete und wie sehr sie ihn liebte. Sie konnte für ihn da sein. Sie könnte ihn unterstützen. Sie könnte eine Frau sein, die er mit Stolz an seiner Seite hatte. Sie würde ihm jeden Abend mit ihrem Körper zeigen, wie sehr sie ihn liebte. Er würde es verstehen. Natürlich würde er das, er war Truck.

Sie würde ihn nicht aufgeben. Er hatte *sie* nicht aufgegeben, als die Chancen weitaus größer waren, dass sie etwas viel Ernsteres als Gedächtnisverlust erleiden würde. Truck war nicht tot. Wie durch ein Wunder war *sie* auch nicht tot. Sie wollte um ihn kämpfen. Vielleicht hatte sie keinen Erfolg, vielleicht wollte er nichts mit ihr zu tun haben, aber sie wäre genauso erbärmlich wie die Jungfrauen in Not, über die sie sich in Filmen gern lustig machte, wenn sie es nicht wenigstens *versuchte*.

Mary folgte dem Trio mit den Augen, während die Männer sich hinsetzten. Sie konnte den Blick nicht von Truck losreißen, obwohl sie wusste, dass er sie wahrscheinlich für ziemlich merkwürdig halten würde, wenn er sie dabei erwischte.

»Alles in Ordnung?«, fragte Rayne sie von der anderen Seite des Tisches aus.

Widerstrebend blickte Mary ihre beste Freundin an. »Ja.«

Rayne blinzelte und kniff die Augen zusammen. »Ach, tatsächlich?«

»Ja. Das hat wirklich wehgetan, daran besteht kein Zweifel, aber weißt du was?«

»Was?«

»Ich wäre fast gestorben. Und zwar zweimal. Ich hatte so viele schlimme Dinge und Gifte in meinem Körper, dass ich wahrscheinlich geleuchtet hätte, hätte jemand ein Schwarzlicht auf mich gerichtet. Ich habe so viel gewürgt, ohne dass ich etwas erbrochen habe, dass es sich angefühlt hat, als hätte ich ungefähr tausend Sit-ups nacheinander gemacht. Ich habe mich, den Boden, Truck und mein ganzes Bett vollgekotzt. Fünf Tage lang habe ich nichts gegessen und nur das Nötigste getrunken, um zu überleben. Aber ich habe diesen Scheißkrebs besiegt. Zweimal. Gedächtnisverlust? *Ein Kinderspiel.*« Mary machte ein abschätziges Geräusch und sprach dann weiter. »Mit Gedächtnisverlust kann ich es locker aufnehmen. Das ist fast so, als würde jemand eine Taschenpistole ziehen, wenn ich eine Halbautomatik habe.«

»Ich weiß nicht, was das heißen soll«, erklärte Rayne mit verwirrtem Gesichtsausdruck.

»Es bedeutet, dass sein Gedächtnisverlust es *nicht* mit mir aufnehmen kann. Kommt überhaupt nicht infrage. Ich werde ihn genauso hart bekämpfen, wie ich meinen Krebs bekämpft habe. Okay, ich muss zugeben, dass es einen Punkt gab, an dem ich nicht so hart gekämpft habe, aber da hat Truck das für mich übernommen. Also werde ich mich bei ihm revanchieren.«

»Äh … das ist ja alles schön und gut, und ich freue mich auch, dass du nicht zu einer Kugel zusammengerollt neben diesem Tisch liegst, aber ich weiß nicht, wie du dagegen ankämpfen willst. Schließlich kannst du ihm ja keine Medikamente einflößen und es damit richten.«

»Nein, da hast du recht, das kann ich nicht. Aber ich kann für das kämpfen, was ich will. Und ich will Truck.«

Rayne reagierte einen Moment lang nicht und dann breitete sich ein riesiges Grinsen auf ihrem Gesicht aus. Sie kreischte, sprang von ihrem Stuhl auf, ließ sich neben Mary fallen und nahm sie ganz fest in den Arm. »Oh mein Gott, ich bin so froh, das zu hören.«

Mary erwiderte Raynes Umarmung und lachte leise.

»Ich hatte befürchtet, du würdest aufgeben. Dass du das Gefühl haben könntest, damit nicht klarzukommen. Dass du vielleicht davon überzeugt wärst, dass die Liebe es nicht wert wäre.«

»Ich habe den Krebs überstanden. Das überstehe ich auch. Ich behaupte ja nicht, dass es leicht wird. Das wird es sicher nicht. Und, Rayne, ich weiß jetzt schon, dass ich deine Hilfe brauchen werde. Aber Truck hat nicht um mein Leben gekämpft, nur damit ich ihn jetzt fallen lasse.«

»Da hast du verdammt noch mal recht.«

»Allerdings«, pflichtete Mary ihr bei.

Genau in diesem Moment kam die Kellnerin zurück und stellte einen Teller voll mit leckeren Käsepommes vor sie hin. Rayne ging wieder an ihren Platz zurück und die beiden Frauen begannen damit, sich einen Schlachtplan zurechtzulegen.

Truck war es nicht entgangen, dass Ghost immer wieder zu dem Tisch im Barbereich schaute, an dem zwei Frauen saßen. Er hatte sie sofort bemerkt, als er hereingekommen war, aber er hatte sein Bestes getan, um desinteressiert auszusehen. Er war nicht hier, um Frauen aufzureißen; er war hier, um mit seinen Freunden zu reden und um sich hoffentlich an etwas aus den letzten drei Jahren zu erinnern.

Truck hatte nämlich *nicht* vergessen, wie Frauen ihn manchmal ansahen. Entweder wollten sie sofort mit ihm ins Bett gehen, weil er ein böser Junge war, oder sie taten so, als wäre er ein Serienmörder, der ein Messer hinter dem Rücken hervorziehen und alle um ihn herum aufschlitzen würde. Seine Größe und die Narbe in seinem Gesicht hatten mehr Frauen abgeschreckt, als er überhaupt zählen konnte. Und die junge Frau im College-Alter, die sie zu ihrem Tisch geführt hatte, war da keine Ausnahme. Sie hatte einen Blick auf sein Gesicht geworfen und sofort ihre Augen abgewendet und statt-dessen mit Hollywood gesprochen.

Aber die Frau, die in der Nähe der Theke saß, mit kurzen braunen Haaren mit der rosa Strähne darin, hatte nicht von ihm weggesehen, als er sie angeblickt hatte. Tatsächlich hatte sie ihn so intensiv angestarrt, dass er fast auf sie zugegangen wäre, um herauszufinden, was los war.

Als Ghost zum fünften Mal zum anderen Tisch hinüber-blickte, fragte Truck: »Kennst du die beiden?«

Sein Freund ließ sich einen Moment Zeit mit der Antwort, doch als er antwortete, war Truck froh, dass er nicht versuchte, ihn anzulügen. »Ja.«

»Hmmm.« Truck wusste nicht, was er sagen sollte. Er hätte gern gefragt, *woher* Ghost sie kannte, hatte aber das Gefühl, dass der andere Mann es ihm nicht sagen würde. Es war offen-sichtlich, dass seine Freunde ausgesprochen vorsichtig damit waren, was sie in seiner Gegenwart äußerten. Sie behandelten ihn, als wäre er eine tickende Zeitbombe und als würde sein Kopf buchstäblich explodieren, sollten sie etwas Falsches sagen. Das fing langsam an, ihn richtig zu nerven.

Truck beschloss, das Thema jetzt nicht anzusprechen – er hatte immer noch Kopfschmerzen und einen Arzttermin, bevor er wieder nach Hause fahren konnte –, also blickte er auf die Speisekarte. Sie war anders, als er sie in Erinnerung hatte, aber das war keine große Überraschung, denn er erinnerte sich ja an eine Speisekarte von vor drei Jahren.

Er entschied sich für ein großes Steak mit Ofenkartoffel

und Salat. Die Kellnerin gab sich große Mühe, ihn während der Bestellung nicht anzusehen, und konzentrierte sich stattdessen auf den Notizblock in ihrer Hand. Natürlich hatte sie kein Problem damit, mit Hollywood zu flirten, als der seine Bestellung aufgab. Truck verdrehte innerlich die Augen. *Das* kam ihm nur allzu bekannt vor.

Nach einer Weile kamen ihre Salate und die drei Männer sprachen über das Training vom Vormittag. Ghost hatte sich gerade nach seinem Arzttermin am heutigen Nachmittag erkundigt, als sein Freund leise »Scheiße« murmelte.

Truck blickte auf und sah, wie die Frau, die ihm zuvor aufgefallen war, auf sie zuging. Sie schaute ihn wie gebannt an – und Truck war wie erstarrt.

Sie hatte die ausdrucksstärksten braunen Augen, die er je gesehen hatte.

Er hielt den Atem an, als sie sich näherte, und vergaß dabei völlig Hollywood und Ghost.

Sie schaute nicht weg. Sie tat aber auch nicht so, als hätte sie die entsetzliche Narbe auf seinem Gesicht nicht gesehen. Als sie sich ihm näherte, hoben sich ihre Lippen zu einem leichten Lächeln.

Truck spürte, wie seine Hände zu schwitzen begannen – was war da los? –, aber er konnte den Blick nicht von ihrem abwenden.

Als sie nahe bei ihm war, sagte sie leise: »Hi.« Truck war sich sicher, dass sie anhalten und mit ihnen sprechen würde, aber sie ging weiter, offensichtlich in Richtung Flur, über dem ein großes Schild mit der Aufschrift »Toiletten« angebracht war.

Truck beobachtete ihren Hintern, als sie sich vom Tisch entfernte. Sie war nicht sonderlich groß, genau so, wie er es bei einer Frau am liebsten mochte, und schlank. Fast zu schlank für seinen Geschmack. Sie hatte nicht viel Holz vor der Hütte, aber ihre Hüften waren schön gerundet. Ihr Haar war kurz, aber die rosa Strähne gab ihr Charakter. Das sagte ihm viel über sie. Dass sie keine Angst davor hatte, sich etwas zu trauen. Dass sie nicht so sehr auf gesellschaftliche Normen fixiert war. Dass sie ein bisschen risikofreudig war. All das gefiel ihm.

Aber es war die Tatsache, dass sie keine Angst davor hatte, seinem Blick zu begegnen und ihn *wirklich* anzusehen, die sein Interesse richtig schürte. Oh, er hatte gesehen, wie ihr Blick zu seiner Narbe gewandert war, aber dann schaute sie ihm direkt wieder in die Augen. Und das war wirklich einzigartig. Die meisten Frauen zogen sich entweder geistig oder körperlich zurück oder versuchten, ihm auf den Schritt zu schauen. Als dachten sie, sie könnten sich mit seiner hässlichen Visage abfinden, wenn er einen großen Schwanz hätte.

Er hatte einen, aber das war nicht der Punkt.

»Wann ist dein Arzttermin?«, wollte Ghost wissen. »Wenn du möchtest, kann ich dich begleiten.«

Truck ließ die Frau nicht aus den Augen, bis sie auf der Toilette verschwunden war. Dann, anstatt zu antworten, drehte er aus irgendeinem Grund den Kopf und schaute zurück zu dem Tisch im Barbereich, an dem die Frau gesessen hatte. Er erwischte ihre Freundin, die in ihre Richtung blickte, aber sie senkte schnell den Blick und hob ein Stück der Pommes frites von dem fast leeren Teller vor ihr auf. Sie versuchte, lässig auszusehen, aber er sah, wie ihr die Röte in die Wangen stieg, als er sie beim Anstarren erwischte.

Truck war kein Idiot. Er wusste, dass er Frauen faszinierte. Vor langer Zeit war er einmal sehr attraktiv gewesen. Er hatte kein Problem damit gehabt, Frauen aufzureißen, wenn er ausging. Sicher, er zog die Freaks an, die ihn anmachen wollten, entweder weil er vernarbt war oder aus Mitleid, aber zumindest war er in der Lage gewesen, Frauen abzuschleppen.

Aber Mitleid hatte er nicht bei der Frau gesehen, die gerade an ihrem Tisch vorbeigekommen war. Er war sich nicht sicher, was er in ihren Augen entdeckt hatte, aber es war weder Mitleid noch eine kranke Art von Neugier gewesen.

Das Pochen in seinem Kopf verstärkte sich, als er über die Frau nachdachte.

»Truck?«, fragte Ghost.

»Um halb drei«, beantwortete Truck die Frage seines Freundes. »Und du musst nicht mitkommen, um mir die Hand zu halten.«

Ghost lachte leise. »Das hatte ich auch sicher nicht vor«, sagte er und tat so, als wäre er beleidigt.

Truck führte das Geplänkel mit seinen Freunden fort, während er die ganze Zeit auf den Gang achtete. Er fragte sich, ob die Frau wohl wieder an ihrem Tisch vorbeikommen oder die direkte Route zu ihrem eigenen Tisch durch das Restaurant nehmen würde.

Einige Minuten später tauchte sie wieder auf – und ging direkt auf ihn zu.

Truck konnte ein kleines Lächeln nicht unterdrücken. Ihm war klar, dass es schief war, doch das war ihm egal. Die Tatsache, dass diese einzigartige Frau Interesse an ihm hatte, fühlte sich gut an. Richtig gut.

Als sie diesmal am Tisch vorbeikam, nickte er ihr zu. Sie sprach wieder nicht, schenkte ihm aber im Gegenzug ein weiteres kleines Lächeln. Truck wollte sich umdrehen und ihren Hintern im Vorbeigehen beobachten, aber er hielt sich zurück.

»Die wollte dich anmachen«, stellte Hollywood fest.

»Ja«, erwiderte Truck.

Hollywood öffnete den Mund, um noch etwas zu sagen, aber die Kellnerin erschien mit den Steaks. Sie rochen so gut, wie Truck es in Erinnerung hatte, und er war froh, dass sich die Qualität der Gerichte während der letzten drei Jahre nicht verschlechtert hatte.

Als sie damit fertig war, ihre Teller vor ihnen auf den Tisch zu stellen, warf Truck einen Blick in Richtung Bar. Er war überrascht, dass der Tisch der Frauen leer war. Alles, was dort noch übrig war, waren ein leerer Teller, zwei Gläser und ein paar Geldscheine, um die Rechnung zu begleichen.

Enttäuscht wandte Truck die Aufmerksamkeit wieder seinem Teller und seinen Freunden zu. Es war nicht so, als hätte er zu der Frau hinüberspazieren und ihr seine Telefonnummer geben können, nicht jetzt, wo er einen großen Teil seines Lebens vergessen hatte. Irgendwie fühlte es sich falsch an, sich überhaupt für jemanden zu interessieren. Er hatte keine Ahnung, warum das so war, aber er wusste, wenn er versuchte, sich vor Ghost und Hollywood zu erklären, würden sie das Thema wechseln.

Sie hatten sich die Anweisungen des Arztes zu Herzen genommen, nichts zu tun, was ihn dazu bringen könnte, sich überstürzt zu erinnern. Damit er sich selbst an Dinge erinnern konnte. Was wahnsinnig frustrierend war, denn bis jetzt hatte er sich an nichts erinnert. Er erinnerte sich an nichts über das andere Delta-Team oder den Einsatz in Afrika. Er konnte sich nur noch in aller Deutlichkeit daran erinnern, dass er im Irak war ... was anscheinend schon Jahre her war.

Es war zum Verrücktwerden – vor allem, als er seine Freunde dabei erwischte, wie sie schweigend miteinander kommunizierten, so wie Hollywood und Ghost im Moment.

Er beschloss, sie nicht darauf anzusprechen – wenn er so tat, als wüsste er nicht, dass sie ihm etwas verheimlichten, würden sie sich vielleicht entspannen und tatsächlich mit ihm reden –, nahm noch einen Bissen von seinem Steak und tat so, als interessierte er sich dafür, was seine Freunde sagten.

»Und?«, fragte Rayne, als sie draußen waren.

Mary zuckte die Achseln, immer noch erschüttert von ihrer kleinen Begegnung mit Truck. Sie war sicher gewesen, dass er ihre Anwesenheit ignorieren würde, als sie am Tisch vorbeiging. Aber anstatt sie zu ignorieren, hatte er sie angestarrt, seine braunen Augen voller durchdringender Intensität. Eine Sekunde lang dachte sie, er würde aufstehen, sie in die Arme nehmen und ihr sagen, wie sehr er sie vermisst hatte.

Sie hatte »Hi« gequietscht, als sie an ihm vorbeigegangen war, und er hatte sich nicht bewegt. Er war ihr nicht nachgelaufen. Er hatte nicht erklärt, dass es ihn geheilt hatte, sie zu sehen. Aber Mary hatte seinen Blick auf ihrem Hintern gespürt, als sie gegangen war und die Toilette betreten hatte.

Es hatte ein paar Minuten gedauert, bis sie ihr inneres Gleichgewicht wiedergefunden hatte, und sie hatte Rayne verzweifelt eine SMS geschrieben und sie gefragt, ob sie wieder an seinem Tisch vorbeigehen oder in die andere Richtung gehen sollte. Rayne hatte sie ermutigt, wieder an Truck vorbeizugehen, also hatte sie es getan. Und beim zweiten Mal hatte er ihr zugenickt.

Es war deprimierend und aufregend zugleich.

Seit sie vierzehn Jahre alt war, hatte sie noch nie den ersten Schritt in einer Beziehung getan. Kein einziges Mal. Sie hatte die Jungs immer zu sich kommen lassen. Aber ... es fühlte sich gut an. Beflügelnd.

»Mary!«, ermahnte Rayne sie. »Was ist passiert? Ich habe es nicht richtig gesehen.«

»Nichts sonderlich Aufregendes. Als ich an ihrem Tisch vorbeigegangen bin, habe ich ›Hi‹ gesagt und auf dem Rückweg hat er mir zugenickt, als ich am Tisch vorbeigekommen bin.«

»Das ist gut«, verkündete Rayne.

»Ist es das?«

»Oh, ja. Gestern Abend sind sie zum Essen ausgegangen, nur um ihn aus seiner Wohnung zu schaffen und sich davon zu überzeugen, dass es ihm gut ging. Als die Kellnerin ihn angemacht hat, hat er sie nicht einmal angesehen. Das hat Ghost mir erzählt.«

»Was?« Rayne hatte ihr das bisher nicht mitgeteilt. Und auch keine der anderen Frauen. »Und wann wolltest du mir das sagen?«

»Oh ... äh ... bald. Aber ich wollte erst mal, dass du ihn persönlich siehst, bevor ich etwas sage«, fügte Rayne schnell hinzu.

Bei dem Gedanken daran, dass eine andere Frau sich an Truck herangemacht hatte, hätte sie derjenigen am liebsten die Haare an der Wurzel ausgerissen, aber was ihr wirklich Angst machte, war die Frage, wie Truck darauf reagiert hatte. Sie erinnerte sich daran, wie er reagiert hatte, als die Sanitäterin sich in der Bank an ihn herangemacht hatte. Er hatte es schlimm gefunden, dass jemand es gewagt hatte, mit ihm zu flirten, während er mit ihr zusammen war.

Aber jetzt *wusste* er nicht mehr, dass er mit ihr zusammen war, und Mary fragte sich, ob es nur eine Frage der Zeit wäre, bevor er begann, sich nach Aufmerksamkeit vom anderen

Geschlecht zu sehnen. Schließlich wusste sie genau, wie lange es her war, seit er *tatsächlich* Sex gehabt hatte. Wenigstens ein Jahr. Sie war sich nicht sicher, wie seine sexuellen Aktivitäten vorher ausgesehen hatten, aber sie hatte das Gefühl, dass er auch da keinen Sex gehabt hatte, zumindest seit er sie kannte.

»Wann gehen sie wieder aus?«, fragte Mary Rayne, als sie zu ihren Fahrzeugen gingen.

»Äh ... weiß ich nicht so genau.«

»Lüg mich nicht an, Rayne. Ganz im Ernst, darin bist du nicht besonders gut und ich erkenne es jedes Mal. Sag es mir.«

Rayne seufzte und sagte: »Am Wochenende. Ghost hat gesagt, Truck wolle in diese zwielichtige Kneipe in der Nähe des Stützpunktes gehen, in der sie früher so viel Zeit verbracht haben. Natürlich weiß er nicht, dass sie dort nicht mehr hingehen, seit alle eine Freundin haben. Er hält es noch immer für ihre Stammkneipe.«

»Ich werde hingehen«, verkündete Mary.

»Das halte ich für keine besonders gute Idee«, erklärte Rayne. »Ich meine, wir arbeiten zwar an der Operation *Bring Truck dazu, sich zu erinnern* und so, aber ich kenne dich.«

»Was willst du damit sagen?«, fragte Mary, die Hände in die Hüften gestützt.

»Ich will damit sagen, dass du die Nerven verlierst, wenn sich eine andere Frau an Truck ranmacht. Ich weiß, dass es zwar schon lange nicht mehr der Fall war, aber ich weiß auch, dass du dich problemlos in einen Kampf stürzt, und das ist das Letzte, was du jetzt gebrauchen kannst, oder besser gesagt ihr beide. Es ist nicht gut für seine Gesundheit und außerdem machst du so nur negativ auf dich aufmerksam. Willst du etwa, dass Truck sieht, wie du dich auf dem Boden dieser schrecklichen Kneipe wälzt? Nein, das willst du nicht.« Rayne redete immer schneller, als könnte sie dadurch, dass sie nicht aufhörte zu reden, Mary davon abhalten, ihr zu widersprechen. »Und du hast ihn heute zum ersten Mal wiedergesehen und es ist gar nicht so schlecht gelaufen. Lass doch einfach Casey und Wendy losziehen. Sie werden die Jungs anquatschen und versuchen, Truck dazu zu bringen, sich zu erinnern.«

Mary wusste, dass Rayne nur das für sie wollte, was sie für

das Beste hielt – doch sie irrte sich. »Aber es sah so aus, als würde er sich für mich interessieren«, erklärte Mary ihr.

»Truck?«

»Ja. Wir haben einander in die Augen gesehen und ich habe bemerkt, dass er neugierig auf mich war. Er hat mich zwar nicht erkannt, nicht wirklich, aber ich glaube, dass ich dafür sorgen könnte, dass er sich auch *weiterhin* für mich interessiert, wenn ich mich erneut mit ihm treffe.«

»Es ist keine gute Idee, mit ihm auszugehen, Sex zu haben und all diese Dinge, wenn er sich nicht an dich erinnert. Denn was würde geschehen, wenn er sich plötzlich *doch* erinnert? Das wäre vielleicht eine Katastrophe. Vielleicht hätte er das Gefühl, du hättest ihn hintergangen ... was du ja auch getan hättest«, erläuterte Rayne.

»Vielleicht. Aber dieses Risiko möchte ich eingehen. Wenn ich es nämlich wäre, die das Gedächtnis verloren hätte, dann wäre es mir lieber, Truck würde mich verführen und ich würde in *seinem* Bett aufwachen als in dem eines Fremden. Kannst du dir vorstellen, wie schrecklich das wäre? Dein Gedächtnis wiederzuerlangen und festzustellen, dass du mit jemand anderem geschlafen hast als deiner Frau? Das fände er schrecklich. Ich kenne ihn. Außerdem werde ich es nicht zulassen, dass irgend so eine Schlampe, die in Kneipen rumhängt, mit *meinem* Mann im Bett landet«, beendete Mary ihren Gedankengang aufgebracht.

Als Rayne daraufhin nichts sagte, sondern sie stattdessen merkwürdig anlächelte, fragte Mary trotzig: »Was ist denn?«

»Es ist nur so, dass es diesmal umgekehrt ist.«

»Wie meinst du das?«

»Jahrelang hat Truck dich verfolgt. Er hat sich wahnsinnig bemüht, alles erdenklich Mögliche zu tun, damit er dich bekommt. Und jetzt bist du diejenige, die das tut. Du nennst ihn deinen Mann. Sagst, dass er dir gehört. Das ist irgendwie witzig.«

»Das ist nicht witzig.«

»Doch, Mary, das ist es. Und es tut mir leid, das sagen zu müssen, aber irgendwie hast du es verdient.«

Mary wusste, dass sie eigentlich sauer auf ihre Freundin

sein sollte, weil sie sich so unverblümt ausdrückte, doch sie konnte es einfach nicht. Stattdessen verzog sie die Lippen zu einem Grinsen. Dann lachte sie laut auf. Rayne begann ebenfalls zu lachen und die beiden lachten gemeinsam, bis ihnen die Tränen kamen. »Jeder, der behauptet, es gäbe kein Karma, hat so verdammt unrecht«, erklärte Mary, als sie sich wieder unter Kontrolle hatte.

»Ja, oder? Im Ernst, das ist echt so. Aber du stehst das durch, Mary. Und ich werde alles tun, dir dabei zu helfen.«

»Also gehst du am Wochenende mit mir in diese Kneipe?«

Rayne seufzte in gespielter Entnervtheit. »Das weißt du doch ganz genau. Und ich frage auch Harley und die anderen, ob sie mitkommen wollen. Wir machen einfach einen Mädelsabend daraus.«

»Vielen Dank«, entgegnete Mary ehrlich dankbar. Sie wusste nicht, was sie ohne Rayne tun würde. Sie hatte sie während der letzten Monate so sehr vermisst. Es war wirklich dumm gewesen, sie aus ihrem Leben zu verbannen, als sie sie am meisten brauchte.

»Allerdings muss ich am Sonntag für eine Nacht weg«, warnte Rayne sie. »Ich fliege nach New York City. Also geht die Mission *Bring Truck dazu, sich zu erinnern* ohne mich weiter.«

»Ich schicke dir alle Neuigkeiten per SMS.«

»Wehe, wenn nicht.«

Die beiden Frauen umarmten sich und Mary winkte, als sie in ihr Auto stieg und den Motor startete. Sie musste wieder zur Arbeit, da ihre Mittagspause vorbei war. Ihre Chefin war nach dem Überfall etwas nachsichtiger gewesen, aber Mary spürte, dass ihre Dankbarkeit, dass niemand verletzt worden war, nachließ und dass ihre Zickigkeit eher früher als später wieder zurückkehren würde.

In den Nachrichten war berichtet worden, dass die beiden Männer, die die Bank überfallen hatten, Mitglieder einer örtlichen Bande waren und der Überfall eine Art Einweihung oder so etwas war. Sie waren im Gefängnis ... aber seitdem hatte es zwei Fälle gegeben, in denen Kunden hereingekommen waren, die Tresorfächer mieten wollten, die Mary nicht gefallen hatten. Beide hatten eine schicke Hose, ein langärmeliges

Hemd und eine Krawatte getragen, aber Mary hatte Tattoos an den Seiten ihrer Hälse gesehen, die sie nervös machten.

Sie dachte wie ein Profiler, und sie wusste es, aber sie konnte das komische Gefühl bei den Männern nicht abschütteln. Sie hatte es ihrer Vorgesetzten gegenüber erwähnt, aber die Frau hatte ihr gesagt, sie wäre paranoid.

Es gab nichts, was Mary tun konnte. Wenn jemand ein Bankschließfach mieten wollte und in der Lage war, dafür zu bezahlen, spielte es keine Rolle, ob er der Präsident der Vereinigten Staaten oder ein Schwerverbrecher war. In der Bank gab es keine Diskriminierung.

Der Gedanke an die Arbeit brachte Mary dazu, wieder an Truck zu denken. Und wenn sie an Truck dachte, war sie entschlossener denn je, ihn dazu zu bringen, sie zu begehren. Selbst wenn er nur mit ihr schlafen wollte, war das besser als nichts, und es würde jede andere Frau davon abhalten, sein Bett zu wärmen. Und wenn Truck, Gott bewahre, sein Gedächtnis nie wiedererlangte, würde sie alles tun, um ihr Leben neu zu beginnen. Selbst wenn sie es diesmal wäre, die *ihm* einen Heiratsantrag machen müsste.

KAPITEL ACHT

Truck freute sich auf den Abend. Er genoss es, mit seinen Freunden in der Kneipe in der Nähe des Stützpunktes abzuhängen. Es war nicht der angesagteste Ort, wenig mehr als ein Loch in der Wand, aber er und die anderen gingen immer dorthin, und er hatte sogar ein oder zwei Mädchen dort aufgegabelt. Natürlich hatte Hollywood normalerweise die erste Wahl bei den Frauen, da er wie ein verdammter Filmstar aussah, aber es gab immer eine, die bereit war, mit ihm nach Hause zu gehen, trotz seiner Narben.

Hollywood und Fletch waren heute Abend allerdings nicht dabei. Es schien, als wären sie keine Partygänger mehr. Truck konnte verstehen, dass Fletch nicht kommen wollte, aber dass Hollywood absprang, überraschte ihn. Er hatte sich irgendeine Ausrede ausgedacht, die völlig abwegig klang, aber Truck wollte nicht darüber nachdenken, was der wahre Grund dafür war, dass sein Freund abgesagt hatte. Er war sich sicher, dass es mit dem zu tun hatte, was alle vor ihm geheim hielten, aber ausnahmsweise wollte er sich darüber keine Gedanken machen. Ghost war da, ebenso wie Beatle, Blade und Coach.

Truck wollte sich keine Gedanken darüber machen, dass der Arzt ihm sagen könnte, dass er die drei Jahre, die er verloren hatte, vielleicht nie wieder zurückgewinnen würde. Oder darüber, dass sein Kopf immer noch pochte ... er hatte nie *aufgehört* zu pochen, seit er mitten im Einsatz in Afrika aufgewacht war. Er wollte nur mit seinen Freunden abhängen, mit einigen Frauen flirten und versuchen, sich wieder normal zu fühlen.

Er drehte durch, wenn er in seiner Wohnung saß. Manchmal schaute er sich um und hatte das Gefühl, dass etwas fehlte ... aber sobald er das Gefühl bekam, verschwand es auch schon wieder. Ab und zu hätte er auch schwören können, eine Art Blumenduft wahrzunehmen, aber wenn er tief einatmete, war er weg.

Truck wollte wieder arbeiten, aber er hatte noch ein paar Wochen Zeit, bevor der Arzt ihm erlauben würde, auf Teilzeitbasis zurückzukehren. Er hatte ihn auch vor dem Alkoholkonsum gewarnt, aber er brauchte unbedingt ein Bier. Nur eins. Er hasste es, wie daneben er sich fühlte.

Truck hatte etwa eine halbe Stunde lang mit den anderen Darts gespielt, als er eine Hand auf seinem Rücken spürte.

Truck widersetzte sich dem Drang, sich umzudrehen und die Person mit seinem Bein auszuschalten, und drehte sich um, um zu sehen, wer dumm genug war, ihn zu berühren, während er einen tödlichen Pfeil in der Hand hielt und dabei war, ihn zu werfen.

Eine Frau stand dort, eine, die er nicht erkannte. Nicht dass *das* viel bedeutete, da er heutzutage viele Leute nicht mehr erkannte. Sie hatte langes braunes Haar und Kurven an den richtigen Stellen. Sie hatte einen schönen Vorbau und war hübsch. Sie trug eine Bluse, die für eine unschuldige Nacht etwas zu tief ausgeschnitten war. Der Blick in ihren Augen, als sie ihn über seinen Körper gleiten ließ, machte deutlich, was sie von ihm wollte.

In der Vergangenheit hätte Truck nicht gezögert, seinen Arm um ihre Schultern zu legen und sie eng an sich zu ziehen. Zum Teufel, wenn eine Frau ihn anmachte, ging es Truck nur darum zu sehen, ob sie genügend Chemie hatten, um sie mit nach Hause zu nehmen, aber heute Abend fühlte er sich anders.

Er war anders.

Truck hatte keine Ahnung warum, aber der Gedanke, eine Frau, diese Frau, mit nach Hause zu nehmen, passte ihm nicht.

»Hey«, murmelte die Frau, während sie ihm kokett mit einem Finger über den Bizeps strich.

»Hey«, erwiderte Truck und sah hinüber zu Ghost. Der andere Mann tat sein Möglichstes, um nicht auf Truck und die Frau bei ihm zu achten. Von ihm würde er keine Hilfe bekommen.

»Ich heiße Ruth«, sagte die Frau.

»Truck«, entgegnete er.

»Truck«, schnurrte sie. »Das gefällt mir. Vielleicht kannst du später meinen Motor auf Touren bringen.«

Truck hätte am liebsten die Augen verdreht, doch er hielt sich zurück. Mit Mühe und Not.

»Kann ich dir etwas zu trinken ausgeben?«, fragte Ruth. »Du scheinst der Einzige zu sein, der hier nichts zu trinken hat.« Sie kicherte und das hohe Geräusch ging Truck auf die Nerven.

»Nein danke«, erklärte er ihr und wollte nicht erläutern, warum er nichts trank. Er hatte das eine Bier, das er sich zugestanden hatte, bereits ausgetrunken. Es hatte wahnsinnig gut geschmeckt, aber genau wie der Arzt es ihm vorausgesagt hatte, hatte es seine Kopfschmerzen noch verstärkt.

»Komm schon«, versuchte sie, ihn zu locken, lehnte sich zu ihm und drückte mit den Armen ihre Titten zusammen, damit er einen guten Ausblick in ihren Ausschnitt hatte. »Trink etwas mit mir.«

»Ich bin mitten in einer Partie Darts«, erklärte er der Frau, die ihm jetzt offiziell auf die Nerven ging.

»Okay, Schatz. Wenn es dich nicht stört, setze ich mich da rüber und sehe dir zu.« Sie ließ den Blick erneut über seinen Körper schweifen und verweilte ein wenig zu lange in seiner Leistengegend. Sie leckte sich über die Lippen und sah ihn dann wieder an.

Truck seufzte innerlich. Sie war viel zu forsch. Sie wollte nur seinen Schwanz. Wollte wissen, ob der genauso groß war wie er. Solche Frauen hatte er schon viel zu oft getroffen. Er war ihnen egal, sie wollten nur mit dem riesigen Kerl schlafen und ein ungewöhnliches Abenteuer haben. Eine dieser Frauen hatte ihm sogar einmal gesagt, dass es gut war, dass er einen großen Schwanz hatte, weil sein Gesicht so schrecklich wäre.

Er wandte sich an Beatle und scherzte: »Wie ich sehe, hat sich *das* während der letzten drei Jahre nicht geändert.«

Beatle hätte fast sein Bier wieder ausgespuckt, von dem er gerade einen Schluck genommen hatte, doch es gelang ihm noch, es herunterzuschlucken, bevor er es über die Theke spuckte, in deren Nähe sie standen.

Der andere Mann lachte leise, half ihm aber nicht dabei, sich der nervenden Frau zu entledigen. Ihm war klar, dass er nicht unhöflich sein würde – das war einfach nicht sein Stil –, also nickte er der Frau einfach nur zu und seufzte dann frustriert, als sie ihn anstarrte und zu einem der Barhocker in der Nähe marschierte. Sie lehnte sich so weit vor, dass sie den Ellbogen auf das Knie stützen konnte, sodass ihre Titten fast aus dem Ausschnitt ihres T-Shirts fielen.

Truck drehte ihr den Rücken zu und sah Blade genervt an. Der andere Mann grinste und sagte dann: »Du bist immer noch dran, Truck.«

»Stimmt ja«, sagte er und versuchte, sich wieder auf das Spiel zu konzentrieren. Allerdings stellte Darts keine große Herausforderung für die Deltas dar, da jeder von ihnen fast bei jedem Wurf ins Schwarze traf, aber immerhin konnte man sich so die Zeit vertreiben. Und es sorgte dafür, dass Truck aus seiner Wohnung herauskam ... und das war das Ziel gewesen. Zum ersten Mal in dieser Woche fühlte er sich fast normal.

Auszugehen war eine tolle Idee gewesen. Mit seinen Freunden Zeit an diesem gewohnten Ort zu verbringen, war, als würde man einen altbekannten Mantel anziehen. Es gefiel ihm. Mal abgesehen von der Kneipenschlampe, die in der Nähe auf ihn wartete. Er konnte praktisch spüren, wie sie ihn mit den Blicken auszog. Wenn sie davon ausging, dass er sie mit nach Hause nehmen würde, wäre sie wahrscheinlich ziemlich enttäuscht.

Sie konnte mit einem der anderen Jungs nach Hause gehen. Vielleicht gefiel sie Coach. Immerhin mochte er dunkle Haare.

»Diese verdammte Schlampe«, stieß Mary zwischen zusammengepressten Zähnen hervor.

Rayne, Casey, Wendy, Harley und Mary saßen auf der anderen Seite der Kneipe. Sie waren vor den Männern dort angekommen und hatten sich seitdem unauffällig verhalten.

Aber Mary wusste, dass das jetzt ein Ende hatte.

»Ganz ruhig, Mary«, versuchte Rayne, sie zu beruhigen. »Erinnere dich daran, dass wir darüber gesprochen haben. Du möchtest nicht, dass Trucks erster – oder besser gesagt zweiter Eindruck – darin besteht, dass du dich im Kampf mit einer anderen Frau auf dem Boden wälzt.«

»Sie hat ihn angefasst«, stieß Mary hervor. »Dabei weiß sie ganz genau, dass er eine Frau hat, und sie hat ihn verdammt noch mal angefasst. Und außerdem fallen ihr fast die Titten aus dem Ausschnitt. Es ist widerlich.«

»Er scheint nicht besonders interessiert zu sein«, stellte Casey fest. »Ich meine, sie wirft sich ihm praktisch an den Hals, und er hat sie nicht einmal angeguckt.«

»Damals in der Bank hatte er dafür gesorgt, dass sie wusste, dass er mit *mir* zusammen war«, sprach Mary weiter. Sie hatte eine Hand im Schoß zur Faust geballt und mit der anderen umklammerte sie ihre Bierflasche.

»Entweder ist sie ganz schön mutig, weil sie es nach der Abfuhr, die er ihr erteilt hat, trotzdem noch mal versucht«, sagte Wendy, »oder sie weiß, dass er unter Gedächtnisverlust leidet und versucht, das auszunutzen.«

»Woher hätte sie das erfahren sollen? Schließlich stand es ja nicht in der Zeitung oder so was«, sagte Mary. »Aber egal, was es ist, dadurch wird sie nur noch eine *größere* Schlampe, als ich gedacht hätte, wenn sie immer noch versucht, sich an meinen Mann ranzumachen. Letztes Mal war ich nett zu ihr. War ich in der Bank nicht wirklich nett zu ihr, Rayne?«, fragte Mary.

»Das warst du«, stimmte ihre Freundin ihr sofort zu. »Ich war sogar erstaunt darüber, als du mir erzählt hast, was passiert ist. Andererseits hast du mir auch erzählt, dass Truck ziemlich klar ausgedrückt hat, dass er mit dir zusammen war und keinerlei Interesse hatte.«

Mary kochte innerlich. Sie nahm einen Schluck Bier und versuchte, sich zu beruhigen. Es war schon schlimm genug gewesen, dass die Sanitäterin es gewagt hatte, Truck damals in der Bank anzumachen, obwohl sie hätte arbeiten sollen, aber heute direkt auf ihn zuzugehen und ihn *erneut* anzumachen, war wirklich unterstes Niveau. Und wie.

»Und was ist der Plan für heute Abend?«, wollte Harley wissen. »*Gibt* es überhaupt einen Plan?«

Alle vier Frauen sahen zu Mary. »Der Plan ist, dass ich mich Truck vorstelle und mit ihm flirte.«

Casey machte große Augen. »Willst du etwa mit ihm schlafen?«

Mary hätte sich fast an ihrem Bier verschluckt. Nachdem sie es geschluckt hatte, sagte sie: »Nein, verdammt. Ich werde nur mit ihm flirten, um herauszufinden, ob ich seine Aufmerksamkeit erregen kann. An mehr hatte ich wirklich nicht gedacht. Also mal ehrlich.«

»Sie hat noch nicht mit ihm geschlafen«, informierte Rayne die anderen.

Mary fuhr herum und sah ihre beste Freundin ungläubig an. »Rayne!«

»Was denn?«, fragte diese nicht so unschuldig.

»Darüber möchte ich jetzt wirklich nicht reden.«

»Pass mal auf, wenn du nicht mit deinen Freundinnen reden kannst, mit wem kannst du *dann* reden?«

Mary rieb sich mit der Hand übers Gesicht und starrte auf die zerkratzte Tischplatte. »Es ist mir peinlich.«

Rayne legte eine Hand auf ihre und entgegnete: »Nein, ist es nicht.«

»Wir sind verheiratet. Da ist das doch nicht normal«, beharrte Mary.

»Du warst schließlich krank«, sagte Harley. »Wann hättest du mit ihm schlafen sollen? Zwischen zwei Kotzanfällen? Oder als deine Brust so verbrannt war, dass deine Haut sich geschält hat? Wäre das ein guter Zeitpunkt gewesen?«

Mary starrte sie schockiert an. Sie liebte Harley, aber sie

war normalerweise nicht so direkt. Normalerweise saß sie mit der Nase vorm Computerbildschirm und schrieb Programme für die Videospiele, die sie so sehr liebte. Woher wusste sie überhaupt so viel über Brustkrebsbehandlungen?

»Rayne hat mit uns geredet«, erklärte Wendy. »Sie wollte, dass wir verstehen, warum du gehandelt hast, wie du es getan hast. Es ist keine große Sache.«

Es ist keine große Sache? Es war eine *verdammt* große Sache! Sie hätte es ihnen schon irgendwann erzählt, doch eigentlich hatte sie vorgehabt, es von sich aus zu tun und wenn sie dazu bereit war. Mary blickte Rayne vorwurfsvoll an. Die andere Frau hielt kapitulierend die Hände hoch, grinste aber und schien es keinesfalls zu bereuen, dass sie solch intime Details mit den anderen besprochen hatte.

»Es ist keine große Sache, dass ihr beide bis jetzt noch nicht miteinander geschlafen habt«, entgegnete Rayne. »Außerdem wissen wir doch alle, dass du keine Frau für eine Nacht bist.«

»Früher aber schon«, murmelte Mary.

»Ja, bevor du Truck kennengelernt hast«, wiederholte Rayne. »Aber trotz alledem finde ich deinen Plan gut. Ich habe heute mit Ghost über Truck diskutiert. Ich habe ihm gesagt, dass sie ihn zu sehr bemuttern. Ich habe ihn gefragt, wie er sich fühlen würde, wenn *er* es wäre, der sein Gedächtnis verloren hätte, und all seine Freunde würden ihm nichts von mir erzählen.«

»Und wie hat er es aufgenommen?«, wollte Harley wissen.

Rayne zog die Nase kraus. »Toll fand er es nicht. Aber mal im Ernst. Diese Jungs treiben es zu weit. Natürlich sollten sie ihm nicht zu viele Informationen auf einmal geben, aber zuzugeben, dass sie alle Freundinnen haben oder verheiratet sind, wird Truck nicht umbringen. Ghost war allerdings anderer Meinung.«

Mary ließ sich in ihren Sitz fallen. »Wenn die Jungs nicht wollen, dass ich ihm zu nahe komme, wird mein Plan nicht funktionieren.«

»Was zum Teufel sagst du da?«, entgegnete Rayne barsch.

Alle sahen sie an.

»Mary, du willst doch wohl nicht aufgeben! Was ist aus

meiner Freundin geworden, die alles dafür tun würde, um das zu bekommen, was sie haben will? Diejenige, die mir gesagt hat, ich solle es tun, als ich ihr damals in London wegen Ghost eine SMS geschrieben habe? Die Frau, die keine Angst davor hatte, für das einzustehen, was sie wollte, und die Konsequenzen zu tragen? Ich weiß, dass ich diejenige war, die versucht hat, dir das Kommen heute Abend auszureden, aber ich kann zugeben, dass ich damit falschlag. Ich habe das Gefühl, je mehr Truck dich sieht, desto neugieriger wird er sein. Nichtsdestotrotz sage ich dir das nur ungern, aber du bist weich geworden. Und das ist nicht schön. Ich will meine Freundin, die Zicke, wiederhaben.«

»Also erstens habe ich überhaupt nicht gesagt, dass ich aufgebe«, entgegnete Mary trotzig. »Ich wollte damit nur sagen, dass der Versuch, Truck an öffentlichen Orten wie dieser Kneipe kennenzulernen, wo uns die Jungs alle zusehen, nicht funktionieren wird. Aber zweitens ...« Mary starrte Rayne an. »Du willst die Zicke?«

»Ja!«, entgegnete Rayne sofort. »Zumindest *die* Mary, die kein Problem hatte, sich mit Ghost anzulegen, als der sich wie ein Idiot verhalten hat. Oder mit Truck und den anderen, wenn sie Dummheiten machen. Tja, jetzt verhalten sie sich wieder alle wie Idioten und du sitzt hier mit gerunzelter Stirn und traurigem Gesicht. Es gefällt mir zwar nicht gerade, wenn du eine Szene machst, aber in diesem Fall bin ich mir nicht sicher, ob es nicht angebracht wäre.«

Mary wollte widersprechen. Sie wollte Rayne sagen, dass sie Angst davor hatte, dass Truck sie keines Blickes würdigen würde, egal was sie tat. Dass er sich gegen sie und stattdessen für Ruth, die Sanitäterin, entscheiden würde. Doch die Worte ihrer besten Freundin trafen einen Nerv tief in ihrem Inneren. Sie hatte ein schreckliches Jahr hinter sich, doch jetzt hatte sie den Krebs besiegt. Hatte sie sich nicht vor ein paar Tagen dazu entschlossen, um Truck zu kämpfen? Und warum saß sie dann beleidigt hier rum? Und warum *stellte* sie sich nicht Ghost und den anderen? Schließlich war *sie* diejenige, die mit Truck verheiratet war. Nicht die anderen.

»Du hast recht.«

»Und wie ich recht habe, verdammt«, entgegnete Rayne.

Marys Lippen begannen, amüsiert zu zucken, und sie drehte sich um, um in Trucks Richtung zu sehen – gerade rechtzeitig, um mitzubekommen, dass Ruth sich an ihn gedrückt hatte und auf Zehenspitzen stand, um ihm etwas ins Ohr zu flüstern, bevor sie zurücktrat, seine Brust tätschelte und dann in Richtung Toilette verschwand.

»Oh, verdammt, nein«, knurrte Mary.

»Oh, scheiße«, sagte Harley. »Jetzt hast du das Monster geweckt, Rayne.«

Mary schüttete den Rest ihres Biers runter, stand auf und ging in Richtung Toilette. Sie wartete nicht darauf, dass eine der anderen Frauen aufstand und mit ihr zur Toilette ging oder versuchte, sie aufzuhalten. Dieser Blödsinn musste ein Ende haben. Nachdem sie sich um die blöde Schlampe gekümmert hatte, die versuchte, ihr den Mann auszuspannen, würde sie dafür sorgen, dass Ghost und die anderen genau wussten, was sie davon hielt, dass sie ihrem Teamkollegen so viele verdammte Dinge verheimlichten.

Mary wartete vor der Toilette darauf, dass Ruth wiederauftauchte. Sie hatte nicht vor, in die eklige Toilette zu gehen. Sie war vorher schon einmal dort gewesen und würde den Raum nie wieder betreten.

Nach wenigen Minuten öffnete Ruth die Tür und erstarrte, als sie Mary sah, die mit verschränkten Armen und wütendem Gesicht auf sie wartete.

»Richtig erkannt, du Schlampe«, sagte Mary. »Ich bin's.«

Aber Ruth gewann schnell die Fassung wieder, warf sich das Haar über die Schulter und lächelte sie verächtlich an. »Was willst *du* denn hier?«

»Ich will, dass du dich von meinem Ehemann fernhältst«, entgegnete Mary wie aus der Pistole geschossen.

»Er scheint das anders zu empfinden.«

Mary trat ganz nahe an Ruth heran und sagte mit leiser, harter Stimme: »Ich bin der Meinung, dass er sich neulich ziemlich klar ausgedrückt hat, was dich angeht. Er hat *keinerlei* Interesse an dir. Er gehört mir und wenn du dich weiter zum Affen machen möchtest, wird es dir leidtun.«

»Ich weiß, dass er sein Gedächtnis verloren hat.« Ruth grinste. »Eine meiner Kolleginnen ist mit jemandem verheiratet, der ebenfalls auf dem Stützpunkt arbeitet, und er hat es von einer der Krankenschwestern des Darnall Army Medical Centers erfahren. Truck *erinnert* sich nicht einmal an dich. Glaubst du nicht, dass er sich instinktiv an dich erinnern würde, wenn ihr einander so nahe gewesen seid, und mich einfach wegstoßen würde? Doch das tut er nicht. Und jetzt nutze ich meine Chance.«

»Jetzt hör mal, Ruth. Ich weiß, dass du dich für ausgesprochen schlau hältst und so, aber du hast keine Ahnung. Truck hat *Gedächtnisverlust*. Und keine Spiderman-Sinne oder so was. So funktioniert das Gehirn nun mal nicht. Aber sei dir einer Sache sicher: Er gehört mir. Und er hat mir schon *immer* gehört. Und vielleicht erinnert er sich nicht an mich, aber das ändert nichts an der Tatsache, dass wir noch immer verheiratet sind. Ich werde ihn vor allem – und jedem – beschützen, der versucht, ihm wehzutun.«

»Er schien es eher zu genießen, mich an seiner Seite zu haben«, erklärte Ruth mit selbstgefälligem Lächeln. »Außerdem kannst du ihn hinterher immer noch haben. Ich will ihn nur für eine oder zwei Nächte. Ich war noch nie mit jemandem zusammen, der so groß ist wie er ... Falls du verstehst, was ich meine.«

Mary sah rot. Sie versuchte, nett zu sein. Rayne wollte, dass sie wieder zur Zicke wurde? Mit Vergnügen.

»Truck ist *kein* Stück Fleisch, das man herumreichen kann. Und falls du es nicht bemerkt hast, er hat sich von dir weggelehnt, als du versucht hast, deine Titten an ihn zu pressen. Er hat die Lippen verzogen, als du deinen Blick nicht von seinem Schwanz abwenden konntest. Du machst ihm nichts vor. Truck ist schließlich nicht dumm. Ihm ist durchaus klar, dass du an ihm als Mensch nicht interessiert bist. Dich interessiert nur, wie groß sein Schwanz ist. Wenn du einfach nur ficken willst, geh doch in den Sexshop und *kaufe* dir einen Riesenschwanz.«

Mary atmete tief durch und sprach dann weiter: »Ich bin hier, um dir zu erklären, dass Truck ein wunderbarer Mensch ist. Der beste, den ich je kennengelernt habe. Er würde jedem, der es braucht, sein letztes Hemd geben. Er ist außerdem ein freundlicher Mann, der selbst zu blöden Schlampen, die ihn bedrängen und sich in seine Zeit mit seinen Freunden einmischen, höflich ist, auch wenn sie seine ganz offensichtlichen Andeutungen, dass er kein Interesse hat, nicht verstehen. Und da du also ganz offensichtlich ahnungslos bist und zudem eine Frau – und meine Freundin Rayne behauptet immer, dass es einen geheimen Code zwischen Frauen gibt, laut dem wir aufeinander achten müssen –, sage ich es dir geradeheraus: *Truck hat keinerlei Interesse an dir.* Er würde lieber noch eine Runde Darts mit seinen Freunden spielen und dann nach Hause in ein leeres Bett zurückkehren und sich einen runterholen, anstatt auch nur in *deine Nähe* zu kommen. Habe ich mich jetzt klar genug ausgedrückt?«

»Du bist eine Zicke«, zischte Ruth.

»Vielen Dank«, erwiderte Mary. »Das ändert allerdings nichts an der Tatsache, dass Truck dich nicht will. Und er wird dich *nie* wollen, egal wie sehr du dich ihm auch an den Hals wirfst. Am besten fährst du nach Hause, solange du noch ein Fünkchen Würde übrig hast.«

Anstatt zu antworten, presste Ruth die Lippen zusammen und machte einen Schritt auf Mary zu. Dann holte sie aus, um sie zu schlagen.

Mary grinste erwartungsvoll, verlagerte ihr Gewicht und bereitete sich auf einen Kampf vor. Es war schon lange her, dass sie einer Schlampe wie dieser den einen oder anderen Dämpfer verpasst hatte.

Doch bevor Ruth ihren Schlag ausführen konnte, wurde ihr Handgelenk gepackt und ihr Arm hinter ihrem Rücken verdreht.

Ihre Brüste sprangen bei der Bewegung fast aus ihrem Hemd, aber irgendwie blieben sie drin, als Blade sie herumdrehte und ihr Gesicht an die Wand drückte.

Mary drehte sich um und sah, dass Beatle, Coach, Ghost und Truck alle am Ende des schmalen Ganges standen und sie anstarrten.

Sie schluckte schwer. Scheiße. Es gab Zeiten, in denen es

ihr nichts ausmachte, andere sehen zu lassen, was für ein Miststück sie sein konnte, aber dieser Moment gehörte nicht dazu.

»Wie viel habt ihr gehört?«, flüsterte Mary Blade zu, während der problemlos weiterhin die sich wehrende Ruth gegen die Wand presste.

»Truck ist kein Stück Fleisch«, erklärte Blade ihr grinsend.

Mary entspannte sich ein wenig. Sie hatten also den Teil nicht gehört, als sie über seine Amnesie gesprochen hatten oder als sie ihn als ihren Ehemann bezeichnet hatte.

Sie hob ihr Kinn und weigerte sich, sich für das Gehörte zu schämen, zumal jedes Wort der Wahrheit entsprach, und wandte sich den anderen so selbstbewusst zu, als würde sie sich jeden Abend der Woche in den Gängen von Kneipen prügeln. Sie ging direkt auf Truck zu und streckte ihre Hand aus.

»Hi. Ich bin Mary.«

Truck zögerte keine Sekunde. Er grinste zu ihr hinab und nahm ihre Hand. Doch anstatt sie zu schütteln, hob er sie an seinen Mund und küsste ihren Handrücken. »Ich bin Truck. Aber das scheinst du ja zu wissen.«

»Das tue ich. Möchtest du mir einen ausgeben?«

Sein Grinsen wurde breiter und er ließ ihre Hand nicht los.

»Ich bin mir nicht so sicher –«, wollte Ghost protestieren.

Aber Mary ließ ihn nicht zu Wort kommen. Stattdessen drehte sie sich um und sah ihn wütend an. »Du bist mein Freund, Ghost – aber halt dich da raus.«

»Mary, du kannst doch nicht einfach –«, versuchte er es erneut.

»Ich meine es ernst«, fiel Mary ihm ins Wort. »Ich habe die Lage im Griff. Du wirst mir einfach vertrauen müssen. Ich würde nichts tun, um Truck zu schaden, verstanden? Ich habe vielleicht in der Vergangenheit nicht immer die besten Entscheidungen getroffen, aber mir liegt einfach nur sein Wohl am Herzen.«

»Lass die beiden in Ruhe«, erklärte Coach Ghost. »So wie sie sich gerade für ihn eingesetzt hat, schuldet er ihr wenigstens ein Getränk.«

Ghost runzelte die Stirn und fuhr sich mit der Hand durchs

Haar, bevor er schließlich nickte. »Okay, aber wir behalten euch im Auge.«

Mary verdrehte die Augen. »Danke, Dad. Ich bin mir sicher, dass Truck es zu schätzen weiß, dass ihr ihn vor der enormen Bedrohung schützt, die ich anscheinend darstelle.«

Truck lachte leise – und sein Lachen traf sie direkt zwischen die Beine. Es schien schon eine Ewigkeit her zu sein, seit sie es zum letzten Mal gehört hatte, und dann wand er auch noch seine Finger in ihre, sodass ihre Handflächen sich berührten, und sie konnte plötzlich an nichts anderes denken als daran, wie gut er sich anfühlte.

»Dann komm, Mary«, forderte Truck sie auf. »Wir lassen meine Dads weiter Darts spielen, während wir uns miteinander bekannt machen ... oder besser gesagt, uns erneut kennenlernen, da das ja wohl eher zutrifft.«

Mary nickte und drehte sich dann zu Ruth um, die jetzt wenigstens angemessen niedergeschlagen aussah. Zwar ein wenig zu spät, aber egal. »Leg dich nie wieder mit mir an, Ruth. Niemals. Ich bin härter, als ich aussehe. Und ich werde nicht zögern, mich zu verteidigen.« Damit wandte Mary sich wieder zu Truck um und sagte: »Ich würde gern etwas trinken.«

Ohne ein weiteres Wort zu sagen, führte Truck sie aus dem kleinen Flur, wo sie großes Interesse auf sich gezogen hatten, zu einem Platz am anderen Ende der Theke. Mary sah Raynes Daumen hoch und das Lächeln der anderen Frauen an ihrem Tisch, und sie entspannte sich. Ghost mochte nicht glauben, dass sie das Richtige tat, aber ihre Freundinnen taten es. Und das fühlte sich gut an.

Wie konnte etwas, das sich so richtig anfühlte, falsch sein? Sie wollte nicht ausplaudern, dass sie verheiratet waren, und sie würde auf jeden Fall vorsichtig vorgehen, aber Truck war zäher, als seine Freunde dachten.

Truck wartete, bis die mutige Frau sich auf dem Barhocker niedergelassen hatte, bevor er seinen eigenen Hocker etwas näher zu ihr zog und sich setzte. Der Barkeeper kam sofort herüber und Mary bestellte ein Bier. Dann bestellte sie ein Wasser für ihn, in einem Martini-Glas, mit extra Oliven.

Überrascht starrte Truck sie nur an.

Sie zuckte die Achseln, als sie seinen verwirrten Blick sah. »Du hast immer gesagt, wenn man in einer Kneipe sitzt und nicht trinkt, ist es besser, es so aussehen zu lassen, als täte man es, einfach, damit die Leute einen in Ruhe lassen und nicht damit nerven. Das ist, was du dann normalerweise bestellst.«

Truck nickte. Ja, das sagte er immer. Natürlich erinnerte er sich nicht daran, dass er der neben ihm sitzenden Bombe davon erzählt hatte, aber da war die ganze Sache mit den letzten drei Jahren seines Lebens, an die er sich nicht mehr erinnerte. Anstatt sich in Selbstmitleid zu ergehen, war er neugierig. Er war neugierig, wie gut er Mary kannte.

Er fühlte sich zu ihr hingezogen, aber es war mehr als nur ihr Aussehen. Er hatte sie in den Flur gehen sehen und sie sofort als die Frau aus dem Steakhaus von Anfang der Woche erkannt. Als er laute Stimmen gehört hatte, war er besorgt gewesen, und er und die anderen hatten sich auf den Weg gemacht, um nach ihr zu sehen. Wenn jemand sie angegriffen hätte, würde er es bereuen.

Aber anstatt dass Mary angegriffen wurde, sagte *sie* der Schlampe, die ihn angemacht hatte, ordentlich die Meinung – und was sie sagte, war eine Überraschung. Nicht nur, weil sie ihn so entschieden verteidigte, was sich gut anfühlte, sondern weil es mehr als offensichtlich war, dass sie ihn kannte. Und zwar ausgesprochen gut.

Als er da stand und Mary zuhörte, wie sie Ruth verbal niedermachte, ohne sich einen Dreck darum zu scheren, dass sie sich dabei wie eine Schlampe verhielt, rührte das etwas tief im Inneren von Truck. Er hatte einen Großteil seiner Kindheit damit verbracht, Leute mit unhöflichen Bemerkungen über seine Größe davonkommen zu lassen. Selbst nachdem er in seinen Körper hineingewachsen war und sich verteidigen konnte, schwieg er normalerweise. Nachdem er verletzt worden war, fingen die unhöflichen Bemerkungen wieder an, wenn auch diesmal meist hinter seinem Rücken.

Selbst wenn seine Eltern unglaublich hart zu ihm gewesen

waren, als sie ihn im Krankenhaus besucht hatten, hatte er sich die bitteren Worte verkniffen, die ihm auf der Zunge gelegen hatten.

So war er eben einfach. Er würde nie zu der Sorte Mann gehören, die für sich selbst einstehen würde, aus dem einfachen Grund, weil er wusste, dass er niemals die Meinung eines anderen Menschen ändern würde. Aber dieser Frau – Mary – zuzuhören, wie sie genau sagte, was *ihr* durch den Kopf ging, war erstaunlich.

Truck erkannte in diesem Moment, was in den meisten seiner Beziehungen in der Vergangenheit gefehlt hatte. Die Frauen waren nicht stark genug, um ihm die Stirn zu bieten. Oder seinen Freunden. Oder irgendjemandem, wenn man es genau nahm. Er schüchterte die meisten Menschen ein. Aber anscheinend nicht Miss Mary. Er freute sich darüber, dass er sie schon vorher gekannt hatte. Er hatte großes Interesse daran, sie noch einmal kennenzulernen.

»Vielen Dank«, erklärte er ihr. »Es ist offensichtlich, dass du mich ziemlich gut kennst.«

»Das tue ich.«

Truck grinste sie an.

»Warum lachst du?«, fragte sie.

»Weil ich mich wahnsinnig darüber freue, dass endlich mal jemand ehrlich zu mir ist.«

»Sie meinen es gut«, erklärte Mary ihm.

»Ich weiß. Aber trotzdem ist es anstrengend. Ich bin kein Idiot. Ich erinnere mich vielleicht nicht an die letzten drei Jahre, aber ich gehe mal davon aus, dass ich nicht in einer Seifenblase gelebt habe. Es ist ausgesprochen verwirrend, wenn Leute dich anlächeln und du weißt nicht, ob sie einfach nur höflich sind oder ob du sie kennen solltest. Vorgestern war ich im Supermarkt und die Dame an der Kasse lächelte mich an und hat sich dann zehn Minuten lang mit mir unterhalten. Ich weiß immer noch nicht, ob sie einfach ausgesprochen freundlich war oder mich von früher kannte.«

»Das ist wirklich anstrengend«, erklärte Mary.

»Ja. Also vielen Dank.«

»Gern geschehen. Aber du solltest auf jeden Fall wissen,

dass ich dir heute Abend nicht dein gesamtes Leben während der drei Jahre erzählen werde. Wir arbeiten langsam darauf hin.«

»Sehr gut. Das bedeutet nämlich, dass du mich wiedersehen musst. Immer wieder. Schließlich willst du ja mein armes Gehirn nicht überlasten, bis es explodiert.«

Mary lachte. »Elegant, Trucker. Wirklich elegant.«

»Trucker?«

Sie wurde rot und Truck empfand es als das Niedlichste, was er jemals gesehen hatte. Er hatte so das Gefühl, dass sie nicht oft rot wurde.

»Ja, äh ... So nenne ich dich, wenn ich die Geduld mit dir verliere. Oder wenn ich sauer auf dich bin. Oder wenn ich dich einfach nerven möchte.«

Diesmal war es Truck, der lachte. »Du nennst mich wohl ziemlich oft Trucker, was?«

Sie zuckte mit den Achseln. »Gelegentlich schon.«

»Ich glaube, das gefällt mir.«

Mary verdrehte die Augen. »Das ist ja wieder klar, dass du dich nicht an deinen Spitznamen *erinnerst*, aber dich in dem Moment, in dem du ihn zum ersten Mal hörst, genauso benimmst wie jedes andere Mal, wenn ich versuche, dich damit zu nerven.«

»Wie heißt du mit Nachnamen?«, fragte Truck, der plötzlich alles über die faszinierende Frau vor ihm herausfinden wollte.

Aus irgendeinem Grund wandte sie den Blick von ihm ab und antwortete dann: »Weston.«

»Mary Weston. Das gefällt mir«, erklärte er ihr.

»Danke.«

»Erzähl mir mehr«, verlangte er.

»Zum Beispiel?«

»Ich weiß auch nicht ... Ich will alles erfahren. Du weißt wahrscheinlich alles über mich und ich weiß überhaupt nichts über dich.«

»So viel weiß ich auch nicht über dich«, murmelte Mary und knibbelte an dem Etikett ihrer Bierflasche.

Ohne nachzudenken, streckte Truck die Hand aus und hob ihr Kinn, sodass sie ihn ansehen musste. In der Sekunde, in der er ihre Haut berührte, spürte er, wie ... etwas ... ihn durchfuhr. Ihre Haut war weich und am liebsten hätte er ihr mit seiner großen Hand über die Wange gestrichen, doch er hielt sich zurück. Aber nur mit Mühe und Not. »Warum?«

Sie zuckte mit den Achseln. »Unsere Beziehung war ... kompliziert.«

»Waren wir ein Paar?«

»In gewisser Weise.«

Truck gefiel diese vage Antwort nicht, aber er fragte weiter. Von seinen Freunden hatte er in der ganzen letzten Woche nicht so viele Informationen erhalten wie in den letzten Minuten, und er wollte nicht, dass sie aufhörte. Er wollte so gern mehr über das erfahren, was in den vergangenen drei Jahren geschehen war. »Kompliziert sagst du?«

Sie schenkte ihm ein halbes Lachen. »Ja, sehr kompliziert.«

»Okay, aber jetzt lernen wir uns erneut kennen. Wir können noch mal von vorne anfangen. Wie ein weißes Blatt Papier sozusagen.«

»Wirklich?«

»Wirklich.«

»Warum?«

Sie war ein wenig kratzborstig, das gefiel Truck. »Darum. Ich möchte dich kennenlernen ... noch mal. Du hast gesagt, die Dinge zwischen uns seien kompliziert gewesen, und jetzt machen wir es unkompliziert.«

»Ich werde nicht mit dir schlafen«, erklärte Mary defensiv.

Er fand ihre Ehrlichkeit erfrischend. »Gut, ich bin nämlich nicht auf einen One-Night-Stand aus«, erwiderte er sofort. »Pass auf. Ich verstehe, dass das komisch für dich ist. Für mich ist es sogar noch merkwürdiger. Zum Beispiel weiß ich nicht mal, was ›kompliziert‹ bedeuten soll. Befanden wir uns vielleicht in einer offenen Beziehung, in der wir auch mit anderen schlafen durften? Machen wir gern Dreier? Vielleicht waren wir verheiratet und du hast irgendwo zwölf Kinder versteckt. Ich weiß es einfach nicht.«

Er bemerkte, wie Mary bleich wurde, sprach aber weiter: »Ich weiß allerdings *sehr wohl*, dass ich mich zu dir hingezogen fühle. Ich brauche niemanden, der mich beschützt, das habe ich noch nie in meinem Leben, aber als ich gehört habe, wie du dich für mich eingesetzt hast«, er nickte mit dem Kopf in Richtung Gang, »hat mich das fasziniert und gleichzeitig erregt. Es hat außerdem dafür gesorgt, dass ich dich unbedingt kennenlernen möchte. Du bist wirklich der erste Mensch, der zugegeben hat, dass wir eine Beziehung zueinander hatten, bevor ich mein Gedächtnis verloren habe. Ich befinde mich sozusagen im Blindflug und du bist diejenige, die mir sagen muss, ob es uns gelingen kann, unsere Komplikationen zu überwinden, oder ob es zu viel für dich ist, noch einmal von vorne mit mir anzufangen.«

»Das ist mir nicht zu viel«, erwiderte Mary ohne Umschweife.

Truck atmete erleichtert auf. »Also probieren wir es noch mal. Ich werde so ehrlich zu dir sein, wie ich kann, ehrlicher, als ich es offensichtlich vorher war, und ich kann dich auch noch einmal ganz neu kennenlernen. Ich kann dir nichts anderes versprechen als Freundschaft. Ich fühle mich zu dir hingezogen, Mary, das kann ich nicht abstreiten, aber solange ich mich nicht erinnere oder mir jemand alles über mein vorheriges Leben während der letzten drei Jahre erzählt, kann ich mich auf keine ernste oder lange Beziehung einlassen.«

»Damit kann ich leben«, entgegnete Mary. »Und du solltest wissen ... ich mag dich auch. Unsere Beziehung mag vielleicht kompliziert gewesen sein, doch das bedeutet längst nicht, dass ich nichts für dich empfunden habe. Ich war nicht immer gut darin, Gefühle zu zeigen, und dafür gab es eine Menge Gründe, aber dieses Mal werde ich es besser machen. Schließlich kann ich nicht einfach meine Gefühle ausschalten, nur weil du dich nicht erinnerst.«

Sie sahen einander lange an. Truck war von ihr jetzt noch mehr beeindruckt als zuvor. Es konnte ihr nicht leichtgefallen sein, das zuzugeben.

»Damit kann ich leben«, sagte auch er.

In diesem Moment rempelte jemand Mary von hinten an und sie stieß die Bierflasche um, aus der sie getrunken hatte. Zum Glück kippte sie von ihr weg und verschüttete ihren Inhalt über die Rückseite der Theke anstatt über sie.

Truck sah sich um und stellte fest, dass es in der Kneipe viel voller geworden war, seit sie sich hingesetzt hatten. Er sah Ghost und die anderen, die nicht mehr Darts spielten, sondern mit vier Frauen an einem Tisch in der Ecke saßen, darunter diejenige, die mit Mary im Restaurant gewesen war.

Er hätte es ahnen müssen. Keiner der Jungs war auch nur im Geringsten daran interessiert gewesen, die Frauen an der Bar zu begutachten, wie sie es früher getan hatten. Er war ein Soldat der Spezialeinheit. Er hätte wissen müssen, dass sie Freundinnen hatten.

Plötzlich wurde ihm schlecht, weil seine Freunde ihm nicht gesagt hatten, dass sie Frauen gefunden hatten, und Truck wollte ihren neugierigen Blicken entkommen. Er wünschte sich nichts sehnlicher als Ruhe und Frieden.

Er wandte sich wieder Mary zu. »Sollen wir von hier verschwinden?«

»Ja«, sagte sie ohne Umschweife und sah ihn unverwandt an.

Truck stand auf und legte ihr eine Hand unter den Ellbogen, um ihr vom Barhocker zu helfen. »Musst du deinen Freundinnen sagen, dass wir verschwinden?«

Sie schüttelte den Kopf. »Nein. Das geht sie nichts an.«

Truck verzog amüsiert die Lippen. »Der Meinung sind Ghost und die anderen aber nicht.«

Mary trat dicht an ihn heran und neigte den Kopf zurück, sodass sie zu ihm aufschauen konnte. Truck fühlte sich dadurch drei Meter groß, und das sagte schon etwas aus, wenn man bedachte, dass er schon so viel größer war als sie. Sie wurde wieder angerempelt und Truck legte seinen Arm um ihren Rücken, um sie zu stützen.

»Ghost ist wie ein Bruder für mich. Genau wie die anderen. Sie sollten eigentlich wissen, dass ich nie etwas tun würde, das dich verletzen könnte, und dass du mich niemals verletzen würdest. Aber im Moment interessiert es mich kein bisschen, was sie denken. Dein Kopf tut weh, es ist laut hier drinnen und du und ich, wir müssen uns jetzt endlich besser kennenlernen.«

»Zu dir oder zu mir?«, fragte Truck. Er wusste, dass es vielleicht ein wenig voreilig war, aber er hatte ja schon gesagt, dass er nicht mit ihr schlafen würde. Außerdem hatte sie recht. Er hatte *tatsächlich* Kopfschmerzen und wollte sie ohne die wachsamen Blicke der anderen kennenlernen.

»Zu mir«, erwiderte sie augenblicklich.

»Bist du mit dem Auto da?«

Mary schüttelte den Kopf. »Nein, ich bin mit Rayne gekommen.«

»Vertraust du mir genug, um bei mir mitzufahren?«

Und dann tat sie etwas, das er kaum fassen konnte. Sie legte ihre Hände auf seine Brust und stellte sich auf die Zehenspitzen. Truck lehnte sich instinktiv vor und sie legte ihre Lippen auf die Narbe an seinem Mund, küsste ihn sanft und sagte dann leise: »Ich vertraue dir mit meinem Leben.« Dann machte sie einen Schritt zurück, lächelte ihn an, nahm seine Hand in ihre und ging mit ihm zur Tür.

Truck schaute zu dem Tisch hinüber, an dem seine Freunde saßen – und lachte fast laut über die acht schockierten Blicke, die ihm und Mary folgten, wie sie auf die Tür zugingen. Er nickte Ghost zu und wandte dann seine Aufmerksamkeit wieder der Frau zu, die vor ihm ging. Er war sich sicher, dass er später ordentlich Ärger bekommen würde, aber vorerst würde er es genießen, mit Mary zusammen zu sein.

KAPITEL NEUN

»Es ist nichts Besonderes«, sagte Mary, als sie ihre Wohnung betraten. Und das war es wirklich nicht. Sie hatte sich nicht die Mühe gemacht, die Kartons auszuräumen, die zu packen die Frauen ihr bei Truck geholfen hatten. Ihr Herz war nicht bei der Sache und sie wusste, dass es ihr jedes Mal, wenn sie etwas sah, das bei Truck gewesen war, wehtun würde. Sie hatte also alles in den Kartons gelassen.

»Ziehst du um?«, wollte Truck wissen.

Mary zog die Nase kraus. »Nein.«

Man musste ihm zugutehalten, dass er nicht nachhakte, sondern einfach mit den Achseln zuckte und zur Couch ging. Das war das einzige Möbelstück, das Mary nur ungern zurückgelassen hatte, als sie so gut wie bei ihm eingezogen war. Das Sofa bestand aus braunem Wildleder und war das gemütlichste, das sie jemals besessen hatte. Es hatte ein Vermögen gekostet, war aber jeden Cent wert, es hatte riesige Kissen und selbst Trucks Füße berührten kaum den Boden, als er sich darauf setzte.

»Möchtest du etwas trinken?«, frage sie, als sie neben der Couch stand.

»Nein. Setz dich hin, Mary.«

Ihr gefiel der autoritäre Unterton in seiner Stimme und zum ersten Mal bemerkte sie, wie sehr er ihr gefehlt hatte, also zog Mary die Schuhe aus und ging zur anderen Seite der Couch. Sie kniete sich darauf und lehnte sich gegen die Kissen, sodass sie Truck ansah. Er rutschte etwas näher an sie heran und wandte sich ihr zu.

»Geht es deinem Kopf schon besser?«, wollte Mary wissen.

Truck nickte. »Jetzt, da wir aus dem Lärm raus sind, ja.«

»Hast du ständig Kopfschmerzen?«

»Leider ja.«

»Was sagt der Arzt dazu? Du hast doch mit ihm darüber gesprochen, oder?«

»Natürlich. Er hat gesagt, es sei normal. Dass mein Gehirn einen ganz schönen Schlag abbekommen hat, als ich hingefallen bin, und jetzt ziemlich geschwollen ist. Er sagt, dass das auch der Grund dafür ist, dass ich mich an die letzten drei Jahre nicht erinnern kann. Er hofft, dass mein Gedächtnis zurückkehrt, wenn die Schwellung abklingt und mein Gehirn komplett abgeheilt ist.«

»Gibt es irgendein Medikament, das du dafür nehmen kannst?«, wollte Mary wissen. Sie wollte nicht mal an die Möglichkeit denken, dass Truck sein Gedächtnis möglicherweise niemals zurückerlangen würde. Und das noch nicht mal aus egoistischen Gründen ... okay, ein bisschen Egoismus war vielleicht schon dabei. Aber sie konnte sich nicht vorstellen, einen solch großen Teil ihres Lebens zu verlieren. Obwohl es vielleicht ein Segen gewesen wäre, die Hölle zu vergessen, durch die sie gegangen ist, als sie gegen den Krebs angekämpft hatte, aber dann hätte sie auch Truck vergessen. Und sie würde gern die schrecklichen Erinnerungen an ihren Krebs behalten, wenn es bedeutete, dass sie sich weiterhin daran erinnerte, wie großartig Truck gewesen war.

Es hätte auch schlimmer sein können. Zum Beispiel hätte Truck sein ganzes Gedächtnis verlieren können und sich nicht einmal daran erinnert, dass er ein Soldat war, oder an Ghost und seine anderen Freunde. *Das* wäre wirklich eine Tragödie gewesen und es wäre viel schlimmer gewesen, sich davon wieder zu erholen.

»Ich bin kein großer Fan von Schmerzmitteln«, erklärte

Truck. »Ich ertrage lieber ein wenig Kopfschmerzen, bevor ich etwas nehme, wovon ich müde und unleidlich werde.«

Mary lächelte. Das kannte sie. Sie hatte auch versucht, die Einnahme der Schmerzmittel und der Tabletten gegen Übelkeit so lange wie möglich hinauszuschieben, als sie krank war, weil sie sich dadurch völlig abgeschlagen gefühlt hatte und sie wollte nicht abhängig werden, aber Truck ließ das nicht zu. Sie hatten darüber gestritten und Mary hatte erklärt, wenn Truck sich entscheiden dürfte, keine Medikamente zu nehmen, wenn er bei einem Einsatz verletzt wurde, dürfte sie die gleiche Entscheidung in Bezug auf ihre Krebsbehandlung treffen. Er hatte ihrem Standpunkt zugestimmt – und sie dann angefleht, sie zu nehmen, da es *ihm* wehtat, sie mit solchen Schmerzen zu sehen. Sie hatte nachgegeben.

»Was?«, fragte Truck.

Sie hätte eigentlich wissen sollen, dass es ihm auffallen würde, wenn sie sich an etwas erinnerte. »Das habe ich von dir schon einmal gehört. Erinnerst du dich daran, was geschehen ist, als du verletzt wurdest?«, fragte sie, da sie das Thema wechseln wollte.

»Nein. Als ich aufgewacht bin, dachte ich, wir seien im Mittleren Osten.«

»Es muss eine ziemliche Überraschung gewesen sein herauszufinden, dass ihr in Afrika wart, was?« Mary wusste, dass sie dort gewesen waren, weil Rayne es ihr gesagt hatte. Die grundlegenden Informationen hatte sie von Ghost erhalten. Sie wusste nicht genau, wo oder warum, aber zu wissen, dass es in Afrika gewesen war, reichte schon.

»Ja. Ich habe einen der anderen Deltas mit der Waffe bedroht.«

»Jemanden aus deinem Team?«, keuchte Mary.

»Nein, es war noch ein anderes Team bei uns.«

»Im Ernst?«, hakte Mary nach. Als Truck nickte, stellte sie fest: »Heilige Scheiße.«

Truck lachte leise. »Ein oder zwei Minuten lang standen wir unter Hochspannung. Ich zog eine Waffe. Der andere nicht, seine Teamkollegen hingegen schon. Und dann taten es ihnen Coach, Beatle und Blade nach. Ghost stellte sich zwischen mich und das andere Team und versuchte, mich zu beruhigen. Dort standen wir, mitten während eines Einsatzes, jeder Einzelne von uns dazu bereit, den anderen abzuknallen.«

Mary konnte bei dem Bild, das er vor ihrem inneren Auge hatte entstehen lassen, nicht anders als zu lächeln.

»Natürlich kühlten sich die Gemüter bald darauf wieder ab und jetzt bin ich hier«, endete Truck seine Erzählung trocken.

»Und darüber bin ich froh«, erklärte Mary ihm ehrlich.

Truck legte den Kopf auf seine Hand und starrte sie an.

»Was ist?«, fragte sie nach einer Weile, weil es sehr ungemütlich wurde.

»Ich versuche herauszufinden, wie in aller Welt ich uns vergessen haben kann«, erwiderte Truck.

Das war so ziemlich das Netteste, das er seit langer Zeit zu jemandem gesagt hatte, und Mary versuchte, es abzutun. »Wahrscheinlich weil ich eine blöde Zicke bin und die Leute auf Abstand halte.«

»Warum?«

»Warum?«

»Ja. Warum?«

Und da war er. Der Neuanfang zwischen ihnen beiden. Mary wusste, dass sie sich jetzt entscheiden musste, ob sie die Frage abschmettern oder die Gelegenheit wahrnehmen sollte, ihm zu erzählen, warum sie so war, wie sie war.

Also atmete sie tief durch und spürte, wie der Schutzschild, den sie so lange Zeit um sich herum aufgebaut hatte, einen Riss bekam. »Ich hatte keine besonders gute Kindheit.« Das war die Untertreibung des Jahres, aber er sagte nichts, sondern sah sie nur weiter mit seinen braunen Augen an. Diese Tatsache zusammen mit dem Umstand, dass er nicht sofort anfing, ihr Fragen zu stellen, gab ihr den Mut weiterzureden.

»Meine Mutter war eine Hure. Und das meine ich nicht im Sinne von Hure als Schimpfwort, sondern wortwörtlich. Sie war tatsächlich eine Hure. Sie stand zwar nicht an Straßenecken oder so was, aber sie angelte sich Männer, von denen sie wusste, dass sie verletzlich waren und Geld hatten. Sie verführte sie, ließ sie bei sich einziehen, damit sie ihre Rechnungen bezahlten, und nutzte sie aus, bis sie kein Geld mehr hatten. Als Gegenleistung dafür, dass sie ihr Lebensmittel kauften, die Telefon- und Fernsehrechnung und den Strom bezahlten, schlief sie mit ihnen. Eine meiner ersten Erinnerungen besteht darin, wie meine Mutter mit einem meiner ›Onkel‹ – so sollte ich sie nennen – stritt, und als es ihm zu viel wurde und er verschwand, hielt sie mir stundenlang einen Vortrag darüber, wie schrecklich Männer sind und dass sie alle nur Sex wollen. Sie sagte, solange ich nicht erwarte, dass sie mich liebten, sei es in Ordnung, für sie die Beine breitzumachen, vor allem, wenn ich möglichst viel aus ihnen herausholen könnte. Ich wusste nicht, was das bedeutete, ich war erst vier oder fünf, aber schließlich verstand ich es, denn der Vortrag blieb jahrelang derselbe.«

»Das ist wirklich schrecklich«, entgegnete Truck in einem Ton, aus dem kein Mitleid sprach, nur Mitgefühl.

»Ja. Meine ganze Kindheit über hat sie mir eingebläut, dass Männer schlecht seien. Dass man sie nur dafür benutzen sollte, um an Geld zu kommen, und dass sie selbst nur Sex wollen. Sie hat es mir immer und immer wieder gesagt und mir durch ihre Taten gezeigt, dass Männer nicht dazu in der Lage waren, Frauen zu lieben. Ich wollte ihr nicht glauben. Schließlich war mir durchaus klar, dass sie nicht die beste Mutter auf der ganzen Welt war, denn sie kümmerte sich nicht um *mich*, also musste ich es selbst tun. Ich hielt ihre Worte für Blödsinn.«

Mary hielt inne. Sie hatte noch nie mit jemandem darüber gesprochen. Nicht mal mit Rayne. Oh, ihre beste Freundin wusste durchaus, dass ihre Mutter eine Hure gewesen war und dass sie sie nicht besonders gut behandelt hatte, doch Mary hatte ihr nie irgendwelche Details verraten. Und jetzt erzählte sie quasi einem Fremden ihre Lebensgeschichte. Aber dadurch wurde es irgendwie leichter. Schließlich wusste er nichts von ihr. Hatte keine vorgefertigte Meinung, was sie anging.

Truck streckte die Hand aus und legte sie ihr aufs Knie. »Erzähl weiter«, drängte er sie. »Rede dir alles von der Seele.«

»Das ist doch verrückt«, murmelte Mary. »Eigentlich sollten wir über unser Lieblingsessen und solche Sachen sprechen.«

»Über diesen Punkt sind wir schon längst hinaus«, bemerkte Truck.

Mary verdrehte die Augen. »Vor einer Stunde wusstest du noch nicht mal, dass es mich gibt.«

»Aber jetzt weiß ich, dass es dich gibt«, erwiderte Truck. »Und ich kann es nicht erklären, aber ich habe das Gefühl, dass sich ein Teil von mir an dich erinnert. Es ist eigentlich keine richtige Erinnerung, eher ein Gefühl. Also, was ist passiert?«

Mary seufzte. Sie wollte ihm glauben, aber sie wusste, wie starrköpfig er war. Truck hasste es, nicht zu wissen, was sie dachte, was immer wieder passierte, weil Mary genauso stur war wie er. Sie sprach nicht gern über ihre Gefühle oder über die Scheiße, die sie durchgemacht hatte.

Mary schloss die Augen und beschloss, es einfach hinter sich zu bringen. »Als ich fünfzehn war, habe ich einen Jungen kennengelernt. Er war unglaublich nett zu mir. Hat mich gegen die Tyrannen in der Schule verteidigt und dafür gesorgt, dass ich mich hübsch und begehrenswert fühlte. Nachdem wir eine Weile zusammen waren, hat er mir gesagt, dass er mich liebt. Ich war so unglaublich glücklich. Also erklärte ich ihm, dass ich ihn auch liebe. Ich dachte, wir würden heiraten und bis ans Ende unserer Tage glücklich sein. Dann habe ich mit ihm geschlafen, ihm meine Jungfräulichkeit geschenkt.« Mary knirschte mit den Zähnen und versuchte, sich zu beruhigen, um die Geschichte zu Ende zu erzählen.

Es war Truck, der ihr Knie fest drückte und ihr damit half. Sie öffnete die Augen wieder und sah den harten, wütenden Gesichtsausdruck auf seinem Gesicht, und aus irgendeinem Grund fühlte sie sich besser, weil er aufgebracht war. Sie nahm seine Hand und hielt sie mit beiden Händen fest, während sie ihre Geschichte beendete. »Am Tag darauf hat er Schluss mit mir gemacht. Er hat mir gesagt, dass ich ihn länger hingehalten hatte, als er gedacht hätte, wenn man bedachte, dass ich die Tochter der Stadthure sei und dass er jetzt mit den Cheerleadern aus dem ersten Jahr der Highschool weitermachen würde, da diese ohne das ganze Drama mit ihm schlafen würden. Das war das letzte Mal, dass ich einem Typen gesagt habe, dass ich ihn liebe.«

Mutig blickte sie Truck in die Augen. Und es war, als könnte er ihre Gedanken lesen. Als wüsste er, was sie zu sagen versuchte, ohne es auszusprechen. »Dieser Typ hat deine Liebe nicht verdient«, erklärte er nach einer Weile.

»Das ist ja wohl offensichtlich.«

»Es tut mir leid, dass du das durchmachen musstest, Mare. Das ist wirklich scheiße.«

Als er ihren Kosenamen benutzte, musste Mary die Tränen herunterschlucken. Konnte es sein, dass etwas tief in ihm sich *tatsächlich* an sie erinnert hatte, genau wie er behauptet hatte? Sie räusperte sich und sagte: »Er war der erste Mann, der mir wehgetan hat, aber nicht der letzte. Ich habe immer wieder versucht, meiner Mutter zu beweisen, dass sie sich irrte, aber irgendwann wurde mir klar, dass sie recht hatte. Alle Männer, mit denen ich zusammen war, nutzten mich auf die eine oder andere Weise aus. Manche wollten etwas Greifbares – zum Beispiel eine Unterkunft –, aber andere wollten einfach nur Sex oder eine Ex-Freundin eifersüchtig machen. Ich wollte nicht zugeben, dass meine Mutter recht hatte, aber mir blieb nichts anderes übrig.«

»Falls du dich dadurch besser fühlst, meine Kindheit war auch kein Zuckerschlecken«, entgegnete Truck. »Obwohl meine Eltern wenigstens ihre schmutzige Wäsche nicht vor mir wuschen.«

Mary richtete sich auf. Truck hatte noch nie über seine Familie gesprochen. *Niemals.* Sie hatte sogar Rayne gebeten, Ghost danach zu fragen, und sie hatte berichtet, dass Ghost auch nichts über Trucks Leben vor dem Militär wusste. Er redete nie über seine Eltern. Nicht mal mit den Männern, die wie Brüder für ihn waren.

Truck wandte unbehaglich den Blick von ihr ab. »Obwohl du das wahrscheinlich schon wusstest.«

»Das wusste ich nicht«, entgegnete Mary und hielt seine Hand nur umso fester, als er versuchte, sie ihr wegzuziehen. »Du hast nie über deine Familie gesprochen.«

»Wirklich?«

Sie nickte.

»Ja, das liegt wahrscheinlich daran, dass ich mittlerweile nicht mal mehr gern an meine Eltern denke.«

»Was haben sie getan?«

Truck seufzte. »Sie haben zwar dafür gesorgt, dass ich etwas zu essen und Kleidung hatte, aber sie waren nie besonders liebevoll. In der Mittelschule begann ich zu wachsen. Ich wuchs so schnell, dass sie mir immer wieder neue Kleider kaufen mussten, damit ich nicht in Hochwasserhosen in die Schule kam. Ich war superdünn, egal wie viel ich aß. Ich war eine Bohnenstange, und das ist den anderen Kindern definitiv nicht entgangen. Mein Vater wollte, dass ich Basketball spiele, da ich so groß war, allerdings hatte ich damals auch kein besonders gutes Koordinationsvermögen. Ich habe es nicht ins Team geschafft, und das hat mich nicht sonderlich überrascht. Und danach war es fast so, als hätte mein Vater mich aufgegeben. Nichts von allem, was ich tat, interessierte ihn mehr. Da ich nicht gut im Sport war, machte er sich auch nicht die Mühe, mich zu beachten. Weder er noch meine Mutter hörten mir zu, wenn ich ihnen erzählen wollte, dass ich in der Schule schikaniert wurde. Ich lernte, es einfach hinzunehmen. Als ich so tat, als würden ihre Worte mir nicht wehtun, gaben sie schließlich auf, mich zu necken und zu beschimpfen.«

»Ich verstehe nicht, warum Kinder so grausam sind«, bemerkte Mary leise. »Ich verstehe es wirklich nicht.«

»Und dabei half es mir auch nicht gerade, dass meine Schwester ausgesprochen beliebt und wunderschön ist.«

Mary schreckte zusammen und starrte ihn überrascht an. »Du hast eine *Schwester*?«

Truck nickte. »Das habe ich dir wohl auch nicht erzählt, was?«

Sie schüttelte den Kopf. »Nein, ich hatte keine Ahnung. Wie alt ist sie? Wie heißt sie? Wo steckt sie jetzt? Ich gehe wohl recht in der Annahme, dass ihr euch nicht besonders nahesteht?«

Truck presste die Lippen aufeinander. »Mercedes. Aber sie hasst diesen Namen. Sie wird am liebsten Macie genannt. Und früher standen wir uns unheimlich nahe. Sie ist fast fünf Jahre jünger als ich. Sie war erst in der neunten Klasse, als ich den Abschluss machte und zum Militär gegangen bin. Seit dem Abend vor meiner Abreise habe ich nicht mehr mit ihr gesprochen.«

»Warum? Was ist denn passiert, wo ihr euch doch so nahe-standet?«

»Um ehrlich zu sein, bin ich mir dessen nicht ganz sicher. Wir haben uns an dem Abend, bevor ich zur Grundausbildung aufgebrochen bin, gestritten. Ich mochte ihren Freund nicht und sie warf mir vor, sie zu sehr zu beschützen. Wir haben einander angeschrien und dann bin ich abgereist. Aber ich habe ihr geschrieben. Ich hatte angenommen, sie würde darüber hinwegkommen. Aber das hat sie anscheinend nicht getan, denn ich habe nie wieder von ihr gehört.«

Mary griff seine Hand fester. »Truck ... Da ist sicher irgend-etwas passiert. Ich meine, ihr wart beide sehr jung. Sie hat dir nie zurückgeschrieben?«

Er schüttelte den Kopf. »Nein.« Dann sprach er mit gesenkter Stimme weiter. »Es hat mir sehr wehgetan. Bis dahin waren es immer wir gegen den Rest der Welt – und gegen unsere Eltern –, und zwar schon so lange, dass es sich anfühlte, als hätte sie mich bei meiner Abreise im Stich gelassen. Selbst als ich das hier bekommen habe«, er strich mit dem Finger über die Narbe auf seiner Wange, »habe ich nichts von ihr gehört. Jahrelang habe ich ihr geschrieben. Ich glaube, ich war bereits dreißig, als ich schließlich aufgegeben habe. Ich hatte sie angefleht, sich mit mir in Verbindung zu setzen, habe ihr versichert, dass es mir leidtäte, was auch immer ich getan hatte. Ich sagte ihr, wie sehr ich sie liebe und dass ich sie in meinem Leben haben wollte. Nachdem ich verletzt worden war, habe ich mir sogar überlegt, einen Privatdetektiv anzuheuern, um herauszufinden, wo sie steckte, als mir klar wurde, wie schreck-lich meine Eltern sind, doch nachdem ich eine Weile darüber nachgedacht hatte, schien es mir mehr als offensichtlich, dass sie nicht gefunden werden wollte. Dass sie mich nicht in ihrem Leben haben wollte.«

»Glaubst du ... Ach, egal.«

»Was denn?«

Mary hielt inne und stellte dann die Frage, die ihr auf der Seele brannte. »Lebt sie noch?«

»Ja. Meine Eltern hatten kein Problem damit, mir jedes Mal, wenn sie mich sahen, auf die Nase zu binden, was für eine perfekte Tochter sie war. Zugegeben, ich habe schon lange nicht mehr mit ihnen gesprochen, aber ich schätze, es geht ihr gut.«

Marys Gedanken rasten. Sie konnte nicht glauben, dass Truck eine Schwester hatte, von der niemand etwas wusste. »Wenn deine Eltern so schrecklich zu *dir* waren, haben sie vielleicht etwas unternommen, um sie davon abzuhalten, sich mit dir in Verbindung zu setzen. Vielleicht waren sie auch zu ihr gemein oder haben sie irgendwie unter Druck gesetzt. Hast du jemals darüber nachgedacht?«

Truck starrte sie lange an, bevor er sagte: »Nein. Zu was für einem Mann und Bruder würde mich das machen, dass ich so sehr von meinem eigenen Hass in Beschlag genommen war, dass ich nicht einmal darüber nachgedacht habe, was sie vielleicht Macie antun?«

»Tu das nicht«, warnte Mary ihn und es tat ihr leid, es überhaupt angesprochen zu haben. »Du bist nicht schuld an dem, was sie tun. Also ... Macie war beliebt und du nicht?«, fragte sie, um das Thema ein wenig abzulenken und wieder auf das zurückzukommen, über das sie gesprochen hatten, bevor er seine riesige Bombe hatte platzen lassen ... nämlich, dass er in der Schule schikaniert worden war. Es war schwer, sich vorzustellen, dass ein Mann wie Truck *jemals* Opfer von so etwas geworden war.

Truck nickte und sprach weiter: »Als ich in der zehnten Klasse war, füllte sich mein Körper langsam aus, aber da war es schon zu spät. Ich war schon als das merkwürdige, große, stille Kind abgestempelt worden. Ich war oft einsam, da ich keine Freunde hatte. Also wurde ich Mitglied des CVJM und begann, mit Gewichten zu trainieren und zu laufen, nur um mich davon abzulenken, wie traurig ich war. Direkt nach der Highschool bin ich zur Armee gegangen und mein Vater hat mich tatsächlich ausgelacht, als ich ihm sagte, was ich getan hatte. Er war davon überzeugt, dass ich es nicht schaffen würde.«

»Aber das hast du«, erwiderte Mary.

»Ja. Ich beschloss, es ihm zu zeigen. Habe mich für die Delta Force beworben. Und war überglücklich, als ich angenommen wurde. Das Training war wirklich schlimm, doch jedes Mal, wenn ich aufgeben wollte, dachte ich an die Kinder, die sich über mich lustig gemacht haben, und an meinen Vater, der mir sagte, dass ich es niemals zu etwas bringen würde. Ich wollte nach Hause zurückkehren und es meinem Vater unter die Nase reiben, dass ich es nicht nur geschafft hatte, sondern auch nicht zu unterschätzen war. Ich habe sogar daran gedacht, wie stolz Macie auf mich wäre, und das hat dafür gesorgt, dass ich nicht aufgab. Aber dann habe ich das hier bekommen.« Truck zeigte erneut auf sein Gesicht.

»Die Armee hat sich mit meiner Familie in Verbindung gesetzt und meine Eltern sind zu mir ins Krankenhaus gekommen. Damals sah ich um einiges schlimmer aus, ob du's glaubst oder nicht, und mein Vater hat einen Blick auf mein zerstörtes Gesicht geworfen und mir dann den Rücken zugewandt. Sie wussten nicht, dass ich bei Bewusstsein war. Dann hat er meiner Mutter gesagt, dass sie wenigstens noch *ein* gut aussehendes Kind hätten. Er konnte nicht aufhören, darüber zu reden, wie schrecklich ich aussah und dass sich niemals eine Frau in mich verlieben würde, selbst wenn ich irgend so ein ›supertoller Soldat‹ wäre.«

»Was für ein Arschloch!«, rief Mary. »Er hätte auf die Knie fallen und Gott dafür danken sollen, dass du noch lebst.«

»Tja, das war jedenfalls das letzte Mal, dass ich sie gesehen habe. Sie waren ziemlich überrascht, als sie herausfanden, dass ich nicht bewusstlos war, und ihnen gesagt habe, sie sollten verdammt noch mal verschwinden und dass ich mit ihnen fertig wäre. Und zwar für alle Zeit.«

»Und was haben sie daraufhin gesagt?«

»Nichts. Sie sind einfach nur gegangen.«

»Unglaublich!«, sagte Mary erneut, stand auf und begann, vor der Couch auf und ab zu gehen. »Ich meine, du wurdest verletzt, während du deinem Land gedient hast. Wie konnten sie dich da so im Stich lassen?«

Truck griff nach ihrer Hand, als sie vorbeiging, und riss sie zu sich. Mary kreischte, da sie nicht damit gerechnet hatte, und landete mit einem *Umpf* auf seinem Schoß. Er schlang die Arme um sie und legte sich zurück, wobei er seinen Kopf auf den Arm der Couch legte. Er verschob sie, bis sie mit dem Rücken zu den Kissen lag und ihre Vorderseite an seine Seite gepresst war.

Mary erstarrte. Alles, woran sie denken konnte, waren ihre Brüste. Waren sie noch da, wo sie in ihrem BH sein sollten? Was, wenn sie sich verschoben hatten? Auf keinen Fall wollte sie, dass Truck nach unten schaute und sah, dass eine ihrer Prothesen aus ihrem Hemd ragte oder einen Klumpen in der Mitte ihres Bauches darstellte.

Aber alle Gedanken an ihre Brust verflogen, als Truck den Kopf hob und seine Nase in ihrem Haar vergrub.

»Was ... was machst du da?«, fragte sie unsicher.

»Du riechst so gut«, entgegnete Truck.

»Äh ... Dir ist aber schon klar, dass das Ganze etwas komisch ist, da wir uns gerade erst kennengelernt haben?«, sagte sie und versuchte, ein wenig Abstand zwischen ihnen zu schaffen. Nicht dass sie Abstand *wollte*, sie vermisste ihn schrecklich, aber sie versuchte, das Richtige zu tun.

»Wie lange kennst du mich schon?«, fragte Truck und ließ seine Nase genau dort, wo sie war.

»Ähm ... seit ein paar Jahren.«

»Also ist das *überhaupt nicht* merkwürdig«, schlussfolgerte er.

»Truck!«, protestierte Mary.

»Mary!«, entgegnete er. »Entspann dich. Ich brauche das jetzt. Ich hasse es, an meine Eltern und an meine Kindheit zu denken. Und du riechst so gut. So beruhigend. Gib mir einfach eine Sekunde.«

Wie sollte sie sich widersetzen, wenn er solche Dinge sagte? Das konnte sie nicht. Außerdem liebte sie es, so mit ihm dazusitzen. In der Vergangenheit hatten sie es oft getan. Er hatte sie im Arm gehalten, als es ihr wegen der Chemotherapie schlecht ging. Sie hatten ferngesehen oder einfach geschlafen.

Mary schmiegte sich wieder an ihn und legte ein Bein über

seins. Dann legte sie ihren Arm über seine riesige Brust und ließ den Kopf auf seine starke Schulter sinken.

»Weißt du, das erklärt so vieles«, sagte sie nach ein paar Minuten.

»Was erklärt was?«

»Du sprichst Leute niemals darauf an, wenn sie unhöflich sind. Wenn sie deine Narbe anstarren, als hätten sie noch nie etwas Faszinierenderes gesehen. Wenn Leute dich verächtlich anschauen. Ich habe mich immer gefragt, warum das so ist.«

»Es ist einfach die Mühe nicht wert. Außerdem habe ich so das Gefühl, dass *du* dich mehr als ein Mal für mich eingesetzt hast, nicht wahr?«

Mary erstarrte. Erinnerte er sich etwa?

»Ich erinnere mich zwar nicht daran, aber so wie du dich heute mit Ruth angelegt hast, bist du nicht so schweigsam, wenn es um Leute geht, die mich anstarren.«

Sie seufzte. »Leider nein.«

»Warum leider?«

»Weil viele Leute mich deswegen für eine Zicke halten. Und dann sehen sie dich mitleidig an, weil du mit mir zusammen bist.«

»Es macht mir nichts aus, dass du eine Zicke bist. Wie wäre es damit: Du sagst den Leuten weiter deine Meinung, wenn sie sich unmöglich verhalten, und ich sorge dafür, dass jeder weiß, wie froh ich darüber bin, dich an meiner Seite zu haben.«

»Scheiße«, sagte Mary leise.

»Was?«, fragte Truck.

»Ich bin mir nicht sicher, ob ich mit all dieser Offenheit umgehen kann«, sagte sie ehrlich.

»Anscheinend waren wir ja nicht gerade Plaudertaschen, was?«, fragte Truck lachend.

»Äh, nein.«

»Mir gefällt diese neue Version von uns.«

»Aber du erinnerst dich doch gar nicht an die *alte*«, sagte Mary.

»Das stimmt, aber wenn wir uns nie so unterhalten haben und ich nichts von deiner blöden Mutter und du nichts von meinen schrecklichen Eltern und Macie wusstest, basierte unsere Beziehung wahrscheinlich auf den falschen Dingen.«

Verdammt, wie *recht* er doch damit hatte.

Doch bevor sie ihm zustimmen konnte, atmete er erneut tief ein. »Dein Duft ist mir so ... vertraut. Es ist, als hätte ich ein Déjà-vu.«

»Meinst du, das ist etwas Gutes?«, musste Mary einfach fragen.

»Das weiß ich nicht. Aber im Moment ist es mir auch ganz egal.«

Sie blieben noch ein paar Stunden so auf der Couch liegen. Mary erzählte ihm ein paar Details über ihre Freunde, ohne Namen oder viele Einzelheiten zu erwähnen ... außer in Bezug auf Rayne. Sie sprachen auch über ihre Vorlieben und Abneigungen. Sie diskutierten über den Film *Deadpool* und hatten einen lebhaften Streit darüber, ob man ihn als Liebesfilm einordnen könnte oder nicht. Als ihnen schließlich die Themen auszugehen schienen, fragte Mary: »Wie geht es deinem Kopf?«

»Gut«, entgegnete Truck.

»Wirklich?«

»Ja. Ich sollte jetzt gehen.«

»Geh nicht«, erwiderte Mary schnell. »Bleib hier.«

»Ich habe dir doch schon gesagt, junge Dame, dass ich keinen Sex mit dir haben werde«, neckte Truck sie.

Mary kicherte und sagte dann leise: »Seit Monaten habe ich mich nicht mehr so gut gefühlt.«

»Willst du wirklich, dass ich bleibe?«, fragte Truck.

»Ja.«

»Dann bleibe ich. Möchtest du aufstehen und ins Bett gehen?«

Mary schüttelte den Kopf. »Ich fühle mich hier wohl.«

Einen Moment lang drückte er sie fester in seinen Armen. »Ich auch.«

»Truck?«

»Ja, Mary?«

»Wir haben noch nicht miteinander geschlafen.«

Daraufhin hob er den Kopf. »Wieso nicht?«

»Das ist eine lange Geschichte«, erwiderte Mary ausweichend.

»Aber wir haben zusammen im gleichen Bett geschlafen.« Das war keine Frage.

»Ja.«

»Das dachte ich mir schon. Das Ganze hier fühlt sich so vertraut an. Dich in meinen Armen zu halten, wie du schnarchst.«

»Ich schnarche nicht«, protestierte Mary und schlug ihn gegen die Brust.

Truck hielt mit seiner Hand ihre Hand auf seiner Brust fest und strich mit dem Daumen darüber, als wollte er sie beruhigen.

»Es freut mich, das zu hören«, erklärte Truck ihr.

»Du bist froh, dass wir noch nicht miteinander geschlafen haben?«, fragte Mary ungläubig.

»Ja. Ich glaube, es würde mir überhaupt nicht gefallen zu wissen, dass wir es schon getan haben, und ich kann mich nicht daran erinnern. Ich finde es schön, dass wir einander noch nicht nackt gesehen haben. Irgendwie ist das fair.«

»Das habe ich allerdings nicht behauptet«, murmelte Mary.

Er zog eine Augenbraue hoch. »Du hast mich nackt gesehen?«

Sie schüttelte den Kopf. »Nein. Verdammt. Aber du hast mich gesehen.«

»Verdammt. Ich *hasse* es, mich nicht daran zu erinnern.«

»Ich bin kein besonders toller Anblick.«

Als er sie diesmal ansah, funkelten seine Augen vor Verärgerung. »Sag so was nicht.«

»Aber es stimmt.«

»Sieh mich an, Mare. Von uns beiden bin ich derjenige, der kein besonders toller Anblick ist.«

Mary zog ihre Hand unter seiner weg und legte sie ihm an die Wange. »Du bist perfekt.«

»Genau wie du.«

»Aber du weißt nicht –«

»Psssst«, machte Truck und schnitt ihr das Wort ab. »Hier zieht sich heute keiner aus, also entspann dich.«

Mary legte den Kopf wieder an seine Schulter, ließ ihre Hand aber an seiner Wange liegen. Er fühlte sich so warm und lebendig an. Und ihr war klar, dass er vielleicht überhaupt nicht mehr hier wäre, wenn er seinen Kopf noch ein wenig fester angestoßen hätte.

»So ist es gut«, murmelte Truck. »Entspann dich, Mare. Dies ist das erste Mal, dass ich mit dir schlafe ... und mich tatsächlich daran erinnere. Ich möchte es genießen.«

»Du Rohling«, entgegnete Mary ohne große Überzeugung.

Sie fühlte, wie er lachte und es in seiner Brust unter ihr rumpelte, aber sie war zu entspannt und glücklich, um weiter mit ihm zu streiten. »Ich bin froh, dass du hier bist«, erklärte sie ihm.

»Vielen Dank, dass du mich gegenüber dieser schrecklichen Frau verteidigt hast«, entgegnete Truck. »Ich weiß auch nicht, wie sie nicht gemerkt hat, dass ich kein Interesse an ihr hatte.«

»Weil du ein toller Fang bist«, erklärte Mary ihm. »Natürlich wollte sie dich.«

»Aber ich bin mit *dir* zusammen«, beschwerte sich Truck.

Bei seinen Worten wurde Mary ganz warm ums Herz. Er wusste nicht, dass er mit ihr zusammen war, als die andere Frau ihn angemacht hatte, und trotzdem hatte er sich aus irgendeinem Grund nicht zu ihr hingezogen gefühlt. Das fühlte sich gut an. Machte ihr Hoffnung. Hoffnung, dass ihre Beziehung trotz allem doch noch funktionieren würde.

»Ja, das bist du«, stimmte Mary ihm zu.

»Ich bin auch froh, dass du hier bist«, erklärte Truck ihr. »Und jetzt schlaf.«

»Ja, Sir«, erwiderte Mary frech.

»Das hört sich schon besser an«, sagte er zufrieden.

»Gewöhn dich nicht dran, Trucker. Normalerweise mache ich nicht so einfach Zugeständnisse.«

Als Antwort nahm er sie erneut in den Arm und senkte den Kopf, damit er seine Nase erneut in ihrem Haar vergraben konnte. Mary hatte nicht die geringste Ahnung, warum es ihm so gut gefiel, ihr Shampoo zu riechen, aber sie würde sich nicht beschweren.

KAPITEL ZEHN

Truck wachte so auf, wie er es immer tat, voll und ganz ausge-
schlafen, und war dann sofort wach. Er hatte keine Ahnung,
wo er war, er wusste nur, dass er sich wohlfühlte und irgendetwas ausgesprochen gut roch.

Ohne die Augen aufzumachen, atmete er tief ein – und
plötzlich erschien eine Erinnerung vor seinem geistigen Auge.

*Er saß hinter einer nackten Frau in der Badewanne. Er trug eine
Jogginghose und hielt einen Waschlappen, mit dem er ihr die Arme
wusch. Die Frau schniefte leise und er wusste, dass sie weinte, aber
versuchte, es vor ihm zu verstecken.*

*Truck fühlte sich völlig hilflos. Als er gehört hatte, dass sie
weinte, war er, ohne nachzudenken, ins Badezimmer gestürmt und
hatte sich nur noch schnell die Zeit genommen, sein T-Shirt auszuziehen, bevor er sich zu ihr gesetzt hatte. Der Duft ihres Shampoos
stieg zu ihm hoch, als er ein wenig davon in seine Hand schüttete
und dann sanft damit ihren Kopf massierte. Auf ihrer Kopfhaut
befanden sich nur wenige, kurze Haare, doch sie reagierte nicht, als
er sanft das Shampoo einmassierte.*

*»Ich kümmere mich um dich«, sagte er beruhigend. »Bald geht es
dir wieder gut.«*

Aber es war offensichtlich, dass es ihr nicht gut ging, und noch nie zuvor in seinem Leben hatte Truck sich so hilflos gefühlt.

»Guten Morgen«, erklang eine Stimme und Truck wäre sicher vor Schreck aufgesprungen, wenn er nicht so gut trainiert gewesen wäre.

Kaum hörte er die Stimme der Frau, verschwand die Vision. Er war sich nicht sicher, ob es sich um einen Traum oder um eine Erinnerung gehandelt hatte. Er kannte keine Frauen mit Glatze oder zumindest hatte er keine getroffen, seit er nach Hause zurückgekehrt war. Die Bilder ergaben einfach keinen Sinn.

Er sah hinab auf die Frau, die er in den Armen hielt, Mary. Die Geschehnisse des Vorabends kamen ihm wieder in den Sinn und er lächelte. »Morgen, Mary.«

Sie strahlte. »Du erinnerst dich an mich.«

Truck lachte leise. »Das sollte ich doch meinen, wenn man die Tatsache bedenkt, dass du mich in deine Wohnung gelockt und mich zu deinem Gefangenen gemacht hast, indem du mich die ganze Nacht auf die Couch gedrückt hast.«

Sie kicherte, genau, wie er es beabsichtigt hatte. »Hast du Hunger?«, fragte sie ihn. »Ich kann uns etwas zu essen machen.«

»Ich muss los«, erklärte Truck ihr mit Bedauern in der Stimme. Und ihm gefiel der Ausdruck der Traurigkeit nicht, der in ihren Augen erschien, als er das sagte.

»Oh, okay. Natürlich.« Sie wollte aufstehen, doch Truck verstärkte den Griff um ihre Taille, damit sie blieb, wo sie war.

»Ich weiß, dass heute Sonntag ist, aber ich habe mich mit den Jungs zum Training verabredet. Und ich glaube, du weißt genauso gut wie ich, dass sie ausflippen, wenn ich nicht auftauche. In letzter Zeit machen sie sich ziemlich viele ... Sorgen um mich. Aber nur weil ich jetzt verschwinde, heißt das noch lange nicht, dass ich es gern tue.«

Der ausdruckslose Blick in ihren Augen verschwand und sie nickte. »Du hast recht. Ich bin einfach nur egoistisch. Wir sehen uns bald wieder, da bin ich mir sicher. Außerdem weiß ich, dass meine Freundinnen sicher mit mir reden wollen.«

»Lass dich von ihnen nicht dazu überreden, dich von mir fernzuhalten«, warnte Truck sie. »Das funktioniert nämlich nicht. Ich weiß, wo du wohnst, und ... äh ... wo arbeitest du noch mal?«

Mary lachte. »Bei der Zentralbank in der Innenstadt.«

»Genau. Ich weiß, wo du wohnst und arbeitest. Du kannst dich nirgends vor mir verstecken.«

»Und das will ich auch gar nicht«, gab sie ein wenig schüchtern zu.

»Okay. Dann kümmern wir uns jetzt um unsere Freunde und danach können wir abmachen, wann wir uns wiedersehen.«

»Das hört sich gut an.«

Truck half Mary auf ... und konnte den Blick nicht von ihrem Hintern abwenden, als sie endlich stand.

»Starrst du mir auf den Hintern?«, fragte sie und stemmte die Hände in die Hüften.

»Ja«, entgegnete Truck ohne die geringste Spur von Reue.

»Also wirklich«, sagte Mary und verdrehte die Augen. »Das Bad ist am Ende des Flurs rechts«, erklärte sie ihm.

Noch immer grinsend beugte Truck sich zu ihr und küsste sie auf die Stirn, dann ging er den Flur hinunter.

Als er ein paar Minuten später wiederauftauchte, wartete Mary bereits auf ihn.

»Wie heißen sie?«, wollte Truck wissen.

»Wie heißt wer?«

»Die Frauen der Jungs.«

»Oh ... äh ... Ich bin mir nicht sicher –«

»Mary, nach gestern Nacht ist es mehr als offensichtlich, dass die Frauen, mit denen du zusammen warst, alle zu meinen Teamkollegen gehören. Mein Kopf explodiert noch, wenn du es mir nicht sagst.«

»Wie geht es deinem Kopf heute Morgen?«, fragte Mary.

»Er tut weh. Und jetzt erzähl es mir.«

»Was bist du doch stur«, grummelte Mary leise. »Na gut, sie heißen Rayne, Harley, Casey und Wendy.«

»Und wer ist mit wem zusammen?«

Mary sah ihn eine Sekunde lang an und entgegnete dann: »Ihre Namen helfen dir auch nicht, dich zu erinnern, oder?«

»Mare, wenn *dein* Name mir nicht geholfen hat und wir zusammen waren, wie du behauptest – selbst wenn es kompliziert war –, dann ist es auf keinen Fall möglich, dass die Namen der Frauen, die meinen Freunden gehören, dafür sorgen, dass ich mich plötzlich an die letzten drei Jahre erinnere.«

»Wie dem auch sei«, sagte sie genervt und fügte dann hinzu: »Und außerdem *gehören* sie deinen Freunden nicht.«

Truck grinste. »Du weißt, was ich meine.«

»Trotzdem. Ich hasse es, wenn ihr so was sagt.«

»Entschuldige. Und jetzt sag mir, wer ist mit wem zusammen?«

»Warum nur habe ich das Gefühl, dass du dich nur bei mir entschuldigst, damit ich mich beruhige, und sobald ich dir den Rücken zuwende, erzählst du allen, dass ich dir *gehöre*?«

»Weil du schlau bist? Und jetzt hör bitte auf, Zeit zu schinden.«

Er fand es süß, wie sie genervt seufzte. Dann verdrehte Mary die Augen und sagte ihm, was er wissen wollte. »Rayne ist mit Ghost zusammen. Harley gehört zu Coach. Casey und Beatle sind ein Paar und Blade ist Wendys Freund.«

»Und was ist mit Hollywood? Ich weiß, dass Fletch verheiratet ist ... auch wenn es schwer zu glauben ist«, hakte Truck nach.

Mary hielt abwehrend die Hände hoch. »Nein, sie werden mich umbringen, wenn ich es dir sage.«

Da Truck es einfach wissen *musste,* drängte er Mary gegen die Wand und hielt ihre Handgelenke über ihrem Kopf fest. Mit seiner freien Hand hob er ihr Kinn und presste seinen Körper gegen ihren. »Ich verspreche, nicht auszuflippen, ganz egal, was du mir erzählst. Aber ich muss es einfach wissen. Es macht mich noch ganz verrückt. Hollywood benimmt sich überhaupt nicht wie sonst. Stimmt irgendetwas nicht? Geht es ihm nicht gut? Was wollt ihr mir nicht sagen?«

»Immer mit der Ruhe, Truck«, beruhigte Mary ihn und versuchte nicht, sich aus seinem Griff zu lösen. »Es geht allen gut. Hollywood war in letzter Zeit nicht so viel mit uns zusammen, weil seine Frau gerade ein Kind bekommen hat.«

»Verdammte Scheiße!«, entfuhr es Truck. Er ließ die Hände sinken und taumelte zurück. »Hollywood ist verheiratet? Und er hat gerade ein *Kind* bekommen?«

»Ja. Ein Mädchen. Sie ist zuckersüß. Ihr Name ist Kate und seine Frau heißt Kassie.«

»Wow. Im Ernst? Hollywood ist *verheiratet*. Das ist doch verrückt. Ich hätte nie gedacht, dass er sich einmal niederlässt.«

»Fletchs Frau ist auch schwanger«, erklärte Mary ihm sanft. »Das Kind soll in etwa sechs Wochen kommen und der letzte Teil ihrer Schwangerschaft ist wohl ziemlich anstrengend. Sie heißt Emily.«

»Verdammt«, entgegnete Truck und versuchte zu verarbeiten, was Mary ihm da erzählte. »Ich wusste nicht, dass sie schwanger ist.«

»Und sie haben noch eine zweite Tochter. Die ist schon acht. Emily ist die Mutter, aber Fletch hat sie adoptiert. Annie ist großartig. Sie ist erfrischend und niedlich und raubt einem gleichzeitig den letzten Nerv.«

»Annie«, sagte Truck nachdenklich.

»Erinnerst du dich an sie?«

Truck schüttelte den Kopf. »Nein, aber wenn ich ihren Namen höre, habe ich das gleiche merkwürdige Gefühl, wie wenn ich dich in den Armen halte.«

Mary blinzelte zu ihm hoch, sagte jedoch nichts.

»Und jetzt ergibt es auch einen Sinn, dass Ghost mich in Afrika gefragt hat, ob ich jemanden namens Rayne kenne, und dann hat er noch weitere Namen auf mich losgelassen. Danke, dass du es mir gesagt hast«, erklärte Truck ihr.

Mary warf sich ihm an den Hals und Truck fing sie instinktiv auf. »Du wirst dich wieder erinnern, Truck. Ich weiß es einfach.« Sie sah zu ihm hoch. »Ich hoffe nur, dass du nichts bereust, wenn es so weit ist.«

»Hör sofort damit auf«, schalt Truck sie. »Ich habe dir doch schon gesagt, dass ich nicht mit dir schlafen werde, also gibt es nichts zu bereuen.« Ihm gefiel der unsichere Ausdruck auf

Marys Gesicht nicht und er wollte sie wieder zum Lachen bringen.

Glücklicherweise lächelte sie ihn daraufhin an und er entspannte sich.

»Allerdings, Trucker. Für was für eine Art von Mädchen hältst du mich denn?«

»Ich weiß, dass du nicht so ein Mädchen bist. Und ich muss jetzt wirklich gehen. Ich bin spät dran und mein Handy vibriert schon die ganze Zeit wie verrückt in meiner Tasche. Wahrscheinlich haben die Jungs bereits die Polizei gerufen und mich als vermisst gemeldet.«

Mary lächelte. »Okay. Ich schicke dir per SMS ein paar weitere Informationen über die Frauen, okay?«

»Das fände ich klasse.«

»Ich werde dir nicht alles sagen, nur ein paar wichtige Dinge über sie. Vielleicht kannst du die restlichen Details von den Jungs bekommen. Es wird ihnen nicht gefallen, dass ich dir überhaupt etwas erzählt habe.«

»Tja, dumm gelaufen. *Ich* bin jedenfalls froh, dass du es mir gesagt hast. Und das ist alles, was zählt.«

Mary grinste. »Na gut. Bis später dann.«

Truck machte einen Schritt zurück. »Allerdings, bis später.«

»Viel Spaß beim Stürmen der Burg«, scherzte Mary und winkte ihm nach.

»*Die Braut des Prinzen*«, sagte Truck. »Ich liebe diesen Film.«

»Das weiß ich doch.«

»Tschüss, Mary.« Truck wandte sich widerwillig um und ging zur Tür, bevor er sich dazu entschloss, dass er nie wieder von hier weg wollte. Irgendetwas an dieser Frau brachte ihn dazu, sich gleichzeitig stolz und wie ihr Beschützer zu fühlen.

»Wie geht es Emily?«, fragte Truck Fletch etwas später an diesem Morgen, als sie über einen Pfad mitten in Fort Hood joggten.

Sein Freund riss den Kopf herum, um ihn anzustarren, und

wäre fast mit dem Gesicht in den Matsch gefallen, weil er über seine eigenen Füße stolperte.

»Verdammt noch mal«, fluchte Ghost hinter ihm. »Sie hätte dir diese Sachen nicht erzählen dürfen!«

»Und warum nicht?«, wollte Truck wissen. »Weil ich schwach bin? Scheiß drauf. Als meine besten Freunde hättet ihr mir sagen müssen, dass ihr nicht in die Kneipe gehen wollt, um Frauen aufzureißen. Ihr hättet mir sagen müssen, dass ihr jetzt alle Frauen oder Freundinnen habt. Ich dachte, wir hätten keine Geheimnisse voreinander. Was ist mit diesem Versprechen geschehen, hä?« Truck hörte auf zu joggen und all seine Freunde taten es ihm gleich. »Sind wir jetzt so? Denn vor drei Jahren war das nicht der Fall. Wir haben einander damals alles gesagt, verdammt.« Er atmete schwer, aber nicht vom Joggen.

»Wow, das Ganze ist ein bisschen gespenstisch«, bemerkte Beatle trocken.

»Halt den Mund, Beatle«, fuhr Fletch ihn an und wandte sich dann an Truck. »Natürlich sind wir jetzt nicht so. Aber das hier ist alles andere als eine normale Situation. Wir wollten nicht, dass du einen Rückfall hast. Und ich bin mir nicht sicher, ob es schlau von Mary war, dir das alles zu erzählen.«

»Tu das nicht«, warnte Truck und starrte Fletch böse an. »Sag *nichts* Schlechtes über Mary. Sie ist der einzige Mensch, der seit meiner Rückkehr ehrlich mit mir war.«

»So, so, ehrlich? Hat sie dir dann auch gesagt, dass ihr –«

Ghost hielt Fletch den Mund zu, bevor er den Satz beenden konnte.

»Noch mehr Geheimnisse?«, fragte Truck, genervt von seinen Freunden. Er wusste nicht, was Fletch sagen wollte, hatte aber das Gefühl, dass es etwas Großes war. Etwas Riesiges.

»Wir tun doch nur das, was der Arzt uns empfohlen hat«, erklärte Ghost. »Er hat uns darauf aufmerksam gemacht, dass es schädlich sein könnte, wenn wir dir alle gleichzeitig von unseren Ehefrauen oder Freundinnen erzählen.«

»Und was hattet ihr dann vor, mir zu sagen? Wärt ihr auch weiterhin mit mir in Kneipen gegangen und hättet so getan, als würdet ihr irgendwelche Tussis abschleppen?«, wollte Truck wissen.

»Natürlich nicht«, murmelte Blade.

»Vielleicht kommt mein Gedächtnis niemals zurück. Wolltest du also so tun, als hättest du Wendy gerade erst irgendwo kennengelernt? Vielleicht würdest du eine zweite Hochzeit organisieren, Hollywood, nur um die Scharade aufrechtzuerhalten?«

Niemand sagte ein Wort, auch wenn ihre Blicke Bände sprachen.

Truck wusste, dass er etwas zu barsch war, also versuchte er, seine Gefühle zu beherrschen. »Ihr habt mich wirklich verletzt«, gestand Truck mit ein wenig sanfterer Stimme. »Hollywood, wie ich höre, muss ich dir gratulieren. Ich wette, deine kleine Tochter ist wunderschön. Ich würde sie gern kennenlernen, wenn du glaubst, dass es möglich ist, ohne dass mir der Kopf explodiert.« Dann wandte er sich Fletch zu. »Und ich meinte es ernst, als ich dich gefragt habe, wie es Emily geht. Mary hat mir gesagt, dass ihre Schwangerschaft nicht einfach ist.«

»Es geht ihr ganz gut«, entgegnete Fletch leise. »Sie hatte in letzter Zeit etwas Schmerzen und wir machen uns Sorgen, dass das Baby zu früh kommen könnte, also wurde ihr praktisch komplette Bettruhe verordnet.«

»Das ist schlimm«, erklärte Truck seinem Freund. Dann wandte er sich den anderen zu. »Ich würde gern Casey kennenlernen. Ich finde es urkomisch, dass du Insekten hasst und dich ausgerechnet in eine Entomologin verliebst. Und außerdem möchte ich natürlich Wendy und Harley treffen.«

Beatle, Blade und Coach nickten alle. »Das möchten wir auch«, entgegnete Coach für sie alle.

Dann wandte Truck sich an Ghost. »Und soweit ich das überblicken kann, hattest du einen One-Night-Stand mit Rayne und hast sie dann zufällig mitten im Einsatz wieder getroffen?«

»Mary war anscheinend ganz schön in Plauderlaune«, grummelte Ghost, gab dann aber nach und nickte. »Ja, Rayne ist fantastisch.«

»Das erklärt auch die neue Tätowierung«, sagte Truck und betrachtete Ghosts Bein.

Ghost nickte erneut.

Truck atmete tief durch. »Ich bin mir durchaus bewusst, dass das Ganze ein bisschen merkwürdig ist und dass ihr nichts tun wollt, das mich verletzen könnte. Aber, Jungs, entweder bekomme ich mein Gedächtnis zurück oder nicht. Ich möchte auf keinen Fall, dass ihr euer Leben nicht ganz normal leben könnt. Ihr seid die besten Freunde, die ich jemals hatte, und ich möchte alle eure Frauen erneut kennenlernen. Ich möchte mit euch allen befreundet sein. Es ist mir durchaus bewusst, dass es am Anfang vielleicht etwas merkwürdig ist, aber schließt mich bitte nicht aus eurem Leben aus.«

Sie nickten alle. »Das werden wir nicht«, erklärte Hollywood. »Kassie geht mir schon die ganze Zeit auf die Nerven. Sie will dich sehen.«

»Emily auch«, fügte Fletch hinzu. »Auch wenn das heißt, dass du zu uns kommen musst, da sie momentan nicht aus dem Bett aufstehen darf.«

»Hast du das große Haus gekauft, das du im Auge hattest?«, wollte Truck wissen.

Fletch verzog das Gesicht. »Ja. Dadurch habe ich Em kennengelernt«, erklärte er. »Aber wir sind seitdem erneut umgezogen.«

Truck zog fragend eine Augenbraue hoch.

»Das ist eine lange Geschichte. Eine *wirklich* lange Geschichte.«

Truck nickte und wandte sich an die anderen. »Ich würde gern erfahren, wie ihr alle eure Frauen kennengelernt habt. Mary hat mir ein paar Dinge erzählt, aber ich würde gern alles wissen. Ich kann noch immer nicht glauben, dass ihr jetzt alle unter der Fuchtel steht.«

»*Du* musst gerade was sagen«, fuhr Coach ihn an und Ghost verpasste ihm einen Schlag auf den Hinterkopf.

Truck kniff misstrauisch die Augen zusammen. »Mary hat mir erzählt, dass wir zusammen waren, aber dass es kompliziert gewesen sei.«

»Und damit hat sie recht«, erwiderte Ghost. »Pass auf, wir

werden unsere Frauen nicht länger vor dir verstecken, aber was deine Beziehung zu Mary angeht, so müsst ihr das schon alleine regeln.«

»Also *haben* wir eine Beziehung?«, fragte Truck, der sich Klarheit verschaffen wollte.

»Ja«, bestätigte Ghost.

Und daraufhin holte Truck aus und schlug ihn so schnell gegen das Kinn, dass er keine Möglichkeit hatte, sich zu verteidigen.

Ghost landete mit einem Grunzen auf dem Boden, sprang jedoch augenblicklich wieder auf die Füße. »Was zum Teufel?«, fragte er und hielt sich das Kinn.

»Du wusstest, dass ich mich in einer Beziehung befinde, und hast es trotzdem zugelassen, dass ich in eine Kneipe gehe und diese Frau mich anmacht«, knurrte er. »Das ist nicht in Ordnung. Ganz und gar nicht. Kein Wunder, dass Mary sich so aufgeregt hat.«

»Du wolltest mit dieser anderen Frau doch überhaupt nichts zu tun haben«, erwiderte Ghost in dem Versuch, sich zu verteidigen. »Wir hätten dich auf keinen Fall mit ihr nach Hause gehen lassen – oder mit sonst irgendwem.«

Beatle nickte. »Wir haben dir vielleicht nichts über deine Beziehung zu Mary erzählt, aber schließlich sind wir keine Arschlöcher.«

»Fühlst du dich zu Mary hingezogen?«, wollte Beatle wissen.

»Ja.« Truck musste nicht über seine Antwort nachdenken. Sie kam sofort und er meinte es ernst.

»Okay ... Du hast also nur einen Blick auf sie geworfen und hast dich schon zu ihr hingezogen gefühlt. Das ist ziemlich erstaunlich, wenn man bedenkt, dass du dich nicht an sie erinnerst.«

»Worauf willst du hinaus?«, fragte Truck.

»Genau so war es nämlich bei dem *anderen* ersten Mal, als du sie getroffen hast.«

Truck zog die Augenbrauen hoch. »Tatsächlich?«

»Tatsächlich. Und mehr werde ich dir darüber nicht erzählen«, erwiderte Beatle. »Aber ich dachte, das solltest du wissen.

Dann fühlst du dich vielleicht nicht so komisch bei dem Gedanken, dass du bereits eine Beziehung mit ihr hattest, und du kannst sie kennenlernen, ohne dir darüber Gedanken zu machen, was in der Vergangenheit passiert ist.«

Und *tatsächlich* fühlte Truck sich besser, nun, da er wusste, dass er sich beim ersten Mal auch sofort zu Mary hingezogen gefühlt hatte. »Gibt es sonst noch etwas, das ihr mir sagen möchtet?«, hakte Truck nach.

»Hat Mary dir von Fish erzählt?«, fragte Blade.

»Von wem?«

»Das heißt dann wohl nein. Er ist inoffiziell ebenfalls ein Mitglied unseres Teams. Um es kurz zu machen, er lebt mit seiner Frau Bryn in Idaho. Sie ist unglaublich intelligent und sozial ein wenig unbeholfen. Wir alle lieben sie. Aber egal, was du tust, lass dich mit ihr *auf keinen Fall* auf ein Gespräch über deinen Gedächtnisverlust ein. Sie hört dann nämlich nicht auf zu reden und du bringst es nicht übers Herz, ihr zu sagen, dass sie die Klappe halten soll.«

Alle lachten leise und Truck spürte, dass er ebenfalls lächelte. Er sah jeden einzelnen seiner Freunde an und sagte dann: »Ich freue mich wirklich für euch alle. Schließlich haben wir alle mitbekommen, wie Beziehungen beim Militär in die Brüche gehen können, und es ist großartig zu sehen, dass ihr alle so glücklich seid.«

Ghost klopfte Truck auf die Schulter und sagte: »Vielen Dank. Darf ich dich jetzt etwas fragen?«

»Natürlich.«

»Was empfindest du *wirklich* für Mary?«

Truck runzelte die Stirn. »Warum?«

»Du brauchst nicht defensiv zu werden«, entgegnete Ghost. »Es ist nur eine Frage.«

»Ich mag sie. Sie ist erfrischend. Sie hat überhaupt keine Angst vor mir und es gefällt mir, dass sie kein Problem hat, sich mit euch Arschlöchern anzulegen.«

Ghost grinste. »Dafür, dass du sie gerade erst kennengelernt hast, kennst du sie schon ziemlich gut.«

Truck zuckte mit den Achseln. »Sie ist lustig, interessant und ich kann jetzt schon sehen, dass sie eine Kämpferin ist.«

»Interessant. Warum denkst du das?«, wollte Fletch wissen.

»Weil sie sich von nichts und niemandem einschüchtern lässt. Wir haben gestern Abend sehr viel geredet. Sie hatte eine schreckliche Kindheit und ist dadurch nur umso stärker geworden.«

»Tatsächlich?«, sagte Hollywood.

»Das weißt du nicht?«, fragte Truck überrascht.

»Sie ist nicht besonders offen«, erklärte Hollywood. »Kassie weiß nicht sonderlich viel über sie. Nur die Sachen, die in letzter Zeit passiert sind.«

»Ich gebe dir recht«, sagte Ghost. »Rayne ist ihre beste Freundin und selbst sie kennt nicht besonders viele Details. Sie weiß, dass ihre Mutter nicht außergewöhnlich gut zu ihr war und dass sie seit ihrem achtzehnten Lebensjahr auf sich alleine gestellt ist.«

»Das ist die Untertreibung des Jahres«, entgegnete Truck. »Das haben wir zumindest gemeinsam.«

»Kommt schon, Jungs, wir können weiterjoggen, während wir reden«, drängte Beatle.

Die sechs Männer setzten sich wieder in Bewegung und Truck stellte fest: »Mary hat mir gesagt, dass ich ihr nichts von meinen Eltern erzählt hatte. Deswegen habe ich mich gefragt, ob ich es *euch* in den letzten drei Jahren erzählt habe, denn ich weiß, dass ich es davor nicht getan habe.«

»Nein. Wir wissen nur, dass sie nicht Teil deines jetzigen Lebens sind«, erwiderte Coach. »Ich meine, wir wissen natürlich, dass sie dich besucht haben, nachdem du verwundet wurdest, aber nachdem sie wieder abgereist waren, hast du ziemlich deutlich gemacht, dass du auf keinen Fall über sie reden würdest. Also haben wir dich nicht dazu gedrängt.«

»Also, ihr solltet wissen, dass ich sie nicht absichtlich vor euch geheim gehalten habe. Es ist nur so, dass ich tatsächlich nicht mehr an sie denke, weil sie nicht Teil meines Lebens sind.«

Er warf den anderen einen Blick zu und stellte fest, dass sie zuhörten, obwohl sie joggten, also sprach er weiter: »Ich habe auch noch eine Schwester.«

Ghost stolperte über seine Füße und wäre dabei fast auf

sein Gesicht gefallen. Die anderen starrten Truck mit geöffneten Mündern an.

Er hielt eine Hand hoch, um eventuelle Fragen abzuwehren. »Ich weiß, ich weiß. Mary hat ziemlich ähnlich reagiert wie ihr. Mercedes – Macie – ist fast fünf Jahre jünger als ich und ich habe sie seit der Grundausbildung nicht mehr gesehen. Wir haben uns früher sehr nahegestanden, aber aus irgendeinem Grund hat sie nie versucht, sich mit mir in Verbindung zu setzen, nachdem ich zur Armee gegangen bin. Und ja, ich habe ihr geschrieben, aber sie hat nie geantwortet.«

»Und du bist nie wieder nach Hause zurückgekehrt?«, fragte Coach.

»Nein.« Dann erklärte er, wie er als ein mageres, schikaniertes Kind aufwuchs und dass es seine Eltern überhaupt nicht zu interessieren schien. Er erzählte ihnen von ihrem Besuch, als er im Krankenhaus lag, nachdem er verstümmelt worden war, und was sie gesagt hatten. Es war nicht leicht, aber es fühlte sich gut an, sich seinen Freunden zu öffnen.

Er hatte eine zweite Chance im Leben bekommen. Es war ihm mehr als bewusst, dass er hätte sterben können, anstatt nur drei Jahre zu verlieren. Er wollte diesen Männern zu verstehen geben, dass er ihre Freundschaft schätzte, und er konnte sich keine bessere Art und Weise vorstellen, ihnen das mitzuteilen, als sich ihnen wirklich zu öffnen.

Als sie zum Parkplatz zurückkehrten, fühlte Trucks Kopf sich an, als steckten kleine Vorschlaghämmer darin, aber er fühlte sich trotzdem irgendwie erleichtert.

»Falls du jemals Hilfe dabei brauchst, Macie zu finden, auch wenn es nur darum geht herauszufinden, was sie sich dabei gedacht hat, kannst du dir sicher sein, dass wir alles in unserer Macht Stehende tun werden, um dir zu helfen«, erklärte Ghost ihm. »Ich bin mir sicher, dass der Kommandant kein Problem damit hätte, seine Beziehungen spielen zu lassen, um ebenfalls dabei zu helfen, sie zu finden.«

Truck lehnte das Angebot nicht sofort ab. Seit seinem Gespräch mit Mary hatte er ernsthaft darüber nachgedacht, ihren Freund Tex anzurufen. Der Mann konnte jeden finden, egal wie gut er sich versteckt hatte. Aber vielleicht würde er zuerst mit dem Kommandanten beginnen. Es war eine gute Idee. »Ich werde darüber nachdenken.«

Ghost nickte und streckte dann Truck seine Hand hin. Sie schüttelten sich die Hände. »Rayne hatte recht«, sagte Ghost.

»Inwiefern?«

»Wir haben dich zu sehr mit Samthandschuhen angefasst. Es tut mir leid, dass wir all diese Sachen vor dir geheim gehalten haben. Ich mache mir immer noch Gedanken um deine Gesundheit, aber wir werden versuchen, es locker angehen zu lassen, stimmt's, Jungs?«

Alle stimmten zu.

»Möchtest du heute zu mir kommen und Kassie und meine kleine Kate kennenlernen?«, fragte Hollywood.

»Auf jeden Fall, verdammt«, erklärte Truck seinem Freund.

»Super. Ich sorge dafür, dass es klappt.«

»Äh ... Du solltest außerdem wissen, dass die Frauen eine Gruppenhochzeit planen«, informierte Beatle Truck. »Meine Verlobte Casey ist seine Schwester.« Er zeigte auf Blade.

»Das ist der helle Wahnsinn«, erwiderte Truck und machte große Augen. »Das ist großartig!«

Blade strahlte ihn an. »Das finde ich auch.«

»Herzlichen Glückwunsch, Beatle«, erklärte Truck und klopfte dem anderen Mann auf die Schulter.

»Danke. Die Doppelhochzeit war die Idee der Frauen«, klärte Beatle ihn auf.

»Und wann soll sie stattfinden?«, wollte Truck wissen.

»Das steht noch nicht ganz fest. Sie wollen warten, bis Emily ihr Baby zur Welt gebracht hat«, entgegnete Blade.

»Cool. Dann habe ich ja Zeit, die beiden noch mal kennen-zulernen«, stellte Truck fest.

»Ja.«

»Also sind wir die beiden Einzigen, die noch nicht unter der Haube sind, was?«, fragte Truck Ghost.

»Könnte man so sagen«, lautete Ghosts Antwort und Truck hörte etwas aus seinem Tonfall heraus, war sich aber nicht sicher was.

»Wir müssen langsam los«, unterbrach Coach. »Der

Kommandant möchte heute Morgen über irgendetwas mit uns reden.«

»Sollte ich auch dabei sein?«, wollte Truck wissen.

Coach schüttelte den Kopf. »Dazu besteht kein Grund. Ich habe ihm die gleiche Frage gestellt und er hat gesagt, es ginge um den Afrika-Einsatz. Und da du dich nicht daran erinnern kannst, brauchst du auch nicht zu kommen.«

Truck wollte eigentlich darauf bestehen, auch anwesend sein zu dürfen, denn zu hören, was geschehen war, würde vielleicht einige seiner Erinnerungen zurückbringen, aber sein Kopf brachte ihn um und er musste sich eine Weile hinlegen. Also ließ er das Thema fallen. »Okay. Wir sprechen uns dann alle später, in Ordnung?«

»Auf jeden Fall. Truck?«, fragte Fletch vorsichtig.

»Ja?«

»Glaubst du, ich könnte ... Verdammt.«

»Was ist denn, Fletch?«

»Hat Mary dir von Annie erzählt?«

»Ja. Sie ist deine Tochter.«

»Genau. Also ... Sie vermisst dich und würde dich gern unbedingt wiedersehen. Meinst du, wir könnten heute Nachmittag kurz zu dir kommen? Ich sorge dafür, dass der Besuch nicht zu lange dauert, damit du nicht überfordert wirst.«

»Weiß sie, was mit mir los ist?«, fragte Truck. »Ich möchte der Kleinen auf keinen Fall wehtun, indem ich sie nicht wiedererkenne.«

»Sie weiß Bescheid«, erklärte Fletch ihm.

Truck war ein klein wenig beunruhigt über die Situation, konnte seinem Freund die Bitte jedoch nicht abschlagen. »Das könnt ihr gern tun.«

Der Ausdruck der Erleichterung auf Fletchs Gesicht war eindeutig. Der Mann liebte seine Tochter, so viel war offensichtlich. Truck hoffte, dass das Mädchen nicht lästig war. Bei Kindern war er sich nicht so sicher, sie flippten wegen seiner Narbe aus oder stellten irritierende Fragen. Aber da Fletch sagte, Annie hätte darum gebettelt, ihn zu sehen, dachte er sich, dass sie wahrscheinlich nichts gegen sein Aussehen einzuwenden hatte.

»Ich muss jetzt auch zu dem Treffen mit dem Kommandanten. Bis später«, erklärte Fletch und eilte zu seinem Wagen.

Auch die anderen verabschiedeten sich alle und ehe er sich versah, war Truck auf dem Rückweg zu seiner Wohnung. Er wollte eigentlich Mary sehen, aber er wusste, dass er ihr etwas Freiraum geben musste.

Der Morgen war gut gewesen. Er hatte mit seinen Teamkollegen reinen Tisch gemacht und hoffentlich seinen Standpunkt verdeutlicht, dass sie ihm nichts mehr vorenthalten sollten, egal was der Arzt ihnen geraten hatte. Aber er hatte sich an nichts Neues erinnert, und das frustrierte ihn.

Er hoffte, dass er mit der Zeit langsam anfangen würde, sich hier und da an Dinge zu erinnern, aber das war noch nicht geschehen. Der Arzt hatte ihm gesagt, er sollte geduldig sein, eine Woche reichte nicht aus, damit sein Gedächtnis zurückkäme, aber er hatte gehofft, der Arzt hätte sich geirrt. Leider schien das nicht der Fall zu sein. Die letzten drei Jahre waren noch immer verschwunden, genau wie vor ein paar Wochen, als er nach einem Schlag auf den Kopf aufgewacht war.

Die Namen der Frauen seiner Teamkollegen hatten seinem Gedächtnis nicht gerade auf die Sprünge geholfen. Sie bedeuteten ihm nichts. Nur irgendwelche Namen von irgendwelchen Leuten. Er hasste das, da sie seinen Freunden offensichtlich sehr viel bedeuteten. Er fühlte sich, als würde er etwas verpassen, und das war scheiße.

Truck grübelte den ganzen Weg zurück zu seiner Wohnung darüber nach, und statt sich besser zu fühlen, als er nach Hause kam, bekam er beim Anblick seiner Wohnung noch mehr Kopfschmerzen. Er sah sich um und versuchte herauszufinden, was ihm fehlte. Irgendetwas fehlte nämlich, dessen war er sich sicher, aber so sehr er es auch versuchte, er konnte sich nicht erinnern.

»Verdammt«, fluchte er.

Da sein Kopf so stark schmerzte, beschloss er, eines der starken Schmerzmittel einzunehmen, die ihm der Arzt verschrieben hatte. Er hatte nicht viel davon genommen, weil er, wie er Mary gesagt hatte, die harten Medikamente wirklich nicht gern einnahm, aber er war fast verzweifelt bemüht, dem

Schmerz und dem Nichts, das sich im Moment in seinem Kopf ausbreitete, zu entkommen.

Als er auf die Uhr schaute, sah er, dass es fast acht Uhr morgens war. Fletch hatte versprochen, am Nachmittag vorbeizukommen, sodass er genügend Zeit hatte, ein Nickerchen zu halten, bevor Fletch mit seiner Tochter eintraf.

Truck wusste, dass ihn die Tablette völlig umhauen würde. Er würde für mindestens fünf Stunden für die Welt tot sein. Gut.

Truck hatte den Verdacht, dass er in eine Depression abrutschte, und er schluckte die Pille ohne Wasser. Je schneller er etwas Schlaf bekam und dem ständigen Pochen in seinem Kopf entkam, desto besser.

***

»Immer mit der Ruhe, meine Kleine.«

Truck runzelte die Stirn, als er die Stimme in seinem Kopf hörte.

Dann spürte er, wie etwas sein Gesicht berührte. Die Seite mit der Narbe.

Als er den Kopf nach hinten riss, fühlte er, wie sich ein Gewicht auf seinen Bauch legte. Er öffnete die Augen – und starrte in ein Paar blaue Augen.

Ein kleines Mädchen saß auf seinem Bauch. Ihr dunkelblondes Haar fiel ihr locker um die Schultern und war lang genug, um seine Brust zu berühren, als sie sich über ihn beugte. Sie trug eine schmuddelige Jeans und ein T-Shirt mit der Silhouette eines Militärpanzers darauf. Eine ihrer kleinen Hände lag auf seinem Gesicht, über seiner Narbe, und sie sah vollkommen ernst aus, als sie zu ihm hinunterblickte.

»Hi, Truck. Ich bin Annie.«

»Hi«, krächzte Truck, dem plötzlich die Emotionen aus irgendeinem Grund, den er nicht zu deuten wusste, die Kehle zuschnürten.

»Tut mir leid, Mann«, sagte Fletch über ihm. »Ich habe geklopft, aber du hast nicht aufgemacht. Also habe ich meinen Schlüssel benutzt – den du mir übrigens gegeben hast – und bin reingekommen. Ich wollte mich nur davon überzeugen, dass es dir gut geht.«

»Ist schon okay«, entgegnete Truck und sah noch immer hoch zu Annie.

»'Innerst du dich an mich?«, fragte Annie.

Er presste die Lippen zusammen, denn er fühlte sich schrecklich, weil er diesem kleinen Engel sagen musste, dass er sich nicht an sie erinnerte. »Es tut mir wirklich leid ... aber nein.«

»Ich heiße Annie Elizabeth Grant Fletcher. Ich bin acht Jahre alt. Ich habe einen Freund namens Frankie. Er ist taub und lebt in Kalifornien. Ich spreche mit ihm mit den Händen über das Internet. Er bringt mir bei, wie das geht. Als ich Daddy Fletch das erste Mal traf, gab er mir ein paar Armeemänner. Ich trage nicht gern Kleider, ich mag lieber Hosen. Mommy und ich sind zu Daddy Fletch gezogen, als sie krank wurde, und dann haben uns die bösen Jungs gestohlt, aber du und Daddy sind gekommen und ihr habt uns geholt. 'Innerst du dich jetzt?«

Mein Gott, war die Kleine süß. Wie hätte er nur jemals denken können, sie könnte nervig sein? Truck hatte Schuldgefühle, obwohl er Annie noch gar nicht kennengelernt hatte, als er das gedacht hatte.

Sie hatte noch immer ihre Hand auf seiner Wange. Die ganze Zeit über, während der sie sprach, hielt sie Augenkontakt. Sie hatte etwas, das Truck als eine »alte Seele« bezeichnet hätte. Erneut hatte er das ausgesprochen starke Gefühl eines Déjà-vus. Irgendwie kannte er dieses kleine Mädchen, doch dann auch wieder nicht. Es war ein frustrierendes und verwirrendes Gefühl.

»Tut mir leid, Annie, ich erinnere mich nicht. Aber weißt du was?«

»Was?«

»Nur weil ich mich nicht an dich erinnere, heißt das noch längst nicht, dass ich dich nicht mag.«

»Natürlich magst du mich«, entgegnete Annie im Brustton der Überzeugung. »Ich bin liebenswert. Das sagen alle.«

Truck hörte, wie Fletch leise lachte. Er blickte zu seinem

Freund und sah, dass er neben der Couch stand. Er wirkte gleichzeitig erleichtert und besorgt.

»Wie wäre es, wenn du Truck erlaubst, sich hinzusetzen, meine Süße.«

Doch anstatt von ihm herunterzuklettern, ließ Annie sich auf seinen Oberkörper sinken. Dort lag sie, ihren Kopf auf seine Schulter gelegt und die Hand noch immer an seiner Wange. »Es tut mir so leid, dass du verletzt worden bist, Truck.«

»Mir auch.«

»Hast du Angst?«

Truck schluckte und legte seine Hand auf ihren Rücken, sodass er sie festhalten konnte, als er sich hinsetzte. Annie hing an ihm wie eine Krake und bewegte sich keinen Zentimeter von ihm weg.

»Ich hole uns allen etwas zu trinken«, erklärte Fletch und gewährte ihm so ein wenig Zeit mit seiner Tochter, nun, da er wusste, dass sie in guten Händen war.

»Ein bisschen«, erklärte Truck dem kleinen Mädchen ehrlich.

Sie nickte, noch immer an ihn gepresst. »Ich glaube auch, dass es schrecklich ist, wenn man sich nicht 'innert. Aber wir kümmern uns um dich.«

»Danke schön.«

»Meine Mommy sagt immer, wenn man Angst hat, steht man kurz davor, etwas ausgesprochen Mutiges zu tun.«

Truck schloss einen Moment lang die Augen und versuchte, seine Emotionen unter Kontrolle zu bringen. »Tut sie das, was?«

»Ja. Und als die bösen Männer mich in ihrer Gewalt hatten, hatte ich große Angst, aber ich war auch mutig. Du warst auch da und hast dafür gesorgt, dass wir gerettet wurden.«

»Gut.«

»Truck?«

»Ja?«

»Sorgst du dafür, dass Mary wieder lächelt?«

»Annie!«, schalt Fletch sie, der hinter der Couch stand. »Wir haben doch darüber geredet.«

Annie hob den Kopf von Trucks Schulter und sah ihren

Vater böse an. »Ich wollte es ihm doch gar nicht sagen. Ich vermisse nur auch Mary. Sie hat uns schon so lange nicht mehr besucht. Ich möchte sie wiedersehen und meine Zeichensprache persönlich mit ihr üben. Über das Internet ist es einfach nicht das Gleiche. Und als wir das letzte Mal auf Face-Time waren, war sie traurig.«

Trucks Gedanken drehten sich. Das dumpfe Pochen war wieder da, aber nicht so schlimm wie am Morgen. Annie im Arm zu halten fühlte sich gut an. Richtig. Und auch ihr zuzuhören war irgendwie beruhigend. Es war nicht so, als würde er sich gedanklich an das kleine Energiebündel erinnern, aber sein *Körper* schien sich anscheinend doch zu erinnern. Irgendetwas an ihrer kleinen Hand auf seiner Wange brachte ihn dazu, innerlich zu schmelzen, und fühlte sich so vertraut an.

»Annie Elizabeth«, warnte Fletch sie.

Das kleine Mädchen senkte den Blick. »Entschuldige, Daddy«, sagte sie reumütig.

Truck hätte am liebsten laut losgelacht. Sie hatte auch Fletch um den kleinen Finger gewickelt und wusste das ganz genau.

»Verdammt, Fletch, ich hätte nie gedacht, dass ich das einmal erleben würde«, erklärte Truck.

»Das kostet fünf Dollar«, rief Annie aufgeregt und streckte ihm erwartungsvoll die Hand hin.

»Wie bitte?«

»Fünf Dollar. Du hast ein böses Wort benutzt. Jetzt, da ich meinen Panzer habe, wird das ganze Geld für die Uni gespart. Daddy sagt, dass es nicht zählt, wenn er eine Erwachsenenunterhaltung mit seinen Freunden führt, da dabei manchmal einfach schlimme Worte herausrutschen, aber wenn jemand mit *mir* redet, so wie jetzt, dann zählt es auf jeden Fall. Du schuldest mir also fünf Dollar!«

Truck lachte leise. »Und wie viel hast du bis jetzt schon?«, fragte er das kleine Mädchen.

»Fast viertausend Dollar«, erklärte sie ihm stolz.

Truck hätte sich fast verschluckt. »Im Ernst?«

Annie nickte. »Daddys Freunde benutzen sehr viele

schlimme Wörter«, sagte sie unbefangen und wackelte ungeduldig mit den Fingern.

Truck beugte sich vor, zog seine Brieftasche hervor und nahm einen Fünfdollarschein heraus, den er Annie in die Hand drückte. Sie strahlte ihn an und kletterte von seinem Schoß. Dann lief sie hinüber zu Fletch und wedelte mit dem Geld vor ihm herum. »Sieh nur, Daddy!«

»Ich sehe es, meine Kleine.«

Annie lächelte glücklich und ging dann wieder zu Truck auf die Couch zurück. »Tut dein Kopf weh?«, fragte sie.

Truck sah vor seinem geistigen Auge sofort, wie Mary ihm die gleiche Frage stellte. Eigentlich sollte er es bereits leid sein, dass die Leute ihm die ganze Zeit diese Frage stellten, doch aus irgendeinem Grund machte es ihm bei Annie oder Mary nichts aus. »Ein bisschen.«

»Oh. Dann solltest du dich ausruhen. Mommy sagt, wenn einem etwas wehtut, gibt es nichts Besseres als ein kleines Nickerchen, um sich besser zu fühlen.«

»Deine Mommy ist wohl ziemlich schlau.«

»Das ist sie. Allerdings tut ihr die ganze Zeit der Bauch weh, also schläft sie momentan recht viel. Aber das ist nur mein Bruder, der es kaum erwarten kann herauszukommen, um mich kennenzulernen.«

»Dein Bruder, was?« Er sah zu Fletch hoch. »Du hast mir gar nicht gesagt, dass ihr einen Jungen bekommt.«

»Weil wir das Geschlecht des Babys nicht kennen. Annie *hofft* einfach nur, dass es ein Junge wird. Sie will einen Bruder, mit dem sie spielen kann.«

»Es *wird* ein Junge«, erklärte Annie mit Nachdruck. »Das weiß ich.«

»Nur weil du dir etwas wünschst, heißt das noch lange nicht, dass es auch so ist«, erklärte Truck ihr sanft. Er hatte keine Ahnung, wo die Worte plötzlich herkamen, aber er hatte das vage Gefühl, dass er genau diesen Gedanken schon einmal in der Vergangenheit gehabt hatte. Worum es damals gegangen war, wusste er nicht mehr, und das frustrierte ihn. »Ich würde mich zum Beispiel unheimlich gern an dich und meine anderen Freunde erinnern, aber nur weil ich es will, gelingt es mir trotzdem nicht.«

Annie schob schmollend die Lippen vor. »Aber ... Mädchen sind doof! Und gemein. Ich will doch nur einen kleinen Bruder, damit ich ihm meinen Armeemann zeigen und mit ihm im Dreck spielen kann. Außerdem will ich ihm beibringen, wie man den Hindernisparcours auf Daddys Arbeit machen muss.«

»Einer kleinen Schwester kannst du all diese Sachen ebenfalls beibringen«, erklärte Fletch ihr. »Und wer ist gemein zu dir, mein Schatz?«

Annie presste die Lippen zusammen, bevor sie murmelte: »Niemand.«

Fletch seufzte.

»Weißt du, was Leute, die einen tyrannisieren, verrückt macht?«, fragte Truck Annie.

»Nein, was denn?«

»Wenn man sie gar nicht beachtet. Wenn es ihnen nicht gelingt, dir eine Reaktion zu entlocken.«

»Und woher weißt du das?«, fragte sie.

»Weil die Leute auch gemein zu mir waren, als ich noch zur Schule gegangen bin.«

»Tatsächlich?« Annie machte so große Augen, dass sie fast zu groß für ihr Gesicht wirkten. »Aber du bist so riesig, du hättest sie wie Käfer zerdrücken können. Ich bin viel kleiner als *alle anderen.*«

»Ich war auch nicht immer so groß wie jetzt«, entgegnete Truck. »Obwohl ich natürlich schon groß war, aber ich war dünn. Und deswegen wurde ich Bohnenstange genannt.«

»Wirklich?«

»Wirklich. Und ich habe gelernt, die Leute zu ignorieren, die mich so nannten. Außerdem will ich sowieso nicht ihr Freund sein, wenn sie so gemein sind.«

»Selbst wenn sie beliebt sind und jeder sie mag?«, fragte Annie mit kleinem Stimmchen.

»Selbst dann. Du musst einfach das tun, was du möchtest, Annie. Und zum Teufel mit dem, was sie denken. Einen echten Freund zu haben ist viel besser als zehn falsche.«

»Ich mag Amy. Sie ist in meiner Klasse und richtig nett.«

»Dann sei doch Amys Freundin und zur Hölle mit allen anderen. Und davon mal ganz abgesehen: Jeder, der dich nicht mag, ist selbst schuld. Ich kenne dich wirklich erst ganz kurz und finde dich trotzdem fantastisch.«

Sie kicherte. »Du kennst mich schon viel länger, Truck.«

»Nein.« Er tippte sich gegen die Schläfe.

»Ach ja! Das hatte ich ganz vergessen.«

Truck lächelte sie an. »Das ist das Schönste, was mir jemand seit Langem gesagt hat.«

»Danke, Truck«, entgegnete Annie und umarmte ihn. »Oh, aber da wäre noch was.«

»Was denn?«

»Du schuldest mir weitere fünf Dollar. Du hast den Satz mit H-Ö-L-L-E gesagt.«

Truck sah sie zum Spaß finster an. »*Dein* Gedächtnis scheint ja hervorragend zu funktionieren, was?«

»Ja«, erwiderte sie glücklich.

Truck hatte seinen Geldbeutel noch nicht zurück in seine Tasche gesteckt, also zog er jetzt einen weiteren Fünfer heraus und überreichte ihn Annie.

»Komm schon, mein Schatz. Ich würde sagen, für einen Tag hast du genug Geld bei Truck abgestaubt.«

»Abgestaubt?«

»Es dir erstunken, erlogen und zusammengeschwindelt.«

»Zusammengeschwindelt! Das Wort gefällt mir«, kreischte Annie und sagte es dann immer und immer wieder, während sie mit ihrem Fünfdollarschein in der Hand zur Tür von Trucks Wohnung marschierte.

Truck stand auf und folgte Fletch und seiner kleinen Tochter zur Tür.

»Darf ich den Wagen anlassen?«, bat Annie und sah ihren Vater mit großen Augen flehentlich an.

»Natürlich«, erklärte Fletch und zog einen Schlüsselbund aus der Tasche.

Annie grinste und sagte dann an Truck gewandt: »Ich liebe es, auf den magischen Knopf zu drücken!« Und damit war sie zur Tür hinaus und rannte über den Parkplatz.

Truck sah dabei zu, wie sie direkt zu einem Highlander lief, der erst ein paar Jahre alt war, und hineinkletterte. Sie hörten, wie der Wagen angelassen wurde, und sahen, wie Annie ihnen aus dem Wageninneren zuwinkte.

»Sie ist fantastisch«, erklärte Truck seinem Freund.

»Danke. Leider ist das nicht mein Verdienst. Das war alles Em.«

»Sie kann wahrscheinlich auch ganz schön anstrengend sein«, stellte Truck fest.

»Also, *dafür* bin ich verantwortlich«, erklärte Fletch lachend.

»Wird sie gehänselt?«, fragte Truck.

»Anscheinend schon. Zu Hause hat sie noch nichts gesagt, andererseits waren wir natürlich auch mit unserer Sorge um Emily beschäftigt. Annie ist ein Kind, das von Natur aus glücklich ist und sich so gut wie nie beschwert.«

»Behalte sie im Auge«, entgegnete Truck. »Jetzt macht es ihr vielleicht nicht viel aus, aber wenn sie erst einmal ein Teenager ist und ihre Hormone durchdrehen, kann das schon ganz anders aussehen.«

»Es tut mir leid, dass du das durchgemacht hast«, erklärte Fletch seinem Freund.

Truck zuckte mit den Achseln. »Das ist schon lange her.«

»Aber trotzdem.«

Truck nickte.

»Alles okay?«, wollte Fletch wissen.

Truck wandte sich zu ihm und sah ihn fragend an.

»Sie hat viel mit dir geredet. Hat es dich an irgendetwas erinnert?«

»Nein. Aber ...« Er hielt inne, weil er nicht wusste, wie er das merkwürdige Gefühl des Déjà-vus erklären sollte.

»Was ist denn?«

»Ich habe das Gefühl, als wären all meine Erinnerungen da. Es ist fast so, als fiele einem ein Wort nicht ein, man dabei aber genau weiß, dass man es kennt. Es liegt da auf der Zunge, aber du kannst es nicht aussprechen.«

»Fühlt sich das anders an als letzte Woche?«, wollte Fletch wissen.

»Ja. Anfangs passierte es nur gelegentlich. Aber in letzter Zeit wird dieses Gefühl stärker, durch Gerüche, irgendwelche Sachen, die ich sehe, wie zum Beispiel letztes Mal bei unserer Versammlung auf dem Stützpunkt, oder als deine Tochter mir ihre Hand auf die Wange gelegt hat.«

Fletch nickte. »Das ist ein gutes Zeichen.«

»Das hoffe ich.«

Vom Parkplatz aus ertönte ein Hupen und beide Männer drehten sich zu dem Highlander um. Annie lächelte und winkte ihnen erneut zu.

»Das ist anscheinend das Zeichen, dass ich meinen Arsch mal langsam in Bewegung setzen sollte.«

»Das kostet fünf Dollar«, scherzte Truck.

»Es zählt nur, wenn *sie* es hört«, grinste Fletch und klopfte Truck dann auf die Schulter. »Danke, dass du so toll mit ihr warst.«

»Kein großes Opfer«, entgegnete Truck trocken.

»Trotzdem danke. Du hast ihren Tag gerettet. Vielleicht sogar ihre Woche oder ihren Monat. Bis später.«

Und damit ging Fletch zu seinem Wagen und seiner kleinen Tochter.

Eine Sekunde lang war Truck eifersüchtig auf seinen Freund. Sie waren alle so lange unverheiratet gewesen, dass es Truck nicht in den Sinn gekommen war, dass jeder eine Frau gefunden haben könnte, um sein Leben zu vervollständigen.

Er fühlte sich ausgeschlossen. Als hätte man ihn zurückgelassen. Was dumm war, aber er konnte nicht anders. Und das brachte ihn dazu, über Mary und die Art ihrer Beziehung nachzudenken. Er konnte nicht leugnen, dass er Gefühle für sie hatte. Aber sie zu definieren war schwieriger. Ein Teil von ihm fühlte sich, als liebte er sie. Was verrückt war, da er sie nicht einmal mehr wirklich kannte.

Aber ein anderer Teil von ihm war misstrauisch. Als würde sein Gehirn ihn dazu ermahnen, es langsam mit ihr angehen zu lassen, sich aus irgendeinem Grund zurückzuhalten. Er hatte das Gefühl, dass Mary ihn wirklich verletzen könnte. Er ließ Frauen nie zu nahe an sich heran, weil er von ihnen immer wieder enttäuscht worden war. Es war frustrierend, nicht genau zu wissen, wie seine Beziehung zu Mary gewesen war.

Aber als er Fletch mit Annie sah und wusste, dass er nach Hause zu seiner schwangeren Frau fahren würde, wollte Truck das auch. Er wollte nach Hause zu Mary kommen. Er wollte, dass sie lächelte, wenn er durch die Tür kam und ihn mit offenen Armen empfing.

Als er seinen Magen knurren hörte, lächelte Truck reumütig. Dinge zu wollen, würde sie nicht auf magische Weise geschehen lassen. Ihm war mit Mary ein Neuanfang ermöglicht worden, und er würde seine Chance nutzen. So zu tun, als wäre das, was in der Vergangenheit zwischen ihnen geschehen war, genau das ... Vergangenheit.

Er würde sich vielleicht nie daran erinnern, wo sie gestanden hatten, aber er freute sich darauf zu sehen, wo sie die Zukunft hinbringen würde.

Lächelnd schloss Truck seine Wohnungstür und ging in die Küche, um ein spätes Mittagessen beziehungsweise frühes Abendessen zuzubereiten. Er hatte Zeit, Mary kennenzulernen, bevor er wieder zur Arbeit gehen musste, und genau das hatte er auch vor. Er würde die nächsten paar Wochen damit verbringen, sich mit ihr zu verabreden. Er würde mit ihr reden. Sie kennenlernen.

Entweder würde er sein Gedächtnis wiedererlangen oder nicht. So oder so, er wollte Mary als seine Freundin an seiner Seite haben, wenn er wieder arbeiten ging.

KAPITEL ELF

Mary stand in der Tür des Tresorraums mit den Schließfächern und beobachtete den jungen Mann bei seiner Begutachtung der Stahlkammer. Schon vor ein paar Wochen hatte sie den Verdacht gehabt, dass in der Bank etwas vor sich ging, aber jetzt war sie sich sicher.

Dies war der zehnte junge Mann, der innerhalb der letzten zweieinhalb Wochen Erkundigungen über das Mieten eines der Schließfächer eingeholt hatte. Sie hatten alle Anzug und Krawatte getragen, aber sie konnten nicht alle ihre Tätowierungen verdecken. Sie befanden sich auf ihren Hälsen und Handrücken. Einige hatten sogar ein paar im Gesicht.

Sie hatte die beiden Männer, die vor etwa einem Monat versucht hatten, die Bank zu überfallen, nicht gesehen. Sie wusste nur, dass sie immer noch im Gefängnis saßen und auf ihre Verhandlung warteten, aber wenn sie raten müsste, würde sie sagen, dass diese Männer zur selben Bande gehörten. Sie hatte es wieder einmal ihrer Chefin Jennifer gegenüber angesprochen, die sagte, sie glaubte nicht, dass dies etwas wäre, worüber man sich Sorgen machen müsste, aber sie würde der Sache nachgehen.

Mary glaubte ihr nicht, aber was konnte sie tun?

Dieser junge Mann stellte etwas offensichtlichere Fragen über die Sicherheit des Tresors und der Schließfächer, als die anderen es getan hatten. Er wollte auch wissen, wer noch einen Schlüssel zu den Schließfächern hatte und was passieren würde, sollte er jemals seinen Schlüssel verlieren. Sie erklärte, dass zum Öffnen jedes Faches zwei Schlüssel erforderlich wären. Die Bank hatte einen und der Besitzer des Schließfachs hatte den anderen. Sie mussten gleichzeitig eingeführt und im Schloss belassen werden, wenn das Schließfach entfernt wurde. Es gab Richtlinien für den Fall, dass jemand seinen Schlüssel verlor, aber es dauerte ein paar Tage, einen neuen anzufertigen.

Es war unmöglich, mehr als drei Schließfächer gleichzeitig zu öffnen, denn so viele Hauptschlüssel hatte die Bank zur Hand, aber das sagte sie dem Kunden natürlich nicht.

»Was passiert im Falle eines Feuers?«, wollte der Mann wissen. »Wären meine Sachen dann in Sicherheit?«

»Wenn Sie wissen möchten, ob die Schließfächer feuerfest sind, das sind sie«, erklärte Mary, so ruhig sie konnte.

»Hmmm«, sagte der Mann. »Und wenn ich und ein Freund gleichzeitig Sachen aus dem Schließfach nehmen möchten, geht das?«

»Nein. Es ist jeweils nur ein Kunde im Tresorraum erlaubt.«

»Das ist eine dumme Regel.«

Mary zuckte mit den Achseln. »So lautet eben die Firmenpolitik.«

»Und was, wenn –«

»Mary!«, rief Rebecca, eine der anderen Bankangestellten, die gerade den Flur entlang auf den Tresorraum zukam.

Sie drehte sich um und sah, dass die andere Frau ihr Handy in der Hand hatte. »Dein Handy klingelt ununterbrochen. Jennifer ist sauer, aber ich habe gesehen, dass es deine Freundin Rayne ist. Ich dachte, vielleicht ist es wichtig, und – oh … bitte entschuldige, ich wusste nicht, dass du noch auf dem Rundgang bist.«

»Ich denke, wir sind hier fast fertig.«

»Ich kann den Rundgang für dich beenden«, sagte Rebecca zaghaft. Mary wusste, dass die andere Frau genauso beunruhigt über all die Männer war, die Fragen zu den Schließfächern stellten, also schüttelte sie den Kopf. »Das ist nicht nötig.« Sie wandte sich wieder dem Mann namens »Mr. Smith« zu und innerlich verdrehte sie die Augen aufgrund des offensichtlich falschen Namens, den er gewählt hatte. »Sie haben ja die Anmeldeformulare. Sie können sie täglich montags bis freitags zwischen neun und sechzehn Uhr dreißig in der Bank abgeben.«

»Gut. Vielen Dank«, sagte der Mann und verließ den Tresorraum. Als er an ihr vorbeiging, streifte er Mary. »Entschuldigung«, sagte er zu spät – und mit einem anzüglichen Grinsen.

Mary biss sich auf die Zunge, um sich davon abzuhalten, etwas zu erwidern, das sie später bereuen würde. Sie begleitete Mr. Smith noch bis zum Eingangsbereich und Rebecca und sie schauten ihm nach, als er in die Nachmittagshitze hinausschlenderte.

»Irgendetwas stimmt da definitiv nicht«, stellte Rebecca fest.

»Oh, da hast du recht«, stimmte Mary ihr zu.

»Hast du schon die neuesten Gerüchte über die Bank gehört?«, fragte Rebecca.

»Nein, was ist denn diesmal?«

»Die in der Zentrale wollen die Schalterbeamten loswerden und Automaten in die Eingangshalle stellen. Sie glauben, dass dies Raubüberfälle wie den vom letzten Monat abwehren wird.«

»Verdammt. Also verlieren wir alle unsere Arbeit?«

Rebecca zuckte mit den Achseln. »Ich weiß nicht. Ich nehme an, die meisten von uns schon. Sie brauchen weiterhin ein paar Schalterbeamte, um sich um die Laufkundschaft und all die Sachen zu kümmern, die die Automaten nicht erledigen können ... zum Beispiel wenn jemand Devisen braucht oder so was. Aber sie wollen fast alles automatisieren, wo immer es möglich ist, zum Beispiel Einzahlungen, Abhebungen und Kontoauszüge.«

»Verdammt«, sagte Mary und zuckte dann mit den Achseln. »Dann ist es wohl an der Zeit, uns nach etwas anderem umzusehen, was?«

»Aber ich habe immer nur das gemacht«, erwiderte

Rebecca. »Ich meine, es ist natürlich nicht mein Traumjob, aber nach acht Jahren und einem Abschluss in Allgemeinwissenschaften bin ich mir nicht sicher, was ich sonst noch bekommen kann.«

Mary machte sich die gleichen Sorgen wie ihre Kollegin, versuchte aber, positiv zu bleiben. »Wir sind perfekt organisiert und vertrauenswürdig. Irgendetwas finden wir schon.«

Und da klingelte das Handy in ihrer Hand erneut. Mary sah, dass es sich um Rayne handelte, die schon wieder anrief. »Es dauert nur eine Sekunde«, erklärte sie Rebecca.

Die andere Frau nickte und ging wieder an ihren Schalter.

»Hallo?«, meldete sich Mary.

»Em ist im Krankenhaus«, sagte Rayne, ohne sich mit einer Begrüßung aufzuhalten. »Heute Morgen hat sie zu bluten angefangen und Fletch hat den Notarzt gerufen.«

»Oh nein! Geht es ihr gut?«, fragte Mary.

»Wir wissen es noch nicht.«

»Bist du im Krankenhaus?«

»Ja. Kannst du herkommen?«

»Meine Schicht dauert noch drei Stunden.«

»Kannst du deiner Chefin nicht sagen, dass es sich um einen Notfall handelt?«

»Ich glaube, das ist ihr egal«, entgegnete Mary fast hysterisch. »Wo ist Annie?«

»Sie ist hier und sie dreht durch.«

Der Gedanke, dass Em mit Komplikationen im Krankenhaus lag, brach ihr das Herz, aber womit Mary nicht umgehen konnte, war das Bewusstsein, dass es Annie schlecht ging. »Ich bin in spätestens einer halben Stunde dort«, erklärte Mary Rayne.

»Und was ist mit deiner Chefin?«, wollte Rayne wissen.

»Wie du schon gesagt hast, es handelt sich um einen Notfall. Ich lasse mir etwas einfallen.«

»Tu nichts Überstürztes«, befahl Rayne ihr.

»Wer, ich etwa?«, scherzte Mary.

»Ja. Ich kenne dich.«

»So ein Blödsinn. Sind die Jungs da?«

»Beatle schon. Die anderen befinden sich in einer Besprechung, die sie nicht so einfach absagen konnten. Sie kommen her, sobald sie können.«

»Und Truck?«

»Den habe ich noch nicht angerufen.«

»Das mache ich«, erklärte Mary Rayne. Sie und Truck hatten während der letzten zweieinhalb Wochen viel Zeit miteinander verbracht. Sie waren offiziell zusammen und es fühlte sich gut und seltsam zugleich an. Sie war nie mit Truck ausgegangen, die beiden hatten sich nie in einer Übergangs-phase befunden. Sie waren davon, sich wie zwei Schulkinder zu necken, direkt dazu übergegangen zusammenzuwohnen, denn er hatte sie gezwungen, bei ihm einzuziehen, als er herausfand, wie krank sie war, und sie hatten sofort geheiratet.

Aber in letzter Zeit gingen sie essen, sahen sich in der Wohnung des anderen einen Film an, gingen spazieren und unternahmen sogar einen Wochenendausflug zum *Verzauberten Felsen* im nahe gelegenen Fredericksburg. Es war faszinierend, Truck kennenzulernen, ohne dass ihre Krankheit ein Faktor war. Sie wusste bereits, dass er lustig, beschützend und herrisch war, aber sie hatte auch andere kleine Dinge über ihn herausgefunden. Zum Beispiel, dass das Gürteltier sein absolutes Lieblingstier war und dass er kitzelig war, und sie hatte unzählige Geschichten über seine Schwester Macie gehört und wie nahe sie sich gestanden hatten, als sie klein waren. Mary hatte sich noch mehr in den Mann verliebt, wenn das überhaupt möglich war.

Sie hatten ein paarmal rumgemacht, aber sie hatte die Dinge gestoppt, bevor sie zu weit gingen, weil sie Angst hatte, er würde ihre falschen Brüste fühlen und Fragen stellen. Mary wusste, dass sie mit ihm reden musste, bevor jemand anderes über ihren Krebs plauderte, aber es war ihr nicht gelungen, den richtigen Zeitpunkt dafür zu finden.

Außerdem genoss sie es, einfach nur »Mary« zu sein, anstatt »Mary, die Krebs hat«.

»Alles klar. Die Mädchen kommen, sobald sie können. Abgesehen von Kassie, die Kate nicht mit in ein Krankenhaus voller Bakterien mitnehmen möchte«, erklärte Rayne. »Bis gleich.«

»Bis gleich«, entgegnete Mary und legte auf. Sie musste sich schnell etwas überlegen. Wie konnte sie Jennifer dazu bringen, sie früher gehen zu lassen? Seit sie wieder zur Arbeit erschienen war, hatte sie noch nicht wieder viele Krankentage angesammelt, aber sie müsste doch wenigstens drei Überstunden haben, die sie benutzen konnte.

Seufzend beschloss sie, sich einfach zusammenzureißen und mit Jennifer zu reden. Es war ja sowieso nicht so, als würde sie diesen Job lieben. Wenn sie gefeuert wurde, weil sie einen Notfall hatte und gehen musste, dann sollte es so sein.

Mary atmete tief durch, ging zu Jennifers Büro und klopfte an.

Ihre Chefin sah auf und fragte ungeduldig: »Ja bitte?«

Mary beschrieb schnell, was los war, und wartete darauf, welche Entscheidung ihre Chefin traf.

»Du hast schon ziemlich viele Fehltage, Mary.«

»Ich weiß, und ich würde nicht fragen, wenn es nicht wirklich wichtig wäre.«

»Wenn ich mir das hier anschaue und außerdem die Belästigung unserer Kunden bedenke, treibst du es langsam zu weit«, erwiderte Jennifer.

Mary schluckte die harte Erwiderung herunter, die ihr auf der Zunge lag. Sie hat die Kunden nicht belästigt. Sie hatte ihre Sicherheitsbedenken an ihre Chefin herangetragen – wie sie es tun sollte. Sie biss sich auf die Zunge und schwieg.

Schließlich seufzte Jennifer. »Na gut. Aber das ist das letzte Mal. Und das meine ich ernst.«

Mary nickte schnell und war extrem erleichtert. »Vielen Dank«, sagte sie, doch als sie sich zum Gehen wandte, hielt Jennifer sie auf.

»Mary?«

Mary drehte sich zu ihrer Chefin um. »Ja?«

»Ich weiß es wirklich zu schätzen, dass du mich ehrlich gefragt hast, anstatt eine blöde Ausrede zu erfinden oder irgendeine Nummer abzuziehen, um das zu bekommen, was du willst.«

Mary nickte einfach nur und ging, ohne der anderen Frau zu sagen, wie nahe sie daran gewesen war, genau das zu tun.

Als sie schnell zu ihrem Wagen ging, konnte Mary nicht umhin, sich Sorgen darüber zu machen, was ihre Freundin gerade durchmachte. Wie von der Tarantel gestochen fuhr sie zum Krankenhaus und rief Truck an.

»Hey, Mare«, sagte Truck, als er abhob.

»Hi. Emily ist im Krankenhaus. Sie blutet seit heute Morgen und Fletch hat den Krankenwagen gerufen.«

»Verdammt. Wo bist du jetzt?«

»Auf dem Weg dorthin.«

»Fahr langsamer.«

Mary blinzelte überrascht. »Woher weißt du, dass ich zu schnell fahre?«

»Weil ich dich kenne. Atme einfach tief durch und versuche, dich zu entspannen. Drei Minuten früher anzukommen bringt ja auch nichts. Mir wäre es lieber, du fährst langsamer und kommst dafür heil an.«

Jetzt schluckte Mary ihre Tränen herunter. Das war mal wieder typisch Truck, sich mehr Sorgen um sie als um Emily zu machen. Natürlich mochten Rayne und die anderen sie und wollten, dass sie vorsichtig war, aber Truck machte sich irgendwie anders Sorgen um sie. »Okay. Kommst du?«

»Natürlich komme ich«, entgegnete Truck und klang ein wenig entgeistert. »Warum sollte ich das nicht?«

»Nun ... es werden alle Frauen da sein. Und Annie ist auch schon da. Und ich weiß, dass das alles noch ziemlich merkwürdig für dich ist, und deswegen wollte ich nicht, dass du dich unbehaglich fühlst, wenn alle gleichzeitig da sind.«

»Wirst du da sein?«

»Äh ... ja. Ich habe dir doch schon gesagt, dass ich auf dem Weg bin.«

»Dann werde *ich* auch da sein«, entgegnete Truck im Brustton der Überzeugung.

Seine Worte trafen sie mitten ins Herz und eine Wärme, die sie noch nie zuvor empfunden hatte, durchzog ihren Körper.

Sie wollte ihm sagen, dass sie ihn liebte. Dass sich in ihrem ganzen Leben noch nie jemand um sie gesorgt hatte, wie er es tat, doch sie konnte es nicht. Sie konnte die Worte einfach nicht aussprechen. Denn dadurch würde sie sich öffnen und konnte verletzt werden, und das würde Mary niemals mehr tun. Sie konnte es einfach nicht.

Also räusperte Mary sich, unterdrückte das Verlangen zu weinen und sagte: »Ich weiß, dass du Krankenhäuser nicht magst. Mach dir um mich keine Gedanken.«

»Ich muss nur schnell unter die Dusche springen«, erwiderte Truck und beachtete ihren Versuch, ihm einen Ausweg zu geben, gar nicht. »Als du angerufen hast, habe ich gerade trainiert, aber ich werde in einer halben Stunde oder so da sein. Falls irgendetwas passiert, ruf mich an.«

»Das werde ich«, entgegnete Mary und war glücklicher, als sie in Worte fassen konnte, dass er tatsächlich kam.

»Fahr vorsichtig, Baby. Bis gleich.«

»Okay.«

»Du hast mir gefehlt.«

Mary lächelte. »Wir haben uns doch erst vor eineinhalb Tagen gesehen.«

»Das sind eineinhalb Tage zu viel. Bis später.«

»Tschüss, Truck.«

Mary schaltete die Freisprechanlage an ihrem Lenkrad aus und schüttelte den Kopf. Sie vermisste Truck auch. Es war verrückt. Sie war unabhängig, hatte immer allein gelebt. Aber sie hatte sich vor seinem Unfall daran gewöhnt, ihn um sich zu haben. Durch seine Anwesenheit in ihrem Leben fühlte sie sich ruhiger, weniger defensiv gegenüber der Welt im Allgemeinen. Sie saßen immer zusammen in einem Raum und sprachen nicht einmal miteinander, was friedlich war, und Mary ertappte sich dabei, wie sie hin und wieder aufblickte, nur um sich davon zu überzeugen, dass er noch da war.

Er war tröstlich. Großzügig. Beruhigend. Aber mehr als das, er gab ihr das Gefühl der Sicherheit. Als sie aufwuchs, hatte sie sich nie so gefühlt. Sie wusste nie, ob die Onkel versuchen würden, in ihr Zimmer zu kommen und sie wie ihre Mama zu behandeln. Als sie achtzehn Jahre alt war und aus dem Haus geworfen wurde, fühlte sie sich nicht mehr sicher, weil sie keine Wohnung hatte. Und selbst nachdem sie eine eigene Wohnung gefunden hatte, hatte sie sich in keiner ihrer Apartments jemals völlig sicher gefühlt. Vielleicht war das ein

Ergebnis ihrer Erziehung, vielleicht lag es daran, dass sie eine alleinstehende Frau war. Aber sie hatte sich an das Gefühl gewöhnt.

Bei Truck zu sein gab ihr das Gefühl, dass sie sich keine Sorgen machen musste. Sie brauchte nicht aufzustehen und nachzusehen, ob die Tür verschlossen war, weil er es bereits getan hatte. Sie brauchte sich nicht darum zu kümmern, die Vorhänge zuzuziehen, denn Truck schloss sie, sobald es draußen dunkel wurde. Er schlief auf der Seite des Bettes, die der Tür am nächsten lag, und stellte sich zwischen sie und jeden, der hereinkommen wollte.

Er hatte seine Fehler. Er war zu herrisch. Er war zu sehr daran gewöhnt, seinen Willen zu bekommen. Er nahm die Fernbedienung in Beschlag und hatte die Angewohnheit, sich in der Dusche die Nase zu putzen, was schlichtweg ekelhaft war. Aber das waren alles Kleinigkeiten. Alles andere machte seine Macken mehr als wett. Außerdem wusste Mary, dass sie viel nervigere Angewohnheiten hatte als er ... und er nahm sie alle hin.

Zehn Minuten später fuhr Mary auf den Parkplatz des Krankenhauses. Sie eilte zum Eingang und holte tief Luft, bevor sie eintrat. Nach allem, was sie durchgemacht hatte, mochte sie Krankenhäuser nicht besonders. Sie brachten so viele schlimme Erinnerungen zurück, aber sie verdrängte sie, weil sie wusste, dass Annie drinnen war und sich Sorgen um ihre Mutter und ihr kleines Geschwisterchen machte.

Ohne sich die Mühe zu machen, die Empfangsdame zu fragen, wohin sie gehen musste, machte Mary sich auf den Weg zum Aufzug. Sie erinnerte sich, wo der Warteraum des Kreiß-saals war, da sie schon einmal dort gewesen war, nachdem Kassie ihr Baby bekommen hatte, aber diesmal war sie allein im Aufzug.

Nachdem sie auf dem richtigen Stockwerk angekommen war, ging Mary auf den Wartebereich zu. Diesmal war er nicht mit fröhlichen, lachenden Menschen gefüllt. In der Sekunde, in der sie eintrat, sprang Annie von dem Stuhl, auf dem sie gesessen hatte, auf und lief zu ihr. Sie warf ihre Arme um Marys Taille und vergrub ihr Gesicht in ihrem Bauch.

Mary schwankte ein wenig, legte aber sofort ihre Arme um die Schultern des kleinen Mädchens.

»Hey, Annie.«

Sie murmelte etwas an ihrem Bauch, hob aber den Kopf nicht.

Als Mary sich umsah, erblickte sie Rayne, Beatle, Wendy und Harley.

»Hast du Truck angerufen?«, wollte Beatle wissen.

Mary nickte. »Er wollte schnell noch unter die Dusche springen und dann herkommen. Vor fünfzehn Minuten hat er gesagt, er wäre in einer halben Stunde hier.«

Beatle nickte.

»Truck kommt?«, fragte Annie.

Mary fuhr dem kleinen Mädchen mit der Hand durchs unordentliche Haar und nickte. »Ja, er ist schon auf dem Weg.«

»Gut.«

Mary schlurfte zu einem der Stühle hinüber, während Annie sich immer noch an ihr festhielt. Sie setzte sich auf einen Stuhl, der keine Arme hatte, und hob Annie hoch, sodass sie seitlich auf ihrem Schoß saß. Es war ein wenig unbequem, da Annie nicht mehr gerade klein und leicht war. »Habt ihr schon was gehört?«, fragte Mary Rayne, als alle sich wieder hinsetzten.

Sie schüttelte den Kopf. »Vor einer Weile wurde sie abgeholt, um einen Kaiserschnitt zu machen. Fletch ist bei ihr.«

Mary wollte mehr wissen. Sie wollte alle Einzelheiten erfragen. Aber nicht, solange Annie da war. Sie wollte auf keinen Fall, dass das kleine Mädchen etwas Beängstigendes über seine Mutter hörte.

Während die Minuten vergingen, füllte sich der Raum. Ghost und die anderen Jungs trafen ein, nachdem sie offensichtlich ihre Besprechung auf dem Stützpunkt beendet hatten. Hollywood war da, auch wenn Kassie zu Hause geblieben war. Als Truck den Raum betrat, ging er direkt zu Mary und Annie.

Er hockte sich vor ihnen hin, legte eine Hand an Annies Rücken und drückte Mary mit der anderen Hand den Nacken.

Mary fühlte sich von ihm umgeben. Sein frischer, sauberer Duft stieg ihr in die Nase und sie atmete tief ein.

»Wie geht es meinen Mädchen?«, fragte er leise.

Er war auf direktem Weg zu ihnen gekommen. Hatte nicht einmal zuerst seine Teamkollegen begrüßt. Und auch sonst niemanden. Auf der Suche nach ihr hatte er den Blick durch den Raum wandern lassen, und als er sie entdeckt hatte, war er sofort zu ihr gekommen.

»Wir halten durch«, entgegnete Mary mit zitternder Stimme.

»Warum dauert das so lange?«, fragte Annie und ihre Unterlippe bebte.

Truck erhob sich, griff dann nach unten und nahm Marys Hand in seine. Er half ihr aufzustehen und setzte sich auf den Platz, auf dem sie gesessen hatte. Dann zog er Mary auf seinen Schoß. Sie hielt Annie immer noch an der Hand und sie schwankte ein wenig, als sie versuchte, sich zu positionieren. Aber sie wollte nicht fallen, auf keinen Fall. Nicht, solange Truck in der Nähe war.

Er hielt sie fest, und Mary lehnte sich gegen ihn und vertraute darauf, dass er sie und Annie beschützen würde. Annie rollte sich auf Marys Schoß zu einem kleinen Ball zusammen.

»Es dauert ziemlich lange, ein Baby zu bekommen«, entgegnete Truck leise. »Und die Ärzte geben ihr Bestes, was deine Mom und dein kleines Geschwisterchen betrifft.«

»Brüderchen«, entgegnete Annie trotzig. »Mein kleines Brüderchen.«

Truck lachte leise und das Beben drang durch Marys Körper.

»Entschuldige bitte. Dein Brüderchen.«

Annie wurde still und Mary fiel nichts ein, was sie zu Truck sagen konnte, ohne das Mädchen zu beunruhigen. Also saßen die drei schweigend da. Ungefähr zehn Minuten später schnarchte Annie leise auf Marys Schoß.

»Ist sie dir zu schwer? Möchtest du, dass ich sie nehme?«, flüsterte Truck ihr leise ins Ohr.

Mary schüttelte den Kopf. »Ist schon in Ordnung.«

»Was ist denn los? Gibt es irgendwelche Neuigkeiten?«

»Nein.«

»Es kommt mir bekannt vor, aber dann auch wieder irgendwie nicht«, sagte Truck plötzlich.

Mary hob den Kopf und starrte ihn an. Sie waren einander jetzt so nahe, dass ihre Nasen sich fast berührten. »Inwiefern?«, fragte sie.

»Hier, in diesem Raum zu sein, mit all den Jungs ... und auch ihren Frauen. Aber irgendwie fühlt es sich anders an.«

»Du warst hier, als Kassie ihr Baby bekommen hat«, entgegnete Mary leise, obwohl sie sich nicht sicher war, ob sie das Richtige tat, trotzdem sprach sie weiter. Während der letzten zwei Wochen hatte sie Truck immer wieder ein paar Kleinigkeiten wie diese mitgeteilt und als Resultat schien es ihm nicht schlechter zu gehen. »Aber damals haben alle gelacht und waren glücklich, dass Kate gesund zur Welt gekommen ist. Hollywood hat Zigarren verteilt und sogar Annie war dabei.«

»Hmmmm«, machte Truck nachdenklich. »Ich bin mir nicht sicher, ob es das ist, was mir bekannt vorkommt.«

»Was dann?«

»Ich glaube, es ist der Krankenhausgeruch. Er sorgt nicht gerade für gute Erinnerungen. Ich habe das Gefühl, sehr viel Zeit hier verbracht zu haben, und kaum hatte ich dieses Krankenhaus betreten, bekam ich ein Gefühl des Unwohlseins.«

Marys Magen machte einen Satz. Konnte es sein, dass er sich an die Zeiten erinnerte, als er sie ins Krankenhaus begleitet hatte, während sie ihre Chemotherapie und Strahlenbehandlung erhalten hatte? Sie biss sich auf die Unterlippe.

»Mary?«

»Ja?«

»Was verschweigst du mir?«

»Das ist jetzt weder der richtige Ort noch der richtige Zeitpunkt.«

»Aber es geht dabei nicht um meinen Gedächtnisverlust, oder?«, fragte Truck fast hellseherisch.

Mary öffnete den Mund, um zu antworten, wurde aber von dem Arzt unterbrochen, der in der Tür auftauchte. »Sind Sie alle für Emily Fletcher hier?«

Alle antworteten gleichzeitig mit »Ja« und der Arzt hielt die Hand hoch. Mary wollte Annie aufwecken, wollte aber nicht, dass das kleine Mädchen schlechte Nachrichten von dem Arzt bekam ... wenn es sich denn um schlechte Nachrichten handelte. Sie würde es dem kleinen Mädchen später selbst beibringen, wenn es sein musste.

»Emily geht es gut.«

»Und ihrem Baby?«, fragte Rayne und rang sich die Hände.

»Dem geht es auch gut. Er ist ein bisschen zu früh dran, also haben wir ihn noch im Brutkasten und überwachen ihn als Vorsichtsmaßnahme. Aber er ist ziemlich groß, was auch ein Teil des Problems war, also sind wir fest davon überzeugt, dass er es schaffen wird.«

»Wusste ich doch gleich, dass es ein Junge wird«, sagte Mary und lächelte Truck an.

Als alle um sie herum sofort zu reden begannen, ließ Truck Mary nicht aus den Augen. »Ein Junge«, entgegnete er leise.

Mary konnte nur nicken.

Dann lehnte Truck sich langsam zu ihr hin. Mary leckte sich erwartungsvoll über die Lippen. Als seine Lippen die ihren berührten, schmolz Mary dahin.

Sie lehnte sich zu ihm und vertraute darauf, dass er sie sicher auf seinem Schoß hielt, denn sie konnte sich nicht festhalten, weil ihre Hände die schlafende Annie hielten. Sie fühlte, wie der Arm um ihren Rücken fester wurde, als er den Kopf neigte und den Kuss vertiefte.

Genau dort, vor den Augen all ihrer Freunde, küsste Truck sie und beanspruchte sie für sich. Das war die einzige Möglichkeit, es zu erklären. Es schien ihm scheißegal zu sein, dass jeder sie sehen konnte. Er verschlang ihren Mund, als würde er ihn nie wieder bekommen, und Mary erwiderte den Kuss. Sie war ihm gegenüber immer etwas zurückhaltend gewesen, wollte ihn nicht an der Nase herumführen, aber in diesem Moment war es Mary egal. Sie liebte Truck. Sie liebte ihn, wie sie noch nie zuvor jemanden geliebt hatte. So wie sie nie wieder jemanden lieben würde. Sie wollte diesen Mann für alle Zeit an ihrer Seite haben.

Nach einem langen Augenblick zog Truck sich abrupt zurück. Er atmete schwer, und wenn Mary sich nicht irrte, konnte sie seinen dicken, harten Schwanz unter ihrem Hintern spüren. Sie leckte sich wieder die Lippen und konnte Truck darauf schmecken. Sie spürte, wie ihre Libido mit voller Wucht zurückkehrte. Sie wollte diesen Mann. Wollte ihn unbedingt tief in sich spüren.

»Was ist denn los?«, fragte Annie, richtete sich auf und rieb sich die Augen.

Mary schrak überrascht zusammen. Sie hatte sich so sehr auf Truck konzentriert, dass sie den Tumult um sich herum gar nicht mitbekommen hatte.

Er lächelte über ihre offensichtliche Verwirrung und streichelte Annie mit der Hand über den Kopf. »So wie es aussieht, hast du ein neues Brüderchen.«

»Wirklich?«, fragte sie, setzte sich abrupt auf und hätte Mary dabei fast mit dem Kopf ans Kinn gestoßen.

»Ja, wirklich«, bestätigte Truck ihr.

Annie sprang von Marys Schoß, sodass diese fast vom Stuhl gefallen wäre. Nur Trucks fester Griff hielt sie davon ab.

»Juhu!«, rief Annie und sprang auf und ab. »Ichwusstees-IchwussteesIchwusstees!«

Mary lächelte über den Enthusiasmus des kleinen Mädchens.

»Wann kann ich ihn sehen? Ich möchte ihm meinen Armeemann zeigen. Oh nein, ich habe ihn zu Hause vergessen! Rayne, ich muss schnell nach Hause fahren und meinen Armeemann holen, damit ich ihn meinem kleinen Bruder zeigen kann!«

»Dazu hast du später noch genügend Zeit«, entgegnete Rayne und grinste bis über beide Ohren.

»Ein Brüderchen«, sagte Annie diesmal ein wenig ruhiger. »Ich bin so glücklich.« Dann brach sie in Tränen aus.

Rayne nahm sie in die Arme und strahlte Mary an.

»Ich weiß wirklich nicht, wie ich dieses wunderschöne, kleine Mädchen vergessen konnte«, flüsterte Truck ihr ins Ohr. »Aber was noch viel wichtiger ist, ich weiß wirklich nicht, wie ich jemals vergessen konnte, wie sich dein Mund auf meinem anfühlt. Zu spüren, wie du dich auf meinem Schoß windest, wie du es gerade getan hast.«

Mary wusste, dass sie errötete, aber sie musste ehrlich mit ihm sein. »So war es vorher zwischen uns nicht.«

Truck fragte nichts, zog aber dafür eine Augenbraue hoch.

»Es ist ... kompliziert«, schloss Mary ohne große Überzeugung.

Truck strich ihr sanft mit der Hand über den Arm. »Jetzt fühlt es sich gar nicht kompliziert an.«

Mary schüttelte den Kopf. »Nein, das tut es wirklich nicht.«

Sie hätte noch mehr gesagt, aber in dem Moment übertönte eine Stimme die ausgelassene Feier im Raum.

»Mary?«

Mary wandte sich zu der Stimme um – und erstarrte. Buchstäblich jeder Muskel in ihrem Körper verkrampfte sich.

»Was ist denn los?«, fragte Truck nervös, da er offensichtlich ihre Anspannung bemerkt hatte.

»Gar nichts, ich bin gleich wieder da.«

Mary kletterte umständlich von Trucks Schoß und ging zu der Krankenschwester hinüber, die in der Tür des Wartezimmers stand. »Hey, Donna. Wie geht es Ihnen?«

»Es geht mir gut. Die Frage ist, wie geht es *Ihnen*?«

»Gut.« Sie deutete auf den Raum. »Ich bin hier, weil eine Freundin von mir gerade ihr Baby bekommen hat. Es gab ein paar Komplikationen und sie hatte einen Kaiserschnitt, aber der Arzt hat gerade bestätigt, dass es ihr und dem Baby gut geht.«

»Das ist großartig«, erwiderte Donna. »Sie haben Ihren Termin verpasst.«

Mary verzog das Gesicht. Das war ihr bewusst. Sie hätte noch mal herkommen sollen, um mit dem Arzt über eine Rekonstruktion zu reden. Sie hatte die Entscheidung für sich bereits getroffen, aber wegen allem, was mit Truck vor sich ging, ihren Termin sausen lassen. Um ehrlich zu sein, war sie froh gewesen, eine Ausrede zu haben, um den Termin nicht wahrzunehmen.

»Was denn für einen Termin?«, fragte eine tiefe Stimme hinter ihr.

Mary presste verärgert die Lippen zusammen und wirbelte zu Truck herum. »Ach, gar nichts.«

»Das hört sich aber nicht nach gar nichts an, wenn du den Termin mit einem Arzt verpasst hast«, stellte er stirnrunzelnd fest.

»Ich rufe Sie an, um einen neuen Termin auszumachen«, erklärte Mary Donna, dann wandte sie ihr den Rücken zu, schnappte sich Truck beim Arm und zog ihn von der anderen Frau weg. Sie wollte auf keinen Fall, dass Donna damit herausplatzte, was es mit dem Termin auf sich hatte, oder mit sonst irgendwas, was mit ihrem Krebs in Zusammenhang stand. Denn bis jetzt hatte sie noch nicht den Mut gefunden, Truck davon zu erzählen, und sie wollte nicht, dass er es jetzt erfuhr.

»Mary, rede mit mir«, bat Truck, als er es zuließ, dass sie ihn von der Tür weg und zur anderen Seite des Raumes schleppte.

»Das ist nicht wichtig.«

»Wenn es um dich geht, ist alles wichtig«, entgegnete Truck nachdrücklich und lehnte sich zu ihr.

Mary wusste nicht, wie sie darauf reagieren sollte. Deswegen starrte sie einfach nur zu ihm hoch.

»Du wirst mir tatsächlich nichts sagen«, stellte er einen Moment später erstaunt fest.

Mary schüttelte den Kopf.

»Von allen Anwesenden warst du diejenige, die gleich von Anfang an am ehrlichsten mit mir war. Du hast dich sogar mit Ghost angelegt, weil er mir Dinge verheimlicht hat. Du hast mir immer wieder ein paar Details verraten und mir mein Leben zurückgegeben, und jetzt hältst du etwas vor mir geheim?«

»Es hat nichts mit dir zu tun«, erklärte Mary ihm, wobei sie sich darüber im Klaren war, dass sie sich schon wieder zickig anhörte, aber sie konnte nicht anders. Es war noch zu früh. Es gefiel ihr, sich Truck gegenüber normal zu verhalten. Und sie wollte nicht, dass das ein Ende hatte. Noch nicht.

Bei ihren Worten machte Truck einen Schritt zurück. »Es hat nichts mit mir zu tun? *Alles,* was dich betrifft, hat etwas mit mir zu tun«, sagte er, und Ehrlichkeit schwang in seinen Worten mit.

»Du kennst mich erst seit ein paar Wochen«, erklärte Mary ohne große Überzeugung.

»Das ist doch Blödsinn«, erwiderte Truck sofort. »Wir kennen einander schon viel länger als das. Ich erinnere mich vielleicht nicht an Details, aber ich weiß es hier«, erklärte er und legte eine Hand auf sein Herz. »Sprich mit mir.«

»Jetzt ist nicht der richtige Zeitpunkt«, erklärte Mary ihm.

»Aber wann ist der?«

»Ich weiß es nicht!«, rief Mary – und wurde bleich, als plötzlich das Geplauder im Raum erstarb. Als sie sich umsah, stellte sie fest, dass alle sie ansahen. Toll, ganz toll.

Mary fühlte sich ertappt und fiel in alte Verhaltensmuster zurück. Sie tat, was sie immer tat, wenn ihr alles zu viel wurde. Sie versteckte sich hinter einem Schutzschild, den sie aufgebaut hatte, und sprach, ohne nachzudenken.

»Ich würde sagen, du hast mit deinen *eigenen* gesundheitlichen Problemen genug zu tun«, sagte sie. »Deine Kopfschmerzen werden nicht besser. Ganz im Gegenteil, sie werden schlimmer. Hast du mit deinem Arzt darüber gesprochen, hä? Und was ist mit deinem Kommandanten? Schließlich kannst du nicht zur Arbeit zurückkehren, wenn dein Kopf sich so anfühlt, als würde er explodieren, oder?«

Sie konnte sehen, wie sich Trucks Kiefer bewegte, als würde er mit den Zähnen knirschen. Sie zuckte zusammen und merkte, dass sie ihn wahrscheinlich nicht hätte bloßstellen sollen, wie sie es getan hatte. Nein, sie wollte nicht über ihren versäumten Termin sprechen, aber sie wollte ihn dabei auch nicht gleich von sich stoßen.

»Dein Kopf tut noch immer weh?«, fragte Beatle.

»Verdammt, Truck, das ist nicht gut«, fügte Ghost hinzu.

»Du willst auf keinen Fall noch mehr von deinem Gedächtnis verlieren«, fügte Coach hinzu.

Truck sah Mary wütend an, bevor er sich zu seinen Freunden umdrehte und beschwichtigend die Hände hochhielt. »Immer mit der Ruhe, Leute. Es geht mir gut. Der Arzt hat gesagt, dass ich noch eine Zeit lang Kopfschmerzen haben würde. Es ist nicht so schlimm, wie es sich anhört.«

Sie fühlte sich immer schlechter, als Truck Fragen über seine Gesundheit beantwortete. Ihr altes Ich wäre froh gewesen, dass sie nicht über ihren Termin sprechen musste, und glücklich darüber, dass die Aufmerksamkeit von ihr abgelenkt wurde. Aber sie hatte sich selbst versprochen, dass sie versuchen würde, ihre Neigung, eine Zicke zu sein, einzuschränken. Sie hatte nicht vorgehabt, Truck zu verraten, aber sie hatte es trotzdem getan. Und jetzt fühlte sie sich deswegen scheiße.

Rayne kam zu ihr, während Truck seine Freunde beruhigte.

»Hast du das absichtlich getan?«, wollte sie wissen.

Mary tat gar nicht erst so, als wüsste sie nicht, was ihre Freundin meinte. »Nein.« Als Rayne sie skeptisch ansah, sprach Mary weiter. »Das habe ich wirklich nicht. Es ist mir einfach so rausgerutscht, aber es war nicht mein Plan, dass er mit den Jungs Ärger bekommt.«

»Und warum?«

»Die Schwester wollte wissen, warum ich noch keinen neuen Termin für den gemacht habe, den ich verpasst habe.«

»Und du hast Truck noch nichts von dem Krebs erzählt«, folgerte Rayne.

»Nein.«

»Oh, Mary, das solltest du unbedingt nachholen.«

Mary seufzte. »Das werde ich.«

»Und wann?«

»Ich weiß es noch nicht, okay? Ich möchte es noch eine Zeit lang genießen, einfach nur *ich* zu sein. Und nicht die arme Frau ohne Brüste, die fast gestorben wäre, verdammt.«

Doch anstatt sich von Marys barschen Worten einschüchtern zu lassen, sah Rayne sie wütend an. »Dann heul doch, verdammt noch mal«, erklärte sie.

»Wie bitte?«, fragte Mary schockiert.

»Du hast mich schon verstanden. Wir hatten dieses Gespräch bereits, aber anscheinend müssen wir es noch einmal führen. Ich würde gern wissen, wo meine knallharte Freundin ist. Das Mädchen, das sich von nichts und niemandem unterkriegen lässt. Das wie eines dieser verdammt merkwürdigen Stehaufmännchen war.«

»Häh?« Mary konnte nicht glauben, dass es diesmal andersrum war und Rayne *sie* anzickte.

»Du weißt schon ... diese Männchen, die immer wieder aufstehen, wenn man sie schubst. Mary, ich habe dich immer dafür bewundert, dass du nicht dastehst und einfach nur jammerst, wenn es hart auf hart kommt, sondern du gehst damit um. Aber was den Krebs angeht, so scheinst du *überhaupt nicht* damit umgehen zu können.«

Jetzt wurde Mary aber wirklich wütend. »Das verstehst du nicht.«

»Blödsinn. Natürlich verstehe ich es.«

»Nein, das tust du nicht. Du wärst nicht beinahe gestorben – und zwar gleich zweimal. Deine Brüste haben nicht versucht, dich umzubringen, woraufhin sie dir abgeschnitten wurden. Du hast einen großartigen Körper mit wunderschönen Kurven, von denen dein Mann kaum die Hände lassen kann. Und ich bin immer noch zu dünn und flach wie ein Brett. Entschuldige bitte, wenn ich mir wünsche, dass Truck mich noch eine Zeit lang so anschaut wie jetzt. Ohne *Mitleid* im Blick.«

»Er hat dich *kein einziges Mal* mitleidig angesehen«, erwiderte Rayne. »Wenn du nur die Augen aufmachen würdest, wäre dir das aufgefallen. Er liebt *dich*, Mary. Nicht deinen Körper, nicht deine Brüste.«

Mary hätte sich gern weiter zickig benommen, konnte es jedoch nicht. Sie hätte Rayne so wahnsinnig gern geglaubt, aber sie hatte Angst. Angst davor, dass Truck in dem Moment, in dem sie ihre Schutzschilde senkte, zur Besinnung kam. Oder sich plötzlich an alles erinnerte. Wie schlecht sie ihn behandelt hatte, als sie krank gewesen war. Wie er sie ganz unten gesehen hatte. Dass er der Überzeugung war, sie hätte ihn nur wegen seiner Krankenversicherung geheiratet, während sie ihn in Wirklichkeit geheiratet hatte, weil sie ihn liebte.

Sie musste sich bei Truck entschuldigen. Ihm sagen, dass sie nicht vorgehabt hatte, das mit seinen Kopfschmerzen zu verraten. »Ich muss mit Truck sprechen«, erklärte sie Rayne.

Raynes Stimme wurde sanfter. »Erzähl ihm von dem Krebs«, drängte Rayne sie. »Sonst fressen dich die Schuldgefühle noch bei lebendigem Leib auf, Mary.«

»Ich denke darüber nach«, erklärte Mary ihr.

Rayne beugte sich vor und umarmte sie fest. »Mach das«, sagte sie. »Ruf mich heute Abend an, du Zicke. Dann erzähle ich dir, was mit Emily und ihrem Baby los ist.«

Mary nickte und ihr war klar, dass sie eine beste Freundin wie Rayne nicht verdient hatte. Sie stritten sich zwar gelegentlich, sie vertrugen sich aber auch immer wieder und trugen einander nie etwas nach. Das gefiel ihr so an ihrer Freundschaft.

Mary atmete tief durch und ging dann hinüber, wo Truck mit Ghost redete. »Truck?«

Er drehte sich um und sie wäre bei seinem frustrierten Gesichtsausdruck fast zusammengezuckt. Ghost verzog sich, um den beiden ein wenig Privatsphäre zu geben.

»Es tut mir leid«, sagte sie sofort. »Ich habe gesprochen, ohne nachzudenken.«

Truck fuhr sich mit der Hand übers Kinn und nickte.

Mary schluckte. Früher hätte Truck ihr sofort gesagt, dass es schon okay wäre, und hätte sie vom Haken gelassen ... Damit hatte er es ihr leichter gemacht, sich auch weiterhin wie eine Zicke zu verhalten, da sie nicht für die Konsequenzen ihres Verhaltens geradestehen musste. Aber jetzt, da sie sich zu ihren Taten bekennen musste und er ihr keinen Freibrief gab, wurde ihr klar, wie sehr sie seine unkomplizierte Art ausgenutzt hatte.

Da sie sich unbehaglich fühlte und wusste, dass sie sich zurückziehen musste, um ihre Wunden zu lecken, biss sie sich auf die Lippe. »Ich muss los«, sagte sie.

Truck sah einfach nur zu ihr hinab.

Mary trat unruhig von einem Bein auf das andere und tat genau das, was sie immer tat – sie floh –, doch sie konnte nicht anders. »Wir reden später.«

Als Truck nicht antwortete, sondern sie nur weiterhin mit diesem enttäuschten Gesichtsausdruck ansah, hielt sie es nicht mehr aus. »Bitte grüß Annie von mir«, flüsterte sie, dann drehte sie sich um und ging in Richtung Ausgang.

Truck sah frustriert zu, wie Mary ging. Sie verheimlichte ihm etwas. Etwas Großes. Und er hasste es. Er glaubte ihr, als sie sagte, dass sie nicht vorgehabt hatte, den anderen von seinen

Kopfschmerzen zu erzählen, und hatte ihr bereits verziehen. Aber er wollte, dass sie ihm erklärte, warum sie vorher das Bedürfnis hatte, das Thema zu wechseln.

Er hätte am liebsten die Krankenschwester gesucht, mit der Mary gesprochen hatte, und von ihr verlangt, ihm von dem Termin zu erzählen, den Mary versäumt hatte, aber er wusste, dass sie nicht mit ihm sprechen würde. Es war verdammt frustrierend.

»Bist du dir sicher, dass es dir gut geht?«, fragte Ghost zum wiederholten Male.

»Es geht mir gut«, erwiderte Truck ... erneut. »Es reicht.«

»Aber es sind jetzt schon drei Wochen«, sagte Coach. »Die Kopfschmerzen sollten langsam mal nachlassen.«

»Der Arzt hat gesagt, es besteht die Möglichkeit, dass sie anhalten. Dass es etwas länger dauern würde, bis die Verletzungen in meinem Gehirn abheilen«, erklärte Truck seinem Freund.

»Hast du dich noch an weitere Sachen erinnert?«, wollte Beatle wissen.

»Vielleicht.«

»Vielleicht?«, fragte Blade. »Was ist das denn für eine Antwort?«

»Eine ehrliche«, entgegnete Truck und lachte leise. »Ich erinnere mich nicht an spezifische Dinge. Es sind eher Gefühle, als wäre ich schon einmal irgendwo gewesen oder hätte irgendetwas getan.«

»Wie zum Beispiel?«, fragte Ghost.

»Wie zum Beispiel vorhin, als ich ins Wartezimmer gekommen bin, da hatte ich das Gefühl, das schon einmal getan zu haben.«

»Das hast du auch«, bestätigte Coach. »Als Kassie ihr Baby bekommen hat.«

»Genau. Das hat Mary auch gesagt«, bestätigte Truck. »Aber das ist noch nicht alles. Gerüche sind eine große Sache für mich. Es kommt vor, dass ich etwas rieche und sofort eine Art Déjà-vu-Erlebnis habe. Oder ich höre etwas und habe dasselbe Gefühl. Es ist ausgesprochen ... merkwürdig.«

»Das ist doch gut«, entgegnete Ghost.

»Ja, das glaube ich auch. Deswegen mache ich mir auch keine allzu großen Gedanken, was die Kopfschmerzen betrifft. Sie sind nur ein wenig lästig.«

»Und warum hat Mary dann so eine große Sache daraus gemacht?«, wollte Blade wissen.

»Weil sie sich Sorgen um mich macht«, erklärte Truck, ohne zu zögern. »Ich glaube wirklich nicht, dass sie mich mit euch in Schwierigkeiten bringen wollte, aber sie hat irgendeinen Termin verpasst, und die Krankenschwester hat sie danach gefragt. Als ich wissen wollte, wofür der Termin sei, hat sie den Mund gehalten, was ihr gar nicht ähnlich sieht. Normalerweise hat sie kein Problem damit, meine Fragen zu beantworten, besonders wenn es etwas ist, von dem sie weiß, dass ich es vergessen habe.«

Er wartete darauf, dass jemand ihm erzählte, was er wissen wollte – doch plötzlich schienen alle ausgesprochen interessiert an ihrer Uhr zu sein oder dem Boden oder den Wänden.

Verdammt noch mal. Er hatte jetzt wirklich die Nase voll.

»Ich verschwinde von hier«, erklärte Truck seinen Freunden.

»Truck, warte«, bat Ghost ihn.

»Ich bin es so verdammt leid, im Dunkeln zu tappen, wenn es um Dinge in meinem eigenen verdammten Leben geht. Ich dachte, mit dieser Scheiße wären wir fertig.«

»Es steht uns nicht zu, es dir zu sagen«, erklärte Coach. »Das muss Mary tun.«

»Aber ihr hättet mir über eure Frauen erzählen sollen«, erwiderte Truck aufgebracht. »Doch das habt ihr auch nicht getan, sondern Mary. Also sagt mir jetzt bitte jemand, was hier los ist. Und zwar sofort, verdammt.«

Er gab seinen Freunden zehn ungemütliche Sekunden, und als niemand etwas sagte, schüttelte Truck den Kopf und steuerte auf die Tür zu.

Er war sauer. Mehr als nur sauer.

Eine Frau war im Begriff, den Raum zu betreten, als er aus der Tür stürmte, und sie kreischte alarmiert auf, als sie ihn sah. Aber Truck war das egal. Normalerweise tat er sein Bestes, um nicht einschüchternd zu wirken, wenn er sich in der

Öffentlichkeit aufhielt, aber das war ihm im Moment völlig egal.

Er hatte die Nase voll von all den Geheimnissen.

Er hatte es satt, nicht zu wissen, was zum Teufel um ihn herum vor sich ging.

Aber mehr als das, er war besorgt.

Um Mary.

Auf dem Heimweg konnte er nicht aufhören, an sie zu denken.

Er dachte an sie, als er in seine Wohnung ging.

Er dachte an sie, als er etwas zum Abendessen kochte.

Er dachte an sie, als er auf seiner Couch saß und die Nachrichten schaute.

Er dachte an sie, als er sich die Zähne putzte.

Und er dachte definitiv an sie, als er in seinem Bett lag.

Als er die Augen schloss, hätte Truck schwören können, dass er Marys Körper neben seinem spürte. Er griff tatsächlich nach ihr, aber als seine Hand auf nichts als ein kühles Bettlaken stieß, wusste er, dass er halluzinierte.

Oder doch nicht?

Konnte es sein, dass er sich erinnerte?

Mary hatte zweimal bei ihm übernachtet, seit sie zusammen auf ihrer Couch geschlafen hatten, aber beide Male waren sie in seinem Wohnzimmer geblieben.

Warum konnte er sie also hier in seinem Schlafzimmer praktisch spüren?

Truck öffnete die Augen, drehte sich um und schaltete das Licht neben seinem Bett ein. Er ließ den Blick langsam durchs Zimmer wandern und suchte nach etwas, *irgendetwas*, das ihm bestätigte, dass er sich nicht etwas einbildete, nur weil er es sich so sehr wünschte.

Sein Blick blieb auf einem Wandabschnitt neben der Tür, die zum Flur hinausführte, hängen.

Er starrte mehrere Minuten lang auf die weiße Wand und versuchte, sich etwas ins Gedächtnis zu rufen, das sich gerade außer Reichweite befand.

Frustriert seufzend ließ Truck sich wieder aufs Bett fallen und starrte an die Decke.

Mary gehörte ihm. Er wusste es bis ins Mark seiner Knochen, aber er wusste nicht, wie er die Barriere durchbrechen sollte, die noch zwischen ihnen stand. Es war frustrierend. Er wollte ihr sagen, dass es egal war, was in der Vergangenheit mit ihnen geschehen war. Es spielte jetzt keine Rolle mehr.

Aber er hatte das Gefühl, dass es *doch* eine Rolle spielte. Und zwar eine große.

Morgen würde er den Dingen auf den Grund gehen. Er war ein Delta Force-Soldat, um Himmels willen. Einer, der sich gerade in einer Zwangspause befand. Es war an der Zeit, dass er versuchte, auf eigene Faust etwas über seine und Marys Vergangenheit herauszufinden.

Da er sich jetzt besser fühlte, weil er eine Art Plan hatte, schloss Truck die Augen wieder. Seine Vorstellungskraft kam in Gang und seine Hand bewegte sich wie von selbst. Er streichelte seinen Schwanz und fühlte, wie er sofort hart wurde.

»Verdammt«, flüsterte er, streifte seine Boxershorts ab und befreite seinen Schwanz. Dann stellte Truck sich vor, Mary an seiner Seite zu haben, und befriedigte sich selbst. Nachdem er auf die Toilette gegangen war, sich gewaschen hatte und in sein Bett zurückgekehrt war, fühlte er sich viel entspannter.

Mary gehörte ihm.

Punkt.

Und niemand würde ihn von ihr fernhalten.

Nicht seine Freunde und schon gar nicht Mary selbst.

KAPITEL ZWÖLF

Am nächsten Morgen, nachdem Truck eine Kanne Kaffee und ein Spinat-Pilz-Omelett zubereitet hatte, hörte er ein Klopfen an der Tür. Er war schockiert, Mary auf der anderen Seite stehen zu sehen, als er durch den Spion schaute.

Er öffnete schnell die Tür und sagte: »Mary.«

»Überrascht es dich, mich zu sehen?«, fragte sie ein wenig zögerlich.

»Ja, tut es«, erklärte Truck ihr. Aber er war einfach froh, dass sie da war. Er hatte Zeit gehabt, darüber nachzudenken, was am Tag zuvor geschehen war, und ihm war klar geworden, je schroffer sie war, desto aufgewühlter war sie. Was auch immer passiert war, kurz bevor sie den anderen von seinen anhaltenden Kopfschmerzen erzählt hatte, hatte sie offensichtlich tief berührt.

»Darf ich reinkommen? Wir müssen uns unterhalten.«

»Aber selbstverständlich«, entgegnete Truck und machte die Tür weiter auf. Als sie an ihm vorbeiging, atmete er tief ein, und erneut hatte er das Gefühl, dass sie ihm vertraut war.

Mary lag vor ihm im Bett. Ihr Kopf ruhte auf seinem Arm, den sie als Kissen benutzte. Sein Kinn lag auf ihrem Kopf und sein freier Arm war um ihre Taille geschlungen. Sie stöhnte leise und Truck murmelte ihr leise etwas zu.

Er fühlte sich machtlos, weil er ihr nicht helfen konnte. Er konnte die Übelkeit nicht wegnehmen. Er konnte sie nicht magisch heilen. Er konnte sie nur festhalten und sie wissen lassen, dass sie nicht alleine war. Dass er direkt bei ihr war. Dass er sie liebte.

Er bewegte seine Hand und fuhr mit den Fingern leicht auf ihrem Arm auf und ab. Keiner von beiden sprach, aber er ließ sie ohne Worte wissen, dass er für sie da war. Dass sie sich an ihn anlehnen konnte. Dass er sich um sie kümmern würde.

»Truck?«

Er blinzelte und die Vision war verschwunden. Sie war so real gewesen, dass ihm klar war, dass es sich um eine Erinnerung gehandelt haben musste.

Truck behielt es für sich und sagte: »Bitte entschuldige, hast du etwas gesagt?«

»Alles in Ordnung?«, fragte sie ihn.

»Ja. Ich habe heute Morgen nur noch nicht genügend Kaffee intus.«

Daraufhin lächelte sie. »Ja, Kaffee liebst du wirklich«, murmelte sie leise und sagte dann lauter: »Ich muss gleich zur Arbeit, aber ich wollte die Dinge zwischen uns nicht so lassen, und ich wollte es dir auch nicht per SMS oder am Telefon sagen.«

Truck war überrascht. Er wusste nicht warum, aber er hatte das Gefühl, dass das nicht die Mary war, die er kannte. Ihm erschien es wahrscheinlicher, dass sie wahnsinnig nachtragend war und dass er sich zuerst entschuldigen müsste. »Ich habe immer Zeit für dich, Mary«, erwiderte er sanft.

Sie senkte den Blick zum Boden. »Das gestern tut mir leid. Ich weiß, ich habe es schon einmal gesagt, aber ich würde es gern noch mal sagen. Es tut mir nicht nur leid, dass ich das mit deinen Kopfschmerzen ausgeplaudert habe, aber mir ist auch klar, dass es nicht fair von mir ist, dir bestimmte Dinge zu erzählen und andere nicht. Ich ... ich würde gern mit dir reden, aber ich habe Angst.«

Truck machte einen Schritt auf sie zu und legte ihr sanft die Hand in den Nacken. »Du brauchst *niemals* Angst vor mir zu haben«, entgegnete er ein wenig schroff, da er den bloßen Gedanken, dass sie Angst vor ihm haben könnte, schrecklich fand.

»Ich habe nicht eigentlich Angst vor dir«, erwiderte sie sofort, ohne sich aus seinem Griff zu lösen. »Ich weiß doch, dass du mir niemals wehtun würdest ... zumindest nicht körperlich.«

»Du glaubst, ich könnte dir psychisch wehtun?«, fragte er.

Mary nickte. »Das hat bis jetzt jeder getan, der mir nahestand.«

»Ich bin aber nicht jeder«, entgegnete Truck und wünschte sich, sie würde ihm glauben.

»Ich weiß, und deswegen bin ich auch hier«, gab sie zu.

Da er nicht anders konnte, beugte Truck sich zu ihr hinunter und gab ihr einen Kuss auf die Stirn. Es war ein keuscher Kuss, aber es fühlte sich genauso intim an wie alles, was sie taten. Es fühlte sich an wie eine Art Versprechen. »Wenn du mich brauchst, bin ich für dich da.«

Sie lächelte ihn unsicher an. »Okay. Wie gesagt, ich muss gleich zur Arbeit. Wir haben heute Morgen eine Besprechung mit unserer Chefin. Ich glaube, sie wird uns mitteilen, dass die Belegschaft reduziert wird, was wirklich nervt.«

»Verdammt. Heißt das, du verlierst deinen Job?«, fragte Truck besorgt.

Mary zuckte mit den Achseln. »Ich weiß es nicht. Wahrscheinlich schon. Aber falls dem so ist, würde es mir nicht viel ausmachen. Ich ... war im letzten Jahr oft nicht bei der Arbeit, und seit ich wieder da bin, ist es nicht mehr das Gleiche. Ich war überrascht, als meine Chefin mich gestern früher gehen ließ, aber ich glaube, sie hat es nur getan, weil sie Gründe dafür sucht, mich feuern zu können. Ich glaube, sie ist verbittert, dass sie es nicht schon vorher tun konnte, und ich selbst habe festgestellt, dass ich einfach nicht mehr mit so viel Enthusiasmus bei der Sache bin wie früher. Mal ganz abgesehen von den Arschlöchern, mit denen wir es in letzter Zeit zu tun hatten und die für zusätzliche Anspannung sorgen.«

»Was sind das für Arschlöcher?«, fragte Truck und der Griff in ihrem Nacken wurde ein wenig fester.

Mary zuckte mit den Achseln. »Das ist es ja gerade, ich bin mir nicht sicher. Ich meine, ich bin mir sicher, dass es Arschlöcher sind, aber bis jetzt haben sie noch nichts getan, was meine *Chefin* dazu bewegen könnte, sich ihrer anzunehmen.«

»Mary. Jetzt spuck es schon aus«, entgegnete Truck.

»Entschuldige. Es ist nur so, dass viele junge Männer reingekommen sind und Fragen zur Anmietung von Schließfächern gestellt haben. Was oberflächlich betrachtet in Ordnung ist, aber sie sind fragwürdig. Sie scheinen zu jung zu sein, um sich wirklich für Schließfächer zu interessieren – die Statistik zeigt, dass die meisten Mieter älter sind –, und ich habe einfach ein schlechtes Gefühl bei ihnen. Und ich habe es Jennifer mitgeteilt, aber sie behauptet, ich sei einfach nur paranoid.«

»Das hört sich nicht nach etwas an, das man auf die leichte Schulter nehmen sollte. Was, wenn sie einen Überfall planen?«, fragte Truck. »Vielleicht kommen sie, um Informationen zu sammeln, den Grundriss der Bank zu studieren, herauszufinden, wie viele Mitarbeiter es gibt und so weiter. Das Letzte, was du jetzt brauchst, ist ein Überfall.«

Mary senkte den Blick erneut und er fragte sich, was es damit auf sich hatte, doch dann nickte sie einfach nur und entgegnete: »Ich weiß. Aber aus irgendeinem Grund scheint meine Chefin es nicht für ein Problem zu halten, wie ich dir schon gesagt habe. Alles in allem würde es mir also nicht allzu viel ausmachen, tatsächlich gefeuert zu werden.«

»Und was würdest du dann stattdessen machen?«

»Ich weiß es noch nicht. Aber es gibt haufenweise Organisationen, bei denen ich ehrenamtlich arbeiten könnte, bis mir etwas einfällt.«

Aus irgendeinem Grund hatte Truck das Gefühl, dass sie ganz genau wusste, was sie tun wollte, es ihm aber noch nicht sagen wollte. Und wieder ging er nicht weiter darauf ein. »Willst du nach der Arbeit wieder herkommen?«

»Ja, wenn dir das nichts ausmacht.«

»Natürlich nicht, du bist jederzeit willkommen«, erklärte

Truck und hatte das Gefühl, dass er das schon mal zu Mary gesagt hatte.

Sie lächelte. »Okay. Ich schreibe dir eine SMS, sobald ich mich auf den Weg mache. Danke, Truck. Es tut mir leid, dass ich manchmal so zickig bin. Aber ... so bin ich eben einfach.«

Truck beugte sich vor und legte seine Stirn gegen ihre. Ihr Atem vermischte sich und er konnte die Wärme ihres Körpers an seinem spüren. Ihr frischer Duft war von Nahem noch intensiver und er genoss ihn. »Ich mag dich so, wie du bist, Mary. Und es macht mir nichts aus, dass du zickig bist. Ich weiß ja, was dahintersteckt.«

»Was denn?«

»Meine Mary«, entgegnete Truck einfach.

Sie schluckte und schloss die Augen. So standen sie lange da, bevor Truck sich widerwillig von ihr löste.

Mary sah zu ihm hoch und nickte. »Dann bis später.«

»Bis später. Und, Mary?«

»Ja?« Sie hielt inne, eine Hand bereits auf dem Türknauf.

»Es kommt alles in Ordnung. Was auch immer du mir sagen möchtest, ich gehe sanft mit dir um.«

Sie starrte ihn ein paar Sekunden lang an, dann nickte sie. »Ich weiß. Ich habe nur Angst davor, dass du so wütend bist, dass du keine Beziehung mehr mit mir willst.«

»Nichts kann mich so wütend machen, diese Beziehung *nicht* zu wollen.«

»Das werden wir ja sehen«, entgegnete Mary.

»Ja, das werden wir. Bis später. Fahr vorsichtig.«

»Das werde ich. Bis später, Truck.«

Truck starrte noch lange auf die Tür, nachdem Mary sie hinter sich geschlossen hatte. Ein weiteres Bild entstand vor seinem geistigen Auge, wie Mary auf der Couch saß. Sie sah aschfahl aus – und hatte eine Glatze.

Er beugte sich mit einer Schale Suppe über sie und sagte: »Du musst etwas essen, Mary.«

»Ich habe keinen Hunger.«

»Das ist mir egal. Du wirst jetzt das hier essen.«

»Ich werde mich später übergeben und dann kommt ja doch wieder alles raus, Truck. Vergiss es einfach.«

»Nein. Iss jetzt!«

Sie seufzte und nahm die Schüssel entgegen. »Okay, aber später teile ich dir mit, dass ich es dir ja gleich gesagt habe, wenn du mich hältst, während ich kotze.«

»Abgemacht.«

Truck beugte sich vor und küsste ihren bleichen, kahlen Kopf ...

Dann verschwand die Vision und er starrte erneut auf die Tür seiner Wohnung.

»Verdammt noch mal«, fluchte er. Seine Kopfschmerzen waren mit aller Macht zurückgekehrt, aber er wusste zweifellos, dass auch sein Gedächtnis zurückkehrte. Die Blitze und Schübe waren ärgerlich und verwirrend, aber mit jedem einzelnen verstand er mehr und mehr, was Mary meinte, als sie sagte, ihre Beziehung wäre kompliziert gewesen.

Er hoffte wie verrückt, dass sie ihm an diesem Abend alles erklären würde. Er begann, seine eigenen Schlussfolgerungen zu ziehen, basierend auf den Dingen, an die er sich in letzter Zeit erinnert hatte, aber er hoffte, dass er sich irrte.

Sein Magen krampfte sich zusammen und er betete so sehr wie noch nie zuvor, dass das, was mit Mary nicht in Ordnung war, in der Vergangenheit lag. Er hatte sie nicht wiedergefunden, nur um sie jetzt zu verlieren.

Mary war nicht überrascht, als Jennifer ankündigte, dass die Bank vorhatte, Automaten anstelle von Schalterbeamten einzusetzen. Sie sagte, dass alle Schalterbeamten bis auf fünf im Laufe des nächsten Monats entlassen würden. Jeder würde eine zweimonatige Abfindung erhalten und es würde Hilfe bei der Beantragung von Arbeitslosengeld zur Verfügung stehen, wenn jemand sie brauchte.

Sie dankte Rebecca nach dem Treffen dafür, dass sie ihr eine Vorwarnung gegeben hatte. Alle waren an diesem Tag in gedämpfter Stimmung, aber Mary konnte nur an Truck denken und daran, was er sagen würde, wenn sie später am Abend mit ihm sprach.

Sie war noch nicht bereit, die Nachricht zu überbringen, dass sie eigentlich verheiratet waren, aber sie wollte ihm von ihrem Krebs erzählen. Eins nach dem anderen. Sie hoffte, dass das Wissen um ihren Krebs seinem Gedächtnis vielleicht so weit auf die Sprünge helfen würde, dass er sich von ganz allein an die Hochzeitszeremonie erinnerte, damit sie ihm nicht erklären musste, warum er sie gebeten hatte, seine Frau zu werden, und, was noch wichtiger war, warum sie schließlich Ja gesagt hatte.

Sie dachte schuldbewusst an ihre gerahmte Heiratsurkunde, die immer noch tief in einem der Kartons vergraben war, die sie in ihre Wohnung gebracht hatte. Sie hatte mehr als ein Mal daran gedacht, sie auszugraben und aufzuhängen, aber sie wollte nicht, dass Truck sie zufällig entdeckte, wenn er bei ihr zu Hause war.

Aber mit jedem Tag, der verging, wurde es schwieriger und schwieriger, Dinge vor Truck geheim zu halten. Am Tag zuvor war sie sauer gewesen und hatte absichtlich darauf verzichtet, ihm von ihrer Verabredung zu erzählen, aber als sie nach Hause kam, hatte sie sich so schuldig gefühlt, dass sie bereits geplant hatte, heute Morgen zu ihm zu fahren und ihn zu bitten, mit ihr zu sprechen. Zum Glück hatte er sie nicht betteln lassen.

Aber jetzt musste sie den Mut aufbringen, die Wahrheit zu sagen. Sie wollte nicht, dass Truck sie mitleidig ansah oder sie anders behandelte. Es war schwer, immer die Mary, die Dampfwalze, zu sein, die die Leute erwarteten. Es gab Tage, an denen sie nur im Bett bleiben wollte, ohne auch nur einen einzigen Menschen zu sehen oder mit ihm zu sprechen.

Während des ganzen Arbeitstages surrte ihr Telefon ständig mit eingehenden SMS von allen Frauen. Rayne schickte ein Selfie von sich und Emily. Emily sah erstaunlich aus dafür, dass sie erst am Tag zuvor entbunden hatte. Aber es war das Bild von Annie, wie sie ihren neuen Bruder im Arm hält, das Mary die Tränen in die Augen trieb.

Das kleine Mädchen sah absolut euphorisch aus. Es war bezaubernd und schön zugleich. Der Gedanke, dass sie das vielleicht verpasst hätte, wenn Truck sie nicht unter Druck gesetzt hätte, ihn zu heiraten, war schmerzhaft. Er hatte das Richtige getan. So schwer es gewesen war, die Behandlungen noch einmal durchzumachen, aber Annie und ihren kleinen Bruder zu sehen, war es wert gewesen.

Als Mary sich bei Rayne nach dem Namen des Kindes erkundigt hatte, musste diese gestehen, dass es noch niemand wusste. Die Fletchers wollten eine Willkommensparty veranstalten, sobald Em und das Baby aus dem Krankenhaus entlassen würden, was an diesem Wochenende geschehen sollte, und sie wollten es dann bekannt geben.

Mary hatte lediglich den Kopf geschüttelt. Emily liebte es, Leute zu Besuch zu haben, und noch mehr liebte sie es, wenn *alle* da waren. Trotz der Geschehnisse auf ihrer Hochzeit mochte sie eine große, ausgelassene Party.

Um halb fünf war Mary mental völlig erledigt. Der Tag war beschissen gewesen. Alle waren deprimiert, es hatte den Anschein gehabt, dass es mehr Kunden als gewöhnlich gab, und Mary musste einem weiteren zwielichtigen potenziellen Kunden eine weitere Führung durch den Tresorraum geben.

Sie hatte versucht, noch einmal mit Jennifer zu sprechen, um ihr zu erklären, dass etwas nicht in Ordnung wäre und sie zusätzliche Sicherheitsvorkehrungen treffen müssten, aber ihre Chefin hatte sie wieder einmal abblitzen lassen. Sie versuchte, sich einzureden, es lag daran, dass Jennifer knietief in der Reorganisation des Personals steckte und herauszufinden versuchte, wann die neuen Automaten für die Eingangshalle ankommen würden, aber irgendetwas stimmte mit ihr nicht, fand Mary.

Es lag ein Gefühl der skeptischen Erwartung in der Luft und Mary hatte das Gefühl, dass sie das noch teuer zu stehen kommen würde. Keiner der jungen Männer, die den Tresor besichtigt hatten, war zurückgekommen, um die Anmeldung abzugeben und tatsächlich ein Schließfach zu mieten. Nicht ein einziger. Was die Vermutung, dass sie nichts Gutes im Schilde führten, noch wahrscheinlicher machte. Warum

Jennifer alle Zeichen, die auf etwas Großes hindeuteten, ignorierte, konnte Mary nicht nachvollziehen.

Als Mary am Ende ihrer Schicht die Bank verließ, war sie völlig erschöpft. Mental erledigt. Der Stress, zu wissen, dass sie höchstwahrscheinlich arbeitslos sein würde, dass sie sich Sorgen machen musste, ob oder wann die Gangmitglieder etwas unternehmen würden, und dass sie darüber nachdachte, was sie Truck erzählen würde, ganz zu schweigen davon, dass sie nichts zu Mittag gegessen hatte, hatte dazu geführt, dass sie nach Hause gehen wollte, um sich unter ihrer Bettdecke zu vergraben und eine Woche lang nicht mehr herauszukommen.

Aber sie hatte Truck versprochen, nach der Arbeit vorbeizukommen, und sie hielt ihr Wort. Obwohl sie wusste, dass sie wahrscheinlich warten sollte, bis sie in besserer Stimmung war, klopfte Mary trotzdem an Trucks Wohnungstür.

Sie öffnete sich fast sofort und Truck lächelte sie mit seinem einseitigen Grinsen an. Das Bedürfnis, sich an ihn zu werfen und sich von ihm umsorgen zu lassen, überkam Mary, aber sie gab ihm nicht nach.

»Hi«, sagte er. »Wie war dein Tag?«

»Beschissen«, erwiderte Mary ohne Umschweife.

Bei ihrer Antwort sah er sie überrascht an, doch dann wurde sein Gesicht weicher und er griff nach ihrer Hand. »Das tut mir leid, Mare. Komm rein. Ich hole dir was zu trinken. Bist du hungrig?«

Mary ließ sich von ihm in die Wohnung ziehen und er schloss die Tür hinter ihr. Sie antwortete ihm nicht, als er auf die Küche zuging, ihre Hand fest in der seinen.

Es fühlte sich gut an.

Es erinnerte sie daran, wie er sich immer um sie gekümmert hatte, als sie krank war.

Und plötzlich war sie des Ganzen überdrüssig.

Sie mochte keine Geheimnisse vor Truck haben, aber sie hasste es wirklich, ihm von ihrem Krebs erzählen zu müssen. Sie wollte nicht darüber sprechen, wollte lieber so tun, als wäre es nie passiert ... und sie hasste es, dass sie überhaupt in dieser Lage war.

Mary wusste, dass ihre Gefühle irrational waren, aber sie

konnte nicht anders. Sie war auf Drängen ihres Arztes zu einem Therapeuten gegangen, nachdem sie ein zweites Mal mit Krebs diagnostiziert worden war. Er hatte ihr die Aufgabe übertragen, ihre Gefühle in einem Tagebuch niederzuschreiben und es dann mitzubringen, damit sie über das sprechen konnten, was sie geschrieben hatte. Mary war nur ein Mal hingegangen und dann nie wieder.

Es gefiel ihr nicht, ihre Gefühle mit jemandem zu teilen. Sie hatte weiterhin hier und da in das verdammte Tagebuch geschrieben, aber letztendlich fühlte sie sich dadurch nicht besser. Mary hatte keine Ahnung, wo das blöde Ding jetzt war, wahrscheinlich auf dem Boden einer der Kartons, die die Mädchen gepackt hatten, als sie sie aus Trucks Wohnung weggebracht hatten, aber sie hatte plötzlich den Drang, wieder darin zu schreiben. Alles loszuwerden, was sie gerade fühlte.

»Mare?«, fragte Truck erneut. »Soll ich uns etwas zum Abendessen machen?«

Er hatte ihre Hand losgelassen, stand vor dem Kühlschrank, sah sie an und wartete darauf, dass sie etwas sagte.

»Ich hatte Brustkrebs«, platzte sie heraus. »Sogar zweimal. Mir wurden beide Brüste abgenommen. Ich kenne fast alle Schwestern in dem Krankenhaus, weil ich so oft da war. Und darüber hat die Schwester gestern mit mir auch gesprochen. Ich habe einen Termin bei meinem Arzt verpasst, um über Brustimplantate zu sprechen, weil ich einfach noch nicht damit umgehen kann.«

Sie starrte Truck herausfordernd an. So hatte sie es ihm eigentlich nicht sagen wollen, aber die Worte waren einfach so aus ihr herausgesprudelt. Sie konnte es nicht ertragen, weiterhin einfach nur zu plaudern und so zu tun, als wäre alles in Ordnung. Sie musste es ihm sagen. Und das hatte sie nun getan. Nun war es an ihm.

Bei Marys Worten verkrampfte Trucks Magen sich schmerzhaft. Nach all den Geistesblitzen oder Erinnerungen oder was auch immer es gewesen sein mochte hatte er sich schon gedacht, dass das ihr großes Geheimnis war, aber zu hören, wie sie seinen Verdacht bestätigte, tat trotzdem weh.

Er ließ langsam die Hand vom Kühlschrank sinken und machte einen Schritt auf sie zu.

Ihm brach das Herz, als Mary zurückwich und den Trost ablehnte, den er ihr geben wollte – nein, geben *musste*.

»Möchtest du etwas trinken?«, fragte er sie.

»Hast du mich gehört?«, fragte sie und Truck sah, dass ihre Hände zitterten. »Ich hatte Brustkrebs und es besteht die Möglichkeit, dass er noch ein drittes Mal auftritt.«

»Und was sagen die Ärzte?«

Sie zuckte mit den Achseln. »Sie wissen es auch nicht. Sie denken immer, dass sie alles unter Kontrolle haben, aber niemand weiß es. Ich muss im Laufe der nächsten acht bis zehn Jahre Medikamente nehmen, um es im Griff zu behalten. Jedes Jahr Tests machen lassen, um zu sehen, ob der Krebs zurückgekehrt ist.«

Es fiel Truck schwer, die richtigen Worte zu finden, um sie zu trösten. Er liebte sie. Der Gedanke, sie könnte nicht mehr da sein, jetzt in dieser Sekunde nicht mehr vor ihm stehen, war so schrecklich, dass er das Gesicht verzog. »Wie fühlst du dich?«, fragte er tonlos.

»Gut. Mal abgesehen davon, dass meine Zehen taub sind, was wirklich nervt. Und bevor du fragst, ich trage mein Haar gern kurz. Ich hatte eine Zeit lang eine Glatze, aber ich versuche jetzt nicht, mein Haar länger wachsen zu lassen, und es gefällt mir, wenn es kurz ist.«

»Mir gefällt es auch. Das sieht süß aus.«

Mary verdrehte die Augen. »Ja, genau, das ist der Effekt, den ich damit erzielen möchte. Süß aussehen. Kotz.«

Als sie das sagte, verzog er amüsiert die Lippen. Er machte einen weiteren Schritt auf sie zu und entweder bemerkte sie es nicht oder sie hatte plötzlich nicht mehr das Bedürfnis, den Abstand zwischen ihnen aufrechtzuerhalten. Das gefiel ihm. »Ich nehme an, dass ich für dich da war, als du krank warst.«

Sie nickte. »Ja. Du ... du hast mir sehr geholfen.«

»Gut.« Eine weitere Vision, als er nach der Arbeit in seine Wohnung ging und Mary auf dem Wohnzimmerboden ausgestreckt vorfand, ging ihm durch den Kopf. Sie war gefallen und hatte nicht die Kraft gehabt, wieder aufzustehen. Sie hatte versucht, so zu tun, als hätte sie absichtlich beschlossen, ein Nickerchen auf dem Boden zu machen, aber er hatte sie durchschaut. »Du bist fantastisch«, sagte er leise.

»Nein, bin ich nicht.«

»Doch, Mare, das bist du. Krebs ist schrecklich. Die meisten Leute scheitern am *ersten* Versuch, dagegen anzukämpfen, und du hast ihn zweimal besiegt. Das ist fantastisch.«

»Ehrlich gesagt wollte ich beim zweiten Mal nicht mehr kämpfen«, gab sie zu. »Rayne war beim ersten Mal für mich da gewesen, aber dann entschied ich, es nicht noch einmal durchmachen zu können. Ich war bereit aufzugeben.«

»Aber das hast du nicht getan.«

Sie schüttelte den Kopf. »Nein. Weil *du* es nicht zugelassen hast.«

Einen Moment lang hingen diese Worte in der Luft …

»Nein! Was du da sagst, ist verrückt!«, rief Mary.

»Ist es nicht, und das weißt du ganz genau. Es ist die einzige Möglichkeit«, entgegnete Truck. Er konnte kaum glauben, dass er mit ihr darüber stritt. Nicht jetzt. Nicht nach allem, was vor Kurzem passiert war.

»Nein!«

»Ja!«

»Nein!«

Truck hätte sich die ganze Nacht lang streiten können, aber als er sah, wie Mary die Tränen über die Wangen liefen, war das zu viel für ihn. »Sag Ja, Mare«, bat er sie. »Ich bitte dich. Für Rayne. Für Annie. Für mich.«

Mary starrte ihn eine lange Zeit an und Truck zwang sich stillzustehen, obwohl er sie in die Arme nehmen und festhalten wollte. Sie musste Ja sagen. Aber er konnte das nicht erzwingen, so sehr er es auch wollte.

Schließlich … nickte sie. Truck ging sofort zu ihr, nahm sie in die Arme und hielt sie fest, während sie weinte.

. . . .

Er blinzelte, als er plötzlich wieder zu sich kam und bemerkte, dass Mary ihn nervös anstarrte und offensichtlich darauf wartete, dass er etwas sagte. Er hatte keine Ahnung, worüber sie sich in seiner Rückblende gestritten hatten, aber das spielte keine Rolle.

»Danke, dass du doch noch gekämpft hast«, erklärte Truck ihr. »Danke, dass du nicht aufgegeben hast. Ich bin mir sicher, dass du das gern getan hättest, aber danke, dass du zugelassen hast, dass ich dir helfe.«

Mary schaute daraufhin auf den Boden. Sie standen etwa eine Minute lang schweigend da, bevor Truck es riskierte, noch einen Schritt auf sie zuzugehen. Als sie sich nicht zurückzog, machte er einen weiteren. Dann noch einen. Als er direkt vor ihr stand, streckte er die Hand aus, zog sie sanft in die Arme und hielt sie genau so, wie er es in seiner Erinnerung getan hatte.

Sofort schlang sie ihre Arme um seine Taille und legte den Kopf an seine Brust. Truck seufzte erleichtert auf und schloss die Augen. Seit er verletzt worden war, fühlte er sich nur dann vollkommen wohl, wenn er Mary in seinen Armen hatte. Es machte keinen Sinn; er wusste nur, dass es so war.

»Erzähl mir von der Rekonstruktion«, bat er sie und spürte instinktiv, dass es ihr leichter fallen würde, darüber zu sprechen, wenn sie ihm dabei nicht in die Augen sah.

»Ich muss mir überlegen, ob ich Brüste haben will oder nicht«, sagte sie knapp.

»Was sind die Vor- und Nachteile?«, fragte Truck. »Sprich mit mir darüber.«

»Vorteile, ich sehe nicht mehr wie ein achtjähriges Mädchen aus«, entgegnete sie trocken. »Ich habe dann feste Brüste, die selbst dann nicht hängen, wenn ich achtzig bin. Ich könnte als Stripperin arbeiten und hätte dann all die Perversen als Kunden, die auf alte Damen stehen.«

Truck lachte leise. »Nun, das werde ich wohl nicht zulassen, Babe.«

»Weitere Vorteile: Ich könnte wieder T-Shirts mit V-Ausschnitt tragen, ich hätte ein Dekolleté. Ich könnte wieder normale Badeanzüge tragen und müsste mir keine Gedanken darüber machen, meine wasserfesten, künstlichen Brüste einzusetzen. Ich müsste mir keine Sorgen mehr darüber machen, dass mir die Brüste verrutschen, wenn ich mich vornüberbeuge. Ich würde mich wieder ... attraktiv fühlen.«

Den letzten Teil flüsterte sie und Truck wusste, dass dies das Wichtigste war, was sie gesagt hatte. Er nahm sie noch fester in den Arm. So sehr er ihr auch sofort sagen wollte, dass sie es tun sollte, wünschte er sich, dass sie sich so schön *fühlte*, wie sie bereits *war*. Er wollte, dass sie sich selbst so sah, wie er es tat ... absolut umwerfend. Aber er sorgte sich auch um die Risiken. »Und was sind die Nachteile?«

»Das Ganze würde über ein Jahr dauern. Es würden Fettzellen von meinen Oberschenkeln und meinem Bauch entnommen und mir in die Brust injiziert, um zu versuchen, die Haut dort zu dehnen, sodass die Implantate überhaupt eingesetzt werden können. Ich habe Angst, dass das Einsetzen der Implantate irgendwie verdeckt, sollte der Krebs zurückkehren. Und ich habe Frauen, die falsche Titten haben, schon immer gehasst. Es scheint etwas zu sein, was Frauen tun, um Männer für sich zu gewinnen. Und das ist beschissen. Das sind nur Fettpölsterchen auf unserer Brust ... es sollte eigentlich keine Rolle spielen.«

Er verstand. Und leider hatte er absolut keinen Rat für sie. Das konnte er nicht entscheiden. Der Ablauf klang nicht angenehm, das war sicher. Er hasste den Gedanken, dass sie noch mehr Schmerzen ertragen müsste, nur um sich der Gesellschaft anzupassen, aber wenn sie sich dadurch als Frau besser fühlte, könnte es das wert sein.

»Also? Was soll ich tun?«, fragte sie ihn.

Truck hatte sich vor dieser Frage gefürchtet. »Diese Entscheidung kann ich nicht für dich treffen, Mare.«

Sie schnaubte an seiner Brust und zog sich abrupt zurück. »Ja. Schon klar.«

Er hielt sie an den Oberarmen fest und somit davon ab, vor ihm zurückzuweichen. Sie hob die Hände, um ihn wegzustoßen, doch er hielt sie fest. »Ich mag dich genau so, wie du bist, Mary. Mir ist es völlig gleichgültig, ob du Brüste hast oder nicht.«

Eine weitere Erinnerung schoss ihm durch den Kopf: Er lag neben ihr in seinem Bett und versuchte, eine Stelle zu finden, an der er sie berühren konnte, ohne ihr wehzutun. Daran, dass Mary von der Hüfte aufwärts entblößt war, weil sie nichts an ihrer Brust ertragen konnte. Sie war gerötet und ihre Haut schälte sich von der Bestrahlung ab. Er hatte in seinem ganzen Leben noch nie etwas so Schreckliches gesehen, und während seiner Zeit als Sanitäter in der Armee hatte er schon viel gesehen.

»Na klar«, sagte sie abfällig. »Männer lieben Brüste. Sie wollen sie drücken, daran saugen und dabei zusehen, wie sie auf und ab hüpfen. Ein Dekolleté ist für Männer wie Crack, sie können einfach den Blick nicht davon abwenden.«

»Ich mag *dich*«, versicherte Truck ihr mit einer Spur von Ungeduld. »Ich mag, was hier drin ist«, sagte er und legte ihr eine Hand an den Kopf. »Und hier drin.« Er legte ihr die andere Hand aufs Herz und spürte zum ersten Mal, dass ihre Brüste nicht natürlich waren. »Alles andere spielt keine große Rolle.«

Mary stieß seine Hände weg und wich vor ihm zurück. »Ich glaube dir nicht. Alle Männer wollen eine schöne Frau an ihrer Seite haben.«

»Sieh mich an«, befahl Truck.

»Was ist?«

»Ist es dir wegen meiner Narbe peinlich, *mich* an deiner Seite zu haben? Fühlst du dich deswegen weniger zu mir hingezogen?«

»Das ist nicht das Gleiche«, protestierte Mary.

»Es ist genau das Gleiche«, widersprach Truck ihr. »Ich kann dir gar nicht sagen, wie oft Frauen sich geweigert haben, mir ins Gesicht zu schauen, weil ich diese Narbe habe. Oder wie viele Frauen sich aufgrund meiner Narbe direkt an meine Freunde gewandt haben, wobei sie mich links liegen ließen. Letztendlich ist es mir scheißegal. Wenn sie nicht das sehen können, was hinter meiner Narbe steckt, will ich sowieso nichts mit ihnen zu tun haben. Mary, als ich mein Gedächtnis verloren habe, hättest du die Chance nutzen können, mir vollständig aus dem Weg zu gehen. Du hättest weiterhin so tun können, als würdest du mich nicht kennen. Aber das hast du nicht getan. Als die Tussi in der Kneipe mich angemacht hat, warst du da und hast mich verteidigt und mich für dich beansprucht. Warum?«

Mary wandte den Blick ab. »Das hätte doch jeder gemacht.«

»Nein, das hätte nicht jeder gemacht. Du allerdings schon. *Warum?*«

Sie presste die Lippen aufeinander und erwiderte: »Was willst du jetzt von mir hören, Trucker? Dass ich nicht ohne dich leben kann? Dass ich dir mein Leben verdanke? Was?«

»Wie wäre es damit, dass ich dir nicht egal bin?«, fragte Truck leise. »Könntest du vielleicht zugeben, dass du mich magst? Vielleicht ein kleines bisschen?«

Mary starrte ihn mit großen Augen an. Er konnte sehen, wie die Emotionen dort brodelten. Aber er wusste, dass sie ihm nicht geben würde, was er wollte. Was er brauchte.

Er zog sein Ass aus dem Ärmel.

»Ich liebe dich, Mary Weston. Auch ohne unsere Vergangenheit zu kennen, liebe ich dich.«

Tränen stiegen ihr in die Augen, doch sie blieb stur und schwieg.

»Die letzten Wochen waren großartig. Es war schön, dich wieder kennenzulernen ... Alles ist neu für mich und es war aufregend, deine Vorlieben und Abneigungen und deine Macken kennenzulernen. Ich liebe dein Haar. Ich liebe es, wie du riechst. Ich liebe deine bissige Art und dass du alles für deine Freunde tun würdest. Ich liebe es, wie du die kleine Annie ansiehst, und ich liebe es, wie du zuerst an alle anderen denkst, nur nicht an dich selbst. Du setzt dich für den kleinen Mann ein, für die Unterdrückten. Ich sehe dich, Mary. Ich verstehe, wie du einen Mann anmaulst, der sich nicht die Mühe gemacht hat, die Tür für jemanden offen zu halten, nachdem er hindurchgegangen ist, aber dich dann umdrehst und höflich und respektvoll zu einer alleinerziehenden Mutter bist, die aussieht, als sei sie am Ende ihrer Kräfte. Ich liebe es, wie du dich an mich kuschelst, wenn wir fernsehen, und ich liebe es, wie du dich mit mir über jede verdammte Kleinigkeit streitest. Du bist es, Mary. Nicht, wie du aussiehst. Nicht, wie groß deine Titten sind. *Du*.«

Sie starrte ihn einen Moment lang an und sagte dann: »Ich muss gehen.«

»Verdammt, Mary! Tu das nicht.«

»Ich hatte einen wahnsinnig anstrengenden Tag und sollte jetzt gehen. Ich muss Emily anrufen, um zu fragen, wie es ihr geht. Und auch Annie. An diesem Wochenende findet ihre Party statt, wenn das Baby bis dahin schon zu Hause ist, und ich möchte herausfinden, womit ich ihr helfen kann.«

Auch dies kam ihm bekannt vor. Mary zog sich zurück, wenn es zwischen ihnen ernst wurde. Truck mochte es nicht, aber er wusste, dass er jetzt nicht mehr weiter kam. Nicht, wenn die eisernen Schilde, die sie um sich herum aufgebaut hatte, oben waren.

Er trat zurück und gestikulierte zur Tür. »Wenn du jetzt davonläufst, liebe ich dich auch nicht weniger, Mare«, erklärte er. »Und davonzulaufen hilft dir auch nicht dabei, Entscheidungen zu treffen.«

»Vielen Dank, Einstein«, murmelte sie auf dem Weg zur Tür.

Sie verabschiedete sich nicht, und er auch nicht. Sie öffnete einfach die Tür, ging hindurch und machte sie leise hinter sich zu.

In dem Moment, in dem Truck hörte, wie die Tür ins Schloss fiel, schrie er genervt auf, drehte sich um und trat so fest er konnte gegen die Couch.

Mary hörte Trucks Schrei der Frustration, noch bevor sie sich drei Schritte von seiner Tür entfernt hatte, aber sie wurde nicht langsamer. Sie ging nicht zurück, obwohl alles in ihr danach schrie, genau das zu tun.

Wegen der Tränen in ihren Augen konnte sie kaum sehen, wohin sie ging. Sie wollte ihm sagen, dass er ihr wichtig war. Dass er ihr buchstäblich das Leben gerettet hatte. Dass sie sich ihr Leben ohne ihn nicht mehr vorstellen konnte. Dass sich seine Wohnung auch ohne ihre Sachen mehr wie ein Zuhause anfühlte als ihre eigene. Dass sie stolz und glücklich war, seine Frau zu sein ... aber das konnte sie nicht.

Irgendetwas stimmte wirklich nicht mit ihr. Jedes Mal wenn sie den Mund öffnete, um es ihm zu sagen, erstarrte sie. Vielleicht waren es die Jahre der Konditionierung durch ihre Mama, als sie klein war. Vielleicht lag es daran, dass das einzige Mal, als sie jemandem ihre Gefühle gestanden hatte, ihre Liebe nicht erwidert worden war. Sie wusste es nicht.

Aber sie wusste, dass sie ihre einzige Chance, geliebt zu werden, einfach hatte verstreichen lassen. Die Chance, *wahrhaft* geliebt zu werden. Und sie hatte keinen Zweifel daran, dass Truck sie liebte. Er hatte es mit seinen Worten und Taten immer wieder bewiesen. Sie wusste, dass es ihm scheißegal war, dass sie keine Brüste hatte. Sie wusste, dass er zu ihr stehen würde, egal wie ihre Entscheidung über die Rekonstruktion ausfiel.

Die Tränen flossen ihr in einem stetigen Strom über die Wangen. Ihr Telefon klingelte mit Raynes speziellem Klingelton, aber sie ignorierte ihn. Sie konnte im Moment nicht mit ihrer besten Freundin sprechen. Rayne würde ihr sagen, dass sie eine Närrin war. Dass sie zurückgehen und mit Truck reden sollte. Aber das konnte sie nicht. Sie wollte allein sein. Sie musste allein sein.

Sie musste sich daran *gewöhnen*, allein zu sein, denn nachdem sie Truck verlassen hatte, wollte er sicher nicht mehr mit ihr zusammen sein. Sie war eine Nervensäge und sie hatte ihn einfach abblitzen lassen.

Es war besser, er wusste nichts davon, dass sie verheiratet waren.

KAPITEL DREIZEHN

Truck stand in der Mitte seines zerstörten Schlafzimmers, die Hände auf dem Kopf und keuchend. Er war ein wenig durchgedreht, nachdem Mary gegangen war, hatte gegen Dinge getreten, Möbel umgeworfen und Sachen kaputt gemacht. Als ihm in seinem Wohnzimmer die Dinge ausgingen, an denen er seine Frustration auslassen konnte, war er in sein Schlafzimmer gegangen.

Er war frustriert, dass er sich nicht mehr an alle Einzelheiten Marys Krankheit betreffend erinnerte. Er war frustriert, dass er ihr den Schmerz nicht nehmen konnte. Frustriert, dass er sie nicht davor bewahren konnte, harte Entscheidungen treffen zu müssen, darunter zum Beispiel, ob ihre Brüste wiederhergestellt werden sollten oder nicht. Vor allem aber war er frustriert darüber, dass sein Gedächtnis nicht so schnell wiederkehrte, wie er es sich gewünscht hätte.

Seinen Frust an seinen Sachen auszulassen fühlte sich gut an. Seine Kommode umzuwerfen. Er hob seine Matratze auf und warf sie gegen die Wand. Die Lampe neben dem Bett war dabei kaputt gegangen, aber Truck war das scheißegal. Überall auf dem Boden lagen Kleidungsstücke, und das eine Bild, das an der Wand hing, hatte jetzt ein faustgroßes Loch im Glas.

Truck war über seinen Arzt und seine Teamkollegen verärgert. Er wollte, dass die Dinge so werden, wie sie gewesen waren ... auch wenn er sich nicht mehr daran erinnern konnte. Vielleicht waren sie nicht perfekt, aber sie mussten als Paar besser sein als das hier.

Wie konnte er mit einer Frau zusammen sein, wenn sie ihm nicht einmal sagen wollte, was sie empfand?

Unter dem Strich war er sich nicht sicher, ob er es sein konnte. Er wollte die Worte genauso hören wie sie.

Aber die Scheiße war, er *wusste*, dass er Mary nicht egal war. Sie hätte ihn in der Kneipe nicht so standhaft verteidigt, wenn dem nicht so wäre. Sie hätte die letzten Wochen nicht damit verbracht, ihn näher an sich heranzulassen, wenn er ihr nichts bedeutet hätte. Sie hätte ihm nicht von ihrem Krebs erzählt, wenn das nicht der Fall wäre.

Krebs.

Sie hatte verdammten *Krebs* gehabt. Und er hatte es vergessen. Wie zum Teufel konnte er das vergessen? Die Frau, die er mehr liebte als das Leben selbst, hatte monatelang gelitten, und er hatte es verdammt noch mal vergessen. Und wenn man den wenigen Erinnerungen, die durch sein Gehirn geflattert waren, Glauben schenken durfte, war es ein höllischer Kampf gewesen. Und er war bei jedem Schritt des Weges dabei gewesen. Daran hegte er keinerlei Zweifel.

Die Wahrheit traf ihn wie ein Vorschlaghammer – Truck taumelte rückwärts, bis er auf die Wand traf, und ließ sich dann daran hinuntergleiten. Er setzte sich auf den Boden und starrte ausdruckslos auf sein Bett. Der Bettkasten war noch an seinem Platz, aber die Matratze stand gegen die Wand gelehnt da.

Mary liebte ihn.

Sie war vielleicht nicht in der Lage, die Worte auszusprechen, aber sie tat es. Er wusste das genauso, wie er wusste, dass er Ford Laughlin hieß.

Er war ein Arsch, dass er auch nur daran dachte, dass er keine Beziehung zu ihr haben konnte, wenn sie ihm nicht sofort ihre Gefühle offenbarte.

Sie hatte ihm mit ihren Handlungen immer wieder gezeigt, dass ihr etwas an ihm lag. Mehr als nur das. Selbst während des letzten Monats hatte er es gesehen. Wie ihre Augen aufleuchteten, wenn sie ihn sah. Die Art, wie sie strahlte, wenn sie sich stritten. Die Art, wie sie ihn Trucker nannte und dabei lächelte. Die Art und Weise, wie sie neben ihm saß und mit einem Faden an seiner Hose spielte. Die Art und Weise, wie sie direkt auf seine Narbe schaute und sie doch nicht zu sehen schien.

Truck schloss die Augen und seufzte. Er hatte es heute Abend vermasselt. Er hätte warten sollen, um ihr zu sagen, dass er sie liebte. Er hatte sie zu sehr bedrängt. Er hatte auf etwas gedrängt, das sie ihm vielleicht nie geben konnte. Die Frage war ... konnte er damit umgehen?

Er öffnete die Augen und nickte. Ja, er konnte damit umgehen, die Worte nie zu hören, solange er sie in seinem Leben hatte.

Truck stand auf, um mit dem Aufräumen der Unordnung zu beginnen, die er in seiner Wohnung und in seinem Leben angerichtet hatte, als ihm etwas auffiel. Es war ein Notizbuch. Ein einfaches schwarz-weißes Notizbuch auf dem Boden neben dem Bett. Es musste runtergefallen sein, als er seinen Wutanfall hatte und die Matratze umgeworfen hatte.

Truck glaubte nicht, dass es ihm gehörte. Er könnte sich aber irren. Er wusste, dass es in seinem eigenen Leben viele Dinge gab, an die er sich nicht erinnerte. Er ging hin und nahm das Notizbuch in die Hand. Aus irgendeinem Grund hatte er das seltsame Gefühl, vor einer verschlossenen Tür zu stehen. Auf seiner Seite war es dunkel und regnerisch. Aber er wusste, auf der anderen Seite war es sonnig und schön.

Und das Notizbuch, das er in den Händen hielt, war der Schlüssel, um auf diese andere Seite zu gelangen. Um aus der Dunkelheit heraus und ins Licht zu treten.

Langsam, als könnte eine Schlange aus den Seiten herauskommen und ihn beißen, öffnete Truck den Buchdeckel.

Er starrte die Schrift an und wusste instinktiv, dass sie von Mary stammte. Er konnte sich nicht daran erinnern, schon einmal etwas gesehen zu haben, das sie geschrieben hatte, aber außer ihr gab es niemanden, der dieses Buch hier hätte liegen lassen können. Niemand sonst, der die Gelegenheit gehabt hätte, ein Notizbuch zur sicheren Aufbewahrung unter seine Matratze zu legen.

Er las die Worte auf der ersten Seite.

Marys Tagebuch

Wenn dein Name nicht Mary Weston ist und du das hier liest, dann hör sofort auf damit. Ich meine es ernst. Ich werde dich aufspüren, ausweiden und dafür sorgen, dass du dir wünschst, du könntest die Uhr zurückdrehen und eine bessere Entscheidung treffen. Ich schreibe diesen Scheiß nur auf, weil mein Arzt mir gesagt hat, dass ich mich dann besser fühlen würde. Da bin ich mir nicht sicher, ich meine, ich habe Brustkrebs, verdammt noch mal. Wie kann ich mich besser fühlen, wenn ich meine Gefühle aufschreibe? Es wird mich sicher nicht magisch heilen. Wie auch immer. Los geht's ...

Die Worte brachten Truck zum Lächeln. Sie waren die Quintessenz von Mary. Truck nahm das Tagebuch mit, verließ sein Schlafzimmer und ging zurück ins Wohnzimmer. Er nahm auf der Couch Platz, die zum Glück noch ganz war, obwohl sie durch den halben Raum geschoben worden war, weit entfernt von der Stelle, an der sie vor seinem Wutanfall gestanden hatte. Truck zögerte nicht mal ein kleines bisschen, bevor er die Seite umblätterte und zu lesen begann.

Es mochte falsch sein, aber er wollte unbedingt die Frau verstehen, die er liebte. Er wollte alles über sie erfahren. Er wollte die fehlenden Teile seiner Erinnerung aufdecken. Das könnte seine einzige Chance sein, Antworten zu erhalten. Er wollte nicht darauf verzichten, auch wenn er unerlaubt in ihre privaten Gedanken eindrang.

Mary hatte keinen der Einträge datiert. Sie hatte gerade erst angefangen zu schreiben, als könnte sie die Worte nicht schnell genug niederschreiben.

Der Krebs ist wieder da. Der verdammte Krebs ist wieder da. Ich kann das nicht noch einmal durchstehen. Ich kann Rayne das nicht noch mal durchmachen lassen. Das muss die Rache dafür sein, dass ich mein ganzes Leben lang ein Miststück war. Eine Hure von einer Mutter zu haben war nicht Strafe genug. Es reichte auch nicht, immer wieder von Männern verarscht zu werden. Was auch immer ich in einem früheren Leben getan habe, es tut mir leid. Hört ihr mich? Es tut mir leid! Scheiße! Verdammt, zum Teufel.

Ihre Schmerzen waren deutlich zu spüren. Es waren nur Worte auf einem Blatt, aber Truck konnte ihr Entsetzen körperlich fühlen. Sie hatte Todesangst, und das machte ihn fertig. Truck hatte eine gute Vorstellung davon, was sie empfand. Nicht dass ihm jemals gesagt worden wäre, dass er eine tödliche Krankheit hätte, aber als der Arzt in Deutschland ihm mitgeteilt hatte, dass er an Amnesie litt und dass er sich vielleicht nie mehr an die letzten drei Jahre seines Lebens erinnern würde, hatte er viele der gleichen Gedanken wie Mary gehabt, als sie ihre Diagnose bekam. Das war nicht fair. Warum er?

Der nächste Eintrag war genauso emotional wie der letzte.

Ich habe mich entschieden. Ich werde weder eine Chemo- noch eine Strahlentherapie machen. Das kann ich nicht. Letztes Mal hätte es mich fast umgebracht. Ich sterbe lieber nach meinen eigenen Bedingungen, als das noch einmal durchzumachen. Ich werde es Raynie auch nicht sagen. Sie wird noch einmal ihr ganzes Leben für mich auf Eis legen. Sie wird mich unter Druck setzen, bis ich einer Behandlung zustimme. Aber ich bin müde. So verdammt müde. Sie versteht das nicht. Ich hätte eine Behandlung in Betracht ziehen können, wenn ich gewusst hätte, dass meine Versicherung das übernimmt, aber nachdem die letzte Behandlung schon so teuer gewesen ist, würde dieses Mal bestimmt nicht alles übernommen werden, da bin ich mir ziemlich sicher. Mir wurde etwas über eine Zahlungsobergrenze gesagt, was Blödsinn ist. Ich verdiene vielleicht ziemlich gutes Geld, aber es reicht nicht aus, um alle Behandlungen ohne Hilfe der Versicherung zu bezahlen. Zum Teufel, eine verdammte Tablette gegen Übelkeit kostet dreihundert Dollar. Das ist lächerlich. Ich werde also einfach mein Leben leben, und wenn meine Zeit gekommen ist, dann ist es eben so. Ich werde Rayne nicht den Schmerz bereiten, mich sterben zu sehen. Das würde ich ihr nie antun. Es würde sie fürs Leben zeichnen. Wenn ich zu krank werde, werde ich meinen Job kündigen und irgendwo in ein Hotel an den Strand ziehen. Eines Tages wird dann irgendein Zimmermädchen meine Leiche finden. Und das ist okay. Besser sie als meine beste Freundin.

Truck fühlte sich unwohl. Bei dem Gedanken daran, dass Mary zum Sterben in ein verdammtes Hotel ging, drehte sich ihm der Magen um. Er war nicht im Geringsten überrascht, dass Mary Rayne verschonen wollte. Er wusste, wie nahe sich die beiden Frauen standen. Aber er hatte auch das Gefühl, wenn Rayne gewusst hätte, was Mary dachte, hätte sie einen heftigen Wutanfall bekommen. Schnell las er weiter.

Es ist zum Kotzen. Ich sollte heute Abend auf Annie aufpassen, aber mir war so übel, dass ich es nicht konnte. Alle waren in Austin auf einem Armeeball und ich musste Truck anrufen und ihm sagen, dass ich Hilfe brauche. Ich hasse es, um Hilfe zu bitten. Ich hasse es, dass ich krank bin. Ich hasse es, dass ich Krebs habe, verdammt!

Truck kam, natürlich kam er. Er ist verdammt perfekt in jeder Hinsicht, aber das würde ich ihm gegenüber nie zugeben. Anstatt Annie zu nehmen, mich nach Hause zu bringen, dann Annie zurück nach Hause zu bringen und bei ihr zu bleiben, zwang er mich natürlich, mit ihm in ihrem Haus zu bleiben. Und natürlich musste ich am Ende den ganzen Badezimmerboden vollkotzen, weil ich es nicht rechtzeitig zur Toilette schaffte. Und da ich zu schwach war, um aufzustehen, habe ich auch meine Kleidung vollgekotzt.

Ich hasse mein Leben.

Ich versuche, so verdammt tapfer und hart zu sein, aber es ist schwer. Es ist so schwer.

Und es ist noch härter, wenn der perfekteste Mann, den ich je gekannt habe, ins Bad kommt und mich in meiner eigenen Kotze liegen sieht und nicht nur helfen muss, mich sauber zu machen, sondern auch das Bad putzen muss.

*Ich würde nicht mal meinem ärgsten Feind Krebs wünschen.
Nicht einmal Mama.*

»Verdammte Scheiße«, sagte Truck. Er erinnerte sich weder an
den Armeeball noch an den Vorfall, den Mary beschrieben
hatte, aber allein beim Lesen hatte er Tränen in den Augen. Sie
musste sich so hilflos gefühlt haben. Schon beim Lesen ihrer
Worte war es für ihn offensichtlich, dass er sie damals geliebt
hatte. Wenn sie ihn um Hilfe bat, hatte er sie ihr natürlich
gegeben. Er hätte ihr alles gegeben.

Es war auch offensichtlich, dass ihre Bitte um Hilfe gewaltig
war. Riesig. Mary bat nicht um viel, auch jetzt nicht, da sie
nicht krank war. Er hasste den Gedanken, dass sie so schwach
war, dass sie es nicht zur Toilette geschafft hatte. Sie hatte überhaupt nur um Hilfe gebeten, weil sie auf Annie aufgepasst
hatte. Wäre das kleine Mädchen nicht gewesen, hätte sie wahrscheinlich auf dem Boden ihres eigenen Badezimmers gelegen,
bis sie irgendwie auf magische Weise die Kraft gefunden hätte
aufzustehen. Gott, wie sehr er das hasste.

*Habe ich gesagt, dass Truck perfekt ist? Ich habe gelogen. Er ist
verrückt. Verrückt. Hat eine Schraube locker. Nach dem Vorfall in
Emilys Haus, als ich das Badezimmer vollgekotzt habe, kam Truck
zu mir nach Hause und sagte zu mir, er hätte eine Frage an mich.*

Der dumme Mann hat mich gefragt, ob ich ihn heiraten will!

*Ich konnte ihn nur ungläubig anstarren. Ich liege im Sterben,
warum zum Teufel sollte er mich heiraten wollen? Aber … je mehr ich
darüber nachdachte … desto mehr wollte ich Ja sagen. Der Mann
macht mich verrückt, aber ich glaube, ich liebe ihn. Hey, ich weiß,
ich weiß, ich sagte, ich würde in meinem ganzen Leben nie wieder
einen Mann lieben, aber das ist TRUCK. Er wird nicht sauer, wenn
ich schnippisch bin, er scheint es sogar amüsant zu finden (was
ärgerlich ist). Er lässt sich nicht von mir wegstoßen (was wiederum
ärgerlich ist) und er sagt mir ständig, wie hübsch ich bin (ich weiß,
dass es eine Lüge ist, denn hallo … Chemo-Haar!).*

Aber weißt du was? In der Sekunde, in der ich meinen Mund

öffnete, um ihm zu sagen, dass ich ihn heiraten und den Rest meiner (begrenzten) Tage mit ihm verbringen würde, um ihn zu lieben, musste er seinen Mund wieder öffnen.

Während ich mich bei Emily zu Hause übergeben habe, habe ich dummerweise ausgeplaudert, dass meine Versicherung keine weiteren Chemo-Behandlungen mehr bezahlen würde. Dass ich mein Bestes tat, aber ich war fertig. Ich wollte den Krebs sein Ding machen lassen und ein für alle Mal mit ihm fertig sein. Meine einzige Entschuldigung für das Verplappern war, dass ich Rayne vermisste. Ich habe sie seit Ewigkeiten nicht mehr gesehen (wenn sie sähe, dass ich wieder meine Haare verliere, wüsste sie, was los ist, und das kann ich nicht riskieren). Ich telefoniere nur gelegentlich mit ihr. Ich war also einsam. Und ich habe meinen Plan, an den Strand zu ziehen und friedlich zu sterben, über den Haufen geworfen. Alleine. (Okay, ich weiß, es wäre nicht friedlich, aber ich versuche, mir etwas vorzumachen, damit ich mich nicht halb zu Tode fürchte).

Da stand ich also und war bereit, Trucks Vorschlag anzunehmen. Glücklicher als ich es je zuvor gewesen war, weil dieser perfekte, erstaunliche Mann mich heiraten wollte. Wie konnte das sein?

Nun, dann erklärte er mir, dass ich im Falle einer Heirat Anspruch auf alle seine Armee-Leistungen hätte ... einschließlich seiner Krankenversicherung. Was für ein Spaßverderber. Ich war bereit, ihm zu sagen, dass ich Mrs. Ford Laughlin sein wollte, und er sagte mir, dass er mir nur einen Antrag machte, um mir das Leben zu retten.

Scheiß auf mein Leben.

Truck schloss die Augen und konzentrierte sich auf das Atmen.

Mary liebte ihn.

Er war sich ziemlich sicher gewesen, aber da stand es schwarz auf weiß.

Dann hätte er sich am liebsten selbst in den Arsch getreten. Sie hätte Ja gesagt, wenn er nicht den Mund aufgemacht und ihr gesagt hätte, dass er es tat, damit sie seine Versicherung in Anspruch nehmen konnte, obwohl er ziemlich sicher war, dass es nur ein verzweifelter Trick seinerseits gewesen war, um sie dazu zu bewegen, Ja zu sagen.

Sein Kopf hämmerte jetzt. Bei jedem Satz, den er las, sprühten in seinem Gehirn Gedankenblitze von Mary. Sie hatte hier gewohnt. Bei ihm. Sie hatten jede Nacht im selben Bett geschlafen. Sie hatten zusammen ferngesehen. Er hatte ihr etwas zu essen gemacht. Er hatte sie gezwungen zu essen, wenn sie so krank war, dass sie nichts anderes tun wollte als schlafen.

Mary liebte ihn und wollte deshalb Ja zu seinem Vorschlag sagen. Ja, die Dinge zwischen ihnen waren definitiv »kompliziert« gewesen, wie sie es ausgedrückt hatte.

Truck wollte wissen, was er noch alles verbockt hatte, und las weiter.

Truck gibt nicht auf. Er ruft mich jeden Tag an und befiehlt mir, ihn zu heiraten. Er sagt mir, er sei noch nicht bereit, mich gehen zu lassen. Dass er mich liebt und für den Rest seines Lebens jeden Tag mein lächelndes Gesicht sehen will. Ich weiß, dass er Blödsinn redet, weil ich in letzter Zeit nicht gerade viel gelächelt habe.

Warum musste er die Krankenversicherung erwähnen?

Ich habe ihm gesagt, er soll sich verpissen.

Truck schüttelte den Kopf. Ja, er hatte es wirklich vermasselt, indem er die Versicherung mit ins Spiel brachte. Mary war stolz. Sie hätte nie zugestimmt, ihn wegen seiner Versicherung zu heiraten.

Er hätte ausflippen müssen, dass er um die Hand einer Frau angehalten hatte und sich nicht mehr daran erinnern konnte, aber er machte sie nur Sorgen darüber, ob sie endlich eingewilligt hatte oder nicht. Er las weiter.

Ich dachte, ich würde heute sterben. Ich hoffte, ich würde sterben. Ich habe mich noch nie so schrecklich gefühlt. Nicht einmal während meiner ersten Chemotherapie. Ich konnte nicht aus dem Bett aufstehen. Ich habe seit zwei Tagen nichts mehr gegessen. Nichts fühlt sich so schlimm an, wie wenn sich dein Körper von innen heraus selbst auffrisst. Ich habe keine Ahnung, ob das so ist oder nicht, aber es fühlt sich so an.

Ich lag da und betete um den Tod, und plötzlich war Truck da. Mein »perfekter Mann« war in meine verdammte Wohnung eingebrochen (obwohl ich zugeben muss, dass es ziemlich heiß ist, dass er Schlösser knacken kann!). Er nutzte seine medizinische Ausbildung und sagte mir, ich sei dehydriert und müsse essen. Ach was.

Er blieb den ganzen Tag bei mir. Er zwang mich dazu zu trinken. Er zwang mich zu essen, obwohl das Doppelte von dem, was ich gegessen hatte, wieder hochkam. (Guter Gott, könnte ich mich zur Abwechslung vielleicht mal nicht vor diesem »perfekten Mann« übergeben?!?)

Dann brach ich zusammen.

Er sagte mir, dass er das überprüft hätte und wir in drei Tagen heiraten könnten. Er müsste nur den Antrag besorgen und wir könnten zum Standesamt gehen und es hinter uns bringen. Ganz einfach. Er sagte mir, dass seine Versicherung sofort wirksam würde und ich mit der Chemo wieder anfangen könnte.

Das war das Letzte, was ich wollte, aber aus irgendeinem Grund ließ ich mich von ihm überzeugen. Ich bin einfach nur müde. Ich habe es satt, gegen ihn zu kämpfen. Ich habe es satt, krank zu sein. Ich habe es satt, mir über alles Mögliche Sorgen zu machen. Truck sagte, er würde sich um mich kümmern, und ich glaube ihm. Vielleicht heiratet er mich, damit ich nicht abkratze, aber ich habe keinen Zweifel, dass er alles Notwendige tun wird, um für mich zu sorgen.

Ich glaube, ich habe nachgegeben, weil niemand (außer Raynie, doch das ist etwas anderes, weil sie nicht wirklich bei mir wohnt) sich jemals auch nur einen winzigen Scheiß um mich geschert hat. Mama ganz sicher nicht. Genauso wenig wie all diese Onkel.

Wäre ich nicht so müde und würde mich nicht ständig übergeben, hätte ich wahrscheinlich nicht nachgegeben. Hätte etwas Stolz gehabt. Aber wenn man am Tiefpunkt angelangt ist, was ist dann schon ein bisschen Stolz?

Mary hatte zugestimmt?

Heilige Scheiße!

Truck ließ den Kopf auf die Lehne der Couch fallen und schloss die Augen.

Hatten sie es durchgezogen? Er musste annehmen, dass sie es getan hatten, da sie heute noch am Leben war. Wenn es ihr tatsächlich so schlecht ging, hätte sie den Krebs ohne Chemotherapie auf keinen Fall besiegen können.

War er verheiratet? War Mary seine Frau?

Begierig darauf herauszufinden, was als Nächstes geschehen war, öffnete Truck die Augen und las den nächsten Eintrag, so schnell er konnte.

Gut, jetzt ist es also erledigt. Ich habe heute Truck geheiratet. Es war nicht gerade romantisch, wir waren innerhalb von dreißig Minuten wieder aus dem Standesamt raus, aber ich bin jetzt Mrs. Ford Laughlin. Wie habe ich gefeiert? Ich habe den Badezimmerboden vollgekotzt. Schon wieder. Verdammte Scheiße.

Truck brachte mich zu seiner Wohnung und dann ins Bett, dann fuhr er zum Stützpunkt, um den Papierkram zu erledigen, damit ich seine Versicherung in Anspruch nehmen konnte. Er war abgelenkt, weil alle Jungs weg und in Idaho waren. Das hatte etwas mit Fish und seiner neuen Frau zu tun. Aber natürlich weiß ich nicht, was los ist, weil ich nicht so viel mit Rayne oder den anderen gesprochen habe, wie ich es gern getan hätte.

Dann, während er weg war, habe ich unser Eheleben eingeläutet, indem ich auf den Badezimmerboden gekotzt habe.

Ich bin erbärmlich.

Und schrecklich hässlich (gut, dass Sex vom Tisch ist, denn Truck würde einen Blick auf meine flache Brust werfen und dann schreiend aus dem Zimmer laufen und sagen, er sei kein Kinderschänder).

Und verheiratet.

Verdammt. Was habe ich getan?

Ich habe aus Liebe einen Mann geheiratet, der mich nur aus Mitleid geheiratet hat.

So eine Scheiße!

. . .

Als Truck auf seinen Ringfinger hinunterblickte, erinnerte er sich deutlich daran, wie Mary ihm einen Ring auf den Finger geschoben hatte. Wo war der jetzt?

Plötzlich war es wichtiger, seinen Ehering zu finden, als zu lesen. Truck legte das Tagebuch beiseite, stand auf und ging zurück in sein verwüstetes Schlafzimmer. Er ging direkt ins Badezimmer.

Instinktiv wusste er genau, wo sich sein Ring befand, und er öffnete die unterste Schublade links vom Waschbecken, ging in die Hocke und durchwühlte das Zeug dort, wobei er von ganz hinten eine kleine Samttasche herauszog. Wie er genau gewusst hatte, wo er suchen musste, wusste Truck nicht, aber als er das Täschchen in seine Hand entleerte, klirrten zwei Ringe aneinander und landeten auf seiner Handfläche.

Ihre Eheringe.

Als er die Augen schloss, erinnerte er sich plötzlich an alles von dem Tag, an dem er sie weggelegt hatte.

»Ich werde meinen Ring nicht tragen«, erklärte Truck Mary.

Ihr Blick war traurig, aber sie nickte. »Okay.«

»Aber nicht, weil ich nicht froh darüber bin, mit dir verheiratet zu sein, sondern weil es nicht besonders schlau ist, ihn während des Einsatzes zu tragen.«

»Okay«, wiederholte sie und nahm auch ihren eigenen Ring ab. »Wenn du deinen nicht trägst, werde ich meinen auch nicht tragen. Wenn dein Finger nackt ist, wird meiner es auch sein.«

»Das ist nicht nötig«, erwiderte er.

»Ist es schon. Und das gilt nicht nur für diesen Einsatz. Wenn du deinen Ring abnimmst, nehme ich meinen auch ab, verstanden?«

Truck erinnerte sich daran, ihr zugenickt zu haben, aber er hatte nicht viel darüber nachgedacht, weil er nicht die Absicht hatte, seinen Ring anderweitig abzunehmen, außer bei Missionen. Er würde Mary nie betrügen und er würde sie nie freiwillig verlassen. Er hatte die Vorstellung romantisch gefunden, dass sie ihren Ring nicht tragen wollte, wenn er es nicht konnte. Er nahm beide Ringe, steckte sie in die kleine Tasche und legte sie auf den Tresen. Später hatte er die Ringe zur sicheren Aufbewahrung in die unterste Schublade getan.

Er wollte ihr sagen, wo er sie versteckt hatte, aber sie waren beide beschäftigt und er hatte es vergessen.

Truck steckte sich den Ehering an den Finger und konnte nicht glauben, wie richtig es sich anfühlte. Wehmütig berührte er den kleineren Ring. Widerwillig nahm er seinen eigenen Ring ab und steckte ihn zusammen mit Marys wieder in die Samttasche. Er wollte sie zurück in seine Wohnung schleppen und verlangen zu erfahren, wann sie vorhatte, ihm von ihrer Ehe zu erzählen, um sie dann dazu zu bringen, den Ring zu tragen, damit jeder wusste, dass sie zu ihm gehörte. Genauso wie er *seinen* Ring tragen würde, um dafür zu sorgen, dass Schlampen wie die Tussi aus der Kneipe wussten, dass er vergeben war. Aber stattdessen steckte er das Täschchen in seine Hosentasche.

Er musste herausfinden, wie er Mary dazu bringen konnte zu gestehen, dass sie Mann und Frau waren, aber in der Zwischenzeit konnte er es nicht ertragen, von ihren Ringen getrennt zu sein. Irgendwie hatte er das Gefühl, wenn er sie bei sich hätte, würde das ihre Ehe irgendwie realer machen.

Truck ging zurück in sein Wohnzimmer und machte einen Abstecher in die Küche, um ein Glas Wasser zu holen. Er trank es aus und ging dann zurück zur Couch.

Sein Gedächtnis kehrte definitiv zurück. Mit jedem Wort, das er las, und mit jeder Stunde, die verging, wurde Truck immer sicherer, dass er sich irgendwann an alles erinnern würde. Sein Kopf pochte, aber nichts konnte ihn davon abhalten, die Worte seiner Frau zu lesen.

Ich muss zugeben, dass es mir besser geht. Ich habe die Chemotherapie beendet (die ätzend war) und habe wieder mit der Bestrahlung begonnen. Jeden Wochentag werde ich fünfzehn Minuten lang bestrahlt. Ich spüre es nicht, was gut ist, obwohl ich von den Strahlen einen permanenten Bräunungsrand auf meinem Rücken habe. Das kann doch nicht gesund sein, oder?

Und meine Haut beginnt langsam zu brennen. Ich erinnere mich daran von früher.

Truck war die ganze Zeit superaufmerksam und ich muss zugeben, dass ich es liebe (obwohl ich ihm das nie sagen würde. Es würde ihm zu Kopf steigen oder so. Ha!)

Es gibt Zeiten, in denen ich einfach nicht verstehe, wie er mich lieben kann. Ich gehe ihm auf die Nerven. Es kann keinen Spaß machen, jetzt, mit meinen gesundheitlichen Problemen und der zickigen Art, in meiner Nähe zu sein. Er könnte jemanden haben, der so viel besser ist als ich.

Aber sollte er beschließen, dass er mit dem Krebs oder mit mir nicht zurechtkommt, würde mich das kaputt machen. Mehr als Brian es getan hat, als ich ein Teenager war. Mehr als all die anderen Männer, die mich im Stich gelassen haben. Truck bedeutet mir alles, auch wenn ich es ihm nie gesagt habe. Ich habe keine Ahnung, was ich ohne ihn tun würde.

Truck schloss die Augen und holte tief Luft. Mary konnte sich vielleicht nur in ihrem Tagebuch selbst eingestehen, wie sehr sie ihn liebte, aber die Worte zu sehen bedeutete Truck mehr, als er selbst je in Worte fassen konnte. Es gefiel ihm nicht zu wissen, dass er die Macht hatte, Mary zu brechen, aber er war nicht überrascht ... einfach weil es umgekehrt genauso war. Als er die Augen öffnete, musste er ein paarmal blinzeln, um die Tränen zu vertreiben, damit er weiterlesen konnte.

Oh Gott! Ich hatte vergessen, wie schlimm die Bestrahlung ist. Ich ertrage es nicht, wenn etwas meine Brust berührt, was es unangenehm macht, weil ich im Grunde genommen Vollzeit mit Truck in seiner Wohnung lebe. Er hat mir geholfen, meine Brust mit der Lotion, die mir gegeben wurde, einzureiben, aber es brennt so schlimm. Und es ist so demütigend, wenn er mich sieht.

Mit dem Verstand weiß ich, dass Brüste mich nicht zu dem machen, was ich bin, aber wie soll Truck mich jemals als etwas anderes als die arme, erbärmliche Hülle einer Frau sehen, die ich jetzt bin? Nicht dass ich auch nur das geringste Verlangen nach Sex hätte,

aber wie sieht es mit der Zukunft aus? Wenn Truck mit mir verhei-
ratet bleibt, werde ich mit ihm schlafen wollen, aber nicht einmal ich
würde jemanden bumsen wollen, wenn er solche Narben hätte wie
ich. Sie sind einfach in keiner Weise attraktiv, weder in der Form
noch im Aussehen.

Die Nächte sind am schlimmsten. Ich schwöre, ich spüre, wie
meine Haut sich schält und reißt. Ich liege in seinem Bett auf dem
Rücken, ohne Hemd, weil es so wehtut, und Truck schläft neben mir.
Er rutscht nach unten, bis seine Füße über die Bettkante hängen, und
er legt seinen Arm um meine Taille. Er kuschelt sich an meine Hüfte
und sagt mir, wie stolz er auf mich ist. Wie stark ich bin.

Er weiß allerdings nicht, dass das alles eine Lüge ist. Ich bin eine
Betrügerin. Ich bin überhaupt nicht stark. Wenn ich es wäre, würde
ich ihm sagen, dass ich ihn liebe. Dass ich will, dass er meinetwegen
mit mir zusammen ist, nicht weil ich seine verdammte Versicherung
brauche. Aber ich sage kein Wort. Ich liege die ganze Nacht wach
und präge mir das Gefühl ein, wie es ist, wenn er neben mir liegt,
weil ich weiß, wenn alles vorbei ist und es mir besser geht (Gott, bitte
lass mich gesund werden!), werde ich ihn verlieren.

Truck erinnerte sich daran, so mit ihr geschlafen zu haben. Er
erinnerte sich an die Machtlosigkeit, die er fühlte, weil er nicht
in der Lage war, ihr zu helfen. Er hasste, wie groß die
Schmerzen waren, die sie hatte. Er hasste es, dass manchmal
sogar die Brise vom Deckenventilator auf ihrer Brust zu viel für
sie war. Mary war so verdammt stark. Er konnte nicht einmal
begreifen, wie sie es überstanden hatte.

Aber als er die Worte »Ich liebe ihn« schwarz auf weiß sah,
war er entschlossener denn je, sie dazu zu bringen zu glauben,
dass sie von innen und außen schön war.

Sie liebte ihn.

Mary liebte ihn verdammt noch mal.

Truck lächelte.

Es ist schon eine Weile her, dass ich hier geschrieben habe. Die Dinge
sind ... seltsam.

Der Arzt hat mir gesagt, dass mein Krebs weg ist (ja, als würde ich das glauben. Ich habe das schon mal gehört).

Ich lebe immer noch bei Truck, bin im Grunde genommen eingezogen.

Aber Trucks Freunde haben herausgefunden, dass wir verheiratet sind. Und sie waren nicht glücklich. Sie waren sauer, dass er es ihnen vorenthalten hat, weil sie normalerweise keine Geheimnisse voreinander haben. Ich habe Angst, dass Truck mir sagen wird, ich solle nach Hause zurückkehren, dass wir uns scheiden lassen sollten, aber bisher hat er das nicht getan.

Aber was noch schlimmer ist: Rayne hasst mich. Ich kann es ihr eigentlich nicht verübeln. Wir haben versprochen, zusammen zu heiraten, und ich habe es hinter ihrem Rücken und ohne sie getan. Natürlich war das Versprechen Blödsinn. Wir waren beide betrunken, als wir es beschlossen haben, aber trotzdem. Ich kenne Rayne und ich weiß, dass sie davon geträumt hat, dass ich Truck und sie Ghost in einer Doppelhochzeit heiraten, und zu erfahren, dass ich bereits verheiratet bin, hat diese Träume zunichtegemacht. Ich habe ihre verdammten Träume zerstört.

Viele Male habe ich darüber nachgedacht, dass alle viel glücklicher wären, wenn ich nicht da wäre.

Hätte ich Truck nicht geheiratet und die Behandlung bekommen, hätten sie vielleicht um mich getrauert, aber Rayne wäre verheiratet, Truck hätte vielleicht jemanden gefunden, der weniger nervig ist als ich, und die anderen würden sich nicht alle streiten.

Gott. Das ist scheiße.

Mary und Rayne hatten vereinbart, gemeinsam zu heiraten? Die Jungs stritten sich, weil er Mary geheiratet hatte und es ihnen nicht gesagt hatte? Er konnte sich nicht vorstellen, warum er seinen besten Freunden nichts davon erzählt hatte ... es sei denn, er wollte Mary beschützen. Ja, er konnte sich vorstellen, dass er nicht wollte, dass sie sich in Gegenwart der anderen unbehaglich fühlte.

Aber er glaubte nicht eine Sekunde lang, dass eine der Frauen oder seine Freunde ohne sie glücklicher wären. Das war Blödsinn. Hoffentlich glaubte sie das nicht immer noch.

. . .

Die Dinge sind immer noch beschissen. Zumindest Annie spricht noch mit mir. Wir üben zusammen unsere Zeichensprache. Sie ist so verdammt süß. Sie sagt, sie wird Frankie heiraten, den tauben Jungen, den sie kennengelernt hat und der in Kalifornien lebt. Sie »reden« die ganze Zeit über das Internet.

Ich vermisse meine beste Freundin.

Truck scheint die Sache mit seinen Freunden Gott sei Dank wieder in Ordnung gebracht zu haben, aber Rayne hasst mich immer noch. Ich weiß nicht, wie Harley sich fühlt, aber da sie Rayne super nahesteht, tut sie das wahrscheinlich auch. Kassie steht kurz vor der Entbindung. Emilys Baby kommt auch bald (und sie bekommt einen Jungen! Eine der Schwestern, die ich im Krankenhaus kennengelernt habe, hat mir alles verraten. Ich habe versprochen, nichts zu sagen, aber es war urkomisch, Emily zu sagen, dass ich einfach »weiß«, dass sie einen Jungen bekommt, weil Annie einen Bruder will. Sie wird so glücklich sein).

Ich kenne Casey oder Wendy nicht einmal richtig gut, was ärgerlich ist, weil sie wirklich nett zu sein scheinen. Raynes Bruder ist jetzt mit einer Frau namens Sadie zusammen. Truck hat darüber gesprochen, wie urkomisch Bryn, Fishs Frau, ist, aber auch sie kenne ich nicht, weil ich nicht mehr zum inneren Kreis gehöre.

Truck ist ... Truck. Er ist so nett zu mir und jetzt, wo ich nicht mehr krank bin, kommt es einer Folter gleich, neben ihm zu schlafen. Kurz bevor er ins Bett kommt, stehle ich sein Kissen, damit ich die ganze Nacht daran riechen kann. Er weiß es aber nicht. Er riecht immer so gut.

Oh, und ... ich vermisse Sex. Es ist albern. Ich meine, ich war so lange krank, dass ich mir nicht vorstellen konnte, jemals wieder Sex zu wollen. Aber eines Nachts, als Truck bei der Arbeit war, habe ich masturbiert. Ich kam sehr heftig zum Höhepunkt, weil ich an Trucks große Hände auf meinem Körper dachte. Wie sich seine Zunge anfühlen würde, wenn er mich leckt.

Ich bin so erbärmlich. Aber, Mann ... jetzt, wo ich angefangen habe, darüber nachzudenken, kann ich nicht mehr aufhören.

. . .

Truck schluckte und fühlte, wie sein Schwanz in seiner Hose zuckte. Von Mary zu lesen, die Sex wollte und masturbierte, war so verdammt sexy, dass er es fast nicht ertragen konnte.

Er hatte allerdings keine Ahnung, wie alt die Tagebucheinträge waren. Sie könnten Jahre alt sein oder sie könnten kurz vor dem letzten Einsatz geschrieben worden sein, bei dem er verletzt wurde. Truck hatte keine Ahnung, da sie nicht datiert waren. Er war froh, dass er und seine Freunde die Dinge wieder in Ordnung gebracht hatten, aber es war ätzend, dass Mary sich immer noch geächtet gefühlt hatte. Offensichtlich hatten sie sich versöhnt, denn Rayne war jetzt in ständigem Kontakt mit Mary, aber er hasste es, dass sie sich überhaupt zerstritten hatten, zumal es um ihre Ehe ging.

Rayne und ich VERSTEHEN uns wieder!

Ich habe beschlossen, dass es jetzt reicht, und ich wollte mich für alles entschuldigen. Aber dann wurde die Bank überfallen und ich musste mich mit ihr im Tresorraum verstecken.

Ich schüttete ihr mein Herz aus und sie hat mir VERGEBEN!

Gott. Nichts fühlt sich so gut an, wie Rayne zurückzuhaben.

Ich habe Truck auch irgendwie gesagt, dass ich ihn haben wollte. Dass ich ihm eine richtige Ehefrau sein wollte.

In letzter Zeit war es merkwürdig mit uns, aber ich hoffe, dass ich unsere Chancen nicht ganz zunichtegemacht habe. Ich arbeite daran, netter zu sein, nicht nur zu ihm, sondern zu allen. Es war hart (vor allem, als diese Schlampe von Sanitäterin ihn angemacht hat), aber ich will nicht immer die Zicke sein.

Er muss dieses Wochenende auf einen Einsatz gehen, aber wenn er zurückkommt, werde ich ihm sagen, dass ich ihn gernhabe. Und zwar sehr. Ich möchte ihm sagen, dass ich ihn liebe, aber darauf muss ich hinarbeiten.

Gott sei Dank muss ich mir keine Sorgen machen, ihm von meinem Mangel an Brüsten zu erzählen, da er es bereits weiß (na toll!). Ich kann ihm einfach direkt sagen, dass ich seinen Schwanz lutschen will. Hahahahaha!

Alle Jungs wollen das, oder? Wenn ich ihn von Grund auf verführen müsste (das klingt komisch, aber du weißt, was ich meine), würde ich völlig versagen. Keine Brüste, keine langen Haare zum Herumschwenken und meine kratzbürstige Art ... was für ein Rezept zum Scheitern. Aber da ich weiß, dass er mich bereits mag (mich liebt?), sollte es klappen.

Er arbeitet heute bis spät in die Nacht, also werde ich wieder masturbieren. Ich liebe es, sein Kissen unter meinen Hintern zu schieben und so zu tun, als würde er in mich stoßen. Mein Gott. Ich bin so erbärmlich. Das Mädchen muss mal ordentlich rangenommen werden! Aber vielleicht wäre es wie eine unterschwellige Sache ... er wird mich auf seinem Kissen riechen und sich dann nicht beherrschen können und über mich herfallen. Das ist zumindest der Plan. Wir werden sehen, ob es funktioniert.

Heilige Scheiße. Er hatte sie *tatsächlich* auf seinem Kissen gerochen. Truck erinnerte sich an die erste Nacht in seiner Wohnung, wie er sein Kissen die ganze Nacht dicht an seine Nase gedrückt hatte, weil es so verdammt gut roch und er nicht wusste warum.

Diese kleine Gaunerin.

Er grinste.

Es schien, als gäbe es eine Menge, über das er und Mary noch reden müssten. Es gefiel ihm nicht, von dem Banküberfall zu hören, sie hatte ihm nichts davon erzählt, aber er fragte sich, ob es mit den zwielichtigen Männern zu tun hatte, über die sie in letzter Zeit gesprochen hatte.

Aber darüber hinaus hatte sie ihm gesagt, dass sie ihm eine richtige Ehefrau sein wollte.

Dass sie eine wirkliche Ehe wollte.

Das erforderte Mut. Er hatte nie an ihrer Stärke gezweifelt, aber das bewies es einfach noch einmal.

Und dass sie heute Abend zu ihm gekommen war und ihm von ihrem Krebs erzählt hatte, war auch sehr mutig von ihr, vor allem angesichts dessen, was er gerade gelesen hatte. Er wusste nicht, wann sie bereit war, ihn zu verführen, aber er hatte das Gefühl, dass es noch nicht lange her war. Und wenn das der Fall war, dann hatte der Verlust seines Gedächtnisses alles verändert.

Aber was Truck wirklich beeindruckte, war, dass sie nicht aufgegeben hatte. Sie hatte ihre Unsicherheiten und Sorgen überwunden und zu ihm gehalten. Sie stand für ihn ein, als sie glaubte, dass er sie brauchte, und gab sie als Paar nicht auf.

Sie liebte ihn.

Das war ihm schon vor dem Lesen ihres Tagebuchs klar geworden, aber ihre innersten Gedanken zu lesen, zu wissen, was sie durchgemacht hatte, machte es umso deutlicher.

Er und Mary waren verheiratet.

Plötzlich wusste Truck, was in seinem Schlafzimmer fehlte. An der Stelle an der Wand bei der Tür, die er die ganze Zeit ansah, weil er dachte, sie wäre zu leer. Ihre Heiratsurkunde. Er erinnerte sich daran, sie aufgehängt zu haben, und Mary hatte die Augen verdreht, als er sie voller Stolz dort angebracht hatte, wo sie sie jeden Tag sehen würden.

Er fragte sich, wo sie war. Er wollte sie wieder dort haben, wo sie hingehörte.

Er wollte *Mary* dorthin zurückbringen, wo sie hingehörte. Bei ihm. Hierher. In ihrem gemeinsamen Bett. Unter ihm.

Dann wurde ihm etwas anderes klar. Er und Mary hatten *wirklich* nie Sex gehabt. Das hatte sie ihm gesagt, aber er hatte es nie wirklich begriffen, weil sie noch in der Kennenlernphase steckten. Nachdem er ihre letzten beiden Tagebucheinträge gelesen hatte, wurde ihm klar, dass sie es ernst gemeint hatte. Irgendwann wollte sie die Art ihrer Beziehung ändern, aber es hörte sich nicht so an, als wäre das schon passiert, bevor er verletzt worden war.

Sie hatten ihre Ehe noch nicht vollstreckt.

Es war scheiße, weil es ihr einen verdammt guten Grund gab, ihre Ehe annullieren zu lassen, aber andererseits war er froh, dass sie es nicht getan hatten. Dass er sie nicht gehabt und vergessen hatte. Ein Teil von ihm wollte glauben, dass er nie vergessen würde, wie er zum ersten Mal in sie eindrang, aber ein anderer Teil war sich nicht so sicher. Er konnte sich nicht vorstellen, wie sie sich fühlen würde, wenn er vergessen hätte, dass sie Sex gehabt hatten.

Truck verstand Marys Reaktion heute Abend etwas besser, nachdem er ihr Tagebuch gelesen hatte. Sie war unsicher, wie ihr Körper aussah. Sie hatte Angst, dass er sie daraufhin abweisen würde. Aber sie hatte keinen Grund, sich Sorgen zu machen. Über nichts.

Mary gehörte ihm. Irgendwann, und daran hatte er keinen Zweifel, würde er alle seine Erinnerungen wiedererlangen, aber in der Zwischenzeit musste er dafür sorgen, dass sie wusste, dass er sie nicht aufgeben würde. Dass er sie wirklich liebte. Sie musste es nie laut aussprechen. Er wusste, dass sie ihn auch liebte, und das nicht nur wegen der Worte, die sie auf das Papier geschrieben hatte.

Truck stand auf und räumte das Wohnzimmer auf. Dann ging er in sein Schlafzimmer und hob so viel zerbrochenes Glas auf, wie er konnte, und saugte dann den Teppich. Er legte ihr Tagebuch auf den Tisch neben dem Bett. Er wollte nicht so tun, als hätte er es nicht gelesen. Es gab nichts, dessen sie sich schämen müsste. Überhaupt nichts.

Als er im Badezimmer war, um sich bettfertig zu machen, berührte er den Samtbeutel mit ihren Eheringen. Er sah darin keinen Diamanten, aber er würde das so schnell wie möglich beheben. Er wollte ihr etwas Großes schenken, damit es keinen Zweifel daran gab, dass sie vergeben war, aber er wusste, dass sie das nicht mögen würde. Er musste bei der Gestaltung ihres Rings kreativ sein und ihn zu etwas Unauffälligem und gleichzeitig Schönem machen.

Truck hasste es, dass er das Täschchen mit ihren Ringen zurück in die Schublade legen musste, außer Sichtweite, und tröstete sich mit dem Gedanken, dass Mary bald wieder hier sein würde. Mit ihm leben würde. Dass ihre Ringe wieder an ihren Fingern sein würden, damit alle Welt sie sehen konnte.

Aber dieses Mal würde es keine Missverständnisse zwischen ihnen geben. Keine Krankheit. Nur sie beide und ihre Liebe.

Er grinste.

KAPITEL VIERZEHN

Mary wollte nicht zur Arbeit gehen. Sie wollte sich krankmelden ... oder einfach kündigen. Aber sie wusste, dass sie das Arbeitslosengeld brauchen würde, um zu überleben, sobald sie entlassen worden war, und sie würde es nicht bekommen, wenn sie kündigte. Also zog sie sich widerwillig an und machte sich bereit zum Aufbruch.

Sie dachte darüber nach, was sie mit ihrem Leben anfangen wollte. Sie hatte bereits viel darüber nachgedacht und schließlich entschieden, dass sie Frauen wie ihr helfen wollte. Frauen, die Brustkrebs hatten oder überlebt hatten. Sie wusste nicht wie, aber das war es, was sie wollte.

Als sie krank war, gab es viele Angebote von völlig Fremden, ihr etwas zu essen zu bringen, bei ihr zu sitzen, während sie die Chemo bekam, und sogar Angebote, sie abzuholen, um Besorgungen zu machen. Nachdem Truck sich in ihr Leben eingeschlichen hatte, brauchte sie eigentlich keine Hilfe mehr, aber ohne ihn wäre sie in großen Schwierigkeiten gewesen, und diese Hilfsangebote wären äußerst wichtig gewesen.

Das wollte sie tun. Sie wollte anderen helfen. Ihnen sagen, dass sie wusste, was sie durchmachten, weil sie das auch durchgemacht hatte. Sie wollte eine Schulter sein, an der sich die Menschen ausweinen konnten, an der sie die Fassade der Stärke herunterlassen konnten.

Mary hatte immer noch keine Ahnung, wie sie sich bezüglich der Rekonstruktion ihrer Brüste entscheiden würde, aber sie brauchte sich nicht sofort zu entscheiden. Obwohl sie am Abend zuvor wieder gemein zu Truck gewesen war, hatte sie sich seine Worte zu Herzen genommen.

Er liebte sie genau so, wie sie war. Sie freute sich nicht darauf, sich ihm nackt zu zeigen, aber sie wusste ohne jeden Zweifel, dass er sie nicht weniger mögen würde, weil sie keine Brüste hatte.

Wenn sie sich für die Rekonstruktion entscheiden würde, würde sie es für *sich* tun. Nicht weil sie für Truck hübscher sein wollte. Nicht weil sie wollte, dass andere mochten, wie sie aussah.

Da sie sich mit diesem Teil ihrer Brustkrebs-Erfahrungen besser fühlte, machte Mary sich aus ihrer Wohnung auf den Weg zu ihrem Auto. Da sie sich immer noch schuldig fühlte, wie sie Truck am Abend zuvor behandelt hatte, zog sie ihr Handy hervor. Bevor sie es sich anders überlegen konnte, schickte sie ihm eine SMS.

Mary: Das mit gestern Abend tut mir leid. Ich war eine Zicke. Mal wieder. Wollen wir heute zusammen Mittag essen? Uns unterhalten?

Sie stieg ins Auto und ließ den Motor an. Sie wollte gerade von ihrem Parkplatz wegfahren, als ihr Telefon vibrierte. Überrascht, dass Truck ihre Nachricht so schnell beantwortet hatte, lächelte sie, als sie las, was er geschrieben hatte.

Truck: Guten Morgen, meine Schöne. Ich würde mich freuen. Es gibt viel zu besprechen.

Mary wusste nicht, was Truck meinte, aber immerhin ignorierte er sie nicht.

. . .

Mary: Ich habe heute nur eine halbe Stunde Mittagspause.
Truck: Ich bringe dir etwas, wenn du möchtest.
Mary: Perfekt.
Truck: Um welche Zeit?
Mary: Halb zwölf?
Truck: Ich werde da sein. Ich liebe dich.

Mary starrte auf ihr Handy. Unglaublich, dass er das geschrieben hatte.

Mary: Bis später.

Lächelnd steckte sie ihr Telefon weg und ging viel besser gelaunt zur Bank, als sie es noch vor fünf Minuten gewesen war. Zum ersten Mal seit sehr langer Zeit dachte sie, dass die Dinge mit Truck vielleicht doch noch klappen würden. Natürlich musste sie ihm irgendwann sagen, dass sie verheiratet waren, aber das konnte warten.

Nach ein paar Stunden kam eine Frau in die Bank. Mary bemerkte sie nur, weil sie eine ganze Weile an der Eingangstür stand. Sie sah aus, als würde sie entweder krank oder ohnmächtig werden. Als der Kundenstrom einen Moment lang nachließ, verließ Mary ihren Schalter und ging auf die Frau zu.

Sie war etwa so groß wie Mary und hatte langes braunes Haar und braune Augen. Sie trug eine blaue Jeans und ein T-Shirt mit der Aufschrift: »Menschen. Kein großer Freund davon.« Mary hätte fast gelacht, aber je näher sie der Frau kam, desto klarer wurde ihr, dass irgendetwas nicht stimmte.

»Alles in Ordnung?«, fragte Mary ruhig, als sie ihr näher kam.

Die Frau schrak zusammen, als hätte sie überhaupt nicht gesehen, dass Mary auf sie zukam. Sie blinzelte zweimal und hatte ein bleiches Gesicht. »Es geht mir gut«, erwiderte sie leise.

»Möchten Sie sich setzen?«, fragte Mary und sah sich um. »Ich hole Ihnen gern einen Stuhl. Kein Problem.«

»Ich bin nur nervös«, platzte die Frau heraus. Sie schloss die Augen und atmete tief durch. Dann schlang sie die Arme um sich selbst und Mary sah, dass sie sich in den Bizeps zwickte. »Ich bin *Ihretwegen* hier«, sagte die Frau nach einer Weile.

»Meinetwegen?«

»Ich heiße Macie Laughlin. Ford Laughlin ist mein Bruder. Sie sind doch mit ihm verheiratet, richtig?«

Mary konnte sie nur anstarren. *Das* war Trucks Schwester? Doch je länger sie sie ansah, desto mehr fiel ihr die Familienähnlichkeit auf. Sie wusste nicht, woher sie gekommen war oder woher sie wusste, wo Mary arbeitete, oder auch nur, wie sie herausgefunden hatte, wer sie war. Aber nichts davon spielte im Moment eine Rolle. »Oh mein Gott! Bist du wirklich Macie?«

Die andere Frau nickte.

Mary strahlte. »Er wird überglücklich sein!«

Diesmal war es Macie, die sie überrascht anstarrte. »Wird er das?«

»Ja! Er hat sogar seinen Kommandanten gefragt, ob er bei der Suche nach dir helfen könnte, damit er mit dir reden kann. Er hasst es, dass ihr so lange nicht miteinander gesprochen habt, und er hat deswegen ein schlechtes Gewissen.«

»Aber es ist nicht seine Schuld. Es ist meine Schuld. Ich bin mir ziemlich sicher, dass es *alles* meine Schuld ist«, flüsterte Macie.

Mary schüttelte den Kopf, unglaublich froh darüber, dass sie sich Trucks Schwester gegenübersah. »Wie hast du mich gefunden? Ich muss ihn unbedingt anrufen!«

Macie schüttelte hektisch den Kopf. »Nein! Tu das nicht. Ich meine ... ich möchte natürlich mit ihm reden, aber nicht heute. Es kostet mich schon große Überwindung, mit *dir* zu reden. Es würde meine Kräfte übersteigen, ihn heute zu sehen.«

Mary warf einen langen Blick auf die Frau vor sich. Jetzt, da sie aufmerksamer war, konnte sie erkennen, dass Macie kurz vor einer Panikattacke stand. Dass es mehr als wahrscheinlich war, dass sie eine Panikattacke *hatte*. Sie atmete schwer und kniff die Augen zusammen, ein sicheres Zeichen dafür, dass sie Kopfschmerzen oder Migräne hatte. »Okay«, sagte sie und versuchte, Macie zu beruhigen. »Ich werde ihn nicht anrufen.«

»Ich wohne hier in der Nähe. In Lampasas. Ich kenne jemanden, der sich gut mit Computern auskennt, und er hat mich über Ford auf dem Laufenden gehalten. Er ist ein Hacker, um ehrlich zu sein. Ich weiß, dass das illegal ist, aber ich habe meinen Bruder so sehr vermisst und mich schuldig gefühlt, weil ich den Kontakt zu ihm abgebrochen hatte. Mein Freund fand eure Heiratsurkunde online und ich beschloss, dass es jetzt an der Zeit war zu versuchen, Kontakt aufzunehmen. Ich weiß, ich hätte nicht neugierig sein sollen, aber ich liebe ihn. Er ist mein großer Bruder und ich bin so lange so eine Närrin gewesen.«

Macie sprach schnell und gehetzt, als würde sie versuchen, sich zu beeilen, die Worte hervorzupressen, bevor ihr Körper sich weigerte, weiter mitzumachen.

»Ich ... ich bin vor etwa zwei Jahren nach Texas gezogen und seitdem will ich ihn besuchen, aber ich dachte nicht, dass er etwas mit mir zu tun haben wollte. Aber nachdem er verletzt wurde ... schon wieder ... beschloss ich, dass ich mich zusammenreißen und es tun muss. Aber ich wusste nicht, ob er sich an mich erinnert oder nicht, mit seiner Amnesie und allem. Also dachte ich, ich komme zu dir und rede mit dir und schaue, ob du glaubst, dass er bereit ist, mich anzuhören. Damit ich mich entschuldigen kann. Also bin ich hergekommen ...«

»Macie«, sagte Mary sanft und hätte die andere Frau gern in die Arme gezogen, um sie zu beruhigen, aber sie hielt sich zurück, »dein Bruder wird überglücklich sein, mit dir sprechen zu können. Ich habe dir doch gesagt, dass sein Vorgesetzter auch nach dir gesucht hat. Er wird sich sehr freuen, dass du in der Nähe wohnst. Und um deine Frage zu beantworten: Ja, er erinnert sich an dich. Er wird *auf jeden Fall* mit dir sprechen wollen.«

Macie entspannte sich ein wenig, war aber immer noch viel zu angespannt. »Das ist gut«, sagte sie schließlich.

»Das ist es«, entgegnete Mary und lächelte. »Darf ich ihm sagen, dass du hier warst? Ich gebe dir meine Nummer, damit du mich anrufen kannst, und dann organisieren wir etwas, okay?« Sie hatte noch viele weitere Fragen, aber es war mehr als offensichtlich, dass Trucks Schwester kurz davor stand zu verschwinden.

Macie nickte. »Das fände ich schön.«

Mary drehte sich um, ergriff eine Visitenkarte von einem nahe stehenden Schreibtisch und kritzelte ihre Handynummer auf die Rückseite. Sie gab sie Macie. »Ich meine es ernst, Truck hat mir so viele Geschichten von euch beiden erzählt. Er liebt dich, Macie.«

»Truck?«, fragte sie und runzelte leicht die Stirn.

»Entschuldige, Ford. Truck ist ein Spitzname ... Es ist ziemlich offensichtlich warum.«

Macie lächelte daraufhin. Sie verzog nur kurz die Lippen, aber bei der Veränderung, die dadurch auf ihrem Gesicht stattfand, musste Mary blinzeln. Die andere Frau war wunderschön. Sie hatte zu viele Sorgenfalten und es war offensichtlich, dass das Leben hart für sie gewesen war, aber Mary wollte alles tun, damit dieses Lächeln auf ihrem Gesicht blieb.

»Wenn er Truck ist, dann bin ich Car, würde ich sagen«, erklärte Macie lächelnd.

Mary lachte leise. »Ich finde, Truck passt zu deinem Bruder besser, als Car zu dir passt.«

»Daran besteht kein Zweifel. Danke, dass du mit mir gesprochen hast«, flüsterte Macie.

»Truck kommt zum Mittagessen her«, erklärte Mary ihr. »Wenn du bleiben möchtest ... Ich bin mir sicher, dass –«

»Das geht leider nicht«, unterbrach Macie. »Aber ich melde mich bei dir und dann können wir uns etwas einfallen lassen. Vielleicht einen Ort, an dem wir uns treffen können. Würdest du meinem Bruder bitte einfach nur ausrichten, dass es mir leidtut.«

»Dass dir was leidtut?«

»Richte es ihm einfach aus, okay?«

»Das werde ich«, versicherte Mary ihr schnell, da sie sah, dass Macie wieder dabei war, nervös zu werden.

Und damit nickte die andere Frau, senkte den Kopf, drehte sich um und verließ die Bank, ohne sich noch einmal umzusehen.

Mary wollte Truck sofort eine SMS schicken und ihm sagen, dass sie gerade seine Schwester getroffen hatte, aber sie beschloss, abzuwarten und es ihm persönlich mitzuteilen. Sie konnte es kaum erwarten, ihm die gute Nachricht zu überbringen.

Truck fuhr auf den Parkplatz der Bank und schloss die Augen. Sein Kopf brachte ihn um. Er musste unbedingt den Arzt anrufen und ihn wissen lassen, dass er sich immer mehr zu erinnern begann. Meistens ging es um Dinge, die mit Mary zu tun hatten, aber selbst beim Fahren durch die Stadt begann er plötzlich, sich an Dinge zu erinnern.

Als er den Lebensmittelladen sah, erinnerte er sich daran, dort etwas eingekauft zu haben, das Mary vielleicht nicht direkt wieder hochwürgen würde.

Er fuhr an Fletchs altem Haus vorbei und hatte eine blitzartige Erinnerung an eine Hochzeit im Garten hinter dem Haus – und daran, wie er Arschlöcher zur Strecke gebracht hatte, die dachten, es wäre cool, die Gäste auszurauben.

Selbst als er den JCPenney-Laden im Einkaufszentrum sah, erinnerte er sich schlagartig daran, dass Kassie dort arbeitete.

Es war, als wäre sein Verstand einer dieser alten Filme, die sich auf der Spule drehten und drehten. Der Film war gestoppt worden, aber jetzt lief er langsam wieder an, in Stößen und Schüben. Es war verwirrend und irritierend, aber ach so willkommen.

Da er zu früh dran war, stellte Truck seinen Wagen auf dem Parkplatz ab und nahm sein Handy. Er rief Ghost an.

»Hey, Truck. Wie geht es dir?«

»Gut. Ich muss dich etwas fragen.«

»Nur zu.«

»Geht es der Tochter des französischen Diplomaten gut? Und den anderen Mädchen?«

Am anderen Ende der Leitung herrschte für einen Moment lang Schweigen, bevor Ghost feststellte: »Du erinnerst dich.«

»Nicht an alles. Nur an Bruchstücke. Aber ich erinnere mich daran, dass wir genau dieses Mädchen gesucht haben, es aber noch viele andere gab, die ebenfalls gerettet werden mussten.«

»Das stimmt. Und es geht ihr gut.«

»Und wie viele haben wir verloren?«, wollte Truck wissen.

»Drei.«

»Verdammt.«

»Woran erinnerst du dich noch?«, fragte Ghost.

»Im Moment herrscht in meinem Gehirn noch ein großes Chaos«, gab Truck zu. »Mir fällt hier und da etwas ein, das noch nicht viel Sinn ergibt, aber ich bin mir ziemlich sicher, dass es nur eine Frage der Zeit ist, bis ich mein Gedächtnis vollständig wiedererlange.«

»Gott sei Dank, verdammt«, entgegnete Ghost.

»Ja. Also ... ihr Jungs wart alle sauer auf mich, weil ich Mary geheiratet habe, was?«

»Daran erinnerst du dich?«

»Nicht daran, dass ihr sauer auf mich wart, aber an die Hochzeit, ja.« Das war eine kleine Lüge. Truck erinnerte sich noch nicht eigentlich an die Hochzeitszeremonie und er hatte aus Marys Tagebuch davon erfahren, doch das spielte keine Rolle.

»Das ist großartig. Hast du schon den Arzt angerufen?«

»Nein, das mache ich aber nach dem Mittagessen. Ich bin hier bei der Bank mit Mary verabredet. Ghost, ich hoffe wirklich sehr, dass ihr inzwischen damit klarkommt, dass ich mit Mary verheiratet bin, denn ich liebe sie. Ich werde sie nicht aufgeben. Sie wird für verdammt lange Zeit Teil meines Lebens sein und ich möchte, dass das für euch alle in Ordnung ist.«

»Das ist für uns mehr als nur in Ordnung«, versicherte Ghost ihm sofort.

»Gut.«

»Weiß sie, dass du dich erinnerst?«, fragte Ghost vorsichtig.

»Nein, aber das werde ich ändern, sobald es mir möglich ist. Ich möchte aber erst nur mit dem Arzt sprechen, um zu hören, was er sagt. Und heute Abend werde ich mich mit meiner Frau unterhalten, wenn sie von der Arbeit nach Hause kommt.«

»Tu das«, sagte Ghost und Truck konnte fast hören, wie er grinste. »Schön, dass du wieder da bist, Truck.«

»Noch bin ich nicht ganz wieder da«, warnte Truck ihn.

»Aber das wird schon bald der Fall sein.«

»Ja. Wie ich erfahren habe, veranstaltet Fletch am Wochenende eine Party bei sich?«

»Ja. Er holt Emily und ihr Baby am Donnerstag nach Hause. Emily bestand darauf, für Samstag eine kleine Zusammenkunft zu organisieren, damit sie den Namen ihres Sohnes bekannt geben können.«

»Warum schickt er nicht einfach eine SMS?«, grummelte Truck.

Ghost lachte leise. »Was Emily möchte, bekommt Emily«, scherzte er.

Truck konnte das verstehen. Er würde alles für Mary tun, worum sie ihn bat. »Okay, ich muss jetzt los. Mary hat nur eine halbe Stunde Zeit zum Mittagessen. Oh, und sie wird sich um einen neuen Job kümmern müssen.«

»Warum?«

»Die Bank ist dabei, sich zu reorganisieren. Abschaffung der Kassierer und Umstellung auf Automaten.«

»Das ist doch bescheuert.«

»Da stimme ich dir zu. Jedenfalls würde ich es zu schätzen wissen, wenn du die Augen nach einem Job offen hältst, der sie interessieren könnte.«

»Das werde ich. Darf ich es Rayne sagen?«

Truck zögerte und erwiderte dann: »Vielleicht besser noch nicht. Ich bin mir sicher, dass Mary es ihr erzählen wird, aber es wäre mir lieber, ihr nicht noch einen Grund zu geben, wütend auf mich zu sein.«

Ghost lachte. »Sie ist ständig wütend auf dich, *Trucker*, da würde das dann auch schon keine Rolle mehr spielen.«

Truck lachte. »Das stimmt allerdings. Aber es macht so viel Spaß, sie wütend zu machen. Sie geht sofort auf mich los und streitet mit mir. Und so komisch das auch klingen mag, es gefällt mir.«

»Ganz offensichtlich.«

»Aber im Ernst, so weiß ich wenigstens immer genau, was sie denkt. Ich finde das ziemlich erfrischend. Sie hat keine Angst vor mir. Und das ist in Anbetracht meiner Größe und so wie ich aussehe ein verdammtes Wunder, wenn du mich fragst.«

»Ich verstehe, warum du das als etwas Gutes siehst.«

»Weil es das ist. Natürlich würde ich niemals etwas tun, um sie zu verletzen ... und das weiß sie. Das macht es außerdem ziemlich schwierig, sie dazu zu bringen zu tun, was ich von ihr möchte oder brauche, um dafür zu sorgen, dass sie in Sicherheit ist. Und jetzt muss ich aber *wirklich* Schluss machen. Ich möchte keine Minute unseres gemeinsamen Mittagessens verpassen.«

»Rufst du mich an, nachdem du mit dem Arzt gesprochen hast?«

»Ja. Bis später, Ghost.«

»Bis später, Truck.«

Truck legte auf und steckte sein Handy in die Gesäßtasche. Dann schnappte er sich die beiden Sandwiches, die er in seiner Wohnung zubereitet hatte, stieg aus dem Wagen und machte sich auf den Weg zum Eingang.

Er öffnete die Tür und trat in das Innere der Bank – mitten ins totale Chaos.

In der Sekunde, als die fünf Männer in die Eingangshalle der Bank kamen, wusste Mary, dass sie in Schwierigkeiten steckten. Alle ihre Warnungen waren von Jennifer unbeachtet geblieben und nun war es an der Zeit, den Preis dafür zu zahlen.

Die Männer waren in Jeans und T-Shirts gekleidet und keiner von ihnen trug eine Maske über dem Gesicht, was für

Mary kein gutes Zeichen war. Sie hätten ihre Identität verbergen müssen. Die Tatsache, dass sie es nicht taten, war ein schlechtes Omen. Sie erkannte drei der Männer, weil sie ihnen eine Führung durch den Tresorraum gegeben hatte, aber die anderen beiden waren Fremde. Alle fünf Männer waren kaukasischer Herkunft und sie konnte sehen, dass sie Tätowierungen auf den Armen hatten.

Sie hätte ausflippen müssen, aber Mary war seltsam ruhig. Sie und die anderen Mitarbeiter hatten für Situationen wie diese trainiert, und obwohl sie Angst hatte, wollte Mary nichts tun, was ihr Leben oder das Leben anderer in Gefahr bringen könnte.

Drei der Männer zweigten ab und begannen sofort, die Kunden und Mitarbeiter zusammenzutreiben. Die anderen beiden kamen an den Schalter, an dem sie und Rebecca saßen, und richteten ihre Waffen direkt auf ihre Gesichter.

»Hoch mit euch, ihr Schlampen«, sagte einer von ihnen.

Mary hielt sofort die Hände in die Luft und stellte sicher, dass beide Männer sie deutlich sehen konnten. Sie schob sich von dem Stuhl, auf dem sie gesessen hatte, und stand auf. Während ein Mann sie mit der Waffe in der Hand festhielt, sprang der andere Mann über den Tresen und fegte den Kleinkram, der sich darauf befunden hatte, runter. Mary konnte Rebecca schniefen hören, als würde sie weinen, aber sie ließ den Mann vor ihr nicht aus den Augen.

»So sieht man sich wieder«, grinste er höhnisch und starrte sie an.

Mary streckte das Kinn vor. Sie wollte sich vor niemandem ducken. Sie hatte bereits zweimal dem Tod ins Auge gesehen und gewonnen. Kein verdammter Bengel wie dieser hätte sie jetzt noch brechen können.

Mary wusste, dass sie sich beherrschen musste, um ihre Zunge im Zaum zu halten und die Männer nicht zu verärgern. Vielleicht konnte sie Truck und seine Freunde schikanieren und ihnen gegenüber ein Miststück sein, aber nur, weil sie wusste, dass sie ihr nicht wehtun würden ... weil es ehrenwerte, gute Männer waren.

Doch diese Männer? Sie wusste instinktiv, dass sie nicht

zögern würden, ihr eine Kugel zu verpassen. Sie hatte schon viele Männer und Jungen wie sie aufwachsen sehen. Ihnen wurde beigebracht zu denken, dass Frauen unter ihrer Würde wären, und jeder Versuch, ihnen zu zeigen, dass sie sich irrten, wurde schnell und sofort geahndet.

»Hol die Schlüssel für den Tresorraum, Schlampe«, rief der Junge böse.

Mary hielt ihn für nicht älter als achtzehn, wenn überhaupt. Sie nickte mit dem Kopf zum Ende des Schalters. »Die sind da drin«, erklärte sie ihm.

»Dann hol sie«, fauchte er sie sofort an.

»Ich wollte dir nur nicht den Eindruck vermitteln, dass ich nach einer Waffe oder einem Notrufknopf greife«, entgegnete Mary ruhig, obwohl sie innerlich alles andere als gelassen war.

»Das ist mir egal. Ich puste dir sowieso den Kopf weg, bevor du irgendwelchen Blödsinn versuchen kannst. Und jetzt beeile dich, verdammte Scheiße«, knurrte er.

Mary zitterte, tat aber schnell, was er verlangte. Sie hörte vage andere um sie herum weinen und die Gangster schreien, aber sie war auf ihre Aufgabe konzentriert. Als sie den Schlüssel in der Hand hatte, packte der Mann ihren Arm und bog ihn ihr auf den Rücken. Der andere trieb Rebecca in ein Büro mit den anderen Geiseln. Mary mochte es nicht, dass sie von allen getrennt war, aber sie versuchte, Ruhe zu bewahren.

Gerade als sie in den Tresorraum gehen wollten, dem letzten Ort, an dem sie mit einem bewaffneten Bandenmitglied allein sein wollte, öffnete sich die Tür zur Bank.

Sie drehte sich um, um nachzuschauen, wer eingetreten war – und glotzte schockiert, als Truck die Bank betrat.

Sie warf einen Blick auf die Uhr. Elf Uhr sechsundzwanzig. Er war genau pünktlich zu ihrem gemeinsamen Mittagessen. Verdammt.

»Truck.« Sein Name kam ihr völlig unbeabsichtigt über die Lippen, und kaum hatte sie ihn ausgesprochen, zuckte sie zusammen.

»Hände hoch!«, schrie eines der Bandenmitglieder und Truck gehorchte augenblicklich. Als er die Hände hochnahm, fielen zwei braune Papiertüten auf den Boden zu seinen Füßen.

»Wer zum Teufel ist schuld daran, dass die Tür nicht abgeschlossen ist?«, rief einer der Männer.

»Snake hätte das tun sollen.«

»Halt verdammt noch mal den Mund, Grass«, knurrte der Mann, den Mary für Snake hielt.

»Haltet sofort *beide* den Mund!«, schrie der Mann, der Mary am Arm gepackt hatte. Dann drehte er sich um und rief: »Jennifer, schließ sofort die Tür ab!«

Mary erstarrte. *Jennifer?* Kannte er sie etwa?

Und noch bevor sie vollständig verarbeiten konnte, was das bedeutete, fragte der Mann, der sie am Arm festhielt: »Kennst du ihn?«

Mary hatte Angst, Ja zu sagen, also sagte sie überhaupt nichts. Das war anscheinend das Falsche, denn der Mann riss ihr den Arm hinter dem Rücken hoch und Mary konnte nichts gegen den Schrei tun, der ihr entwich. Der Schmerz war heftig und sie ging auf die Zehenspitzen, um zu versuchen, den Druck von ihrem Arm zu nehmen.

»Ich habe dir eine Frage gestellt, du Schlampe.«

»Er ist ein Kunde«, keuchte sie.

»Das glaube ich dir nicht«, erklärte der Mann, der sie festhielt, und griff noch härter zu. Es tat so weh, dass Mary mit der Wahrheit herausplatzte. »Ja, ich kenne ihn! Er ist mein Lebensgefährte.«

»Wie schön«, knurrte der Mann. »Beweg deinen Arsch hierher!«, rief er zu Truck.

»Das halte ich für keine so gute Idee, Deuce.«

»Habe ich dich etwa gefragt, Fez? *Nein.*«

Mary versuchte, sich an alle Namen zu erinnern, die die Männer benutzten, aber es fiel ihr schwer, sich zu konzentrieren, während ihr der Arm auf dem Rücken gehalten wurde und mit der Wutwelle, die von Truck ausging.

»Hier bin ich«, entgegnete Truck. »Lass sie los.«

»Poppst du diese Schlampe?«, fragte Deuce und zog noch mal an ihrem Arm, als er das fragte.

Truck nickte ein Mal.

»Und willst du sie auch *weiterhin* poppen?«, fragte er.

Truck nickte erneut.

»Gut. Du siehst ziemlich stark aus. Ich werde dich brauchen können. Aber wenn du *irgendetwas* tust, das mir nicht gefällt, schieße ich ihr ins Knie. Und dann ins andere Knie. Und dann in ihren verdammten Kopf, verstanden?«

»Verstanden«, erklärte Truck mit neutraler Stimme.

Mary blickte zu seinem Gesicht auf und sah nicht einen Hauch von Emotionen. Seine Lippen waren fest zusammengepresst und er blickte nicht einmal in ihre Richtung. Seine ganze Aufmerksamkeit war auf den Mann gerichtet, der sie festhielt.

»Gut, komm mit.« Deuce ging seitwärts, ohne den Griff an Marys Arm zu lockern, und hielt Truck im Visier. Er schleppte sie zu dem Tresorraum, in dem sich alle Schließfächer befanden. Als er drinnen war, nahm er ihr den Schlüsselring aus der Hand und schleuderte sie an die Seite des Raumes. »Setz dich dort drüben hin und beweg dich nicht. Und ich will kein Wort hören«, befahl er.

Ohne zu zögern, ließ Mary sich vor einer Reihe von Schließfächern auf den Boden sinken und zog ihre Knie an die Brust. Ihr Arm pochte, aber sie massierte ihn schweigend und versuchte, nicht mehr Aufmerksamkeit auf sich zu lenken, als sie bereits bekommen hatte.

»Du, dort rüber«, befahl Deuce Truck und zeigte auf die andere Seite des Raumes. »Snake, du lässt die anderen herein, sobald sie eintreffen. Es sollte nicht mehr als zwei Minuten dauern.«

Mary biss sich auf die Lippe, auch wenn das taube Gefühl sich in ihrem Magen ausbreitete. Die anderen? Verdammt, wie viele waren es noch? Das Ganze wurde von Minute zu Minute schlimmer.

»Ich wette, du fragst dich, was wir vorhaben«, sagte Deuce zu Mary.

»Ja, das frage ich mich wirklich.«

»Die Ladbrook Boys hassen es, wenn sie nicht das bekommen, was sie haben wollen. Und das letzte Mal waren zwei meiner Jungs hier und haben auf jeden Fall *nicht* das bekommen, was sie haben wollten. Also sind wir heute hier, um dafür zu sorgen, dass jeder weiß, dass es besser ist, sich nicht mit uns anzulegen, und dass wir immer das kriegen, was wir abkriegen.«

Mary blinzelte. Wusste der Typ überhaupt, wie dumm das klang? Aber diesmal würden sie tatsächlich etwas abkriegen. War ihnen gar nicht klar, dass die Mittagspause eine der geschäftigeren Zeiten in der Bank war? Dass es eine Menge Leute geben würde, denen klar war, dass die Bank zur Mittagszeit nicht geschlossen sein sollte, und die Polizei rufen würden? Sie würden niemals lebend aus der Bank rauskommen.

»Und falls du dich wunderst, wir haben ein Schild an der Tür angebracht, auf dem steht, dass gerade eine interne Besprechung stattfindet und die Bank geschlossen ist. Und einige unserer Jungs halten die Polizei mit Anrufen wegen Raubüberfällen in der ganzen Stadt beschäftigt. Es wird sogar ein oder zwei Brände und einige Verkehrsunfälle geben. Niemand wird hierherkommen, bis wir fertig und wieder weg sind. Die Ladbrook Boys werden dafür sorgen, dass die Stadt weiß, wir meinen es ernst.«

Mary konnte ihn nur anstarren. Verdammt, sie hatten das Ganze gut geplant. Aber warum sollten Sie Zeit damit verschwenden, die Schließfächer zu öffnen, wenn sie genauso gut in den Tresorraum gehen konnten und innerhalb von wenigen Minuten haufenweise Geld eingepackt hätten?

»Ich kann die Schließfächer nicht öffnen«, erklärte Mary ihm leise. »Das habe ich Ihnen doch schon erklärt, als ich Sie herumgeführt habe. Wir haben tatsächlich nur drei Hauptschlüssel und die Besitzer der Schließfächer haben den anderen Schlüssel, um sie zu öffnen. Diesbezüglich habe ich nicht gelogen.«

»Ich weiß. Es spielt keine Rolle«, erklärte Deuce und warf die Schlüssel achtlos beiseite.

Mary war verwirrt. Warum hatte sie sie überhaupt holen müssen, wenn er ohnehin wusste, dass sie nicht funktionieren würden? »Wirklich?«

»Wirklich. Meine Freundin sagt, das Geld im Tresor sei mit Farbbomben manipuliert. Sobald wir uns zu weit von der Bank entfernen, gehen sie hoch und das Geld ist wertlos. Aber Jen erzählte mir von den Juwelen und dem Bargeld, das die Leute hier aufbewahren.«

Mary schüttelte verwirrt den Kopf. »Wenn Kunden ihr Schließfach öffnen, bleiben wir nicht dabei, wenn sie ihre Wertsachen unterbringen. Jennifer kann also gar nicht wissen, was sich darin befindet.«

Bevor sie blinzeln konnte, hatte Deuce die Waffe auf ihr Gesicht gerichtet. »Willst du etwa behaupten, meine Tussi würde lügen?«

Sofort schüttelte Mary den Kopf. »Nein.«

»Hätte ich auch nicht gedacht. Sie hat mir erzählt, dass es hier drinnen eine Kamera gäbe – und dass sie es auf dem Bildschirm beobachtet hätte. Sie hat mir gesagt, dass es in letzter Zeit eine Menge Kunden gegeben hätte, die ihre Diamanten und ihr Bargeld hier untergebracht haben. *Sauberes* Bargeld. Nicht so wie das Zeug im Tresorraum.«

Deuce warf Truck einen schnellen Blick zu, um sich davon zu überzeugen, dass er sich nicht an sie herangeschlichen hatte, und wandte sich dann wieder zu Mary. »Und der zweite Grund dafür, dass das Ganze hier stattfindet, bist *du*, du Schlampe. Jen hat mir erzählt, dass *du* es warst, die beim letzten Mal die Polizei gerufen hat. Sie hatte all die anderen Tussis dazu gebracht, das Bargeld herauszurücken, das sie in ihren Kassen hatten, aber dann ist die verdammte Polizei aufgetaucht. Und nur *deinetwegen* sitzen meine Freunde jetzt im Knast. Und du hast die Bullen von diesem Tresorraum aus angerufen! Da ist es ja äußerst passend, dass du jetzt auch hier dafür büßen wirst. Du hättest dich einfach hier verstecken und meine Jungs ihr Ding machen lassen sollen.«

Daraufhin stand Deuce auf und richtete seine Pistole auf das Telefon in der Ecke. Er feuerte einen Schuss ab und das Telefon explodierte, sodass überall Plastikteile herumflogen.

Mary schrie und kauerte sich nieder, bedeckte ihren Kopf und betete, dass Deuce nicht im Begriff war, die Waffe auf sie oder Truck zu richten.

In diesem Moment kamen fünf weitere Männer in den Tresorraum. Alle fünf hatten Kisten dabei. »Super gemacht!«, rief einer von ihnen, als er sah, was Deuce vollbracht hatte.

»Guter Schuss! Ich würde sagen, *diesmal* ruft niemand die Polizei.« Dann lachte er.

»Schau dir das mal an«, sagte Deuce und grinste. Und er drehte die Waffe in Richtung der Tresortür. Er schoss mehrere Male, und zwei der anderen Männer zogen ihre eigenen Waffen und schlossen sich ihm an.

Als der Staub sich legte, sah Mary, dass die Kugeln den Schließmechanismus an der mächtigen Tresortür außer Kraft gesetzt hatten. Das Metall der Tür selbst war kaum verbeult, aber es gab keine Möglichkeit mehr, sie richtig zu verriegeln. Während des letzten Überfalls hatte Mary sich selbst und die anderen Frauen einschließen können, aber Deuce hatte ihr diese Möglichkeit genommen.

»Wo sollen wir diese Kisten hinstellen?«, fragte einer der Männer, nachdem Deuce seine Pistole neu geladen hatte.

Mary drehte sich zu ihm – und sah zum ersten Mal, was sie da mit sich herumtrugen.

Truck war es offensichtlich auch aufgefallen, denn er sagte mit leiser, ungläubiger Stimme: »Verdammt.«

Deuce lächelte. »Genau, Narbenfresse. Wir jagen das ganze Ding einfach in die Luft. Wir brauchen die verdammten Schlüssel nicht, um an die Schließfächer zu gelangen. Wir lassen sie einfach hochgehen.«

Mary starrte all die Männer schockiert an. Sie stellten die Kisten ab und begannen, sie auszupacken. Sie war sich nicht ganz sicher, was sie da sagten, aber Truck hingegen ganz offensichtlich schon. Er hatte die Hände zu Fäusten geballt und war ganz offensichtlich ziemlich wütend. Er versuchte jetzt nicht mehr, seine Emotionen zu verstecken.

»Ihr werdet uns alle umbringen«, erklärte Truck Deuce.

»Nein. Ihr beiden geht vielleicht drauf, aber das ist kein Problem, solange wir zu den Schließfächern und an die Beute gelangen.«

Er schmunzelte und hielt seine Pistole weiter auf Mary gerichtet. Die anderen Männer begannen, etwas, das für Mary wie kleine grüne Kästchen aussah, an die Wand mit den Schließfächern zu stapeln.

Sie steckten in jedes einzelne einen Draht und holten noch

mehr von dem, wovon sie nur vermuten konnte, dass es sich um Sprengstoff handelte, als Truck sagte: »Hör zu, ich bin in der Armee. Sprengkommando. Lass mich helfen. Es ist mir scheißegal, ob ihr die Kronjuwelen stehlt, ich will nur nicht, dass jemand verletzt wird. Und wenn euer Plan ist, die Schließfächer aufzusprengen, um zu stehlen, was drin ist, werdet ihr das mit dem, was ihr da macht, nicht erreichen.« Er benutzte seinen Kopf, um auf die beiden Bandenmitglieder hinzuweisen, die den Sprengstoff platzierten.

»Tatsächlich?«, fragte Deuce. »Warum sollte ich dir glauben?«

»Weil ich lebend aus der ganzen Sache herauskommen möchte und wenn ihr das hochgehen lasst«, er zeigte erneut auf die Sprengstoffladungen, »wie es jetzt ist, kommt hier *keiner* von uns lebend raus. Es ist genügend Sprengstoff, um das ganze *Viertel* in die Luft zu jagen. Von jedem einzelnen von uns wird nichts weiter übrig bleiben als winzige Teilchen.«

Deuce sah Truck lange an und wandte sich dann an die anderen. »Was meinst du, Shoebaloo? Soll er uns helfen?«

Shoebaloo? Mary hätte laut gelacht, wenn an der ganzen Situation auch nur irgendetwas komisch gewesen wäre.

»Auf jeden Fall, es ist besser, wenn er uns hilft. Schließlich wollen wir von hier verschwinden, und zwar mit den Scheißjuwelen *und* dem Geld.«

»Komm her«, sagte Deuce zu Mary.

Sie blinzelte. »Ich?«

»Hast du mich nicht gehört, Schlampe? Komm. Sofort. *Her*.«

Mary kletterte auf ihre Füße und versuchte, die Schmerzen in ihrem Arm zu ignorieren, wo er sie zuvor so brutal gepackt hatte. Sie ging zu Deuce hinüber und sobald sie nahe genug herangekommen war, streckte er die Hand aus und legte sie ihr um den Hals.

Mary griff sofort nach seinem Handgelenk, aber er hielt ihr die Pistole an die Stirn. Sie erstarrte, als ihr Leben an ihr vorüberzog.

Deuce drehte sich um und sah Truck an. »Wenn du nur eine falsche Bewegung machst, verteile ich das Gehirn deiner

Freundin überall auf die Wände hier im Tresorraum, verstanden?«

»Ja«, presste Truck zwischen zusammengebissenen Zähnen hervor.

»Du solltest mich besser nicht anlügen«, erklärte er. »Ihr kommt hier nur lebend raus, wenn ihr uns helft, verstanden?«

»Verstanden«, entgegnete Truck. »Und ich lüge nicht. Wenn es um Sprengstoff geht, weiß ich, was ich tue.«

Deuce nickte, aber er nahm die Waffe nicht von Marys Kopf weg. Auch seine Hand befand sich immer noch um ihren Hals, was es schwierig, aber nicht unmöglich machte, Luft zu bekommen.

Mary schaute hilfesuchend zu Truck und ihre Blicke trafen sich für den Bruchteil einer Sekunde, bevor er wegsah und sich bückte, um in die Kisten zu schauen, die die anderen Bandenmitglieder mitgebracht hatten.

Das, was sie in seinem Blick sah, brachte sie dazu, die Augen zu schließen, und festigte ihre Entschlossenheit. Sie sah keine Reue. Oder auch nur Sorge. Sie sah ungetrübte Wut. Sie sah einen verärgerten, tödlichen Delta Force-Soldaten. Sie hatte keine Ahnung, ob er in der Lage war, sie da rauszuholen. Sie zweifelte nicht an seinen Fähigkeiten, wenn es um den Sprengstoff ging, aber es waren immer noch mindestens zehn gegen einen.

Aber sie würde dieses Risiko, ohne zu zögern, auf sich nehmen ... solange es sich bei dem einen um Truck handelte.

Zum ersten Mal in ihrem Leben setzte Mary ihr volles Vertrauen in einen Mann. Sie machte sich keine Sorgen darüber, was sie tun sollte, um aus dieser Situation herauszukommen. Sie heckte keinen Plan B in ihrem Kopf aus. Truck würde sie entweder da rausholen oder sie würden zusammen sterben. So einfach war das ... und so kompliziert.

Truck zerbrach sich den Kopf, um eine Möglichkeit zu finden, die Mitglieder seines Teams zu informieren, dass er sie brauchte, aber ihm fiel nichts ein. Deuce hatte sowohl sein als auch Marys Mobiltelefon an sich genommen, und da er das Telefon im Tresorraum unbrauchbar gemacht hatte, kam diese Alternative nicht infrage.

Er war auf sich allein gestellt. Normalerweise wäre ihm das egal, er konnte sich gut alleine durchschlagen, aber Mary war da. Wenn er es vermasselte, war sie diejenige, die den Preis dafür bezahlen würde, und das war inakzeptabel.

Das Arschloch Deuce hatte schließlich die Pistole von ihrer Stirn wegbewegt, aber dadurch fühlte er sich nicht besser. Jetzt ließ er sie von einem seiner Kumpels bewachen ... und der Kerl war extrem handgreiflich. Jedes Mal wenn der Dreckskerl Mary berührte, wollte Truck ihn umbringen.

Aber er konnte es nicht. Noch nicht. Er musste abwarten.

Deuce hatte das Einzige gefunden, mit dem man ihn kontrollieren konnte. Mary.

Der Sprengstoff, den die Bande eingeschleust hatte, konnte ernsthaften Schaden anrichten, aber die Kerle hatten offensichtlich keine Ahnung, wie gefährlich das Zeug war. Die Arschlöcher, die es gegen die Tresorfächer gepackt hatten, hatten viel zu viel benutzt. Er hatte nicht gelogen; wenn die Bandenmitglieder es ausgelöst hätten, wäre alles in die Luft gesprengt worden. Er konnte nicht tatenlos zusehen und Marys Leben riskieren. Er hatte den Mund aufmachen müssen. Er bereute es nicht, er hoffte nur, dass er den Sprengstoff so manipulieren konnte, dass er möglichst wenig Schaden anrichten und gleichzeitig das tun konnte, was Deuce wollte ... nämlich so viele der Schließfächer wie möglich zu öffnen.

Es dauerte etwa zwanzig Minuten, um die meisten Sprengsätze zu entfernen, die die anderen Männer an der Seitenwand des Tresors angebracht hatten. Er legte alles zurück in die Kisten und stellte diese an die Tür des Tresors, damit die Gangmitglieder sie aus dem allgemeinen Bereich entfernen konnten. Es dauerte weitere zehn Minuten, um die elektrischen Sprengkapseln aufzustellen und die Drähte zu befestigen. Es war eine ziemlich plumpe Ausführung, aber Truck glaubte, es würde funktionieren.

Truck stand auf und hielt die Sprengkapsel, die mit den aus

dem Sprengstoff herausführenden Drähten verbunden war. »So. Ich bin fertig.«

Deuce klatschte schadenfroh in die Hände. »Großartig. Shoebaloo? Willst du dich ein wenig amüsieren, bevor wir uns unsere Beute schnappen?«

Truck erstarrte. Er wollte damit besser nicht das sagen, wonach es sich anhörte.

Das andere Bandenmitglied lächelte und nickte. »Auf jeden verdammten Fall.«

»Snake, hau ab. Bring Cheese, Grass und Nightshop hierher.«

»Soll ich den Typen auch mitnehmen?«, fragte Snake und zeigte auf Truck.

»Nein. Der bleibt hier. Ich möchte, dass er zusieht. Behalte ihn im Auge, Shoebaloo.«

Jeder Muskel in Trucks Körper spannte sich an, als das extrem übergewichtige Gangmitglied seine Pistole hob und auf ihn zielte. Er würde nicht zulassen, dass sie Mary vor seinen Augen wehtaten. Auf keinen verdammten Fall.

Er dachte daran, den Sprengstoff auf der Stelle zu zünden, aber er konnte nicht riskieren, dass Mary verletzt wurde. Dann dachte er daran, Deuce zu überrumpeln, aber da war noch die lästige Sache mit der Waffe, die der andere Mann in der Hand hielt. Scheiße ... er würde wahrscheinlich damit klarkommen, einmal angeschossen zu werden, aber es waren noch mehr Bandenmitglieder auf dem Weg hierher. Sie würden ihn durchlöchern, und dann würde er Mary niemals wieder helfen können.

Truck fühlte sich hilflos – und das machte ihn noch wütender.

Deuce ging zu Mary hinüber, packte ihre Bluse und streckte den Hals so weit vor, dass er die Spitze ihres BHs sehen konnte.

Truck knurrte und machte einen Schritt auf das Gangmitglied und Mary zu – blieb aber stehen, als Mary ruhig in ihre Bluse griff und etwas herauszog.

Sie hielt es Deuce entgegen und sagte mit nur einem kleinen Zittern in der Stimme: »Wenn du hoffst, einen Blick auf meine Titten zu erhaschen, kann ich dir gern dabei helfen. Hier, bitte.«

Deuce starrte ihre Hand an und ließ seine von ihrer Bluse sinken. »Was zum Teufel ist *das* denn?«

»Eine meiner *Titten*«, erklärte Mary, als würde sie ihm ein Bonbon oder etwas ähnlich Belangloses anbieten. Dann griff sie in ihre Bluse, zog auch noch die andere Brustprothese heraus und versuchte, sie ihm *auch* noch zu geben. »Ich hatte Brustkrebs. Meine Brüste haben versucht, mich umzubringen, also wurden sie mir abgenommen. Jetzt habe ich falsche Brüste. Siehst du? Sie sind schön wabbelig, genau wie echte.«

Truck sah Deuce' Gesichtsausdruck und hätte am liebsten laut losgelacht, wenn die Situation auch nur im Entferntesten witzig gewesen wäre. Stattdessen sah das Bandenmitglied zu Tode erschrocken und angeekelt aus.

»Du hast keine Titten?«

Als Antwort zog Mary ihre Bluse gerade, sodass man sehen konnte, dass sie tatsächlich überhaupt keine Brüste hatte.

»Bist du ein Transvestit oder so was?«, fragte Shoebaloo entsetzt. »Bist du ein *Typ*?«

Mary atmete tief durch und zuckte mit den Achseln. »Ist man ein Transvestit, wenn man keine Titten hat?«

»Kurze Haare hat sie auch, Mann«, stellte Shoebaloo fest. »Ich wette, sie ist ein Kerl.«

»Verdammt«, entgegnete Deuce und machte einen Schritt von ihr weg.

Mary ließ die Hände sinken und ihre Prothesen auf den Boden des Tresors fallen. Sie kuschte nicht vor den Gangmitgliedern, aber sie stellte sich ihnen auch nicht offen entgegen. Sie hatte genau das getan, was sie hatte tun sollen. Es konnte nicht leicht für sie gewesen sein, und Trucks Bedürfnis, sie in den Arm zu nehmen, war stärker als der Drang zu atmen. Seine Hände zitterten von der Anstrengung, die es brauchte, um dort zu bleiben, wo er war.

»Jagen wir das alles jetzt mal in die Luft oder was?«, fragte Truck in dem Versuch, die Aufmerksamkeit der Männer wieder auf das Eigentliche zu ziehen. Nämlich ihre Habgier.

»Ich sollte dieses Ding töten«, stellte Deuce fest – und hob erneut die Pistole, sodass er damit auf Marys Kopf zielte.

Truck wäre fast das Herz stehen geblieben.

Mary sagte kein Wort, sondern sah Deuce einfach nur mutig an.

Einen Moment lang herrschte völlige Stille im Tresorraum, als alle den Atem anzuhalten schienen.

»Deuce, da draußen sind Leute mit ihren Handys –«, sagte ein Bandenmitglied, das gerade in den Tresorraum kam. »Was zum Teufel ist denn hier los?«, fragte der Kerl, als er sah, dass Deuce den Lauf seiner Waffe auf Mary gerichtet hatte.

»Peng!«, rief Deuce und lachte, als Mary erschreckt zusammenzuckte. »Verdammte Verrückte«, murmelte er und dann stieß er Marys falsche Brust mit dem Fuß in eine Ecke. Er wandte sich zu Truck. »Wenn du bei dieser ganzen Sache irgendeinen Fehler gemacht hast, wird dein Freak von einer Freundin sterben. Und anschließend wirst *du* sterben, verstanden?«

»Verstanden«, erwiderte Truck, so gut er konnte. »Der Sprengstoff, den ich eingesetzt habe, sollte die Schließfächer öffnen, aber nicht die Wand dahinter zum Einsturz bringen. Ich weiß nicht, woraus dieser Tresorraum gemacht ist, aber ich gehe davon aus, dass er die Druckwelle ziemlich gut absorbieren sollte.«

»Das hoffe ich um deinetwillen«, erklärte Deuce, ging hinüber zu Truck und nahm ihm den Zünder aus der Hand. Er schickte Shoebaloo und den anderen Mann mit einem Kopfnicken aus dem Raum.

Truck kniff die Augen misstrauisch zusammen. »Warum?«

»Weil du und deine Verrückte hier drin sein werdet, wenn die Bombe hochgeht. Du solltest also besser *hoffen*, dass du keinen Fehler gemacht hast«, erwiderte Deuce. »Wenn du sie in irgendeiner Weise deaktivierst, sobald wir weg sind, und sie nicht losgeht, wird es dir leidtun.« Dann salutierte er Truck mit einem bösen Grinsen und wich mit dem primitiven, hastig gebauten Zünder in der Hand zurück.

»Du kannst uns nicht hier drin lassen!«, platzte Truck heraus. Er hatte zwar die Menge an Sprengstoff reduziert, das stimmte, aber trotzdem war es definitiv nicht sicher, im Tresorraum zu sein, wenn die Bombe hochging.

»Kann ich doch«, grinste Deuce und ging dann rückwärts aus dem Tresorraum. Nachdem er sich vergewissert hatte, dass die Drähte so angebracht waren, dass die Tür noch weitestgehend geschlossen werden konnte, schloss er sie mit dem Sprengstoff ein.

Truck stand da und starrte eine kostbare Sekunde lang auf die geschlossene Tür, da er nicht glauben konnte, dass das Arschloch sie *tatsächlich* mit dem Sprengstoff eingesperrt hatte. Hätten sie das Schloss nicht herausgeschossen, hätte er die Tür zuschlagen und ihn und Mary sicher im Tresorraum einschließen und den Zünder entfernen können. Aber nun gab es keine Möglichkeit mehr, die Schlägertrupps draußen zu halten.

Truck hatte auch nicht die Zeit, den gesamten Sprengstoff vollständig zu entschärfen. Selbst wenn er es gekonnt hätte, wäre Deuce zurückgekommen und hätte beide sofort erschossen.

Truck wusste, dass Deuce jederzeit den Zünder betätigen konnte, also traf er blitzschnell eine Entscheidung und bewegte sich auf den Sprengstoff *zu* und nicht von ihm weg.

Er hörte, wie Mary aus Protest seinen Namen rief, aber er ignorierte sie und richtete seine ganze Aufmerksamkeit auf die Sprengladungen. Er riss schnell zwei Drähte aus der untersten Reihe des Sprengstoffs heraus, wodurch sie die unvermeidliche Explosion hoffentlich überleben konnten. Wenn es nur er wäre, würde er sein Glück versuchen und Deuce und die anderen angreifen. Aber so war es nicht. Er musste an Mary denken.

Truck drehte sich um und raste auf sie zu. Sie machte nur kurz »*uff*«, als er auf sie prallte, und hielt sich dann einfach nur an Truck fest, so gut sie konnte. Er hob sie hoch und brachte sie in die hinterste Ecke des Tresorraumes. Dort setzte er sie so sanft wie möglich ab und sagte: »Roll dich zu einem kleinen Ball zusammen, Mare. Halte dir die Ohren zu.«

Er wartete, bis sie die Anweisungen befolgt hatte, dann eilte er zurück zum Tisch in der Mitte des Raumes. Seine einzige

Wahl bestand darin, zu tun, was er konnte, um sie vor der Explosion zu schützen, die jede Sekunde kommen würde.

Er schlug die nun leeren Kisten und verschiedene andere Dinge, die auf dem Tisch standen, auf den Boden und versuchte dann, den Tisch anzuheben, bevor er merkte, dass er festgeschraubt war. Er hatte gehofft, sich dahinter verstecken zu können. Fluchend machte er sich auf den Weg zurück zu Mary.

Er nahm sie in die Arme und umhüllte sie so gut er konnte mit seinem Körper. Er wollte, dass jeder Zentimeter von ihr bedeckt war. Zum ersten Mal war Truck froh, dass er so groß war. Er war so geschaffen worden, damit er seine Frau beschützen konnte. In diesem Moment war er ein verdammt Furcht einflößender Kerl.

Sie hob die Hände und hielt ihm die Ohren zu statt sich selbst, und ohne den Kopf zu heben, tat er dasselbe für sie.

Er kauerte sich über die Frau, die er liebte, betete intensiver als je zuvor in seinem Leben, sein ganzer Körper war angespannt und er wartete auf die Explosion, als Mary etwas sagte, das er kaum glauben konnte.

»Ich liebe dich«, flüsterte sie.

Er hörte sie nicht, aber er fühlte die Worte an seinem Hals.

Das war alles, was sie sagte. Sie sprach nicht weiter. Sie redete nicht endlos davon, was sein könnte, dass sie es nicht lebend aus dem Tresorraum schaffen würden ... sie wollte nur, dass er es wusste.

Das machte ihre Worte umso ergreifender und bedeutungsvoller.

Truck öffnete den Mund, um sie zu erwidern, als die Welt um sie herum explodierte.

KAPITEL FÜNFZEHN

»Hergehört!«, rief der Kommandant des Delta Force-Teams, Colonel Colton Robinson, als er in den Versammlungsraum stürmte, in dem sich das Team befand. »Es gibt schon wieder einen Überfall auf die Bank in der Innenstadt. Er findet noch statt.«

Innerhalb von Sekunden waren Ghost, Fletch, Coach, Hollywood, Beatle und Blade auf den Beinen und liefen zur Tür. Während sie zu ihren Fahrzeugen eilten, erzählte ihnen ihr Kommandant, was er wusste.

»Die Scheiße ist im Stadtzentrum wirklich am Dampfen. Feuer, Überfälle, Schusswechsel und ganz generell herrscht Chaos. Die Polizei ist völlig überfordert und wird der Lage nicht Herr. Die Zentrale rief mich an, als dort Berichte eingingen, dass bei derselben Bank, die letzten Monat überfallen wurde, etwas im Gange war. Die Türen sind verschlossen und an der Tür hängt ein zerknitterter Zettel, auf dem etwas über eine interne Besprechung steht. Aber ein Kunde sah jemanden mit einer Pistole im Gebäude und meldete es der Zentrale.«

»Verdammt, ist das die Bank, bei der Mary arbeitet?«, fragte Fletch.

»Trucks Frau? Ja«, erwiderte ihr Kommandant grimmig.

»Truck wollte doch eigentlich heute mit ihr zu Mittag essen«, sagte Ghost. »Er rief mich an, um mir zu sagen, dass er

284

etwas von seinem Gedächtnis zurückerlangt hat. Er erinnert sich, mit ihr verheiratet gewesen zu sein. Er wollte nach dem Mittagessen zu seinem Arzt gehen und mir dann mitteilen, was er gesagt hat.«

»Es könnte gut sein, wenn er in der Bank ist«, stellte Hollywood fest.

»Oder schlecht«, entgegnete Beatle. »Wenn diejenigen, die da drin sind, wissen, dass er bei der Armee ist, könnten sie ihn sofort töten.«

»Truck sieht nicht gerade so aus, als könne er keiner Fliege etwas zuleide tun«, bemerkte Blade.

»Nehmt das Einsatzfahrzeug«, befahl der Kommandant ihnen und warf Ghost den Schlüssel zu. »Ich trommele das Team zusammen und wir treffen uns dort.«

Ghost nickte, machte sich aber nicht die Mühe zu antworten. Er und der Rest seines Teams machten sich auf den Weg zu dem Wagen, der ihrer Einheit zugewiesen war.

Niemand sprach viel auf dem Weg zur Bank. Zum Teil deshalb, weil Ghost wie ein Verrückter fuhr und sie sich alle festhielten, aber auch, weil sie sich alle Sorgen um ihre Freunde machten.

Truck und Mary waren wie ... Erbsen und Karotten. Wie Erdnussbutter und Marmelade. Kekse und Milch. Sie waren füreinander bestimmt. Sie hatten vielleicht ihre Höhen und Tiefen, aber niemand zweifelte je daran, dass sie Seelenverwandte waren.

Mary schien Trucks vernarbtes Gesicht oder sein großes, furchterregendes Äußeres nicht zu sehen, und Truck scherte sich einen Dreck um Marys Kratzbürstigkeit. Schon beim ersten Mal, als Mary sich im Namen von Rayne gegen Truck gestellt hatte, hatte er gewusst, dass sie für ihn bestimmt war.

Niemand konnte sich den einen ohne den anderen vorstellen. Es war undenkbar, dass keiner von beiden da war. Es war schlimm genug, dass Truck verletzt worden war und sein Gedächtnis verloren hatte, aber wenigstens war er da.

Die kleine Annie brauchte ihn. Sie brauchte Mary, die ihr beibrachte, wie man sich von niemandem etwas gefallen lässt.

Fletchs neues Baby brauchte seinen Onkel Truck, zu dem es aufschauen konnte.

Casey brauchte Truck, um ihr bei ihrer Posttraumatischen Belastungsstörung zu helfen, weil er genau wusste, was sie im Dschungel durchgemacht hatte.

Und Rayne. Verflucht. Rayne brauchte Mary so sehr, wie Mary sie brauchte. Sie wäre nicht dieselbe, sollte Mary es nicht in einem Stück aus der Bank schaffen.

Niemand sprach, jeder war in seinen eigenen Gedanken versunken, bis der Einsatzwagen auf den Parkplatz der Bank fuhr. Innerhalb weniger Minuten fuhr ein zweites Einsatzfahrzeug vor und Trigger, Lefty, Oz, Grover, Lucky, Brain und Doc sprangen heraus. Sie waren alle bewaffnet und verteilten schnell die zusätzlichen Gewehre, die sie für Ghosts Team mitgebracht hatten.

Doc hatte sich gerade auf den Weg gemacht, um die Umstehenden vom Gebäude wegzutreiben, als es eine laute Explosion aus dem Inneren der Bank gab.

Ohne zu zögern, begaben sich die dreizehn Männer zu den Türen. Sie hatten noch keine Zeit gehabt, einen Plan zu entwerfen, aber das war auch nicht nötig. Sie waren von der Delta Force. Jeder von ihnen wusste, was die anderen tun würden, ohne fragen zu müssen. Ohne planen zu müssen.

Mary rang nach Luft. Truck lag auf ihr und bedeckte sie von Kopf bis Fuß. Ihr Kopf lag unter seiner Brust und er hatte seine Arme um sie geschlungen, um sie vor den Trümmern zu schützen. Ihre Ohren klingelten, aber das war die geringste ihrer Sorgen.

Sie hatte sich so erschrocken, als Truck auf den Sprengstoff zugegangen war und nicht von ihm weg, nachdem Deuce sie allein im Tresorraum zurückgelassen hatte. Aber er hatte nicht verweilt, er hatte nur an einigen der Drähte herumgefummelt, bevor er zurückgekommen war, um sie zu holen.

Momentan konnte sie nicht atmen. Der Rauch im Tresor war dick genug, dass sie nichts sehen konnte, und das Gewicht von Truck lastete auf ihr, schwerer als damals, als er sich das erste Mal auf sie geworfen hatte.

»Truck«, krächzte sie und begann sofort zu husten.

Er antwortete nicht. Tatsächlich konnte sie überhaupt nicht spüren, dass er sich bewegte.

Verzweifelt wand Mary sich, bis sie einen Arm unter seinem Körper herausziehen konnte. Sie dachte nicht daran, wie nahe sie einer Vergewaltigung gekommen war oder wie sie Deuce praktisch ihre falschen Brüste an den Kopf geworfen hatte oder dass er jede Sekunde zurückkommen könnte, um die Wertsachen zu holen, aber Mary tat, was nötig war, um unter Truck hervorzukommen.

Als sie endlich in der Lage war, ihren Oberkörper unter ihm hervorzuziehen, wurde ihr klar, warum er so schwer war. Durch den Rauch hindurch sah sie, dass der Tisch, den er nicht in ihre Ecke hatte manövrieren können, vom Boden weggeblasen worden und auf ihm gelandet war.

Unter Aufwand all ihrer Kraft gelang es Mary, ihn von seinem Rücken zu schieben. Er schlug neben ihm zu Boden – und Mary starrte bestürzt auf das Blut auf Trucks Hinterkopf.

»Verdammt, Truck«, jammerte sie. »Nicht schon wieder!«

Sie wollte ihn umdrehen, ohne seinem Kopf noch mehr Schaden zuzufügen. Ohne nachzudenken, drückte sie ihre Hand gegen den Schnitt an seinem Kopf und fühlte die Nässe des Blutes dort. Sie drehte seinen Kopf vorsichtig zur Seite, damit er atmen konnte, in der Hoffnung, dass sie verdammt noch mal das Richtige tat. Dass sie ihn nicht für den Rest seines Lebens lähmen würde.

Sie winkte mit der Hand vor seinem Gesicht und versuchte, die Luft von dem Rauch zu befreien. Mary hustete selbst weiter und konnte nicht tief einatmen. »Komm schon, Truck. Atme«, befahl sie ihm.

Die Tür zum Tresorraum wurde aufgestoßen, aber sie drehte sich nicht einmal um.

Eine Taschenlampe flackerte über ihr und Truck, aber Marys Aufmerksamkeit blieb auf dem Mann, der so still neben ihr lag.

»Es hat funktioniert!«, rief Deuce. »Verdammte Scheiße, es hat *funktioniert*!«

Mary warf einen kurzen Blick nach oben und sah, dass der Sprengstoff, den Truck angebracht hatte, tatsächlich genau das getan hatte, wofür er ihn vorgesehen hatte. Die Schließfächer, die sich direkt neben dem Sprengstoff befanden, waren bis zur Unkenntlichkeit zerfetzt, aber den Schließfächern um sie herum wurden lediglich die Fronten weggesprengt. Sie konnte Schmuck und Bargeld auf dem Boden verstreut sehen. Es gab auch jede Menge Papiere, aber Deuce kümmerte sich offensichtlich nicht um diese.

Er öffnete einen Rucksack und begann, so viel wie möglich hineinzustopfen. »Hey, Shoebaloo!«, rief er und blickte zur Tür.

Mary schaute instinktiv zur Tür – und keuchte.

Ghost und Trigger standen dort.

Sie erinnerte sich an den anderen Delta vom letzten Mal, als die Bank überfallen worden war. Keiner der beiden Männer hatte einen Laut von sich gegeben. Beide Deltas hielten ihre Gewehre hoch und zielten auf Deuce.

Bevor sie etwas tun konnte, hatte Deuce offensichtlich nachgesehen, warum sie nach Luft geschnappt hatte, und hatte seinen Rucksack fallen lassen und seine Waffe erhoben, um sie auf sie zu richten.

»Lass die Waffe fallen«, befahl Ghost.

»Und zwar sofort, du Arschloch«, fügte Trigger hinzu.

»Geht langsam rückwärts«, befahl Deuce. »Oder ich puste ihr das Hirn raus.«

Mary hielt den Atem an und es gefiel ihr gar nicht, dass sie sich mitten in der Pattsituation befand.

Sie war sich ziemlich sicher, dass Ghost und Trigger sich um Deuce kümmern würden, aber für den Fall, dass er einen Glückstreffer landete, warf sie sich über Trucks Rücken und versuchte, ihn so gut wie möglich zu schützen.

Gerade als sie ihn gedeckt hatte, schoss Trigger, und Deuce fiel zu Boden.

Unbeweglich. Ein Loch in der Mitte seiner Stirn.

Ghost kam rüber und trat seine Pistole weg, obwohl der Mann offensichtlich tot war.

»Verdammt, Trigger«, beschwerte sich Ghost, als er aufstand. »Weißt du, wie viel Papierkram wir jetzt ausfüllen müssen?«

Mary konnte den Humor in seiner Stimme hören. Sie wusste, eigentlich war es Ghost egal, dass Deuce tot war. Sie würde der Polizei unmissverständlich klarmachen, dass Trigger keine Wahl gehabt hatte. Das Bandenmitglied hätte sie oder Truck oder einen der Deltas leicht erschießen können.

Trigger zuckte die Achseln. »Das ist mir egal. Schließlich heiße ich ja nicht umsonst Trigger.« Er grinste. »So wie trigger-happy, schießwütig, weißt du. Außerdem hat er Mary mit der Waffe bedroht. Niemand richtet straflos eine verdammte Waffe auf die Frau eines meiner Teamkollegen.«

Mary wollte dem anderen Mann eigentlich zulächeln, konnte es jedoch im Moment einfach nicht. Sie sah Ghost an und sagte: »Truck wacht einfach nicht auf. Der Tisch hat ihn am Kopf getroffen und er blutet.«

Ghost sagte nichts, kam aber sofort zu ihnen hinüber und kniete sich neben Truck. Trigger schlüpfte aus dem Raum, aber Marys Aufmerksamkeit war auf den Mann konzentriert, der so bewegungslos neben ihr lag, als wäre er tot.

»Heb deine Hand hoch«, sagte Ghost.

»Er blutet ziemlich stark«, erklärte Mary ihm.

»Das sehe ich.« Ghost sah ihr in die Augen. »Ich habe die Situation im Griff, Mary, vertrau mir.«

Sie nickte und ließ ihre Hand langsam von Trucks Kopf gleiten. Sie sah zu, wie Ghost Trucks Haare teilte und sich die Wunde ansah, bevor er in eine Tasche griff und ein Paar Handschuhe herauszog. Er zog einen an und legte sie erneut auf Trucks Wunde. »Er kommt wieder in Ordnung, Mary. So tief ist es nicht. Höchstens ein paar Stiche. Vielleicht braucht er nicht mal die.«

»Bist du sicher?«

»Ganz sicher«, erklärte Ghost ihr. »Um sein Gehirn mache ich mir mehr Sorgen. Es ist noch nicht lange her, da wurde es schon mal ganz schön durchgeschüttelt.«

Mary kaute auf ihrer Unterlippe und wusste nicht, was sie

sagen sollte. Es musste Truck einfach gut gehen. Es *durfte* nicht anders sein.

Und gerade, als sie das gedacht hatte, stöhnte Truck.

Sie beugte sich zu ihm und fragte: »Truck?«

Seine Augenlider zuckten und Mary sagte seinen Namen erneut.

Diesmal machte er die Augen ganz auf. Er sah sie und schloss sie dann sofort wieder. »Verdammt«, fluchte er. »Verdammt, verdammt, *verdammt*.«

»Es ist alles in Ordnung«, versicherte Ghost seinem Freund. »Es war nur ein kleiner Schlag auf den Hinterkopf.«

Kaum hatte er das gesagt, betrat der Rest des Teams den Tresorraum. Fletch und Hollywood hievten Deuce nach draußen und übergaben ihn an jemanden, den Mary nicht sehen konnte. Beatle und Blade standen über ihr, sowie Truck und Ghost. Coach räumte den Tisch aus dem Weg, damit sie alle mehr Platz hatten.

»Geht es ihm gut?«, fragte Fletch.

»Und wie geht es *dir*, Mary?«, warf Hollywood ein.

»Mir geht es gut. Es ist Truck, um den ich mir Sorgen mache«, entgegnete Mary und blickte hinab auf den Mann, den sie von ganzem Herzen liebte. Sie konnte selbst kaum glauben, dass sie die Worte tatsächlich ausgesprochen hatte. Sie wusste nicht, ob Truck sie gehört hatte oder nicht, aber sie war als Resultat nicht vom Blitz getroffen worden oder so was. Das betrachtete sie als Sieg.

»Könntet ihr wohl alle den Mund halten, verdammt noch mal?«, flüsterte Truck.

»Truck?«, fragte Ghost.

»Mir klingeln die Ohren und ich habe wahnsinnige Kopfschmerzen«, erwiderte Truck.

Mary biss sich besorgt auf die Unterlippe. Er sah sie an, schien sie aber nicht zu erkennen. Hatte er jetzt sein restliches Gedächtnis auch noch verloren? Hatte er einen Rückfall? Verdammt, sie konnte das Ganze nicht noch einmal durchmachen.

Okay, das stimmte nicht, sie konnte es *durchaus* tun, und sie würde alles für Truck tun, aber es wäre ihr lieber, wenn sie es nicht müsste.

»Gut, dass du so einen harten Schädel hast«, scherzte Beatle. »Sonst wäre dein Gehirn jetzt schon Mus.«

Mary verzog das Gesicht, als sie es sich bildlich vorstellte. »Das ist nicht gerade hilfreich«, murmelte sie.

»Wenn du nicht vorsichtig bist, sorge ich dafür, dass Casey ein paar von diesen Kugelameisen besorgt und sie in dein verdammtes Bett packt, Beatle«, erwiderte Truck.

Niemand sagte etwas, während sie alle Trucks Worte verarbeiteten.

»Als würde sie das tun«, entgegnete Beatle, dem seine Emotionen die Kehle zuschnürten. »Sie liebt mich.«

»Ja, das tut sie«, bestätigte Truck. Dann öffnete er erneut die Augen und starrte Mary an. »Komm mal her«, sagte er zu ihr und versuchte, die Hand zu heben, um sie an sich zu ziehen, aber er konnte sich nicht so gut bewegen, da Ghost ihn noch immer festhielt und seinen Kopf stabilisierte.

Mary beugte sich vor, bis ihre Nase ganz dicht an der von Truck war. Sie hielt den Atem an, als sie in seine wunderschönen braunen Augen sah. »Ja?«

»Greif mal in die vordere Tasche meiner Jeans, Babe.«

Er drehte seine Hüfte so weit, dass Mary an seine Tasche gelangen konnte. Verwirrt tat sie, worum er sie bat, da sie nichts tun wollte, was ihn möglicherweise belasten könnte. Es war offensichtlich, dass er große Schmerzen hatte, und sie hatte keine Ahnung, wie schwer er verletzt war.

Sie griff in seine Tasche, ignorierte die klugscheißerische Bemerkung Hollywoods, er würde im Auge behalten, wonach sie dort unten tastete, und zog eine kleine Samttasche heraus.

»Mach sie auf«, befahl Truck ihr.

Wie erstarrt blickte Mary Truck an.

»Unsere Eheringe«, sagte Truck. »Ich bin jetzt vom Einsatz zurück, also können wir sie beide wieder tragen. Ich trage meinen nicht, wenn du deinen nicht trägst.«

»Truck«, flüsterte Mary überwältigt.

»Hilf mir dabei, mich hinzusetzen«, bat Truck und Ghost half Truck sofort dabei, sich aufzurichten. Dabei behielt er seine Hand jedoch weiter an seinem Kopf und einen festen Griff an Trucks Arm, damit der nicht wieder umkippte.

»Ich liebe dich, Mary«, versicherte Truck ihr. »Und ich habe dich gebeten, mich zu heiraten, weil ich dich liebe. Nicht wegen meiner Versicherung. Also, die hat zwar auch eine Rolle gespielt, aber nur insofern, als dass es der perfekte Vorwand war, um dich dazu zu bewegen, Ja zu sagen und dir *gleichzeitig* das Leben zu retten.«

»Du hast dein Gedächtnis wieder«, stellte Mary fest.

»Ja, ich kann mich an alles erinnern«, bestätigte Truck ihr. »An jede Sekunde. Du gehörst mir, Mary Laughlin. Und irgendwo gibt es eine Heiratsurkunde, die das beweist. Und ich werde dich niemals gehen lassen. Niemals.«

Mary leckte sich die Lippen und versuchte, nicht zu heulen. Sie senkte den Kopf und steckte ihren Ehering auf den Ringfinger ihrer linken Hand. Dann griff sie nach Trucks Hand und steckte auch seinen Ring wieder auf seinen Finger. Er umklammerte ihre Hand mit seiner, bevor sie sie wegziehen konnte.

»Alles okay?«, fragte er sie.

Mary nickte. »Du hast das Schlimmste abbekommen.«

»Gut.« Er ließ den Blick von ihr zu jemandem wandern, der über ihr stand. »Gehe ich recht in der Annahme, dass ihr euch um alle Bandenmitglieder gekümmert habt?«

»Selbstverständlich«, versicherte Blade ihm.

»Und Jennifer?«, wollte Mary wissen. »Sie steckt mit ihnen unter einer Decke. Sie war Deuce' Freundin.«

»Die Polizei hat sie verhaftet«, erklärte Blade.

»Gut«, sagte Mary leise.

»Die Sanitäter sollten in Kürze hier eintreffen«, versicherte Blade ihr, und kaum hatte er die Worte ausgesprochen, hörten sie schon Sirenen durch die offene Tür des Tresorraumes.

»Wir dürfen uns nicht immer hier drinnen treffen«, erklärte Truck Mary und blickte ihr erneut in die Augen.

»Ich kündige. Fristlos«, erwiderte Mary.

»Gut.«

»Aus dem Weg!«, ertönte eine weibliche Stimme. »Sanitäter!«

»Oh *verdammt*, nein«, rief Mary. »Kommt überhaupt nicht infrage, dass sie auch nur eine Hand an meinen Mann legt!«

Die Deltas lachten alle, aber Mary meinte es ernst. Als Ruth in den Tresorraum trat, stand Mary auf und stemmte die Hände in die Hüften. »Nein. Du kannst gleich wieder verschwinden.«

»Aus dem Weg«, entgegnete die andere Frau frech. »Ich muss nach dem Patienten sehen.«

Mary ballte die Hände zu Fäusten und sie hätte sich auf die Frau gestürzt, aber Trucks Teamkollegen bewegten sich zu schnell. Beatle packte sie um die Taille, und Hollywood griff Ruths Arm und drängte sie nach hinten und ganz aus dem Tresorraum heraus. Mary hörte, wie er ihr unmissverständlich mitteilte, dass sie sich lediglich um die verletzten Bandenmitglieder kümmern würde, nicht jedoch um Truck.

»Meine Mary«, murmelte Truck und zog an ihrem Hosenbein.

Sie vergaß Ruth sofort und kniete sich wieder neben Truck. Seine Augen waren nur noch schlitzartig geöffnet und es war offensichtlich, dass er immer noch große Schmerzen hatte.

»Scheiße, entschuldige, Truck. Ich habe deinen Kopf ganz vergessen. Ich wollte nicht rumschreien.«

Er lächelte ihr zu. »Es gefällt mir, dass du mich so eifersüchtig bewachst.«

Mary verdrehte die Augen. »Ach Blödsinn«, wehrte sie ab.

Ein Mann mit einem marineblauen Hemd und einer Cargohose betrat mit seinem Arztkoffer den Raum. »Gehen Sie alle von dem Patienten weg«, sagte er in einem Ton, der zeigte, dass er es ernst meinte.

Alle außer Mary und Ghost entfernten sich von Truck und machten dem Sanitäter Platz.

»Wer sind Sie?«, fragte er und sah Mary an.

»Meine Frau«, antwortete Truck für sie. »Sie ist dort, wo ich bin.«

»Von mir aus, aber jetzt werde ich Sie erst einmal untersuchen.«

Und damit begann Ghost, ihm zu erzählen, was er über Trucks Verletzung wusste.

Innerhalb von fünf Minuten war Truck auf eine Bahre geladen und bereit für den Transport ins Krankenhaus. Mary weigerte sich, seine Hand loszulassen, und konnte den Blick nicht von den Ringen an ihren Fingern abwenden.

Als sie gerade aus dem Tresorraum gehen wollten, rief Truck: »Beatle?«

»Ja, Mann?«, entgegnete Beatle.

»Bitte sei ein guter Freund, sammle die Brüste meiner Frau auf und sorge dafür, dass sie desinfiziert und zu ihr ins Krankenhaus zurückgebracht werden, ja?«

Mary konnte das Lachen nicht unterdrücken, als sie die Gesichter der anderen sah.

Zum ersten Mal seit ihrer Operation war es Mary scheißegal, wie sie ohne ihre Brusteinlagen aussah oder was andere von ihr denken würden. Sie und Truck waren am Leben, und er hatte sein Gedächtnis wieder. Alles andere war unwichtig.

KAPITEL SECHZEHN

Truck war zwei Tage im Krankenhaus, zwei Tage länger, als er dort sein wollte. Er war der schlimmste Patient, den die Welt je gesehen hatte, und Mary war kurz davor, ihn zu erwürgen. Sie verbrachte fast jede Minute dieser zwei Tage mit ihm und weigerte sich, von seiner Seite zu weichen. Die Ärzte machten MRTs und Blutuntersuchungen und unterzogen ihn einer Reihe von Tests, um herauszufinden, ob sein Gehirn irreparabel geschädigt worden war.

Aber es schien, als hätte Beatle recht gehabt. Truck hatte Gott sei Dank einen harten Kopf.

An dem Abend des Tages, an dem er eingeliefert worden war, erzählte Mary ihm von Macie. Wie sie aus heiterem Himmel in der Bank aufgetaucht war, bevor die Hölle ausgebrochen war, und dass sie im nahe gelegenen Lampasas wohnte und sich mit Truck treffen wollte. Er wollte sie sofort anrufen, aber Mary stellte fest, dass sie Macies Nummer nicht hatte. Sie hatte Trucks Schwester zwar ihre Nummer gegeben, aber die von Macie nicht bekommen.

Doch es stellte sich heraus, dass es kein Problem war, dass sie Macies Nummer nicht hatte. Macie tauchte am nächsten Morgen um acht Uhr – vor der offiziellen Besuchszeit – auf, nachdem sie von dem Vorfall in der Bank gehört hatte, wahrscheinlich von ihrem Hacker-Freund, und brach in Tränen aus, als sie Truck im Bett liegen sah. Zuerst war sie sehr nervös, aber schließlich entspannte sie sich, da Truck sich offensichtlich darüber freute, sie zu sehen. Mary ließ sie allein, damit sie sich ungestört unterhalten konnten, und als sie fünfundvierzig Minuten später zurückkam, unterhielten sie sich immer noch.

Macie ging, als Colt, Trucks Kommandant, auftauchte. Der andere Mann freute sich ebenfalls, Macie persönlich kennenzulernen, zumal er die Fühler ausgestreckt hatte, um sie zu finden. Mary bemerkte die augenblickliche Anziehung, die die beiden zueinander zu haben schienen, aber da Macie so nervös und unsicher aussah, sprach sie sie nicht darauf an. Trucks Schwester ging, nachdem sie ihre Nummern ausgetauscht hatten, wobei Truck versprach, sie anzurufen und sich zu melden, sobald er aus dem Krankenhaus entlassen wurde. Bei der langen, herzlichen Umarmung, die sich die Geschwister gegenseitig gaben, stiegen Mary die Tränen in die Augen.

Seitdem seine Schwester gegangen war, hatte es eine pausenlose Parade von Menschen gegeben, die Truck besuchen wollten.

Truck versuchte, Beatle zu bestechen, um ihn aus dem Krankenhaus zu schmuggeln, aber zum Glück war Mary gerade noch rechtzeitig vom Essen in der Cafeteria zurückgekehrt, um der großen Flucht den Riegel vorzuschieben.

Dann kamen Emily und Fletch bei ihm vorbei, um ihn zu besuchen. Rayne war bei ihnen zu Hause und passte auf das neue Baby auf, damit sie ihn besuchen konnten.

Annie marschierte an die Seite von Trucks Bett und fragte: »Kennst du mich jetzt?«

Truck lächelte. »Ja, meine Kleine. Ich kenne dich.«

»Du 'innerst dich?«

»Ja.«

Und damit kletterte Annie zu ihm aufs Bett und legte sich neben ihn. Sie legte noch einmal ihre kleine Hand auf seine Wange und kuschelte sich an ihn.

Mary würde niemals den Ausdruck auf Trucks Gesicht vergessen. Sie hatte genau denselben Blick gesehen, als sie krank war und Schmerzen hatte, und er hatte sich nachts neben sie gekuschelt. Liebe.

Die Erwachsenen versuchten nicht, Annie dazu zu bringen, sich zu bewegen, sie unterhielten sich einfach, als verstieße sie nicht gegen die Krankenhausrichtlinien, indem sie sich in Trucks Bett legte. Mary konnte nicht wirklich protestieren, denn sie hatte am Abend zuvor dasselbe getan, war direkt neben Truck geklettert und hatte ihn genauso fest in den Arm genommen wie er sie.

»Wir verschieben die Party für die Verkündung des Namens unseres Kindes um eine Woche«, teilte Emily ihnen mit.

»Das müsst ihr nicht tun«, protestierte Truck.

»Doch, das tun wir aber. Wir halten sie jedenfalls nicht ohne euch ab, also findet euch damit ab«, sagte Fletch. »Aber das ist das letzte Mal. Es ist mir egal, ob du draußen unterwegs bist und dich überfahren lässt, wir schieben es nicht wieder auf. Ich kann meinen Sohn nicht ständig ›Baby Fletch‹ nennen.«

Alle kicherten, Annie hob den Kopf und schaute Truck an. »Er hat einen total coolen Namen.«

»Du weißt, wie er heißt, Kleine?«

Sie nickte.

»Ich gebe dir jetzt sofort hundert Dollar, wenn du ihn mir verrätst«, neckte Truck.

Aber Annie schüttelte den Kopf. »Nein. Meine Lippen sind versiegelt«, erklärte sie und tat so, als würde sie ihre Lippen absperren. Dann ließ sie sich wieder neben Truck sinken.

Nach weiteren fünfundvierzig Minuten Geplauder gingen die Fletchers.

Mary war dankbar für den stetigen Strom von Besuchern, der kam, um Truck zu sehen. Das hielt ihn beschäftigt und er war dadurch weniger mürrisch. Kassie und Hollywood kamen ebenfalls und brachten Kate mit. Mary dachte, sie würde zu einer Pfütze aus Glibber zerfließen, als Truck das winzige Kind in die Arme nahm. Er schaute ehrfürchtig auf sie herab und flüsterte: »Du darfst keinen Freund haben, bis du fünfundzwanzig bist, meine Kleine.«

Kassie und Mary lachten, Hollywood und Truck allerdings nicht. »Ich habe gesagt, sie muss dreißig sein«, informierte Hollywood seinen Teamkollegen.

»Klingt gut«, entgegnete Truck. Dann erklärte er seinem Freund: »Sie ist perfekt. Herzlichen Glückwunsch.«

Hollywood strahlte, legte den Arm um seine Frau und antwortete: »Danke.«

Als Harley und Coach zu Besuch kamen, ließ Harley Truck ihr neuestes Videospiel ausprobieren, das sie gerade entwickelte. Das kostete zwei volle Stunden und ermöglichte es Mary, eine dringend benötigte Dusche zu nehmen und sich von ihrem mürrischen Alphamann zu erholen, der bereit war, nach Hause zu kommen.

Casey, Beatle, Blade und Wendy kamen alle zusammen vorbei. Wendys Bruder Jackson war auch mit von der Partie. Sie unterhielten sich ein wenig über die Gruppenhochzeit, die sie planten, aber Mary wechselte schnell das Thema, da sie noch nicht bereit war, über Hochzeitszeremonien zu sprechen.

Natürlich kamen auch Ghost und Rayne vorbei, und Chase und Sadie folgten ihnen bald nach. Mary merkte, dass Truck es genoss, seine Freunde zu sehen, vor allem jetzt, da sein Gedächtnis wieder vollständig zurückgekehrt war. Aber sie merkte auch, wann er anfing, müde zu werden.

Erst als alle sieben Deltas des anderen Teams auftauchten – und Truck eine Stunde lang schikanierten, weil er nicht in der Lage gewesen war, alle Bandenmitglieder alleine zu überwältigen, und weil er gerettet werden musste –, entschied Mary, dass es genug war.

Sie scheuchte alle aus dem Raum und sagte ihnen, dass es Zeit für Truck wäre, ein Nickerchen zu machen.

Das brachte alle anderen Deltas natürlich noch mehr zum Lachen und sie begannen mit den Mami-Witzen, aber Truck schien sich während des ganzen Vorgangs keinen Deut darum zu scheren.

Er sagte einfach: »Ich verbringe viel lieber Zeit mit Mary als mit euch Arschlöchern.«

Aber es war das Gespräch mit ihrem Arzt, das für Mary am emotionalsten war.

Er hatte gehört, dass sie sich im Krankenhaus aufhielt, und hatte sich die Mühe gemacht, sie ausfindig zu machen. Er wollte über ihre Brustrekonstruktion sprechen, da sie ihren Termin versäumt hatte.

Die drei, Mary, Truck und ihr Arzt, führten ein langes Gespräch über ihre Optionen. Truck stellte eine Million Fragen zur Sicherheit und zu den langfristigen Auswirkungen des Einsetzens der Implantate. Er wollte wissen, wie die Chancen für ein Wiederauftreten des Krebses standen und ob Silikonimplantate diese Chancen verschlechtern würden oder ob sie irgendwie die Erkennung erschweren würden, sollte der Krebs zurückkommen.

Als der Arzt ging, hatte Mary immer noch keine Entscheidung getroffen, aber ihr war klar geworden, wie viel sie Truck vorenthalten hatte – und wie erstaunlich es war, jemanden zu haben, mit dem man über all das reden konnte. Sie hatte ihm viele Dinge über ihre Krankheit verschwiegen, da es ihr peinlich war und sie sich unwohl fühlte, ihm intime Details mitzuteilen. Verflucht, sie ging nicht mal vor ihm auf die Toilette, ohne die Tür zu schließen, sie würde ganz bestimmt nicht mit ihm darüber reden, wie sie manchmal vergaß, in welchem Staat Las Vegas war, oder wenn sie Hitzewallungen bekam.

Als Truck den Arzt über Sex und Kinder befragte, wurde Mary klar, dass sie Truck monatelang ungerecht behandelt hatte. Sie hatte sich zurückgehalten. Sie hatte Angst, dass er nicht wirklich mit ihr zusammen sein wollte. Dass er vielleicht nur *dachte*, er würde etwas für sie empfinden, aber wenn er all die düsteren Details über ihre Krankheit wüsste, würde er abhauen.

Er hatte mehr als deutlich gemacht, dass er sie liebte und dass sie für ihn die Richtige war. Mary hatte einfach nicht zugehört. Sie war zu überzeugt gewesen, dass er sie verlassen würde, zu sehr damit beschäftigt, ihre Schilde aufrechtzuerhalten, nur für den Fall, dass er beschließen würde, dass sie die Mühe nicht wert wäre, wie jeder andere Mann in ihrem Leben auch.

Sie schuldete ihm eine Entschuldigung, aber sie musste ihn erst nach Hause bringen und sich einleben.

»Bereit zu verschwinden?«, fragte der Arzt ihn fröhlich, als er am späten Nachmittag des zweiten Tages in Trucks Krankenhauszimmer kam.

»Das war ich schon vor eineinhalb Tagen«, grummelte Truck.

Mary verbarg ihr Lächeln. Truck hatte sich zwei geschlagene Stunden darüber beschwert, dass der Arzt seine Entlassungspapiere noch nicht unterschrieben hatte.

»Sie hatten wirklich erstaunliches Glück«, erklärte der Arzt, dem die ungeduldige Art seines Patienten überhaupt nichts auszumachen schien. »Die Tatsache, dass sie die Kabel aus den Sprengsätzen gezogen haben, bevor sie explodiert sind, hat Ihnen das Leben gerettet. So ist nur ein Teil der Sprengsätze explodiert und der Tisch wurde aus seiner Verankerung im Boden gerissen. Der ist dann auf Sie drauf gefallen und hat Sie vor den schlimmsten Auswirkungen der Explosion geschützt, wobei man natürlich sagen muss, dass es nicht gerade ideal war, dass Sie sich erneut den Kopf angehauen haben. Da Ihr Kopf zwei ziemlich harte Schläge innerhalb weniger Wochen abbekommen hat, müssen Sie in den nächsten drei Monaten besonders vorsichtig sein.«

»Verdammt«, erklärte Truck.

»Das ist richtig. Sie bekommen Hausarrest. Keine Missionen für mindestens drei Monate. Wir machen in zwei Monaten noch eine Kernspintomografie und überzeugen uns davon, dass die Blutergüsse in Ihrem Gehirn verschwunden sind und dass da drinnen alles in Ordnung ist. Dann geben wir Ihnen sicherheitshalber noch einen Monat Zeit. Wenn bei Ihnen eine der Nebenwirkungen auftritt, über die wir gestern gesprochen haben, müssen Sie so schnell wie möglich hierher zu mir kommen. Ich meine das ernst, Ford. Mit einer traumatischen Hirnverletzung sollte man nicht herumspielen. Ohnmachtsanfälle, Angstzustände, Aggression, Wiederholung von Worten oder Handlungen, erweiterte Pupillen, Übelkeit, Licht- oder Tonempfindlichkeit, verschwommenes Sehen –«

»Ich weiß, ich weiß, Doc«, entgegnete Truck und unterbrach damit seine Aufzählung der Symptome einer traumatischen Hirnverletzung.

»Na gut.« Er wandte sich an Mary. »Behalten Sie ihn

einfach im Auge. Soldaten verstecken ihre Symptome oft, weil sie das Gefühl haben, sie sollten einfach die Zähne zusammenbeißen, oder auch, weil es ihnen peinlich ist.«

»Keine Bange, ich behalte ihn im Auge«, erklärte Mary ihm.

»Gut. Also, Ford, haben Sie immer noch Kopfschmerzen?«

Truck nickte widerwillig.

»Ich glaube nicht, dass wir uns darüber momentan Sorgen machen müssen. Die sollten in etwa einer Woche verschwinden. Es würde mich freuen, wenn Sie noch eine Woche oder so im Bett bleiben, einfach nur, um Ihr Gehirn noch ein wenig weiter abheilen zu lassen.«

»Kommt gar nicht infrage«, entgegnete Truck.

Gleichzeitig erklärte Mary: »Ich werde dafür sorgen.«

Der Arzt grinste. »Ich beneide Sie nicht, junge Dame. Hier ist sein Rezept für die Schmerzmittel. Er wird in etwa einer Woche wiederkommen müssen, damit diese Klammern untersucht und hoffentlich entfernt werden können. Sie können nass werden, aber dürfen nicht unter Wasser geraten. Haare nicht waschen, nur kurz ausspülen.«

Mary nickte und wusste, dass die nächste Woche sowohl für sie als auch für Truck hart werden würde. Wege, ihn zu unterhalten, gingen ihr durch den Kopf, selbst als der Arzt immer wieder darüber sprach, was in der kommenden Woche auf sie zukommen würde. Sie könnte Annie nach der Schule zu ihm kommen lassen und dafür sorgen, dass auch die Jungs ihn abwechselnd besuchten.

»Und falls es irgendetwas gibt, das Ihnen Sorgen macht, zögern Sie nicht, sich mit mir in Verbindung zu setzen«, erklärte der Arzt und gab Mary seine Visitenkarte. »Das ist die Nummer meiner Sekretärin, aber sagen Sie ihr einfach, dass es sich um einen Notfall handelt, und ich rufe Sie sofort zurück, okay?«

Mary nickte und war erleichtert, die Nummer zu haben, falls Truck Hilfe benötigte.

»Es geht mir gut«, sagte Truck erneut.

»Natürlich. Und nur für den Fall, dass ich es vorher noch nicht erwähnt habe ... vielen Dank für Ihren Dienst an unserem Land und ich finde es wirklich toll, wie Sie die Arschlöcher in der Bank aufgehalten haben.« Dann drehte der Arzt sich um und verließ das Zimmer. Bevor Mary noch etwas sagen konnte, steckte er erneut den Kopf ins Zimmer. »Und warten Sie ja auf die Schwester mit dem Rollstuhl, Laughlin. Ich weiß, dass ihr Machotypen nicht so gern mit dem Rollstuhl herausgefahren werdet, aber das ist nun mal die Regel hier. Machen Sie ihr deswegen keinen Stress, okay?« Und dann war er wieder verschwunden.

Mary lachte, als sie den Ausdruck auf Trucks Gesicht sah. »Es wird schon nicht so schlimm werden«, tröstete sie ihn.

Es dauerte noch eine halbe Stunde, bis die Krankenschwester erschien, und als sie endlich auf dem Weg waren, atmete Mary erleichtert auf. Sie hatte das Thema angesprochen, dass Truck nach seiner Entlassung aus dem Krankenhaus in ihre Wohnung zurückkehren sollte, damit sie sich um ihn kümmern konnte, aber er hatte gesagt, dass er ohne Umschweife nach Hause zu seiner Wohnung fahren würde und sie mit ihm käme.

Mary protestierte nicht allzu heftig, da sie genau dort sein wollte. Sie würde zu ihrer Wohnung zurückkehren und ihre Sachen holen müssen. Aber zuerst würde sie Truck versorgen und ihm etwas zu essen machen, und sobald er schlief, würde sie zurück in ihre Wohnung fahren. Er würde nicht einmal merken, dass sie weg war, vor allem wenn sie ihn zwang, eine der Schmerztabletten zu nehmen, die der Arzt ihm verschrieben hatte.

Sie parkte und als sie um den Wagen herumging, um Truck zu helfen, stand er bereits an der Tür.

Mary runzelte die Stirn. »Du sollst dir doch helfen lassen«, erklärte sie ihm und legte ihm einen Arm um die Taille.

»Warum? Meinen Beinen geht es doch gut. Es ist mein Kopf, der verletzt wurde.«

»Darum«, entgegnete Mary aufgebracht. Sie ignorierte Trucks Glucksen und ging mit ihm zu seiner Wohnung. Sie ließ ihn die Tür aufschließen, und als er sie offen hielt, damit sie vor ihm hineingehen konnte, beschwerte sie sich nicht einmal.

In der Sekunde, in der Mary seine Wohnung betrat, keuchte sie.

Sie hörte vage, wie er die Tür schloss, aber sie wartete nicht auf ihn. Mit offenem Mund und unter Schock betrat sie seinen Wohnbereich.

»Wie ... wann?«, stotterte sie.

Truck zog sie an sich und legte sein Kinn auf ihren Kopf. »Als du im Krankenhaus geduscht hast, habe ich mit Ghost gesprochen. Er sagte, die Mädchen hätten deine Sachen gepackt und dir geholfen, aus meiner Wohnung auszuziehen, nachdem ich mein Gedächtnis verloren hatte, also sagte ich ihm, er könne alles wieder herbringen, vielen Dank. Die Jungs haben die ganze Arbeit gemacht und die Mädchen haben alles weggeräumt.«

Marys Augen füllten sich mit Tränen, als sie sich umsah. Alle ihre Sachen waren wieder da. Das Bild von ihr und Rayne stand im Bücherregal. Ihre Lieblingsdecke lag auf der Rückenlehne der Couch. Ihr Krimskrams war überall verstreut und sie sah sogar, dass ihre Kaffeekanne auf dem Tresen in der Küche stand.

»Truck –«

»Du bist meine Frau«, unterbrach Truck sie. »Du gehörst hier zu mir. In der Sekunde, in der ich hier reingekommen bin, nachdem ich mein Gedächtnis verloren hatte, wusste ich, dass etwas nicht stimmt. Es fühlte sich *falsch* an. Außerdem war die Wohnung zu leer ... etwas fehlte. Und das warst *du*, Mare. Du und all deine Sachen. Du hast diesen Ort zu einem Zuhause für mich gemacht. Vielleicht wurden deine Sachen entfernt, aber deine Gegenwart konnte niemals aus meinem Leben entfernt werden. In dieser ersten Nacht, in der ich allein in meinem Bett lag, fühlte ich mich unwohl, aber ich wusste nicht warum.«

Mary atmete tief durch, drehte sich dann in Trucks Armen um und sah zu ihm hoch. »Bist du dir sicher?«

Anstatt ihr zu antworten, sagte Truck: »Ich habe dein Tagebuch gefunden.«

»Was?«

»Ich war wirklich ziemlich frustriert, als du neulich einfach abgehauen bist, und da bin ich ein wenig durchgedreht. Ich habe ein paar Dinge getreten und andere umgeworfen wie ein kleiner Junge. Und ich habe auch meine Matratze vom Bett geschubst und dabei ist dein Tagebuch herausgefallen, das darunter versteckt war.«

»Oh, scheiße«, flüsterte Mary und senkte den Blick betreten zu den Knöpfen seines Hemdes.

Truck ließ jedoch nicht zu, dass sie sich versteckte. Er legte ihr einen Finger unter das Kinn und zwang sie dazu, ihn anzusehen. »Ich habe es schon neulich im Tresorraum gesagt und ich sage es noch einmal. Ich habe dich gebeten, mich zu heiraten, weil ich dich liebe, Mary. Ja, natürlich wollte ich, dass du meine Krankenversicherung benutzen kannst, aber das war nur ein Vorwand. Ich hätte alles gesagt, nur damit du einwilligst, mich zu heiraten.«

Als sie nichts entgegnete, grinste er. »Sprachlos?«

Mary schüttelte den Kopf.

Er wurde wieder ernst. »Ich liebe dich, Mary. Ich liebe deine Zickigkeit. Mir gefällt es, wie du dich den Leuten entgegenstellst. Und ich mag es, dass du Rayne in deinem Leben hast. Es tut mir leid, dass du auch nur eine Sekunde an meiner Liebe gezweifelt hast. Es sollte dir nicht peinlich sein, dich vor mir zu übergeben, genauso wenig wie sonst irgendetwas, das mit deinem Krebs im Zusammenhang steht. Ich liebe dich genau so, wie du bist. Ob mit oder ohne Busen, Haar oder kein Haar. Das spielt für mich keine Rolle.«

»Ich ... Du bedeutest mir auch viel, Truck. Aber ... die Worte zu sagen. Das fällt mir wirklich schwer.«

»Ich weiß«, erwiderte Truck.

Mary schüttelte den Kopf und krallte sich fester in sein Hemd. »Ich würde sie dir gern sagen, aber ich kann es nicht. Ich habe eine Wahnsinnsangst davor.«

»Aber in der Bank hast du sie gesagt«, rief Truck ihr ins Gedächtnis.

Mary verzog das Gesicht. »Ich dachte, du wärst im Begriff zu sterben«, erwiderte sie. »Dass es vielleicht die einzige Chance war, die ich jemals bekommen würde, dir diese Worte zu sagen.«

»Mare, du sagst mir jeden Tag, wie sehr du mich liebst«, erklärte er ihr. »Deine Taten sprechen eine klare Sprache. Du musst es mir gar nicht in Worten sagen.«

»Aber das ist nicht fair«, protestierte Mary.

»Liebst du mich?«, wollte Truck wissen. »Du musst einfach nur nicken oder den Kopf schütteln.«

Mary presste die Lippen aufeinander und nickte.

»Mehr muss ich nicht wissen«, versicherte Truck ihr. »Komm mal her«, forderte er sie auf, wandte sie um und nahm sie bei der Hand. Er brachte sie zu seinem Schlafzimmer und ging mit ihr hinein. Dann wandte er sich um und betrachtete die Wand.

Mary starrte ihre Heiratsurkunde an.

»Mir war von Anfang an klar, dass hier etwas fehlte«, sagte Truck leise. »Ich lag nachts im Bett und starrte auf diese Stelle und versuchte, mein Gehirn zu zwingen, mir zu verraten, was hierhergehört. Der glücklichste Tag meines verdammten Lebens war der Tag, an dem du Ja gesagt hast, Mare. Ich würde es mit hundert Bandenmitgliedern aufnehmen und tausend weitere Banken in die Luft jagen, um das Recht zu haben, dich an meiner Seite zu haben. Ich werde dich nie betrügen. Ich werde nie beschließen, dass ich dich nicht mehr will. Ich werde alles geben, damit du sicher und glücklich bist. Wenn das bedeutet, dass ich mich wieder auf Konfrontationskurs mit dem verdammten Krebs begeben muss, dann soll es so sein.«

Mary legte ihm die Hand an die Wange. »Ich glaube dir.«

»Gut.«

Sie sahen einander lange an, bevor Truck seufzte. »Ich gebe das nur ungern zu, denn ich habe das Gefühl, dass du mir das noch eine ganze Weile vorhalten wirst, aber ich muss mich hinlegen.«

Mary blinzelte und schüttelte dann den Kopf, um wieder zu klarem Verstand zu kommen. »Verdammt! Natürlich. Ist dir schwindelig? Komm, das Bett ist gleich hier drüben.«

Truck lachte leise. »Ich stehe nun auch nicht kurz davor, in Ohnmacht zu fallen. Beruhige dich, Frau.«

»Es ist nur ... ich mache mir Sorgen um dich. Vielleicht

sollte ich heute besser auf der Couch schlafen«, sagte sie aufgebracht.

»Kommt gar nicht infrage«, entgegnete Truck streng. »Ich weiß, dass du dir Sorgen um mich machst, und du hast ja keine Ahnung, wie viel mir das bedeutet.« Truck setzte sich aufs Bett und zog sie an sich. Er sah ihr in die Augen, hielt ihre Hände und sagte: »Aber was mich betrifft, so möchte ich auf keinen Fall auch nur eine weitere Nacht von dir getrennt verbringen.«

»Dagegen hätte ich nichts einzuwenden«, entgegnete Mary lächelnd. »Hast du Hunger? Ich kann uns etwas zu essen machen.«

»Appetit hätte ich schon«, erklärte er ihr und setzte sich im Bett auf.

Mary eilte hinaus, um zu sehen, was sie in der Küche finden konnte, um einen schnellen Imbiss zuzubereiten. Sie war keine sonderlich gute Köchin, aber sie würde sich schon etwas einfallen lassen, um ihn zufriedenzustellen. Später, wenn er mehr Lust dazu hatte, konnten sie zusammen kochen. Die meiste Zeit, die sie bei ihm gelebt hatte, hatte er gekocht, einfach weil sie entweder keinen Hunger hatte oder zu krank war, um es selbst zu tun.

Mary war immer noch nicht davon überzeugt, dass sie eine gute Ehefrau sein würde, aber sie würde ihr Bestes geben. Sie vertraute Truck, und das war es, was zählte. Lächelnd öffnete sie den Kühlschrank und beugte sich vor, um zu sehen, was es zu essen gab.

KAPITEL SIEBZEHN

Es war der Abend vor Fletchs und Emilys Namensgebungsfeier und Truck hatte entschieden, dass Marys Zeit abgelaufen war. Die ersten zwei Tage nach seiner Entlassung aus dem Krankenhaus hatte er viel geschlafen. Dann waren seine Tage damit ausgefüllt gewesen, mit seinen Freunden zu quatschen. Er wusste, dass Mary die Besuche arrangiert hatte, und er liebte sie dafür umso mehr.

Sie und Rayne hatten eines Tages Lebensmittel eingekauft und genug besorgt, um eine Armee zu verpflegen. Und genau das war so ziemlich die Menge an Personen, die innerhalb der letzten Woche in seiner Wohnung gewesen war. Eine Armee von Freunden. Die kleine Annie blieb über Nacht und sie sahen *Aschenputtel*, zweimal sogar. An einem anderen Abend hatte Mary Trigger eingeladen, und die drei unterhielten sich bis Mitternacht, bevor der andere Delta-Soldat nach Hause fuhr.

Sogar Macie war zum Abendessen gekommen. Truck hatte keine wirklich gute Erklärung dafür bekommen, was vor all den Jahren geschehen war und warum sie ihn nie kontaktiert hatte, aber sie hatte sich im Laufe der Jahre definitiv verändert. Natürlich war es zwei Jahrzehnte her, dass er sie zum letzten Mal gesehen hatte, als sie beide im Grunde noch Kinder waren, aber früher war sie aufgeschlossen gewesen und hatte ununterbrochen gelächelt. Jetzt wirkte sie nervös und unruhig, sogar in seiner Nähe, was er hasste. Er bemühte sich, die Unterhaltung leicht und locker zu halten und nichts zu erwähnen, was sie beunruhigen könnte.

Er wollte alles über seine Schwester erfahren. Über ihre Arbeit als Webdesignerin – in erster Linie für Autoren, aber eigentlich für jeden, der sie kontaktierte. Er wollte wissen, warum sie nicht verheiratet war. Er wollte alles über ihre Highschool-Zeit wissen und auch über ihre College-Jahre. Er wollte *wirklich* alles über ihre Eltern wissen. Ob sie noch Kontakt zu ihnen hatte und ob sie etwas damit zu tun hatten, dass sie nicht mehr mit ihm gesprochen hatte, nachdem er von zu Hause weggegangen war, was er vermutete.

Im Grunde genommen wollte Truck jedes kleine Detail über ihr Leben erfahren, aber er wusste, dass zu persönliche Fragen sie zum Schweigen bringen würden. Also hielt er die Dinge einfach und sprach hauptsächlich über sich und seine Teamkollegen. Er sprach sogar über seinen Kommandanten und das andere Delta Force-Team, für das er verantwortlich war, da Macie besonders interessiert schien, als er Colonel Robinson erwähnte.

Irgendwann würde eine Zeit kommen, in der er ein vertrauliches Gespräch mit Macie führen musste, und sie müssten ein für alle Mal reinen Tisch machen. Sie müssten besprechen, was vor all den Jahren geschehen war. Aber im Moment war er damit zufrieden, sie wieder in seinem Leben zu haben.

Noch nie zuvor waren so viele Menschen in seiner Wohnung ein- und ausgegangen, und Truck hatte den Verdacht, dass Mary ihr Bestes tat, um nicht mit ihm allein zu sein, besonders zur Schlafenszeit. Sie hatte ihm eines Abends erzählt, dass sie ein neues Rezept ausprobierte und dass sie bald ins Bett käme. Natürlich schlief er schon tief und fest, als sie fertig war.

An einem anderen Abend hatte sie Rayne angerufen, als er gerade von der Couch aufgestanden war, um ins Bett zu gehen, und dann hatte sie den Nerv gehabt, die Nacht auf der Couch zu verbringen.

Er war fertig.

Truck wusste, dass Mary Angst hatte, mit ihm zu schlafen, aber er würde es nicht mehr zulassen, dass sie ihm weiter aus dem Weg ging. Sie musste sich dieser Hürde stellen, so wie sie es bei fast allem anderen in ihrem Leben tat, auch in ihrem Job.

Sie brauchte nicht bei der Bank zu kündigen, da der Regionalleiter alle in bezahlten Urlaub geschickt hatte, bis der Tresorraum wiederaufgebaut und die Sicherheitsmaßnahmen neu bewertet werden konnten. Allen Mitarbeitern wurde versichert, dass die Bank alles in ihrer Macht Stehende tun würde, um ihnen zu helfen, wenn sie »sich etwas anderes suchen« wollten.

Mary hatte ein Brainstorming mit Rayne und den anderen darüber durchgeführt, was sie machen wollte, aber sie hatte noch keine Entscheidung getroffen. Sie war dabei, sich beruflich zu verändern, jetzt war es an der Zeit, das auch in ihrem Privatleben zu tun.

Mary saß gerade auf der anderen Seite der Couch von ihm, ihre Aufmerksamkeit hartnäckig auf den Fernseher gerichtet. Sie schaltete durch die Kanäle, aber Truck merkte, dass sie nicht wirklich bei der Sache war.

Er stand auf und hasste es, dass Mary leicht zuckte, aber er ignorierte ihr Unbehagen, ging direkt auf sie zu, beugte sich vor und hob sie auf.

»Truck!«, rief sie und schlang ihre Arme um seinen Hals. »Dein Kopf! Setz mich sofort ab!«

»Nein«, sagte er ruhig. »Es ist Zeit, ins Bett zu gehen.«

»Ich muss erst noch ein paar Sachen erledigen«, entgegnete sie fast ein wenig verzweifelt.

»Nein, musst du nicht.«

»Doch, muss ich schon.«

»Nein.«

»Trucker«, warnte sie ihn und verspannte sich.

Truck beachtete sie auch weiterhin nicht, brachte sie in ihr Schlafzimmer und stellte sie vor dem Badezimmer ab. »Ich gebe dir fünf Minuten, um alles zu erledigen, was du da drin zu erledigen hast.«

»Und wenn ich mehr Zeit brauche?«, fragte sie trotzig und stemmte die Hände in die Hüften.

Truck lehnte sich vor und strich ihr mit dem Finger über die Nase. »Dann werde ich dich holen.«

Sie holte tief Luft, ging ins Badezimmer und knallte die Tür hinter sich zu.

Truck lächelte lediglich. Er liebte es, wenn Mary sich aufregte. Es war eine viel ehrlichere Reaktion als die vorsichtige Sorge, die sie ihm während der letzten Woche entgegengebracht hatte.

Er fühlte sich viel besser. Seine Kopfschmerzen waren fast ganz verschwunden. Die Klammern juckten eher, als dass sie ihm wehtaten, und er fühlte sich viel stärker. Er wollte auf keinen Fall drei Monate Urlaub nehmen, aber wenn er die Barriere durchbrechen könnte, die Mary zwischen ihnen errichtet hatte, würde es ihm gefallen, sie ganz für sich allein zu haben, ohne sich Sorgen machen zu müssen, auf einen Auslandseinsatz geschickt zu werden.

Truck eilte zur Gästetoilette und machte sich fertig, bevor er ins Bett stieg. Er hatte sein T-Shirt und die Jogginghose ausgezogen, hatte aber seine Boxershorts anbehalten. Die würden auch verschwinden, aber er musste erst seine nervöse Frau beruhigen.

Mary öffnete die Badezimmertür zwanzig Sekunden vor Ablauf der Zeit und stand unsicher da.

Truck sog scharf die Luft ein, als er sah, was sie anhatte. Er hatte das Nachthemd schon früher am Abend auf den Rand des Waschbeckens gelegt, aber es sah an ihr hundertmal sexyer aus als auf dem Kleiderbügel.

Ihr kurzes braunes Haar war durcheinander, die rosa Strähne lockte ihn zu sich wie ein Sirenengesang. Ihr Haar war nach der zweiten Runde Chemotherapie viel dicker geworden. Er liebte es, wie es sich anfühlte, wie es seine Handfläche kitzelte, wenn er sie an sich drückte.

Sie trug ein schwarzes Hemd mit Spaghetti-Trägern. Sie war immer noch zu dünn, zumindest seiner Meinung nach. Er konnte ihre Schlüsselbeine deutlich hervortreten sehen. Truck machte sich eine geistige Notiz, dafür zu sorgen, dass sie drei ordentliche Mahlzeiten am Tag zu sich nahm ... und reichlich Snacks. Das schwarze Hemdchen reichte bis zur Mitte ihrer

Oberschenkel und er konnte sehen, dass ihre Zehennägel rot lackiert waren. Sie trug nie Nagellack auf ihren Fingernägeln, aber ihre Zehennägel lackierte sie gern.

»Mach doch lieber ein Foto, davon hast du länger was«, scherzte sie.

Truck wusste, dass sie nervös war, also lächelte er. »Komm her«, sagte er und hielt ihr die Hand hin.

Sie zögerte, aber Truck drängte sie nicht. Sie würde zu gegebener Zeit zu ihm kommen. Das war eines der Dinge, die er am meisten an ihr mochte.

Schließlich holte sie tief Luft und ging quer durch den Raum, bis sie in Reichweite war. Sie legte ihre Hand in seine und Truck fühlte, wie sein Herz einen Sprung machte. Alles, was diese Frau tat, machte ihn fertig. Sie war nervös und unruhig, aber sie zeigte ihm trotzdem, wie sehr sie ihn liebte, indem sie ihm vertraute.

Truck führte ihre Hand an seinen Mund und küsste sie. Dann rutschte er im Bett hinüber und zog sie mit sich auf die Matratze.

Mary lehnte sich zurück und gähnte demonstrativ. »Oh Mann, bin ich müde. Ich freue mich schon auf morgen. Ich frage mich, wie Em und Fletch ihren Sohn genannt haben. Du nicht? Ich meine –«

Sie hörte abrupt auf zu reden, als Truck ihr eine Hand auf den Bauch legte.

Sofort griff sie mit beiden Händen nach seinem Handgelenk und biss sich auf die Lippe, während sie zu ihm hochschaute.

»Ich liebe dich«, sagte Truck sanft. »Ich habe dich schon vorher nackt gesehen, Mare. Während deiner Strahlentherapie habe ich deine Brust mit Creme eingerieben. Ich habe mit meinem Kopf auf deinem Bauch geschlafen, weil du so große Schmerzen hattest, dass du ihn nicht auf deiner Brust ertragen konntest, aber trotzdem nicht wolltest, dass ich mich von dir entferne. Wir haben zusammen geweint und zusammen gelacht. Wir haben uns zusammen dem Krebs gestellt und ihn *gemeinsam* besiegt. Als ich mein Gedächtnis verloren habe, hast du uns nicht aufgegeben. Du bist sogar auf Konfrontationskurs mit dieser Sanitäter-Schlampe gegangen. Nichts bedeutet mir mehr, als zu wissen, dass du bereit warst, zu mir zu halten, auch wenn ich nicht mehr wusste, wer du warst. Nach allem, was wir durchgemacht haben, brauchst du keine Angst vor mir zu haben. Ich liebe dich und würde dir nie wehtun. Weder körperlich noch emotional.«

»Aber jetzt ist es etwas anderes«, flüsterte sie, nahm ihre Hände aber nicht von seinem Handgelenk und starrte ihn mit ihren großen, braunen Augen an.

»Weil du nicht mehr krank bist? Weil du mich genauso sehr willst wie ich dich?«, wollte Truck wissen.

Mary blinzelte ihn überrascht an und nickte dann.

»Soll ich lieber das Licht ausmachen?«

Sofort schüttelte sie den Kopf. »Nein. Ich weiß, dass es keinen Sinn ergibt und echt merkwürdig ist, aber ich will dich sehen. Ich habe so lange davon geträumt, dass du mich liebst, dass ich auf keinen Fall auch nur eine Sekunde von der Erfahrung verpassen will. Aber ich habe Angst davor, dass du einen Blick auf mich wirfst und dann keinen mehr hochbekommst. Ich habe so viel Gewicht verloren und meine Brust ist flach wie ein Pfannkuchen … ich bin nicht gerade eine Augenweide.«

»So ein Blödsinn«, schnaubte Truck. »Lass mich los.«

Überraschenderweise lockerte Mary den Griff um sein Handgelenk. Er kniete sich sofort hin und setzte sich auf sie. Langsam zog er ihr Nachthemd über ihre Hüften. Mary bewegte sich nicht, um ihm zu helfen, aber das war seiner Meinung nach auch nicht nötig. Als er das Nachthemd an ihrem Bauch hochgeschoben hatte, zog er es ihr über die Brust.

Truck sah ihr die ganze Zeit über fest in die Augen. Sie hob ihre Arme und erlaubte ihm, das Kleidungsstück ganz zu entfernen. Sobald sie nackt war, beugte Truck sich über sie. Er sah, wie sie darum kämpfte, sich nicht zu bedecken. Stattdessen klammerte sie sich an seinen Bizeps. Natürlich konnte sie die Hände nicht um seine enormen Muskeln herum schließen, aber sie klammerte sich an ihn, als wäre er das Einzige, das zwischen ihr und dem sicheren Tod stand.

»Atme, Babe«, sagte er leise, beugte sich vor und küsste sie auf die Stirn. Und dann auf die Nase. Und dann auf beide

Wangen. Er ließ ihre Lippen aus und brachte seinen Mund an ihr Ohr. »Spürst du, wie hart er ist, Mary? Nur für *dich*.«

Und das war er auch. Sein Schwanz war hart wie Stahl in seinen Boxershorts. Er hatte das Gefühl, die Spitze würde durch den Schlitz im Material hervorstehen, aber er machte sich nicht die Mühe, ihn zu richten. Er senkte seine Hüften so weit nach unten, dass sie ihn an ihrem Bauch spüren konnte, dann setzte er seine Liebkosungen fort.

Truck streichelte die empfindliche Haut unter ihrem Ohr, bewegte dann seine Nase zu ihrem Hals und atmete tief ein.

Er fühlte ihr Kichern unter sich mehr als dass er es hörte, und er entspannte sich ein wenig. »So ist es richtig. Entspann dich einfach. Ich bin es. Ich würde mir lieber selbst in den Kopf schießen, als dir auf irgendeine Art und Weise wehzutun.«

Truck ging ein Risiko ein, rutschte weiter an ihrem Körper hinunter und legte seinen Kopf auf ihre Brust. Er konnte hören, wie ihr Herz viel schneller als normal schlug, und ihre Atemzüge kamen in schnellen Stößen, aber er fühlte, wie sie eine Hand auf seinen Hinterkopf legte und seine Verletzung vermied, während sie ihn an sich drückte.

»Ich kann nichts spüren«, sagte sie nach einer Weile. »Die Nerven sind völlig abgestorben. Wenn du also darüber nachdenkst, mich dort zu küssen oder mich dort sonst irgendwie zu stimulieren, tu es nicht.«

Truck hob den Kopf und nahm ihr Gesicht zwischen seine Hände. »Das ist kein Problem. Ich kenne andere Orte, an denen du sensibel bist.« Und damit nahm er ihr Ohrläppchen zwischen seine Zähne und biss sanft hinein. Er fühlte, wie sie unter ihm zitterte, und er lächelte.

Truck entschied, sie lange genug gequält zu haben, griff sich ein Kissen und schob es ihr unter die Hüften. Dann senkte er sich langsam auf ihren Körper und starrte ihr immer noch in die Augen, während er sich zwischen ihren Beinen niederließ. Er konnte ihre Erregung riechen, schaute ihr aber immer noch nicht auf die Muschi.

»In der ersten Nacht, die ich hier verbrachte, nachdem ich aus Afrika nach Hause gekommen war, roch ich beim Zubettgehen das Erstaunlichste, was ich je gerochen hatte. Ich riss den Kissenbezug ab, hielt das Kissen an mein Gesicht und versuchte, mehr davon zu bekommen. Ich wusste nicht, was es war oder warum ich es so dringend brauchte, bis ich dein Tagebuch gelesen habe. Du hast auf meinem Kissen masturbiert«, beschuldigte er sie.

Zum ersten Mal in dieser Nacht lächelte Mary. Es war schüchtern und ein wenig ungezogen. Sie zuckte die Achseln. »Ich konnte einfach nicht anders. Ich begehrte dich so sehr, aber ich wusste einfach nicht, wie ich unsere Beziehung ändern sollte. Ich musste irgendetwas tun, um mir Erleichterung zu verschaffen.«

»Betrachte unsere Beziehung als verändert«, sagte Truck, bevor er den Blick senkte. Er bemerkte den Puls, der an ihrem Hals hämmerte. Er sah sich die noch leicht gerötete Haut ihrer Brust an, wo sie von der Strahlung verbrannt worden war. Er war tatsächlich ein wenig überrascht, wie gut ihre Haut im Vergleich zum letzten Mal nach den Behandlungen aussah. Es war immer noch etwas merkwürdig, ihren Brustkorb völlig flach zu sehen, aber es rief Gefühle von Liebe und Stolz statt Ekel hervor. Seine Mary war ein zähes Mädchen. Wenn in ihrem Leben etwas passierte, begegnete sie ihm direkt und ließ sich von niemandem, schon gar nicht einer Krankheit, diktieren, wie sie zu leben hatte.

Er betrachtete ihre klar erkennbaren Rippen, ihren flachen Bauch, ihren niedlichen Bauchnabel. Dann fuhr er mit den Fingern durch die kleinen Schamhaarbüschel über ihrem Schlitz.

»Truck«, keuchte sie, drückte den Rücken durch und spreizte ihre Beine weiter.

Er verstand die Andeutung und zögerte nicht, mit den Fingern ihre Schamlippen zu teilen und sie von ihrem Schlitz bis zur Klitoris zu lecken.

Der erste Geschmack von Mary auf seiner Zunge brachte ihn zum Stöhnen. Truck wusste, dass er sich für immer an diesen Moment erinnern würde. Vielleicht hatte er Mary in den Augen des Gesetzes schon vor längerer Zeit zu seiner Frau gemacht, aber dies war das Datum, das er von jetzt an als ihren

Jahrestag feiern würde, bis er nicht mehr auf dieser Erde weilte. Sie schmeckte so verdammt gut.

Truck benutzte seine Hände, um Marys Schenkel so weit zu spreizen, wie es für sie angenehm war, vergrub sein Gesicht zwischen ihren Schenkeln und konzentrierte sich darauf, sie zum Orgasmus zu bringen.

Es dauerte nicht lange. In der Sekunde, in der Truck sich an ihrer Klitoris festsaugte und abwechselnd leckte und saugte, begann Mary, sich aufzubäumen. Sie drückte ihre Hüften an ihn, doch dann scheute sie sich, als ihr Orgasmus immer näher und näher kam.

»Truck, oh mein Gott ... mehr ... da ... oh, verdammt ... zu intensiv ... hör nicht auf ... ja, genau da. Verdammt!«

Und damit war es um sie geschehen. Ihre Oberschenkel zitterten, ihr Bauch zog sich zusammen, sie warf den Kopf in den Nacken und explodierte.

Truck bewegte sich und drang mit einem seiner starken Finger in ihren Körper ein, während er weiter an ihrer kleinen Lustknospe leckte. Sie war glatt und heiß, aber so verdammt fest. Ihre Muschi zog sich um seinen Finger herum zusammen und wand sich dagegen, während sie ein zweites Mal zum Orgasmus kam.

Ihre Säfte waren überall in seinem Gesicht, als Truck schließlich den Kopf hob, und er schwelgte darin. Auf dem Kissen unter ihrem Hintern war ein nasser Fleck, und auch sein Finger und seine Handfläche waren feucht.

Truck richtete sich auf, stemmte sich über sie und ließ ihren Hintern auf dem Kissen, während er sich vorbeugte, um das Kondom zu nehmen, das er vorher schon neben das Bett gelegt hatte. Er riss die Verpackung auf und schob seine Boxershorts unter seine Hoden. Er rollte das Kondom auf und wartete, bis Mary die Augen öffnete und ihn ansah.

In der Sekunde, in der sie das tat, positionierte er seinen Schwanz an ihrer Öffnung und schob nur die Eichel hinein.

Sie stöhnte, streckte ihre Arme über den Kopf und wölbte den Rücken.

»Irgendwann möchte ich auch mal ohne Kondom mit dir schlafen«, erklärte er ihr.

»Okay.«

»Wir werden mit deinem Arzt darüber reden, was für dich die beste Verhütungsmethode ist.«

»Ich weiß nicht, ob ich Kinder bekommen kann«, warnte Mary ihn. »Oder ob ich überhaupt welche will.«

»Dann ist es umso wichtiger, dass wir mit deinem Arzt sprechen«, erklärte Truck und musste sich wahnsinnig zusammenreißen, um stillzuhalten.

»Willst du Kinder haben?«, fragte sie.

»Ich will, was du willst. Wenn das Kinder sind, dann werde ich alles tun, was nötig ist, um sie dir zu geben. Wenn du ein Haus voller Hunde, Katzen und Einsiedlerkrebse haben willst, dann ist das genau das, was wir haben werden.«

Ihre Augen funkelten vor unvergossenen Tränen und Truck wusste, dass sie dieses Gespräch irgendwann noch einmal führen mussten, aber da sein Schwanz verzweifelt pochte und er bis zum Anschlag in ihr stecken wollte, war jetzt *nicht* der richtige Zeitpunkt. »Mein Schwanz ist ziemlich groß«, warnte er sie.

»Das kann ich aushalten«, erwiderte Mary sofort.

»Ich lasse es langsam angehen.«

»Ich halte es wirklich aus«, wiederholte Mary. »Fick mich, Truck. Ich habe ewig darauf gewartet, dass du mich fickst.«

»Das ist mein Stichwort«, knurrte Truck. »Von der Sekunde an, in der ich hörte, wie du Ghost beschimpft hast, weil er nach ihrem One-Night-Stand nicht schneller nach Rayne gesucht hat, wollte ich dich. Als ich meine Hand auf deinen Mund legte und du dich umdrehtest und mich sahst, hast du nicht gezuckt. Du hast nicht einmal auf meine verdammte Narbe geschaut. Da wusste ich, dass du mir gehörst. Ich kann nicht erklären, woher ich es wusste, aber bei allem, was zwischen damals und heute passiert ist, habe ich nie daran gezweifelt. Ich habe alles getan, was nötig war, damit du hier bist.«

Truck schob seinen Schwanz ein wenig weiter in ihren Körper und stöhnte. Sie war unglaublich eng und er wusste, dass er beim ersten Mal nicht lange durchhalten würde.

»Deine Narbe ist nur an der Oberfläche, sie definiert nicht, wer du bist«, flüsterte Mary und zog die Knie weiter an.

Truck drang noch ein Stückchen weiter in sie ein.

»Genau wie deine Titten nicht definieren, wer *du* bist«, stieß Truck zwischen zusammengebissenen Zähnen hervor.

»Wenn du nicht aufhörst zu reden und mich nicht endlich fickst, kann ich keine Verantwortung mehr für meine Taten übernehmen«, erklärte Mary ihm.

Truck bewegte eine Hand zwischen ihre Körper und benutzte seinen Daumen, um Marys Klitoris zu bearbeiten. Sie wölbte den Rücken noch mehr, und als sie sich um seinen Schwanz zusammenzog, drang er vollständig in sie ein.

Truck erstarrte sofort. Er hörte auf, seinen Daumen auf ihrer Klitoris zu bewegen, warf den Kopf zurück, hielt den Atem an und versuchte, etwas Kontrolle zu erlangen. Er konnte ihre Muskeln wie einen Schraubstock um seinen Schwanz spüren. Sie war so scharf und nichts in seinem ganzen Leben hatte sich jemals so gut angefühlt, wie in ihr zu sein. *Gar nichts.*

Als er das Gefühl hatte, sich bewegen zu können, ohne sofort seine Ladung abzuschießen, schaute Truck auf Mary herab und sah, wie sie ihn anlächelte. Er liebte den schelmischen Ausdruck auf ihrem Gesicht, er liebte es, wie zufrieden sie aussah.

Ihre Arme waren immer noch über ihrem Kopf und sie öffnete sich ihm. Vielleicht war sie sich vorhin nicht sicher gewesen, ob sie miteinander schlafen sollten, aber wenn er von ihrer Haltung und ihrer entspannten Position unter ihm ausging, dann war sie im Moment alles andere als unsicher.

»Du warst ziemlich nahe dran, was?«, sagte sie frech.

Truck grinste. »Ja. In der Sekunde, in der ich fühlte, wie du meinen Schwanz fest umschlossen hast, wollte ich abspritzen. Wollte dich mit meinem Sperma füllen, bis es überläuft und du davon triefst.«

Plötzlich verschwand der verschmitzte Ausdruck auf ihrem Gesicht. Und stattdessen sah sie leidenschaftlich und geil aus, sodass Truck stöhnen musste.

»Ich hätte nie gedacht, dass wir einmal zusammen im Bett landen«, erklärte Mary und legte ihre Arme um seinen Hals. »Ehrlich gesagt, selbst als wir geheiratet haben, konnte ich mir nicht vorstellen, dass du jemals mit mir schlafen willst.«

»Ich wollte schon immer mit dir schlafen«, sagte Truck. »Schon immer.«

»Kannst du *damit* umgehen?«, fragte Mary und neigte ihren Kopf in Richtung ihrer Brust.

Anstatt zu antworten, fragte er: »Kannst du damit umgehen, dass ich ein Delta bin und vielleicht eines Tages nach Hause komme und mir fehlt mehr als nur mein Gedächtnis und ich habe eine größere Verletzung als nur die Narbe in meinem Gesicht?«

»Natürlich«, erklärte sie mit Bestimmtheit.

»Okay, und wie kommst du dann auf den Gedanken, *ich* könnte nicht mit den Folgen deiner Erkrankung umgehen?«

Sie öffnete den Mund und machte ihn dann wieder zu. Dann öffnete sie ihn erneut. Truck konnte den Zwiespalt in ihren Augen sehen. Er beugte sich vor und küsste sie leidenschaftlich auf den Mund. »Tu das nicht«, flüsterte er, als ihm langsam schwindelig wurde, weil ihm der Sauerstoff ausging. »Ich weiß, dass du mich liebst, du brauchst es nicht zu sagen.«

»Ich habe dich wirklich nicht verdient«, sagte Mary.

»Blödsinn«, erwiderte Truck. »Wir haben einander verdient. Wer würde es sonst mit uns aushalten?«

»Das stimmt«, pflichtete sie ihm bei. »Und ... würdest du mich jetzt bitte endlich ficken?«

Truck lächelte. »Es ist mir eine Ehre.«

Er zog seine Hüften zurück und stieß plötzlich fest in sie hinein.

Mary stöhnte und warf erneut den Kopf in den Nacken.

»Nimm die Hände wieder über den Kopf«, befahl Truck.

Sie gehorchte sofort und vergrub ihre Fäuste in das Bettlaken, während sie den Rücken wölbte.

Truck kniete sich hin und hob Marys Hintern an. Seine ersten Stöße waren geschmeidig, aber er verlor bald die Kontrolle und begann, auf sie einzuhämmern. Er war nicht so von Sinnen, dass er sie vergaß, also legte er seine Hand zwischen ihre Beine und stimulierte ihre Klitoris grob mit dem Daumen, während er sie fickte.

Innerhalb von Sekunden fühlte er, wie sich seine Hoden strafften, und er wusste, dass er kurz davor war zu kommen.

»Ich liebe dich, Mary«, grunzte er.

Ich liebe dich, formte Mary mit den Lippen, während sie ihm fest in die Augen sah. Sie hatte die Worte vielleicht nicht laut ausgesprochen, aber das Gefühl hinter dem, was sie tat, ging ihm direkt ans Herz.

Und das war alles, was es brauchte. Truck stieß in sie hinein, so weit er nur konnte, und massierte verzweifelt ihre Klitoris. Er begann kurz vor ihr zu kommen. Die Art und Weise, wie ihr Körper sich um seinen Schwanz zusammenzog, machte seinen Orgasmus noch intensiver.

Sie atmeten beide schwer, als Truck sich soweit erholte, dass er seine Beine hinter sich ausstrecken konnte. Das Kissen unter Marys Hintern blieb an seinem Platz, als er sich mit einem Stöhnen aus ihr herauszog und seinen Kopf wieder auf ihre Brust legte. Truck fühlte, wie sie mit seinen kurzen Haaren spielte. Sein Kopf pochte wieder, aber er wagte es nicht, dies der Frau unter ihm gegenüber zu erwähnen. Sie würde ihm so schnell eine Pille in den Hals stopfen, dass er nicht wusste, wie ihm geschah.

»Danke«, sagte Mary sanft.

Daraufhin hob Truck den Kopf. Er stützte sein Kinn in die Hand, die auf ihrer Brust lag, und fragte: »Wofür?«

»Dafür, dass du mich so siehst, wie *ich* bin, und nicht nur als jemanden, der den Brustkrebs überlebt hat.«

»Für mich warst du immer einfach nur Mary«, erklärte Truck ihr. »Meine nervige Mary.«

Sie verdrehte die Augen und schüttelte den Kopf. »Ja, klar.«

Truck legte seinen Kopf wieder auf ihre Brust. Er sollte wohl aufstehen und sich um das Kondom kümmern, bevor es die Bettwäsche versaute, aber er konnte die Energie nicht aufbringen.

Auf diese Weise schliefen sie ein. Truck wachte irgendwann später auf, stand auf und säuberte sich. Er brachte einen warmen Waschlappen ins Schlafzimmer und wusch die schläfrige Mary ebenfalls. Dann nahm er das Kissen unter ihrem Hintern weg und lächelte, als er es umdrehte und unter seinen Kopf stopfte. Er würde morgen die Wäsche waschen, aber er hoffte, dass ihr Duft das Kissen selbst durchdringen würde, damit er sie immer bei sich hätte.

Da er sich nicht die Mühe machte, sich anzuziehen, und überglücklich darüber war, dass Mary ebenso wenig nach ihrem Hemd griff, zog er sie in seine Arme.

Die Rötung auf ihrer Brust sah immer noch schmerzhaft aus, obwohl Mary darauf bestand, dass sie von ihren Schlüsselbeinen bis zum unteren Ende ihres Brustkorbs nichts mehr spürte.

Er hatte absolut keine Meinung, was die Rekonstruktion ihrer Brüste betraf, er wollte nur, was für sie am sichersten war. Sie konnte Dolly Parton-Brüste oder ein kleines B-Körbchen wählen, es war ihm egal. Ihm wäre es auch egal gewesen, wenn sie beschloss, überhaupt keine Rekonstruktion durchführen zu lassen. Er konnte sich auch vorstellen, wie sie eine schöne Tätowierung auf der Brust trug, um ihre Weiblichkeit zu feiern und dem Krebs den Mittelfinger zu zeigen. Was auch immer sie wollte, es war ihm egal. Er würde sie lieben, egal wie ihre Entscheidung ausfiel.

Truck küsste Mary auf die Schläfe und lächelte, als sie etwas murmelte und ihm den Rücken zudrehte. Er kuschelte sich hinter sie und es gefiel ihm, wie sie ihren Hintern gegen seine Leiste drückte. Mary war zickig, aber sie gehörte ihm. Das war alles, was zählte.

KAPITEL ACHTZEHN

Truck hielt Marys Hand fest, als sie mit der freien Hand an Emilys Tür klopfte. Sie waren spät dran, aber er dachte nicht, dass jemand etwas dazu sagen würde. Mary sah aus, als wäre sie kürzlich so richtig gefickt worden ... und das war sie auch.

Er war verdammt scharf aufgewacht und wollte seiner Frau zeigen, wie sie die nächsten drei Monate seiner Genesung verbringen würden. Er hatte sie bis zum Orgasmus geleckt und sie dann auf alle viere gestellt und von hinten genommen. Dann hatte er sie in die Dusche gezerrt, und sie war auf die Knie gegangen und hatte ihm gezeigt, dass sie ihn nicht alle sexuellen Entscheidungen in ihrer Ehe treffen lassen würde, was für ihn mehr als in Ordnung war.

Truck hätte sie rechtzeitig aus der Wohnung gebracht, wenn sie ihn bei der Zubereitung des Frühstücks nicht geneckt hätte. Als Vergeltung hatte er sie auf dem Tisch ausgebreitet und sich an ihr gütlich getan.

»Wir sind zu spät dran«, murmelte Mary.

»Ja«, pflichtete Truck ihr ohne eine Spur von Reue bei.

Mary sah ihn böse an. »Du könntest wenigstens versuchen, so auszusehen, als würde es dir leidtun«, schalt sie ihn.

Truck vergrub seine Nase an ihrem Hals und legte ihr einen Arm um die Taille. »Aber es tut mir nicht leid und unsere

Freunde werden einen Blick auf uns werfen und uns dann verzeihen, dass wir zu spät dran sind.«

»Das werden sie nicht, Trucker, du solltest besser nicht –«

»Wo habt ihr beiden gesteckt?«, fragte Emily ein wenig aufgebracht, als sie die Tür öffnete. »Alle warten auf euch und ... oh ...« Sie beendete den Satz nicht, nachdem sie die beiden genauer angesehen hatte.

»Hi, Emily«, begrüßte Truck sie, der zwar den Kopf hob, seinen Arm aber nicht von Marys Taille nahm. »Bitte entschuldige die Verspätung.«

»Ist schon okay ... Wir haben rumgesessen und uns unterhalten ... Kommt rein.«

Truck zwinkerte Mary zu, als Emily ihm den Rücken zuwandte, und sie verdrehte die Augen.

Sie betraten das Haus und Truck staunte noch einmal über die Aussicht aus dem Wohnzimmer. Die Fenster reichten vom Boden bis zur Decke und boten eine kilometerweite Aussicht über die sanften Hügel von Texas. Er musste zugeben, dass er deprimiert gewesen war, als er sich an Fletchs altes Haus erinnerte. Das Team hatte eine Menge großartiger Erinnerungen an den Ort, ganz zu schweigen von Fletchs wunderbaren Nachbarn, aber er nahm es seinem Teamkollegen nicht übel, dass er noch einmal neu anfangen wollte.

Es mochte viele gute Erinnerungen in seinem alten Haus gegeben haben, aber es gab auch viele schlechte. Beängstigende Erinnerungen. Und Fletch hatte ihm gesagt, dass er sein Baby nicht in der Nähe der schlechten Schwingungen haben wollte, die vielleicht noch in seinem alten Haus herrschten.

Er war überrascht, Fish und Bryn dort zu sehen. Lächelnd ging Truck zu dem Paar hinüber.

»Fish! Ich wusste gar nicht, dass du kommen wolltest!«

»Ich wollte es um nichts in der Welt verpassen.«

»Dabei hätten wir tatsächlich was verpasst«, korrigierte ihn Bryn. »Wir hatten Tickets für das letzte Wochenende, aber als du verletzt wurdest, mussten wir sie stornieren, und es war fast unmöglich, einen anderen Flug zu bekommen. Es gibt keine Direktflüge von Spokane hierher, also mussten wir nach

Denver fliegen, dann nach Dallas, dann mussten wir ein Auto mieten, um hierherzufahren.«

Truck lächelte. Er mochte Bryn. Er wusste, dass das Asperger-Syndrom es ihr schwer machte zu verstehen, wie sie sich gesellschaftlich richtig ausdrücken und verhalten sollte, aber für ihn war sie erfrischend. Er musste sich nie Gedanken darüber machen, wo er mit ihr stand. Sie würde es ihm ohne Umschweife sagen. »Jedenfalls ist es schön, dass ihr jetzt hier seid. Wie lange bleibt ihr?«

»Wahrscheinlich nur noch ein paar Tage. Bryn hält in der Bibliothek einen Vortrag über Leute, die sich auf den Weltuntergang vorbereiten.«

»Wirklich?«, fragte Truck und zog erstaunt eine Augenbraue hoch. Sie war vor einer Weile in Schwierigkeiten geraten, weil sie losgezogen war, um sich mit jemandem zu treffen, den sie für einen dieser Leute hielt, der aber in Wirklichkeit ein mental gestörter inländischer Terrorist war. Truck war nicht in der Lage gewesen, an ihrer Rettungsaktion teilzunehmen, weil er Mary heiratete, aber er hatte im Nachhinein alle Einzelheiten erfahren.

»Ja, wirklich«, bestätigte Bryn. »Die meisten dieser Leute werden falsch verstanden, sie sind keine schlechten Menschen. Vielleicht ein bisschen paranoid, aber was sie tun, ist faszinierend, und die Gesellschaft kann viel von ihnen lernen, was Nachhaltigkeit und Vorbereitung betrifft.«

»Wir lassen euch jetzt erst mal die anderen begrüßen«, entgegnete Fish lächelnd.

Truck nickte und steuerte ihn und Mary weiter in den Raum. Er sah, dass sie definitiv die Letzten waren, die zur Party kamen. Rayne und Ghost standen an einem der Fenster, hielten Teller in der Hand und unterhielten sich mit Chase und Sadie. Harley und Coach saßen auf einem der Sofas. Hollywood stand hinter Kassie, die in einem großen, bequem aussehenden Ledersessel saß und die kleine Kate hielt. Beatle und Casey befanden sich in der Küche nebenan, und Blade und Wendy wurden von Annie unterhalten.

Aber als Annie Truck und Mary hereinkommen sah, lief sie

sofort zu ihnen hinüber. »Da seid ihr ja endlich!«, rief sie enthusiastisch.

»Das sind wir«, entgegnete Truck lächelnd.

Mary begrüßte Annie in Zeichensprache. Das kleine Mädchen tat es ihr gleich und dann lächelten sie einander an, bevor Mary sie fest in den Arm nahm.

»Hast du Hunger? Wir haben ganz viel zu essen. Aber Mommy hat es nicht gemacht. Sie war zu müde. Mein Bruder hält sie die ganze Nacht lang wach und Daddy sagt, dass es gut ist, dass man Essen bestellen kann, sonst wären wir schon längst verhungert.«

Truck versuchte, ein Lächeln hinter seiner Hand zu verstecken, wusste aber, dass es ihm nicht gelungen war, als Emily sagte: »Danke, dass du all die Familiengeheimnisse der Fletchers verrätst, mein Schatz.«

Alle lachten darüber. Truck setzte sich in die Ecke der Couch und zog Mary neben sich. Die Gespräche begannen erneut und er erfuhr, was bei der Arbeit vor sich ging. Er lachte, als Ghost ihm erzählte, dass Trigger und das andere Delta Force-Team mehr als froh waren, ihre Einsätze zu übernehmen, während er außer Dienst war. Keiner der Männer des anderen Teams war verheiratet oder hatte eine ernsthafte Beziehung. Truck erinnerte sich daran, als er und die anderen genauso gewesen waren. Sie hatten für den Einsatz gelebt und nicht daran gedacht, sich niederzulassen.

Wenn er sich umsah, konnte Truck sich nicht vorstellen, jemals in dieses Leben zurückzukehren. Vielleicht hatte er die letzten drei Jahre für eine Weile vergessen, aber nichts fühlte sich besser an, als die Familien zu sehen, die er und seine Freunde gegründet hatten. Und Macie wieder in seinem Leben zu haben war wie das Sahnehäubchen auf einem großen Schokoladenkuchen.

Er hörte sich das allgemeine Geplauder um ihn herum an, schloss zufrieden die Augen und ließ die entspannte und glückliche Stimmung auf sich wirken.

»Alles okay?«, flüsterte Mary.

»Mehr als okay«, entgegnete Truck, machte die Augen auf

und sah sie an. »Ich bin glücklich. Mit *dir* zusammen zu sein macht mich glücklich. Aber auch hier mit meinen Freunden zu sein und zu sehen, wie glücklich und zufrieden alle sind, macht mich glücklich.«

Sie lächelte zu ihm hoch und Truck spürte, wie sein Schwanz zuckte. Ja, er hatte das Gefühl, dass er es nie müde werden würde, mit seiner Frau zu schlafen.

»Seid ihr alle glücklich und zufrieden?«, fragte Fletch laut die Allgemeinheit.

Als alle das bejahten und nachdem Beatle und Casey sich aus der Küche zu ihnen gesellt hatten, nahm Fletch Emily seinen Sohn ab und hielt ihn fest an seine Brust gedrückt, während er sprach. »Danke, dass ihr heute alle hierhergekommen seid, und nochmals danke dafür, dass ihr für uns da gewesen seid, als Em ins Krankenhaus musste. Zu wissen, dass ihr uns alle zur Seite steht, hat uns viel bedeutet.«

Alle nickten und Truck verstärkte den Griff seines Armes, den er um Mary gelegt hatte, und küsste ihre Schläfe.

»Ich weiß, dass ihr euch alle fragt, wie wir diesen kleinen Mann hier genannt haben.« Er blickte mit einem sanften Lächeln auf seinen Sohn hinunter. Emily ging zu ihm und Fletch legte seinen Arm um ihre Schultern. Annie schmiegte sich an ihre Mutter und die vierköpfige Familie stand einen langen Moment vor ihren besten Freunden.

Dann räusperte Fletch sich und fuhr fort: »Wir haben uns im Kreis der Familie ziemlich oft über Namen unterhalten. Natürlich hat Annie sich geweigert, weibliche Namen zu diskutieren.« Er starrte seine kleine Tochter mit gespielter Missbilligung an, und sie kicherte. »Aber immerhin gab es einen Haufen ähnliche Namen, die wir durchgehen mussten, bis wir eine Vorauswahl getroffen haben.«

»Ich fand Franklin toll«, bemerkte Annie mit einem kleinen Grinsen.

Sie lachten, denn jeder wusste, dass Frankie ihr »Freund« war, der in Kalifornien lebte.

»Wir haben darüber nachgedacht, ihm die Namen unserer Eltern zu geben, doch das fühlte sich nicht richtig an«, sprach

Fletch weiter. »Ich wollte ihm auch nicht meinen Namen geben, weil er sonst jeden Tag auf dem Spielplatz verprügelt werden würde, wenn er Cormac heißt.«

Erneut lachten alle.

»Das hätte ich niemals zugelassen!«, protestierte Annie. »Ich werde jeden verprügeln, der meinem Bruder wehtun will!«

»Pssst«, beruhigte Emily sie. »Niemand verprügelt hier irgendwen.«

Fletch strich mit der Hand über Annies Kopf. »Jedenfalls verwarfen wir ein paar weitere Namen und keiner schien wirklich zu passen. Nach vielem Hin und Her haben wir uns für Ethan entschieden.«

Alle machten »Ooh« und »Aah« und sagten, der Name wäre perfekt.

»Jetzt, Daddy?«, fragte Annie, als alle wieder still geworden waren.

»Ja, meine Kleine, jetzt.«

Annie ging hinüber zu der Couch, wo Truck und Mary saßen. »Mir gefiel Ethan, aber er brauchte noch einen zweiten Namen. Mommy und Daddy haben ganz viele Namen vorgeschlagen, doch keiner davon hat gepasst. Ich habe ganz, ganz lange darüber nachgedacht, wie der kleine Ethan mit zweitem Namen heißen soll. Er muss einen starken Namen haben. Etwas, das ihn daran erinnert, immer mutig zu sein. Er braucht den Namen eines Helden.«

Dann kletterte das kleine Mädchen auf Trucks Schoß. Mary rutschte ein wenig weg, um ihr Platz zu machen. Truck legte beide Arme um Annie und sah ihr fest in die Augen.

»Also haben wir ihn Ethan Ford genannt«, erklärte Annie. »Alle Freunde von Papa sind Helden, aber du bist die erste Person, an die ich gedacht habe. Wir konnten ihn nicht Ethan Truck nennen, aber dein richtiger Name ist genauso gut, auch wenn er nicht so cool ist.«

Truck blinzelte. Sein Blick wanderte von Annie zu Fletch und Emily. Es schnürte ihm die Kehle zu und er musste mehrmals schlucken, um seine Emotionen unter Kontrolle zu bringen. Er dachte, das wäre ihm gelungen – doch dann legte Annie ihm ihre kleine Hand auf die vernarbte Wange.

»Du bist tapfer. Du hast dich um mich gekümmert, als die bösen Jungs kamen und mich und Mommy entführt haben. Du hast dich um alle gekümmert, und selbst wenn du verletzt bist, machst du einfach weiter. Das ist es, was ich für meinen Bruder will. Ich will, dass er weiß, dass er nach der stärksten Person aller Zeiten benannt wurde. Er wird wahrscheinlich nicht so groß werden wie du, aber das ist in Ordnung, denn du und ich werden da sein, um jeden zu verprügeln, der gemein zu ihm ist.«

»Meine Kleine«, flüsterte Truck, brachte aber kein weiteres Wort hervor.

Trucks Augen füllten sich mit Tränen und er hätte sie nicht aufhalten können, selbst wenn sein Leben davon abgehangen hätte. Er war ein großer starker Soldat der Delta Force, doch dieses kleine Mädchen hatte ihn in die Knie gezwungen.

»Ich bin froh, dass du und Mary jetzt zusammen seid. Ich bin nicht so dumm, wie die Leute denken. Ich weiß, als sie auf mich aufgepasst hat und du vorbeikamst, dass ihr euch mochtet, aber da sie krank war, habt ihr beide so getan, als wäre das nicht so. Aber jetzt geht es ihr besser. Ihr könnt also heiraten wie Daddy und Mommy und glücklich bis ans Ende eurer Tage leben.«

Truck hörte, wie Mary neben ihm schniefte, konnte aber den Blick nicht von dem wunderbaren kleinen Mädchen auf seinem Schoß abwenden. Er räusperte sich mehrmals und brachte sich schließlich wieder unter Kontrolle. Annie wischte ihm die Tränen von den Wangen und lächelte ihn an.

»Ethan Ford, was?«, fragte er.

Annie nickte. »Ja.«

»Cool.«

»Ja, cool«, stimmte Annie ihm zu. Dann kletterte sie von seinem Schoß und fragte: »Können wir jetzt den Kuchen essen, Mommy?«

Alle lachten. Truck wandte sich zu ihr um, als er Marys Hand auf seinem Oberschenkel spürte. Alle begannen aufzustehen, um Fletch und Emily zu gratulieren und den noch schlafenden Ethan zu umschwärmen. Aber Truck konnte sich nicht bewegen.

»Ich könnte mir keine bessere Auszeichnung vorstellen für den tollsten Mann, den ich jemals kennengelernt habe«, erklärte Mary leise.

»Ich weiß nicht, was ich sagen soll.«

Mary lächelte, lehnte sich vor und küsste ihn sanft auf die Lippen. »Das ist ja gerade das Gute an besten Freunden. Du brauchst überhaupt nichts zu sagen. Fletch weiß, wie sehr du ihn liebst. Er weiß, dass du alles dafür tun würdest, damit er und seine Familie in Sicherheit sind.«

»Das würde ich. Genau wie für dich«, schwor Truck.

Mary lehnte sich wieder zu ihm, aber diesmal kam Truck ihr auf halbem Weg entgegen.

»Ich muss jetzt meinen Namensvetter kennenlernen«, sagte er nach ein paar Minuten.

Mary nickte. »Geh schon. Ich suche Rayne, um zu sehen, ob ich ihr helfen kann.«

Truck stand auf, half Mary beim Aufstehen und spazierte dann hinüber zu Fletch. Er war von den anderen Deltas umringt. Er ging direkt zu Fletch und umarmte ihn und seinen Sohn kurz. »Ich weiß gar nicht, was ich sagen soll«, erklärte er seinem Freund.

»Dazu gibt es *nichts* zu sagen«, versicherte Fletch. »Du bist immer für mich und jeden Einzelnen von uns da gewesen«, erklärte er und zeigte auf die Männer, die sie umringten. »Ohne Zweifel und fraglos bist du jederzeit für uns da. Ich kann mir keinen besseren Namensvetter für meinen Sohn vorstellen.«

Die anderen Deltas nickten zustimmend.

»Und wir freuen uns wirklich alle wahnsinnig, dass das mit dir und Mary endlich geklappt hat«, sprach Fletch weiter.

»Ich auch«, erwiderte Truck grinsend.

»Und für den Fall, dass du es vergessen hast, weil du dir im letzten Monat so oft den Kopf gestoßen hast, Rayne will immer noch zusammen mit Mary heiraten«, informierte Ghost ihn. »Auch wenn ihr offiziell bereits verheiratet seid.«

»Und die größte Hochzeitszeremonie, die diese Stadt je gesehen hat, ist schon in Planung«, ergänzte Beatle.

»Und sie wird nicht in meinem Garten stattfinden«, grinste Fletch.

Alle lachten.

»Womit habe ich das alles nur verdient?«, fragte Truck und sah seine Freunde an. »Im Ernst, vor nicht allzu langer Zeit waren wir wie Triggers Team. Dazu bereit, mit jeder Frau zu schlafen, die uns wollte. Wir hatten keine bedeutungsvolle Beziehung, wir waren frei und wild, haben immer nur für den nächsten Einsatz gelebt. Und jetzt seht uns an.«

»Ja. Seht uns nur an. Wir haben von allem das Beste, die besten Freunde, die besten Kinder, das beste Zuhause und die besten Familien. Es ist mir egal, wie es dazu gekommen ist, aber ich werde gegen jeden kämpfen bis zum Tod, der versucht, mir das wegzunehmen«, erklärte Coach vehement.

»Ich auch«, erklärte Beatle.

»Und ich ebenso«, pflichtete Blade ihnen bei.

Fletch streckte die Hand aus, mit der er nicht seinen Sohn festhielt. »Auf Freunde und Familie«, sagte er leise.

Truck legte seine Hand auf die von Fletch. »Auf Freunde und Familie.«

Einer nach dem anderen taten die Männer es ihnen gleich, bis alle ausgestreckten Arme einen Kreis bildeten, bei dem jeder eine Hand auf die des anderen gelegt hatte.

»Sieh sie dir nur an«, sagte Rayne und seufzte glücklich. Sie und die anderen Frauen standen in der Küche, lachten und unterhielten sich.

Alle drehten sich um und starrten die Männer im Wohnzimmer an. Sie standen zusammen und hatten offensichtlich einen besonderen Moment miteinander.

Rayne legte ihren Arm um Mary und zog Kassie, die Kate immer noch hielt, ebenfalls in ihre kleine Umarmung. Die anderen Frauen folgten schnell, hakten sich beieinander unter und starrten die Männer im anderen Zimmer an.

Mary lächelte, als Casey die Hand ausstreckte und Bryn in ihren Kreis zog. Die andere Frau hatte nicht bemerkt, was vor sich ging, und verstand wahrscheinlich auch nicht, warum Casey plötzlich ihre Hand hielt.

»Vielen Dank dafür, dass ihr alle so großartig seid«, erklärte Rayne leise. »Neben Mary hatte ich nicht viele Freundinnen, bevor ich mit Ghost zusammengekommen bin, und jetzt kann ich mir ein Leben ohne euch gar nicht mehr vorstellen. Wir müssen einander versprechen, dass niemals etwas zwischen uns kommen wird. Ich weiß, dass die Situation zwischen Mary und mir ausgeartet ist und ihr alle davon betroffen wart. Ich verspreche, dass so etwas nie wieder vorkommen wird. Ich möchte, dass ihr alle Teil meines Lebens bleibt. Falls ich jemals Kinder bekommen sollte, brauchen sie euch alle als ihre Tanten. Wir sollten jetzt alle schwören, dass wir immer Freundinnen bleiben, ganz egal, was in der Zukunft passiert und was das Schicksal bringen mag, selbst wenn wir mitten im Nirgendwo landen.«

»Wie zum Beispiel Rathdrum, Idaho?«, fragte Bryn. »Das ist mitten im Nirgendwo.«

Alle lachten leise.

»Ganz genau wie Rathdrum, Idaho«, erklärte Rayne ihr.

»Ich hatte noch nie Freundinnen«, bemerkte Bryn. Es schien ihr nichts auszumachen. Sie stellte nur eine Tatsache fest. »Ich hatte nicht wirklich das Gefühl, viel zu verpassen, da ich es nicht mag, mir die Fingernägel zu lackieren, und nicht wirklich die Notwendigkeit sehe, im Haus eines anderen zu schlafen, wenn mein Bett superbequem ist. Aber als Fletch letzte Woche anrief und sagte, dass die Party verschoben wurde, sprach ich mit Annie, nachdem er und Fish fertig waren. Sie weinte.« Bryn flüsterte jetzt. »Sie sagte, sie hätte sich so sehr auf meinen Besuch gefreut, damit wir darüber sprechen könnten, wie Taubheit auftritt und welche Art von Leben die Gehörlosen führen. Noch nie war jemand so traurig, dass er mich nicht sehen konnte, dass er geweint hat. Und ihr alle habt mir das gegeben. Ich weiß, ich bin anders und seltsam, aber es ist, als würde es euch nicht einmal stören.«

»Es stört uns *tatsächlich* nicht«, erklärte Harley ihr leise. »Wir sind alle auf unsere Art seltsam.«

»Das stimmt wohl«, bemerkte Sadie lachend.

»Also sind wir uns einig?«, fragte Rayne.

»Das sind wir!«, antworteten die anderen Frauen im Chor.

EPILOG

»Und damit erkläre ich euch zu Mann und Frau«, verkündete der Priester, wandte sich dem anderen Paar zu, wiederholte die Worte und sagte: »Ihr dürft nun eure Braut küssen.«

Beatle beugte sich zu Casey und küsste sie, während Blade Wendy in seine Arme schloss, sie nach hinten neigte und küsste.

Die Anwesenden jubelten und klatschten, als sich die beiden Paare aufrichteten und sich ihnen zuwandten.

Rayne ließ den Vorhang fallen, hinter dem sie und Mary sich versteckt hatten, und lächelte ihre Freundin an. »Bist du so weit?«

»Die Frage lautet wohl eher, ob du so weit bist«, entgegnete Mary. »Truck und ich sind schon verheiratet und das Ehege-lübde zu erneuern, ist nicht das Gleiche, wie wenn man zum ersten Mal heiratet.«

»Bereust du es?«, fragte Rayne.

»Was denn?«

»Dass du bei deinem ersten Mal im Schnellverfahren geheiratet hast?«

Mary schüttelte, ohne nachzudenken, den Kopf. »Nein, zum einen hatte ich nicht gedacht, dass ich lange genug leben würde, um die Vorzüge des Daseins als Ehefrau auch wirklich genießen zu können, zum anderen war ich damals sehr krank.

Ich wäre dazu gar nicht imstande gewesen, auch wenn ich es gewollt hätte. Und letztendlich wollte ich Truck heiraten, obwohl ich wusste, dass es dich verletzen würde. Aber ich wollte ein Mal in meinem Leben was Schönes erleben.«

Raynes Augen füllten sich mit Tränen.

»Oh nein, scheiße, bitte weine jetzt nicht, du ruinierst damit nur dein Make-up, und das kurz vor dem Fototermin«, schalt Mary sie.

Rayne schaute kichernd auf und blinzelte, um die Tränen zu vertreiben. Dann sah sie ihre beste Freundin an und verkündete: »Nichts könnte perfekter sein als dieser Tag. Als ich dich damals in dieser Kneipe kennengelernt habe, hätte ich nie gedacht, dass wir hier so zusammen stehen würden. Ich meine, ja, wir haben uns gegenseitig versprochen, dass wir zusammen heiraten würden, aber ich habe nie wirklich daran geglaubt. Ich liebe dich, Mary.«

Mary verdrehte die Augen. »Raynie, du bist ja echt unglaublich sentimental heute.«

Rayne lächelte und sagte: »Ja, ich darf das auch sein, schließlich ist heute mein Hochzeitstag.«

»Da hast du allerdings recht.«

»Und nicht nur das ...«

»Was meinst du?«, fragte Mary.

»Ich bin schwanger«, flüsterte Rayne.

»Heilige Scheiße! Wirklich?«

»Ja, wirklich.«

»Du solltest es lieber Ghost erzählen. Denn er wird wahrscheinlich erwarten, dass du dich auf der Party ordentlich betrinkst, und wenn du nicht mit ihm anstößt, dann wird er sich erst recht Sorgen machen.«

»Mach du dir da mal keine Sorgen. Ich habe vor, es ihm in der Limo auf dem Weg zum Empfang zu sagen. Es soll mein Hochzeitsgeschenk für ihn sein.«

»Ach du meine Güte, ihr werdet ja *so* wahnsinnig zu spät kommen.«

»Und das von *dir*, Mrs. Ich-wollte-doch-so-früh-da-sein-um-genügend-Zeit-fürs-Make-up-zu-haben.«

Mary errötete. Sie hatte ja wirklich früh da sein wollen,

aber Truck hatte andere Pläne gehabt. Er hatte sich geweigert, in getrennten Schlafzimmern zu schlafen, und hatte darauf bestanden, dass sie schon verheiratet wären und die Regel, sich am Tag der Trauung nicht sehen zu dürfen, somit für sie nicht gelte. Er hatte sie fast die ganze Nacht wach gehalten und ihr am Morgen noch einmal zeigen wollen, wie sehr er sie liebte.

»Du hast ja recht«, entgegnete Mary und umarmte Rayne lange und innig. »Ich liebe dich, Rayne«, sagte Mary ganz ruhig. »Ich freue mich für dich.«

Rayne schniefte und erwiderte: »Ich liebe dich auch, Mary.«

»Nun macht schon, es ist Zeit«, unterbrach Kassie sie, die den kleinen, ans Mittelschiff angrenzenden Raum betrat.

»Wie geht es den Leuten da drin, brauchen sie eine Pause?«, fragte Rayne.

»Ganz sicher nicht«, meldete sich Sadie zu Wort, die den Raum hinter Kassie betreten hatte. »Ich werde da niemanden herauslassen, solange wir nicht fertig sind. Mit all diesen heißen, ledigen und nicht mehr ganz ledigen Männern, die da anwesend sind, hätte ich wohl meine liebe Mühe, sie wieder reinzubekommen, bevor sie von all den ledigen Damen ange-fallen werden.«

Alle vier Frauen lachten.

»War es zu viel, dass ich die SEALs und ihre Frauen aus Kalifornien auch eingeladen habe?«, fragt Rayne, die offen-sichtlich den neckischen Unterton in Sadies Stimme nicht bemerkt hatte.

»Nein«, versicherte Mary ihr.

»Vielleicht hätten wir darauf verzichten sollen, auch noch das andere Delta-Team einzuladen«, sinnierte Rayne, die immer noch über Sadies Kommentar nachgrübelte.

Mary hielt ihre Freundin an den Schultern fest und sagte: »Trigger und den anderen geht es gut. Sie sorgen auch dafür, dass es der Schwester von Truck gut geht, auch wenn sie aussieht, als würde sie lieber Schlangen in Borneo essen, als hier anwesend zu sein. Mir ist aufgefallen, dass der Komman-dant sich übers normale Maß hinaus für sie interessiert. Und sowohl den SEALs und ihren Ehefrauen als auch den Taggarts aus Dallas geht es ebenfalls gut. Dies gilt auch für all die Polizisten und Feuerwehrmänner, die gekommen sind. Und keiner von ihnen wird eine Sexorgie auf den Kirchenbänken abhalten.«

»Ja, sie werden bis zum Empfang damit warten«, flüsterte Sadie.

Mary warf ihrer Freundin einen strafenden Blick zu und versuchte weiter, Rayne zu beruhigen. »Du solltest dich jetzt lediglich darauf konzentrieren, Mrs. Keane Bryson zu werden.«

»Was hat es eigentlich damit auf sich?«, fragte Rayne.

»Was hat es womit auf sich?«, hakte Kassie nach.

»Wieso sollte ich Mrs. Keane Bryson werden? Das ist doch gar nicht mein Name, sondern der von Ghost. Ich werde Mrs. Rayne Bryson sein. Das fand ich noch nie logisch.«

Mary kicherte. »So, es reicht jetzt, genug geredet, es ist Zeit.«

»Wir werden da zusammen rausgehen und vor den Altar treten, oder?«, fragte eine total nervöse Rayne.

Aus irgendeinem Grund war Rayne total panisch. Mary fand es zuerst lustig, aber dann begriff sie, dass sie ihr beistehen und sie beruhigen musste. »Klar werden wir da zusammen rausgehen, Arm in Arm. Genau so, wie wir es immer geplant haben.«

»Okay, gut.«

»Gut«, sagte auch Kassie. »Ich werde dafür sorgen, dass alle bereit sind.«

»Ich komme mit«, entgegnete Sadie eifrig und verließ mit Kassie den Raum.

Rayne nahm Marys Hand und die beiden besten Freundinnen starrten sich an.

»Weißt du noch, wie alles seinen Anfang genommen hat?«, fragte Rayne.

Mary nickte. »Ja, klar, du hattest mir aus London eine Nachricht geschickt, in der du mir mitgeteilt hast, dass du einen heißen Typen kennengelernt hast, und du hast mir alle Infos zukommen lassen, die du hattest.«

»Ja, und die waren alle erfunden, damit du niemals imstande gewesen wärst, etwas über ihn herauszufinden.«

Mary lachte. »Du bist herrlich, Raynie. Ghost kann sich als dein Mann glücklich schätzen.«

Ihre beste Freundin lächelte zurück. »Dein Mann hat auch nicht gerade schlecht gewählt.«

»Und, willst du jetzt heiraten oder nicht?«, fragte Mary.

»Ja, zweifellos!«

Die Frauen hakten sich unter dem Arm ein und verließen den kleinen Raum in Richtung Mittelgang der Kirche.

Die Musik fing an und die Gäste erhoben sich, alle Augen auf die beiden Freundinnen gerichtet.

Mary erblickte Truck, der sie mit einem breiten Lächeln am Altar erwartete. Sein schiefes Lächeln war das Schönste, was sie je gesehen hatte.

Sie berührte unwillkürlich ihren wunderschönen Verlobungsring, den er ihr kurz nach der Entlassung aus dem Krankenhaus nach dem Bankzwischenfall gegeben hatte. Er war elegant, aber nicht zu protzig, wie für sie geschaffen ... genau wie Truck.

Alle ihre Freunde waren anwesend. Annie stand bereits neben dem Altar. Sie wollte kein festliches Kleid anziehen und keiner hatte es übers Herz gebracht, sie dazu zu zwingen. Sie trug ihre Lieblingskampfstiefel, blaue Jeans und ein weißes Rüschenhemd, das einzige Zugeständnis anlässlich der Hochzeit. Zwar hatte sie diesmal keine Plastiksoldaten unter die Blumen in ihrem Körbchen gemischt, so wie bei der Hochzeit ihrer Eltern, aber Emily hatte sie schon vorgewarnt, dass eventuell in der Hochzeitstorte noch eine militärische Überraschung stecken könnte.

»Bereit?«, fragte Rayne.

»Bereit«, bestätigte Mary.

Dann gingen die beiden Freundinnen zusammen auf ihre Männer zu, so wie sie es sich immer erträumt hatten.

Trigger und der Rest des Delta-Teams, am Morgen nach den Trauungen

. . .

»Ach du heilige Scheiße, mein Kopf tut weh«, brummte Lefty.

»Wenn du nicht ein ganzes Fass Bier alleine getrunken hättest, dann würde es dir jetzt besser gehen«, witzelte Doc.

Grover lachte und Lefty kniff ihn und sagte: »Halt die Klappe, Grover, deine Stimme ist viel zu laut.«

»So, auf jetzt«, sagte Trigger, »wir haben noch einen Zehn-Kilometer-Lauf vor uns, bevor wir ins Fitnesscenter gehen.«

Alle stöhnten, aber gesellten sich dazu, als Trigger aufbrach.

»Um welche Zeit wart ihr denn zu Hause?«, fragte Brain seine Freunde.

»Bei mir war es ungefähr drei Uhr, aber Doc und ich sind bis zum Schluss geblieben und haben dafür gesorgt, dass alle sicher nach Hause kommen.«

»Zum Glück waren die meisten Gäste im Hotel nebenan untergebracht, so war es nicht ganz so kompliziert«, fügte Doc hinzu.

»Habt ihr auch mitbekommen, wie der Kommandant und Trucks Schwester zusammen abgehauen sind? Zum Glück hat Truck es nicht gesehen«, bemerkte Lefty.

»Ja, oder?«, sagte Doc. »Er wäre wohl ausgerastet, wenn er die beiden zusammen gesehen hätte, aber wahrscheinlich wäre das auch bei jedem anderen Mann passiert.«

»Ach komm, der Kommandant ist ein guter Mann und Truck vertraut ihm. Zudem sah Macie nicht gerade gut aus gestern.«

»War sie denn krank?«, fragte Trigger, mittlerweile beunruhigt.

Brain zuckte die Schultern. »Nicht so, wie du denkst. Sie sah wirklich sehr ängstlich aus, oder besser gesagt fast panisch. Falls der Kommandant sich ihrer nicht angenommen hätte, wäre ich wohl zu ihr gegangen.«

»Ich hoffe, es geht ihr jetzt besser. Aber müssen wir es unbedingt Truck erzählen?«, fragte Doc.

Brain schüttelte den Kopf. »Ich bin mir sicher, dass der Kommandant alles unter Kontrolle hat. Falls er denkt, dass er Truck informieren muss, dann wird er es tun. Sogar falls es während seiner Flitterwochen sein sollte, oder in diesem Fall während der zweiten Flitterwochen.«

Alle nickten zustimmend.

»Es war eine Superparty gestern, oder? Falls ich eines Tages heirate, würde ich auch gern so feiern«, sagte Lucky in die Runde.

»Was meinst du mit, *falls* du heiratest? Willst du denn nicht heiraten?«, fragte Trigger.

Lucky zuckte mit den Schultern. »Es ist ja nicht so, dass ich nicht will, aber ich kann mir einfach nicht vorstellen, dass es jemals passieren wird. Wir sind nicht oft zu Hause und werden immer da hingeschickt, wo die normalen Militäreinheiten sich nicht einmischen wollen, um die Drecksarbeit zu erledigen.«

»Aber bei Ghost und den anderen hat es auch geklappt«, warf Trigger ein.

»Ja, die können sich alle glücklich schätzen«, bemerkte auch Brain.

Die sieben Männer joggten schweigend weiter, einerseits weil sie alle verkatert waren, aber auch, weil die Heirat ihrer vier Delta Force-Kameraden etwas in ihnen bewegt hatte.

Sie hatten sich schon in der Vergangenheit mehrmals darüber unterhalten, dass die Chancen, eine normale Familie zu gründen, für sie eher schlecht stünden. Wie all die verschiedenen Einsätze ihnen langsam, aber sicher die Lebensenergie entzogen und sie höchstwahrscheinlich auch keine Frau finden würden, die das alles mitmacht. Sie waren nun mal die bösesten der bösen Jungs im amerikanischen Militär und mussten ihr Leben jeweils im Hier und Jetzt leben.

Aber zu sehen, wie Ghost, Truck, Beatle und Blade ihr Leben und ihre Liebe ihren Frauen versprachen, stimmte sie nachdenklich. Und wenn sie Fletch und Hollywood mit ihren Kindern sahen, erwachte in ihnen die Sehnsucht nach einer eigenen Familie. Sie mochten knallharte Soldaten sein, die nichts fürchteten, aber tief im Inneren waren sie dennoch Menschen.

»Vielleicht sind Hopfen und Malz für uns noch nicht verloren. Wenn es für sie möglich war, Liebe zu finden, wieso sollte es dann nicht auch für uns möglich sein?«, fragte Trigger laut.

Seine Teamkollegen gaben keine Antwort. Aber es lachte auch keiner und fragte, ob er jetzt völlig durchgeknallt wäre.

Kommandant Colt Robinson und Macie Laughlin, am Morgen nach den Hochzeiten

Macie öffnete die Augen, erstarrte und versuchte, sich zu erinnern, wo sie war. Als die Erinnerungen an vergangene Nacht zurückkamen, schloss sie die Augen gleich wieder. Sie fühlte sich gerädert, genauso wie immer, wenn sie eine größere Panikattacke hatte. Eigentlich hätte sie schon längst dran gewöhnt sein sollen, so viele hatte sie im Laufe der Jahre gehabt.

Sie wollte nichts mehr, als mit geschlossenen Augen den ganzen Tag unter der Bettdecke zu bleiben. Aber das ging auf keinen Fall, denn sie war ja nicht zu Hause. Das Bett, in welchem sie sich befand, war nicht ihres, und der Brustkorb, auf welchem ihr Kopf ruhte, gehörte Colonel Colt Robinson. *Scheiße.*

Sie fühlte, wie das Kribbeln sich wieder in ihren Fingern ausbreitete, und ihr Herz begann zu rasen. Macie erkannte sofort die Symptome einer Panikattacke, die sich in ihrem Kopf aufbaute.

Colt war wundervoll gewesen letzte Nacht. Irgendwie hatte er mitbekommen, dass sie beim Empfang ihres Bruders am Rande einer massiven Panikattacke war. Er hatte sie hinausgeführt, damit sie frische Luft schnappen konnte und den nötigen Freiraum bekam, um sich zu beruhigen. Aber ihr war immer noch schwindelig und sie zitterte. Dann hatte sie angefangen zu hyperventilieren und konnte nicht mehr atmen.

Als der Aufenthalt an der frischen Luft auch nicht half, führte er sie kurzerhand zu seinem Wagen und fuhr zu sich nach Hause.

Sie hatte sich keine Sorgen gemacht, sie wusste, wer Colt war, Truck erzählte immer wieder von ihm. Ford traute seinem

Kommandanten und hatte ihr versichert, dass sie ihm auch trauen konnte.

Aber sie musste fortwährend darüber nachdenken, was er wohl von ihr hielt. Wie schwach und erbärmlich sie war und dass er höchstwahrscheinlich etwas Besseres zu tun hatte, als auf sie aufzupassen.

Teil ihrer Panikattacken war, dass sie jedem misstraute, seine Motive hinterfragte und sich nicht sicher war, ob die anderen sie überhaupt um sich herum haben wollten. Sie stand permanent mit sich selbst auf Kriegsfuß und redete sich ein, dass die Dinge sich nicht so verhielten, wie sie sie wahrnahm.

Aber Colt hatte letzte Nacht wirklich alles getan. Er hat sie im Arm gehalten, damit sie sich erden konnte, und er hat sie ins Bett gebracht und umarmt. Er hatte stundenlang über Gott und die Welt geredet, ihre Arme massiert und ihr Zeit gelassen, sich zu erholen.

Tief in ihrem Inneren wunderte sie sich immer noch, wieso er das getan hatte und ihr helfen wollte, aber sie hatte ihr tapferes Alltagsgesicht aufgesetzt und sich bemüht, sich so normal wie möglich zu benehmen. Aber irgendwann war sie eingeschlafen, was in dieser Situation schon an ein Wunder grenzte.

Macie konnte eigentlich nie gut schlafen, vor allem, nachdem sie eine Tablette gegen Angstzustände eingenommen hatte. Dieses Medikament war wirklich nur für den Notfall gedacht. Im Normalfall genügte ihr Antidepressivum. Aber letzte Nacht, in Colts Armen, hatte sie zum ersten Mal seit sehr langer Zeit gut geschlafen. Es geschah äußerst selten, dass sie mehr als vier Stunden am Stück durchschlief.

Sie schälte sich so langsam und vorsichtig wie nur möglich aus Colts Armen, stand auf und betrachtete ihn für einen langen Moment. Seine Haare fingen an den Schläfen an zu ergrauen, was ihn eher vornehm als alt erscheinen ließ. Auch wenn er keinen Waschbrettbauch hatte, hatte er keine schlechte Figur. Macie erinnerte sich daran, wie sich sein Körper unter ihren Händen angefühlt hatte, als sie sich letzte Nacht kuschelnd unterhalten hatten.

Er war nur ein bisschen größer als sie, ungefähr eins achtzig, und überragte sie nicht, wie es bei ihrem Bruder der Fall war.

Seine Augen hatten einen einzigartigen Grauton und wenn sie sprach, schaute er ihr fortwährend in die Augen. Er machte nicht im Geringsten den Anschein, als würde er sich langweilen, und er war auch nie ungeduldig, wenn sie Mühe hatte, sich zu erklären. Er war zwar ein Jahrzehnt älter als sie, aber das Alter hatte für Macie noch nie eine Rolle gespielt.

Macie fühlte sich sehr zu Colt hingezogen. Sie hatte schon eine sehr lange Zeit kein solches Knistern mehr gespürt, wie es zwischen ihnen beiden der Fall war. Sie war deswegen total aufgeregt, aber gleichzeitig fürchtete sie sich zu Tode.

Sie hatten immer noch die gleichen Klamotten an wie bei der Hochzeitsfeier am Tag zuvor. Colt hatte sie weder unangemessen angefasst noch sonst etwas Unsittliches versucht. Auch dies löste wieder ein Kopfkarussell aus. War sie nicht hübsch genug? Nahm er sie überhaupt als Frau wahr oder nur als jemanden, den er retten musste? Vielleicht hatte er ihr ja nur geholfen, weil er Fords Kommandant war.

Sie schloss die Augen, legte die Arme um ihren Körper und kniff sich in den Bizeps, um die unerwünschten Gedanken aus ihrem Kopf zu vertreiben.

Nachdem Macie wieder ein wenig die Kontrolle über sich erlangt hatte, öffnete sie die Augen und sah sich im Zimmer um. Sie erinnerte sich an etwas, das Colt letzte Nacht zu ihr gesagt hatte. Dies verhalf ihr nun zu einer schnellen Entscheidung, die sie ausnahmsweise nicht bis ins letzte Detail analysierte. Sie ging rüber zum Nachttisch, denn Colt hatte ihr erzählt, dass er immer Notizblock und Stift neben dem Bett liegen hatte, um zufällige wichtige Gedanken festzuhalten, die ihm mitten in der Nacht kamen.

Sie zog das oberste Blatt ab und schrieb eine kurze Notiz.

Colt. Vielen Dank für letzte Nacht. Falls du es wirklich ernst gemeint hast, dass wir ausgehen sollten, dann bin ich gern dabei. ~Macie

. . .

Sie kritzelte noch ihre Telefonnummer unter ihren Namen und legte den Zettel auf den kleinen Tisch. Dann atmete sie tief durch und machte das, was sie sich seit ihrem Aufwachen sehnlichst gewünscht hatte. Sie floh.

Eine Stunde später erwachte Colt in seinem Bett und als ihm klar wurde, dass er alleine war, setzte er sich abrupt auf und sah sich um. Nichts deutete darauf hin, dass Macie immer noch da war, und er konnte sie auch sonst nirgendwo im Haus hören.

Enttäuscht schlug er die Bettdecke zurück und ging schnell ins Badezimmer. Er mochte Mercedes Laughlin. Mochte sie sehr. Er hatte tief in sich das dringende Bedürfnis, ihr nahe zu sein und alles für sie zu tun, um ihr das Leben angenehmer zu gestalten.

Denn es war mehr als nur offensichtlich, dass Macie an Panikattacken litt, und er hasste es.

Colt hatte einen Cousin, der auch unter solchen Angstzuständen litt, und er wusste, dass er einen weiten und steinigen Weg vor sich hatte. Er wusste, es war unwahrscheinlich, dass sie ihm einen Zettel mit ihrer Nummer hinterlassen hatte. Obwohl Colt auch Truck nach der Nummer seiner Schwester hätte fragen können, wollte er vorerst davon absehen. Er hatte das Gefühl, dass Macie erst einmal Zeit brauchte, um mit den Ereignissen von letzter Nacht fertigzuwerden. Er würde ihr erst einmal ein wenig Freiraum geben.

Aber er würde Macie wiedersehen. Er spürte das gewisse Etwas zwischen ihnen und hatte den Eindruck, dass auch sie so empfand. Sie einfach nur im Arm zu halten, hatte letzte Nacht mehr in ihm ausgelöst als der Sex, den er in der Vergangenheit mit anderen Frauen gehabt hatte. Er mochte es, wie sich ihr Körper wie angegossen an seinen schmiegte und wie weich ihre Haut und ihre Haare waren. Er liebte den Klang ihrer Stimme. Und vor allem gefiel ihm die Tatsache, dass es seine Umarmung war, die sie beruhigte, und dass die Tonlage seiner Stimme sie in den Schlaf wiegte.

Macie Laughlin hatte sein Innerstes berührt. Und er wollte herausfinden, was genau zwischen ihnen war.

Er ging zu seinem Kleiderschrank und holte sich eine Jeans und ein T-Shirt. Dann machte er sich daran, runter in die Küche zu gehen und sich ein Frühstück zuzubereiten. Merkwürdigerweise fühlte er sich äußerst energiegeladen, auch wenn Macie sich weggeschlichen hatte. So zog er seine Schlafzimmertür mit zu viel Schwung auf und sie fiel mit einem lauten Knall, der ihn zusammenfahren ließ, wieder zu. Schulterzuckend und froh darüber, dass er nicht mehr in einer Wohnung lebte und auf keine Nachbarn Rücksicht nehmen musste, machte er sich auf den Weg nach unten in die Küche.

Leider entging Colt der Luftzug, der Macies Notiz vom Nachttisch unter sein Bett gleiten ließ, als die Tür zuschlug, wo sie bei all den Wollmäusen, die da unten lebten, wochenlang unentdeckt und ungelesen liegen bleiben würde.

Harley und Coach, zwei Jahre nach den Hochzeiten

»Und du bist dir immer noch sicher, dass du das tun willst?«, fragte Coach Harley.

»Absolut sicher«, bekräftigte sie selbstbewusst.

»Dann auf drei«, sagte er. »Eins, zwei, drei!«

Auf drei stieß er sie beide aus dem Flieger und musste grinsen, als er Harley vor Vergnügen quietschen hörte, während sie in Richtung Erde stürzten.

Seit ihrem ersten, gemeinsamen Sprung damals hatte sie es weit gebracht. Es war ja auch wirklich ein saudummer Unfall gewesen, dass ihm ein Vogel ausgerechnet ins Gesicht fliegen musste. Aber seit er sie endlich dazu gebracht hatte, es noch einmal zu versuchen, liebte sie es.

Coach behielt den Höhenmeter während des gesamten Absprungs im Auge, und als es Zeit war, klopfte er Harley auf die Schulter. Sie griff nach hinten und er half ihr, die Reißleine zu fassen. Sie zogen gemeinsam daran und er musste über ihr

Grunzen lachen, als sich der Fallschirm öffnete und sie nach oben riss.

Colt steuerte und sie segelten langsam der Landezone entgegen, wo sie genau in der Mitte aufkamen.

Im selben Moment, in dem sie wieder festen Boden unter den Füßen hatten, löste er ihr Gurtzeug und rollte sie weiter, bis Harley unter ihm zu liegen kam. Ihre braunen Augen glitzerten lebenslustig, als sie zu ihm hochlächelte. Er liebte sie sogar noch mehr als an dem Tag, an dem sie sich das Jawort gegeben hatten. Sie hatte sich seitdem kein bisschen verändert. Sie war immer noch schlank und hatte immer noch das gleiche schulterlange, hellbraune Haar, aber ihr Selbstvertrauen hatte sich verzehnfacht.

»Gefällt dir das?«, fragte Coach.

»Na klar!«, erwiderte Harley. »Es war genau das, was ich gebraucht habe, um so richtig in meinen Tag durchstarten zu können.«

»Du meinst dies und den Orgasmus?«, verbesserte Coach sie mit einem Grinsen.

»Ach ja, den vielleicht auch noch.«

Coach kitzelte sie, so gut er konnte, durch den dicken Overall, den sie trug. Doch als er sie endlich losließ, hielt sie ihn weiter fest umschlungen. Ein wunderschönes Gefühl, das er über alles liebte.

»Ich liebe dich«, sagte Harley.

»Und ich liebe dich. Bist du bereit für den heutigen Tag?«

»Ja. Aber ich kann mir nicht vorstellen, dass sie meinen Vorschlag ablehnen«, bemerkte Harley voller Selbstvertrauen. »Ich bin schon seit Jahren das Aushängeschild der *This is War* Spiele. Falls sie mich behalten wollen, dann müssen sie auch dafür bezahlen.«

Coach gefiel es, wie engagiert Harley in Bezug auf ihre Arbeit war. Sie liebte es über alles, diese Videospiele zu konzipieren. Aber wenn eins der von ihr kreierten Videospiele im Nachhinein noch brutaler und gewalttätiger gemacht wurde, nachdem sie den endgültigen Code geliefert hatte, dann wurde sie echt sauer. Sie selbst hatten keine Kinder, eine gemeinsame Entscheidung, aber Harley war sich nichtsdestotrotz wohl bewusst, wie Kinder durch solche Videospiele und die Sozialen Medien desensibilisiert und gewaltbereiter wurden.

Sie hatte den Nerv, vom Geschäftsführer des Unternehmens, für welches sie arbeitete, zu fordern, dass er ihren Arbeitsvertrag dahingehend anpasste, dass nur sie das Recht hatte, darüber zu entscheiden, ob die Endversion eines Videospiels abgeändert werden konnte oder nicht. Darüber hinaus forderte sie eine nicht unbedeutende Gehaltserhöhung und drohte ihm, dass sie sonst für die Konkurrenz arbeiten würde. Und sie bluffte nicht. Harley war echt gut. Besser als nur gut. Sie hatte sich während ihrer ganzen Laufbahn immer wieder weitergebildet und war mit Abstand die beste Programmiererin, die das Unternehmen hatte. Sie hatte über die Jahre auch an Selbstvertrauen zugelegt. Coach schrieb es dem Umstand zu, dass sie einerseits glücklich war, andererseits aber auch tolle Freundinnen hatte, die sich unterstützten und sich nicht bei der ersten Gelegenheit gegenseitig in die Pfanne hauten.

Heute hatte sie ihre Besprechung mit ihrem Chef und dem Leiter der Firma. Wenn sie ihr nicht zugestehen würden, was sie haben wollte, dann war sie weg.

»Hast du noch Zeit zu frühstücken, bevor du dich einloggen musst?«, fragte Coach.

Harley arbeitete von zu Hause, was ihr erlaubte, sich um das Haus, die Katze und die beiden Hunde zu kümmern. Wenn er von der Arbeit nach Hause kam, saß sie oft auf dem Sofa, rechts und links einen Hund und die Katze um den Hals, und bewegte die Finger mit Lichtgeschwindigkeit über die Tastatur ihres Laptops.

»Ja, klar«, entgegnete sie. »Machst du mir ein Omelett, so wie ich es mag?«, bat sie ihn.

»Als würde ich dir jemals etwas anderes machen«, erwiderte Coach. »Was haben Davidson und Montesa gestern Abend gesagt? Alles okay bei ihnen?« Er mochte ihre Geschwister wirklich sehr und wollte immer wissen, wie es ihnen ging.

»Ich denke ja. Montesa fährt heute in Urlaub nach St. Thomas. Sie bat mich, sie nach meiner Besprechung anzurufen und ihr zu berichten, wie sie gelaufen ist.«

»Also hat ihr Mann sie endlich davon überzeugt, dass auch ein Workaholic mal Urlaub braucht?«

Harley lächelte. »Ja, verrückt, oder?«

»Total verrückt. Und Davidson?«

»Er hat mir angeboten, den Geschäftsführer zu verprügeln, falls er mir nicht gibt, was ich will«, erklärte Harley lachend.

»Das kann ich mir sogar bildlich vorstellen.«

»Danke, dass du mir alles gibst, sogar das, von dem ich nicht einmal wusste, dass es mir gefehlt hat«, dankte Harley ihm, während sie die Hand hob und um Coachs Hals legte.

»Gern geschehen, Harl. Für dich würde ich alles tun.«

»Wirklich alles?«, fragte sie mit hochgezogener Augenbraue.

Coach presste seine Lenden an sie, um sie seine Erektion spüren zu lassen. »Alles«, bekräftigte er.

»Du weißt doch, was Adrenalin mit mir macht«, neckte Harley ihn und schaute ihn durch ihre Wimpern hindurch an.

Ehe sie sich versah, hatte Coach sie hochgehoben und trug sie in Richtung Highlander. Sie kicherte und sammelte noch schnell den Fallschirm ein, den sie hinter ihnen her schleiften. »Bist du etwa in Eile?«, fragte sie.

»Falls du vor der Arbeit noch frühstücken willst, dann ja.«

Coach war bewusst, dass sie genügend Zeit hatten. Aber obwohl sie heute früh schon mal Sex gehabt hatten, wusste er, dass er innerhalb weniger Minuten kommen würde, sobald er in ihr drin war. Sie machte das immer mit ihm. Jedes Mal wenn sie miteinander schliefen, fühlte es sich an, als würde er nach Hause kommen.

Auf dem Weg zum Parkplatz streckte er seine Hand nach der ihren aus und seufzte behaglich, als sie sie ergriff. »Ich liebe dich, Harl.«

»Ich liebe dich auch.«

Beide lächelten den ganzen Heimweg über.

Chase und Sadie, drei Jahre nach den Hochzeiten

· · ·

Chase saß an seinem Schreibtisch und sah zu seiner Frau hinüber. Sadie befand sich zusammen mit einer potenziellen Kundin im Besprechungszimmer. Sie hatte stets den ersten Kontakt mit den Frauen, die sich für ihre Dienstleistungen interessierten.

Er hatte die Armee vor einem Jahr verlassen und obwohl all seine Freunde ihm prophezeit hatten, er würde es noch bereuen, hatte er das bis dato keine Sekunde lang getan.

Sadie und er hatten hier in Fort Hood zusammen eine Zweigstelle von der Personenschutzfirma ihres Onkels eröffnet. Mit seinem investigativen Talent war es für Chase ein Leichtes, Informationen über die Ex-Männer ihrer Kundinnen zu sammeln. Sie hatten vier Angestellte, die sich die verschiedenen Aufträge teilten, und Sadie erledigte den Papierkram im Büro, vor allem jetzt, wo sie mit ihrem ersten Kind schwanger war. Chase war für die Personenschützer verantwortlich und sprang selbst ein, wenn Not am Mann war.

Chase hatte sich immer noch nicht mit der Tatsache abgefunden, dass er Vater wurde. Seine Schwester hatte zwar auch geheiratet und Kinder bekommen, und Chase war gern Onkel. Aber es war natürlich etwas anderes, schon bald selbst Vater eines Jungen zu werden.

Sadie klopfte ihrer offensichtlich aufgewühlten Kundin aufmunternd auf die Schulter und stand auf. Sie war bereits im achten Monat und ihr dicker Bauch machte es ihr unmöglich, sich schnell zu bewegen. Chase wartete an der Tür zum Besprechungszimmer auf sie, bot ihr seinen Arm an und geleitete sie zu einem Ledersessel, denn ihr Bürotisch war ihr schon lange unbequem geworden.

»Geht es ihr gut?«, fragte Chase.

Sadie nickte: »Ja, sie wird wieder.«

»Dann haben wir eine neue Kundin?«

Sadie lächelte. »Ja, sie hat zwei Kinder und sie hat Angst, dass ihr Ehemann versuchen wird, sie zu entführen und mit ihnen in seine Heimat nach Kuwait zurückzukehren.«

»Roger hat gerade seinen Auftrag beendet. Ich werde ihn gleich darauf ansetzen. Hast du die Infos über den Ex? Dann kann ich mit meinen Nachforschungen beginnen.«

»Ja, habe ich.«

Chase beugte sich nach unten und küsste seine Frau auf die Nasenspitze. »Entspann dich ein wenig, ich werde sie nach Hause fahren und dort nach den Sicherheitsvorkehrungen sehen. Wirst du es so lange alleine aushalten?«

Sie schüttelte frustriert den Kopf. »Ja, Chase, ich glaube schon, dass ich es die zehn Minuten aushalte, bis Rayne kommt und mich zum Mittagessen abholt.«

Es war Chase egal, dass Sadie inzwischen mitbekommen hatte, dass er entweder Freunde von ihnen oder seine Schwester mobilisierte, um auf sie aufzupassen, wenn er nicht da war.

Und er würde ihr auch ganz sicher nicht verraten, dass er eine unsichtbare App auf ihrem Handy installiert hatte, mit deren Hilfe ihr Onkel sie überwachen konnte.

»Nichts wird mir passieren«, erklärte sie sanft und strich sich mit der Hand über den Bauch. »Bis jetzt ging alles gut und uns geht es blendend.«

Der schlimmste Tag in Chases Leben war vor eineinhalb Jahren gewesen, als Sadie ihr Kind verloren hatte. Es war zwar nur zehn Wochen alt gewesen, aber ihnen war bewusst geworden, wie zerbrechlich das Leben war ... und wie wertvoll.

»Ja, sicher, es geht euch gut. Ruf an, wenn du etwas brauchst«, wies Chase sie an, bevor er aufstand und anfing, die Sachen zu packen, die er brauchte, um bei seiner neuen Kundin eine Sicherheitsüberprüfung durchführen zu können.

»Könntest du mir bitte den Laptop geben?«, fragte Sadie.

Er brachte ihn zu ihr.

»Und mein Handy?«

Es lag auf seinem Schreibtisch und er brachte es ihr natürlich gern.

»Könntest du mir, bevor du weggehst, auch noch eine Flasche Wasser bringen?«

Lächelnd ging Chase zum Kühlschrank und nahm das Wasser raus. Dann entschied er sich gleich auch noch, eine Portion Käse und ein Stück von der Schokoladentorte, die er am Abend zuvor mitgebracht hatte, mitzunehmen. Nur für alle Fälle.

Sadie nahm lächelnd all die Sachen entgegen.

»Brauchst du noch etwas?«, fragte er, schon bereit, um gleich noch etwas für sie zu holen.

»Nein, ich brauche gerade nichts weiter, danke.«

Ohne erst zu fragen, zog Chase die kleine Ottomane zu ihr heran und legte ihre Beine darauf. Er vergewisserte sich, dass die Decke auf der Sessellehne für sie in Reichweite war, und rückte den kleinen Tisch näher, damit sie ihn besser erreichen konnte.

»Du bist zu gut zu mir«, bemerkte Sadie.

»Niemals«, erklärte Chase und küsste sie noch einmal, ehe er ging. An der Tür drehte er sich noch einmal um. »Ich werde den Rest meines Lebens alles für dich und unseren Sohn tun, um euer Leben so perfekt wie möglich zu gestalten.« Dann warf er ihr noch einen Handkuss zu und war weg.

Truck und Mary, fünf Jahre nach den Trauungen

»Bist du bereit?«, fragte Truck seine Frau.

Mary nickte eifrig, ohne die Augen vom Eingang abzuwenden.

Sie waren in Banbasa in Indien, einem kleinen Dorf ungefähr dreihundertzwanzig Kilometer östlich von Delhi. Vor dem Treffen mit der Adoptionsagentur hatten sie noch nie von dem Ort, geschweige denn von dem Waisenhaus *Der Gute Hirte* gehört.

Mary wollte zuerst weder Kinder noch Haustiere haben, sie hatte zu viel Angst, dass der Krebs zurückkehren würde. Ein Jahr später wurde sie von ihren Ärzten als geheilt erklärt. Nach weiteren ein bis zwei Jahren fing sie an, Kinder süß zu finden.

Truck hatte sich mit ihr hingesetzt und sie unverblümt und ohne Umschweife gefragt, ob sie Kinder haben wollte.

Sie weinte und gab zu, dass sie eigentlich nicht erwartet hätte, doch noch welche zu wollen. Wegen des erzieherischen Fiaskos in ihrer Kindheit hatte sie Angst, sie würde keine gute

Mutter sein. Nach vielen Stunden mit den Kindern ihrer Freundinnen war ihr dennoch klar geworden, dass sie auch gern Kinder haben würde. Es stellte sich heraus, dass es durchaus möglich für sie wäre, selbst Kinder zu kriegen, dies aber mit einem erheblichen Risiko verbunden wäre. Also hatten sie sich für eine Adoption entschieden.

»Denkst du, sie werden uns mögen?«, fragte Mary ängstlich.

»Irgendwann schon«, sagte Truck und nahm ihre Hand, während sie darauf warteten, dass die Angestellten die Kinder reinführten. »Aber ich glaube, dass das anfänglich für sie nicht einfach sein wird. Bis jetzt hatten sie ein schwieriges Leben. Egal wie gut das Waisenhaus ist, es ist nicht wie ein Zuhause. Es gibt hier Leute, die sich gut um die Kinder kümmern, dennoch werden sie höchstwahrscheinlich erst einmal scheu sein, weil sie gar nicht verstehen, was hier vorgeht.«

»Wir haben doch dieses Fotoalbum mit den Bildern von uns geschickt«, warf Mary ein und schaute Truck mit großen Augen an. »Vielleicht erkennen sie uns wieder.«

»Setze die Erwartungen erst mal nicht zu hoch, dann wirst du auch nicht enttäuscht sein, wenn es nicht so ist.«

»Enttäuscht?«, fragte Mary ungläubig. »Truck, ich war enttäuscht, als du neulich Spaghetti zum Abendessen gekocht hast, ich aber lieber Steak gehabt hätte, oder als Rayne unseren Frauentreff abgesagt hat, weil sie an morgendlicher Übelkeit litt. Mir ist es egal, ob Aarav und Deeba uns heute erkennen oder nicht. Sie werden uns kennenlernen, weil wir jeden Tag in ihrem Leben für sie da sein werden. Wir werden sie trösten, wenn sie traurig sind, ihnen etwas zu essen geben, wenn sie hungrig sind. Sie werden lernen, uns zu vertrauen, genauso wie ich gelernt habe, dir zu vertrauen. Wenn ich es nach dreißig Jahren voller Enttäuschungen geschafft habe, wird es bei ihnen nur zwei oder drei Jahre dauern.«

»Ich liebe dich, verdammt noch mal«, flüsterte Truck. »Ich weiß wirklich nicht, was ich getan habe, um dich zu verdienen.«

»Du liebst es, meine Füße zu massieren«, witzelte Mary.

Truck hatte kein Problem damit, dass sie die drei Worte immer noch nicht so oft aussprechen konnte wie er. Aber sie zeigte ihm an jedem gemeinsamen Tag, wie sehr sie ihn liebte. Und sie hatte kein Problem damit, Rayne oder ihren anderen Freundinnen zu erzählen, wie sehr sie ihn liebte, oder den Kindern oder Babys von ihren Freunden Koseworte zuzuflüstern, aber nicht bei Truck selbst, was ihn aber zum Glück nicht im Geringsten störte.

Aber wenn sie es dann doch sagte, dass sie ihn liebte, war es wie eine Offenbarung, ein Geschenk des Himmels. Sie hatte während der letzten fünf Jahre, seit sie ihr Ehegelübde erneuert hatten, die Worte genau zweiundzwanzig Mal gesagt, aber sie hatte es ihm millionenfach auf nonverbale Weise gezeigt.

»Ich liebe es, deine Füße zu massieren, und all die anderen Körperteile auch«, pflichtete Truck ihr bei.

Mary errötete und kniff ihn in den Arm. »Halt die Klappe. Bring mich nicht noch durcheinander, so kurz bevor wir die Kinder zum ersten Mal zu Gesicht bekommen.«

Noch bevor Truck irgendetwas antworten konnte, ging die Tür auf und zwei Inderinnen kamen herein und jede hielt ein Kleinkind im Arm.

Truck ließ Marys Hand los und beide knieten sich instinktiv hin, als die Frauen die Kinder auf dem Boden absetzten. Truck schlug das Herz bis zum Hals, als er seine Kinder zum ersten Mal erblickte. Er hatte Fotos gesehen, aber keines davon war den kostbaren Babys gerecht geworden.

Aarav war der ältere der beiden Geschwister. Er trug eine weite, braune Hose, die mit einer Kordel hochgehalten wurde, ein weißes T-Shirt und er war barfuß.

Deeba war nur zwei Jahre alt und ihre Beinchen zitterten, als die Frau sich einen Schritt entfernte. Sie trug ein graues Kleid, das ihr bis unters Knie reichte. Ihr Haar war schwarz und fast kahlgeschoren. Truck wusste, dass das so war, weil die Kleine vor nicht allzu langer Zeit einen starken Läusebefall gehabt hatte, aber er nahm kaum Notiz davon.

Zum ersten Mal blickte er in die Augen seiner Kinder und fing an, die Bedeutung ihres Unterfangens zu begreifen. Die Kinder fürchteten sich zu Tode und er konnte es ihnen nicht verübeln. Nicht nur hatten Mary und er eine helle Hautfarbe –

er hatte keine Ahnung, ob die Kinder überhaupt schon mal einen Menschen kaukasischer Herkunft gesehen hatten –, sondern er war ebenfalls groß. Zudem hatte er eine hässliche Narbe im Gesicht. Truck hätte sie am liebsten mit seiner Hand abgedeckt, aber er traute sich nicht, sich zu rühren. Er wollte nichts tun, was den Kindern noch mehr Angst hätte einjagen können. *Seinen* Kindern.

»*Namaste*«, begrüßte Mary die Kinder leise und hielt ihnen eine Hand entgegen. Keines der Kinder bewegte sich. Aarav steckte einen Finger in den Mund und nuckelte daran und Deeba stand einfach auf wackeligen Beinen da.

»*Maa*«, sagte Mary und deutete dabei auf sich selbst. »Ich bin deine Mom. Und das ist euer *Pita*. Euer Dad.«

Truck hielt den Atem an und flüsterte dann: »Vielleicht sollte ich jetzt lieber gehen und euch ein Weilchen allein lassen.«

Als er die Worte sagte, sah Deeba ihn an und neigte den Kopf zur Seite.

»Wir haben die Aufnahmen, die Sie geschickt haben, jeden Abend abgespielt«, sagte eine der Frauen in der Stille. »Wir dachten uns, wenn sie Ihre Stimmen schon kennen, dann wäre es leichter für sie, wenn sie Sie treffen.«

»Jeden Abend?«, fragte Truck.

Noch ehe eine der Frauen antworten konnte, bewegte sich Deeba. Sie stakste Truck mit ausgestreckten Armen entgegen.

Ohne nachzudenken, lehnte Truck sich nach vorne und hielt ihr seine Hände entgegen für den Fall, dass sie hinfiel. Aber sie fiel nicht, sondern ging direkt in seine Arme und zuckte auch nicht zusammen, als Truck seine große Hand auf ihren winzigen Rücken legte. Sie war sehr klein für ihr Alter. Untergewichtig und unterernährt, aber das Einzige, was Truck sehen konnte, war die Sehnsucht in ihren Augen.

»*Pita*«, sagte sie leise.

Truck nickte. »Das ist richtig. Ich bin dein Vater.«

Aarav wollte seiner Schwester in nichts nachstehen und folgte ihrem Beispiel. Er ging auf Mary zu und kuschelte sich ohne ein Wort an sie, seine Stirn an ihre Brust gepresst, als hätte er es schon sein ganzes Leben so gemacht.

Truck blickte wieder zu seiner Tochter, als sie mit ihrer kleinen Hand seine Wange streichelte. »*Chot?*«

Da er keine Ahnung hatte, was sie sagte, schaute er die Frauen fragend an.

Die eine übersetzte: »Sie will wissen, ob es wehtut.«

Truck schloss die Augen und war zum tausendsten Mal dankbar für alles, was er bekommen hatte, seit er mit Mary zusammen war. Aber als er spürte, wie die kleine Deeba ungeduldig die Wange mit der Narbe streichelte, öffnete er die Augen und legte seine Hand auf ihre. Er schüttelte den Kopf. »Nein, es tut nicht weh.«

Und dann brachte sie ihn endgültig zum Schmelzen, als sie ihre Arme ausstreckte und ihm dies mit dem internationalen Zeichen für »Trag mich« zu verstehen gab.

Truck stand auf, seine Tochter im Arm, und half Mary, sich mit ihrem Sohn auf dem Arm zu erheben. Sie standen da, schauten sich gegenseitig in die Augen und ignorierten die Warnung des Waisenhauspersonals, dass die Kinder vielleicht später verängstigt sein könnten, sie es aber nicht persönlich nehmen sollten. Sie setzte sie in Kenntnis darüber, was die Kinder gern aßen, und bat sie, nur langsam andere Speisen einzuführen, weil sie sich sonst den Magen verderben könnten. Darüber hinaus gab sie ihnen letzte Anweisungen, um von den indischen Behörden die Genehmigung zu erhalten, Aarav und Deeba mit nach Texas zu nehmen.

Aber Truck bekam kaum etwas mit. Er konnte die Augen nicht von seiner wunderschönen Frau und ihrem Sohn nehmen.

»Ich liebe dich«, flüsterte Mary, während sie Truck tief in die Augen schaute.

Dreiundzwanzig.

»Ich liebe dich auch, Schatz.«

Dann wandte Mary sich ihrem Sohn zu und küsste ihn sanft auf die Stirn. »Ich liebe dich, Ford Aarav Laughlin.« Dann lehnte sie sich zu ihrer Tochter und küsste sie ebenfalls auf die Stirn. »Und ich liebe dich, Elizabeth Deeba Laughlin. Willkommen in unserer Familie.«

Truck hatte vor lauter Emotionen schon wieder einen

Kloß im Hals. Er legte Mary eine Hand an den Nacken, zog sie an sich, küsste sie auf die Lippen und wisperte: »Ich liebe dich.«

Ghost und Rayne, fünfeinhalb Jahre nach den Hochzeiten

»Gib ihn mir«, befahl Ghost und winkte seine Frau zu sich. Sie hielt deren vier Jahre alten Sohn im Arm und hatte eindeutig Mühe, sich mit ihm vorwärtszubewegen.

Sie übergab ihn gern ihrem Mann und zuckte vor Schmerz zusammen, als sie sich aufrichtete.

»Ich habe dir doch gesagt, du sollst es heute langsam angehen«, entgegnete Ghost und schüttelte den Kopf.

Sie lächelte ihn an und schüttelte ebenfalls den Kopf. »Ach ja? Was hätte ich denn machen sollen? Rumliegen, während dein Sohn im Alleingang sämtliche Toiletten im Haus verstopft? Oder nichts tun, wenn deine Tochter mit einem Filzstift die Wände ihres Zimmers dekoriert?«

Ghost zuckte. »Jetzt reicht es. Morgen rufe ich das Mädchen an, das Chase uns empfohlen hat.«

»Wir brauchen kein Kindermädchen«, beschwerte sich Rayne. »Ich kann mich selbst um meine Kinder kümmern. Ich brauche keine Fremde, die das für mich macht.«

»Ich weiß, dass du es selbst kannst«, erwiderte Ghost geduldig. »Aber ich mag es nicht, wenn du so erschöpft bist. Und wenn dieses Baby erst mal da ist, dann wird es noch hektischer für dich.«

Als ihre Augen sich mit Tränen füllten, blieb Ghost umso ruhiger. Er stellte seinen Sohn auf den Boden und kniff ihn in die Pobacke. »Geh, wasch dir die Hände und mach dich fertig fürs Abendessen, Sportsfreund.«

»Okay, Daddy!«, sagte der kleine Junge voller Freude und lief in Richtung Badezimmer.

Ghost umarmte Rayne und hielt sie fest, während sie schniefte. »Ich fühle mich wie die schlimmste Mutter der Welt.

Ich bin furchtbar. Unsere Kinder werden eines Tages alle kriminell, dessen bin ich mir sicher.«

»Das bist du nicht«, versicherte Ghost ihr. »Es gibt keine perfekte Mutter. Mir ist egal, was die anderen Mütter in den Sozialen Medien posten, und ich verwette meinen Hintern, dass alle irgendwann mal so weit sind, dass sie ihre Kinder am liebsten fesseln und knebeln möchten. Das ist durchaus normal.«

»Ich bin einfach so müde«, erklärte Rayne leise.

Ghost küsste sie auf die Stirn. »Ich weiß. Und ich war auch nicht gerade hilfreich in letzter Zeit, weil ich so viel unterwegs war.«

Als Rayne ihm die Antwort schuldig blieb, fühlte Ghost sich nur noch schlimmer. Das Team war auf drei aufeinanderfolgenden Einsätzen gewesen und er hatte deshalb überhaupt keine Zeit gehabt, zu Hause mitzuhelfen.

»Leg dich hin«, sagte er zu Rayne. »Ich werde mich heute Abend um die Kinder kümmern.«

»Nein, geht schon. Ich werde für Billy ein paar Nuggets in den Ofen schmeißen und Greta isst immer noch nur Hotdogs. Also mache ich ein paar Würstchen warm und –«

»Ich mache das schon«, unterbrach Ghost sie. »Ehrlich.«

Wieder füllten sich Raynes Augen mit Tränen und Ghost fühlte sich so unglaublich machtlos. »Es tut mir unendlich leid, meine Prinzessin. Ich werde Hilfe ins Haus holen, damit du abends nicht immer so erschöpft bist.«

»Ich ... okay«, sagte sie leise. »Ich hasse es, es zuzugeben, weil ich mich wie eine Versagerin fühle, aber Billy hat so viel überschüssige Energie, dass mir beim bloßen Zusehen schlecht wird. Und Greta ist so wählerisch, glaub mir, ich verbringe den ganzen Tag damit, sie anzubetteln, dass sie etwas isst, irgendetwas! Ich hoffe, dass dieses Kind ein bisschen unkomplizierter wird«, sagte Rayne und rieb ihren dicken Bauch.

Ghost bückte sich und küsste ihren schwangeren Kugelbauch, drehte sie um und schickte sie nach oben. »Geh und ruh dich aus. Ich mache das hier schon. Und heute Abend gebe ich dir eine Rückenmassage, wenn du möchtest.«

»Ohhh«, machte Rayne, drehte sich um und fragte mit leuchtenden Augen: »Nur eine Rückenmassage?«

»Ich gebe dir alles, was du willst, meine Prinzessin. Das weißt du doch.«

Sie stellte sich auf Zehenspitzen und knöpfte sein Hemd auf. Sie legte ihre Hand auf seine Brust und flüsterte: »Ghost, ich bin so verdammt scharf auf dich. Ich schwöre es, ich weiß nicht, wie das in meinem Zustand überhaupt möglich ist, aber ich bin spitz.«

»Ich werde mich um dich kümmern.«

»Das weiß ich. Ich werde ein Schläfchen halten, aber weck mich, wenn du mich brauchst.«

»Ich werde dich schon nicht brauchen. Ich werde doch einen Abend mit ihnen überleben.«

Sie nickte. »Weck mich auf, wenn die Kinder im Bett sind und schlafen.«

»Okay, aber geh jetzt.«

Ghost schaute zu, wie seine Frau die Treppe hoch in Richtung Schlafzimmer watschelte. Die Schwangerschaft hatte sie zu ihrem Leidwesen ein paar Kilos zunehmen lassen. Ghost wusste, dass sie alles dafür getan hatte, um nach Gretas Geburt die Extrakilos wieder loszuwerden. Aber ihm gefielen ihre Rundungen. Üppig und kurvig. Er wusste nicht, was der Abend bringen würde. Manchmal wollte Rayne nur kommen, entweder mit seiner Hilfe oder mit ihrem Vibrator, aber an anderen Tagen wollte sie richtigen Sex. Aber egal, was es war, Ghost war stets bereit, ihr zu geben, was sie brauchte. Er hatte keine Probleme, zum Höhepunkt zu kommen, und zudem schaute Rayne ihm gern beim Masturbieren zu.

Das Leben war weder einfach noch ruhig, aber es war genau das, was Ghost sich erträumt hatte. Er mochte es, ein hektisches Leben zu führen. Er liebte es, seine Kinder aufwachsen zu sehen und zuzuschauen, wie sie die Welt entdeckten. Deshalb war er Soldat geworden, um Familien wie die seine zu schützen und sie vor dem Bösen da draußen zu bewahren.

Als Greta kreischend ins Wohnzimmer lief, hob Ghost sie auf und legte sie über seine Schulter. Billy, der eben noch seine

Schwester mit seifigen Händen gequält hatte, wollte auch mitspielen, setzte sich auf den Fuß seines Vaters und hielt sich am Unterschenkel fest.

Ghost lächelte und machte sich mit den zwei sich windenden Kindern auf den Weg in die Küche. Er musste ihnen etwas zu essen geben, ungefähr eine Stunde mit ihnen spielen, eine Geschichte vorlesen, sie ins Bett bringen und *dann* konnte er sich um seine Frau kümmern.

Sein Lächeln wurde zusehends breiter, als er darüber nachdachte, was dies mit sich bringen würde. Er konnte es kaum erwarten.

Hollywood und Kassie, sieben Jahre nach den Hochzeitsfeiern

»Das Kind ist eine Bedrohung«, ächzte Hollywood, als er zusah, wie Fletchs kleiner Junge Kate hinterherjagte. Sie saßen mit ihren Freunden beisammen und schauten ihren Kindern beim Spielen zu.

»Nein, ist er nicht«, sagte Kassie zu ihrem Ehemann. »Ich bin mir sicher, dass er genauso ist, wie du in seinem Alter warst. Und übrigens, was sich neckt, das liebt sich.«

»Kate ist erst sieben«, erwiderte Hollywood entsetzt. »Sie ist zu jung, um einen Freund zu haben.«

»Annie wusste auch schon mit sieben, dass Frankie der Richtige für sie ist.«

»Nein, kommt überhaupt nicht infrage«, beharrte Hollywood und verschränkte die Arme vor der Brust.

Kassie kicherte und umarmte ihren Ehemann.

Hollywood ließ seine Tochter und den kleinen, verliebten Jungen nicht aus den Augen, sogar als er seine Frau umarmte. Die Kinder wuchsen zusammen auf und verbrachten viel Zeit miteinander. Aber dass sie sich *mögen* könnten, war ihm bis zum jetzigen Moment nicht in den Sinn gekommen.

Und genau in diesem Augenblick fiel Kate hin. Sie war auf der Flucht vor Ethan, lachte und stolperte über irgendetwas, das dort auf dem Boden lag. Hollywood sprang auf und wollte zu ihr laufen, aber Kassie hielt ihn zurück.

»Es geht ihr gut«, flüsterte sie.

Hollywood setzte sich zähneknirschend wieder hin und unterdrückte den Drang, nach seiner Tochter zu sehen.

Er sah zu, wie Annie zu den Kindern rüberging und sich vergewisserte, dass es Kate gut ging. Wenige Sekunden später lachte die Kleine wieder. Hollywood entging nicht, wie Ethan Kate auf die Schulter klopfte, als wollte er sie trösten.

»Scheiße, ich sehe einen Haufen Probleme auf uns zukommen«, bemerkte er.

Kassie kicherte nur und erwiderte: »Nun, fällt dir erst jetzt auf, wie hübsch unsere Tochter ist?«

»Nein«, gab Hollywood zu, »ich wusste schon immer, dass sie das schönste Mädchen auf Erden ist ... aber mir wird gerade erst klar, dass das ein Problem wird. Die Jungs werden sich um sie reißen.«

»Schau mich an«, befahl Kassie.

Hollywood schaute weiter seiner kleinen Tochter zu, die eigentlich gar nicht mehr so klein war, wie sie mit Ethan spielte. Als er Kassies Finger auf seiner Wange spürte, riss er den Blick von seiner Tochter los.

Als Kleinkind war sie immer kränklich gewesen und als sie zwei war, hatten sie herausgefunden, dass sie Sichelzellenanämie hatte. Dies war eine Überraschung für die Ärzte, denn normalerweise litten darunter vorwiegend afroamerikanische Kinder in den USA. Aber irgendwie hatte Kate das Sichelzellengen von ihren Eltern geerbt und bekam diese Anämie.

Eine Weile war es ein steiniger Weg mit vielen Arztbesuchen, um die richtigen Medikamente für sie zu finden. Aber heute war sie ein wunderschönes und glückliches Kind. Wegen all dem, was Hollywood und Kassie durchgemacht hatten, hatten sie beschlossen, keine Kinder mehr zu bekommen. Sie wollten keine weiteren Kinder diesem Risiko aussetzen.

Hollywood bereute es nicht. Er liebte Kate über alles, aber es war nicht einfach, Vater zu sein. So war er mit nur einem Kind mehr als zufrieden.

»Sie ist clever«, sagte Kassie zu ihm. »Ich habe so das

Gefühl, dass du recht hast, und in ein paar Jahren werden die Jungs ihr scharenweise hinterherlaufen.«

Hollywood brummte etwas vor sich hin, aber Kassie ignorierte ihn und fuhr fort: »Aber bis dahin hat sie von ihrem Vater gelernt, wie ein anständiger Mann seine Frau behandelt. Und zudem sieht sie deine Teamkollegen, wie sie ihre Frauen behandeln. Sie wird dies auch so wollen und sich nicht mit jemandem unter ihrer Würde abgeben.«

»Ich werde nicht zulassen, dass sie sich mit Jungs trifft, bevor sie achtzehn ist«, bemerkte Hollywood mit gerunzelter Stirn. »Ich weiß, wie Jungs sind ... ich war einer von denen. Sie wollen den Mädchen an die Wäsche und sie akzeptieren kein Nein.«

»Dann werden wir ihr eben beibringen müssen, wie man sich selbst verteidigt, falls die Jungs kein Nein akzeptieren sollten.«

Hollywood knurrte. »Falls es jemand wagen sollte, mein kleines Mädchen anzufassen, wird er es bereuen.«

»Ich liebe dich«, sagte Kassie und lächelte ihn an.

»Ich liebe dich auch«, entgegnete Hollywood sofort. »Aber ich weiß nicht, warum du lächelst.«

»Mit fünfzehn«, sagte ihm seine Frau. »Und nur, wenn Erwachsene dabei sind, egal, ob bei uns oder bei ihnen. Wenn sie sechzehn ist, dann darf sie ausgehen.«

Hollywood schloss die Augen. »Wieso kann sie nicht für immer so alt wie jetzt bleiben?«, beschwerte er sich.

Kassie drehte sich um, bis sie mit ihrem Rücken an Hollywood lehnte, und sie wanden ihre Finger über ihrem Bauch ineinander.

»Egal, wie sehr wir uns wünschen, die Zeit anhalten zu können, es ist nicht möglich. Sie wird erwachsen und eine wunderschöne Frau werden. Es würde mich nicht wundern, wenn sie eine Modelkarriere anstreben würde, sie ist auf jeden Fall hübsch genug. Aber sie könnte sich auch entscheiden, Ingenieurin zu werden, jeden Tag einen Helm zu tragen und mit Dreck bedeckt zu sein.«

Hollywood neigte den Kopf, bis seine Lippen neben Kassies Ohr waren. »Danke schön, mein Schatz.«

»Wofür denn?«, fragte sie.

»Dass du mich liebst, dass du so unglaublich bist und dass du du selbst bist.«

Kassie kicherte und Hollywood wusste, dass er von diesem Lachen nie genug bekommen würde. »Es ist nicht schwer, dich zu lieben, außer wenn du von einer Mission nach Hause kommst und so riechst, als wärst du einen ganzen Monat durch Scheiße gerobbt.«

Hollywood musste unwillkürlich lachen, denn sie hatte recht. Manche Orte, an denen er gewesen war, und manche Dinge, die er getan hatte, waren nicht weit davon entfernt.

»Ich habe heute Nachmittag mit Karina gesprochen«, sagte Kassie.

»Wirklich?«

»Ja, wirklich. Sie hat einen neuen Freund.«

Hollywood verdrehte die Augen in dem Bewusstsein, dass Kassie ihn nicht sehen konnte. Seine Schwägerin war eine Serientäterin, was Beziehungen betraf. Er wusste, dass Kassie besorgt war. Aber ihre Schwester war noch sehr jung und sie hatte immer noch genügend Zeit, um sesshaft zu werden. Es war besser, wenn sie erst einmal herausfand, was sie wirklich wollte, als dann später ihre Entscheidung zu bereuen. »Wann kommt sie zu Besuch? Kate sagte neulich zu mir, sie würde ihre Tante Karina vermissen.«

»Ich weiß es nicht genau, sie hält sich gern dort in Kalifornien auf. Ich habe ihr schon gesagt, dass sie da vielleicht einen knackigen Navy SEAL kennenlernen könnte. Aber sie soll ihn mitbringen, damit du ihn unter die Lupe nehmen kannst.«

Hollywood grunzte. »Sie sollte jeden Typen mit heimbringen, damit ich ihn mir anschauen kann. Ich würde dann Tex anrufen und eine komplette Hintergrundüberprüfung vornehmen lassen.«

Kassie drehte sich abermals in seinen Armen und lachte. Sie ließ ihre Finger über seinen Brustkorb gleiten und leckte ihre Lippen, als sie ihn ansah. »Meinst du, dass wir Emily und Fletch überzeugen können, Kate heute bei ihnen übernachten zu lassen?«

»Was hast du denn vor heute Abend?«, fragte er, obwohl er genau wusste, worauf seine Frau hinauswollte.

»Nun, da gibt es jemanden, um den ich mich heute Abend kümmern muss.«

Hollywood beugte sich zu seiner Frau herunter und küsste sie. Wenn man ein Kind hatte, kam die Zweisamkeit oft zu kurz. Deshalb würde er keine Gelegenheit ungenutzt lassen.

Hollywood hob den Kopf, nachdem er sie fast besinnungslos geküsst hatte. »Ich denke schon, dass Fletch Kate für die eine Nacht zu sich nimmt. Und ich bin mir sicher, dass sie sich darüber freuen wird.«

Kassie seufzte zufrieden. »Sehr gut.«

»Ich liebe dich, Kass.«

»Ich liebe dich auch. Aber geh jetzt und sag deinem Freund, dass er heute für die Kinder zuständig ist. Ich möchte jetzt nach Hause fahren.«

»Zu Befehl, meine Liebe«, entgegnete Hollywood und machte sich auf die Suche nach Fletch. Aber es gelang ihm nicht, das winzige Lächeln zu unterdrücken, das seine Lippen umspielte. Er war total verliebt in seine Frau, genauso sehr wie damals bei ihrer Hochzeit, oder vielleicht sogar noch mehr. Das Leben war fantastisch.

Fish und Bryn, zehn Jahre nach den Hochzeitsfeiern

Fish gähnte und streckte sich und streckte dann seinen gesunden Arm nach seiner Frau aus. Er runzelte die Stirn, als er stattdessen nur ein kaltes Bettlaken vorfand. Es war nichts Ungewöhnliches, dass Bryn vor ihm aufstand, denn sie brauchte nicht so viel Schlaf. Aber er konnte es nicht verheimlichen, dass er nicht gern ohne sie aufwachte.

Er stand auf, zog sich nur eine Jeans über, erledigte das Nötigste seiner Morgentoilette und machte sich auf die Suche nach Bryn.

Er fand sie im Wohnzimmer. Sie saß im Schneidersitz auf

dem Boden und beugte sich zusammen mit ihrem sechsjährigen Sohn über etwas, das aussah wie ihr Toaster.

Fish wusste schon immer, dass Bryan anders als die anderen Kinder war, als er mit nur neun Monaten schon sprechen konnte. Als er zwei war, redete er schon in ganzen Sätzen und konnte schon ein paar Brocken Spanisch, das er von dem Kindermädchen gelernt hatte.

Fish hatte die Frau eingestellt, als Bryan gerade mal sechs Monate alt war. Damals hatte Bryn Nachforschungen über etwas angestellt und war so darin aufgegangen, dass sie ihren Sohn vergessen hatte. Natürlich hatte sie es nicht mit Absicht gemacht und sie war am Boden zerstört, als ihr klar wurde, dass Bryan schon seit geraumer Zeit wie am Spieß schrie und sie es nicht einmal bemerkt hatte.

Maria war ein Geschenk Gottes. Sie kam jeden Tag und verbrachte Zeit mit Bryn und ihrem Sohn. Sie sorgte dafür, dass beide etwas Gesundes zu essen bekamen, und putzte das Haus.

Fish liebte seine Frau, aber er kannte auch ihre Eigenheiten. Deshalb war er auch um ihre Sicherheit und die ihres Sohnes besorgt. Dies hatte es ihm damals erleichtert, Maria einzustellen. Mittlerweile konnte sich keiner von ihnen ein Leben ohne Maria vorstellen. Sie war so etwas wie Bryans Ersatzmutter und alle waren mit dem Arrangement zufrieden.

Gerade war Bryn dabei, ihrem Sohn zu erklären, wie die Heizdrähte im Toaster funktionieren. Bryan saß neben seiner Mutter, ihre Köpfe tief über das Elektrogerät gebeugt, und es sah so aus, als wären sie schon eine ganze Weile damit beschäftigt.

Fish grinste.

Er musste ein Geräusch von sich gegeben haben, denn Bryan schaute auf und sah ihn an der Tür stehen.

»Hallo Daddy!«, rief er glückselig. »Mommy zeigt mir gerade, wie ein Toaster funktioniert!«

»Das sehe ich«, entgegnete Fish. Er kam näher, ließ sich neben ihnen auf dem Boden nieder und küsste Bryn auf die Schläfe. »Guten Morgen, mein Schatz.«

»Morgen«, antwortete sie zerstreut. »Also, wenn der Strom

durch ein Kabel fließt, wird die Energie von einem Ende zum anderen transportiert. Du kannst es dir einfach wie eine Röhre vorstellen, durch die Wasser fließt. Die Elektronen schubsen sich dabei gegenseitig immer wieder an und geben Wärme ab. Je dünner das Kabel ist, desto mehr Strom fließt und desto mehr prallen die Elektronen aufeinander, und deshalb ...«

»Wird mehr Hitze produziert!«, verkündete Bryan energiegeladen.

»Genau«, lobte Bryn ihn.

»Aber wie weiß das Gerät, wann der Toast fertig ist?«, fragte er.

Fish musste lächeln, als Bryn sich daranmachte, ihm zu erklären, wie die Thermostate und die verschiedenen Bräunungsstufen funktionierten. Es verging kein Tag, an dem seine Frau ihn nicht verblüffte und beeindruckte. Er hatte keine Ahnung, wie es ihm gelungen war, einen so intelligenten Menschen wie Bryan zu schaffen, aber er vermutete, dass dies Bryns Verdienst war.

Seine Frau wollte anfänglich keine Kinder haben, aber Fish war sich sicher, dass sie einfach nur Angst hatte. Sie hatte nicht die einfachste Kindheit gehabt und traute sich selbst das Muttersein nicht zu. Aber nachdem sie Zeit mit Annie und den anderen Kindern seiner Delta Force-Kameraden verbracht hatte, änderte sie allmählich ihre Meinung.

Seit sie Maria eingestellt hatten, waren die restlichen Bedenken von ihr abgefallen und sie war zur besten Mutter geworden, die er je gesehen hatte. Sie war nie wütend auf Bryan, sondern versuchte, in jeder Situation rational zu analysieren, wieso er jetzt weinte, unglücklich oder etwa frustriert war. Es war faszinierend, mit anzusehen, wie sie auf akademische Art und Weise ihr Dasein als Mutter anging.

Aber bei ihr ging es nicht nur um nackte Tatsachen. Jeden Tag ließ sie Bryan wissen, wie sehr sie ihn liebte und wie stolz sie auf ihn war. Sie bereitete sein Pausenbrot für die Schule vor und bekundete ihre Liebe mit kleinen Notizzetteln in der Brotbüchse. Sie unternahm oft Dinge mit ihm, nahm ihn mit zur Bibliothek, sie fuhren nach Coeur d'Alene und besuchten den Zoo, Museen und sogar Antiquitätenläden, wo sie sich mit

Sachen eindeckten, die sie später auseinandernehmen konnten, um zu sehen, wie sie funktionierten.

»Bryan, hast du Hunger?«, fragte Bryn.

»Ja, Mommy.«

»Möchtest du, dass Daddy dir heute Morgen Pfannkuchen macht?«

»Ja!« Bryan vergaß den Toaster, sprang auf und ließ sich in die Arme seines Vaters fallen. Fish fing ihn mit seinem guten Arm auf und beugte sich vor, um ihn mit seinem Stumpf an der Taille festzuhalten. Er hatte die Prothese heute noch nicht angelegt, was er normalerweise erst tat, wenn er das Haus verließ.

Er tobte mit seiner Frau und seinem Sohn auf dem Boden herum und gab sein Bestes, um sie gehörig zu kitzeln. Zum Schluss lagen sie dann alle drei völlig außer Atem auf dem Boden.

Fish wandte sich an Bryn und sagte: »Ich liebe dich.«

»Ich weiß«, gab sie zurück.

Fish lächelte nur und wendete sich seinem Sohn zu. »Ich liebe dich, mein Sohn.«

»Ich weiß«, antwortete Bryan, wobei er unwissentlich seine Mutter nachahmte. »Ich bereite schon mal den Teig für die Pfannkuchen vor«, sagte er, sprang auf und verschwand in der Küche.

»Hast du gut geschlafen?«, fragte Bryn, sobald sie alleine waren.

»Geschlafen habe ich gut, aber ich mag es nicht, wenn du ohne mich aufstehst und mich nicht auch aufweckst.«

»Ich bin um fünf Uhr morgens aufgewacht und habe gehört, dass Bryan auch wach war, und ich wollte schauen, was er so treibt.«

»Das war wahrscheinlich ziemlich klug, denn wir wollen ja nicht, dass Maria am Montag hier auftaucht und das Haus bis auf die Grundpfeiler abgebrannt vorfindet.«

»Ja, damit wäre sie wohl nicht so glücklich.«

Bryn hatte immer noch Probleme, sarkastische Aussagen oder Späße richtig zu verstehen. Aber Fish war das egal, er liebte sie, wie sie war.

Bryn strich sich eine Haarsträhne aus der Stirn und begann, die Einzelteile des Toasters wieder einzusammeln, die noch überall rumlagen. »Ach übrigens, ich habe heute früh den Schwangerschaftstest gemacht und er war positiv.«

Fish starrte seine Frau an.

Er wusste, dass ihre Periode die letzten zweimal ausgefallen war, aber er dachte sich, dass es krankheitsbedingt gewesen sein könnte. Sie hatte mit einer schlimmen Grippe zu kämpfen gehabt und deshalb viel an Gewicht verloren.

Er hatte das Gefühl, dass ihr das Ausmaß der Information, die sie soeben an ihn weitergegeben hatte, gar nicht bewusst war. Fish ergriff mit seiner guten Hand ihre Hände und hielt sie davon ab, weiter an den Einzelteilen des Toasters rumzufummeln. Nur so konnte er ihre Aufmerksamkeit für sich gewinnen.

»Du bist schwanger?«

»Ja, das habe ich doch gerade gesagt.«

»Du bist mit meinem Kind schwanger?«, fragte Fish nochmals, denn er hatte Mühe, die Neuigkeiten zu verarbeiten.

»Also rein technisch ist eine Hälfte von mir, aber ja, es sieht so aus, als wäre ich schwanger.«

»Ohhh, Smalls«, rief Fish, legte seine Hand an ihre Wange und hob ihren Kopf, damit sie ihn ansah. Ihm fehlten die Worte, um seine Gefühle richtig ausdrücken zu können.

»Was ... was sagst du dazu? Ist das okay für dich?«, fragte sie.

Jetzt erst wurde Fish bewusst, dass sie Angst hatte, er wäre nicht glücklich darüber.

Er drehte sie beide, sodass sie nun unter ihm lag und er ihr direkt in die Augen sehen und sagen konnte, was er wirklich dachte. Er hatte mit der Zeit gelernt, dass es ihr nicht gut bekam, um den heißen Brei herumzureden, sondern dass es besser war, es offen und direkt auszusprechen. »Ich bin hin und weg, ich bin total glücklich, ich bin im siebenten Himmel.«

»Hmmm«, summte Bryn, setzte sich auf und küsste ihn. »Ich liebe dich, Dane.«

»Ich liebe dich auch, Smalls.«

»Hey, kommt ihr endlich? Ich habe Hunger«, sagte Bryan,

als er ins Zimmer kam und die beiden immer noch auf dem Boden sitzen sah.

»Ist ja gut, wir kommen schon.«

»Okay«, entgegnete Bryan und ging zurück in die Küche, um dort auf sie zu warten.

Fish musste lachen. Er machte sich gedanklich eine Notiz, später Ghost anzurufen und ihm die frohe Botschaft mitzuteilen. Er stand auf und half auch Bryn auf. Dann gingen sie Hand in Hand zusammen in die Küche, bereit, zusammen in den Tag durchzustarten.

»Ich bin der glücklichste Mann auf Erden«, erklärte Fish später, als er Bryan zuschaute, wie er Pfannkuchen mit Schokoraspeln aß.

»Ja, vielleicht. Und falls das wahr ist, dann bin ich die glücklichste Frau auf Erden«, sagte Bryn mit einem kleinen Lächeln.

Fish hatte keine Antwort darauf, denn sie hatte absolut recht.

Beatle und Casey, elf Jahre nach den Hochzeiten

»Ich kann es nicht noch einmal versuchen«, erklärte Casey mit Tränen in den Augen. Es brach Beatle das Herz, sie so zu sehen. Sie hatten alles genauso getan, wie es ihnen gesagt worden war, genauso wie bei den letzten drei Versuchen, aber es hatte wieder nicht geklappt.

Sie hatten sich erst ein paar Jahre nach der Hochzeit dazu entschlossen, ein Kind zu bekommen. Denn zuerst wollten sie abwarten, bis Caseys Job an der Uni gesichert war. Als sie dann endlich eine feste Stelle bekam, hatten sie sogleich versucht, schwanger zu werden.

Nach einem Jahr ohne Erfolg, wenn auch die Versuche äußerst lustvoll waren, gingen sie zu einem Spezialisten. Dies war der Anfang einer sechsjährigen Odyssee gewesen, während der sie alles versuchten, um schwanger zu werden.

Gerade hatten sie erfahren, dass die letzte künstliche Befruchtung fehlgeschlagen war. Schon wieder. Beatle hielt Casey fest umschlungen und schwieg, während sie sich an seiner Schulter ausweinte. Auch in seinen Augen standen Tränen. Er konnte es nicht ausstehen, seine Frau so traurig zu sehen, und es brach ihm das Herz, dass er ihr nicht geben konnte, was sie sich so sehnlichst wünschte – ihr eigenes Kind.

Sie hatten zwar nichts gegen eine Adoption, hatten auch schon darüber geredet und Trucks und Marys Adoptionsprozess genauestens mitverfolgt. Aber Casey wollte unbedingt ein leibliches Kind.

Er wusste, dass jetzt nicht der Zeitpunkt war, das Thema Adoption anzuschneiden, also schloss er die Augen, hielt seine Frau fest und dachte darüber nach, wen er alles anrufen sollte. Er musste Blade anrufen und ihm sagen, dass die Prozedur wieder fehlgeschlagen war. Dann noch seine und Caseys Eltern und die anderen Frauen, damit sie wieder ihr Frauending machen und sich mit Zuwendung und Freundschaft um Casey kümmern konnten.

Aber in diesem Moment hielt er sie einfach nur fest.

Wie lange sie so dasaßen und sich gegenseitig Trost spendeten wusste Beatle nicht, aber er zuckte zusammen, als sein Handy in seiner Hosentasche klingelte. Er wollte es ignorieren, aber Casey setzte sich auf und trocknete ihre Tränen.

»Du solltest rangehen«, sagte sie mit sanfter Stimme.

Mit einem Nicken zog Beatle das Handy aus der Tasche und nahm das Gespräch an. Er kannte die Nummer nicht, aber er antwortete eigentlich immer, für alle Fälle. »Hallo?«

»Spreche ich mit Troy Lennon?«

»Ja, am Apparat.«

»Ich bin Dr. Harris von der Kinderwunschklinik.«

»Ja?« Beatle war verwirrt, wieso ihr Arzt sie anrief, da sie doch erst vor ein paar Stunden bei ihm in der Klinik gewesen waren, als er ihnen die schlechten Nachrichten mitgeteilt hatte.

»Dies ist eine überaus ungewöhnliche Situation ... aber ich habe soeben den Anruf eines Kollegen erhalten, der Gynäkologe ist. Er hat heute einer alleinstehenden, noch jugendlichen

Mutter Geburtshilfe geleistet und sie möchte ihr Baby zur Adoption freigeben.«

Beatle erstarrte. Er schaute Casey an, die neugierig zurückstarrte. »Und?«, fragte er, da er erst mehr Informationen wollte, bevor er ihr mitteilte, worum es ging.

»Sie war von Anfang an felsenfest davon überzeugt, dass sie das Kind nicht haben wollte, aber ihre Eltern erlaubten ihr nicht, es abzutreiben. Und der leibliche Vater des Kindes will auch nichts damit zu tun haben. Das Sozialamt sucht nach Pflegeeltern, am besten sofort. Ich dachte nur ... darf ich ehrlich sein?«

»Ja, bitte«, erwiderte Beatle, total unter Schock.

»Wir haben schon einiges zusammen durchgemacht und ich habe Ihnen heute nur äußerst ungern erneut die schlechten Nachrichten überbracht, dass es wieder nicht geklappt hat. Sie und Ihre Frau sind Menschen, die es wirklich verdienen, Eltern zu sein. Sie würden tolle Eltern abgeben, da bin ich mir ganz sicher. Ich weiß, dass Sie beide sich nichts sehnlicher wünschen als ein Kind. So habe ich mir erlaubt, ein paar Beziehungen spielen zu lassen ... Sie könnten das Baby schon morgen abholen. Aber Sie müssten erst vorbeikommen und die Formulare für den Pflegelternantrag ausfüllen. Es würden dann Hintergrundinformationen über Sie eingeholt werden und Sie müssten ein paar Hausbesuche über sich ergehen lassen. Dann würde es noch Gerichtstermine geben, wo sichergestellt wird, dass die leibliche Mutter und deren Familie die Rechte am Kind vollumfänglich abtreten.

Der ganze Prozess wird nicht einfach werden, aber was Sie während der letzten Jahre schon alles durchgemacht haben, war auch nicht leicht. Das kleine Mädchen braucht Sie, Troy. Es braucht Sie und Casey.«

»Wann brauchen Sie die Antwort?«, fragte Beatle und ließ Casey nicht eine Sekunde aus den Augen.

»So schnell wie möglich. Aber ich weiß, dass Sie die Sache erst mit Ihrer Frau besprechen müssen. Morgen früh wäre am besten, da ich dann für Sie gleich ein Treffen mit den Sozialbehörden in die Wege leiten und den Papierkram unterschreiben kann. So könnten Sie schon morgen Nachmittag das Baby mit nach Hause nehmen, falls alles gut läuft.«

»Morgen schon?«, wollte Beatle wissen, um sicherzugehen, dass er den Arzt richtig verstanden hatte.

»Ja, morgen«, bestätigte der Arzt.

»Ich ... Scheiße ...«, stotterte Beatle.

»Besprechen Sie es erst mit Casey. Ich erwarte morgen früh Ihren Anruf.«

»Okay.«

»Troy?«

»Ja, Doktor?«

»Sie beide verdienen es. Ich weiß, es ist sehr plötzlich und beängstigend, aber es ist nichts, was Sie nicht bewältigen könnten.«

»Okay, verstanden. Ich rufe Sie morgen an.«

»Tun Sie das. Bis dann, auf Wiederhören.«

Beatle legte auf und starrte seine Frau an. Sie hatte immer noch Spuren von Tränen im Gesicht und runzelte besorgt die Stirn.

»Was wollte der Arzt?«

Beatle strich sich mit der Hand übers Gesicht und atmete tief ein. Und dann erzählte er ihr das eben Gehörte.

Ein paar lange Momente starrten sie sich wortlos an.

»Morgen?«, flüsterte Casey. »Wir können sie schon *morgen* abholen?«

»Das hat der Arzt zumindest so gesagt. Was denkst du?«

»Und was denkst *du*?«

»Es tut mir leid, dass ich dir kein leibliches Kind schenken konnte. Aber ich glaube, dass wir beide bereits wussten, dass es nichts wird, bevor wir die letzte künstliche Befruchtung versucht haben. Ich wollte dir alles geben, was du dir wünschst, aber ich war nicht dazu imstande. Aber ... ich glaube, es ist ein Zeichen Gottes, dass das Kind ausgerechnet heute zur Welt kam und der Gynäkologe und unser Arzt befreundet sind. Ich glaube, wir sollten es tun.«

»Das denke ich auch«, flüsterte Casey.

Beatle küsste sie und fragte: »Sind wir gerade Eltern geworden?«

Casey kicherte. »Zumindest Pflegeeltern, aber ... ja, ich glaube schon.« Doch urplötzlich verschwand ihr Lächeln und ihre Augen wurden richtig groß. »Ach du meine Güte, wir haben rein *gar nichts*. Das Haus ist ein einziges Durcheinander und wir haben nicht einmal ein Zimmer für sie bereit. Wir brauchen Kleidung, Windeln und Säuglingsmilch. Ach, scheiße, wir müssen einkaufen gehen!«

Beatle bekam sie gerade noch zu fassen, als sie vom Sofa aufstand und loslaufen wollte. »Jetzt beruhige dich erst einmal, Case.«

»Ich kann nicht!«, kreischte sie, »Wir werden Eltern!«

Er runzelte die Stirn und hielt sie einfach nur fest.

»Ach du meine Güte, Troy, wir werden Eltern!«, flüsterte Casey und brach wieder in Tränen aus.

Als er sie wieder in seine Arme zog, blinzelte er. Es war schon komisch, wie es manchmal lief, aber er wusste, dass sie die Eltern dieses kleinen Mädchens sein sollten. Er liebte sie bereits. Irgendwie war das alles total verrückt, aber wahr.

Nachdem Casey sich ein wenig beruhigt hatte, sagte er: »Komm schon, lass uns deinen Bruder und unsere Eltern anrufen. Die müssen doch wissen, dass sie Onkel beziehungsweise Großeltern werden.«

Blade und Wendy, dreizehn Jahre nach den Trauungen

»Ich möchte gern einen Toast aussprechen«, erklärte Jackson Tucker und erhob sein Champagnerglas.

Blade starrte seinen Schwager stolz an. Nach einem schweren Start ins Leben hatte er alle Hürden mit Leichtigkeit überwunden. Wendy hatte ganze Arbeit geleistet und ihn zu einem wundervollen und intelligenten jungen Mann herangezogen. Er war jetzt dreißig Jahre alt und hatte soeben geheiratet.

Sie befanden sich auf seiner Hochzeitsfeier und ehe jemand etwas zu essen bekam, mussten erst alle Ansprachen angehört werden. Sein Trauzeuge hatte schon alle Geschichten über ihre wilden Studienjahre zum Besten gegeben. Aber nun war Jackson an der Reihe.

Wendy lehnte an Blades Seite und er hatte seinen Arm um sie gelegt. Ihre dreizehn Ehejahre waren fantastisch gewesen. Sie hatten keine eigenen Kinder; Wendy war der Meinung, dass sie ihre Pflicht erfüllt hätte, indem sie ihren kleinen Bruder großgezogen hatte, und Blade hatte seinerseits nichts dagegen. Er mochte zwar Kinder, aber wollte selbst keine eigenen. Er war zufrieden damit, die Kinder seiner Freunde zu hüten und zu verwöhnen ... und dann wieder zurückzugeben.

»Heute habe ich nicht nur die schönste Frau auf Erden geheiratet, sondern auch meine beste Freundin«, fing Jackson an. »Ich habe sie während meiner Highschool-Zeit kennengelernt und wusste, dass es für mich keine andere geben wird.«

Blade hörte nur mit halbem Ohr zu, neigte den Kopf zu Wendy und fragte: »Wie lange müssen wir eigentlich hierbleiben?«

»Schhh«, ermahnte sie ihn mit einem bösen Blick.

»Im Ernst, wie lange müssen wir bleiben?«, fragte Blade noch einmal.

Wendy presste die Lippen zusammen und ließ sich auf keine weiteren Diskussionen ein.

»Wegen deines Anblicks in diesem Kleid habe ich schon den ganzen Abend einen Steifen und ich kann nur daran denken, ob dein Höschen zu deinem BH passt.«

»Aspen, SCHHHH«, rügte sie ihn, aber er konnte spüren, dass sie nicht wirklich sauer auf ihn war. Sie ließ ihre Hand zu seinem Oberschenkel wandern, verharrte dort kurz und bewegte sie dann langsam weiter auf der Innenseite nach oben, als wollte sie herausfinden, wie sehr er sie wollte.

»... lernte alles Nötige von meinem Schwager Aspen.«

Blade löste den Blick von Wendys Dekolleté, das in ihrem maßgeschneiderten Kleid wunderbar, aber doch taktvoll zur Geltung kam, und schaute zu Jackson.

Er starrte ihn an, als dieser mit seiner Rede fortfuhr.

»Ich habe gelernt, wie ich die Frau meines Lebens, meine Liebe behandeln soll, und dass nichts wichtiger ist, als dass sie sich sicher und beschützt fühlt. Heutzutage, wo Frauen immer noch um Gleichstellung kämpfen, ist dies vielleicht keine überaus beliebte Einstellung, aber mir ist das egal.« Er wandte sich seiner Braut zu. »Jenny, ich verspreche dir, dass ich immer für dich da sein werde, wenn du mich brauchst. Und ich werde alles in meiner Macht Stehende tun, damit du dir deine Träume erfüllen kannst, und ich werde dich unterstützen, egal was du brauchst. Ich werde für dich Drachen bekämpfen und werde mich zwischen dich und jeden stellen, der versucht, dir wehzutun. Ich liebe dich. Danke, dass du *mich* liebst und dass du Ja gesagt hast.«

»Ohhh, Jackson«, entgegnete Jenny und stand auf, um ihren Ehemann zu küssen.

»Wieso haben sie so lange mit der Hochzeit gewartet?«, fragte Blade nochmals und umarmte Wendy. Er wollte sie ablenken und hielt Wendy noch fester. Sie hatte den ganzen Tag immer wieder geweint und er würde alles tun, um die Tränen endlich versiegen zu lassen, auch wenn es Freudentränen waren.

»Du weißt doch wieso, er wollte sie nicht bremsen.«

»Aber sie sind doch auf die gleiche Uni gegangen und waren doch die ganze Zeit zusammen.«

»Ich weiß.«

»Und sie leben schon seit Jahren zusammen«, bemerkte Blade.

»Ich weiß.«

»Dann erklär es mir bitte.«

»Ich kann es nicht in Worte fassen«, erwiderte Wendy schließlich. »Sie liebten einander seit dem ersten Tag, aber ich denke, dass beide Angst hatten, irgendetwas könnte passieren und alles ruinieren. Es hat wohl einfach länger gedauert, bis sie sich getraut haben. Aber sie waren immer ein Herz und eine Seele.«

»Hmmm«, machte Blade und liebkoste die Haut neben ihrem Ohr.

»Zudem denke ich, dass sie wohl nie geheiratet hätten, wenn sie nicht schwanger wäre.«

Blade schnellte hoch und starrte Wendy an. »Im Ernst?«

»Allerdings.«

»Heilige Scheiße! Ich kann nicht glauben, dass der Junge schon Vater wird.«

»Er ist dreißig Jahre alt, Aspen. Er ist kein Junge mehr, ist er sogar älter, als ich damals war, als wir uns kennenlernten.«

»Verdammt«, wiederholte Blade, »ich kann es kaum glauben, ich werde Onkel.«

Wendy kicherte. »Ja, und ich werde Tante.«

Die Kellner begannen, die Vorspeise aufzutragen. Blade schaute sich um und sagte sich im Geiste: *Scheiß drauf.*

Er ergriff Wendys Hand und stand auf.

Er ignorierte die wissenden Blicke seiner Teamkameraden und den verwirrten Ausdruck von deren Ehefrauen und zog Wendy aus dem Ballsaal. Er führte sie schnurstracks zu den Aufzügen und hämmerte ungeduldig auf den Knopf, um einen Fahrstuhl anzufordern.

»Aspen, was um Himmels willen?«, fragte Wendy.

Als die Türen des Aufzugs sich öffneten, zog Blade sie hinein und drückte schnell auf den Knopf, um die Türen zu schließen, sodass der Geschäftsmann mit seinem Koffer, der gerade in ihre Richtung schlenderte, auf den nächsten Fahrstuhl warten musste. Kaum waren die Türen zu, drückte er Wendy gegen die Wand und erklärte: »Ich kann keine Minute mehr warten, so sehr will ich dich.«

»Verdammt noch mal, Aspen, dies ist die Hochzeitsfeier meines Bruders!«

»Genau, und er interessiert sich nicht im Geringsten dafür, wer da ist oder nicht. Er will jetzt nur noch in die Hochzeitssuite und dort mit seiner Frau schlafen.«

»Uff, wie eklig«, sagte Wendy und hielt sich die Ohren zu.

»Ich liebe dich, Wen«, erklärte Blade. »Ich kann nicht darüber nachdenken, dass dein Bruder schon dreißig ist, ich will auch nicht darüber nachdenken, dass schon mehr als dreizehn Jahre vergangen sind, seit wir uns kennengelernt haben. Ich liebe dich genauso sehr wie an dem Tag, an dem wir unsere Ehegelübde ausgetauscht haben, und ich will dich auch immer noch genauso sehr. Ich werde dich immer wollen, selbst wenn ich eines Tages diese blauen Pillen nehmen muss, um einen hochzukriegen.«

Wendy kicherte und Blade entspannte sich. Er hatte schon befürchtet, diesmal den Bogen überspannt zu haben.

»Du kannst von Glück reden, dass ich dich liebe«, entgegnete sie und machte sich bereits an seinem ersten Hemdknopf zu schaffen. »Aber es muss schnell gehen, denn ich habe Hunger und wir sind im Begriff, das Abendessen zu verpassen.«

»Ich werde schon dafür sorgen, dass du dein Abendessen bekommst«, sagte Blade. »Ich werde die Organisatorin ausfindig machen und ihr etwas von einer Allergie erzählen und dass du deshalb das Essen verpasst hast.«

»Sie weiß, dass ich gegen nichts allergisch bin«, bemerkte Wendy. »Sie hat sich erkundigt, bevor sie das Menu zusammengestellt hat.«

»Dann werde ich ihr erzählen, dass du heiß warst, dringend meinen Schwanz brauchtest und deshalb das Abendessen verpasst hast.«

»Dann lieber Allergie«, brummte Wendy.

Blade lächelte und küsste ihre Handfläche. Die Türen gingen auf und sie eilten Hand in Hand zu ihrem Zimmer. Dann fühlte er auch schon ihre Hand in seiner Hose, als er mit der Karte die Tür öffnete, und musste unwillkürlich lächeln.

Zwanzig Minuten später lagen sie auf dem Bett und versuchten, zu Atem zu kommen.

»Ich wusste doch, sie würden perfekt zueinander passen«, meinte Blade lächelnd.

»Du geiler Bock«, beschwerte sich Wendy, aber sie grinste ihn an, als sie das sagte.

»Ich liebe dich, Wendy Carlisle.«

»Ich liebe dich auch, Aspen. Aber können wir jetzt zum Empfang zurückgehen, zu Abend essen und so tun, als wären wir ein anständiges Paar?«

»Alles, was du willst, Schatz, alles, was du willst.«

Emily und Fletch, fünfzehn Jahre nach den Hochzeiten

»John, so wahr mir Gott helfe, wenn du dich nicht sofort wieder hinsetzt, dann werde ich dir eins auf den Hintern geben«, drohte Emily ihrem jüngsten Sohn.

»Mir ist soooo langweilig!«, jammerte ihr Siebenjähriger. »Wann ist es endlich vorbei?«

»Ich habe dir doch gesagt, du sollst ein Buch mitbringen«, wies ihn sein älterer Bruder Doug zurecht.

Fletch lächelte seine Söhne an. Douglas war gerade einmal elf Jahre alt, benahm sich manchmal aber wie ein Erwachsener. Seit er fünf Jahre alt war, las er gern, und sein Kopf steckte fast immer in einem Buch.

»Sie ist gleich an der Reihe«, versicherte Ethan ihm und reckte sich, um die Bühne noch besser zu sehen.

Fletch ergriff Emilys Hand und sie drückte sie fest.

Er hatte das Gefühl, dass es erst gestern war, dass Annie in ihrem Garten mit ihrem selbstgebauten Panzer rumgedüst war. Aber jetzt nahmen sie an ihrer Abschlussfeier teil und sie wurde soeben als neustes Mitglied der US-Armee vereidigt. Sie hatte nie ihren Enthusiasmus für die Armee abgelegt und war schon im ersten Semester an der Uni dem Ausbildungskorps beigetreten. Sie hatte sich im Laufe der Jahre hervorgetan und war nun dabei, in den medizinischen Bereich der Armee einzutreten.

Fletch machte sich Sorgen – er wäre ja auch ein schlechter Vater, wenn er sich keine machen würde –, aber er konnte nicht anders, er war ebenfalls stolz auf sie.

Er schaute über seine Schulter zu der Gruppe, die nur wenige Reihen hinter seiner Familie saß. Er wusste, dass diese Menschen Annie fast so sehr liebten wie er selbst.

»Da ist sie«, sagte Ethan aufgeregt und zeigte auf eine Studentin, die sich anschickte, den Raum zu durchqueren. Fletch wendete sich wieder der Bühne zu und die ganze Familie stand auf und jubelte, als ihr Name aufgerufen wurde.

Annie Elizabeth Grant Fletcher.

Fletch hörte die Rufe von Ghost und den anderen, die zusammen mit seiner Familie ihren Erfolg feierten.

Stolz schritt Annie über die Bühne und sobald sie ihr Diplom in der Hand hielt, schaute sie ins Publikum zu ihrer Familie. Sie hob ihre Faust über ihren Kopf, was ihre Brüder nur noch mehr anfeuerte.

Fletch wusste, dass die Vereidigungszeremonie erst nach der Diplomübergabe stattfinden würde, daher mussten sie sich noch eine Weile gedulden.

»Das ist fantastisch«, rief Ethan, nachdem sie sich wieder gesetzt hatten.

Fletch hatte dem nichts entgegenzusetzen. Es war einfach fantastisch. Doch noch besser war, wie nahe sich Bruder und Schwester standen. Annie liebte alle ihre Brüder, aber da gab es eine spezielle Bindung zwischen ihr und Ethan. Wahrscheinlich rührte dies noch von den Zeiten her, als er noch ein Kleinkind war und Annie ihm vorlas und mit ihm spielte. Sogar während ihrer Highschool-Zeit war sie immer für ihn da gewesen und hatte ihn nie einfach abgefertigt. Sie liebte es, die große Schwester zu sein, und war darin aufgegangen, im Wald hinter dem Haus herumzulaufen und ihm beizubringen, wie man Soldat spielt.

Fletch tröstete Emily, als sie während Annies Gelübde weinen musste, und er selbst strahlte vor Stolz.

Er wusste, dass der beste Teil des Tages noch bevorstand. Das Geschenk an seine Tochter wartete schon.

Die Arena war nach der Zeremonie ein totales Chaos, aber Fletch wartete auf Annie am vereinbarten Ort. Zehn Minuten später sah er sie endlich auf sich zukommen. Sie trug ihre Ausgehuniform, auch wenn sie sich darüber beschwert hatte, dass sie einen Rock anziehen musste, während die Männer eine Hose tragen durften. Aber für Fletch sah sie umwerfend aus.

Sie umarmte alle und neckte Doug damit, dass er von der Zeremonie wahrscheinlich gar nichts mitbekommen hatte, weil er nur mit seinem Buch beschäftigt gewesen war. Sie ließ John ihr Namensschild mit der Aufschrift »Fletcher« auf seinem T-Shirt anbringen, auch wenn sie wusste, dass sie in

Schwierigkeiten geraten würde, sollte einer ihrer Ausbilder davon erfahren. Ethan umarmte sie und Fletch war überhaupt nicht erstaunt, Tränen in ihren Augen zu sehen. Sie stand kurz davor, die Offiziersschule und ihr medizinisches Training in der Armee zu beginnen, und es würde eine Weile dauern, bis sie wieder Zeit mit ihrer Familie verbringen konnte.

Annie war heute genauso unglaublich wie damals, als er sie kennengelernt hatte, und Fletch war extrem stolz auf sie. Sie war zu einer wunderschönen, rücksichtsvollen und intelligenten jungen Dame herangewachsen, die wusste, was sie vom Leben wollte, und sich nicht scheute, ihre Ziele zu verfolgen.

Er lächelte, als er jemanden auf Annie zukommen sah, gab ihr schnell ihr Namensschild wieder und sagte ihr, sie würden sich später zu Hause treffen. Dort würde in ein paar Stunden eine riesige Party stattfinden. Fletch wusste, dass nicht nur alle seine Teamkollegen da sein würden, sondern auch noch andere Delta Force-Männer, Fish und Bryn und sogar noch ein paar Navy SEALs aus Kalifornien.

Und die Riesenfeier wäre ohne den Mann, den Annie liebte, nicht komplett.

Als Fletch ging, schaute er zurück und sah, dass Annie sich umdrehte und Frankie anblickte. Er wusste, dass der junge Mann sie überraschen wollte und vorgegeben hatte, aufgrund seines Dienstplans nicht kommen zu können.

Annie kreischte vor Freude und Fletch konnte gar nicht anders, als zu lächeln, als er der Wiedervereinigung zusah.

»Sie liebt ihn wirklich sehr«, stellte Emily sanft fest. »Sie liebt ihn seit ihrem siebenten Lebensjahr.«

»Ja«, stimmte Fletch ihr zu, weil es wirklich nichts anderes dazu zu sagen gab.

Sie schauten zu, wie ihre Tochter unter Verwendung der Zeichensprache blitzschnell ihre Freude über das Wiedersehen bekundete. Er lachte und gebärdete zurück. Die zwei standen wiedervereint mitten im Getümmel unter all den anderen Absolventen.

Die Zeiten waren für das Paar nicht gerade leicht gewesen und würden leider auch so bald nicht leichter werden, denn sie waren noch jung und hatten verschiedene Karrierepläne. Aber er hoffte, dass sie es dennoch meistern würden.

Frankie war ein guter Mann. Er war intelligent und respektvoll, und es war nicht zu übersehen, wie sehr er Annie liebte. Aber er wollte sie auch nicht von ihren Träumen abhalten. Der Schmerz in seinen Augen war offensichtlich, wenn er sich unbeobachtet fühlte, aber er blieb hart und ließ nicht zu, dass Annie sich mit weniger zufriedengab als ihrem Traum, eine Ärztin in der Armee zu werden.

Fletch versicherte sich, dass alle seine Söhne im Wagen saßen, und öffnete für Emily die Beifahrertür. Bevor sie einsteigen konnte, küsste er sie innig. Genau hier, auf dem Parkplatz, vor allen Leuten. Er hörte, wie John wegen der öffentlichen Zurschaustellung ihrer Gefühle seufzte, aber er wollte noch nicht von ihr ablassen. Er hörte erst auf, als er spürte, wie Em sich gegen ihn presste und stöhnte. Er wollte nichts tun, das Emily in der Öffentlichkeit blamieren könnte, aber verdammt noch mal, ihm gefiel es zu wissen, dass er sie immer noch heiß machte, so wie damals, als sie sich kennengelernt hatten.

»Ich liebe dich, Em. Ich könnte mir kein besseres Leben vorstellen als unseres.«

»Ich liebe dich auch. Danke, dass du mir das Zimmer über der Garage vermietet hast.«

Er grinste. »Danke, dass du dort eingezogen bist.«

»Danke, dass du gekommen bist, um nach mir zu sehen, als ich krank war.«

»Ich könnte das den ganzen Nachmittag tun. Danke, dass du unsere Tochter zu einem mitfühlenden, lustigen und noch dazu fantastischen Menschen erzogen hast, ich bin hin und weg von ihr.«

Emily lachte und sagte: »Okay, okay, du hast gewonnen. Wir müssen die Jungs nach Hause bringen, bevor John verhungert und Doug sein Buch zu Ende gelesen hat. Er hat nur eins dabei und du weißt ja, wie er ist, wenn ihm der Lesestoff ausgeht.«

»Er könnte elektronische Bücher lesen, wie jeder andere, normale Mensch«, entgegnete Fletch. »Dann würden sie ihm nie ausgehen.«

»Du weißt doch, dass er gern ein richtiges Buch in der Hand hält«, rügte Emily.

»Aber die nehmen so viel Platz weg«, beschwerte sich Fletch.

Emily lachte. »Es wäre echt doof, wenn die Leute vom Partyservice vor uns zu Hause ankämen.«

»Richtig, ich habe verstanden. Falls ich es später vergessen sollte, danke schön, dass du vorgeschlagen hast, ihn herzufliegen. Ich habe so das Gefühl, dass es das beste Geschenk war, das wir unserer Tochter machen konnten.«

»Ich glaube, du hast recht.«

Fletch küsste seine Frau kurz auf den Mund, half ihr beim Einsteigen und wartete, bis sie sich angeschnallt hatte, bevor er die Tür schloss. Dann schaute er dahin, wo er seine Tochter und ihren Freund gelassen hatte, und sah, wie sie sich leidenschaftlich küssten.

Er runzelte die Stirn und atmete tief ein. Annie war eigentlich mehr als alt genug, um küssen zu dürfen, aber für ihn würde es immer komisch bleiben. Er erinnerte sich daran, als sie ein kleines Mädchen war, sein kleiner Wirbelwind. Ihm war bewusst, dass sie nicht mehr das sieben Jahre alte Mädchen war, aber trotzdem würde sie immer sein kleines Mädchen bleiben.

Er kehrte dem Paar den Rücken zu, stieg in den Wagen und drehte sich zu seiner Familie um. »Bereit, nach Hause zu fahren?«

»Ja!«

»Ja.«

»Was auch immer.«

Der letzte Satz war von Doug, der sich offensichtlich in einer anderen Welt mit Zauberern und Hexen befand.

»Lass uns nach Hause fahren«, sagte Emily sanft.

Fletch strich seiner Frau zärtlich über die Wange, ehe er die Aufmerksamkeit auf die Straße richtete.

Mary und Rayne, fünfundzwanzig Jahre nach den Hochzeiten

. . .

»Auf unsere Freundschaft«, sagte Rayne und hielt ihr Glas hoch.

»Auf unsere Freundschaft«, wiederholte Mary.

Beide Frauen hoben ihr Schnapsglas und tranken es in einem Zug leer. Rayne hustete und prustete, aber Mary lächelte nur und legte ihrer Freundin den Arm um die Schulter.

»Kannst du glauben, dass seit unseren Hochzeiten schon fünfundzwanzig Jahre vergangen sind?«, fragte Mary.

Rayne schüttelte den Kopf. »Nein, auf keinen Fall.«

»Ich finde es total romantisch, dass Ghost dich in das gleiche Hotel einlädt, in dem ihr damals den One-Night-Stand hattet.«

»Ja, er ist echt toll«, pflichtete Rayne ihr bei.

»Um wie viel Uhr brecht ihr morgen auf?«

»Unser Flug geht nicht vor zehn am Abend, aber Ghost mag es überhaupt nicht, Dinge auf den letzten Drücker zu machen, also denke ich, dass wir schon um drei losfahren.«

Mary verdrehte die Augen. »Wenigstens fliegt ihr erster Klasse.«

»Ja, richtig. Aber Ghost ist dennoch enttäuscht, weil es dort diese abgetrennten Kabinen gibt. Ich glaube, er wollte noch mal Sex im Flugzeug haben.«

Mary verdrehte abermals die Augen. »Ich kann mich nur zu gut daran erinnern, wie ihr es damals hoch über den Wolken getrieben habt und dabei fast erwischt wurdet. Man sollte meinen, er hätte daraus gelernt.«

Rayne kicherte. »Offensichtlich nicht. Aber er kann es kaum erwarten, dass ich heute Abend nach Hause komme. Er findet es toll, wenn wir beide zusammen ausgehen.«

»Wieso? Weil du betrunken nach Hause kommst und er dann seine abgefahrenen Spielchen mit dir treiben kann?«

Rayne lachte schon wieder. »Als würdest du nicht das Gleiche bekommen, wenn du heimkommst!«

»Auch wieder wahr. Aber es ist viel einfacher geworden,

seit die Kinder aus dem Haus sind. Wir müssen nicht so erfinderisch sein.«

»Wem sagst du das, Schwester«, erwiderte Rayne und nickte. »Letzten Monat habe ich es kaum durch die Tür geschafft und Ghost lag schon auf mir.«

Beide Frauen kicherten.

»Ich liebe dich, Mary«, erklärte Rayne, die langsam wieder nüchtern wurde.

Mary hielt eine Hand hoch und sagte: »Fang erst gar nicht damit an.«

»Ich meine es ernst. Ich habe keine Ahnung, was ich ohne dich tun würde. Als ich dachte, ich wäre die schlimmste Mutter der Welt, hast du mich vom Gegenteil überzeugt. Als Ghost sich damals auf dieser einen Mission verletzt hatte, warst du diejenige, die mich und meine Kinder mit etwas zu essen versorgt hat. Und als Greta weinend von der Uni anrief, weil sie auf einer Party fast vergewaltigt wurde, haben du und Truck Ghost davon abgehalten, den Kerl dafür umzubringen, und du bist mit mir dorthin gefahren, um sie abzuholen. Dann hast du dem blöden Arsch nicht nur gedroht, ihn vor seinen Kumpels fertigzumachen, sondern ihn auch noch zu zerstören, falls er dies bei einem anderen Mädchen wiederholen würde.«

»Ich habe nur geblufft«, murmelte Mary.

»Aber *er* wusste das nicht. Und du hast Greta bewiesen, dass es nichts gibt, das du nicht für sie tun würdest. Mein Leben wäre ohne dich nicht das gleiche, Mary.«

»Ach du Scheiße«, sagte Mary und versuchte, mit aufeinandergepressten Lippen die Tränen zu unterdrücken.

»Ich weiß, warum du damals getan hast, was du getan hast, und glaub mir, wenn du noch mal so was Dummes tust, dann bringe ich dich höchstpersönlich um, hörst du mich?«

Mary nickte.

Rayne drehte sich um und rief dem Barkeeper zu: »Wir brauchen noch eine Runde, Jimmy!«

Mit einem süffisanten Grinsen goss der junge, gut aussehende Barkeeper zwei weitere Drinks ein und schob sie über die Theke zu ihnen.

Mary wusste, dass der Student bei genauerem Hinschauen möglicherweise zwei verzweifelte Frauen mittleren Alters sehen würde, die den Zenit schon überschritten hatten und sich danach sehnten, mit jemandem anzubandeln. Aber er lag falsch. Vielleicht waren sie mittleren Alters, aber sie hatten ganz bestimmt noch nicht den Zenit überschritten, sie hatten noch viele aktive Jahre vor sich. Und ein One-Night-Stand? Das hatten sie überhaupt nicht nötig, ihre Männer warteten zu Hause auf sie.

Mary und Rayne kannten sich gegenseitig in- und auswendig, alle Details ihres Liebeslebens, so wie es bei besten Freundinnen eben ist. Sie hatten keine Geheimnisse voreinander, auch nicht, wenn es um heikle Themen wie Wechseljahre oder das Sexleben mit ihren Männern ging. Sie wussten zum Beispiel auch voneinander, dass sie beide immer noch ein ausgezeichnetes Liebesleben führten, so wie vor fünfundzwanzig Jahren.

»Ich liebe dich, Raynie«, erklärte Mary ihrer besten Freundin. »Der Tag, an dem ich dich in dieser Kneipe getroffen habe, war der beste meines Lebens. Ich würde auch den Krebs nochmals durchmachen, sogar zweimal, um dich in meinem Leben zu haben.«

»Sag das niemals wieder«, protestierte Rayne sofort. »Nie wieder diesen verdammten Krebs für dich, du Zicke!«

Mary lachte. Wenn Rayne betrunken war, wurden ihre Aussagen immer etwas kitschig ... und sie fluchte wie ein Seemann.

Genau in diesem Moment fing ein neues Lied an, ein Oldie, viel älter als die meisten Anwesenden, aber Rayne drehte sich sofort zu Mary um und schrie: »Black Eyed Peas! Lass uns tanzen!«

Der Song hieß »The Time (Dirty Bit)«, und sie und Rayne hatte im Laufe der Jahre unzählige Male dazu getanzt. Der Rhythmus war derart genial und mitreißend, dass es unmöglich war, einfach sitzen zu bleiben. Darüber hinaus erinnerte es sie immer an den Film *Dirty Dancing*, ein weiterer Klassiker und immer noch einer ihrer Lieblingsfilme.

»I've had the time of my life!«, sang Rayne aus vollem Hals und zeigte auf Mary. Dann trank sie den Schnaps auf ex und nahm ihre Freundin an der Hand. »Komm schon, lass uns tanzen!«

»Geh voraus, ich komme gleich nach«, versicherte Mary ihr. Sie trank ihren eigenen Schnaps aus und schaute gut gelaunt Rayne zu, wie sie auf die Tanzfläche ging und anfing, ihren Hintern zu schwenken. Mary sah mehrere Frauen und Männer, die wegen »der Alten« ihre Augen verdrehten, aber es war ihr egal.

Sie hoffte, dass sie und Rayne nach weiteren fünfundzwanzig Jahren immer noch Schnäpse trinken und das Tanzbein schwingen würden. Zum Teufel mit den anderen oder was sie dachten. Sie und Rayne hatten schon manche Tiefpunkte in ihrem Leben überstanden. So waren sie nun einmal und sie würden sich nicht ändern. Und sie bedauerten auch nichts.

Mary stellte das leere Schnapsglas auf den Tresen und eilte zu ihrer besten Freundin. Während sie so tanzten, lachten, das Leben genossen und die Blicke der um einiges jüngeren Kundschaft ignorierten, konnte Mary nicht anders, als über ihr Leben zu sinnieren.

Sie hatte eine schreckliche Mutter gehabt und schon in jungen Jahren gelernt, niemandem zu trauen, vor allem nicht Männern. Aber dann war sie Rayne begegnet und sie lernte, dass es auch gute Menschen gab. Und durch ihre beste Freundin hatte sie auch Truck kennengelernt. Der Mann, der ihr ganzes Leben veränderte.

Über ihren Mann nachzudenken ließ sie wieder lächeln.

Ihr Mann.

Er machte sie verrückt und manchmal auch wütend.

Aber er tat auch alles Erdenkliche, um ihr zu zeigen, wie sehr er sie liebte, und um sie glücklich zu machen. Er hatte ihr geholfen, zwei kleine Kinder großzuziehen, und Mary war froh darüber, dass sie nicht die gleichen Probleme wie sie selbst haben würden, wenn es darum ging, einen Partner fürs Leben zu finden.

Am Ende des Liedes umarmte Rayne ihre beste Freundin innig. Sie waren immer noch ineinander verschlungen, als das neue Lied schon längst angefangen hatte. Schließlich löste

Rayne sich aus der Umarmung und sah Mary in die Augen. »Wir haben das Leben gut gemeistert, oder?«

Mary lächelte. »Ja, das haben wir.«

»Bist du bereit zu gehen?«

»Ja, verdammt.«

»Lass uns noch einen heben«, erwiderte Rayne.

Mary lachte. »Du wirst morgen auf deinem Flug einen fetten Kater haben.«

Rayne zuckte nur mit den Schultern. »Das ist mir wurscht, ich will mit meiner besten Freundin Spaß haben. Ich habe einen der heißesten Männer der Welt in meinem Bett. Und wir sind glücklich und vermögend genug, um ein sorgenfreies Leben zu führen. Mehr brauche ich nicht.«

Mary zuckte auch nur mit den Schultern. »Genau, mehr braucht man nicht.«

»Genau.«

»Und nun ruf deinen Mann an und sag ihm, er soll dich hier abholen«, befahl Rayne.

Mary tat, wie ihr befohlen, und Rayne rief Ghost an.

Sie standen draußen vor der Kneipe unter den wachsamen Augen des Barkeepers und warteten darauf, dass ihre Ehemänner sie abholten.

»Mary?«

»Ja, Rayne?«

»Danke, dass du nicht gestorben bist.«

Mary lachte nicht, denn sie wusste, dass Rayne es todernst meinte. »Gern geschehen.«

Die zwei Freundinnen hakten sich beieinander ein, lehnten sich gegen die Hauswand der Kneipe und warteten auf ihre Männer ... und darauf, ihr wundervolles Leben weiterzuleben.

ANMERKUNG DER AUTORIN

Liebe Leserinnen und Leser,

ich kann gar nicht in Worte fassen, wie froh ich bin, dass Sie die Deltas und ihre Frauen so gut aufgenommen haben. Ich schreibe unglaublich gern über sie und obwohl diese Serie nun zu Ende geht, ist schon ein neues Buch des Delta-Teams in Sicht, *Die Rettung von Macie*, mit neuen Charakteren wie Kommandant Colt Robinson und Macie, Trucks Schwester. Und natürlich haben auch Ghost, Truck und ihr Team einen Gastauftritt.

Dieses Buch zu schreiben war nicht ganz unkompliziert, weil Truck ein beliebter Charakter ist. Ich musste darauf achten, dass ich seiner und Marys Persönlichkeit gerecht wurde. Ich hoffe, es ist mir gelungen. Am Ende mussten sie viele Hindernisse aus dem Weg räumen, doch keiner von beiden dachte daran aufzugeben, was ja Sinn und Zweck der Liebe und einer Beziehung ist.

Vielleicht haben Sie den Eindruck, dass ich vergessen habe zu erwähnen, ob Mary eine Brustrekonstruktion durchführen lässt oder nicht. Ich wollte diese Entscheidung nicht preisgeben, denn ich gebe keiner der beiden Varianten den Vorzug und wollte mich daher nicht festlegen. Für jede Frau, die Brustkrebs überlebt hat, ist es eine sehr persönliche Entscheidung, und beide Varianten haben langfristige Auswirkungen. Ich habe Mary dargestellt, wie sie sich mit der Entscheidung quält, aber schlussendlich spielt es keine Rolle, wofür auch immer sie sich entscheidet, denn sie würde stets die gleiche Mary bleiben, die Truck und Rayne lieben. Auf die Liebe hat der Umstand, ob sie Brüste hat oder nicht, überhaupt keinen Einfluss. Deshalb habe ich diesen Punkt offengelassen.

Ruth, du weißt, ich mag dich, aber es tut mir leid, Truck gehörte seit eh und je Mary, egal wie scharfzüngig und zickig sie war. Aber wie sich herausstellte, hatte sie allen Grund dazu. Überdies hat Truck nur Augen für sie.

Und zu guter Letzt Amy. Ich kann nur sagen, dass mein Leben nicht das gleiche wäre, hätte ich dich niemals kennengelernt. Deine Brüste haben versucht, dich umzubringen, aber du hast dich durch nichts unterkriegen lassen, weder die Chemotherapie noch die Bestrahlungen. Du hast nie aufgehört, eine Mutter, Ehefrau und beste Freundin zu sein, obwohl du dich lieber irgendwo verkrochen hättest. Du bist buchstäblich der stärkste und tapferste Mensch, den ich kenne. (Und es gibt nichts Besseres, als mit dir im Urlaub zu sein und plötzlich neben mir im Bett eine BRUST zu finden, ich musste echt Tränen lachen.) Ich liebe dich, von den Spitzen deiner eingeschlafenen Finger bis zu deinen schönen Füßen.

BÜCHER VON SUSAN STOKER

Die Delta Force Heroes:
Die Rettung von Rayne (Buch Eins)
Die Rettung von Emily (Buch Zwei)
Die Rettung von Harley (Buch Drei)
Die Hochzeit von Emily (Buch Vier)
Die Rettung von Kassie (Buch Fünf)
Die Rettung von Bryn (Buch Sechs)
Die Rettung von Casey (Buch Sieben)
Die Rettung von Wendy (Buch Acht)
Die Rettung von Sadie (Buch Neun)
Die Rettung von Mary (Buch Zehn)
Die Rettung von Macie (Demnächst erhältlich!)

SEALs of Protection:
Schutz für Caroline
Schutz für Alabama
Schutz für Fiona
Die Hochzeit von Caroline
Schutz für Summer
Schutz für Cheyenne
Schutz für Jessyka
Schutz für Julie
Schutz für Melody

Schutz für die Zukunft (Demnächst erhältlich!)

Ace Security Reihe:
Anspruch auf Grace
Anspruch auf Alexis
Anspruch auf Bailey (Demnächst erhältlich!)

Und auch die folgenden Bücher von Susan Stoker werden in Kürze auf Deutsch erhältlich sein:

Aus der Reihe »SEALs of Protection«:
Schutz für Kiera (Buch 11)
Protecting Alabama's Kids (Buch 12)
Schutz für Dakota (Buch 13)

Ace Security Reihe:
Anspruch auf Felicity (Buch 4)
Anspruch auf Sarah (Buch 5)

Hier ist außerdem eine Liste mit Susans englischen Büchern:

Delta Force Heroes Series
Rescuing Rayne
Rescuing Aimee (novella)
Rescuing Emily
Rescuing Harley
Marrying Emily (novella)
Rescuing Kassie
Rescuing Bryn
Rescuing Casey
Rescuing Sadie (novella)
Rescuing Wendy
Rescuing Mary
Rescuing Macie (novella)

Delta Team Two Series

Shielding Gillian
Shielding Kinley
Shielding Aspen
Shielding Jayme (novella) (Jan 2021)
Shielding Riley (Jan 2021)
Shielding Devyn (May 2021)
Shielding Ember (Sep 2021)
Shielding Sierra (TBA)

SEAL of Protection Series
Protecting Caroline
Protecting Alabama
Protecting Fiona
Marrying Caroline (novella)
Protecting Summer
Protecting Cheyenne
Protecting Jessyka
Protecting Julie (novella)
Protecting Melody
Protecting the Future
Protecting Kiera (novella)
Protecting Alabama's Kids (novella)
Protecting Dakota

SEAL of Protection: Legacy Series
Securing Caite
Securing Brenae (novella)
Securing Sidney
Securing Piper
Securing Zoey
Securing Avery
Securing Kalee
Securing Jane (Feb 2021)

SEAL Team Hawaii Series
Finding Elodie (Apr 2021)
Finding Lexie (Aug 2021)
Finding Kenna (Oct 2021)

Finding Monica (TBA)
Finding Carly (TBA)
Finding Ashlyn (TBA)
Finding Jodelle (TBA)

Badge of Honor: Texas Heroes Series
Justice for Mackenzie
Justice for Mickie
Justice for Corrie
Justice for Laine (novella)
Shelter for Elizabeth
Justice for Boone
Shelter for Adeline
Shelter for Sophie
Justice for Erin
Justice for Milena
Shelter for Blythe
Justice for Hope
Shelter for Quinn
Shelter for Koren
Shelter for Penelope

Ace Security Series
Claiming Grace
Claiming Alexis
Claiming Bailey
Claiming Felicity
Claiming Sarah

Mountain Mercenaries Series
Defending Allye
Defending Chloe
Defending Morgan
Defending Harlow
Defending Everly
Defending Zara
Defending Raven

Silverstone Series

Trusting Skylar (Dec 2020)
Trusting Taylor (Mar 2021)
Trusting Molly (July 2021)
Trusting Cassidy (Dec 2021)

BIOGRAFIE

Susan Stoker ist die New York Times, USA Today und Wall Street Journal Bestsellerautorin der Buchreihen »Badge of Honor: Texas Heroes«, »SEAL of Protection«, »Die Delta Force Heroes« und einigen mehr. Stoker ist mit einem pensionierten Unteroffizier der US-Armee verheiratet und hat in ihrem Leben schon überall in den Vereinigten Staaten gelebt – von Missouri über Kalifornien bis hin zu Colorado. Zurzeit nennt sie die Region unter dem großen Himmel von Tennessee ihr Zuhause. Sie glaubt ganz und gar an Happy Ends und hat großen Spaß daran, Geschichten zu schreiben, in denen Romantik zu Liebe wird.

Besuchen Sie Susan im Netz!
www.stokeraces.com
facebook.com/authorsusanstoker
twitter.com/Susan_Stoker
bookbub.com/authors/susan-stoker
instagram.com/authorsusanstoker
Email: Susan@StokerAces.com